KiWi
1620

Das Buch

Der junge Ire Brendan wird mit 16 Jahren festgenommen, weil er im Dienste der IRA die Docks in Liverpool in die Luft jagen wollte. Im »Borstal«, der Besserungsanstalt, angekommen, lernt er nicht nur den rauen Anstaltsalltag kennen, sondern unerwartet auch Freundschaft, Zuneigung und Solidarität zwischen Iren und Engländern in der Zeit der Troubles.

In Irland wegen seiner freimütigen Darstellung von Homosexualität und unverhohlener Kritik an der katholischen Kirche zunächst verboten, gilt »Borstal Boy« heute als Klassiker der irischen Literatur.

Poetisch, großherzig und mit widerspenstigem Humor – ein unvergessliches Buch!

Der Autor

Brendan Behan (1923–1964), Enfant terrible der irischen Literatur, Bohemien, Journalist, IRA-Aktivist und Dramatiker von Weltruhm. »Borstal Boy« ist sein bekanntester Roman.

Der Übersetzer

Curt Meyer-Clason (1910–2012) übersetzte aus dem Englischen, Französischen, Spanischen und Portugiesischen u. a. Werke von Behan, Wiesel, Borges, García Márquez, Ribeiro, Rosa.

Brendan Behan

Borstal Boy

Roman

Aus dem Englischen
von Curt Meyer-Clason

Kiepenheuer & Witsch

MIX
Papier aus verantwortungsvollen Quellen
FSC® C083411

Verlag Kiepenheuer & Witsch, FSC® N001512

1. Auflage 2019

Titel der Originalausgabe: *Borstal Boy*

Aus dem Englischen von Curt Meyer-Clason

Die Übersetzung wurde für die vorliegende Ausgabe behutsam durchgesehen.

Umschlaggestaltung: Barbara Thoben, Köln
Umschlagmotiv: © Getty Images/The Montifraulo Collection/Kontributor
Gesetzt aus der Karmina
Satz: Buch-Werkstatt GmbH, Bad Aibling
Druck und Bindung: CPI books GmbH, Leck
ISBN 978-3-462-05188-9

Für Mo Bh.

»… Eine Schar junger Bootführer oder Postillione grölte und brüllte die gemeinsten Trinklieder, gleichsam aus Prahlsucht, dann wurden sie gegen einen Baum geschleudert und ertranken mit einem Fluch auf den Lippen. Ein greiser Edelmann – denn als diesen wiesen ihn seine pelzverbrämte Kleidung und seine goldene Amtskette aus – ging nicht weit von Orlandos Standort unter, dabei den irischen Aufrührern Rache schwörend, die, wie er mit letzter Kraft schrie, diese Teufelei angezettelt hatten …«

Virginia Woolf, *Orlando*

Erster Teil

Am Freitagabend brüllte meine Wirtin durchs Treppenhaus herauf:

»Himmel, Jesus, heiliges Herz! Mein Junge, hier sind zwei Herren, die dich sprechen wollen!«

Ich erkannte an ihrem Kreischen sofort, dass diese Herren sich weder nach meiner Gesundheit erkundigen noch erfahren wollten, ob ich eine angenehme Reise hinter mir hätte. Ich ergriff daher meine Reisetasche, die Kaliumchlorid, Schwefelsäure, Gelatinedynamit, Sprengkapseln und Zündpatronen und das Übrige meiner *Sinn-Fein*-Verschwörerausrüstung enthielt, und trug sie zum Fenster. Und schon standen die beiden Besucher im Zimmer.

Ein junger Mann mit einem Herrenvolk-Blondschopf und dem Tonfall eines BBC-Sprechers rief: »Los, pack ihn, den Hurensohn.«

Als ich mich nicht mehr rühren konnte, schlug der Blonde mich mehrmals mit der Faust ins Gesicht, wenn auch nicht allzu stark. Ein älterer Mann sagte ihm in schwerfälligem Lancashire-Dialekt, er solle mich in Ruhe lassen und sich nicht lächerlich machen. Mittlerweile waren zwei oder drei andere ins Zimmer getreten, und der Alte war der mit der Razzia betraute Sergeant.

Er nahm etwas Kaliumchlorid und Zucker aus meiner Tasche, legte beides in den leeren Kamin und zündete das Ganze mit einem Streichholz an. Eine Stichflamme schoss empor und füllte das Zimmer mit Rauch. Er nickte mir zu, und ich nickte wieder.

Der Blondschopf und ein anderer stiller Bursche hielten mich an den Armen fest.

»Hast du 'ne Knarre, Paddy?«, fragte der Sergeant.

»Wenn ich 'ne Knarre hätte, wärt ihr nicht so leicht hier reingekommen.«

Er blickte mich an und seufzte, als hätte ich nichts gesagt oder als hätte er nichts gehört.

»Durchsuch ihn«, sagte er zu dem Stillen.

Blondschopf begann mich unsanft zu durchsuchen.

»Nicht du«, sagte der Sergeant. »Vereker!«

Vereker durchsuchte mich ruhig und höflich, sogar den Saum meines Hosenschlitzes.

»Hände hoch und heb das Bein. Danke.«

Aus der Innentasche zog er mein Geld heraus, eine gefälschte Reisegenehmigung und einen Brief, der zufällig auf Irisch geschrieben war.

Er stammte von einem Jungen aus Dublin, der krank im Bett lag und mich bat, ihn zu besuchen. Der Typ war ein Langweiler, aber da ich gutmütig war, fiel es mir schwer, ihm aus dem Wege zu gehen. Nun hatte ich eine gute Entschuldigung, ihn bis auf Weiteres nicht treffen zu können.

Über Verekers Schulter hinweg musterte der Blonde den gälischen Wortlaut.

Angewidert drehte er sich zu mir um und brüllte: »Du beschissener Hurensohn! Würde es dir Spaß machen, eine Frau von einer Fensterscheibe mitten entzweigeschnitten zu sehen?«

Ich wollte es ihm mit gleicher Münze heimzahlen: Und wie steht's mit dem Blutigen Sonntag, als die *Black and Tans* eine Fußballmannschaft in unserer Straße überfielen? Die Metzelei in Cork? Balbriggan! Amritsar! Die englischen Luftangriffe auf indische Dörfer! All das hielt ich parat, weil ich etwas Ähnliches erwartet hatte. Der Sergeant sagte jedoch besonnen:

»Hör zu, Paddy, unten stehen ein paar Leute ums Haus, die nicht gut auf dich zu sprechen sind.« Er lachte kurz. »Aber mach dir nichts draus. Wir bringen dich zum Gericht, ohne dass dir ein Härchen gekrümmt wird.«

Vereker ließ meinen Arm los und trat ans Fenster. »Leute in Uniform werden ihnen schon Beine machen.«

Der Sergeant sagte zu dem Blonden, er solle mich loslassen.

»Wir bleiben eine Weile hier«, sagte er und schob sein Gesäß auf den Bettrand. Er deutete neben sich, und ich setzte mich zu ihm.

»Ich wollte, ich wär so alt wie du, Paddy. Dann hätte ich was Besseres zu tun, als mit Bomben um mich zu schmeißen. Wie alt bist du?«

»Sechzehn. Im Februar werd ich siebzehn.«

»Dich haben sie also hergeschickt, dich kleinen Idioten, und die Großkotzigen sitzen in Amerika, reißen das Maul auf und schlagen sich den Wanst voll.«

Sean Russell, Stabschef der IRA, war in den Vereinigten Staaten.

Vereker bot mir eine Zigarette an.

»Vielleicht raucht er lieber eine von seinen. Gib sie ihm zurück. Im Kittchen wird man sie ihm früh genug abnehmen.« Er zündete sich eine Pfeife an. Vereker und ich rauchten Zigaretten. Blondschopf stand da, rauchte nicht und sagte keinen Ton.

Der Sergeant deutete mit der Pfeife auf meine Tasche. »Ihr seid mir eine saublöde Bande, mit dem Zeug herumzuspielen. Ihr wisst nicht mal, warum ihr das macht. Angeblich wegen der Teilung, wegen der sechs Grafschaften. Ich hab ’nen Haufen von euren Leuten gefragt, und ich möchte schwören, keiner von euch kann die sechs aufzählen. Keiner wusste alle sechs, keiner. Los, sag du sie auf, aber alle sechse, kapiert?«

Ich begann: »Antrim, Armagh.«

Der Unteroffizier zählte an seinen Fingern. »In Ordnung, zwei hast du.«

»Down, Derry und Dermanagh und ...«

»Okay, jetzt fünf. Los, die letzte.«

»Na, siehste, Paddy, was hab ich dir gesagt?« Triumphierend schüttelte er den Kopf.

Ich hatte die Grafschaft Tyrone ausgelassen, weil ich Gefallen an dem Alten fand.

Nach einer Weile warf Vereker wieder einen Blick durchs Fenster und sagte, jetzt könnten wir gehen, es stünden nur noch wenige Leute vor dem Haus.

Der Polizeisergeant knöpfte mir die Hose auf, sodass ich sie beim Hinuntersteigen der Treppe mit den Händen in den Hosentaschen festhalten musste.

Als wir draußen in den Wagen stiegen, schrien ein paar Leute:

»Hängt den Hurensohn auf! Verdammtes irisches Schwein!« Wir befanden uns zwar in einem Orange-Bezirk, ich glaube jedoch, dass einige von ihnen Liverpooler Iren waren, die ihre Solidarität zur Krone beweisen wollten.

Im Wagen sagte der Sergeant: »Deine Wirtin wird heute Abend kein heiles Fenster im Haus haben. Man wird dem Untermieter die Hölle heißmachen.«

Das war meine kleinste Sorge. Die Wirtin war gemein und aus Mittelengland. Damit will ich nicht sagen, dass ihre Gemeinheit etwas mit Mittelengland zu tun hatte. Dort gibt es sicherlich ebenso anständige Leute wie überall auf der Welt, wenn aber ein Cockney oder ein Siamese gemein oder anständig ist, ist er es eben auf Cockney- oder Siamesenart.

Die Wirtin war niederträchtig und so dürr wie ein Stock. Ihre eingeschlagenen Fensterscheiben würden somit die gerechte Strafe sein für ihre billigen Würstchen und die Margarine, mit der sie ihr Essen vergiftete, denn sie war nur großzügig in Dingen, die nichts kosteten. So schloss sie abends die Haustür ab und betete kniend mit ihren Untermietern und ihrer Schwester, die stets drei Ave-Maria für die heilige Unberührtheit und den Schutz ihrer eigenen Person und Sittsamkeit anfügte, sodass man meinen konnte, die Hälfte aller männlichen Liverpooler sei hinter ihr her und schmachte danach, ein einziges Mal ihre gelben Kaninchenzähne abzuschlecken.

Der Untermieter war ein stumpfsinniger Fettwanst aus einem Drecksloch hier in der Gegend. Nach dem Reinheitsgebet sprach er ein eigenes: Gott möge ihm Kraft und Beharrlichkeit schenken, allen alkoholischen Getränken zu entsagen und die Esslust zu knebeln, eine furchtbare Kränkung für das allliebende Herz Jesu, und nur harmlose Erfrischungen wie Tee, Limonade, Gingerale und Kakao zu genießen, und zwar maßvoll.

Dieses Gebet musste er jeden Abend sprechen, denn er war Mitglied von *Sacred Thirst* und besuchte ihre Freitagabendmeetings, sobald er das Postamt verlassen und seinen Wochenlohn bei der Sparkasse eingezahlt hatte. Die Wirtin sagte uns immer, es würde uns nicht schaden, das Gebet mit ihm zu sprechen.

An der Innenseite der Haustür hing ein Herz-Jesu-Bild mit der Unterschrift: »Gott ist hier. Steh fest.«

»Ja«, sagte der Sergeant«, »sollte mich nicht wundern, wenn sie das Haus verwüsten.«

Ich wurde zur Kriminalpolizei in der Lime Street gebracht. Weisungsgemäß weigerte ich mich, Fragen zu beantworten. Ich erklärte mich jedoch bereit, auszusagen, mit der geheimen Absicht, unserer Sache damit zu helfen und auch zu Hause einen guten Eindruck zu machen. Ich hatte oft Reden von Angeklagten gelesen und achtete diese tapferen Männer umso mehr, weil sie fern von Freunden oder Angehörigen gesprochen hatten.

»Ich heiße Brendan Behan. Ich bin herübergekommen, um für die irische Arbeiter- und Kleinbauernrepublik zu kämpfen, für ein ungeteiltes freies Leben, für meine Landsleute im Norden wie im Süden wie auch dafür, dass der verderbliche Einfluss des britischen Imperialismus auf irische Angelegenheiten beseitigt wird. Gott schütze Irland.«

»Was soll das mit den Kleinbauern heißen? Es ist deine Erklärung, Paddy, und du kannst hineinschreiben, was du willst, aber ich habe nie einen Kleinbauern gesehen. Weder einen Iren noch einen Engländer. Alle sind sie verdammt groß und haben Stierköpfe vom vielen Fressen und Zidersaufen!«

Der linke Flügel der Bewegung würde begeistert sein, aber auch die anderen würden nichts gegen mich einwenden können, weil ich ein guter Freiwilliger war, der im Bemühen, den Kampf an Englands Schwelle zu tragen, gefangen genommen worden war – sie würden jedoch aus dem Häuschen geraten, weil ich bei jedermann den Eindruck hinterließ, die Irisch-Republikanische Armee sei kommunistisch.

Mein Schluss mit dem »Gott schütze Irland« gab mir ein wenig das Gefühl, das die Märtyrer von Manchester gehabt haben mussten, die unter dem Jubel von fünfzigtausend hochehrbaren Kaufleuten gehängt worden waren und mit dem letzten Atemzug gerufen hatten:

»Gott schütze Irland«, riefen die Helden,
»Gott schütze Irland«, rufen wir.
Ob wir hoch am Galgen baumeln
Oder auf dem Schlachtfeld taumeln,
Irland, wir gehören dir!

Blondschopf schrieb meine Aussage auf und blickte mich so wütend an, wie er nur konnte. Ich erwiderte seinen Blick, und er sah wieder in meine schriftliche Erklärung.

Trotz der Feinde Grimm und Wut
Stieg ihr Stolz und wuchs ihr Mut,
Als sie an die Lieben dachten, nah und fern,
Ans millionenfache Heer ihrer Brüder überm Meer,
An das teure Irland, treu im Herrn ...

Alle Leute zu Hause würden beim Lesen der Zeitung sagen: »Also doch! Gott sei dem armen Brendan gnädig, ich habe noch vor einer Woche mit ihm gesprochen –« – »Bei Jesus, er war trotzdem ein feiner Kerl und dabei erst sechzehn.«

Shiela würde es leidtun, dass sie mich an dem Abend, als wir am Kanal entlangschlenderten, nicht rangelassen hatte.

Ihr Vetter war nämlich unter falschem Namen in England zu fünfzehn Jahren verurteilt worden, und sie hatte mich abgeholt, damit ich es seiner Mutter schonend beibrächte.

Als ich versuchte, Shiela an einem Telegrafenmast am Kanalufer an mich zu pressen, sagte sie, ich solle mich schämen, ich sei doch Freiwilliger, und dazu noch in einer solchen Zeit.

Meine Aussage war niedergeschrieben, und ich unterzeichnete. Wieder stellte man mir Fragen, deren Beantwortung ich verweigerte.

Ich war etwas verwundert, als ich den Hauptinspektor von Roger Casement als dem »alten Hurensohn« sprechen hörte. Zu Hause galt Casement als republikanischer Heiliger. Rory, mein ältester Bruder, war nach ihm getauft.

Ich bekam Tee. Vereker meinte, ich sei wohl belesen, und erzählte mir flüsternd, er beteilige sich an dem Preisausschreiben in *John O'London's Weekly.*

»Na, Paddy«, sagte der Sergeant, »wir bringen dich jetzt in die Zelle der Polizeiwache Dale Street. Dort wird dir's nicht gefallen, aber Montag früh kommst du vor Gericht und wirst vermutlich nachmittags ins Walton-Gefängnis gebracht. Dort kriegst du dann ein anständiges Bett mit Laken. Komm, mein Junge.«

In der Dale Street wars mies. Der Sergeant der Polizeiwache war ein ungehobelter Typ, der mir meine Zigaretten und Streichhölzer wegnahm und sagte, hoffentlich bekäme ich zwanzig Jahre.

Der Sergeant und Vereker winkten mir vom Wachraum zum Abschied zu, und ich erhaschte einen letzten Blick von ihnen, bevor ich durch einen langen dunklen Gang eine Treppe hinuntergeführt wurde, wo wir vor einer offenen Tür stehen blieben.

Ein Polizist fragte: »Ist das alles, Herr Sergeant?«

»Ja, rein mit dem Scheißkerl. Hoffentlich erstickt er in der Nacht.«

Ich ging auf die Tür zu.

»Halt, immer mit der Ruhe. Zieh die Schuhe aus.«

Ich dachte, sie würden mich verdreschen und wollten daher, dass ich barfüßig sei, damit ich mich schlechter wehren könne. »Los, die Schuhe aus!«

Mit dem Rücken zur Wand bückte ich mich langsam und schnürte die Senkel auf.

»Los, ein bisschen zackig. Glaubst du, wir wollen hier die ganze Nacht stehen, du irischer Penner?«

Ich zog die Schuhe aus und stellte sie an die Zellentür.

»Und jetzt die Jacke aus. Hosenträger ab und her damit.«

Ich reichte sie ihm.

»Sonst hängst du dich noch auf. Nicht dass es um dich schade wäre. Rein mit dir, und wenn ich einen einzigen Muckser in der Nacht von dir höre, kommen wir runter und machen dich fertig.«

Meine Hose festhaltend und meine Jacke unter den Arm geklemmt, schlurfte ich langsam in die Zelle.

»Los, rein mit dir, sonst trete ich dir meine Stiefelspitze in den Arsch!«

Die Tür flog hinter mir ins Schloss. Ich hörte ihre Schritte die Treppe hinaufgehen und Schlüsselgerassel, das langsam verhallte. Ich blickte um mich. Mauern und Fußboden aus Zement. Die Tür massives Holz, stahlverstärkt. Das Fenster war hoch oben in der Wand angebracht, aber unterirdisch und ging auf eine andere Mauer. Über der Tür leuchtete eine drahtverkleidete elektrische Glühlampe.

Das Bett war eine Holzbank mit einem Kissen aus demselben Material, ich hatte dafür aber drei Decken.

Ich legte mich hin, wickelte mich ein, aber das Kopfkissen war zu hart. Daher drehte ich mich herum und legte die Füße aufs Kopfkissen, während ich den Kopf auf meine Jacke bettete. Nun war das Kopfkissen zu hart für meine Füße und verrenkte mir die Fußgelenke. Ich musste zur Toilette. Der Zementfußboden unter meinen nackten Fußsohlen war kalt. Ich hörte Glockenläuten in der Frostnacht, irgendwo in einem anderen Stadtteil. Es klang kalt und einsam wie der traurigste Laut, der je ein menschliches Ohr traf, wenn man es überhaupt einen

Laut nennen wollte. Es machte mir mein Elend nur noch bewusster.

Ich legte mich wieder auf meine Bank und rollte mich zusammen, damit meine Füße das Holzkopfkissen nicht mehr berührten und ich einigermaßen bequem lag. Da wurde mir meine missliche Lage erst richtig klar. Selbst wenn ich in Anbetracht meines Alters mit ein paar Jahren davonkam, war es für mich lebenslänglich. Ja, es schien mir unmöglich, dass der Montag je kommen würde, an dem ich die Treppe hinaufsteigen durfte. Es gab keine Uhr, die die Zeit zwischen diesem Augenblick und Montag vergehen lassen konnte. Es war genau das, was man uns über den Jüngsten Tag gelehrt hatte: »Zeit ist, Zeit war, Zeit ist nicht mehr.« Verdammt! Dabei war ich erst zehn Minuten eingesperrt.

Ich wandte meine Aufmerksamkeit anderen Dingen zu. Schließlich und endlich war das einem Menschen in meiner Lage erlaubt.

Dann machte ich es mir bequemer und fragte mich, ob je einer der anderen es in derselben Stellung getan hatte. Nicht einmal in Gedanken wollte ich sie namentlich nennen. Einige von ihnen hatten die Zelle mit dem Strang oder dem Erschießungskommando getauscht. Von der Übung angenehm ermüdet, schlief ich ein.

Beim Erwachen fühlte ich mein hartes Lager. Ich fragte mich nicht, wo ich war; das wusste ich. Ich blickte zum fahlen Licht des Gitterfensters auf und wusste es noch genauer. Das erste Erwachen in einer Zelle verursacht einen stumpfen, betäubenden Schmerz. Ich tröstete mich damit, dass ich ihn mit der viel schlimmeren Schrecknis, Überraschung und Empörung eines Todeskandidaten beim Erwachen am Morgen seiner Erschießung verglich.

Eine Weile lag ich da und fragte mich, ob man mich noch

heute Vormittag vor Gericht holen würde. Vielleicht würde ich dann nachmittags ins Gefängnis wandern.

Draußen waren Schlüsselgerassel und Türenschlagen zu hören. Ich hoffte, sie würden meine Tür öffnen. Selbst wenn ich nur Fußtritte oder Fausthiebe ernten würde, wäre es mir lieber, als dem Grab meiner Verlassenheit ausgeliefert zu sein. Kämpfen ist besser als Einsamkeit.

Er kam auf meine Tür zu. Er stand vor meiner Tür und blickte durch den Spion. Los, wir kennen dein Klopfen. Um Himmels willen, Mister, geh nicht einfach fort! Hab Mitleid!

Er drehte den Schlüssel im Schloss, stand in der Tür und sagte:

»Los, raus mit dir. Morgenwäsche. Hopphopp.«

Ein Kleiderschrank von einem Kerl, weder freundlich noch unfreundlich.

»Kannst wohl die Hände nicht still halten? Was hast du nun wieder geklaut?«

»Ich habe überhaupt nichts geklaut.«

Er bemerkte meinen Akzent, und schon war der freundliche Ton aus seiner Stimme verschwunden.

»Aha, du bist also das verdammte IRA-Schwein, das gestern Abend in Everton hochgegangen ist.« Offensichtlich bedauerte er die Kameradschaftlichkeit seiner ersten Bemerkungen. »Wolltest wohl Bomben in das neue Kriegsschiff in der Cammell-Lairds-Werft legen, was?« Er brüllte den Gang hinunter. »Larry, komm mal her und schau dir deinen sauberen Landsmann an!«

Ein zweiter Wachmann blieb in der Zellentür stehen, ein älterer mit einer langen irischen Oberlippe. Sofort schrie er: »Gottverdammt, wir haben beim Aufstand wohl nicht genug von euch umgelegt!«

Er sprach schwerfälliges Munster-Irisch mit einem Schuss Englisch darin. Vermutlich hatte er mitgeholfen, während der Troubles mit den *Black and Tans* Leute umzubringen, und fürchtete sich seither davor, in Irland zu leben oder sich dort blicken zu lassen. Ich hatte ihn ziemlich gut eingeschätzt.

Ich hielt meine Hose fest und sagte forsch: »Ich war zur Zeit des Aufstands noch gar nicht geboren.«

Seine Stimme stieg bis zum Fistelton hysterischen Gelächters oder Zorns. »Jedenfalls hab ich meinen Teil von euch Brüdern erwischt, und ich wüsste, was ich mit dir schwarzem Schwein zu tun hätte.«

Ich blickte in sein glänzendes rotes Gesicht und brüllte meinerseits:

»Herrgott, und dich haben sie fortgejagt, und du rennst noch immer.«

»Beim lebendigen Herrn Jesus!«, donnerte er und wollte zuschlagen. Jetzt fuhr der englische Wärter dazwischen. »Mensch, Larry, mach dir doch nichts aus dem kleinen Hosenscheißer. Der ist keinen Tritt in den Arsch wert.«

Streng und ungehalten wandte er sich nun an mich. »Los, zum Waschraum und deinen dreckigen Hals geschrubbt.« Vermutlich unterließ er aus Rücksicht auf den irischen Kollegen die übliche Stichelei über den irischen Schmutz.

Ich ging zum Waschraum, wenn auch nicht in bester Laune, so doch im Gefühl, wieder lebendiger zu sein.

Dort gab es vier Waschbecken, die alle in Gebrauch waren. Ein uralter, ausgemergelter Mann legte sich neues braunes Papier unters Hemd. Ein junger Mann in einem flaschengrünen Anzug mit dem Gesichtsausdruck stupider Einbildung musterte seine Fingernägel. Es war auch ein Junge im Matrosenanzug da, vielleicht etwas älter als ich, dafür aber leichter gebaut.

Ich stellte mich hinter ihn und bewunderte harmlos seinen Nacken.

Der Wärter stand im Gang und redete beruhigend auf den irischen Polizisten ein.

Der Seemann drehte sich um. Er hatte braunes Haar und lange dunkle Wimpern. Er rieb sich das Kinn und lächelte. »Könnte eine Rasur gebrauchen, Kumpel«, sagte er wichtig. »Bin schon drei Tage hier. Sie lassen dir nicht dein Rasiermesser.«

»Ich bin erst gestern Abend angekommen«, antwortete ich und rieb mein Kinn. »Bei mir geht's noch.« Ich hatte mich erst viermal in meinem Leben rasiert.

»Ire?«

Ich nickte.

»'ne Menge Jungen hier in der Gegend sind Iren. Sind alle in römisch-katholische Schulen gegangen. Wir haben alle irische Lieder gesungen. Unter uns –«, er senkte die Stimme, »ich selbst kann die Lancashire-Kerle nicht ab. Sind alles lächerliche Bauerntrampel.«

»Ich bin aus Croydon. Weißt du, wo das liegt, Paddy?«

»Klar. In London, wo der Flughafen ist.«

»Genau. Croydon ist prima. Nicht wie das Loch hier. Ich bin hochgegangen wegen ein paar Einbrüchen, hier und in Manchester – noch 'n Scheißfriedhof. Aber dort ist was zu holen. Weshalb bist du hier, Pad? Im Suff geprügelt oder so was?«

»Nein, mich haben sie wegen des IRA-Sprengstoffs geschnappt.«

»Was! Wegen –?«

»Ja, genau.«

»Ehrlich?«

»Ehrlich!«

»Junge, Junge, dafür wirst du aber ganz schön brummen.«

In seiner Stimme war keine Feindseligkeit, aber fast Besorgnis. »Zieh mir mein Unterhemd zurecht, Pad, ja? Schieb's ein bisschen runter.«

Er drehte sich um, und ich schob sein Unterhemd, das unter der Jacke hervorguckte, ein Stück hinein. »Hinter deinem Ohr ist noch Seife.«

Er reichte mir ein Handtuch, und ich trocknete ihn sorgfältig hinter den Ohren ab.

»Danke, Paddy.«

Die drei anderen waren fertig und hatten Zigaretten angezündet. Der alte Mann hielt seinen Stummel dicht vor seine Nase und starrte in den Rauch. Der Wärter schob drei andere herein. Das Rauchen schien er nicht zu beanstanden. Ich sagte es zu dem Seemann.

»Das geht den einen Dreck an«, sagte er. »Du kannst dich hier dumm und dämlich paffen, wenn du Kippen hast oder Geld, dir welche zu kaufen. Du kannst dir dein Frühstück, dein Mittagessen, Tee und Schokolade kaufen. Alles, was du willst. Nur keinen Alkohol und nichts zum Bumsen.«

»Man hat mir meine Zigaretten und Streichhölzer weggenommen.«

»Na ja, Paddy«, sagte er mit ernster Miene, »bei dir ist die Sache vielleicht anders. Weil du zur IRA gehörst und so weiter. Ist ja 'ne Art Hochverrat, oder?« Dann meinte er höflicher: »Aber, Kumpel, du kannst welche von mir kriegen.«

Ich wehrte ab und wandte mich vom Waschbecken weg.

»Klar kriegst du welche. Hier drei Kippen, Streichhölzer und ein Päckchen Kaugummi. Hab ich stapelweise. Hast du auch was zu lesen?«

»Nee, hab ich nicht.«

»Na schön, dann geb ich dir *News of the World,* die von letzter Woche.« Er zog sie aus der Tasche. »Oder kennst du die schon?«

Ich antwortete, ich hätte die letzte Nummer noch nicht gesehen. Ich kannte *News of the World* nicht. Ich hatte Irland erst vor achtundvierzig Stunden verlassen, und die Zeitschrift war dort seit meinem vierten Lebensjahr verboten. Ich bedankte mich von Neuem und machte mich wieder an meine Morgenwäsche.

»Deine Hände sind nass, Paddy. Ich werde dir das alles in deine Hosentasche tun.«

Ich bückte mich über das Becken und spülte mich zum Schluss ab. Er steckte seine Hand in meine Hosentasche.

»Nichts zu machen, Paddy, die hat ja 'n Loch.«

Er versuchte es mit der anderen. »Die ist in Ordnung. Ich steck dir hier deine Zigaretten, Streichhölzer und den Kaugummi rein.«

Ich richtete mich auf und trocknete mich ab.

»Die Zeitung stecke ich dir ins Hemd, damit der alte Schnüffler nicht drüber stolpert.« Er hielt mir die *News of the World* an den nackten Oberkörper.

»Hierdrunter wird er sie nicht finden, Paddy.«

»Dank dir, Kumpel«, sagte ich.

»Schon gut, Kumpel. Und, Paddy, ich heiße Charlie.«

»Danke, Charlie.«

»Schon gut, Kumpel. Wenn ich mehr Stoff kriege, schanze ich dir vielleicht morgen was zu rauchen und Schokolade zu. Und noch eins, Paddy«, sagte er lebhaft, »ich weiß ein paar irische Lieder. Ich sing dir eins vor, wenn wir wieder in den Zellen sind. Die anderen alten Säcke da kommen heute vor Gericht. Ich wohne eine Treppe höher. Du kannst mich von dort gut hören. Ich lege den Mund an den Spion.«

Die Tür des Waschraums wurde aufgeschlossen, und der große Wärter kam herein. »Fertig? Alles rasiert, gepudert und pomadisiert für Seine Gnaden?«

Die Gefangenen lachten und marschierten hinter ihm hinaus, dann schloss er jeden Einzelnen der Reihe nach in seine Zelle ein.

»Wiedersehn, Pad«, flüsterte Charlie, stieß mich mit dem Ellbogen an und ging in seine Zelle.

»Bei dir dreh ich den Schlüssel zweimal rum«, sagte der Wärter zu ihm. »Ihr Londoner Jungs seid eine gerissene Bande. Regelrechte Zauberer seid ihr.«

Ich blieb mir selbst überlassen.

»Nun, Guy Fawkes, führ uns den Weg zum Kerker!«

Ich stieg die Treppe hinunter.

»Dort gibts Platz genug. Eine ganze Suite für dich.«

Ich sagte nichts.

»Aber ich verwette meinen Kopf, dass du immer noch nicht zufrieden bist. Der typische Ire, wie er leibt und lebt. Immer habt ihr was zu meckern.«

Er schloss die Tür auf. »Und leg gefälligst deine Scheißdecken zusammen. Du wohnst hier nicht im Schweinestall, verstanden?«

Ich holte tief Luft, um nicht zu stottern. »Ich weiß nicht, ob die Gefängnisordnung Beschimpfungen zulässt. Worauf es mir aber im Augenblick ankommt: Ich möchte ein Frühstück, und wenn ich es nicht von draußen bestellen kann, nehme ich mit Bestimmtheit an, dass Sie mir eins besorgen.«

Da – es war heraus, ich blickte zu ihm auf. Ich hatte meinen Vater und meinen Onkel oft sagen hören, diese Art zu sprechen habe während des Aufstands Wunder gewirkt, da die Soldaten, Polizisten und Gefängniswärter zum größten Teil ungebildetes

Pack waren. Das war freilich lange her, damals stand ganz Irland in Waffen und hatte die Sympathien der ganzen Welt auf seiner Seite. Ich beobachtete sein Gesicht, bemüht, keine Ängstlichkeit zu verraten. Aber obgleich er den Mund öffnete, um loszubrüllen, wusste ich dennoch erleichtert, dass er etwas verblüfft war.

»Einen Scheißdreck bestellst du von draußen, und die Hausordnung geht dich 'n Dreck an, die Hausordnung mache ich hier, und wenn du noch mal so 'ne Lippe riskierst, knall ich dir eine! Spiel dich hier bloß nicht auf, du kleiner Penner, und hab gefälligst Respekt vor Constable Houlihan und so weiter.« Leck mich am Arsch, Constable Houlihan, sagte ich mir; und zu ihm: »Ich werde mich beim Richter über Ihre ausfallende Sprache beschweren.« Nun sieh zu, was du damit anfängst, du alberner Affe.

Sein Nacken wurde feuerrot, er knallte die Tür zu und stapfte schwerfällig die eiserne Treppe hinauf.

Ich hielt es für richtiger, vorerst nicht zu rauchen. Stattdessen steckte ich mir einen Kaugummi in den Mund, begann in der Zelle auf und ab zu gehen und im Rhythmus der Schritte zu kauen. Drei Kaubewegungen pro Schritt. Der Vorteil meiner Zelle war, dass ich auf niemanden unter mir Rücksicht zu nehmen brauchte. Nicht dass es mir etwas ausgemacht hätte, ihm auf dem Kopf herumzutrampeln, ich hätte höchstens ein grässliches Proletengebrüll gehört, wie: »Hey, du verdammtes Arschloch, hau dich endlich hin. Du da oben, geb Ruhe!« Gottlob war unter mir nichts mehr, nur noch Australien, sodass ich meinen Morgenspaziergang in Ruhe und Frieden machen konnte.

Jetzt hörte ich Schritte auf der Treppe und blieb mitten im Raum stehen. Sie kamen näher. Jesus, vielleicht hätte ich das von der Hausordnung nicht sagen sollen – oder noch schlimmer, ich hätte dem alten Hurenbock nicht sagen sollen, dass ich mich beim Richter beschweren würde.

Jetzt waren die Schritte im Gang. Die können dich leicht umlegen und nachher einfach sagen, du hättest Ärger gemacht. Das ist alles schon vorgekommen. Hier würde kein Hahn danach krähen.

Zu Hause wäre es etwas anderes, dort würde man mir meinen Mut zugutehalten. Gebt uns den geschundenen Leichnam unseres Märtyrers heraus! Gedämpfter Trommelklang. Umflorte Dudelsäcke, Trauermarsch.

»Gott mit dir, Frankie Doherty, und lass dir sagen:
Kaum sechzehnjährig hast du ohne Klagen
Der Iren Kreuz und Schande stolz getragen!«

Zuerst müsste ich freilich die Schinderei über mich ergehen lassen.

Ein Schlüssel wurde ins Schloss gesteckt. In deine Hände befehle ich meinen Geist, Herr Jesus, nimm meine Seele zu dir. Die Tür ging auf. Hinter dem Schließer stand ein Häftling, einen Becher Kakao und drei Scheiben Brot in der Hand. »Hier ist Frühstück, und mehr, als du verdienst.«

Ich nahm es entgegen und hätte mich bedankt, wenn er gewartet hätte. Es war aber besser so. Ich wäre ihm sonst erleichtert um den Hals gefallen.

Im Stock über mir ging man zum Gericht. Türen wurden geöffnet, und Schritte entfernten sich im Gang.

Mit verschränkten Beinen, mein Frühstück zwischen den Knien, saß ich auf meiner Bank. Das Brot war hauchdünn mit Margarine bestrichen. Frühere Zellenbewohner schienen den

Kakao nur als Wandverzierung benutzt zu haben. Aber Hunger ist der beste Koch. So trank ich, schlug genießerisch meine *News of the World* auf und las einen tröstlichen Artikel. Ein Richter aus Hull hatte sich selbst zu zwei Jahren verurteilt, weil er sich an elf- und dreizehnjährigen Mädchen, Töchtern eines Arbeitslosen, vergangen hatte. Er hatte ihnen dafür Gemüse aus dem Lebensmittelladen bei ihm um die Ecke geschenkt. Die Lehrerin des älteren der beiden Mädchen hatte festgestellt, dass es schwanger war.

In Somerset hatten Landarbeiter einen Kameraden in einem Pub überfallen, ausgezogen, Paraffin über ihn gegossen und ihn angezündet.

Als ich mein Frühstück beendet hatte, steckte ich mir eine meiner Players an und legte mich auf den Rücken, um das Kreuzworträtsel zu studieren.

Dann hörte ich Gesang, einen jungen, hellen Bariton.

Wohin sind die Tage in Kerry beim Tanz,
Der Klang der Pfeifen, die Lust, der Glanz?
Ach, kehrte nur eine der frohen Stunden,
Die wie unsre Jugend zu früh entschwunden ...

Ich erkannte Charlies Akzent, aber er hatte den Mund wirklich an den Spion gelegt. Ich konnte jedes Wort verstehen.

Da alle außer ihm und mir auf dem Gericht waren, regte sich kein Laut.

Der Morgen ist immer eine gute Zeit – bis gegen elf Uhr, wenn er sein Alter zu spüren beginnt.

Die Sache mit der Toilette war mir peinlich. Der Sitz stand in einer Ecke, genau gegenüber dem Spion. Im Lager bei den Fiannas oder in der Berufsschule war ich nicht befangen gewesen.

Dort bat ein Lehrling, der auf dem Klo saß, ruhig einen anderen um Feuer. Oder man tat so, als sei man nach einer Sauferei am Abend vorher mit jedermann dick befreundet, und rief: »Komm mal einer her und halt mir den Kopf!« Wenn aber ein Lehrer oder Werkmeister kam, schlug man die Tür zu und hielt den Mund, bis er vorbei war. Die Idee, die Toilette unter den Augen dieses verdammten Polizisten zu benutzen, wollte mir nicht behagen. Daher war jetzt die Gelegenheit günstig, da er mit den anderen zum Gericht gefahren war.

Ich saß und las die Zeitung, bereit, sie hinter dem Sitz zu verbergen, sobald ich Schritte auf der Treppe hörte. Die Romanfortsetzung nahm eine ganze Seite ein. Nicht gerade Hemingway oder O'Flaherty, dachte ich und machte mirs bequem und neigte den Kopf. Die Geschichte hieß *Kein Stern geht verloren* und war weit weniger interessant als alles Übrige in der Zeitung.

»He, Paddy.«

Leck mich, Charlie, sagte ich bei mir, ich bin noch nicht fertig. Er brüllte wieder herunter.

Schon gut, ich bin gleich da.

Der Fortsetzungsroman war sehr geeignet, da auf seiner Rückseite nur Anzeigen für vermisste Angehörige standen. Ich zog die Wasserspülung und trat an den Spion.

»Hallo, Charlie.«

»Hallo, Paddy, bist du's?«

Wer zum Teufel solls denn sonst sein?

»Hat dir das Lied gefallen, Paddy?«

»Toll, Kumpel.« In zwei Tagen werde auch ich wie ein geborener Engländer reden.

Das Echo unserer Stimmen hallte durch das leere Gefängnis. »Sing du eins, Paddy! Ein irisches Lied.«

»Auf Irisch?«

»Ja, *Mutter Machree* oder *Galway Bay.*«

– *Mutter Machree* oder *Galway Bay.* Ich singe ein Lied, das ich in der Schule gelernt habe. Irland, das nach dem schottischen *Bonnie Prince* schmachtet. Nicht dass er oder sein Alter oder irgendeiner von seinen Landsleuten jemals etwas für uns Iren getan hätten! Aber ein schönes Lied war es doch!

»Ah bhuachail aoibhinn, aluinn-ó
Ba leathan do chroi, is ba dheas do phó ...
Blonder, schöner, schrecklicher Knabe,
Dein Herz war mein Hort, dein Blick meine Labe,
Wann werden wir uns wiedersehn?
Is go dteighidh tu, a mhuirnm, slän,
Gib acht, Liebster, gib acht.
Gelockt ist dein Haar, schneeweiß deine Lenden,
Süße und Qual deine Lippen spenden,
In deinem Kuss wollt ich vergehn ...
Is go dteighidh tu, a mhuirnm, slän,
Gib acht, Liebster, gib acht ...«

»Hör zu, Paddy. Ich hab kein Wort verstanden. Sing doch mal *Kevin Barry.*«

Bedächtig, wehmütig sang ich durch die verlassenen Gänge:

»Und eh' er vor den Henker trat, hinaus in die Helle,
Barry von den Briten gefoltert ward, in düsterer Zelle,
Nur weil er sie nicht nennen wollte,
Die Namen seiner Gefährten,
Und anderes, was er sagen sollte.
›Werd Spitzel bei uns, und wir lassen dich laufen!‹

Doch Kevin rief stolz: ›Mich könnt ihr nicht kaufen!‹
Er war ein Bursch von kaum achtzehn Jahr.
Niemand kann's leugnen, denn es ist wahr:
Er trat in den Morgen und ging in den Tod
Und trug den Kopf senkrecht wie ein Lot.«

Als die Gefangenen vom Gericht zurückkamen, hörte ich sie rufen. Einige waren in die Untersuchungshaft zurückgeschickt, andere für mindere Vergehen zu kurzen Freiheitsstrafen verurteilt worden. Alle schienen darauf aus, noch vor dem Abendessen ins Gefängnis überwiesen zu werden. Dort, hieß es, sei der Fraß besser als das, was wir hier bekamen. Jesus, nenn mir den, der schlechter sein kann.

Gegen zwei Uhr nachmittags hörte ich die Bullen hinten im Hof vorfahren. Die Gefangenen wurden verladen, und wieder wars im Gefängnis still.

Nach einer Weile hörte ich, wie Charlies Tür geöffnet und geschlossen wurde, dann kamen Schritte die Treppe herunter. Meine Tür ging auf, und der Wärter reichte mir mein Essen, drei schwärzliche, halb verfaulte Kartoffeln auf einem Emailleteller, zwei Scheiben altbackenes Brot und einen Becher Wasser.

Ich sah den Teller an.

»Was ist los?«, fragte der Wärter. »Hast du plötzlich keinen Hunger mehr? Ihr seid mir schöne Soldaten, Junge, Junge! ›Hoch die Republik‹ und ›Lang lebe Altirland‹, das könnt ihr gut brüllen, wenn ihr samstagsabends in einer schottischen Straßenschenke sauft, aber kaum kriecht ihr ein paar Stunden im Graben, geht euch der Arsch auf Grundeis. Was willst du dann nach zwanzig Jahren Knast sagen? Denn die kriegst du, wenn du Schwein hast und sie dich nicht aufknüpfen. Der Fraß ist gut genug für dich und besser als das, was sie dir zu Hause zu futtern geben, in eurem hungrigen Irland, ’n stinkigen Hering und eine Kartoffel.«

Ich nahm Teller und Becher, er schlug die Tür hinter sich zu und schlurfte weiter.

Ich wanderte in dem kalten Licht auf und ab. Im Fenster oben graute es schon. Ich schaute auf den Teller, der auf der Bank stand, und trank einen Schluck Wasser. Das machte mich noch kälter, die Kälte trieb mir Tränen in die Augen, und um mich zu wärmen oder müde zu werden, ging ich noch eine Weile auf und ab und warf dem Teller jedes Mal einen skeptischen Blick zu, wenn ich auf meiner Wanderung von der Wand auf die Tür zuschritt. Schließlich setzte ich mich und aß. Dann kaute ich noch ein Kaugummi, trank einen Schluck Wasser, rauchte eine Kippe und wickelte mich mit neu erwachten Lebensgeistern in meine Decken, bis es wieder an der Zeit war, meine Wanderung bis zum Abend von Neuem aufzunehmen.

Im Laufe des Nachmittags gab es jedoch eine unerwartete Abwechslung. Mitten in meiner Zellenwanderung wurde ich zum Fotografieren gerufen. Ein neuer Polizist öffnete die Tür und gab keinen Laut von sich.

Der Fotograf war ein junger Mann mit Eierkopf und Schnurrbärtchen in Sportjacke und Flanellhose. Ich konnte mir nicht vorstellen, dass er lachen konnte oder sich für etwas anderes interessierte als ein Cricketspiel. In der Hoffnung auf eine Unterhaltung fragte ich ihn, wie spät es sei. Aber er antwortete nicht. Sein pflichtschuldiges Schweigen schien undurchdringlich.

»Den Kopf hierher!« Er hängte mir ein hölzernes Schild um den Hals, das die Aufschrift »IRA«, eine Nummer und meinen Namen in Kreide trug. Auf so einer Aufnahme musste ich wie ein gesuchter Straftäter aussehen, der Gedanke gefiel mir, abgesehen davon, dass ich wünschte, dass jemand mich suchte.

»Jetzt zur Seite!«

Dreh du doch den Kopf zur Seite und renn dir dabei den Schädel ein, das gibt dir vielleicht etwas mehr Mumm.

Als er seine Arbeit beendet hatte, wurde ich wieder in meine Zelle geführt. Wieder ging ich auf und ab, trank von Zeit zu Zeit einen Schluck Wasser und pisste, um die Zeit totzuschlagen. Dann brachte mir der Wärter einen Becher Kakao und meine drei Scheiben Brot. Mit verschränkten Beinen setzte ich mich auf meine Bank, legte mir eine Decke um die Schultern und aß mein Abendbrot. Das Licht wurde eingeschaltet, ich machte mein Bett und schlüpfte hinein. Als Höhepunkt der Genüsse und in der Hoffnung, der Wärter würde nicht zurückkommen, steckte ich mir eine Kippe an und las die Hälfte der *News of the World,* die ich mir für den Abend aufgehoben hatte. »Gute Nacht, Paddy, gute Nacht.«

Es war mir zu kalt, aus dem Bett auf die Steinfliesen zu springen, aber Charlie hatte es getan. Er wartete im Hemd, seine bloßen Beine bis zu den Schenkeln hinauf hochrot vor Kälte, das Gesicht an den Spion gepresst.

Ich sprang aus dem Bett und legte die Lippen an den Spion.

»Nacht, Charlie.«

»Nacht, Pad.«

Wieder im Bett, hörte ich die Straßenbahnen in der Ferne vorbeifahren, schwerfällig fuhren sie um die Kurven und nahmen auf der Geraden Anlauf für die Steigungen.

Damals, in Dublin, als ich klein war, hörte ich sie auf der Nordseite des Flusses, wenn ich im Bett lag und das Auge des Herz-Jesu-Bildes an der gegenüberliegenden Wand vermied. Das Haus, in dem wir wohnten, war das Stadthaus eines reichen Herrn gewesen, bevor es ein Mietshaus wurde, sodass vor meinem Bett ein hoher Kamin aus schwarzem Kilkenny-Marmor stand. Wenn die Seelen wirklich aus dem Fegefeuer zurückkehrten, kamen sie bestimmt da heraus. Ein Ave-Maria war daher nicht verkehrt, aber der Lärm der Straßenbahnen beruhigte mich mehr. Sie waren ja beleuchtet und voller Menschen. Alte Männer, singend und gutmütig krakeelend, und Jungs, die ihre Mädels nach der Kinovorstellung nach Drumcondra heimbegleiteten.

Hier war die Nacht zerrissen vom Geschrei und Gestampf, von Fluchen und trunkenem Singen. Einige der anderen Gefangenen brüllten in ihrer englischen Aussprache: »Haldieschnauze, du Arschloch«, aber ich glaube, sie brüllten nur, um zu zeigen, dass sie das Vorrecht hatten, zu brüllen und gleichzeitig auf der Seite des Wärters zu sein. Mir machten der Lärm und das Singen nichts aus. Sie gaben mir im Gegenteil das Gefühl, vom Samstagabendbetrieb nicht völlig abgesondert zu sein. Ich musste ja noch den ganzen Sonntag hinter mich bringen und auf Vorrat schlafen, was dann etwa so war, als täte ich etwas in die Sparbüchse.

Im Waschraum trafen Charlie und ich uns mit den anderen. Ich freute mich auf ihn, und auch er war froh, mich zu sehen. Natürlich gab es keinen Grund, warum er nicht hätte da sein sollen. Und doch lächelte ich erleichtert, als ich ihn erblickte. Wir fanden Becken nebeneinander, und während wir uns wuschen, sagte er, die Scheißkerle hätten letzte Nacht einen Höllenlärm gemacht. Ich stimmte zu und sagte, einer über mir habe immer wieder dasselbe Lied gesungen, wenn man das singen nennen wollte. Eigentlich hatte es sich mehr wie ein Todesröcheln angehört.

Charlie sagte, der Wärter habe ihm bisher keine Zigaretten oder Zeitungen gebracht, obgleich er sie gleich morgens bestellt habe, er könne mir aber eine Kippe und etwas Kaugummi geben.

Ich dankte ihm und sagte, ich hätte noch zwei Zigaretten übrig, auch etwas Kaugummi und sei somit versorgt. Er hatte für mich eine Zeitung mit heruntergebracht, und ich sagte, mehr brauche ich nicht. Ich schob sie unters Hemd, und wir sagten, wir würden uns wohl auf dem Weg zum Gericht wiedersehen und dann zusammen in den Knast abgeschoben werden.

Unterwegs stieß er mich mit dem Ellbogen an, bevor er in seine Zelle zurückging, und murmelte »Wiedersehn, Pad«. Ich ging die Treppe hinunter, wurde in meine Zelle eingeschlossen, legte mich auf meine Bank und blickte zum Fenster auf, bis das Frühstück kam.

Ich hätte gern gewusst, ob hier Messen gelesen wurden. Es wäre schön, die Messe auf Irisch zu hören, solange es nicht Polizist Houlihans Stimme war, und plötzlich verlangte mich mehr nach der Religion meiner Väter als in Freiheit zu Hause.

Aber darüber erfuhr ich nichts, und als der Wärter mein Frühstück brachte, fragte ich auch nicht danach. An diesem Morgen war er friedlich, und ich hielt es für das Beste, ihn nicht aus der Ruhe zu bringen.

Nicht dass wir nicht auch auf andere Weise an den Sonntag erinnert worden wären.

Die Glocken von hundert Kirchen klangen und dröhnten mir den lieben langen Morgen in den Ohren. Das war nicht übel, zumal ich den Vormittag mag, und der Tag begann erst trübe zu werden, als das Licht gegen Nachmittag aus dem Himmel wich. Dann läuteten die Glocken von Neuem, und ich ließ ihr Hallen wehrlos und trostlos über mich ergehen.

Ich konnte nicht einmal auf und ab wandern, ich kauerte, in die Decken gewickelt, auf meinem Bett, Tränen im Herzen, Tränen im Sinn, und wünschte, ich könnte erwachen und feststellen, dass ich nur geträumt hatte, könnte zu Hause aufwachen und sagen: So etwa fühlst du dich, wenn du in England geschnappt wirst, keine Paraden mehr mitmachen kannst, aus der IRA ausscheiden musst, wenn du dich von jetzt an um deinen eigenen Kram kümmern kannst, zum Tanzen oder dergleichen ausgehst und heiratest. Wenn mir bei der Ostersonntagparade, während beim Dröhnen der Trommeln und Kreischen der Dudelsackpfeifen die vier Bataillone der Dubliner Brigade mit »Augen links« und gesenkten Fahnen langsam an der Oberpostdirektion vorbeimarschieren und die dicht gedrängte Menschenmenge zu beiden Seiten der O'Connell Street die Köpfe entblößt – wenn mir an diesem Festtag das Blut in die Schläfen schießen würde, könnte ich immer an die Nacht zurückdenken, als ich träumte, ich sei in Liverpool von der Polizei festgenommen worden, und gleich würde mein Blut beruhigt und gleichmäßig durch die Adern kreisen.

Schon oft haben Träume den Menschen vor Unheil bewahrt, das er über sich bringen würde, sofern er sich nicht änderte. Draußen dachte ich nie an solche Dinge, und wenn ichs tat, nur, um darüber zu lachen. Aber hier waren solche Dinge durchaus denkbar, sodass es gut war, still zu sein. Freilich hieß still sein hier nicht, den Republikaner spielen. Selbst Roger Casement, den die Loyalisten zu Hause achteten – jede Zeitung, einschließlich der *Irish Times* und des *Independent*, forderten einstimmig die Auslieferung seiner sterblichen Überreste, und W. B. Yeats hatte ein Gedicht verfasst, in dem es hieß: »Der Geist von Roger Casement klopft an unsere Tür« –, selbst Casement wurde geschmäht und von dem Hauptinspektor am Freitagabend als »der alte Hurensohn Roger Casement« betitelt.

Nun, ich begann zu begreifen, dass darin eine gewisse Gerechtigkeit lag. Er konnte es hier tun, wir konnten die alte Hunger-Königin zu Hause schmähen oder die *Black and Tans*, und so jeder Mensch im eigenen Land. Wenn einer aber hierherkam und Bomben legte, konnte er nicht erwarten, dafür noch gelobt zu werden. Vielmehr konnte er nur noch aufwachen und den Traum als Warnung nehmen oder zusehen, wie er aus der Sache herauskam. Verdammt, selbst freigelassen zu werden und nie mehr heimfahren zu können, war ein Ausweg. Würde es den Briten nicht Geld sparen, von allem anderen abgesehen? Ja, so konnte man die Sache sehen. Wenn ich das Gericht anerkannte und mich schuldig bekannte oder erklärte, jemand habe mir das Zeug zum Aufbewahren gegeben und ich hätte, bis ichs in meinem Zimmer hatte, nicht gewusst, was es enthielt, würde ich dann vielleicht nur ausgewiesen werden?

Ich hörte Schritte auf der Treppe, der Wärter öffnete die Tür und holte mich in den erleuchteten Gang hinaus. Dort lagen meine Schuhe, Socken und meine Hosenträger auf dem Boden.

»Zieh sie an«, sagte er.

Ich werds tun, bei Gott, Sir, ich danke Ihnen. Vielleicht würde ein Wunder geschehen. Vielleicht würden sie mich nach Hause schicken und sagen: »Lass dich hier nicht mehr blicken!« Ich würds tun, weiß Gott, und dankbar dafür sein.

»Komm mit, oben will dich jemand sprechen.«

Ich ging dicht auf seinen Fersen hinter ihm her und wurde in ein Zimmer geführt. Dort standen mein Sergeant und Vereker, der mich anlächelte. Der Sergeant deutete blinzelnd auf einen Dritten, einen ziemlich großen, gut gekleideten, gut aussehenden Mann. Er hatte die dünnen Lippen eines Engländers, auch das war in Ordnung – war es nicht sein Land, und konnte er nicht die Lippen haben, die er wollte?

»Das ist Mr O'Sullivan, Brendan«, sagte der Sergeant.

Noch besser, er nannte mich Brendan, und der gut gekleidete Herr war Ire – vielleicht von der Sankt-Vincent-de-Paul-Gesellschaft oder etwas Ähnlichem – und wollte mich nach Hause bringen. Er lächelte sogar kurz und sagte:

»Ich bin Ire, genau wie du. Ich bin aus Cork.«

»O'Sullivan ist ein Name aus der Grafschaft Cork, Sir«, antwortete ich.

»So ist es«, sagte er, »aber was für ein Name ist Behan?«

»Ein altirischer Name, Sir. Der Name einer Schriftstellerfamilie, die einst in South Leinster berühmt war. Die irische Form ›O Beachäin‹ von ›beach a bee‹, also einer, der Bienen hält, Angilcé, ›Behan, Beggan, Beegan‹. Es steht in *Sloinnte Gad agus Gail.* Das ist irisch, Sir. *Die Namen der Iren und Normannen* ist der englische Titel. Vielleicht lesen Sie nicht irisch, aber es ist eine zweisprachige Ausgabe, irisch auf der einen, englisch auf der anderen Seite. Auch Ihr Name steht darin, Sir.«

»Ich lese kein Irisch, Behan. Ich spreche es auch nicht. Was sollte ich auch damit anfangen? Was nützt Gälisch schon außerhalb Irlands?«

»In Neuschottland, Sir, in Cape Breton, wird nur Irisch gesprochen. Dort gibt es eine Zeitung in gälischer Sprache.«

»Das ist schottisches Gälisch – eine völlig andere Sprache.«

Ich wusste, dass das nicht zutraf, der einzige Unterschied in der Ausdrucksform »es ist« bestand zum Beispiel darin, dass die Schotten »Thá« sagten und wir Iren »tá«. Es wäre jedoch unklug gewesen, den Besserwisser zu spielen oder meinen Besucher bloßzustellen. »Wenn mans genau überlegt, haben Sie vermutlich recht, Sir.«

»Wie alt bist du, Behan?«

»Sechzehn, Sir.«

»Du bist dir vermutlich darüber im Klaren, dass du für diese Geschichte unter Umständen den größten Teil deines Lebens im Knast verbringen wirst. Die letzte Fünfergruppe, die in London verurteilt wurde, bekam zusammen hundert Jahre Zwangsarbeit. Zwanzig Jahre pro Kopf. Der sechste, der mit ihnen festgenommen wurde, sitzt in Birmingham, zum Tode verurteilt. Wegen eines feigen Mordes.«

»Es war kein Mord«, rutschte es mir raus.

»Es war kein Mord?« Seine Lippen pressten sich zornig zusammen. »Eine Bombe in eine überfüllte Straße zu werfen und fünf unschuldige Menschen zu töten?«

Die Empörung ging mit ihm durch, seine Stimme wurde schrill, und der Ton veränderte sich blitzartig. »Du verdammter kleiner Hurensohn!«, schrie er und holte mit der Hand aus, als könne er sich nicht mehr beherrschen, knirschte mit den

Zähnen und trat auf mich zu. »Ich werde dir zeigen, was Mord ist.«

Der Sergeant und Vereker hielten ihn zurück, beide blickten mich vorwurfsvoll an. Ich senkte den Blick und wich einen Schritt zurück.

Mr O'Sullivan knurrte, als sie ihn festhielten: »Loslassen, verdammt noch mal!« Sein Gesicht war schrecklich anzusehen, seine Augen traten hinter seinen Brillengläsern aus dem Kopf. »Verdammt!«, sagte er.

»Na, na, Herr Inspektor«, sagte der Sergeant beschwichtigend.

»Schon gut, Sergeant, schon gut«, sagte Mr O'Sullivan verträglicher. Sie nahmen ihre Hände von ihm weg, und er sprach gleichmütig mit mir weiter.

»Komm mir nicht damit, Behan. Du bist hier nicht bei deiner Mörderbande in Dublin oder Belfast.«

»Jawohl, Sir«, sagte ich leise, etwas benommen, und fragte mich, was ich sagen sollte, um ihn nicht von Neuem aufzubringen. »Ich meinte nur, Sir, dass der Mann nichts damit zu tun hatte.«

Ungläubig blickte er mich an, und Vereker und der Sergeant seufzten und schauten kopfschüttelnd zu mir hin.

»Ich meine, Sir, ich meine ...«, stammelte ich.

»Du meinst, die Birminghamer Polizei hat einen Unschuldigen zum Tod verurteilt? Meinst du das, Behan? Ja? Antworte!« Wieder wurde seine Stimme lauter, und der Sergeant und Vereker bewegten sich auf ihn zu, er aber winkte ab und fügte weniger laut hinzu: »Antworte mir!«

Ich schluckte einmal und versuchte, mich vorsichtig auszudrücken. »Ich meine, Sir, dass vielleicht ein Irrtum vorliegt, Sir ...«

»Die englische Polizei, Behan, begeht keinen Irrtum. Weder in Birmingham noch in Liverpool.«

»Der Mann ist in London festgenommen worden, zusammen mit den anderen fünf, und war im Gewahrsam von Scotland Yard, bevor die Bombe in Coventry explodiert ist – eine ganze Stunde vorher.«

Ich war bereit, zurückzuzucken, aber er rührte sich nicht.

»Du scheinst ja gut Bescheid zu wissen, Behan. Vielleicht warst du bei der kleinen Operation, wie ihr Soldaten der Irischen Republik eure Morde nennt, beteiligt. Woher weißt du das alles?«

»Weil ichs in den Zeitungen gelesen habe, Sir, in englischen Zeitungen.«

»Du warst also zufällig in England, als das passierte?«

»Nein, Sir, ich war in Irland, zu Hause. Aber man kann in Dublin englische Zeitungen kaufen, Sir.«

»Ich verstehe. Schade, dass du beim Lesen nicht mehr gelernt hast.« Er sprach ganz vernünftig, und ich atmete auf. Dann steckte er seine Hand in die Tasche und zog ein Päckchen Zigaretten heraus, bot sie zuerst dem Sergeanten und Vereker, dann mir an.

»Nimm dir eine«, sagte er.

»Danke, Sir«, sagte ich.

Vereker zündete ein Streichholz an und gab allen Feuer.

»Hör zu, Behan«, sagte der Inspektor, »du bist ja nur ein Schulbub, und deine Anführer sitzen im sicheren Nest zu Hause in Irland oder in Amerika. Wir wollen dir nichts Böses, aber der Einzige, der dir helfen kann, bist du selbst. Du brauchst auf andere Leute keine Rücksicht zu nehmen, die nehmen auch keine Rücksicht auf dich. Aber wenn du uns sagst, wo wir mehr von dem Material in England finden können, schnappen wir es uns, und es werden keine weiteren Fragen gestellt.«

»Ich weiß nicht, wo in England weiteres Material ist, Sir.«

»Bist du ganz sicher?«

»Ganz sicher, Sir. Die IRA weiht mich nicht in alle ihre Geheimnisse ein.«

»Lass das mal aus dem Spiel. Würdest du, wenn du es wüsstest, uns helfen, es zu finden?«

»Da ich Ihnen nicht sagen kann, wo Sie es suchen sollen, spielt es dann eine Rolle? Ich meine, ich könnte lügen und sagen, ich würde es tun, und dann, wenn ichs wüsste, würde ichs vielleicht nicht – was würde es schon ausmachen?«

»Weißt du viel über die Organisation der IRA in Irland? In Belfast?«

»Sehr wenig, Sir.«

»Wie viel?«

»Nichts, was für Sie lohnend wäre, Sir.«

»Das können wir am besten beurteilen. Was weißt du über die IRA in Dublin? Wer sind die Mitglieder des Obersten Hauptquartiers, wie ihr es nennt?«

»Ich weiß natürlich etwas über die IRA in Dublin, aber –«, ich lächelte, »ich gehöre nicht zum Obersten Hauptquartier.«

»Das hat auch niemand behauptet. Und lass gefälligst dein Grinsen. Dies ist eine ernste Angelegenheit und ernster für dich als für jeden anderen hier im Raum.«

»Jawohl, Sir.«

»Wer hat dir das Material gegeben?«

»Ich habe seinen Namen nicht erfahren, Sir.«

»Wer hat dir das Geld gegeben, das bei dir gefunden wurde, wer die Fahrkarte und deine gefälschte Reisegenehmigung? Vermutlich weißt du das auch nicht?«

Ich sagte nichts.

»Hör zu, Behan. Falls du Angst hast vor dem, was dir passieren wird, wenn du nach Hause kommst, so kann ich dir Folgendes sagen: Wenn du uns hilfst, können wir für dich sorgen. Auf eine Weise tust du mir leid. Du bist nichts als ein dummer Junge, der sich in Sachen mischt, die ihn nichts angehen. Du schuldest diesen Leuten nichts. Sie haben dich hier herübergeschickt, und nun musst du die Sache ausbaden, nicht sie. Also: Du weißt eine Menge über die Organisation der IRA in Irland. Du hast mit ihr zu tun, seit du krabbeln kannst – viel hat dabei für dich nicht herausgeschaut –, und du kannst uns von Nutzen sein. Du wirst nicht schuld daran sein, wenn jemand verhaftet wird, weil wir in Irland niemanden verhaften können, aber du wirst uns dabei helfen, diesen Umtrieben ein Ende zu setzen, und, wie ich schon sagte, wir werden für dich sorgen. Du bist ein junger Mann, vielleicht noch nicht einmal das. Wir schicken dich in die Kolonien, vielleicht nach Kanada, setzen dich aufs Schiff, mit Geld in der Tasche.«

Er sah mich an. »Nun?«

Ich sah ihn an, und etwas sagte mir, dass er nicht noch mal auf mich losstürzen würde. Darüber war ich froh.

»Ich kann Ihnen nicht helfen, Sir.«

»Du meinst, du willst es nicht. Na schön. Bis zur Gerichtsverhandlung geht noch eine gute Weile hin. Denk darüber nach, wenn du im Walton-Gefängnis bist, und wenn du dirs anders überlegst, lass es mich wissen. Ich komme dann gleich rauf.«

Er nickte dem Sergeanten und Vereker zu, und wir gingen hinaus, bis zum Treppenabsatz. Der Wärter kam herauf, und Vereker lächelte mir zu. »Gute Nacht«, sagte ich.

»Gute Nacht, Paddy«, sagte Vereker.

»Gute Nacht, du kleiner Dummkopf«, sagte der Sergeant. Ich

ging hinter dem Wärter die Treppe hinunter, bis wir zu meiner Zelle kamen.

»Zieh die Schuhe aus und nimm die Hosenträger ab, ehe du in deine Zelle gehst«, sagte der Wärter.

Bevor ich mich bückte, um meine Schnürsenkel zu lösen, steckte ich die Zigarette in den Mund, um einen Zug zu tun.

Der Wärter hob die Hand und riss sie mir aus dem Mund. »Was soll das«, brüllte er, »wer hat dich geheißen zu rauchen? Wer hat dir die gegeben?«

»Der Herr Inspektor«, antwortete ich, »Mr O'Sullivan.«

»Ist mir egal, wer sie dir gegeben hat«, sagte der Wärter und warf die Zigarette ins Dunkle. »Zieh die Schuhe aus und nimm die Hosenträger ab.«

Ich tat es und betrat meine Zelle. Dort stand mein Kakao und war noch lauwarm. Ich verzehrte mein Abendbrot und ging leidlich gelaunt ein wenig auf und ab. Dabei sang ich ein Liedchen, so laut ich konnte.

»Über Hügel und Küsten flieg ich für dich,
Deine zartweißen Hände tragen mich.
Zu Haus in deiner Kammer, vom Morgen bis zum Abendwind,
Bist du bei mir, schönste Blume, dunkle Rosalind,
Du meine Rosalind.
Jede Stunde am Tag bist du mein im Gemüte,
Blume der Blumen, zarteste Blüte,
Dunkle Rosalind.
Doch die Erde wird erröten in Strömen von Blut,
Erbeben von deinem Schritt und Mut,
Berg und Wald umlodert von Flammenglut.
Kriegslärm wird wecken manch stilles Tal geschwind,
Eh du welkst und vergehst, dunkle Rosalind,

Du meine Rosalind.
Doch erst muss mein letztes Stündlein schlagen,
Bevor sie dich wachsbleich zu Grabe tragen,
Dunkle Rosalind ...«

»Bravo, Paddy«, hörte ich Charlie von oben brüllen.

Ich trat an den Spion.

»Morgen kommen wir hier raus, Paddy«, schrie er.

»Gut, Charlie. Feine Sache, was?«

Am nächsten Morgen wurde ich jedoch allein in einem Polizeiauto abgeholt. Während der Fahrt überlegte ich, ob es vielleicht ein Sondergericht für die IRA gab, bis wir am Ziel waren und ich in einen Raum geführt wurde, in dem ein Dutzend kleiner Jungen und Mädchen saßen.

Neben mir hockte ein Junge von etwa zwölf Jahren und rauchte eine Zigarette, die er jedes Mal versteckte, wenn die Tür aufging.

»Willst du auch eine?«, fragte er.

»Sehr gern«, antwortete ich.

Er holte ein Päckchen aus der Tasche seines Blazers und gab mir eine zerdrückte Zigarette.

»Vielen Dank«, sagte ich. »Aber wie heißt das hier?«

»Jugendgericht.«

In gewisser Hinsicht war ich froh. Hier würde man wohl kaum zu zwanzig Jahren Zwangsarbeit verurteilt werden, anderseits kam es mir komisch vor, dass man hier als Angehöriger der Irisch-Republikanischen Armee verhört werden sollte.

»Gilt für alle unter siebzehn«, sagte der Junge.

Darum also war Charlie anderswohin gebracht worden. Er war drei Monate älter als ich und einige Wochen über siebzehn.

Ich wurde vor Gericht geführt, und eine Dame auf dem Richterstuhl teilte mir höflich mit, dass ihr Gericht nicht ermächtigt sei, gegen mich zu verhandeln, weshalb ich dem Polizeigericht überwiesen würde.

Beim Polizeigericht war die Sache viel umständlicher.

Der Offizialverteidiger fragte, ob der Fall unter Ausschluss der Öffentlichkeit zur Verhandlung komme, und der Richter fragte mich, ob ich etwas dagegen einzuwenden hätte.

Ich sagte, das hätte ich und dass die öffentliche Verhandlung doch ein Rechtsgrundsatz sei.

Außerdem wollte ich, dass meine Familie zu Hause erfuhr, wo ich war, damit sie mir Zeitungen oder Zigaretten schicken und dafür sorgen konnte, dass ich im Walton-Gefängnis nicht zusammengehauen wurde. Zu Hause wurde nämlich bereits gemunkelt, dass die Wärter in Dartmoor die Sträflinge dazu aufstachelten, unsere Gefährten beim Spaziergang im Hof anzugreifen. Ich hatte keine Lust, tot oder halb tot geschlagen zu werden, ohne dass eine Menschenseele meinetwegen einen Finger rühren konnte. Aber das sagte ich nicht zu dem Richter, sondern sagte nur, dass die Verhandlung öffentlich sein müsse.

Er lächelte mich an, und die anderen Leute im Gerichtssaal lächelten gleichfalls und sagten, die Polizei sei der Auffassung, eine öffentliche Verhandlung könne ihre Arbeit stören und bestimmte Leute aufmerksam machen. Und hier sei er nun unter Ausschluss der Öffentlichkeit. Daher solle ich eine Woche ins Untersuchungsgefängnis zurückgebracht werden, dann – versicherte er – werde die Verhandlung »so öffentlich sein, wie ich es nur wünschen könne«.

Dann kam der Sergeant zu mir, den ich fragte, ob er eine Zigarette für mich habe. Er hatte keine bei sich, ging aber zum Offizialverteidiger, der ihm zehn *Capstan* für mich gab. Ich steckte mir eine in den Mund, kurz bevor wir den Gerichtssaal verlassen hatten. Er sagte, ich solle um Himmels willen warten, bis ich in meiner Zelle sei, ob ich ihn und alle anderen unbedingt den Job kosten, ob ich sie in Teufels Küche bringen wolle und mich dazu.

In der Zelle fand ich Charlie und die anderen, die darauf warteten, ins Walton-Gefängnis überwiesen zu werden.

Ich zog mein Päckchen mit den *Capstan* aus der Tasche, wir zündeten uns eine an und rauchten in Charlies Ausdrucksweise wie »Herrenhurensöhne«.

Am Spätnachmittag wurden wir in die Kammer geführt, wo die Sachen eines jeden Einzelnen aufgeschrieben, quittiert und von dem Kammerbullen in einen Lederbeutel gesteckt wurden.

Als ich abgefertigt war, sagte der Wärter: »Das wärs, und halt mir ein Auge auf den irischen Patrioten da!«

Ich blickte ihn fest an.

»Mach nicht so 'n blödes Gesicht.«

»Schon gut«, sagte der mit dem Lederbeutel, »der kommt wohin, wo sie ihn so lange in den Arsch treten werden, bis er Manieren lernt.«

Ich setzte mich neben Charlie. Uns gegenüber im Polizeiwagen saß ein rothaariger Junge meines Alters, daneben ein untersetzter Mann mit einer gebrochenen Nase, einem Blumenkohlohr und einer verkniffenen Visage. Er war verknackt worden, weil er seine Frau misshandelt hatte. Er war nicht einmal unfreundlich und sagte, sein Name sei Donohoe. Ich sagte, das sei zufällig der Name meiner Mutter. Sie heißt nicht so, aber Höflichkeit kostet nichts.

Der Verkehrslärm auf der Fahrt durch die Stadt war bedrückend. Es war unmöglich, hinauszuschauen, an der Decke waren zwar Schlitze, aber nur für die Lüftung. Donohoe und der Rotfuchs stritten über die Stadtteile, durch die wir angeblich fuhren.

»Jetzt fahren wir durch die und die Straße. Ich erkenne die Sirene der und der Fabrik.«

»Stimmt nicht. Wir fahren in der und der Richtung. Das ist keine Sirene, sondern die Hupe von einem anderen Auto.« Charlie und ich blickten einander gelangweilt an, sagten aber nichts und lauschten nur höflich, wenn Donohoe seine Meinung äußerte.

»Da«, sagte Rotschopf, »was hab ich dir gesagt? Jetzt fahren wir durch die und die Straße, ich kann den Rangierbahnhof hören.«

»Nein«, sagte Donohoe, »das ist nicht der Rangierbahnhof.« Bevor Donohoe sagen konnte, was es war, kam der Wagen mit Getöse so ruckartig zum Stehen, dass wir fast von unseren Sitzen geflogen wären.

Wir hörten den Fahrer mit jemandem auf der Straße streiten. Dann drehte er sich in der Fahrerkabine um und brüllte dem Polizisten ins Ohr: »Das gottverdammte Schwein hat mich geschnitten. Würde ihn am liebsten anzeigen. Beschissener Kohlenlaster!«

Der Polizist wandte sich an uns. »Der hätte uns um 'n Haar zu Brei gefahren.«

Rotschopf meinte: »Beschissene Busfahrer.«

Donohoe sagte: »War doch 'n Kohlenlaster.«

»Na schön, dann eben Kohlenlaster. Die glauben, die Straße gehört nur ihnen.«

Wir hatten alle unseren Spaß an dem, was wir unter dem Lastwagenfahrer zu leiden gehabt hatten, und der Polizist spitzte freundschaftlich die Ohren, als Rotschopf die Geschichte eines anderen Kohlenlasters erzählte, der fast eine Frau mit einem

Kinderwagen überfahren hätte, und Charlie sagte, in London seis mit den Hurensöhnen nicht besser bestellt. Ich sagte, in Dublin seien sie berüchtigt für ihr lausiges Fahren.

Der Polizist hörte aufmerksam zu und spielte nur den Tauben, als ich Dublin erwähnte. Als ich bescheiden verstummte, war er freundlich und gesprächig mit den anderen, und ich durfte wenigstens zuhören.

Ja, ja, meinte er, wir hätten uns ohne Weiteres das Genick brechen können, und manch einer von den Fahrern dürfte von Rechts wegen überhaupt nicht am Steuer sitzen.

Bis zum Gefängnistor erörterten wir den knapp vermiedenen Verkehrsunfall. Rotschopf sagte, der Fahrer des Polizeiwagens müsse verflixt geistesgegenwärtig gewesen sein, um in letzter Sekunde zu bremsen. Der Polizist sagte:

»Wenn ich die Tür aufmache, springt ihr heraus und tretet im Hof an, bis ich euch Bescheid sage. Und dass mir keiner den Mund aufmacht!«

»Kennen wir«, brummte Donohoe übelnehmerisch. Genau betrachtet waren es die ersten und letzten Worte, die er an den Polizisten richtete.

Wir stiegen aus und standen im Hof des Gefängnisses. Das Tor schloss sich hinter uns. Bevor es zufiel, sah ich ein Stückchen Straße. Ein alter Mann schob einen Handkarren vor sich her, sein Atem dampfte in der kalten Luft. Als er einen Blick zu uns hereinwarf, sagte er, vielleicht zu sich, »Du hasts nicht schlecht, mein Alter, könntest es aber weit schlechter haben«, und stapfte munter weiter.

Es war ein kalter, rauer Abend, und das Licht wich aus dem Himmel, als fragte es sich, wie es je da hineingekommen sei. Über dem Haupteingang des Gefängnisses war eine Verzierung angebracht, eine angekettete Schlange: das Verbrechen, vom

Gesetz geknebelt. Ich wusste, was das bedeutete. Eine ähnliche Plastik hing über dem Kilmainham-Gefängnis. Ich war oft mit meinem Vater daran vorbeigegangen, wenn er mich sonntags früh auf einen Spaziergang mitnahm. Dort hatte er mich aus seinem Zellenfenster während des Bürgerkriegs zum ersten Mal gesehen. Ich wurde nach seiner Gefangennahme geboren, und als ich sechs Wochen alt war, brachte meine Mutter mich zum Gefängnis und hielt mich auf der Straße vor dem Gebäude hoch, damit Vater mich von seinem Zellenfenster aus sehen konnte.

Ein Gefängniswärter kam und sprach mit dem Polizisten.

Charlie sagte flüsternd zu mir, ob wir vielleicht etwas zu essen bekommen würden.

Der Wärter fuhr herum. »He ihr, Schluss mit dem Geplapper. Ihr seid jetzt im Gefängnis, und wenn ihr nicht gleich mit Wasser und Brot anfangen wollt, haltet ihr am besten eure Klappe.«

Wir wurden in ein einstöckiges Nebengebäude gebracht. Drinnen stand ein Wärter im weißen Mantel an einem Schreibtisch und rief Namen auf. Sobald ein Name aufgerufen wurde, nahm der Polizist unsere Sachen aus dem Beutel, der Wärter schrieb sie einzeln auf, und wir unterschrieben der Reihe nach. Als das beendet war, ging der Polizist weg, nachdem er sich von dem Wärter herzlich verabschiedet hatte.

»Nun«, sagte der Kammerbulle, »wenn ihr irgendetwas in den Taschen habt, leert sie aus.«

Ich drehte meine Taschen um, ausgenommen die, in der ich die *Capstan*-Zigaretten, die der Sergeant mir geschenkt hatte, verwahrt hatte.

»Sehen Sie mal nach, Mr Holmes!«, sagte der Wärter zu einem anderen. Mr Holmes durchsuchte uns und fand bei Charlie ein Ende Schnürsenkel.

»Willst du Schifferknoten üben oder was?«

Charlie sagte nichts.

»Warum hast du das da nicht herausgegeben?«

»Ich wusste es nicht.«

»Was wusstest du nicht?«

»Ich wusste nicht, dass es falsch ist.«

»Du wusstest nicht, dass was falsch ist?«, donnerte Mr Holmes.

»Ach, ich wusste es nicht, Sir. Sir, ich wusste es doch nicht, Sir, es tut mir leid.«

Der andere Wärter trat hinzu und blickte Charlie an. »Denk daran, dass, wenn du in Zukunft mit Mr Holmes sprichst, du ihm ehrerbietig zu antworten hast.«

»Oder jedem anderen Beamten hier, wie Mr Whitbread dir bestätigen wird«, sagte Mr Holmes.

Mr Holmes und Mr Whitbread blickten einander an.

Mr Holmes durchsuchte Donohoe und fand ein Stück Papier in seiner Tasche. Der Übelnehmer blickte ihn an.

»Das werden Sie wohl hier nicht brauchen, verstehen Sie«, sagte Mr Holmes. »Hier bekommen Sie Toilettenpapier.«

»Ich weiß genau Bescheid, was man hier bekommt«, sagte Donohoe.

Mr Holmes kam zu mir. Ach liebster gemarterter Jesus, warum habe ich die gottverdammten *Capstan* behalten?

Er ließ seine Hände über mich gleiten und fand die Zigaretten. »Was ist denn das?«, sagte er ganz aufgeregt. »Was haben wir denn da? – Mr Whitbread, Sir!«

Mr Whitbread trat herbei und blieb neben Mr Holmes vor mir stehen. Mr Holmes hielt das Zigarettenpäckchen hoch, und Mr Whitbread blickte mich an.

»Wer ist denn der Besitzer dieser kleinen Sammlung, Mr Holmes?«, fragte Mr Whitbread, der zugesehen hatte, wie sein Kollege sie aus meiner Tasche zutage gefördert hatte.

»Dieser hier, Sir.« Dabei sprach er mir ins Gesicht. »Sag Mr Whitbread deinen Namen, du!«

»Behan, Sir.«

Ich nannte meinen Zunamen zuerst. Wenn man plötzlich stottert, ist er leichter auszusprechen.

»Sag Mr Whitbread deinen Vornamen«, befahl Mr Holmes. »Vielleicht habt ihr in Irland keine Vornamen«, sagte Mr Whitbread.

»Br-Br-Br-Brendan Behan, Sir.«

»Ja, Behan«, sagte Mr Whitbread, seine Liste prüfend und ruhiger werdend. »Hier steht er. Du bist einer von der IRA, nicht wahr? Du magst uns hier nicht besonders, was, Behan? Eigentlich schade, weißt du, weil du ziemlich lange bei uns bleiben wirst. Etwa zwanzig Jährchen. Die hat nämlich die letzte Bande in Manchester bekommen, oder nicht? Und du wolltest uns doch alle in die Luft sprengen, Behan? Nicht wahr, Behan?« Mein Name klang in seinem Munde fremd. »Nicht wahr, Behan?« Er brüllte mir ins Gesicht. »Nicht wahr?«

»Antworte Mr Whitbread, Behan!«, sagte Mr Holmes vorwurfsvoll.

»Von dem alten Rebellen ist nicht mehr viel übrig in dir, Behan, was? Dachte, ihr Burschen hättet eure Ochsenflinten mitgebracht«, sagte Mr Whitbread. »Weißt du, was ’ne Ochsenflinte ist, Behan? Was ihr in Irland habt, um damit den Kuhmist zu verschießen.«

Er blickte die anderen an. Mr Holmes lachte, auch der Rotschopf lachte, nur Charlies Gesicht war ernst und unruhig, bis er wegschaute und auch mitlachte.

»Halt gefälligst den Kopf hoch, wenn ich mit dir rede.«

Ich schaute zu Charlie hinüber. Sein Blick traf den meinen, rasch senkte er ihn zu Boden.

»Was guckst du im Zimmer rum, Behan? Sieh mich an!«

Als der junge Cuchulainn, der nach der Schlacht an der Ferdia-Furt bei der Schlucht von Ulster Wache stand, sich von seinen Feinden umringt sah, lehnte er sich fest an einen Baum und flehte mit dieser Rückendeckung die Götter des Todes und des Ruhms an, ihm bis zu seinem letzten Blutstropfen zur Seite zu stehen.

Ich blickte Mr Whitbread an. »Ich sehe Sie an«, sagte ich.

»Du siehst Mr Whitbread an, was?«, fragte Mr Holmes.

»Ich sehe Mr Whitbread an.«

Ernst blickte Mr Holmes Mr Whitbread an, holte mit der flachen Hand aus und schlug mich ins Gesicht, hielt mit der anderen fest und schlug mich von Neuem.

Mein Kopf drehte sich und brannte und schmerzte, ich fragte mich, ob er es noch einmal tun würde. Ich vergaß alles und fühlte einen neuen Schlag, und vergaß wieder, und noch einen, und taumelte und wurde von einer stützenden, fast gütigen Hand festgehalten und bekam wieder einen Hieb, und ich sah nur noch rot und weiß.

»Du siehst Mr Whitbread an, was, Behan?«

Ich schluckte ein paarmal, ehe ich herausbrachte: »Ich, Sir, bitte, Sir, ich sehe Sie an, ich meine, ich sehe Mr Whitbread an, Sir.«

»Nun, Behan«, sagte Mr Whitbread, »nun hast du deine Lektion, denk daran: Wir haben hier nur drei Sorten Tabak: *drei Nixen* – heute nix – morgen nix – und übermorgen nix.« Die anderen lachten, Mr Holmes, der Rotschopf und Charlie, dieser freilich mit abgewandtem Gesicht. Alle außer Donohoe, der noch immer übelnehmerisch die Wand anstarrte.

»Hast du kapiert, Behan?«

Mein Gesicht brannte, und ich suchte in meinem schmerzenden Kopf nach meiner Stimme.

»Antworte Mr Whitbread, Behan.«

»Ja – Sir. Mr Whitbread.«

»Vergiss es nicht.«

»Nein, Mr Whitbread, nein, Sir.«

Er trat zurück, blickte uns alle aufmerksam an und wies jedem eine Zelle zu.

»Geht hinein und zieht euch aus.«

Jeder von uns betrat eine Zeile; er winkte einem Sträfling in grauem Drillich, der die Türen abschloss.

Es war ein winziges Verlies, kaum größer als ein Zwergensarg, hatte nur ein Holzbrett zum Sitzen, das zu klein war, um sich darauf auszustrecken. Ich hoffte zu Gott, dass man in diesem Loch nicht längere Zeit eingesperrt würde, und zog mich aus.

Der Spion wurde aufgeschoben, und ein Auge erschien dahinter. Ich legte die Hand auf meine Blöße und schlotterte vor Kälte.

»Ausgezogen?« Der Sträfling in Grau öffnete die Tür und warf mir ein Handtuch und ein Buch zu. Er war ein untersetzter dickbauchiger Mann; lächelnd musterte er mich von Kopf bis Fuß, während er meine Kleider einsammelte. »Du bleibst nur ein paar Stunden hier. Heute sind nur wenige Zugänge.«

Ein Wärter brüllte, Dickwanst zwinkerte mir zu, lächelte, schloss die Tür und schlurfte davon.

Das Buch war ein Band *Punch* der Zwanzigerjahre. Viele der Zeichnungen handelten von Irland und Iren mit Gorillagesichtern, die aus dem Hinterhalt auf *Black and Tans* schossen, und diese sahen meist aus wie die Gestalten Harry Whartons in den

Schulbüchern. Ich fand das Buch fesselnd, es bot Lese- und Anschauungsstoff für gut zwei Stunden, wenn man es sorgfältig las.

In der Nebenzelle klopfte Charlie langsam an die Wand. Etwas furchtsam, dachte ich. Ich klopfte lebhaft zurück, und er antwortete mit einem zuversichtlichen, beruhigten Trommeln seiner Handknöchel.

Dann las ich friedlich weiter, bis es zu dunkel war und ich nicht einmal mehr die Illustrationen erkennen konnte. Außerdem war ich durchgefroren.

Schließlich gingen die Türen auf, wir traten hinaus und hielten die Handtücher um die Lenden.

Der dicke Hilfswärter führte uns zu den Bädern, wies jedem ein Abteil an und schloss die Halbtüren.

Warm und seifig lag ich da und dachte über mich nach. Es wäre schön, hier zu sterben, dachte ich, und den ganzen Kampf hinter sich zu haben.

Ich stand jedoch auf, seifte meine Beine ein und blickte über die Halbtür hinüber zu Charlie. Er schrubbte sich die Brust und die Achselhöhlen und lächelte mir zu. Auch der rothaarige Junge im nächsten Verschlag zwinkerte und lächelte. Dickwanst ging an den Badeboxen entlang und schaute zu uns herein.

»Okay, Paddy? Soll ich dir den Rücken einseifen?«

Ich lächelte. »Nein, danke.«

Er lachte gemütlich, trabte weiter und sagte etwas zu Charlie, der empört brummte, er solle sich zum Teufel scheren.

Das brachte ihn noch mehr zum Lachen, sodass er gut gelaunt Rotschopfs Abteil betrat. Dort gabs Spritzer, Rotschopf sprang auf, schüttelte seine Fäuste und schrie: »Hau ab, alte Sau.«

Der Wärter brüllte herüber, wir sollten das Maul halten, sonst würde er uns dieses und jenes zeigen. Dickwanst fragte brüllend zurück, ob wir alle Untersuchungsgefangene seien und unsere eigenen Kleider trügen. Der Wärter bejahte das für alle außer Behan und Millwall. Das war Charlie. Er sei Seemann, erklärte Dickwanst, er dürfe die royale Uniform nicht im Knast tragen, außer wenn er vor Gericht erscheinen müsse.

Das Bad hatte meine Lebensgeister so weit erweckt, dass ich Dickwanst sagte, Behan sei kein Matrose, warum könne ich nicht meine Sachen bekommen wie jeder andere Untersuchungsgefangene?

Er gab das dem Wärter weiter, der antwortete, ich taugte weder zur Marine noch zu einer anderen Waffengattung, ich verdiente überhaupt nicht, die Uniform zu tragen, und wenn ich noch mal 'ne Lippe riskierte, würde er mich splitternackt ohne einen Fetzen auf dem Leib in die Dunkelzelle stecken. Dickwanst kam zurück, spielte den Todernsten und legte ein Hemd und eine Unterhose über Charlies und meine Tür.

Ich bat ihn, für mich das kalte Wasser zum Abspülen aufzudrehen. Er antwortete, ich müsse einen Schaden haben, bei einem Wetter wie diesem kalt duschen zu wollen.

»Ich dachte, der kalte Wasserhahn ist das Kennzeichen eines englischen Gentleman«, sagte ich.

»Die sind dafür auch entsprechend genährt. Aber nicht bei Hafergrütze und Gemüseauflauf.«

Ich war froh, ein paar Minuten mit ihm plaudern zu können, und fragte ihn, was ein Gemüseauflauf war.

»Du wirst's noch erleben, bevor du nach Borstal kommst. Heute Auflauf, morgen Ablauf ...«

Er krümmte sich vor Lachen. Ich musste eine Weile warten, bis ich ihm eine neue Frage stellen konnte.

Die Polizei hatte mir gesagt, ich würde zu zwanzig Jahren verurteilt werden. Die Borstal-Anstalt war aber nur für Minderjährige. Würde ich dort nur so lange bleiben, bis ich das Alter für ein Erwachsenengefängnis erreicht hatte?

»Natürlich kriegst du keine zwanzig Jahre. Hör bloß nicht auf die verdammten Scheißkerle. Du kannst gar nicht verknackt werden, dafür bist du viel zu jung. Sie können dich nur drei Jahre nach Borstal schicken, und die wirst du nicht mal ganz absitzen, wenn du die Ohren steifhältst. Wenn's nach mir ginge, würde ich dich in 'ne Irrenanstalt stecken, das würde ich, und deine sämtlichen IRA-Kumpels mit. Zunächst würd ich mal euer Gehirnschmalz wiegen lassen, um zu sehen, ob ihr auch alle Tassen im Schrank habt. Wir haben 'n paar von euch hiergehabt!«

Ich fragte ihn, wer sie gewesen seien. Die meisten hatten aus dem Norden gestammt, aus Belfast oder Derry, aber einer war ein Dubliner gewesen namens Jerry Gildea, und den kannte ich gut. Ich war mit ihm zusammen ausgebildet worden, in einem alten Schloss, das die IRA bei Killiney, in der Nähe von Bernhard Shaws Landhaus, aufgekauft hatte: Von dort hatte man einen herrlichen Ausblick auf die Irische See. Shaw hatte gesagt, ein Mensch, der dort die Irische See bei Tagesanbruch oder in der Abenddämmerung gesehen habe, sei nicht mehr derselbe. Ich kenne eine ganze Anzahl Leute, die nicht dieselben geblieben sind, nachdem sie dort die See gesehen haben; einige von ihnen sind erhängt oder erschossen worden, andere sind inzwischen durchgedreht oder sonst wie außerstande, zu sagen, warum sie sich seit früher verändert haben.

Jerry Gildea war Angestellter der Brauerei Guinness und hatte sich für die Zeit seiner Sommerferien freiwillig zum »aktiven Englanddienst« gemeldet. So mal eben einen Sprung auf der London-Midland-Schottland-Bahn nach England hinübergemacht, rasch eine Zeitbombe in eine Eisenbahn oder ein Brandpaket in einen Hafenschuppen gelegt und zurück ins Büro nach Dublin! »Haben Sie einen schönen Urlaub verlebt, Mr G.?« Jerry lächelte: Wenn du wüsstest! »Ja, sehr schön, Ms X., vielen Dank für die Nachfrage. Wollen wir uns heute mal Archiv Y vornehmen?« Wenn später mal die Geschichte dieser Epoche geschrieben wird, mein Gott, da wird manch einer eine große Überraschung erleben!

Da aber die Wege Gottes unergründlich sind, platzte am ersten Tag seines Englandaufenthalts eine Sprengkapsel in Jerrys Tasche, und zwar gerade in dem Augenblick, als er in Liverpool die Dale Street hinaufschlenderte, und brannte ihm das halbe Gesicht weg. Trotzdem wurde er von der aufgebrachten Bevölkerung, die anscheinend nicht gewillt war, sich das Zeug um die Ohren knallen zu lassen, arg misshandelt und fast gelyncht. Die Sache ereignete sich gerade zur rechten Zeit, um vorm Herbst-Schwurgericht verhandelt zu werden, und als Jerrys Sommerurlaub vorbei war, saß er bereits im Knast, war verurteilt und unter dem falschen Namen Clarence Rossiter zu fünfzehn Jahren Gefängnis verknackt worden. (Die IRA-Männer wählten meist normannische Namen, die irisch oder englisch sein konnten wie D'Arcy, Reynolds oder Dillon. Einige unter ihnen legten sich auch ausgefallene Namen zu. So kannte ich einen Jungen aus Connemara, der sich Thomas de Quincey getauft hatte, aber kaum ein Wort Englisch sprach.)

Mittlerweile dachte Jerry Gildeas Mutter, ihr lieber Junge sonne und erhole sich, um im kommenden Jahr mit neuer Kraft Fakturen für Porter-Bier auszuschreiben. Als wir die Nachricht in der Dubliner Abendpresse lasen, wurde ich dazu ausersehen, seiner Mutter die Nachricht zu überbringen, dass Clarence Rossiter, der an jenem Verhandlungstage im Liverpooler Gerichtshof einem Weltreich so tapfer die Stirn geboten und für das angerichtete Unheil fünfzehn Jahre bekommen hatte, in Wirklichkeit ihr Sohn Jerry und in der Fakturenabteilung der Brauerei Guinness daher für einige Zeit eine Stelle frei sei.

Jerrys Cousine sollte mich zu ihrem Haus bringen. Sie war ein hübsches Ding, kaum ein paar Monate älter als ich und genau mein Typ. Wenn ich nur den Mut aufgebracht hätte, sie anzumachen.

Ich versuchte es denn auch, als wir am Kanal entlangschlenderten, an einem Telegrafenmast, hatte aber kein Glück bei ihr. Dazu stotterte ich, sodass ich nur noch nervöser und unsicherer war, als wir endlich vor der alten Frau standen.

Ich hatte das Gefühl, dass ich, wenn Shiela mich rangelassen hätte, hätte Bäume ausreißen können. Aber sie wollte nichts von mir wissen, und so wurde ich zappelig und war kaum imstande, ein vernünftiges Wort zu reden, geschweige denn, Mrs Gildea die schlimme Botschaft zu überbringen.

Als wir nun vor der alten Frau standen, wollte sie uns Tee machen und uns freigebig bewirten, aber ich lehnte unter einem nebensächlichen Vorwand ab. Sie wusste nicht einmal, dass Jerry in der Bewegung war.

»M-m-m-mrs G-gildea«, begann ich. »Ihr Sohn, J-j-jerry, i-i-ist ...«

Sie schickte sich an, mir genau auf die Weise zu helfen, die Stotterer zur Verzweiflung bringt.

»Natürlich, Gott sei mit uns. Nimm dir Zeit, Sohn. Mein Sohn Jerry ist ...?«

»Er i-i-i-ist ...«

»Nicht mehr mitgekommen mit dem Schiff, wie? In dieser Jahreszeit kein Wunder. Ich höre, alle Welt fährt heute auf die Isle of Man.«

»Er i-i-ist ...«

»Dort ist es schön, natürlich, und die Leute dort sind anständig. Sprechen sogar Irisch, viele von ihnen genau so gut wie ich. Obwohl die Katzen keine Schwänze haben.«

»Er i-i-ist ...«

»Der Himmel weiß, was für sonderbare Tiere das sein müssen. Nun ja, jedem Tierchen sein Pläsierchen, wie die Alte sagte, als sie den Esel küsste.«

Flehend zupfte ich sie am Ärmel.

»Er ist ver-ver ...«

»Gott steh dir bei, und dabei bist du so ein netter Junge. Vielleicht ist es Gottes heiliger Wille, dass du das noch verlierst. Klar, bist ja noch im Wachsen.«

»Er ist ver-verurteilt ...«

»Verurteilt?«

Jetzt oder nie! Ich stieß meine Nachricht hervor, in einem einzigen Satz. »Zu fünf-fünfzehn Jahren, heute in Liverpool.«

»Heilige Maria Muttergottes, tröste mich heute Nacht«, sagte Mrs Gildea und fiel in Ohnmacht.

»Glaub bloß nicht, was die Polizisten dir erzählen«, sagte Dickwanst. »Sie wollen dir nur Angst machen, wenn sie nicht gerade freundlich zu dir sind. Wie die verdammten Pfaffen sind sie. Du kommst nach Borstal und wirst dort 'ne ruhige Kugel schieben mit Fußball, Konzerten, Schwimmen. Vielleicht wirst du auch nach Portland geschickt, wo ich war. Drake House heißt es. Der gute alte Drake!« Er seufzte wehmütig. »Du kannst sogar in eine der offenen Borstal-Anstalten geschickt werden. Du gibst dein Ehrenwort, nicht zu türmen. Nicht mal die Tür zum Schlafsaal wird abgeschlossen.«

Er blickte zu Charlie hinüber.

»Auch der geht wahrscheinlich nach Borstal. He, Jack«,

brüllte er Charlie zu, »hast du jemals 'ne richtige Bootsmannspfeife gesehen? Hat dir je ein altgedienter Heizer seine gezeigt?«

Das Handtuch um die Lenden geschlungen, sah Charlie stolz und wütend aus. »Ich tret dir gleich in die Eier.« Dickwanst lachte und gab uns, was uns an unserer Gefängniskluft noch fehlte.

»Hier, ihr jungen Gefangenen. Braune Jacke für Jugendliche, Shorts, Schuhe, Strümpfe und Gürtel. Wandervogelkluft. Wenn ihr auch nicht lange darin wandert.«

»Wie ein verdammter Pfadfinder«, sagte Charlie und zog seine kurze Hose an.

»Schön«, sagte Dickwanst, »nun beug dich mal kurz übern Stuhl und zeig dich'n bisschen erkenntlich.«

Charlie biss sich zornig auf die Lippe.

»Mach dir nichts draus, Junge«, sagte Dickwanst. »Ich kann's nicht lassen, dich auf den Arm zu nehmen. Aber ich bin ja harmlos und mache nur ein bisschen Spaß.«

Der Wärter brüllte herüber.

»Jawohl, Sir«, brüllte Dickwanst zurück. »Komme sofort, Sir«, und fügte leiser hinzu, »du Penner ...«

Er wandte sich mir zu. »Kennst du die Geschichte von dem Gefängniswärter, der die Hure geheiratet hat? Er hat sie auf sein Niveau heruntergezogen.« Er lachte schallend über seinen eigenen Witz und brauchte eine Weile, bis er wieder ein ernstes Gesicht machen konnte. »Jawohl, Sir. Komme schon, Sir.«

Er drehte sich zu uns um und sagte: »Los, ihr Neuen, marsch, marsch!«

Wir wurden in unsere Zellen geführt und eingeschlossen. Ich las wieder im *Punch*, bis Dickwanst einen Aluminiumbecher voll Kakao, ein kleines rundes Brot und ein Stückchen

Käse, groß wie ein Suppenwürfel, zu mir hereinschob. Der Käse schmeckte gut mit einem Bissen Brot, mehr konnte ich nicht hinunterwürgen. Dickwanst schien froh, alles übrig gebliebene Brot einsammeln zu können, als er wieder seine Runde machte.

»Ich nehm deinen Becher mit, Paddy, und das Stückchen Brot. Heute in einer Woche wirst du froh sein, wenn du mir dafür eine *Player* geben kannst. Und jetzt steigt die Schwanzparade. Zieh dich aus und leg das um.«

Er warf ein Leintuch herein und zog mit Becher und Brot ab. Ich gönnte es ihm. Er war ein anständiger Typ, sogar zu mir.

Ich zog meine Kleider aus und blickte an mir herunter. Meine Beine glühten vom Bad, und meine Haare waren gelockt und noch feucht. Trägheit und Wärme durchströmten meinen Körper nach dem kalten Wasser, und selbst wenn ich mich vorbeugte, war auf meinem Bauch kaum eine kleine Falte zu sehen. Jesus, dachte ich, es muss grässlich sein, dick zu werden. Vom Porter wurden die Leute meiner Familie dick. Auch mir würde es schwerfallen, mit einem anständigen Typen nicht ein Glas Porter zu kippen, vielleicht würde man an der Theke lehnen und seine Pfeife stopfen, man würde von der Zeit im englischen Knast sprechen. Freilich, das lag noch in ferner Zukunft und Gott sei Dank auch das Altsein. Ich klopfte bei Charlie an, er klopfte zurück, wobei er mit den Handknöcheln vernehmlich gegen die Wand trommelte.

Die Türen wurden geöffnet, und wir mussten vor dem Arztzimmer antreten.

»Ihr drei Jugendlichen stellt euch nebeneinander auf«, sagte der Wärter zu mir, Charlie und Rotschopf. Wir schoben uns in unseren Laken nebeneinander. Das war uns recht.

Donohoe stand mit einigen anderen erwachsenen Gefangenen zusammen, und wenn ich von den sauberen, schlanken Körpern von Charlie, Rotschopf und mir zu ihren alten Beinen und geschwollenen Zehen hinübersah, dachte ich, Gott würde es sich kaum verzeihen, wenn er uns zu einem so langen Leben verurteilen würde, dass wir so würden wie die Alten.

Ich musste vor den Arzt treten und stand stramm, so gut ich es barfuß und mit meinem Laken in der Hand konnte.

Er saß in Zivil hinter seinem Schreibtisch, blickte auf ein Blatt vor sich und dann zu mir. Er war dunkelhaarig, mittleren Alters und drahtig auf englische Art, ein würdiges Mitglied jener Herrenrasse, die aus strenger Pflichterfüllung einen Schwarzen bei lebendigem Leib verbrennt oder eine schwangere Frau von der Straße vertreibt. Als ich ihn anblickte, dachte ich an den Krieg und hoffte, die Engländer und die Deutschen würden sich noch möglichst lange in den Haaren liegen.

»Wer ist das, Mr Paine?«, fragte er den Sanitäter.

»Das«, antwortete Mr Paine, »ist ein Mann von der IRA, Herr Doktor.« Dann sagte er fast im selben Atemzug zu mir: »Nimm das Laken weg und zeig dich dem Herrn Doktor, Behan.«

Ich ließ das Laken fallen und stand nackt da. Ich kam mir klein, schwächlich und erbärmlich vor, als ich so vor ihnen stand, so ganz anders, als wenn ich mit Charlie und Rotschopf zusammen war. Meine Hände schoben sich über mein einsames Haarbüschel, als ich von Kopf bis Fuß gemustert wurde.

»Nennen Sie so was einen Mann, Mr Paine?«, fragte der Arzt hinter seinem Schreibtisch.

»Mehr hat die IRA anscheinend nicht zu bieten, Herr Doktor. Vermutlich die allerletzte Reserve.«

Der Arzt trat hinter seinem Schreibtisch hervor und setzte mir ein Stethoskop auf Brust und Rücken, fasste unter meine

Hoden und hieß mich husten. Dann wies er mir einen Stuhl an und schlug gegen meine Knie. Das, dachte ich, ist eigentlich sehr nett von ihm, trotz seiner Herrenvolkmiene, und als er mich fragte, ob ich krank sei oder nicht, antwortete ich: »Ich fühle mich super.«

»Es ist mir gleichgültig, ob es dir super geht oder nicht«, sagte er streng.

»Antworte dem Herrn Doktor, wie sichs gehört!«, sagte Mr Paine. »Er hat keine Zeit für dein läppisches Gefasel.«

Der Arzt presste die Lippen zusammen und sagte im Ton eines englischen Offiziers in einem Film, der vom Khyber-Pass handelt: »Es ist meine Pflicht, mich um die Gesundheit der Gefangenen zu kümmern, selbst um deine Gesundheit, Behan oder wie du sonst heißt. Aber ich verbitte mir jegliche Vertraulichkeit, zumal von dir. Verstanden, Behan?«

»Ja, Sir, ich meine, ja, Herr Doktor.«

»Steh gefälligst stramm, wenn du mit dem Herrn Doktor redest«, sagte Mr Paine.

Ängstlich blickte ich mich nach meinem Laken um.

»Wird's bald?«, brüllte Mr Paine.

Ich riss meine zwei bloßen Hacken zusammen, nahm die Hände von meiner Blöße, legte sie an und stand nackt stramm.

Nachher hörte ich die Wärter sagen, was für ein guter Mensch der Herr Doktor sei, vollkommen überarbeitet, dabei sehe er aus wie Lionel Barrymore und seufze wie der Arzt aus dem Buch *Die Zitadelle.* Ich habe allerdings nicht gehört, dass er je etwas für irgendjemanden getan hätte. Die Gefangenen sagten, er verordne zwei Aspirintabletten für ein gebrochenes Bein, aber das sei nicht einmal böser Wille, sondern pure Dummheit, und wenn er kein Gefängnisarzt wäre, hätte er sich längst zur Kampftruppe melden müssen.

Als ich vom Arzt entlassen war, wurde ich zum Wiegen und Messen geschickt. Dafür musste ich wieder mein Laken ablegen, worauf ich untersucht wurde. Ich musste die Arme über den Kopf heben, während der Wärter mich von oben bis unten absuchte. Er fuhr mit der Hand durch mein Haar, auf der Suche nach Zigaretten, obgleich mein Haar noch feucht vom Bad war; schließlich befahl er mir, mich zu bücken, während er mit dem Finger meinen After aufhielt und mit einer Stablampe hineinleuchtete. Ich hatte von diesen zur Zeit der Fenier üblichen Untersuchungsmethoden in einem Buch von Tom Clarke gelesen, der für die Bombenkampagne der Achtzigerjahre zu fünfzehn Jahren verurteilt worden war, hatte jedoch nicht verstanden, worum es dabei ging. Es war ein normaler Gefängnisbrauch, den die Wärter mit der üblichen Objektivität britischen Beamtentums durchführten. Ich bemerkte jedoch, dass er diese Art der Untersuchung nur bei Charlie, Rotschopf und mir vornahm und sich die Mühe bei dem griesgrämigen Donohoe oder den anderen erwachsenen Gefangenen sparte.

Dann zogen wir uns wieder an und waren schließlich für den Gang in unsere Zellen fertig. Ich wusste nicht, wie sie aussehen würden. Vielleicht, hoffentlich würden sie aussehen wie im Film mit zwei oder drei Pritschen – ich hätte nichts dagegen gehabt, mit Charlie und Rotschopf zusammenzuhausen – und mit Gittern an der Seite, durch die man die Mitgefangenen auf der anderen Seite des Gangs sehen konnte. Wir gingen durch Dunkelheit, Türen wurden vor uns auf- und hinter uns zugeschlossen, dann standen wir in einem riesigen, hohen Flur, schwach erleuchtet, düster und voll von reinlicher Muffigkeit. Es war, als gingen wir aus unserer Welt in die Zeit von Charles Dickens zurück. Das ging mir im Kopf herum, sodass ich nicht hörte, wie der Wärter »Halt«, sagte, bis er schrie: »Du, wo läufst du hin?«

Ich stoppte, er sagte keinen Ton und ließ uns am Ende des Flügels stehen bleiben.

Charlie, Rotschopf und ich mussten zusammenbleiben, Donohoe und die anderen erwachsenen Gefangenen wurden zu meiner Erleichterung weggeführt. Ich hörte das Echo ihrer Füße auf der eisernen Treppe, das Einschalten der Beleuchtung und das Zuschlagen der Zellen.

Dann ging der Wärter mit Charlie und mir weiter, bis wir zu einem entlegenen Flügel kamen. Wieder wurden Türen aufgeschlossen, wieder mussten wir stehen bleiben. Hier bekam jeder seine Ausrüstung, einen Kopfkissenbezug, in dem Leintuch, Handtuch, Kamm, Taschentuch und die Zellenkarte steckten. Im Dämmerlicht konnte ich erkennen, dass Charlies Karte weiß, Rotschopfs gelb und die meine rot war; das bedeutete »Church of England«, »Nonkonformist« und »katholisch«, in ihrer Sprache »römisch-katholisch«.

Wir wurden im Dunkeln durch den Gang geführt, und als Erster musste Rotschopf vor seiner Zellentür stehen bleiben. Er trat unsicher auf der Stelle, da er keine Zelle erkennen konnte, auch Charlie und ich nicht. Jetzt drehte der Wärter einen Schalter, und schon fiel ein Lichtschein aus der Wand vor uns auf den Gang. Dann drehte der Wärter einen Schlüssel herum, und wir blickten in die Zelle.

Verdammt, das Herz fiel mir in die Hose. Es war wie ein gekalktes Loch in der Wand, wie eine Grabkammer oben in Glasnevin.

»Los, rein mit dir und dein Bett gemacht«, sagte der Wärter. »Halt uns nicht die ganze Nacht hier auf!«

Rotschopf nickte uns zu, so gut er konnte, und trat ein. Der Wärter schlug die Türe geräuschvoll zu und schloss sie ab, als sei sie in Wahrheit ein Stück Wand, noch nicht genügend gesichert.

Dann ging er mit Charlie und mir zum nächsten Stock hinauf. Er nahm Charlie die Karte aus der Hand, steckte sie in einen Schlitz neben der Tür und schloss ihn ein. Dann kam ich an die Reihe. Wir blieben vor einer anderen Zelle stehen, er schaltete das Licht ein und öffnete die Tür, ich trat ein. Die Tür fiel dröhnend hinter mir ins Schloss, die Klappe des Spions wurde hochgeschoben, er blickte herein, schloss ab und schlurfte auf weichen Sohlen die Treppe hinunter.

Ich blickte mich um. Von der Tür bis zum Fenster, das allzu hoch in der Wand angebracht war, auch wenn dahinter nur Liverpool zu sehen oder zu hören war, waren es fünf Schritte. Ein Tisch und ein Stuhl, ein Kübel mit einem Deckel, eine Pritsche, eine Matratze und Decken. Der Fußboden war aus Fliesen, an der Wand hing die Hausordnung. Ich entschied, sie sei besser als nichts, und als ich mein Bett auf der Pritsche gemacht hatte, war die Sache in Ordnung. Ich schlüpfte zwischen die Laken, und als ich die Gefängnisordnung vom Boden aufhob, der nur wenige Zentimeter tiefer lag, fühlte ich mich so zufrieden wie eh und je. Nach der Holzbank in Dale Street war ich todmüde und drauf und dran, einzunicken, als ich hörte, wie die Klappe des Spions hochgeschoben wurde.

»Alles in Ordnung bei dir?«

»Alles super, Kumpel«, antwortete ich voller Dankbarkeit.

»Was heißt hier Kumpel!«, sagte die Stimme hinter der Tür. »Wo glaubst du, dass du bist – *Kumpel* ...!« Empört spuckte er aus. »Und wie kommst du dazu, die Hausordnung auf den Boden zu legen?«

»Ich wollte sie gerade lesen, Sir«, sagte ich, mich angstvoll in meinem behaglichen Bett aufsetzend.

»Lies sie, wo sie gelesen werden soll, an der Wand, nicht auf dem Boden. Los, steh auf und häng sie wieder auf.«

»Ja, Sir«, sagte ich, sprang im Hemd behände auf, hängte die Gefängnisordnung wieder an die Wand, schlüpfte in die Federn zurück und lag ruhig atmend da, bis der Wärter die Klappe des Spions herunterschob und zur nächsten Zelle schlurfte.

Ich lag im Dunkeln und hörte die Geräusche der Außenwelt hinter den Gefängnismauern schwach und traurig in der Ferne raunen. Eine Kirchenglocke läutete in der frostigen Nachtluft, ich kuschelte mich tiefer in mein warmes Bett. Acht Schläge hörte ich, ich hätte gedacht, es müsse später, viel später sein. Ein Jahr schien vergangen, seit ich vor Gericht gestanden hatte. Aber das Bett war warm und bequem nach dem Bad, nach Dale Street war ich erschöpft. Bald versank ich in tiefen Schlaf.

Am nächsten Morgen wurden wir um sechs Uhr geweckt und schütteten den Inhalt unseres Kübels in den Eimer, den ein für diese Arbeit eingeteilter Sträfling vorbeitrug. Das war ein begehrter Posten, weil derselbe Mann auch das Frühstück verteilte und dabei vielleicht ein kleines Bakschisch für sich herausschlagen konnte. Der Anblick des Eimers bereitete mir Übelkeit, aber der Wärter brüllte forsch: »Los, Mann, rein damit, und zwar zackig.« Wäre er ein anständiger Wärter gewesen, hätte er vielleicht hinzugefügt: »Auch ich will mein Frühstück, verstehst du?«

Dann gingen wir mit einer Emaillekanne in den Waschraum hinunter und holten Wasser zum Waschen herauf. Auf jedem Stock gab es nur eine Toilette, es war jedoch unmöglich, hineinzukommen, wenn dreißig oder vierzig Mann Schlange standen nach Waschwasser, ihre Kübel spülen und auch noch diejenigen leeren wollten, deren Inhalt nicht in den Eimer gegangen war. Einigen der Hilfswärter gelang es jedoch, die Toiletten zu benutzen, nachdem sie den Koteimer geleert hatten und auf das Frühstück warteten, das aus der Küche heraufkam, was als großer Vorteil gewertet wurde, weil die Zelle während der Frühstückszeit, wenn der Kübel geleert war, sich auslüften konnte.

Das Frühstück bestand aus einem Blechnapf Hafergrütze, 30 Gramm Zucker, 180 Gramm Brot und einem Fingerhut voll Margarine.

Die beiden Wärter in unserem Stock, von denen wir den

einen oder anderen täglich frühmorgens zu Gesicht bekamen, hießen Johnston und Mooney. Sie hatten die Jugendgefangenen unter sich, weil sie für die Erziehung Jugendlicher besonders vorgebildet waren. Johnston hatte zwölf Jahre in der schottischen Garde gedient, Mooney war Mittelgewichtsmeister von Indien gewesen.

Johnston schielte, weil man bei der Garde die Mütze ins Gesicht zieht, sodass man den Kopf hoch tragen muss, da man sonst nicht sieht, wohin man geht. Er war hochgewachsen, über ein Meter achtzig und schlank.

Mooney war vierschrötig, ein Schrank von einem Kerl. Jeden Morgen machte er mit uns Gymnastik, im Lancashire-Dialekt. Er war Katholik, röm.-kath. nannte man es hier. Katholische Wärter waren die schlimmsten, irische Katholiken die allerschlimmsten, sie bewiesen ihre Treue zu König und Empire dadurch, dass sie mich noch mehr anschnauzten und beschimpften als die anderen. Dann kamen die Schotten und Waliser. Cockney-Wärter waren selten und noch die harmlosesten.

Ein Wärter, der blutjung aussah, rotbackig war und ein raues Nordenglisch sprach, lächelte immer und flüsterte: »Es lebe die Republik«, wenn er die Zellen auf- und abschließen musste. Ein- oder zweimal schanzte er mir eine Extrascheibe Brot zu. Er hatte einen englischen Namen, ich hörte von den anderen, er stamme zwar aus Durham, aber seine Mutter oder seine Frau sei vielleicht Irin, vielleicht war er auch einfach ein anständiger Kerl, dem es nicht darauf ankam, was alle sagten. Querköpfe gibt es überall.

Es war die ganze Zeit kalt und düster. Frühmorgens war der Fliesenboden eiskalt, in dem ganzen riesigen Flügel hing kalter Dunst, voll von Uringestank und verbrauchter Luft, wie in einer eisgekühlten Toilette.

Es wollte mir scheinen, als legten die Engländer zwar großen Wert auf Waschen und Kälte, dafür umso geringeren auf Lüftung und Reinlichkeit. Genau wie die gut genährten und glatt rasierten Wärter – grausam und ordinär in ihrer Ausdrucksweise, aber stets korrekt und pflichtbewusst.

Wenn das Frühstück vorüber war, musste ich meine Zelle säubern. Jeden Morgen mussten Pritsche, Tisch und Stuhl geschrubbt und der schwarze Steinfußboden mit Seife eingerieben werden, damit er noch schwärzer wurde. Jede Woche bekam man zwei große Stangen Seife, es war der einzige Artikel, an dem kein Mangel war, und wenn die Morgenputzerei beendet war, wurden Decken und Leintücher zur Besichtigung ausgebreitet und Teller und Becher, so wie es Vorschrift war, auf den frisch geschrubbten Tisch gestellt. Das Zellenmobiliar glänzte, der frisch gewienerte Steinfußboden blitzte, ein zäher Geruch von menschlichen Exkrementen füllte den Raum – all das jagte einem gewaltigen Respekt ein vor den strengen Fischaugen, den steifen, schmalen Lippen und den steten, zielstrebigen Blicken pflichtbewusster englischer Beamter.

Erst wenn alles zur Inspektion bereit war, durfte die Toilette aufgesucht werden. Nicht vorher. Zuerst die Arbeit, dann das Vergnügen!

Es sei denn, der Justizinspektor inspizierte. In diesem Fall musste man ein paar Stunden warten, da niemand seine Zelle verlassen durfte, nicht einmal, um seinen Kübel zu leeren, bis der Hauptwachtmeister die Runde gemacht hatte. Nur einmal kam es vor, dass einer von uns es nicht länger aushielt und den Kübel während des Frühstücks benutzte. Er hatte seine Grütze, seinen Tee und sein Brot verzehrt, und sein Magen war voll. Das Frühstück war die einzige Mahlzeit, die sättigte und den Darm belastete. Mittag- und Abendessen waren in dieser Beziehung harmlos, und selbst wenn man den Kübel verwenden wollte, konnte man ihn benutzen, sooft man wollte, ihn nach dem Mittagessen leeren oder ihn nach dem Abendessen bis zum nächsten Morgen in der Zelle stehen lassen.

Besagter Gefangener konnte es an jenem Morgen also nicht mehr länger aushalten und benutzte den Kübel nach dem Frühstück. Als der Wärter die Tür öffnete und der Insasse zur Toilette hinuntergehen wollte, um seinen Kübel zu leeren, starb er fast vor Schreck. Er hatte einen Häftling vor sich, der seinen Kübel nicht zur Inspektion vorzeigen konnte, und der Justizinspektor, ein früherer Marinemann, war doch so eigen! Er ließ den Jungen also den Gang entlanggehen, damit er seinen Kübel möglichst in den Abort schmuggeln, ihn dort leeren und reinigen konnte, aber der Wachtmeister sah vom Ende des Flügels herüber und bellte dem Wärter zu, wie der Mann dazu komme, mit seinem Kübel spazieren zu gehen, bevor der Justizinspektor da gewesen sei, sodass der arme Teufel zurückhasten musste.

Der Wärter zog sich, so gut er konnte, aus der Affäre, indem er mit dem Sanitäter ausmachte, sie würden sagen, der Sträfling habe am Vortag Medikamente bekommen. Es war eine kitzelige Sache für den Wärter, und ein Gefangener hörte den anderen Wärter, den Sanitäter, sagen, ein zweites Mal werde er selbst den Kopf nicht hinhalten.

Der Sträfling stammte von einer der Kanalinseln, aus einem Ort namens Peter's Port, und der Wärter meinte, er werde ihn bald von seinen beschissenen französischen Manieren heilen. Die Wärter sagten einander dauernd, sie könnten den Kopf nicht füreinander hinhalten. Sie hassten einander wie die Pest, und zwar mit gutem Grund, bereiteten uns aber nie das Vergnügen, sich vor uns gegenseitig zu beschimpfen, sondern beschränkten sich auf einen verstohlenen gehässigen Blick oder einen gemurmelten Fluch. Dafür brüllten sie sich den lieben langen Tag »Mister« und »Sir« zu. Wenn ein Sträfling die Abteilung eines Wärters verließ oder wenn ein Kollege dem anderen am anderen Ende des Flügels mitteilen wollte, dass er ihm einen Gefangenen schicke, brüllte er: »Einen für Sie, Sir«, und »Einen weg, Mister«. Wenn der Wachtmeister vorüberging, knallten sie die Hacken zusammen und standen so stramm, dass man meinen konnte, sie müssten vor so viel Strammheit im nächsten Augenblick bersten. Wenn der Justizinspektor durchging, was selten vorkam, brüllten sie noch lauter und schlugen die Hacken noch zackiger zusammen, und wenn der Direktor im Flügel auftauchte, donnerten sie »Alles in Ordnung, Sir« so laut und so zackig, bis er vorüber war, dass ich mich immer wieder fragte, was sie einem Ministerialrat wohl zu bieten hätten, der das Gefängnis besichtigen würde. Eigentlich konnten sie von ihrem berserkerhaften Hackenschlagen und von ihrem noch knapperen, noch forscheren »Alles in Ordnung, Sir«, das sie zwischen ihren Lippen hervorpressten, nur noch auf der Stelle tot umfallen.

An meinem ersten Morgen wurde ich ans Ende des Flügels zum Gefängnisdirektor gebracht, der in jedem der Flügel ein Büro hatte, das den Gang und den Wärterraum überblickte. Dieses Büro war eine Art vizeköniglicher Raum in jedem Flur des Gefängnisses. Das Hauptbüro des Direktors lag jedoch im Hauptflur des Gefängnisses, in dem aber nur sehr wichtige Personen vorgeführt werden durften – wie etwa ein Mörder nach seiner Verurteilung zum Tode, der dort seinen Besitz quittieren durfte, statt durch den Aufnahmeraum eintreten zu müssen, wo die anderen Gefangenen ihn bei seiner Rückkehr vom Gericht sehen konnten. Er durfte auch baden, während er darauf wartete, um einen Kopf kürzer gemacht zu werden, und zwar ganz für sich allein, wobei ein Wärter den Wasserhahn auf- und abdrehte, womöglich spät in der Nacht, wenn niemand anderes dabei war.

Am Morgen nach meiner Einlieferung stand ich auf, faltete meine Decken zusammen und fegte meine Zelle, verzehrte mein Frühstück, benutzte meinen Kübel und leerte ihn mit den anderen aus, wurde jedoch nicht mit den anderen zur Arbeit eingeteilt. Ich dachte, das müsse etwas mit meiner Staatsangehörigkeit zu tun haben; in gewisser Weise war ich froh darüber, wenngleich etwas ängstlich, bis der Wärter kam und sagte, ich solle meine Krawatte umbinden und zum Direktor kommen.

Ich ging hinunter und stand mit Charlie und einigen anderen vor seinem Büro. Die anderen trugen Shorts und waren Jugendliche wie wir, kamen mir aber uralt vor. Es waren drei, und alle drei sahen so aus, als rasierten sie sich dreimal in der Woche. Ich hoffte zu Gott, man würde mich nicht mit diesen Typen zusammenstecken, denn abgesehen davon, dass sie hochgeschossen waren, sahen sie nicht gerade vertrauenerweckend aus. So standen Charlie, Rotschopf und ich erleichtert beieinander und hörten auf das Getuschel der anderen. Sie waren gerufen worden, um gemeinsam Sonderpost, darunter einer um den Besuch seiner Frau, zu empfangen. Sie sagten aber, wir müssten alle warten, bis der Direktor mit einigen Jungen fertig sei, die wegen unerlaubten Rauchens gerufen worden waren. Einer von ihnen, ein Untersuchungsgefangener, hatte vom Spaziergang einen Zigarettenstummel – einen Fox, wie man hier sagte – hereingeschmuggelt, den er draußen in einen besonders zu diesem Zweck aufgestellten Eimer hätte werfen sollen. Ein anderer, ein Sträfling, war mit einer Kippe erwischt worden, die hatte derselbe Untersuchungsgefangene für ihn am Vormittag mitgebracht, und er hatte es obendrein erzählt, als er erwischt und gefragt worden war, ob er die Stummel für sich oder für jemand anderen mitgebracht habe.

Als die beiden aus ihren Zellen geholt und im Sturmschritt in das Büro des Direktors geführt wurden, um verhört und verurteilt zu werden, lachten die Jugendlichen, die mit Charlie, Rotschopf und mir warteten, und sagten, die bekämen bestimmt strengen Arrest, und zwar beide. Zwar lachten sie leise, schienen sich aber königlich zu amüsieren, weil sie es anscheinend lustig fanden, wenn jemand – natürlich jemand anders als sie – bestraft wurde. Sie schienen zu glauben, die Gefängniswärter seien bessere Menschen als sie, weil sies zustande brachten, einen Häftling auf Wasser und Brot zu setzen, und, wenn der Direktor fortgegangen war, nicht mehr strammzustehen brauchten, sondern sichs bequem machen, rülpsen, furzen, gähnen und einen Sträfling anschnauzen konnten, der ein paar überflüssige Worte sprach, wenn er sich beispielsweise eine Schere auslieh. Die Gefangenen fanden, die Wärter seien Spaßvögel, wenn sie zwei Häftlinge wie etwa diese beiden Kunden schnappten, sie dazu brachten, sich gegenseitig zu verpetzen, und sie hinterher in Einzelhaft steckten. Sie hatten einen Spezialausdruck für Verpetzen. »Singen«, nannten sie es. Sie waren ein Volk von Singvögeln, und wenn sie so miteinander umsprangen, Jesus, was blühte mir dann erst?

Schließlich wurde mein Name gebrüllt, und ich wurde zum Direktor hineinbugsiert. Man gebot mir, auf der Matte stehen zu bleiben und meine Nummer, Namen, Alter und Glaubensbekenntnis zu nennen.

Ich knallte die Hacken zusammen und sagte: »Behan, Sir, sechzehn Jahre, katholisch.« Ich wusste meine Nummer nicht, aber der Wärter, der neben dem Schreibtisch stand, brüllte sie an meiner Stelle.

»Beh-an, Bren-dan, 3501, sechzehn Jahre, Jugendlicher, Untersuchungsgefangener, römisch-katholisch.« Dann sagte er »Sir«, um zu zeigen, dass er geendet hatte.

Der Direktor war ein ausgemergelter alter Mann in einer Tweedjacke und mit einer Kappe auf dem Kopf, wie es seinem Rang als Engländer entsprach, und sah aus, als ritte er, sofern er ein Pferd besaß. Er sprach mühsam, und wer nicht hörte, was er sagte, musste seinem Tonfall und den teilnehmenden und bewundernden Blicken des Wärters, Wachtmeisters, Justizinspektors entnehmen, dass er eine neue philosophische Wahrheit verkündete, die die leidende Welt aus ihrem Irrtum retten sollte.

»Du bist – eh – bis Freitag – eh – in Untersuchungshaft – wie ich – eh – sehe. Sieh zu – eh – dass du dich – eh – hier anständig benimmst – eh – und meinen Beamten – eh – keine Scherereien – eh – machst.« Hier blickten die Herren Beamten mich streng und fast vorwurfsvoll an, und ihr Blick auf den altersschwachen Herrn Direktor war von solcher Dankbarkeit erfüllt, dass ich fast erwartete, sie in den Jubelruf »Viva il Papa!« ausbrechen zu hören. »Wenn du – eh – Zicken machst – eh – werden wir dich – eh – schon kleinkriegen – eh –.« Die Herren Beamten blickten mit ihm entschlossen drein. »Wir – eh – können dir nämlich – eh – die Hölle heißmachen – eh, uns ist es – eh – gleichgültig – eh, die Wahl – eh – liegt ganz – eh – bei dir.«

Ich wurde weggeführt und musste draußen warten. Wir sollten unsere Geistlichen zu Gesicht bekommen, und ich freute mich darauf, meinen Priester kennenzulernen. Vielleicht war er Ire; wieder ein freundliches Wort auf Irisch zu hören, würde wie ein Schluck Wasser in der Wüste sein.

Aber der Wärter sperrte mich in meine Zelle, während die anderen zum protestantischen Geistlichen geführt wurden. Der katholische Priester würde erst wieder Montag da sein. Ich war enttäuscht, dachte dann aber, der Besuch werde eine angenehme Abwechslung am Montagvormittag sein. Heute war Freitag, so konnte ich mich auf die Sonntagsmesse freuen; nach dem Besuch beim Priester war dann die Zeit nicht mehr so lang bis zur Gerichtsverhandlung am Freitag, und damit war die Woche praktisch vorüber.

Nach einer Weile wurde ich wieder aus meiner Zelle geholt und in den Arbeitsraum geführt, wo wir etwa sechzig Mann hochstumm in Reihen auf unseren Schemeln saßen und Postsäcke nähten. Klassenlehrer wurde der Wärter genannt, der umherging und den Gefangenen zeigte, wie die Säcke genäht wurden. Er prüfte ihre Arbeit und bemängelte sie, wenn man mehr oder weniger als vier Stiche pro Zoll machte. Das schien das Wichtigste bei der Sache und das Notwendigste für unser Seelenheil zu sein.

Dann kam er zu mir, setzte sich neben mich und zeigte mir, wie man den Faden wachsen und mit dem Handteller durch die Leinwand stechen musste. Der Handteller war ein Lederstreifen, auf dem ein Fingerhut zur Schonung der Handfläche befestigt war. Trotzdem musste auch der Geübteste mitunter die Nadel mit Zeige- und Mittelfinger und Daumen durch die harte Leinwand stoßen, sodass der Daumen der meisten Sträflinge vernarbt war wie die zerstochenen Hände oder Arme von Rauschgiftsüchtigen.

Am Samstagnachmittag wurden wir um zwölf Uhr dreißig eingeschlossen. Der Wärter genehmigte uns eine halbe Stunde Spaziergang im Hof von zwölf Uhr ab und bemerkte, das sei praktischer, als uns nach dem Mittagessen hinauszuführen. Auf diese Weise sei das Programm früher abgewickelt, meinte er, und wir könnten bis zum nächsten Morgen in der Zelle bleiben. Wir nickten rasch, in bereitwilligem Einverständnis. Es schien das Naheliegendste, übers Wochenende in der Zelle eingeschlossen sein zu wollen, und ich ertappte mich dabei, wie ich zustimmend nickte, als der Wärter sagte, es sei besser, den Spaziergang gleich zu machen, damit wir nach dem Mittagessen nicht nochmals herausgeholt zu werden brauchten. Wir wurden also eingeschlossen, Charlie, ich und Rotschopf lächelten einander zu, damit die anderen nicht merkten, dass wir es nicht gewöhnt waren, von samstags halb zwölf Uhr bis zum Sieben-Uhr-Wecken am Sonntag früh eingeschlossen zu sein. Das Mittagessen bestand aus alten Kartoffeln, einer Scheibe salzigem Rindfleisch und einem Stück Brot; es war das übliche Samstagsmittagessen. Ich hörte den Wärter sagen, auf diese Weise bekomme der Koch wenigstens seinen freien Nachmittag, schließlich habe auch er Anrecht auf Ruhe. Wir alle nickten zustimmend und waren froh, dass der Wärter so nett und höflich war, uns das zu sagen.

Nach dem Frühstück am Sonntag hörte ich, wie die Anglikaner aufgerufen und in ihre Kapelle geführt wurden, später hörte ich die Choräle aus der Ferne herübertönen. Frisch gewaschen und gekämmt, meine Krawatte, einen Streifen braunen Drillichs, umgebunden, der aber gut zu meiner groben Wolljacke und zu meinen braunen Shorts passte, ging ich voll freudiger Ungeduld in meiner Zelle auf und ab. Ich wartete darauf, mit den anderen zur Messe zu gehen, aber es war schön, dem Gesang der Protestanten zu lauschen. Sie sangen einen Choral auf die Melodie *Deutschland, Deutschland über alles,* was mich einigermaßen verwunderte, bis mir einfiel, dass die britische Königsfamilie nur aus Deutschen besteht und in ihren Schlössern Deutsch spricht.

Dann wurden unsere Zellen geöffnet. Mooney, der Schließer, stand im Gang und schrie: »Römisch-Katholische antreten zum Morgengottesdienst, bringt eure Gebet- und Gesangbücher mit.« Ich hatte den Priester noch nicht gesehen und besaß daher weder Gebet- noch Gesangbuch.

Ich brauchte jedoch kein Gebetbuch, um der Messe folgen zu können, die an allen Ecken und Enden der Welt gleich ist.

Als Kind war ich fromm gewesen, am Tag meiner Erstkommunion betete ich, wie Napoleon gebetet hatte, zu Gott, er möge mich in den Himmel kommen lassen. Ich kommunizierte von da an jahrelang jede Woche und zeitweilig, zumal in der Fastenzeit, täglich. Später, als ich dreizehn wurde, hatte ich es schwer mit mir und meiner Pubertät, aber auch schwer mit meiner Kirche, die stets gegen die Republikaner gewesen zu sein schien. Im Jahre 1922 war mein Vater mit Tausenden anderen exkommuniziert worden, ebenso De Valera; stets verteidigten die Bischöfe die Erschießung und Inhaftierung der Männer der IRA. Ich war für die Republikaner in Spanien gewesen, und es schien, dass die Kirche immer aufseiten der Reichen gegen die Armen war. Ich hatte jedoch nie meinen Glauben aufgegeben – wogegen sollte ich ihn denn eintauschen? – und war daher froh, dass ich mich sogar in diesem fein säuberlichen, übel riechenden Höllenloch viktorianischer Grausamkeit auf meinen Glauben besinnen konnte. Jeden Sonn- und Feiertag würde ich beim Messopfer eins sein mit Hunderten von Millionen Katholiken, um den Gott unserer Väter zu verehren, um zu Unserer Lieben Frau zu beten, dem Ergötzen der Gälen, dem Trost der Menschheit, der Muttergottes und des Menschen, dem Stolz von Künstlern und Dichtern wie Dante, Villon, Eoghan Ruadh O'Sullivan, die in wärmeren, heitereren Teilen der Welt als in diesem englischen Abort des neunzehnten Jahrhunderts zu Hause waren – in Florenz, in Frankreich, in Kerry, wo der Erdbeerbaum wächst und die Fuchsien auf den staubigen Hecken im weichen Licht des Sommerabends glühen. *Deorini De* – die Tränen Gottes – hieß die Fuchsie in Kerry, wo sie wild wächst wie Unkraut. *Lacrimae Christi* – die Tränen Christi – hieß sie auf Lateinisch, aber in Zukunft würde ich Ihm weniger Anlass zu Tränen geben, vielleicht würde ich durch mein Hiersein wieder in den Stand der Gnade zurückfinden und bis auf kurze Unterbrechungen darin bleiben, sodass aus dem Schlimmen meiner Haft Gutes entstehen würde.

Ich gesellte mich zu den anderen und bemerkte, dass eine große Anzahl, mehr als die Hälfte derer, die ich beim Nähen von Postsäcken im Arbeitsraum gesehen hatte, ebenfalls in unsere Kapelle ging.

Natürlich sprach keiner von uns, aber jeder schien glücklich und lächelte den anderen wie bei einem Betriebsausflug freundlich zu, sogar die Wärter sahen entspannt aus und sagten nur »Rück die Krawatte zurecht, Junge« und »Steck deine Schnürsenkel ein, du da!« oder »Du meldest dich am Dienstag zum Haareschneiden, du läufst ja rum wie ein Dichter«. Wir schmunzelten nur stillvergnügt vor uns hin.

Wir marschierten in die Kapelle. Abgesehen von dem Brett mit den Liedernummern darauf, war sie eine Kirche wie zu Hause; ich hatte dergleichen auf Bildern von England schon gesehen. Sonst war alles – das Tabernakel, die Ewige Lampe, die Kerzen und die Stationen des Kreuzwegs an den Wänden – genau wie zu Hause, und als der Priester erschien, das Knie beugte und die Gebete vor der Messe sprach, bekreuzigte ich mich und flüsterte meine Gebete glücklich mit.

Der Akt des Glaubens, der Hoffnung und der Liebe, der Akt der Reue ...

»Oh, mein Gott, ich bereue es herzlich, Dich beleidigt zu haben ...« Das tat ich wirklich. »Der Du würdig bist all meiner Liebe ...« Auch das war die Wahrheit, und ich versprach, »Dich nie mehr zu beleidigen und mein Leben zu ändern«. Das war mein aufrichtiger Wunsch. Vielleicht kam ich Gott näher; es tat mir leid, dass man Ihn nur an einem Ort wie diesem schätzen und lieben lernte. Aber so ist nun einmal das Menschenherz geartet, Er kennt unsere Schwäche. Ich nahm mir vor, alles gutzumachen, wenn ich wieder in Freiheit war, nur um Ihm zu zeigen, dass ich Ihn nicht nur in der Not suchte.

Die Kapelle fasste etwa vierhundert Menschen. Die ersten Reihen waren von vierzig dürren und abgehärmten Männern und Jugendlichen besetzt, die weit voneinander entfernt saßen und stur auf den Altar starrten.

Es waren die Häftlinge aus den Arrest- und Dunkelzellen, wo sie entweder auf Kost Nummer eins – Wasser und Brot – oder auf Kost Nummer zwei – Brot und Wasser zum Frühstück und Abendessen und ein Gemisch aus Hafergrütze und Kartoffeln zu Mittag – gesetzt waren. Diese Einzelhaft konnte von drei Tagen bis zu sechs Monaten dauern; vierundzwanzig Stunden pro Tag; der Kirchgang war ihre einzige Abwechslung. Ich bemerkte unter ihnen ein halbes Dutzend Jugendlicher, die wie die übrigen Jugendlichen Jacke und kurze Hose trugen, sie saßen voneinander getrennt, abseits von den anderen Arrestanten am Ende der ersten Bank in der Nähe der Tür.

Der Priester war dick und blickte tröstlich drein wie ein Dorfpfarrer, der zu einer Hundeausstellung geht und abends gern sein halbes Dunkles trinkt.

Der Ministrant war ein kleiner, jämmerlich aussehender Engländer.

Ich habe zu Hause oft sagen hören, dass man in England auf der Straße einen Iren erkennt, selbst wenn man ihn nicht persönlich kennt.

Ich war dabei, dies zu lernen; der Priester sah wie ein Ire aus, und ich war begierig, ihn am nächsten Morgen kennenzulernen. Der Klang seiner Stimme würde mich trösten, der Glaube war ja nichts anderes als Trost; ich hatte alte Leute oft behaupten hören, nur in Zeiten der Not wisse man den Glauben richtig zu schätzen. Es war wahr – man konnte sogar sagen, es war Gottes Wahrheit.

Ich hatte mich oft über die Kirche geärgert, weil die Bischöfe unsere Bewegung bekämpften. Trotzdem kam ich mir an diesem kalten Sonntagmorgen wie an einem lodernden

Torffeuer zu Hause vor, als ich die Worte der Liebe und des Trostes hörte.

Dann gingen wir in unsere Zellen zurück und warteten, bis die Methodisten aus dem Gottesdienst kamen, um anschließend gemeinsam hinaus zum Spaziergang in den Hof zu gehen. Charlie, Rotschopf und ich marschierten im Kreise hintereinander und konnten uns auf dem Wege vom Hof zu unserem Flügel sogar ein paar Worte zuraunen.

Drinnen roch es mächtig nach Mittagessen, und die Wärter schrien: »Los, beeilt euch, je rascher ihr in eure Zellen kommt, desto rascher kriegt ihr euer Essen.« Zufrieden rannten wir die Eisentreppe hinauf in unsere Zellen.

Das Essen kam, Braten mit geschmorten Kartoffeln, Brot und Kohl. Ich lächelte den Wärter an, und als ich es an der Tür entgegennahm, gab er mir auch Messer und Gabel aus einem Kasten, den er bei sich trug. Ich schlug meine Tür zu und machte mich ans Schlemmen. Fast hätte ich zu ihm gesagt: »Essen, ich will dich nie vergessen.« Ich habe es auch nicht und werde es auch nie vergessen.

Nach dem Essen war es kalt auf meinem Schemel. Ich dachte über verschiedene Gerichte nach. Vielleicht war Schweinefleisch und Bohnen noch das beste, obgleich es nicht so gut schmeckte wie das Sonntagsmahl, aber es schwammen dicke Fettbrocken in den Bohnen, die satter machten. Es war nicht erlaubt, das Bett herunterzuklappen und sich daraufzulegen, ehe es acht Uhr läutete, aber Herr des Himmels, ich verging fast vor Kälte. Ich setzte mich auf einen Stuhl, mit dem Gesicht zur Tür, zog meinen Postsack über die Beine hoch und schob die Hände unters Hemd. Freilich nicht zu weit (das bewahrte ich mir für die Nacht auf); außerdem war es gefährlich, wenn ein Wärter durch den Spion hereinschaute. Nicht dass es gegen die Gefängnisordnung verstieß – wenigstens hatte ich nichts Gegenteiliges gehört –, und selbst wenn die Wärter darüber sprachen, wars nur im Scherz. Aber es wäre peinlich gewesen, überrascht zu werden, sie würden nichts Besseres zu tun haben, als die ganze Zeit ihren Spott an einem auszulassen. Ich wollte, ich hätte etwas zu lesen gehabt. Gottlob gab es für die Katholiken einen zweiten Gottesdienst am Sonntagnachmittag. Bald würden wir zum Segen gehen, während die Protestanten und Methodisten in ihren Zellen bleiben mussten, die armen Schweine! Die Pfarrer waren einfach zu faul, um sich an einem kalten Abend von ihrem Kamin aufzuraffen. Allerdings hatte ich viel vom Pflichtgefühl der Priester, selbst der protestantischen, während des Ersten Weltkrieges gehört – von Priestern wie etwa Pater Willie Doyle, S. J., und Pater Patrick Bergin, die mit der Kampftruppe an der Front gefallen waren.

Tatsächlich hörte ich gegen drei Uhr nachmittags, wie die Türen im Erdgeschoss aufgingen, wie der Wärter die Treppe heraufkam und die Tür meines Gegenüber aufschloss, den ich bei der Morgenmesse gesehen hatte. Ich hatte die Klappe meines Spions hochgeschoben, bevor ich meine Zelle zum Mittagessen betrat, und konnte den Jungen gegenüber sehen, wie er in der Tür stehend sich behaglich streckte und gähnte.

Jetzt wurde meine eigene Tür aufgeschlossen, und der Wärter sagte: »Stell dich in deine Tür«, und ging weiter, schloss die Türen der anderen Römisch-Katholischen überall da auf, wo eine rote Zellenkarte steckte.

Dann rief er uns ins Erdgeschoss herunter. Wir zupften unsere Krawatten zurecht und marschierten zur Kapelle. Ich konnte hinter einigen Spionen den einen oder anderen Sträfling herauslinsen sehen – wehmütig, wie ich vermutete.

Wieder war dieselbe Gemeinde in der Kapelle versammelt,

nur fehlten diesmal die Arrestanten. Wir Jugendlichen saßen dafür auf den zwei vorderen Bänken.

Als wir eintraten, zündete das kleine strenge Rattengesicht die Kerzen an. Der Junge neben mir, ein Bleichgesicht aus Birkenhead, sagte, der Ministrant habe fünf Jahre wegen Notzucht abzusitzen.

Da hast du's wieder, sagte ich mir, unsere Kirche ist nicht für Heuchler da, sie ist genauso für Sünder wie für Heilige geschaffen, eine Todsünde ist so gut oder schlecht wie eine andere, ob sie gegen das sechste und neunte, das fünfte oder zehnte Gebot verstößt.

Das Rattengesicht war so ziemlich der hässlichste Ministrant, der mir je begegnet war, der typische Tee trinkende Brite mit einem Verstand, so groß wie sein Hintergärtchen, ein Mensch, der einen Schwarzen, sofern ein anderer ihn festhielte, ohne Weiteres häuten und die Haut seiner Mutter heimschicken würde. Aber unser Herrgott würde mit ihm, sofern er im Stand der Gnade war, ebenso zufrieden sein wie mit Sankt Stanislaus Kostka, dem kleinen Prinzen von Polen, da Nationalität und Rasse für Ihn nicht das Geringste bedeuteten.

Wir sangen die Benediktionslieder, und ich fühlte, wie die Burschen neben und hinter mir aufschauten. Auch der Wärter, der am Ende der Bank kniete, blickte zu mir herüber. Ich bin ein guter Sänger, konnte aber nicht erkennen, ob der Wärter über meine Stimme, die die anderen übertönte, erfreut oder erbost war. Trotzdem sang ich laut weiter, und wer etwas dagegen hatte, konnte mir gestohlen bleiben:

»... et antiquum documentum Novo cedat ritui...
Salus, honor, virtus quoque, Sit et benedictio ...«

Rattengesicht schwang das Weihrauchfass mit Lust und Liebe, bis eine Wolke von Weihrauch in der Luft lag, in der man verschwinden und einschlummern konnte, und als sie sich halbwegs verzogen hatte, begann der Priester die göttliche Lobpreisung:

»Gesegnet sei Gott, gesegnet sei Sein Heiliger Name, gesegnet sei Jesus Christus, wahrer Mensch und wahrer Gott, gesegnet sei der Name Jesu ... Gesegnet sei der Name Mariä, gesegnet sei Ihre Heilige, Unbefleckte Empfängnis, gesegnet sei Gott in Seinen Engeln und in Seinen Heiligen ...«

Ich war etwas enttäuscht, als ich hörte, dass der Priester eine englische Aussprache hatte, aber vielleicht musste er so sprechen, um verstanden zu werden, denn schließlich sprach er für Engländer.

Erwartete uns, abgesehen von seinem Akzent, nicht eine angenehme Überraschung nach dem Segen?

Der Priester, die Monstranz in der Hand, trat, unterstützt von Rattengesicht, vom Altar weg, aber wir wurden noch nicht in unsere Zellen zurückgeführt.

Die Wärter schalteten die Lichter ein, sodass die Kapelle richtig anheimelnd wurde, jeder blickte umher, die Wärter sagten keinen Ton, sondern wiesen nur einen, der es nicht lassen konnte und wieder einmal flüstern musste, sanft zurecht. Dann kehrte der Priester zum Altar zurück, diesmal nur in seiner Soutane, das Barett lässig auf dem Hinterkopf, eine Sonntagszeitung unter dem Arm.

Alle Gesichter strahlten, als er die Fußballergebnisse vorlas und da und dort über Burnley, Everton und Liverpool einen Witz einstreute. Die Sträflinge kicherten und mussten über seine Scherze bisweilen laut auflachen, selbst die Wärter vermochten kaum ein Schmunzeln zu unterdrücken und konnten daher unsereins umso weniger wegen Lachens zurechtweisen. Dann verließ er die Kapelle und lächelte uns im Weggehen zu. Wir marschierten glücklich und immer noch schmunzelnd über einige seiner Bemerkungen zurück, trappelten im Dunkeln die Treppen zu unseren Zellen hinauf, aus denen das eingeschaltete Licht einladend auf den Gang fiel. Der Wärter brachte das Abendessen, Kakao, Brot, Margarine und den bekannten winzigen Würfel Käse. Ich machte mirs bei meinem dampfenden Becher am Tisch bequem und wartete auf das Acht-Uhr-Läuten, um meine Pritsche herunterlassen und zu Bett gehen zu können.

Draußen war es dunkel und eisig kalt, und der Kakao war köstlich und heiß. Es war vier Uhr nachmittags, und so lag der größte Teil des Wochenendes hinter mir. Gott sei Dank!

Das Wecken am Montagmorgen ging nach dem langen Wochenende unter fröhlichem Lärm vor sich, wenngleich wir Römisch-Katholischen für die beiden erlebten Sonntagsgottesdienste dankbar sein konnten.

Ich hörte das Geräusch der auf- und zuschlagenden Türen näher und näher kommen, ich stand mit meinem Kübel bereit und wartete, bis ich an die Reihe kam und ihn loswerden konnte.

Jeder war bemüht, ein paarmal während des Tages und der Arbeitszeit im Arbeitsraum auszutreten, und benutzte den Kübel nur zum Pissen. Das war aber nicht so leicht, wenn wir zwischen Samstagmittag und Montagmorgen nur eine halbe Stunde aus der Zelle traten; so waren die meisten Sträflinge gezwungen, ihre Kübel für alles zu verwenden; der Gestank war daher am Montagmorgen so ekelerregend, dass Übelkeit in mir aufstieg, als die Tür aufging, obgleich meine eigene Zelle vermutlich das ihre zu der allgemeinen Verpestung beitrug. Ich leerte meinen Kübel in den fast überlaufenden Eimer und schloss mich der Schlange derer an, die darauf warteten, ihn im Waschraum am Wasserhahn auszuspülen. Dort traf ich Charlie, und während wir warteten, schwatzten wir ein Weilchen.

Jedermann schien auf jedermann warten zu wollen, damit eine Weile zum Flüstern blieb.

»Heute können wir ein Kippchen rauchen, Paddy«, flüsterte Charlie. »Wir werden mit den anderen Untersuchungsgefangenen zum Spaziergang rausgeführt, ein alter Typ hat mirs gesagt, und können rauchen, während wir im Kreis rumlaufen.«

»Los, raus mit euch, 'n bisschen Dampf dahinter«, brüllte der Wärter.

»Bis gleich, Pad«, flüsterte Charlie, mit der freien Hand winkend und mit seinem Kübel den Gang entlangrennend.

Als ich zu meiner Zelle zurückkam, fand ich vor ihr einen Eimer mit Wasser, eine schmutzige schwarze Matte, um darauf zu knien, einen Schrubber und einen Riegel Seife vor.

»Nimm das mit hinein«, sagte der Wärter, der an meiner Tür vorbeiging, »Möbel und Fußboden schrubben und den Boden einseifen, wenn du ihn trocken gerieben hast. Deine Möbel müssen schneeweiß sein, der Fußboden schwarz wie Ruß – kapiert?«

»Ja, Sir.« Ich wagte ein Lächeln, aber der Wärter meinte es todernst und nickte nur.

»Los, rein damit und an die Arbeit!«

Das Frühstück kam, bevor ich beginnen konnte, ich verzehrte es und musste – verdammt noch mal – plötzlich scheißen. Ich benutzte meinen Kübel, der glücklicherweise einen Deckel hatte. Dann scheuerte ich Pritsche, Tisch, Schemel, Waschtisch. Danach kam der Steinfußboden an die Reihe, zuerst schrubben, dann trocknen; hinterher kniete ich nieder und rieb ihn mit Seife ein, dabei musste ich den Kübel wie ein widerwärtiges zugedecktes Gericht beiseiteschieben.

Als ich fertig war, roch es in der Zelle nach einem Gemisch aus Scheiße und Seife – der erste Geruch, der mir in die Nase gestiegen war, als ich die Eingangshalle betreten hatte: der Geruch eines britischen Gefängnisses.

Ich beendete die Reinigung und machte mein Bett. Ich stellte die Pritsche der Länge nach an die Wand und lehnte die Matratze daneben, darauf ordnete ich das zusammengelegte Bettzeug an, Decke, Betttuch, Decke, Betttuch, Decke. Das Übertuch kam an das obere Ende von Matratze und Pritsche, darauf das Kopfkissen. Daneben musste der Tisch stehen, darauf Becher und Teller, rechts davon lag mein Messer, das blecherne Spielmesser, das wir benutzten, sofern wir am Sonntag für die Dauer der Hauptmahlzeit nicht ein richtiges Messer und eine richtige Gabel bekamen. Links neben den Teller wurde die Gabel gelegt. So sah alles anständig und sauber aus.

Als der Wachmann die Tür öffnete, warf ich einen Blick auf mein Werk und schämte mich nicht.

Eine Minute lang ließ er seine Augen umherstreifen, und dann sah er mich an. Es war Mooney, der untersetzte vierschrötige katholische Wärter.

»Was zum Teufel soll das heißen?«, knurrte er mich an. »Los, los, Mann, warum ist dein Kübel nicht aufgestellt, offen, ohne Deckel?«

»Ich – ich habe ihn benutzt, Sir.«

»Du hast ihn benutzt!« Dabei äffte er meine irische Aussprache nach.

Johnson, der lange, hagere Hurensohn aus Birkenhead, erschien in der Tür: »Was gibts, Mr Mooney?«

»Dieser Kerl hier sollte seine Zelle säubern und fertig machen zum Appell und hat nicht mal seinen Kübel gesäubert und aufgestellt. ›Ich habe ihn benutzt‹, sagt er. Und das soll ich vermutlich dem Hauptwachtmeister sagen, einfach so mir nichts, dir nichts, wenn er vorbeikommt. ›Er hat ihn benutzt, Sir.‹«

»Steck ihm doch seine verdammte Nase hinein«, meinte Johnson und fuhr mich empört an. »Steh bloß nicht so dämlich rum, du irisches Schwein«, donnerte er mich an. »Drecksäue wie du machen einen guten Beamten böse. Wie soll einer mit Scheißkerlen wie dir, die jeden von uns in die Scheiße reiten, halbwegs anständig umgehen? Los, los!« Er packte mich am Kragen und schüttelte mich. »Los, runter zum Abort und deinen Kübel gescheuert!« Fast hätte er mich durch die ganze Zelle geschleudert. Ich hob den Kübel samt Deckel auf und lief zum Abort hinunter, leerte ihn und säuberte ihn unter dem Wasserhahn.

Als ich durch den Gang zurückkam, sah ich irgendwo ein Auge hinter einem Spion blinken. Wahrscheinlich hatten alle herausgeschaut und sich gefragt, warum es Krach gab, und waren dankbar dafür, selber nichts damit zu tun zu haben.

Mooney schloss mich wieder ein, und ich stellte den Kübel an seinen richtigen Platz. Von der Tür aus gesehen stand der Tisch an der rechten Seite. Darauf stand, wie gesagt, mein Teller, links und rechts daneben lagen Löffel und Messer, und hinter meinen Becher hatte ich das Salzfass gestellt. Links an der Wand lehnten Matratze und Pritsche mit dem Bettzeug darauf. In der Mitte lag meine Matte aufgerollt, damit man sehen konnte, dass weder Schmutz noch Staub darunter war. Der Postsack, meine Zellenarbeit, lag darauf mit Nadel und Handriemen, und darüber die Schere. Mein Stuhl stand hinter der Matte, in der Mitte des Ganzen. Meine Waschschüssel lag verkehrt herum auf dem

Sitz, um zu zeigen, dass sie kein schmutziges Wasser enthielt. Mein Kübel stand aufrecht vor einem Stuhlbein, sauber und blank, für jedermann sichtbar, sein Deckel lehnte aus Gründen der Symmetrie an dem anderen Bein. Meine Pantoffeln hatte ich an die Sprossen des Stuhls gelehnt. Sie waren aus Stoffresten gefertigt und sollten beim Auf- und Abgehen in der Zelle getragen werden, damit man dem Häftling im Stock darunter nicht auf dem Kopf herumtrampelte.

Sobald man aber ein oder zwei Tage eingesperrt war, hatte man keine Zeit mehr zum Auf- und Abgehen, weil man seine Zellenarbeit zu verrichten hatte; im Übrigen gewöhnte man sich daran, auf dem Hocker zu sitzen, die Wand anzustarren und gelegentlich auch eine Seite oder zwei zu lesen. Mit dem An-die-Wand-Starren sparte man sich das Bibliotheksbuch auf, weil nur zwei Bücher in der Woche ausgegeben wurden, und wer außerstande war, in der Zeit, die er in seiner Zelle verbrachte, mehr zu lesen, konnte nur ein Analphabet sein.

Ich hatte noch keine Bücher bekommen, daher starrte ich unentwegt die Wand an, sofern ich nicht im Bett lag oder an meinem Postsack nähte, weshalb ich meine Pantoffeln auch noch nicht getragen hatte.

Nach dem Frühstück schloss der Wärter meine Zelle auf und brüllte mich an: »Nennst du das deine Sachen auslegen? Stell mir das Zeug richtig auf, bis ich wiederkomme, sonst fahre ich mal richtig aus der Haut – du, du schlampiges irisches Miststück!« Und schon war er draußen und trabte schnaubend zur nächsten Tür.

Ich war ganz elend und blickte ratlos um mich. Ich hatte die Zelle geschrubbt, meine Klamotten ausgebreitet, so gut ich konnte, und sah hilflos um mich, weil ich nichts tun konnte, und zwar deshalb nicht, weil ich nicht wusste, was noch zu tun war.

Als ich ihn jedoch zurückkommen hörte, nachdem er die anderen Zellen aufgeschlossen hatte, beugte ich mich über die Pritsche und machte mich an den Betttüchern und Decken zu schaffen, damit ich überhaupt etwas tat und nicht nur blöde herumstand. Er blickte durch die offene Tür herein. »Du bist ein Zugang und wartest auf den katholischen Priester, darum gehst du sowieso nicht zur Arbeit. Aber verdammt noch mal, wenn du nicht deine Scheißbrocken sauber zurechtlegst, bevor der Chef kommt –«, er packte mich am Haar – »los, du Arschloch, und glotz nicht so blöd!«

Ich bekam Angst und fummelte mit dem Bettzeug herum, bis ich ganz verzweifelt war und nicht mehr aus noch ein wusste.

»Mein Gott!«, knurrte der Wärter, und ich dachte, jetzt ist es so weit, und er schlägt zu. Belämmert stand ich mit dem Bettzeug in der Hand da. Er ging hinaus und brüllte irgendetwas. Ich seufzte und wartete.

Gottes Hilfe ist nie weit, denn schon stand Charlie in der Zelle, und der Wärter sagte zu ihm: »Deine Zelle ist auch kein Paradestück, aber besser als der Stall von dieser irischen Sau da. Du weißt wenigstens, wie man ein Bett macht. Los, zeigs ihm und sieh zu, dass du da 'n bisschen Schwung reinbringst, bevor er zu seinem Priester hinuntergeht. Du bist doch ein Zugang, nicht? Und du musst zum Arzt, nicht wahr?«

Charlie half mir mit den Betttüchern und legte sie zurecht.

So wurde aus einer misslichen Lage plötzlich ein Fest, denn der Wärter ließ Charlie da und stapfte hinaus.

Wir blickten einander an und lächelten.

»Haben wir mal wieder Glück gehabt, was, Pad?«, sagte Charlie.

»Nicht schlecht«, antwortete ich. »Aber was für ein Widerling, dieser Wärter, Charlie.«

»Ist er und noch einiges andere, Kumpel. An deinen Klamotten ist nichts auszusetzen, so wie du sie ausgelegt hast. Es ist genau so, wies auf der Karte steht – nur das Bettzeug könnte ein bisschen glatter sein. Aber die Wärter haben immer etwas zu meckern, das ist wie beim Strafexerzieren. Sie geben einem eine Zahnbürste und einen Eierbecher voll Seifenwasser und sagen: ›Schrubb den Rasern‹, nur um einen zu schikanieren, mehr nicht. Obendrein mag der die Iren nicht. Nach dem, was er sagt, Pad« – er senkte die Stimme –, »haben sie dich auf dem Kieker, Pad, die Wärter. Noch was, Pad« – er sprach befangen, als sage er etwas Beschämendes –, »ein paar von uns mögen dich auch nicht.« Das murmelte er mit ernster, besorgter Knabenstimme, sodass ich mir älter vorkam und ihn zu beruhigen versuchte.

»Die können mich meinetwegen am Arsch lecken, Charlie. Als ich geschnappt wurde, habe ich nicht erwartet, dass sie mich mit Glacéhandschuhen anfassen würden.«

»Mir ist's egal, Paddy, ob du in der IRA oder sonst wo drin bist. Du bist mein Freund, Paddy.«

Ich blickte in ernste Augen und lächelte. »Das weiß ich, Charlie.«

Er lächelte zurück. »Das stimmt auch, Pad.«

Der Wärter kam zurück. »Du könntest jetzt wirklich fertig sein.«

»Ja, Sir«, sagte Charlie. »Ich habs ihm gezeigt.« Er drehte sich zu dem Wärter um.

Der Wärter blickte uns scharf an. »Los, in deine Zelle, ich verbitte mir hier jedes Techtelmechtel.«

Charlie errötete und biss sich auf die Lippen. »Ja, Sir«, sagte er und ging in seine Zelle, ohne sich nach mir umzublicken. »Los, bind deinen Schlips um und mach dich fertig für den Römisch-Katholischen«, sagte er zu mir und schlug die Tür hinter sich zu.

Ich stand auf meiner Matte und wollte nicht auf dem reinen schwarzen Fußboden gehen, hatte die Krawatte umgebunden und wartete darauf, dass man mich holte. Plötzlich dachte ich, ich müsse unbedingt pissen, und es schien mir, dass man immer dann pinkeln muss, wenn es absolut nicht geht. So stand ich etwa eine halbe Stunde, als ich den Wärter unten »Bee-hann« rufen hörte.

Der Wärter meines Stocks kam gelaufen, schloss die Tür auf, blickte mich an und sagte, ich solle hinunterlaufen und mich für den Priester anstellen.

Eine kurze Schlange stand vor dem Sprechzimmer des Arztes, ich reihte mich ein und wartete zufrieden. Jedes Mal, wenn ein Junge herauskam, trat ein Wärter mit einer Liste auf den Flur heraus und rief einen Namen, bis er endlich »3501, Behan« rief. Ich lächelte und stellte mich willig neben ihn. »Geh hinein und steh auf der Matte stramm!«

Ich ging hinein und blieb, die Augen auf den Priester gerichtet, auf der Matte stehen.

Es war derselbe Mann, ein Hüne von einem Kerl, der die Messe gelesen hatte, ein halber Kahlkopf und Brillenträger. Ich lächelte ihm zu und sagte: »Guten Morgen, Vater.«

»Wann hörst du endlich damit auf?« Seine beiden Augen starrten mich durch die Brillengläser an, und seine Aussprache war die eines Menschen, der es besser im Leben getroffen hat als seine Eltern – wie man so schön sagt. Er hatte die Aussprache O'Sullivans, des Polizeiinspektors aus Cork, des irischen Bauernsohns, der den Jungen aus Lancashire nachzuahmen suchte, dessen Vater es zu etwas gebracht hatte.

Ich zitterte – das hatte ich nicht erwartet; da aber auch dieser Priester dem Walton-Gefängnis angehörte, war ich nicht weiter überrascht.

Tom Clarke hatte Dr. Gallagher in Portland gesehen; seine Lippen waren nur noch rohes Fleisch, er selbst blutüberströmt, weil er im Gefängnis verrückt geworden war und Glas gekaut hatte. Er und der Priester sagten einander, sie sollten sich um ihren eigenen Kram kümmern. Der Priester hatte einen schlechten Ruf unter den irisch-republikanischen Gefangenen, sogar unter den frömmsten.

»Hast du überhaupt keine Manieren, Behan?«

»Antworte Pater Lane, Behan«, sagte der Wärter, der die Tür hinter sich geschlossen hatte und nun neben mir stand.

»Ich weiß nicht, wovon Sie sprechen, Vater«, erwiderte ich.

»Das weißt du ganz genau – deine Zugehörigkeit zu dieser Mörderbande, der IRA.«

»Die IRA ist keine Mörderbande, Vater«, sagte ich. Lass nicht locker und halt dich senkrecht, sagte Tom Clarke. Ich will mein Bestes tun. Clarke hielt es fünfzehn Jahre aus und durfte es erleben, die Hurensöhne in der Karwoche auf gleicher Ebene zu bekämpfen.

»Widersprich Vater Lane nicht, du …« Mühsam unterdrückte der Wärter aus Respekt vor dem Gottesmann das Schimpfwort und machte einen halben Schritt auf mich zu, aber der Priester hob die Hand.

»Schon gut, Mr Millburn«, seufzte er, und beide nickten einander freundschaftlich zu. »Kardinal Hinsley und die Bischöfe Englands haben Hirtenbriefe erlassen, in denen sie die IRA anprangern. Solange du hier bist, muss ich dir den Zutritt zum Altar verwehren, bis du mir ein für alle Mal erklärst, dass du mit dieser Mörderbande nichts mehr zu tun haben willst.« Seine kleinen Augen blickten mich durchdringend an, und er presste die Lippen aufeinander.

»Woher glauben die Bischöfe von England das Recht zu nehmen, einem Iren politische Vorschriften machen zu können, Vater?«, fragte ich so selbstsicher, wie ich konnte.

Mr Millburn sah böse und empört zu mir herüber, aber wieder hob der Priester die Hand. »Die Bischöfe von Irland, Behan, haben die IRA immer wieder gebrandmarkt, sogar Anfang dieses Jahres. Die Kirche ist immer Irlands bester Freund gewesen – in Irland, hier in England und auf der ganzen Welt. Ich muss dich davon unterrichten, dass Bischöfe und Priester deines eigenen Landes die gesamte IRA exkommuniziert haben. Damit bist du automatisch exkommuniziert, bis du deine Sünde, ein Mitglied der IRA zu sein, bereust und Gott in der Beichte gelobst, alle Verbindungen mit ihr abzubrechen. Du kannst dich doch nicht gegen die Bischöfe auflehnen, ein unwissender Bursche wie du gegen gebildete Männer, die sich ihr Leben lang mit der Angelegenheit beschäftigt haben.«

»Ich habe kein Leben lang Theologie studiert, aber ich weiß, dass die Kirche stets gegen Irland und für das Britische Weltreich gewesen ist.«

Wieder schaute Mr Millburn ärgerlich zu mir herüber, aber der Priester blickte weise und duldsam drein und machte mir ein Zeichen, fortzufahren.

»Ohne Ihnen zu nahe treten zu wollen, Pater Lane, eine Synode irischer Bischöfe, die im Jahre 1172 in Drumceatt abgehalten wurde, hat beschlossen, dass jeder Ire, der sich weigert, den König von England als seinen Herrscher anzuerkennen, exkommuniziert wird. Das war nur drei Jahre nachdem die Normannen gelandet waren und einen Zipfel Land besetzt hatten, der nicht größer war als Louth, die kleinste der zweiunddreißig

Grafschaften. Noch nach der Reformation mussten die O'Neills in Ulster dem Papst drohen, sie würden den katholischen Erzbischof von Armagh, Richard Creagh, mit Pech und Schwefel aus der Kathedrale vertreiben, wenn Königin Elisabeths Soldaten nicht abzögen. Wurden im Jahre achtundneunzig nicht die Rebellen exkommuniziert, wurde nicht Pater John Murphy, der von den Freisassen bei lebendigem Leibe verbrannt wurde, exkommuniziert? Ließ nicht Erzbischof Troy einen Hirtenbrief, in dem er die Männer von achtundneunzig verdammte, verlesen, ließ er nicht Dankgebete sprechen, als der arme Robert Emmet gefangen genommen wurde?«

»Hör zu, du«, sagte der Wärter. Mr Millburn und Pater Lanes kleine Augen blickten böse, aber auch etwas verwundert. Nun war mir alles gleichgültig. Mein Blut pochte in den Schläfen, und mein Land zuckte mir in den Gliedern.

»Hat man nicht die Männer von achtundvierzig verurteilt und dem Volk gesagt, es solle seine Ernten ausliefern und in den Gräben zu Hause Hungers sterben, während der Grassaft grün aus dem Mund einer toten Mutter lief, die ein lebendiges Kind in den Armen hielt ...?«

»Hör zu, du!«, begann der Priester, allmählich aufgebracht, aber nun musste alles heraus.

»Wurden nicht die Fenier exkommuniziert? Haben sich nicht die katholischen Kapläne in Portland und Catham mit den übrigen Wärtern zusammengetan und Dr. Gallagher durch die Folter zum Wahnsinn getrieben, als die Fenier in Tom Clarkes Zeit ihre Einzelhaft absaßen?«

Mr Millburn starrte mich verblüfft und wütend an. Der Priester versuchte seine Empörung hinunterzuschlucken und zu sprechen, aber sein Zorn nagte an ihm, sodass er nur dem Wärter zuwinken konnte, mich hinauszuführen. Aber, bei Gott, ich war noch nicht fertig; bevor Millburn die Hand nach mir ausstrecken konnte, sprudelte ich dem Priester geradewegs in seine funkelnden Äuglein: »Exkommunikation ist für die IRA nichts Neues. Habt ihr nicht De Valera und Zehntausende andere im Jahre 1922 exkommuniziert? Hat nicht Bischof Cohalan von Cork die IRA exkommuniziert und noch vorher die *Black and Tans* unterstützt? Wurde nicht ...« Millburn packte mich, aber ich stieß hervor, was ich zu sagen hatte, meine Augen brannten, und das Herz klopfte mir im Halse – geh zur Hölle, du fettes Arschloch, zum Teufel mit England und zum Teufel mit Rom, hoch die Republik, trau bloß dem schleimigen Bruder nicht, der Sausack will nur den Briten herauskehren und sich bei den Wärtern lieb Kind machen. »Ist mein eigener Vater nicht im Jahre zweiundzwanzig ins Gefängnis von Kolmainham gewandert und obendrein exkommuniziert worden?«

»Raus, du Schwein«, sagte Mr Millburn und stieß mich aus dem Büro des Priesters. Aber nun war ich ganz ruhig. Ich hatte gesagt, was ich zu sagen hatte, und würde friedlich in meine Zelle zurückgehen. Sofern man mich ließ. Man ließ mich nicht.

»Mr Mooney«, sagte Mr Millburn zu Mr Mooney, der aus dem Flügel herbeigeeilt war, wo die übrigen Jugendlichen reihenweise bei ihrer Näharbeit saßen. »Dieses irische Schwein hat – den Priester beleidigt.« Mr Mooney nickte und schlug mich ins Gesicht, ohne seinen aufmerksamen Blick von Mr Millburn abzuwenden. Mr Johnson kam herzu, als sie mich auf die Treppe zuschubsten, und Mr Millburn und Mr Mooney sagten zu ihm: »Dieses – dieser Ire – Priester beleidigt – verdammtes Schwein!« Natürlich nicht der Priester, meinten beide einstimmig, sondern ich sei das Schwein. Und er, Mr Johnson, wenn auch kein Katholik, sondern Protestant, werde sicherlich niemals zulassen, dass ein Geistlicher gleichviel welcher Kirche beleidigt werde, und noch viel weniger Pater Lane, ein so herzensguter Mann, der bei allen beliebt sei und seine Zeit für die Gefangenen opfere. »Du Miststück, wir werden dich schon kleinkriegen, du dreckiges irisches Schwein.« Und schon hagelte es Schläge, mehrmals stolperte ich auf den eisernen Stufen. »Warte, bis du in deiner Zelle bist – wir werden dich – zum Henker – los, rauf, du Schwein, du irisches …!«

Sie stießen mich in die Zelle und schlugen mich ins Gesicht. Schläge, aber keine Hiebe. Die Hiebe gaben sie mir in die Rippen, in die Nieren, und ein- oder zweimal schlugen sie mich mit einem Schlüsselbund mitten ins Gesicht, aber meist hatten sie es auf meinen Leib und meinen Hintern abgesehen, während sie mich durch die ganze Zelle schubsten und dauernd brüllten, sie würden mich umbringen, mich, einen Priesterbeleidiger, ein halb verhungerter irischer Hurensohn sei ich, sie wollten mir die IRA schon austreiben, und meine Zelle sei ein Saustall, Pritsche und Bettzeug ein Sauhaufen, dann schrien sie mich an, ich solle gefälligst Ordnung schaffen, mit einem Knall ging die Tür zu, ich war allein, Gott sei Dank, war noch immer außer Atem, bekam aber langsam wieder Luft.

Ich brachte meine Zelle so gut wie möglich in Ordnung. Ich hatte die Wasserkanne morgens gefüllt. Nun gönnte ich mir den Luxus, mein Gesicht kalt abzuwaschen, und blickte in den Spiegel, als ich fertig war. Mein Gesicht war nicht einmal so übel zugerichtet, man sah die Schläge kaum, wenngleich meine Lippe innen geplatzt war, wo man mich mit dem Schlüsselbund getroffen hatte. Ich fühlte, wie das Blut mir in der Kehle hinunterrann und wie die Übelkeit in mir aufstieg. Obendrein bekam ich nachträglich Angst, die zu spüren ich keine Zeit gehabt hatte, als die Wärter mich die Treppe hinaufhetzten und in der Zelle verprügelten. Kalter, klammer Schweiß trat mir auf die Stirn und Handflächen, ich rieb Hände und Gesicht trocken. Plötzlich tat mir der Kopf weh, es war ein stechender Schmerz, ich musste scheißen, tat's auch im Handumdrehen, wischte mich ab, deckte den Kübel zu und stand wieder auf, als die Tür aufging und ein Gefangener und ein Wärter auf der Schwelle standen. Sie brachten ein Bündel Bücher, und der Häftling gab mir zwei und schrieb meinen Namen auf eine Karte.

»Tausch sie aber nicht gleich um, du«, sagte der Bibliothekswärter. Er sprach Cockney und war ein langes leichnamartiges Laster mit einer Brille auf der Nase. »Wenn du nicht einen Abstecher in die Dunkelzelle machen willst.«

Ich nahm die beiden Bücher auf. »Werde ich nicht, Sir«, sagte ich, »und besten Dank.«

Ich sprach so inbrünstig, dass er mich anblickte, als er antwortete: »Dank mir nicht, dank deinem Herrgott. Du bist doch Ire, nicht? Ich erkenne es an deiner Aussprache. Ich hab unten ein Buch über Irland. Erinnere mich dran oder schreib es auf deine Schiefertafel, wenn wir nächsten Dienstag wiederkommen. Schreib drauf: ›Bitte *Die Lebensretter,* das irische Buch, zurücklegen.‹«

Der Strafgefangene hatte ein Rattengesicht und sah aus wie der Zwillingsbruder des Ministranten. Vielleicht gab es hier solche Kunden für Bibliotheks- und Altardienst, die alle wegen Notzucht brummten. Er nickte jedoch freundlich, und ich sagte nicht nur zu ihm, sondern auch zum Wärter: »Haben Sie vielen Dank. Ich werde den Zettel einreichen, wenn ich Sie vorher nicht sehe.«

»Schön, Paddy«, sagte der Bibliothekar, und »Schön, Paddy«, sagte der Häftling und schlug die Tür zu. Ich legte die Bücher auf den Tisch und dachte, besser die Bücher als ein halbes Dutzend halbe Dunkle.

Es sah nicht so aus, als sollte der Auftritt vom Vormittag weitere Folgen haben, sodass ich heute Abend, bevor das Licht ausging, würde lesen und mich von den Hieben ein wenig erholen können. Glückselig betrachtete ich meine Bücher und freute mich auf die Nacht, denn mein ganzer Mund war wund, blutete immer noch und schmerzte innen, und meine Nieren, wenn das die Dinger auf der Seite sind, taten weh. Vielleicht würden die Prügel, die meine Nieren bezogen hatten, zu meinem frühen Tod beitragen, aber was tat das schon? Jedes Ding zu seiner Zeit, ich freute mich aufs Lesen, es war anständig von dem alten Knaben gewesen, mich Paddy zu nennen und zu sagen, er wolle mir ein Buch über Irland besorgen, obgleich ich nie etwas von *The Life Savers* gehört hatte. Vielleicht war es eines der verbotenen Bücher von Joyce oder einem dieser Typen, aber dann umso besser, wie die Alte sagte, als man ihr erklärte, Tee gebe es nicht, nur Porter. Jedenfalls würde ich lesen können und jede Woche neuen Lesestoff bekommen, ich würde mich auf eine Art Zahltag freuen können, an dem die Bücher umgetauscht wurden. Bei diesen Gedanken räumte ich meine Zelle auf und glättete das Bettzeug, ich spülte mein Gesicht von Neuem mit kaltem Wasser und warf wieder einen Blick in den Spiegel. Schon sah ich besser aus, nur mein Mund war noch ein wenig blutig und rot umrandet. Aber auch das wischte ich fort und begann, in den Büchern zu blättern.

Seltsame Welt, weiß Gott, aber man muss sich mit ihr abfinden.

Eines der Bücher hieß *Under the Greenwood Tree,* von Thomas Hardy, das andere war *Das Leben des Generals Booth,* dem Begründer der Heilsarmee. Ich blickte sie eine Weile an, immer wieder, schlug sie aber nicht auf und warf nur einen Blick auf die Titelseite. Ich stand auf einem Bein, an den Tisch gelehnt, und schlug die Bücher auf, las aber nur die Titelseiten. Ich merkte die Zeit nicht, bis ich das Essen kommen hörte. Es roch stark, kam näher und näher, bis meine Tür aufging und ich mein Essen entgegennahm wie jeder andere Häftling. Nach Tisch wurde ich mit den anderen herausgelassen, leerte und reinigte meinen Kübel und nähte Postsäcke mit den anderen bis vier Uhr. Dann wurden wir zur Nacht eingeschlossen; wir bekamen unser Abendessen, wenn es draußen dunkel wurde. So weit war alles gut, Gott und der Muttergottes sei Dank, nur mein Mund war noch wund, wenn ich meinen Kakao schlürfte – aber das machte mir nichts aus, da ich mich auf mein Bett freute, in dem ich warm und behaglich mein Buch lesen würde.

Ich fuhr mit meiner Zunge über die Innenseite meiner Lippe und passte auf, dass dort kein Essen hinkam, als die Klappe des Spions hochgeschoben wurde und eine Stimme fragte: »Haste deinen Kakao gekriegt, Paddy?«

Es war ein Jugendgefangener namens Brown, ein netter, anständiger kugelrunder Bursche von achtzehn Jahren, der das Essen austrug und Wärter war. Jedermann mochte ihn leiden und nannte ihn Browny, stets lächelte er bei seiner Arbeit, selbst die Wärter schienen nichts gegen ihn zu haben. Er stammte aus dem alten Moorland von Lancashire, und ich glaube, man sah in ihm ein Stückchen Altengland – denn die Engländer sind sehr nationalistisch. Alle lächelten, wenn Browny in seinem komischen Dialekt mit ihnen sprach; manch einer antwortete ihm in derselben Mundart und machte sich auf freundschaftliche Weise über ihn lustig. Er war jedermanns Liebling.

Jedenfalls war er ein netter Kerl. Ich hielt meinen Becher mit Kakao hoch, damit er ihn sehen konnte, lächelte ihn an und sagte: »Hab schon meinen Kakao, Browny.«

Das Auge blinzelte, und er sagte: »Brav, Paddy. Dann bis morgen. Nacht, Kumpel.«

»Gute Nacht, Browny.« Er trabte den Gang entlang.

Draußen in der Stadt schlugen die Glocken fünf Uhr, ich saß, gewärmt von meinem Kakao, Brot und Käse, bis fünf Uhr, dem Beginn meiner Zellenarbeit.

Ich hatte drei Postsäcke zu nähen; nach drei Tagen Übung fiel es mir nicht schwer, wenngleich ich fürs Nähen nicht begabt bin, und ich freute mich im Übrigen auf *Under the Greenwood Tree,* in dem ich hinterher lesen wollte. Daher beendete ich meine Arbeit ziemlich rasch, und als die Säcke genäht waren, rückte ich meinen Schemel von der Tür weg an den Tisch heran, schob die Beine in den Sack und war im Nu warm, wenn auch die Luft der Winternacht schwarzkalt und stumpf war wie Metall.

Der Junge geht am späten Heiligabend heim und singt ein paar Takte eines Lieds vor sich hin:

»Mit der Rose, der Lilie, der Narzisse so schön
die Jungen und Mädchen zur Schafschur gehen ...«

Ich versuchte, nicht mehr als meine Rate zu lesen. Das Buch hatte zweihundert Seiten, was etwa dreißig Seiten pro Abend ergab. *Das Leben des Generals William Booth* war vermutlich nicht viel nütze. Ich hatte über ihn in einem Taschenbuch von St. John Ervine gelesen, einem Nordiren und Direktor des Abbey-Theaters zu der Zeit, als mein Onkel dort Requisitenverwalter gewesen war. Er war für die Heilsarmee eingenommen, erklärte jedoch, ihre Feinde würfen ihr vor, in Bezug auf Jesus tappe sie völlig im Dunkeln. Im Übrigen sah dieses Buch nicht so aus, als enthalte es derartige Dinge. Vielleicht ließ sich am Wochenende ein Blick hineinwerfen, damit ich mir *Under the Greenwood Tree* aufsparen konnte. Es war besser als nichts, wie es in dem Liedchen meines Vaters über die kleinen Kartoffeln zur Zeit der Hungersnot hieß:

Bei uns war'n die Erdäpfel klein
Bei uns war'n die Erdäpfel klein
Wir futterten sie mit der Schale
's war besser als nichts, bald waren sie alle ...

Dann lachten wir alle, nur meine Mutter nicht, die sagte, es sei eine Schande, sich über die armen Leute, die im schwarzen Jahr siebenundvierzig gestorben waren, und über die toten Mütter, aus deren Mündern der grüne Grassaft tropfte und an deren vertrockneten Brüsten die schreienden Säuglinge saugten, lustig zu machen.

Aber ehrlich gesagt, man musste einfach über meinen Vater lachen, der keine Hemmungen hatte, auch patriotische Lieder mit solchem Zeug zu verzieren, fast schmückte er auch Choräle damit aus, allerdings ließ er sich selten dort blicken, wo welche gesungen wurden.

Er war ein guter Geiger, wie es auch mein Onkel, der Bruder meiner Mutter, war, dem die Gefangenen des Internierungslagers von Ballykinlar für die Komposition der Nationalhymne eine Geige schenkten. Meine Mutter sang gut, die Tanten meines Stiefbruders, in deren großem Haus auf der nördlichen Ringstraße wir herrliche Abende verlebt hatten, waren Pianisten. Ich sah meinen Alten vor mir, wie er mit seiner Geige in der Hand neben dem Klavier stand, das Tante Emily spielte, und Thomas Hardys Buch erinnerte mich in gewisser Weise daran und an all diese alten Männer aus Westengland mit ihrem Fass Apfelwein und Met, mit ihrem Fleisch und Käse.

So war es bei uns zu Hause, nur mit dem Unterschied – was seltsam klingen mag –, dass wir alle Stadtleute und die hier Landleute waren. Aber selbst ihre Redeweise erinnerte an den Dubliner Dialekt.

Und so zogen sie umher und spielten ihre Weihnachtslieder in der hellen, frostkalten Nacht. Ich musste nach Seite dreißig einfach bis Seite vierzig weiterlesen, bis zu der Stelle, wo die Familie Tranter Weihnachten feierte – das konnte ich mir nicht entgehen lassen. Als daher die Glocke läutete, schlüpfte ich ins Bett und las, mollig warm und vergnügt, weiter. Dick, der Junge, der das Lied angestimmt hat, versucht sein Glück bei der neuen Lehrerin, einer kleinen hübschen Siebzehn- oder Achtzehnjährigen, die für mich gerade das Richtige wäre. Jedermann trinkt und singt bis zu der Stelle, wo der Tanz beginnt. Auch hier musste ich weiterlesen und versprach mir insgeheim, morgen Abend nur fünfzehn Seiten zu lesen und die andere Hälfte aus dem Buch über General Booth zu nehmen, das ich ohnehin nicht so rasch lesen würde. Tranter stellt sich also mit seiner Frau zum Tanz auf.

»Reuben«, sagt sie, »ist immer so'n Hitziger gewesen.« Und

schämt sich keineswegs, vielleicht sollte sie es tun. Das erinnerte mich an meine Mutter und meinen Vater, wie er sie zur Melodie »Eilt zur Hochzeit« auf den Tanzboden zog und sie gemeinsam sangen:

Beim Hochzeitsfest von Owen Doyle im »Kranz«,
Sie winkten mir und Käthe: »Kommt zum Tanz!«
Sag ich: »Für alte Leut ist das zu viel ...«
»Ich spiel auch langsam«, ruft Harry O'Neill.

Ich schau die Alte an, sie steht bereit
Und summt wie einst. Ich geb ihr einen *póg,*
Halb ernst, halb heiter, wie zur Freierszeit,
Als Käthchen jung und Reifröcke en vogue.

Sagt sie zu mir: »Wir sind noch frisch und kregel,
Du schwenkst mich wilder als der jüngste Flegel.
So gut wie die sind wir noch längst im Zug.«
Sag ich: »Alt werden wir noch früh genug ...«

Am nächsten Morgen wurde ich zum Gefängnisrektor gerufen, der mir mitteilte, ich könne das Geld, das ich bei der Festnahme bei mir hatte, zum Kauf von Nahrungsmitteln, Zigaretten und Zeitungen verwenden.

Ich kannte jedoch niemanden in Liverpool, der mir hätte Nahrungsmittel verschaffen können, da die Beamten mir dabei nicht behilflich sein wollten. Sie dachten, sie behandelten mich gut genug, wenn sie mich Zigaretten und Zeitungen kaufen ließen; nach den Worten des Direktors waren sie nicht einmal dazu verpflichtet.

Ich war froh, eine Zeitung kaufen zu dürfen, und schrieb

mich für den *Daily Herald* ein. Ich bat auch um die Sonntagsausgabe von *Reynolds's News,* aber der Direktor sagte, *Reynolds's News* sei nicht zugelassen, ich könne dafür jedoch *News of the World* haben.

Vor Jahren, als ich ein Kind war, kaufte mein Vater immer *News of the World,* mit der Begründung, er kaufe sie wegen des Notenblatts auf der letzten Seite. Ich fragte mich immer, warum er lachte und warum meine Mutter, halb unwillig lachend, sagte, der Vater sei ein ganz schrecklicher Mensch. Das Blatt war nämlich zu Hause verboten, bevor ich lesen konnte; ich sah es nur ein- oder zweimal in der Berufsschule, wo ein Mitschüler es seinen Eltern, die es von England per Post bekamen, stibitzt hatte.

Es war eine sehr interessante Zeitung. Charlies Exemplar hatte mir im Gefängnis sehr gut gefallen, ich freute mich daher darauf, es jeden Sonntag zu lesen. Mit dieser Zeitung, dem *Daily Herald* und einer Zigarette pro Tag war mein Lebensstandard mit einem Mal gewaltig gestiegen.

An diesem Tag begann für mich sozusagen ein Leben wie Gott in Frankreich.

Wie immer ging ich zur Arbeit hinunter und saß dort auf meinem Schemel in einer Reihe mit den anderen Gefangenen. Dann rief der Wärter »Untersuchungsgefangene raus zum Rauchen«; ich trat hinter Charlie und den anderen Untersuchungsgefangenen an und marschierte mit ihnen in den Hof hinaus. Wir blieben vor einem Schrank stehen. Als der Wärter ihn aufschloss, sah ich eine Schublade mit einer entsprechenden Nummer für jede Zelle des Jugendlichen-Flügels. In der mit »C. 2. 26« bezeichneten Schublade lagen meine Zigaretten.

Der Wärter zündete ein Streichholz an, und jeder von uns holte sich bei ihm Feuer. Dann warnte er uns, ja keinen Stummel in den Flügel hineinzunehmen, sonst seien wir automatisch für scharfen Arrest fällig. »Kein Wort der Unterhaltung!«, brüllte er. »Und jetzt auseinander mit euch!«

Im Gänsemarsch liefen wir im Kreise herum und rauchten wie die Schlote, bis die Frostluft stark nach Rauch und ganz fremd roch.

Fünfzehn Minuten trabten wir im Kreise. Dann kam von drinnen ein Hilfswärter mit einem Eimer bis an die Pforte, die ein Schließer öffnete, und der Häftling stellte den Eimer auf die Stufen vor der Pforte und blieb daneben stehen.

Jetzt rief uns der Wärter, wir warfen unsere Kippen nacheinander in den Eimer und marschierten in den Arbeitsraum zurück, wo wir uns wieder ans Nähen machten, während der Wärter den Helfer zum Waschraum begleitete, wo dieser den Eimer ins Klosett schütten musste, wobei der Wärter die Kette zog.

Bald war es zwölf Uhr, und ich bekam meine Zeitung. Wenn ich meine Zelle betrat, lag sie auf dem Tisch, ein befriedigender Anblick, obgleich es ein unbefriedigendes Vergnügen war, über Begebenheiten und Orte zu lesen, die mir unbekannt und außerdem gleichgültig waren. Aber erstens war es Lesestoff, zweitens sparte ich mir damit den *Greenwood Tree* auf, drittens war es eine bemerkenswerte Sache, beim Mittagessen eine Zeitung vor sich ausbreiten und in Ruhe lesen zu können. Ich sah, dass ich all das, sogar eine lange Strafe, verkraften und trotzdem lebendig und vergnügt herauskommen konnte, selbst wenn ich dabei zumindest zwanzig Jahre alt werden würde. Jedenfalls waren Jugendsträflinge hier, die nach ihren Zellenkarten mehr als dreiundzwanzig Jahre alt waren und auch danach aussahen.

Drei von ihnen waren schon ziemlich alt; zwei davon waren solche, bei denen die Aussetzung der Jugendstrafe widerrufen worden war, Jungs, die im Borstal gewesen, auf Bewährung entlassen und wieder eingelocht worden waren. Sie hießen Dale und James. Dale war ein kräftiger, spanisch aussehender Kerl, der mir eines Tages, als ich neben ihm saß, sagte, er sei ein Liverpooler Ire, seine Mutter stamme aus Westport, Grafschaft Mayo. Trotzdem war er ein ziemlich übler Geselle, der nichts Eiligeres zu tun hatte, als mir zu sagen, wie sehr er die Iren verabscheue, er sei Engländer, die Iren kämen nur nach Liverpool, um zu Streikbrecherlöhnen zu arbeiten.

Ich versuchte ihm eiligst zuzuflüstern, das stimme nicht, der Lohn eines Bauarbeiters, Malers, Klempners, Schreiners, Maurers in Dublin sei höher als irgendwo in Europa, das Gleiche treffe für Bäcker, Drucker und die meisten anderen Handwerksberufe zu. Dagegen seien die Löhne im Liverpooler Malgewerbe so niedrig, dass ein Lehrling im vierten Jahr in Dublin, Cork, Belfast, Derry oder Limerick einen höheren Stundenlohn als ein Geselle hierzulande erziele.

Er hörte nicht zu, sondern fuhr mich an, als hätte ich ihm etwas zuleide getan, sagte, er halte sich mühsam zurück, um mich nicht gehörig zu verdreschen, und fügte halblaut hinzu: »Hau bloß ab, du Killarney-Schwein, sonst gibts Prügel.«

Der Wärter blickte herüber und sagte ärgerlich: »Was gibts denn da zu schwatzen?«

»Es ist wegen dem irischen Schwein da, Sir«, sagte Dale, »der redet die ganze Zeit – ich hab nur gesagt, er soll mich nicht in Unannehmlichkeiten bringen.«

Ich blickte den Wärter an und versuchte ihm zu erklären, dass Dale mich angesprochen und mir gesagt habe, seine Mutter stamme aus Westport, Grafschaft Mayo, dass es mir egal sei, woher sie stamme, auch verlangte ich von keinem dieser Scheißkerls, Ire zu sein. Ich brachte jedoch kein Wort heraus, umso weniger, als der Wärter mich gehässiger als je zuvor anbrüllte:

»Jetzt hab ich aber bald die Nase voll von dir, du geschwätziger irischer Hundesohn. Rück deinen Stuhl weg und reiß dich am Riemen. Ich sags dir zum letzten Mal. Ich hab dich oft genug gewarnt, und jetzt ist Feierabend!«

Ich rückte meinen Stuhl weg und hielt meinen Kopf gesenkt, damit die anderen nicht mein rotes Gesicht sehen konnten, blickte aber wieder auf, als ich mich beherrscht hatte, und nähte, stur geradeaus sehend, an meinem Sackleinen weiter. Aus den Augenwinkeln konnte ich sehen, wie Jungen in der Reihe vor mir sich nach ihrem Pech oder ihrer Schere auf dem Fußboden bückten, damit sie mir unter ihrem Arm hindurch einen Blick zuwerfen konnten. Ich aber starrte unbeirrt geradeaus und heftete den Blick auf das britische Wappen eines an der Wand hinter dem Wärter hängenden Feuerlöschers.

Den Rest des Vormittags und viele Vormittage danach saß ich für mich am äußersten Ende der Reihe, mit gesenktem Kopf, und war mit meiner Arbeit fertig, wenn die Zeit um war und ich mit meinem Schemel hinauf in meine Zelle gehen konnte, ohne dass mir irgendjemand in die Quere kam.

Als aber ein anderer Häftling verurteilt wurde, rückte Dale zur Arbeit am Werktisch auf. James ging mit ihm.

Auf dem Tisch wurde die fertige Arbeit für den Wärter gesammelt, sie konnten ihn rufen, damit er die abgelieferte Arbeit zurückwies, wenn sie den beiden nicht gefiel. Beim Säumen der Postsäcke – der mir zugeteilten Arbeit – wurden vier Stiche pro Zoll verlangt. Ich nähte nicht besonders gut, aber nach einer Woche hatte ich den Bogen raus; es war weiß Gott keine Kunst, doch sooft ich meine fertige Arbeit am Tisch ablieferte, riefen die beiden den Wärter, der mir mein Zeug zurückgab und mich einen »dummen irischen Hurensohn« nannte. Darüber lachte Dale schallend und James ebenso.

Von da an hörte ich auf, meine Arbeit abzuliefern, und behielt sie bei mir, in der Absicht, sie erst vorzuzeigen, wenn der Wärter herumgehen und sie einsammeln würde. Als ich mir aber ein neues Stück Leinen abholen wollte, sagte Dale, ich könne erst weiteres Material bekommen, wenn ich das fertige abliefere.

Ich ging zu meinem Platz zurück und setzte mich. Dale und James grinsten mich an und beschimpften mich leise, damit es nur die Burschen in den hinteren Reihen hörten, die mich ihrerseits anblickten und verhöhnten.

Himmel noch mal, wenn sie mich nur sitzen und nähen ließen, könnte ich mich mit meinem Leinen beschäftigen und meine vier Stiche pro Zoll machen, ich könnte meine Zeit damit zubringen, an Irland zu denken, und dabei meine Umwelt ganz vergessen. Herrgott, war das zu viel verlangt? Was tat ich ihnen denn? Wenn jetzt zum Beispiel einer von ihnen in Mountjoy säße und ich mit einer Bande aus Dublin hier wäre, hätte ich sie, so wahr ich hier saß, in Ruhe gelassen, gleichgültig, weshalb sie eingebuchtet waren. Und dieser James, der war weiß Gott ein feiges Miststück.

Er hatte flachsfarbenes Haar und eine scharf geschnittene, kleine Nase, und obgleich er etwa zwanzig Jahre alt und etwas größer war als ich, hatte ich keine Angst vor ihm. Ich hätte nie behauptet, keine Angst vor Dale zu haben, denn die hatte ich. Er war ein grobschlächtiger Geselle, und James lief hinter ihm her wie ein Kuli. Aber, verdammt noch mal, wenn ich auch Angst vor dem Lokomotivführer hatte, so hatte ich noch lange keine vor seinem Öllappen!

Ich drückte das Lederstück in meiner Hand. Ich werde es dir zeigen, James, du durchtriebenes Arschloch, du pockennarbiger Hurenbock, sagte ich zu mir und dachte, es lohnt sich, ihm eine zu verpassen. Ich war aber eben erst sechzehn, und er war erwachsen und hatte sich wahrscheinlich durch Fürsorge-Erziehungsanstalten durchgemogelt, indem er knotigen Angebern vom Schlage Dales in den Hintern kroch. Ich war kein ländlicher Paddy aus dem Moor von Allen, um vor einer Horde unterernährter Liverpooler Gauner zu zittern, auch war ich nicht wie die jungen hoffnungsfrohen Staatsbeamten aus dem Gälischen Bund zur IRA übergetreten, blutarme Jüngelchen, die, Reinheit im Herzen und Wahrheit auf den Lippen, jeden Tag, den Gott gab, für ihr Land, für den Ruhm Gottes und die Ehre Irlands ins Gras zu beißen bereit waren, bei Gott, nein! Ich kam aus Dublin, von der Russel Street, wo Dale und Konsorten sich nicht blicken lassen durften, wo die ganze widerliche Horde matschköpfiger Engländer verdroschen und zu Mus geschlagen werden würde.

Dir werd ichs zeigen, James, du Hurensohn. Dir wird das Grinsen schon vergehn, jetzt wird's ernst, bei mir ist der Bart ab, die Gelegenheit war nie günstiger. James, bei Jesus, jetzt bist du dran. Ich stand kurzerhand auf, hielt einen Sack in die Höhe und sagte: »Fertig«, und der Wärter nickte, obgleich ich nicht einmal »Sir« gesagt hatte, weil mir dazu keine Zeit mehr blieb.

Ich trat an den Tisch und blieb dort stehen, bis James aufstand. Das war gut so. Die Sache hätte keinen Sinn gehabt, wenn Dale aufgestanden wäre. Es war also James, der aufstand, und ich hielt ihm den Sack hin.

»Ich bin fertig«, sagte ich.

»Tatsächlich?« Er grinste so höhnisch, dass er keine Veränderung an mir bemerkte. Ärgerlich musterte er meine Arbeit, aber zugleich hochbefriedigt, wie ich an seinen Lippen sah, die sich noch stärker kräuselten. Umso schlimmer für dich, du Hurensohn, dachte ich. Er blickte mich an und hob den Sack auf. »Was soll das? Wieder mal Mist fabriziert, du irische Drecksau. Hau ab und mach das neu.«

Damit schleuderte er mir den Sack ins Gesicht, Dale lachte, die anderen auch, die auf ihren Schemeln vergnügt die Köpfe reckten, wie wenn im Theater der Vorhang aufgeht.

Ich hob den Sack auf, legte ihn auf den Tisch, blickte James bekümmert an wie Oliver Twist und fragte kläglich und hoffnungslos: »Bitte, bitte, ich hab dir doch nichts getan. Warum bist du so grausam zu mir?« Und schon holte ich mit der Rechten aus und hieb James mit der Linken, mit der offenen Handfläche, auf der der metallene Fingerhut saß, mitten ins Gesicht. Er ging in die Knie und versuchte, sein Gesicht zu schützen. Aber ich packte ihn mit der Rechten am Haar und riss ihm den Kopf zurück, während ich ihm mit der flachen Linken, mit der metallbeschlagenen, ins Gesicht hämmerte. Sein Blut lief über meine Hand, und schon kam der Wärter herbeigeflitzt. Ich hatte jedoch größere Angst vor Dale, der von seinem Schemel aufgestanden war; ich zerrte James am Schopf weiter vom Tisch fort, sodass der Wärter mich zu fassen bekommen musste, bevor Dale mir über den Tisch hinweg gratis und franko ein paar verpassen konnte mit der Begründung, er wolle nur den Jugendhäftling Behan davon abhalten, den Jugendhäftling James umzubringen.

Und ich, liebster gemarterter Jesus, hieb so lange fröhlich auf ihn ein, bis der Wärter mich am Schlafittchen packen und mich von James, der blind vor Blut die Hand vors Gesicht hielt und jammerte, wegziehen konnte.

Ringsherum rannte er, in einem Kreise von Blut, das von ihm herabtropfte, während er die Hände vors Gesicht hielt und kläglich heulte und stammelte.

Der Wärter kam, und ich dachte, er würde mich auf der Stelle zusammenhauen, aber er tat nichts dergleichen. Es war Johnson, das hagere Knochengestell von einem ausgedienten Gardisten, er blickte mich mit düsterer Miene an und sagte ruhig: »Rühr dich nicht vom Fleck, du!« Dann wandte er sich um und brüllte den Gang entlang einem Wärter zu, der die Zellen überprüfte: »Einen Augenblick mal, Mr Thorne, bitte, Sir!«

Wärter Thorne kam gelaufen und sagte, als er den blutenden James sah:

»Hat wohl Schwierigkeiten gegeben, Mr Johnson?«

Johnson nickte und sagte: »Führen Sie doch James mal hinüber ins Revier, während ich Behan in seine Zelle bringe!«

»In Ordnung. Komm, Junge«, sagte Thorne zu James. »Und nimm die Hand vom Auge, wenn du nicht über deine eigenen Beine stolpern und dir noch ein paar Beulen holen willst. Bist ja ganz schön zugerichtet.«

Ich stand und wartete darauf, dass Johnson mich in meine Zelle führte. Vermutlich wartete er auf einige Wärter, die über mich herfallen würden, und auf den Hauptwachtmeister, der wohl dabeistehen und die Prozedur überwachen sollte. Aber das war mir jetzt gleichgültig. Höchst befriedigt schaute ich auf die anderen Burschen, die von ihren Schemeln zu mir herüberäugten. Kein Einziger von der Scheißbande lachte, grinste, spöttelte oder höhnte mehr.

Ich fing einen Blick von Charlie auf, der mir traurig und freundschaftlich Lebewohl zu sagen schien. Das ermunterte mich, ich erwiderte seinen Blick, wie um ihm zu sagen: Es wird alles in Ordnung gehen, Kumpel. Wir sehen uns wieder, vor Ende Januar kommen wir ohnehin nicht vor Gericht; bis dahin sind es noch fast zwei Monate. So lange kriege ich bestimmt keinen verschärften Arrest.

Meine Vermutung wegen der bevorstehenden Prügel war

falsch. Johnson brachte mich nur in meine Zelle und sagte: »Du weißt sicherlich, dass du morgen zum Direktor musst, Behan?«

»Ja, Sir«, sagte ich.

Er nickte und schloss die Tür, ich hörte, wie er draußen meine Zellenkarte aus dem Schlitz nahm, um seinen Bericht abzufassen. Dann ging er die Treppe hinunter.

Der Gedanke an James und daran, dass er von jetzt an ein warnendes Beispiel für die anderen darstellte, tat mir gut.

Ich holte mein Buch und bereitete mir eine kleine Lesefeier. Es war sicher nicht verkehrt, so viel wie möglich zu lesen, da man mir morgen das Buch ohnehin wegnehmen würde.

Herrgott noch mal, keiner konnte behaupten, dass Dick Dewy nicht jede Chance hatte, an Fancy Day heranzukommen. Er bringt ihre Möbel in das neue Haus, in dem sie als Dorflehrerin wohnen soll. Und da sitzt er auf seinen Hinterbacken und versucht, ein Feuer in Gang zu bringen, damit sie ihren ersten Tee im neuen Haus aufbrühen kann. Aber wenn sie immer nur »Ja, Mr Dewying« und »Meinen Sie wirklich, Miss Daying?« sagen, wird es bis zum Tag des Jüngsten Gerichts dauern, bevor er ihr endlich klipp und klar sagt, was er von ihr will. Dabei ist ein Bett im Haus und so, habe sagen hören, das Bett sei weit besser als der Handbetrieb.

Bobby Hamili von unserer Straßenecke heiratete Gloria Carmody, als er kaum sechzehn war, und sagte, es sei überhaupt kein Vergleich. Wenn ich daran dachte, tat mir die Sache leid, insbesondere, wenn der Richter bei der Verhandlung aufstehen und sagen würde: »Du kleiner Idiot, du hast die Chance vertan, dir eine Braut zu schnappen, bevor du graue Haare hast, und musst es dir selbst besorgen, bis wir dich rauslassen.« Es ist ja ein bekanntes Phänomen, dass einer, der jahrelang im Knast gesessen hat, nichts anderes mehr tun kann, wenn er wieder in Freiheit ist. Gott behüte mich davor. Ah, aber Dick war gar nicht so dumm, wie er aussah! »Dick, Dick, küss mich und lass mich los – es kommt jemand!« Ich bin's, Brendan Behan, 3501, Seiner Majestät Gefängnis, Liverpool; Freiwilliger Brendan Behan, zweites Bataillon, Dubliner Brigade, Irisch-Republikanische Armee. Aber ich kam nicht, sondern dachte nur an meinen Kakao und meinen Käse von heute Abend, vielleicht war's die letzte Mahlzeit, die ich für eine Weile bekommen würde. Ein Mann brauchte seine ganze Kraft in der Zeit, die er eingebuchtet war. Bloß nicht an *so was* denken.

Am nächsten Morgen blieb meine Zelle verschlossen von dem Zeitpunkt an, als die anderen zur Arbeit hinuntergingen, bis sie zum Spaziergang geführt wurden.

Dann schrien die Wachmänner »Behan«, rannten zu meiner Tür, öffneten sie und sagten: »Rasch, die Krawatte um!«, obgleich ich sie schon umgebunden hatte. Wir rasten die Treppen zum Erdgeschoss hinunter bis zum Büro des Direktors, wo der Hauptwachtmeister einen raschen Blick auf uns warf, der Wachtmeister die Tür aufstieß und brüllte: »Auf der Matte stehen bleiben, vollen Namen sagen, Nummer, Alter, Religion und Strafe.«

Ich trat ein, blieb auf der Matte stehen und sagte: »Behan, Brendan, Sir, 3501, sechzehn Jahre alt, römisch-katholisch, Untersuchungsgefangener.«

Der alte Gefängnisdirektor sank in seinen Sessel zurück und schaute nicht auf, sondern las in einem Schriftstück, das vor ihm lag.

Johnson stand neben mir, räusperte sich und blickte auf den Wachtmeister, der Wachtmeister blickte auf den Hauptwachtmeister, der Hauptwachtmeister blickte auf den Direktor. Diesmal nickte der Alte, und Johnson las von einem Blatt Papier ab, dass ich James tätlich beleidigt hätte; und als der Wachtmeister dem Hauptwachtmeister zunickte und der Hauptwachtmeister dem Wachtmeister, blickte der Wachtmeister den Direktor an, der langsam aufsah und sagte:

»Hast du – eh – das gehört – eh, Behan? Die Anklage, die der Beamte soeben verlesen hat?«

»Ich habe es gehört, Sir.« Die Hände an der Hosennaht, blickte ich männlich drein und gestand damit mein Vergehen vor dem müden Herrn Konsul ein, vor einem Briten, der vermutlich alt und grau geworden war in jahrelangem Dienst unter niederen Rassen, der unter wilden Iren und aufsässigen Afghanen des Königs Recht unparteiisch und anständig gesprochen, der schlauen Arabern Fair Play und aalglatten Chinesen ein Gefühl für Ritterlichkeit beizubringen versucht hatte. Du alter Schweinepriester mit deinem George-Arliss-Schädel, dachte ich, du hohle, vertrocknete Nuss, nun stehst du nach deinem Kolonialdienst, nach deinem längst verflossenen Ostindien mit seinen Bengal-Ulanen wieder da, wo du angefangen hast, wie ein nachgemachter Gentleman mit seiner Sportmütze. Verdammt, jeder anständige Gaul würde vor Scham auf der Stelle verenden, wenn du auf seinen Rücken klettern wolltest. »Ich habe es gehört, Sir.«

Er kniff die kühnen Augen zusammen, die natürlich gewohnt waren, über weite offene Flächen vom Herrenhaus zur Richtstätte zu wandern, und sagte: »Sie brauchen den anderen Häftling nicht zu rufen. Ich mache dich darauf aufmerksam, dass ich dich für dieses Vergehen dem Polizeirichter übergeben könnte. Ich mache dich bei dieser Gelegenheit weiterhin darauf aufmerksam, dass, wenn du gegen einen meiner Beamten« – der Hauptwachtmeister, der Wachtmeister und Johnson, der Wärter, blickten zuerst stolz und dankbar zu ihm auf und dann zu mir herüber – »tätlich oder auch nur ausfällig geworden wärst, du unter allen Umständen Prügel bekommen hättest.« Ich blickte ihn an und nickte nur, um ihm mein Mitgefühl zu bezeugen für die Scherereien, die ihm die Verabreichung der Prügel eingetragen hätte, aber auch, um ihm zu beweisen, wie entsetzlich mir der Gedanke war, einen seiner Beamten zu schlagen oder auch nur zu bedrohen. Erstens hatte ich keinerlei Absicht, Selbstmord zu verüben, und zweitens war ich auch seelisch nicht darauf vorbereitet. Er schüttelte sein altes Afrikaforscherhaupt und sagte: »Ich bestrafe dich mit ...« Womit der giftige alte Schurke mich zu bestrafen gedachte, werde ich nie erfahren, denn der Hauptwachtmeister beugte sich vor, um ihm zu sagen, dass ich übermorgen vor Gericht geladen sei. Der Gefängnisdirektor nickte und sagte:

»Und vergiss nicht, dass ich dich damit zum ersten und letzten Male verwarne ...«

Ich nickte und blickte ihn so ernst an, wie ich konnte. Ich verziehe mich noch in dieser Sekunde, Direktorchen, schlag mich dumm und dämlich, wenn ich's nicht tue.

»... mit einem Tag Einzelarrest, einem Tag Matratzenentzug und einem Tag Arrestkost Nummer eins.«

Na, guter alter Rudyard Kipling, da hab ich noch mal Schwein gehabt, in drei Tagen ist alles vorüber. Ich blickte ihn an und setzte meinen Adamsapfel oder die Stelle, an der ich ihn vermutete, in Bewegung, um dem guten alten Mann zu danken. Und schon donnerte der Hauptwachtmeister, der Wachtmeister riss die Tür auf, der Wärter brüllte »Kehrt marsch!«, ich wurde die Treppe hinaufgejagt und den Gang entlang zu meiner Zelle.

»Nun«, sagte Johnson, »rein mit dir und schaff den ganzen Krempel raus, Tisch, Schemel, Waschtisch, Waschbecken, Krug,

Messer, Gabel, Teller, Becher, Matratze, Pritsche, alles bis auf den Kübel, und stells auf den Gang neben deine Zellentür. Los, Mensch, ran, und zwar zackig.«

Ich stellte die Sachen hinaus, eine nach der anderen. Johnson war nicht feindlich und half mir sogar, die Matratze und Pritsche hinauszuschleppen. Meine beiden Bücher lagen auf dem Bord, ich hoffte im Stillen, er würde sie nicht verlangen. Er tat es auch nicht, aber als ich alles hinausbugsiert hatte, sagte er: »Nun herunter mit den Socken, den Schuhen, dem Gürtel, der Krawatte, der Jacke, und leg alles daneben. Deine Pantoffeln kannst du wieder reinnehmen und anziehen.«

»Besten Dank, Sir«, sagte ich.

Ich ging in die Zelle, und er schlug die Tür zu, schob eine neue Karte über meine gewöhnliche, zog die Klappe über den Spion, die ich absichtlich aufgelassen hatte, um ein Fenster in die Welt und einen Blick auf die beiden Türen auf der anderen Seite des Gangs zu haben, und ging die Treppe hinunter.

Ich versuchte mich mit der Einzelhaft und der Arrestkost abzufinden. Nummer eins, das wusste ich, bestand aus 240 Gramm Brot und einem halben Liter Wasser; ich fragte mich, wann ich es bekommen würde. Schon mittags oder erst abends. Am nächsten Tag würde ich zwar die Arrestkost los, aber noch ohne Matratze sein, am Tag darauf würde ich mir nichts mehr daraus machen, weil dann nur noch die Einzelhaft übrig blieb. Das bedrückte mich nicht weiter, weil ich vor Gericht erscheinen musste und an diesem Abend meine Matratze zurückbekommen würde.

Im Übrigen hatte ich auch noch *Under the Greenwood Tree,* von dem Buch über den alten Strohkopf der Heilsarmee ganz zu schweigen.

Ich ging in meinen Pantoffeln auf und ab und war nicht einmal schlechter Laune, sondern pfiff die Lieder vor mich hin, die so mancher Ire im Loch vor sich hin gepfiffen oder hin gesummt hatte. Am liebsten hätte ich sie laut herausgesungen und mich einen Dreck um die anderen gekümmert, es war jedoch besser, auf der Hut zu sein. Mit diesen sportlichen Herren war nicht zu spaßen, wenn es ihnen darum ging, einen kurz und klein zu knüppeln. Wenn die Deutschen oder die Russen oder die Sudankrieger so mit einem ihrer eigenen Leute umgingen, war es fürchterlich, geradezu ein Verbrechen gegen die Menschlichkeit; es war jedoch etwas vollkommen anderes, wenn die Herren Engländer das Gleiche mit jemand anderem machten – man konnte es ihnen nicht einmal übel nehmen. Ein jeder hat seinen eigenen Standpunkt; es war ihnen nicht zu verübeln, wenn sie ihre eigenen Fußtritte harmlos fanden, zumal sie es im eigenen Lande taten und sie nicht im fremden Land in den Hintern getreten wurden. Trotzdem gestattete ich mir ein Liedchen, pfiff es aber nur leise vor mich hin.

Trotz fremder Zwingherrschaft, Gesetz und Bann,
Für Irlands heilge Sache mutig warb
Manch junger Bursch und mancher reife Mann,
Am Galgen stolz und unbekümmert starb.

Drum, Brüder, lasst uns treu zusammenstehn,
Uneingedenk feigherzigen Verbands,
Wenn Feinde und Verräter sie auch schmähn –
Die Missetäter unseres Vaterlands ...

Mein Gott, jetzt konnte ich hören, wie die Kerle unten hereingestampft kamen, die Treppenstufen heraufgejagt wurden, die Gänge entlanghasteten und wie dann die Türen eine nach der anderen zugeschlagen wurden. Und, mein Gott, jetzt konnte ich das Mittagessen riechen.

Ob ich jetzt mein Wasser und Brot bekam? Nein, das Essen wurde vorbeigetragen, ich konnte es ganz deutlich hören. Darum noch eine Strophe, um den Mut nicht sinken zu lassen. Erstickt daran, ihr Hurensöhne!

Manch einer hat in seiner Zellennacht entdeckt,
was nur die Todesnot entfacht.
Ein anderer, unbehütet, unbekannt,
In Kerkerhaft sein frühes Ende fand.

Mag Schurkenbande auch die Erde treten,
Darin keimt das Blut des treuen Unterpfands,
Gott segne sie! – wir flehen es und beten –,
Die Missetäter unseres Vaterlands ...

Das Essen wurde an mir vorbeigetragen, ich konnte es riechen. War es nicht bedauerlich, dass einer, der zu leiden hatte, nicht gleichzeitig dort sein konnte, wo sein Gesang belohnt wurde? Heilige Muttergottes, gab es nicht tausend Orte zwischen Belfast und Bantry-Bucht, wo einer nach Herzenslust zu fressen und zu saufen bekommen würde, sofern er zugleich dort und hier sein konnte? Aber das kam natürlich dem Wunsch gleich, beim eigenen Begräbnis einen Schnaps zu trinken. Platz da, du mit deinem blöden Gesicht, und lass einen an die Theke, der für Irland sitzt und Hunger und Prügel leidet. Los, macht Platz, würde der Gastwirt antworten, was seid ihr bloß für Leute? Habt ihr keinen Anstand im Leib, dass ihr für einen der Gauner unseres Vaterlands nicht beiseitetretet? Komm her, mein Sohn, bis die Frau dir selbst diesen Teller Speck mit Kohl gibt, und Gott mit dir und deinesgleichen, ich gebe dir mein Essen, denn wir haben dich nicht erwartet, weil du doch in den Fängen der Horde feiger, schmallippiger, papierschwenkender, schlüsselrasselnder Henkerhunde bist. Und nach dem Essen kriegst du einen anständigen Halben und ein Dunkles dazu, wenns dir schmeckt. Und dann singst du uns eins. Du kennst doch genug Lieder über die Jungen, die dem Angelsachsen die Stirn boten. Aber, bei Gott, wenn einer von denen unter euch ist, so ein waschechter Engländer, dann bist du stumm wie ein Grab. Aber jetzt sing!

Als unsre Ahnen für die heil'ge Sache stritten,
Als nie ein Sklavenschritt im Bergland widerhallte,
Als in den Auen Schuss und Schrei erschallte,
Sie durch das Ruhmestor dem Tod entgegenschritten.
Doch wir, die Erben ihres hehren Namens,
Marschieren unterm Freiheitsbanner heut –
Hämmert's ihnen ein, Schlag um Schlag,
Zahlt's ihnen heim, Tag um Tag!
Heraus, die Fenier kommen! Es ist Zeit!

»Hallo – Paddy.«

Ich drehte mich um und blickte zum Spion. Es war Browny. »Ich bring dir gleich dein Brot und dein Wasser, Paddy.«

Ich lächelte ihm zu. »Danke, Browny, mein Freund.«

Als alle Essen verteilt und alle Türen verschlossen waren, ging meine Tür auf, und Browny kam mit meinem Wasser und Brot herein. Es war das übliche zweiteilige Aluminiumgeschirr. Der obere flache Napf war für die feste Nahrung und der untere tiefe Napf für die Flüssigkeit bestimmt; in diesem Fall war oben das Brot und unten das Wasser.

»Hier, Paddy, mein Junge«, sagte Browny mit seiner weichen Stimme. »Keine große Sache, aber du wirst damit durchhalten bis zum Tee.«

»Krieg ich dann wieder was?«, fragte ich.

»Klar, Mensch«, antwortete Browny. »Jetzt kriegst du 240 Gramm Brot, heute Abend 180 Gramm und morgen zum Frühstück 120 Gramm. Dann ist dein strenger Arrest vorbei.«

»Dann bleibt also nur noch Matratzenentzug und Einzelarrest!«

»Heute Abend kriegst du ja deine Matratze wieder, morgen nach dem Mittagessen kommst du wieder raus und der Fall ist ausgestanden.«

»Ich dachte, es sei für drei Tage – einen Tag strenger Arrest, einen ohne Matratze und einen Einzelarrest.«

»Nee, du Idiot«, sagte Browny, »das Ganze nur einen Tag lang. Paddy, ich hör den Wärter kommen. Wenn ich kann, komm ich heut Nachmittag mal vorbei und schwätz ein bisschen mit dir, damit du wieder munter wirst.« Er lächelte, blinzelte mir zu, und weg war er.

Johnson kam und blickte sich in der Zelle um. »Hast du alles?«, fragte er.

»Ja, Sir«, antwortete ich, meinen Napf mit Wasser und meinen kleinen Laib Brot haltend.

Er nickte, schlug die Tür zu und ging davon.

Ich hatte nichts zum Sitzen außer meiner Matte, setzte mich darauf und brach mein Brot. Es war frisch gebacken, ich spülte es mit dem Wasser in einem Zug hinunter. Nicht übel, dachte ich, dass ich zum Abendessen wieder was zu futtern bekam und dass morgen alles vorüber sein würde. So hatte ich nur noch zweimal Wasser und Brot vor mir, bevor ich die normale Kost wiederbekam. Dann hatte es sich gelohnt, diesem Schwein von James einen Denkzettel zu verpassen, wenn ich auch nicht hoffte, dass er so viel Wut oder Mut angesammelt haben würde, um sich an mir zu rächen. Ich wusste auch, dass ich mir darüber keine grauen Haare wachsen zu lassen brauchte. Die Wärter würden schon aufpassen, dass dergleichen nicht vorkam. Ich musste nur auf der Hut sein, dass er mich nicht so überrumpelte, wie ich es mit ihm gemacht hatte. Ich würde mich im Arbeitsraum mit dem Rücken gegen die Wand setzen und beim Spaziergang im Hof die Augen offen halten.

Ich stand auf und wischte die Krumen nicht ab, sondern pickte sie auf und ging in meinen Pantoffeln in der Zelle spazieren. Dabei dachte ich an Irland und an das viele Leiden und Hungern für unsere Heimat – besonders an Terence MacSwiney, der es achtundsiebzig Tage ohne einen Bissen ausgehalten hatte, und an meinen Vater mit zehntausend anderen beim Hungerstreik im Internierungslager während des Bürgerkriegs. Mit zehntausend anderen zusammen war es freilich etwas anderes. MacSwiney hingegen hatte im Blickfeld der ganzen Welt gestanden und gewusst, dass die Schurken wütend sein mussten wegen des Radaus, den die Sache in der Presse verursacht hatte. Sie boten ihm jeden nur erdenklichen Leckerbissen an, Hühnchen, Schinken, Fasan, Schweinebraten, Filetsteak – Schluss damit, lieber Gott, mein Mund wird wässrig.

Käme Johnson und sagte: »He du, sing mir zwei Zeilen von ›*God Save The King*‹, und du kriegst das saftige Steak hier« – würde ich's tun? Klar würde ich! Jesus, Maria und Josef, er müsste froh sein, dass ich ihn nicht gleich mit Haut und Haaren mitverschlingen würde.

Nachdem ich ein oder zwei Minuten stehen geblieben war, in *Under the Greenwood Tree* gelesen und nochmals die Stelle überflogen hatte, wo sie ihre Weihnachtslieder singen, begann ich, eine Melodie dazu zu machen, etwas, das bei uns in der Familie liegt. Mein Onkel mütterlicherseits war einer der besten Liederkomponisten im Land und einer der bekanntesten, andere Familienmitglieder verdienten ihr Brot auf den Kleinkunstbühnen, weshalb ich ein Gedicht oder ein Lied nur ein paarmal zu lesen brauchte, bis mir eine Weise dazu einfiel.

So übertrug ich also die Melodie des *Hungerliedes* auf dieses Weihnachtslied, da meine Lage mehr nach Hunger als nach Weihnachten aussah:

Vergiss nicht Adams Fall,
Mensch, sei bereit!
Vergiss nicht Adams Fall
Vom Himmel in die Höllenpein.
Vergiss nicht Adams Fall;
Verdammt hat er sie all'
Zu leben mit dieser Pein
In alle Zeit.

Ich spazierte auf und ab, summte dabei Thomas Hardys Weihnachtslied vor mich hin und merkte nicht, wie die Zeit verging, bis ich hörte, wie die Türen aufgingen und die Essnäpfe abgegeben wurden – Tür auf, Blechgeklapper, Tür auf, Blechgeklapper, dann Schritte zum Abort mit den Kübeln und dem schmutzigen Wasser, in dem sie Teller, Messer und Gabel gewaschen hatten, und der Wärter brüllte: »Antreten vor den Zellen.« Alles machte sich fertig für die Nachmittagsarbeit unten im Arbeitsraum, und ich, fertig mit meinem Gesumm, machte wieder ein ernstes Gesicht, weil es sich nicht empfiehlt, im Knast nicht unglücklich auszusehen, besonders wenn man sich die besondere Mühe machte, einen auf Arrestkost zu setzen.

Dann schloss der Wärter meine Tür auf. Browny kam herein und nahm meinen Doppelnapf mit.

»Wie sieht's aus, Pad?«, lächelte er. »Morgen kriegst du wieder dein Mittagessen. Und zwar ein gutes, Bohnen mit Speck.« Wehmütig blickte ich auf das Wasser. »Ich trink's aus, Browny, für den Fall, dass ich später Durst bekomme.«

Browny lachte. »Du kannst so viel Wasser haben, wie du willst, Paddy. Warte, ich sags dem Wärter.« Er sprach mit dem Wärter, der herbeikam und hereinsah, ein hochgewachsener alter Cockney. Er war nicht klein und zäh, wie man vermuten würde, aber er war kein schlechter Kerl.

»Du kannst so viel Wasser in dich reinschütten, wie im Hahn ist. Geh runter, Browny, und füll ihm den Napf bis oben.« Noch in der Tür brummte er: »Wasser verwehrt dir kein Mensch, Taffy.«

»Ist dochn Paddy, Sir«, sagte Browny, »aus Irland.«

»Na wenn schon. Paddy oder Taffy oder Jock ist mir Jacke wie Hose. Lauf runter und hol ihm Wasser.«

Browny kam wieder herauf und stellte den unteren, tiefen Blechnapf voll Wasser auf den Fußboden. »Dank dir, Browny«, sagte ich, und »Besten Dank, Sir«.

Er sagte nur: »Dank nicht mir, dank deinem Herrgott«, lachte einmal kurz auf und schlug die Tür hinter sich zu.

Ich trank einen Schluck Wasser, als ich ihre Schritte nicht mehr hören konnte. Ich wollte auf und ab gehen, bis es Zeit zum Trinken war und damit eine Pause eintrat vor der Teestunde, zu der ich wieder Brot und Wasser bekam. Ich hatte keine Sitzgelegenheit, nur die Matte, es war kalt ohne meine Jacke, nur im Hemd, in kurzer Hose, Socken und Pantoffeln. Es war dunkel und düster, das Stückchen Himmel, das ich sehen konnte, war dunkelgrau, fast schwarz, und sah tot und kalt aus.

Ich ging auf und ab, dachte mir eine Melodie zu dem Weihnachtslied aus und lernte die anderen Verse auswendig.

Vergiss nicht Gottes Güte,
Mensch im Land,
Vergiss nicht Gottes Güte,
Und Seine Huld,
Vergiss nicht Gottes Güte,
Er hat den Sohn gesandt,
Zu tilgen unsere Schuld.
Gib Ihm die Hand!

Ich trank ein paar Schluck Wasser, pisste dreimal, ging wieder auf und ab, und obgleich die Kälte grimmig war, hätte ich noch mehr gefroren, wenn ich mich nicht bewegt hätte. Langsam schwand das Licht, aber nicht der Tag, was noch schlimmer war: Der kalte, düstere Hungertag zog sich in die Länge, es war erst vier Uhr, als es Nacht wurde und die Zelle in völliger Dunkelheit lag.

Dann hörte ich, wie unten die Schemel zurückgeschoben wurden und die Jungen vom Spaziergang die Treppe heraufkamen. Endlich, seufzte ich, Gottlob bekam ich jetzt zur Teezeit wieder ein Stückchen Brot. Aber mein Gott, es war kalt und dunkel, auch mein Kopf war ganz benommen von der Kälte, ich konnte an nichts anderes denken als an diesen Dezembertag. Daher drehte ich wieder eine Runde, damit die Dinge irgendwie im Fluss blieben.

»Paddy!«

Ich hörte ein Flüstern am Spion und lief hin.

Charlie hatte die Klappe hochgeschoben und den Mund ans Glas gepresst.

»Hallo, Charlie«, flüsterte ich, »wie gehts dir?«

»Kann nicht klagen. Und dir?«

»Es geht.«

»Ich wollte dir was zu futtern organisieren, konnte aber nicht kommen, als Browny dir dein Wasser und Brot brachte.«

»Ich weiß. Der Gedanke zählt.«

»Mit James ist es halb so schlimm. Die Hunde haben jetzt ’n Mordsbammel vor dir. Die werden nichts mehr riskieren, wenn du rauskommst. James ist mit sieben Stichen genäht worden.«

»Schade – schade, dass es nicht siebzig waren.«

Charlies Lippen teilten sich hinter dem Spion zu einem Lächeln. »Du bist mir ’n Teufelskerl, Paddy, wirklich, weiß Gott. Dann bis morgen, Kumpel.«

»Machs gut, Charlie.«

Er flüsterte leise, die Lippen dicht an der Scheibe: »Auf Wiedersehen, Paddy«, schaute hindurch, blinzelte und schlich durch den Gang zu seiner Zelle.

Nun ging ich munterer in der Zelle auf und ab, und als Browny mit einem 120-Gramm-Laib kam, ließ der Wärter mich zum Waschraum hinuntergehen, wo ich meinen Kübel leeren und meinen Napf mit Wasser für den Abend füllen durfte. Das bedeutete, dass ich nicht in der Zelle scheißen musste, was sonst zwischen vier Uhr nachmittags und sieben Uhr des nächsten Morgens zu befürchten gewesen wäre.

Der Wärter schaltete mein Licht ein, ich ging wieder auf und ab, fühlte mich wohler, kaute dabei mein Brot und trank hin und wieder einen Schluck Wasser.

Um acht Uhr kam der Wärter, schloss auf und sagte, ich solle mein Bett hereinholen. Gott sei Dank!

Ich holte Pritsche, Matratze und Decken herein, und er schlug die Tür hinter sich zu.

Als ich das Bett gemacht hatte und hineingekrabbelt war, ging es mir da nicht wunderbar? Ich war müde vom Gehen, warm nach der Kälte, der Arrest war vorüber bis auf das morgige Frühstück, und schon freute ich mich auf das Mittagessen mit Bohnen und Speck.

Das musste mit einem Leseabend gefeiert werden. Das Buch ging seinem Ende zu, trotzdem beschloss ich, an der Stelle weiterzulesen, warm und froh, wie ich war, wo sie alle Hochzeit feiern und der arme Thomas Leaf, ein *amádan,* dazukommt und um Einlass zum Tanzvergnügen bittet. »Ich habe mich gewaschen und ein sauberes Hemd angezogen«, gelobt Leaf und bettelt, dabei sein zu dürfen.

»Lass den armen Teufel rein«, sagt Tranter, »er sieht mir zwar ein bisschen vertrottelt aus, aber soviel ich weiß, hat er nie im Kittchen gesessen.« Na schön, selbst wenn es so war, hat nie ein anständigerer Kerl eingesessen.

Sie lassen ihn also herein, und er erzählt die Geschichte eines Mannes, der ein Pfund Sterling bekam, dann noch eins und dann noch eins, bis er – ich schwörs bei Gott – tausend Pfund beieinanderhat. Nie hab ich eine so dämliche Geschichte gehört, aber fraglos tat er sein Bestes, um die Hochzeitsgesellschaft zu unterhalten, und schon schlief ich ein.

Am nächsten Morgen verzehrte ich mein 120-Gramm-Laibchen, nahm einen großen Schluck Wasser und wartete bis zum Mittagessen auf das Ende meiner Arreststrafe. Ich ging in der Zelle auf und ab und dachte an meine Bohnen mit Speck, als gegen elf Uhr der Wärter kam, die Tür aufschloss und sagte, ich solle mein Mobiliar hereinholen und meine Kleider anziehen. Er fragte, ob ich austreten wolle. Ich ging also hinunter, leerte den Kübel, schiss im Klo und füllte dabei meinen Waschkrug.

Dann knallte der Wärter meine Tür zu, und ich wusch mich, nachdem ich mein Mobiliar hereingeholt hatte. Erst als ich das Zeug wieder an seinen Platz stellte, merkte ich, wie trostlos die Zelle ohne gewesen war.

Zur Mittagessenszeit hörte ich die Jungs unten hereinmarschieren und die eisernen Treppen heraufirampeln. Schon kam der Wärter mit meinem *Daily Herald,* und zwei Minuten später roch ich das Essen und hörte die Türen wieder aufgehen. Diesmal wurde meine Tür wie die der anderen geöffnet, und Browny brachte mir einen heißen Napf, der großartig roch. »Hier ist dein Essen, Paddy.« Er lächelte, als sei es für ihn selbst bestimmt. Der Wärter knallte die Tür zu, ich stellte mein Geschirr auf den Tisch, breitete dahinter meinen *Daily Herald* gegen die Wand und machte mich an meine Bohnen mit Speck.

Das Gericht war in dem tiefen unteren Napf, in dem flachen darüber lag ein Stück Brot. Ich aß mit Heißhunger, es schmeckte salzig, sodass ich reichlich Wasser dazu trank.

Ich dachte darüber nach, wie es nach dem Essen im Arbeitsraum sein würde. Ich glaubte nicht, dass James den Mumm haben würde, etwas zu mir zu sagen, auch dachte ich nicht, dass Dale mir seinem James zuliebe etwas antun würde. Nicht etwa aus Angst vor mir, sondern aus Angst vor den Wärtern. Auch würden die nicht etwa aus Liebe zu mir einschreiten, sondern lediglich, um Ordnung zu halten. Die anderen verdammten Schweinehunde würden eine Mordsangst vor mir haben, wie Charlie gesagt hatte, das war eine Erleichterung. Größere, mutigere IRA-Männer als ich waren in Dartmoor und Parkhurst, sofern sie zu wenigen waren, schon schwer zusammengehauen worden, daher hatte sich dieser Tag Arrest mehr als gelohnt, wenn es mir gelungen war, vor diesen Angebern Eindruck geschunden zu haben.

Ich wusch Teller, Blechmesser und Gabel und war fertig, als meine Tür geöffnet wurde.

Ich ging also mit meinem Schemel hinunter, betrat den Arbeitsraum kurz vor den anderen und setzte mich auf ein Plätzchen an der Wand, von wo aus ich den Raum überblicken konnte und wo keiner vor mir saß.

Dale kam herunter und ging an mir vorbei, warf mir aber nur einen flüchtigen Blick zu.

Dann erschien James mit weiß verbundenem Kopf.

Er hatte eine verklebte Wange, beide Augen waren geschwollen und bläulich verfärbt, das freute mich. Er blickte zu mir herüber, herausfordernd erwiderte ich seinen Blick, damit er sich bloß nichts einbildete und ich meinen teuer erkauften Vorteil nicht verlor.

Er schaute weg und setzte sich neben Dale auf seinen üblichen Platz am Tisch.

Jetzt kamen die anderen herunter und setzten sich reihenweise hin, und was soll ich sagen – kommt doch Charlie und stellt seinen Schemel neben mich.

»Hallo, Pad«, flüsterte er lächelnd.

»Nett von dir, Charlie«, sagte ich, »dass du dich zu mir setzt.«

So verging der Nachmittag von zwei bis Viertel nach vier, während wir ein Knäuel gewachsten Zwirns verarbeiteten. Ich fühlte mich bei der Arbeit wohl und noch wohler, als Charlie mich daran erinnerte, dass wir beide morgen zum Gericht müssten.

Ich hatte *Under the Greenwood Tree* beendet; nachdem ich aber meine Näharbeit getan hatte, las ich noch einmal das Weihnachtslied, sagte es mir auf und summte es, bis die Glocke läutete. Dann ging ich ins Bett und las es nochmals, bis die Lichter ausgingen. Ich lag glücklich im Dunkeln, dachte an meine morgige Fahrt zum Gericht und war so aufgeregt, dass ich über eine Stunde lang nicht einschlafen konnte, denn ich hörte es neun Uhr von den Kirchtürmen der Stadt schlagen.

Am nächsten Morgen wurde ich mit meinen Klamotten, mit Betttüchern, Handtuch und Taschentuch nach unten geholt und musste am Fuß der Treppe mit den anderen antreten. Zwei wurden nach einer sechs- beziehungsweise neunmonatigen Haft entlassen, drei waren in Birkenhead und Preston vor Gericht geladen, Charlie, Rotschopf und ich sollten nach Liverpool vor Gericht.

Wir traten durch die Pforte in den Hof, wo der Einsatzwagen auf uns wartete. Ich wurde jedoch vor dem Tor von Charlie und Rotschopf getrennt und allein in einen Polizeiwagen gesetzt.

Ich wurde im Bridewell-Gefängnis in der Dale Street abgesetzt und in eine Zelle gesperrt, wo ich auf die Gerichtsverhandlung warten sollte, aber es war ganz anders als beim ersten Mal.

Mein Wachtmeister kam, gab mir eine Zigarette und stellte mich dem Justizinspektor vor.

Es mag unglaublich klingen, aber der Justizinspektor führte mich über die Straße durch die Menge in eine Imbissstube, wo er einen Fleischauflauf und eine Tasse Tee für mich bestellte.

Er hieß Haines, und nachdem ich meinen Tee getrunken und den Auflauf gegessen hatte, tranken wir noch eine Tasse Tee, wozu ich zwei Zigaretten rauchte.

Er sagte mir, er behandle meinen Fall, und jetzt erkannte ich ihn wieder. Er war der, der Roger Casement nicht leiden konnte. Davon sprach ich natürlich nicht, auch mein Fall wurde kaum erwähnt. Jedenfalls quetschte er mich nicht aus. Ich glaube, dass er mir den Tee und den Auflauf und den kleinen Gang durch die Stadt einfach spendierte, weil er ein anständiger Mensch war. Das soll zu seinen Gunsten gesagt werden.

Dann brachte er mich in die Dale Street zurück. Später wurde ich aus meiner Zelle geholt und ins Gerichtsgebäude gebracht. Der Richter schickte mich für eine weitere Woche in die Untersuchungshaft zurück, sodass ich in meine Zelle zurückgebracht wurde.

Dort durfte ich noch mal rauchen und spazierte wie ein freier Mann auf und ab, dann wurden andere gebracht, ich hörte Türen aufgehen und zuschlagen. Charlie brüllte Rotschopf zu, beide brüllten zu mir herüber, und wir verbrachten ein paar Stunden rauchend und brüllend, bis wir geholt und in den Polizeiwagen verfrachtet wurden.

Charlie, Rotschopf und ich waren drei Kumpel im Wagen. Zwei neue Jugendgefangene wollten wissen, wie es in Walton sei, und obgleich Charlie sagte, sie würdens rechtzeitig merken, und dabei Rotschopf und mir zunickte und wir drei wie Veteranen den Neulingen zunickten, sagte ich ihnen, es sei zu ertragen, sie würden sich dran gewöhnen.

Als diesmal der dickwanstige Wärter in den Waschraum kam, lachte Charlie sogar über seine Witze. Er gab jedem von uns einen Kanten Brot, den die Neuzugänge übrig gelassen hatten, und als wir in den Flügel zurückkehrten, kam er uns trotz seiner Düsterkeit und Kälte nicht mehr so düster und kalt vor, wie er auf die Neuen wirken musste. Am nächsten Morgen wurden wir wie die anderen Zugänge dem Arzt, dem Direktor und dem Priester vorgeführt, aber nicht lange aufgehalten. Der Direktor verschwendete nicht einmal einen Blick auf mich und fragte nur: »Wieder in Untersuchungshaft?« Ich antwortete: »Ja, Sir«, und ging hinaus. Der Arzt war ebenso kurz angebunden, und der Priester blickte mich nicht einmal an, sondern nickte nur mürrisch; dann kehrte ich zu den anderen in den Nebenraum zurück, setzte mich auf meinen Schemel an der Wand, und Charlie setzte sich neben mich.

Die Tage verliefen eintönig bis auf Freitagabend, an dem für die Katholiken Religionsunterricht im Arztzimmer angesagt war. Obwohl exkommuniziert, hoffte ich halb und halb, zugelassen zu werden; und tatsächlich, als am Freitagabend die betreffenden Türen aufgeschlossen wurden, wurde auch ich herausgelassen.

»Los, nimm deinen Schemel ins Arztzimmer mit«, sagte der Wärter, ohne mich anzublicken, und ging zur nächsten Tür, an der er eine rote Karte gesehen hatte.

Ich nahm meinen Schemel, und als ich das Sprechstundenzimmer betrat, brannte ein lustiges Feuer im Kamin, und die Jungs saßen mit fröhlichen Gesichtern davor. Sie rückten ihre Schemel zurecht und waren auch freundlich zu mir, dann kam ein klapperdürrer Mensch mit einem traurigen Gesicht herein. Ich hörte die Jungs sagen, er sei vom Marienbund der Liverpooler Erzdiözese.

Froh, dabei zu sein, blickte ich mit den anderen zu ihm auf und dachte, vielleicht ist der Priester gar kein schlechter Kerl und tut nur, was er für richtig hält, als eine Hand auf meine Schulter klopfte und ein Wärter zu mir sagte:

»Nimm deinen Schemel und geh wieder in deine Zelle, Behan.«

Ich blickte ihn an, und er sagte: »Na los, steh auf und tu, was ich dir sage.«

Ich fing einen Blick der anderen auf, packte meinen Schemel, senkte den Blick, damit sie mein Gesicht nicht sehen konnten, und ging rasch aus dem Zimmer.

In der Tür begegnete ich dem Priester, der gerade ins Zimmer hereinschaute. Ich blickte, ich starrte ihn an, als ich an ihm vorbeiging.

»Los, weiter«, sagte der Wärter.

Ich ging die Treppe hinauf in meine Zelle, der Wärter knallte die Tür zu und trabte wieder hinunter.

Ich sank auf meinen Schemel und stützte den Kopf in die Hände. Zum ersten Mal seit Jahren war mir nach Weinen zumute, zum ersten Mal, seitdem ich ein Kind von vier oder fünf Jahren gewesen war. Wie oft hatte ich nach der Messe zu Hause gebetet, Gott möge mir meinen Glauben erhalten. Ich dachte an Schwester Monika, die alte Nonne, die mich für meine erste Beichte, Kommunion und Firmung vorbereitet hatte, und an den alten Priester Campbell in der Gardiner Street, bei dem ich beichtete, und an Weihnachtsnummern der kleinen heiligen Hefte, die wir immer zu Hause hatten. Und nun sollte mit einem Male alles aus sein.

Es war alles ein großer Mist.

Einer der festgenommenen Fenier hat mal gesagt, was man im Gefängnis am meisten vermisse, seien kleine Kinder, Hunde und ein Kaminfeuer.

War ich daher nicht ein Trottel, von dem fetten Druidenschwein überhaupt noch etwas zu erwarten? Waren die Priester nicht schon in den Zeiten der Fenier berühmt dafür gewesen, dass sie die Wärter unterstützten, zu der Zeit, als Dr. Gallagher im Gefängnis von Chatham zum Wahnsinn getrieben wurde?

Nun, ich würde ja nicht ewig brummen, und wenn ich einem Pfaffen vom Schlage Lanes einen Streich spielen konnte, beim Teufel, dann würde ich es tun.

Wenn sie mir eines schönen Tages zu Hause mit ihrem schleimigen Jesusgeschwätz kommen, werde ich sie fragen: Und wie habt ihr euch damals im Walton-Gefängnis benommen, ihr Hurensöhne?

Noch zweimal fuhren Charlie, Rotschopf und ich zum Gericht. Wir genossen die Fahrt, das Rauchen in den Zellen und im Polizeiwagen auf der Heimfahrt, wir freuten uns, den Neuen erzählen zu können, wie es gewesen war. Es machte uns Spaß, von Dickwanst in der Kleiderkammer empfangen zu werden, ihm eine Kippe zuzustecken, einen von den Zugegangenen übrig gebliebenen Extrakanten zu bekommen, einander beim Abseifen und Duschen in den Badekabinen zuzusehen und zuzulachen, uns dann in der Wanne auszustrecken und hinterher ins Bett zu gehen, bis wir alle ins Liverpooler Polizeigericht gebracht wurden, es endlich auf Weihnachten zuging und wir von Neuem sechs Wochen bis zur ersten Februarwoche warten mussten.

Der Bibliothekar war kein schlechter Kerl und brachte mir Bücher von Dickens, um die ich gebeten hatte. Es hatte keinen Sinn, moderne Autoren zu verlangen, weil keine vorhanden waren. Ich hatte den Eindruck, dass sie die Bücher fürs Gefängnis dem Gewicht nach kauften. Einmal bekam ich eine Jahresausgabe von *Chums* von 1917 und einen Möbelkatalog von Selfridge, als ich um etwas Populärwissenschaftliches und Erzieherisches bat. Als ich dem Bibliothekar jedoch erklärte, ich könne den Möbelkatalog nicht lesen und hätte *Chums* bereits gehabt, was nicht stimmte, gab er mir etwas anderes dafür: *Der Bürgermeister von Casterbridge* von Thomas Hardy und *Der Monddiamant* von Wilkie Collins.

»Ire, was, Paddy? Je was gehört von Michael Collins?«, fragte der Wärter. Michael Collins hatte meiner Mutter einen Fünfpfundschein gegeben, wenige Monate vor meiner Geburt auf der O'Connell-Brücke, als mein Vater von der Regierung eingesperrt worden war. Aber das sagte ich dem Wärter nicht. Ich nickte nur lächelnd. »Und das Buch hier ist von einem Iren, Ballock ist sein Name – ich muss sagen, bei euch haben die Leute komische Namen, Paddy –, hör zu, ich konnte *The Life Savers* nicht finden, daher habe ich dir was anderes gebracht.«

Ich bedankte mich bei ihm, und als ich eingeschlossen war, warf ich einen Blick in das Buch. Es war von Shan F. Bullock. »Shan« war vermutlich eine Verballhornung von »Seán«, wie Shaun und Shane, aber irisch durch und durch.

»Ja, ja«, sagte er und latschte davon, während er die nassen Hände an seiner Cordhose abwischte. »Ja, ja, es wird dich sicher bis nach Clogheen bringen. Auf Wiedersehen! Gott sei mit dir!«

Zu Hause an der Ecke der nördlichen Ringstraße machten wir uns immer über die Redeweise der Sumpfbauern à la Abbey-Theater lustig. Aber hier in der kalten Bude las ich es mit Vergnügen.

Das Buch enthielt Kurzgeschichten, hieß *Ring o' Rushes* und handelte von Nordirland. Als ich endlich das andere Buch bekam, war es nicht *The Life Savers,* sondern *The Loughsiders.*

Jeden Tag ging ich mit Charlie und Rotschopf zum Spaziergang und Rauchen in den Hof und saß im Arbeitsraum neben ihnen. Jeden Tag bekam ich meine Zeitung und sonntags die *News of the World.* James sprach kein Wort mit mir – sein Gesicht war an den verheilten Stellen narbig geworden –, auch sonst richtete keiner das Wort an mich. Noch einmal wurde ich am Freitagabend zum Religionsunterricht geholt, aber wieder war es ein Versehen, sodass ich in meine Zelle zurückgebracht wurde. Bald darauf sah ich im Büro einen Anschlag des Inhalts, dass 3501 Behan nicht die katholische Religionsstunde freitagabends zu besuchen habe. Trotzdem ging ich sonntags zur Messe und zum Segen, weil es Zwang war und man damit die Zeit totschlug.

Das Rauchen war für uns der Höhepunkt des Tages.

Wir, die Untersuchungsgefangenen, wurden oft von den anderen Jungen, den Verurteilten, angesprochen, die uns aus lauter Gier bisweilen Zeichen machten, ihnen doch einen Stummel mitzubringen.

Das war nahezu unmöglich, wenn auch Charlie und ich manchmal für Browny, der verrückt aufs Qualmen war, ein winziges Ende hineinschmuggelten. Es war jedoch ein schwieriges und gefährliches Abenteuer.

Manchmal gelang es uns jedoch, eine Zigarette entzweizubrechen und sie dann, statt uns vom Wärter Feuer geben zu lassen, bei einem Kameraden anzuzünden, der bereits rauchte, das abgebrochene Ende ins Taschentuch zu wickeln und den abgerauchten Stummel in den Eimer zu werfen, der nach dem Spaziergang in den Abort geleert wurde. Oft war aber die Wasserspülung ungenügend, und die Kippen tauchten wieder an der Oberfläche auf.

Dales Zelle lag neben dem Waschraum, und es war vereinbart worden, dass er diese Stummel bekam. Er war der Boss des Flügels, und was er beanspruchte, gehörte ihm. Er fischte diese Stummel heraus, wenn die Arbeit zu Ende war, und legte sie in eine kleine Vertiefung des Fenstersimses zum Trocknen. Manchmal, wenn einer während der Arbeit austreten musste und die vom Wärter ins Klosett geleerten Kippen dort schwimmen sah, flüsterte er es Dale beim Zurückkommen zu, der dann ein oder zwei Minuten später austrat und sie zum Trocknen herausfischte.

Der Hilfswärter des Erdgeschosses hielt stets Ausschau nach dem Wärter, sobald dieser den Gefangenen mit dem Kippeneimer in den Waschraum führte, und spülte eine Sekunde vorher rasch einmal durch, damit das Klosettbecken leer und sauber war. Für solche Dienste bekam er stets seinen Stummel ab, wenn sie getrocknet waren. Jedenfalls war Dale der Boss, und die Jungs taten alles, um sich bei ihm beliebt zu machen.

Eines Morgens waren Dales Kippen verschwunden. Als er ans Fenster trat und den Finger in die Vertiefung steckte, waren sie nicht mehr da. Dies wurde sofort im Arbeitsraum ruchbar, und jeder zitterte. Sogar ich war froh, dass ich und Charlie Untersuchungsgefangene waren. Jeder fragte sich, wer die Kippen gestohlen haben konnte.

Der Hilfswärter kam von seiner Flurreinigung angelaufen, und während er neben dem Tisch ein paar Leinenfetzen zusammenkehrte, schwor er Dale im Flüsterton bei allem, was ihm lieb und teuer sei, er habe sie nicht genommen und wisse von nichts.

Ich konnte mir schon denken, wer der Dieb war. Es gab vier Hilfswärter, die in unserem Flügel arbeiteten, einer auf jedem der vier Stockwerke. Der Einzige, der viel herumstromern konnte, war Browny, und am Vortag, als Charlie und ich ihm sagten, es sei uns leider unmöglich gewesen, ihm vom Spaziergang etwas zu rauchen mitzubringen, meinte er nur, es mache nichts, vielen Dank, er habe sich was organisiert.

Woher hatte er es? Ich blickte zu Dale und seinem zorngeröteten Gesicht hinüber, als ich mich bückte, um ein Stückchen Wachszwirn aufzuheben, und zitterte selbst ein wenig. Armer Browny. Es hätte natürlich auch schlimmer ausfallen können, ich hätte es zum Beispiel sein können. Trotzdem: armer Browny! Er war wie ein kleiner Teddybär und ebenso harmlos.

Als wir um vier Uhr unsere Näharbeit beendeten, sah ich Dale blitzschnell seine Sachen zusammenpacken und die eiserne Treppe zu unserem Stock hinaufeilen. Rasch lief ich hinterher. Seit meinem Krach mit James sah ich stets zu, rasch in meine

Zelle zurückzukommen, dachte aber auch daran, Browny unter Umständen rechtzeitig vor Dale warnen zu können, kam jedoch zu spät.

Aus dem Waschraum drang mir Lärm entgegen, ich hörte Brownys Stimme, die zuerst flehte, dann wimmerte. Da stand ich mit meinem Schemel und meiner Zellenarbeit in der Hand und wusste nicht, was tun, aber dann lief ich zu meiner Zelle, stellte meinen Schemel, mein Sackleinen und meinen Wachszwirn ab und eilte in den Waschraum. Bevor ich jedoch dorthin gelangen konnte, sah ich Dale behände den Gang entlang auf die Treppe zulaufen.

Ich rannte in den Waschraum. Drinnen war es pechschwarz, sodass ich Browny nicht sehen konnte, hörte aber gleich sein Stöhnen, das hinter der Halbtür aus dem Klosett kam. Ich stieß sie auf, dort kauerte er und versuchte, den Kopf aus dem Becken zu heben. Seine kurze Hose war zerfetzt und mit Blut beschmiert.

Heilige Muttergottes, wie leid tat es mir, dass ich mit Schemel und Leinwand zuerst in meine Zelle und nicht sofort herbeigeeilt war, um ihm zu Hilfe zu kommen! Genau in dieser Minute hatte Dale ihn zusammengeschlagen, aber ich war nicht gekommen, sondern hatte gewartet, bis mein Zeug in die Zelle geschafft war, weil ich Angst hatte, auch Prügel zu beziehen. So sieht also ein furchtloser Freiheitskämpfer aus! Ich hob ihn auf, stützte ihn und schleppte ihn zum Treppenabsatz, wo der Wärter mich sehen konnte, ohne dass ich nach ihm rufen oder mehr in der Sache tun musste, als ich bereits getan hatte.

Johnson kam die Treppe herauf, wir trugen ihn ins Sprechzimmer und legten ihn mit dem Gesicht nach unten auf das Ruhebett.

Wir zogen die blutdurchtränkten Fetzen seines Hosenbodens

herunter, während das Blut noch immer in Strömen floss. Noch immer hielt er die Hände vors Gesicht und stöhnte. So hatte er sein Gesicht zu schützen versucht und es ins Klosettbecken gesteckt, während Dale mit seiner Rasierklinge wie wahnsinnig auf ihn einhieb und einstach.

Als der Sanitäter sich um ihn kümmerte, fragte Johnson mich, was ich davon wisse.

Ich sagte, ich wisse nichts, ich hätte Kreischen gehört, sei in den Waschraum gelaufen und habe Browny stöhnend in der Toilette liegen sehen.

Johnson nickte und erwiderte, er werde die Sache prüfen und ob ich die Wahrheit sagte. Die anderen waren alle in ihren Zellen, bereits für die Nacht eingeschlossen, und er begleitete mich hinauf und knallte meine Zellentür hinter sich zu.

Am nächsten Morgen wurde ich als Zeuge zum Direktor gerufen.

Dale stand vor dem Schreibtisch; augenscheinlich hatte er eine unruhige Nacht verbracht.

Wieder schwor ich Stein und Bein, dass ich bei dem Überfall auf Browny nicht dabei gewesen sei, nichts darüber wisse und nur Browny im Klosett mit dem Kopf im Becken und blutüberströmtem Hintern habe kauern sehen.

Der Hauptwachtmeister, der am äußersten Ende des Schreibtischs stand, nickte dem Direktor zu und brüllte mich an, rauszugehen. Ich ging hinaus und wartete vor der Tür, bis mir gesagt wurde, dass ich nicht mehr benötigt werde und zu meinem Arbeitsplatz zurückgehen könne.

Später blickten wir alle verstohlen auf, als Dale von zwei Wärtern zur Arrestzelle geführt wurde.

Johnson kam als Wärter wieder in den Nähraum, und als der Direktor fortgegangen war, hörten wir aus dem unteren Geschoss, aus der Strafzelle, dumpfe Schläge und schwaches Stöhnen heraufhallen.

Der Justizinspektor, ein magerer, glatt rasierter Mann, aufrecht, schlank, adrett und mit Ordensbändern geschmückt, wandte seine alten Augen Johnson zu und spitzte mit Kennermiene die Ohren, lächelte und murmelte fachkundig: »Da bekommt einer ein sauberes Hemd verpasst, wie, Mr Johnson?«

Ein sauberes Hemd war die Prügelstrafe, die ein Häftling mitunter zu Beginn seiner Einzelhaft bekam. Es wurde befohlen: ausziehen, und wenn er halb ausgezogen war, wurde ihm vorgeworfen, er habe sich der Durchsuchung widersetzt, man schlug ihn, hämmerte auf Nieren und Schenkel ein.

Unser Justizinspektor war gefürchtet. Jetzt, da er nicht mehr jung und energisch genug war, wartete er, bis der Gefangene von den anderen Wärtern nackt ausgezogen war. Dann packte er ihn an den Hoden, quetschte sie und zerrte an ihnen, warf sich mit seinem ganzen Gewicht darauf und ließ sie dann los. Dabei beschimpfte er den Häftling nicht etwa und schien auch nicht aggressiv, sondern grunzte und stöhnte nur leise: »Na, na, wir sind gleich fertig.« Er schwitzte vor Anstrengung und knurrte: »Na, na, es ist gleich vorbei.«

Und so war es meistens auch: Der Häftling wurde einfach ohnmächtig. Man schlug einen Strafgefangenen nie ins Gesicht, dafür aber auf alle übrigen Körperteile, die nur der Gefängnisarzt sah. Die Spezialbehandlung, wie sie unser Inspektor vornahm, war Leuten mit langer Haft vorbehalten. Selbst wenn es bei einem Gefangenen Knochenbrüche gab, erfuhren es nur die Gefängnisbeamten, die Wärter, Gefängnisärzte und Geistlichen.

Das Stöhnen drang von unten schwächer herauf und verstummte ganz. Der Justizinspektor lächelte, und die Häftlinge lächelten, weil sie den alten Mann in so guter Laune sahen.

James lächelte seinen neuen Arbeitskollegen am Tisch an.

Im Laufe des Vormittags rief Johnson mich herunter und sagte: »Paddy, komm her und hol dir deinen Brief.«

Ich lächelte und war froh, als »Paddy« zum Briefempfang aufgerufen zu werden.

Charlie, Rotschopf und ich gingen mit den anderen zum Rauchspaziergang in den Hof.

Charlie zündete seine Zigarette an meiner an, an der ich kräftig zog, um ihm das Anzünden zu erleichtern, er schaute mich an, lächelte und sagte: »Danke, Pad.«

»Okay, Kumpel«, sagte ich, und als wir im Kreise liefen, musterte ich seinen Hinterkopf und sein Haar, das sanft in den Nacken überging.

Nun begannen die Weihnachtsglückwünsche aus Irland einzulaufen.

Weihnachten kam mit Riesenschritten näher.

In der Weihnachtswoche und an dem Samstagnachmittag, an dem ich nach dem Spaziergang in meiner Zelle saß und meine Beine in einem Postsack warm zu halten versuchte, herrschte heftiges Schneegestöber. Samstags wurde das Abendessen früh ausgeteilt, manchmal gegen drei Uhr dreißig, und das war ein zweischneidiges Schwert. Einerseits war es vorteilhaft, weil man einen Bärenhunger hatte, von der Kälte gar nicht zu reden, aber andererseits bedeutete es, dass man um sieben Uhr wieder einen leeren Magen hatte und gegen acht Uhr abends vor Hunger kaum Schlaf fand.

Es gab Jungs, die sich nichts aus Lesen machten und auch kaum lesen konnten; diese verbrachten die Zeit an ihren Fenstern, solange es noch halbwegs hell war. Dazu mussten sie sich der hoch angebrachten Fenster wegen auf den Tisch stellen.

Wenn der Wärter in seinen Pantoffeln herbeigeschlichen kam und sie dabei ertappte, wurden sie vielleicht angezeigt und ein oder zwei Tage auf Wasser und Brot gesetzt. Aber die meisten Wärter ließen sie gewähren, sodass die Häftlinge mitunter Brüllunterhaltungen von Fenster zu Fenster miteinander führten.

Bisweilen mochte der eine oder andere Sträfling diese Plauderei unterbrechen, indem er herüberschrie: »Könnt ihr Idioten nicht einmal die Schnauze halten?«, als sei er über das Geschrei ernstlich empört, was ich aber nicht glaube. Selbst wenn ich las, hatte ich Spaß an dem Stimmenlärm und hörte manchmal der Unterhaltung zu. Jedenfalls sparte es mir ein paar Seiten Lektüre.

Ich selbst beteiligte mich nie an den Unterhaltungen, nicht einmal mit Charlie, der in der Nähe seine Zelle hatte, weil meine Aussprache auffiel und die anderen schreien würden: »Halt die Fresse, du dreckige irische Laus«, wie es ein- oder zweimal vorgekommen war.

Im Übrigen las ich lieber, wenn ich ein Buch hatte.

Manchmal fingen zwei Kumpel aus demselben Ort oder derselben Gegend ein Gespräch an und quatschten sich richtig fest, und da sie dieselben Dinge und Menschen kannten, lohnte es sich zuzuhören.

Aber dann brüllte ein Häftling todsicher los: »Halt endlich dein Maul«, und schon war die Unterhaltung gestört und endete mit der gegenseitigen Beschimpfung zwischen Gesprächspartnern und Unterbrecher. »Halt du die Klappe, du Penner«, schrie dann einer der Sprechenden hinüber, und der Störenfried antwortete: »Pass bloß auf, dass ich dich beim Spaziergang nicht zu fassen kriege, du Arschloch.«

»Du kannst mich kreuzweise am Arsch lecken, du Wichser.«

Meist brüllte nur der Unterbrecher, um die eigene Stimme zu hören, es gab aber auch Sträflinge, die es zu genießen schienen, wenn andere Häftlinge bestraft wurden, und sich in das Geschrei einmischten, als stimmten sie der Vorschrift, Stille zu bewahren, zu. Andererseits war es gefahrlos, die Stille auf diese Weise zu unterbrechen.

Wenn die Häftlinge sich dann bei der Arbeit oder beim Spaziergang trafen, erinnerte sich kein Mensch an den von Fenster zu Fenster ausgetragenen Streit.

Das Schneegestöber hielt die ganze Weihnachtswoche an, am Samstag fiel dichter Schnee, sodass wir den Hof nicht benutzen konnten.

Darüber waren wir froh, weil es qualvoll war, nur in Jacke und kurzer Hose spazieren zu gehen.

Wir stellten bereits Mutmaßungen darüber an, was wir wohl zu Weihnachten bekommen würden, einige meinten, es werde ein Konzert oder sonst was geben, aber dann gewöhnten wir uns langsam an den Gedanken, dass es vermutlich bei einem ellenlangen Wochenende bleiben würde. Es hieß, Weihnachten gibt es Mehlpudding, aber das entschädigte uns nicht für ein Wochenende, das aus Samstag, Sonntag, dem Weihnachtstag und dem Stephanstag bestand, also aus lauter Tagen, an denen wir nicht zur Arbeit hinuntergehen konnten. Das war für uns wie eine Geschäftsstraße in einer großen Stadt, mit den Leuten, die zum Direktor und zum Arzt gingen oder von dort kamen, mit Türen, durch die Menschen hinaus- und hereinströmten, mit Häftlingen, die zwischen Gefängnis und Gericht hin- und herpendelten, die zum Direktor, in die Arrestzelle im Keller gebracht oder zum Arzt gerufen wurden. Man konnte von seiner Näharbeit aufsehen, und solange man nicht sprach, gab es kein Verbot, dieses Schauspiel zu genießen, wenn es hieß: »Einer weg, Sir«, oder »Zwei für Sie, Sir«. Das war eben etwas anderes als die vier trübsinnigen Feiertage, die vor uns lagen wie eine Gefängnisstrafe, wie man draußen sagen würde.

Wir bekamen nur die halbe Freizeit, während der wir auf dem Gang auf und ab gehen durften; vom Mittagessen an wurden wir für den Rest des Tages eingesperrt. Das Mittagessen war das übliche Sonntagsessen, ein Stück Büchsenfleisch, das uns schmeckte, zwei kalte, widerliche Kartoffeln und ein Stück Brot.

Die Kartoffeln und das Brot vertrugen sich schlecht, so aß ich zuerst die Kartoffeln und legte dann das Stück Corned Beef aufs Brot und trank einen Schluck Wasser dazu.

In der Zelle war es dunkel, und nachdem ich abgewaschen hatte, setzte ich mich an den Tisch und lauschte auf den Lärm draußen. Die Jungen waren noch nicht auf die Tische geklettert, weil ein Wärter die Zellen der Römisch-Katholischen abklapperte und sich erkundigte, ob sie zur Beichte gehen wollten. Ich wäre in Anbetracht der Weihnachtszeit gern gegangen, ganz abgesehen von dem gemeinsamen Gang zur Kapelle; da ich aber exkommuniziert war, war ich nicht zugelassen.

Fast alle anderen gingen zur Beichte, und der Wärter schloss alle mit einer roten Karte versehenen Zellen auf, und als er zu mir kam, äugte er herein und fragte: »Gehst du zur Beichte?«, aber dann erkannte er mich, murmelte etwas und trabte zur nächsten Zelle.

Dieses verdammte fette Priesterschwein. Ich biss mir auf die Lippen, als ich die anderen wie freie Männer die Treppe hinuntergehen hörte.

Dann kletterten die anderen auf die Tische, um aus den Fenstern sehen zu können.

Es war ohnehin zu dunkel zum Lesen, ich wollte mir allen Lesestoff für die vier Tage aufsparen. Ein weißlicher Schimmer war am Himmel, bald musste Schnee kommen, und ich dachte, der Wärter wird diesmal nicht so streng sein, wenn er uns ertappt, da morgen Weihnachten ist, drum schob ich meinen Tisch an die Wand und stieg darauf.

Es lohnte sich.

Unser Hauptwachtmeister, der untersetzte, verbissene, aufgeblasene Hurensohn, stolzierte unten im Hof umher, starrte mal in den Schnee, dann wieder zu den Fenstern hinauf, deren fünf Reihen in tödlichem Schweigen auf den viereckigen Hof hinunterschauten. Er wusste, dass wir zu ihm hinunteräugten, und blinzelte zu den vergitterten Fenstern hinauf; einige Jungen in meiner Nähe sprangen gewiss verängstigt vom Tisch herunter, obgleich sie wissen mussten, dass er sie auf die Entfernung nicht sehen, geschweige denn erkennen konnte. Ich sprang aber nicht herab, dem Himmel sei Dank, und wer seinen Beobachtungsposten verlassen musste, würde sich einen Augenblick später wohl am liebsten geohrfeigt haben, weil der Herr Hauptwachtmeister mit seiner feuerroten Birne und seinem dämlichen Stolzierschritt in der nächsten Sekunde die Treppe in zwei Meter tiefen Schnee hinunterpurzelte. Schnee stob auf, und schon war er verschwunden, er würde ersticken – hofften wir –, und an allen Fenstern schrie und tobte es los. Welcher Heidenspaß, welches Mordsvergnügen, welche Extravorstellung – als der alte Bastard sich aus dem Schnee herausgearbeitet hatte, die Treppe hinaufstolperte, wütend die Fäuste zu uns hinaufschwang und von Neuem auf die Nase fiel. Begeistert johlten die Jungs, die Wärter kamen angesaust, dachten, wir seien sämtlich ausgebrochen, und pfiffen uns an, wir sollten sofort von den Fenstern verschwinden. Selbst als sie dem Herrn Hauptwachtmeister, der einem Schneemann glich, aufhalfen und er den Schnee von seiner Uniform schüttelte, ging das Gejaule der Fenstergucker weiter, bis die Wärter endlich in die Flügel und Gänge gerannt kamen und wir im Handumdrehen von den Tischen sprangen, bevor sie uns durch den Spion erspähen konnten.

Ich setzte mich wieder an meinen Tisch und dankte Gott und der Heiligen Mutter für dieses Schauspiel.

Wäre ich zur Beichte gegangen, hätte ich das Spektakel versäumt, und ich fühlte mich daher entschädigt. Gott versperrt nie eine Tür, ohne eine andere aufzuschließen, und was Er mit der rechten Hand nimmt, gibt Er mit der linken wieder, und noch mehr dazu.

Am nächsten Tag gingen wir zur Messe, durften im Gang spazieren gehen, kriegten unser gewöhnliches Sonntagsessen, das gut schmeckte. Die Jungen schwatzten an den Fenstern wie die Schwalben, aber die Wärter kümmerten sich nicht darum, und so plauschten sie, bis sie gegen drei Uhr das Abendessen kommen hörten.

Es wurde sogar früher als gewöhnlich ausgeteilt, denn ich hörte einen Wärter sagen, man solle doch den Schließern die Möglichkeit geben, rechtzeitig fortzukommen.

Die Römisch-Katholischen hatten am Nachmittag keinen Gottesdienst, weil dieser für den nächsten Tag angesagt war, was den Sonntag in die Länge zog.

Gegen sechs Uhr wurde ich hungrig und trank ein paar Schluck Wasser, ging bis gegen acht Uhr auf und ab und legte mich auf den Glockenschlag zu Bett.

Ich las noch ein wenig, bis das Licht gelöscht wurde, und schlief mit dem Gedanken, dass wenigstens die Hälfte der vier Tage herum war, rasch ein.

Ich traf Charlie im Waschraum, wo wir uns gegenseitig »Fröhliche Weihnachten« wünschten.

Alle Jungs wünschten einander ein fröhliches Weihnachtsfest, still und leise, damit die Wärter sie nicht hören konnten. Es hatte keinen Zweck, am Weihnachtsmorgen über die Stränge zu schlagen.

Wir knallten unsere Türen zu, wuschen uns und warteten auf das Frühstück.

Als die Leute an meine Tür kamen, hörte ich einen von ihnen sagen, ich sei römisch-katholisch und würde mein Frühstück erst nach dem Gottesdienst bekommen. Das geschah deshalb, weil die meisten Römisch-Katholischen zur Kommunion gingen. Schon wollte ich durch den Spion rufen, ich ginge nicht mit und müsse daher mein Frühstück wie üblich bekommen, als ich den Schließer zum Wärter sagen hörte, dass ich nicht zur Kommunion zugelassen sei und mein Frühstück mit den anderen bekäme.

Er schloss meine Tür auf und sagte: »Du gehst doch nicht zur Kommunion, oder doch?«

»Nein, Sir«, antwortete ich.

»Na schön, dann nimm dein Frühstück!« Ich fand den Wärter an diesem Weihnachtsmorgen ausnehmend freundlich, und er fügte hinzu: »Dafür kriegst du dein Essen wenigstens gleich, Paddy, und musst nicht eineinhalb Stunden Kohldampf schieben!«

Ich nahm es ihm aus der Hand, dankte ihm, und er schlug die Tür hinter sich zu. Ich mag Frühstück, ich mag auch den Morgen, und ich freute mich, dass der alte Wärter nett zu mir zu sein versuchte und mich in gute Laune versetzte.

Als wir Römisch-Katholischen zur Messe antraten, flüsterte der Junge neben mir, wir würden gleich Dale zu Gesicht bekommen. Wenn Gott will, sagte ich mir, als ich neben den Arrestkunden in der ersten Reihe Platz nahm und sie dabei sagen hörte, wir würden ja sehen, wie der Arrest ihm bekomme.

Wir trabten aus dem Flügel, überquerten den Hof, der Schnee glitzerte in der Sonne, und der Himmel war blau.

Wir setzten uns auf unsere Plätze. Hinter uns saßen alte und junge Männer, die alle Strafen von sieben bis zu fünfzehn Jahren absaßen, und alle lächelten einander mehr oder minder zu, weil Weihnachten war.

Als die übrigen Bänke besetzt und etwa fünf- bis sechshundert Mann in der Kapelle versammelt waren, wurden die Arrestkunden hereingeführt, die, von den anderen durch eine freigelassene Reihe hinter ihnen getrennt, in der ersten Bank Platz nehmen mussten. Sie alle waren auf Arrestkost Nummer eins – Brot und Wasser – oder Nummer zwei – Brot und Wasser, außerdem Hafergrütze und Kartoffeln zum Mittagessen – gesetzt. Einige von ihnen saßen seit fünf Monaten in Einzelhaft, andere waren während der ganzen Zeit nicht einmal zur Messe zugelassen worden. Sie schienen froh, heute frische Luft schöpfen zu können, schauten weder rechts noch links, als sie hereinkamen, setzten sich sofort auf ihre Plätze und blickten geradeaus auf den Altar.

Alle Häftlinge sahen im Vergleich zu den Wärtern bleich aus, aber die Arrestanten waren im Vergleich zu den übrigen Sträflingen aschfahl.

Wir Jugendgefangenen stießen uns gegenseitig an, als wir Dale unter den Arrestanten hereinschlurfen sahen. Er schien uns, seine Kameraden oder die Tatsache, dass er an den vergangenen Sonntagen hier gesessen hatte, völlig vergessen zu haben und starrte wie seine anderen Leidensgefährten stur geradeaus.

Der Priester erschien, und die Arrestanten waren am raschesten auf den Knien. Wir alle knieten bis zur Predigt und standen auf, um das Evangelium zu hören, dann setzten wir uns wieder.

Er begann seine Predigt mit der Erklärung, dass der Engelsgruß nicht etwa laute: »Friede auf Erden und den Menschen ein Wohlgefallen«, sondern »Friede auf Erden den Menschen, die guten Willens sind«, er sagte weiter, dass Weihnachten eine Zeit des Gebets wie auch eine Zeit der Freude sei.

»Weihnachten ist für uns nicht wie für die gedankenlosen Leute außerhalb der Kirche oder für die, die die wahre Bedeutung der Christmesse vergessen haben, nur ein bloßer freier

Tag. Natürlich freuen wir uns, wie es Christen geziemt, über die Geburt unseres himmlischen Herrn und heißen Ihn mit den Gaben einer guten Beichte und Kommunion willkommen, wie es die Drei Weisen aus dem Morgenlande taten. Ich will damit sagen: Auch sie hießen Ihn mit Gaben willkommen, nicht mit den Sakramenten, die noch nicht gestiftet waren, sondern mit Gaben. Ich verwende das Wort in seinem symbolischen Sinn. Freilich nicht wie der hohlwangige Kalvinist, der in unserem geliebten England das Andenken an dies Fest auslöschen wollte, jene Generation der Düsternis, wie der große Chesterton sie nannte – Chesterton, der selbst ein großer Mann im besten Sinne des Wortes war, ein beleibter Mann, fröhlich in Gott, und von Bier genauso viel verstand wie von Theologie. Wir überlassen uns der Freude und denken die ganze Zeit mit Liebe an Ihn, auch während wir in die knusprige Haut der gebratenen Gans beißen, auch während wir das zarte weiße Fleisch des Truthahns genießen.«

Die Arrestkunden der ersten Reihe ließen nicht die Augen von dem Priester, und er blickte uns alle freundlich an und fuhr mit seiner Predigt fort.

»Wenn wir die Soße über das heimische Sinnbild unseres eigenen christlichen Landes, den Plumpudding, gießen, der schwer, dunkel und üppig ist, vortrefflich gefüllt mit den Früchten wärmerer Länder, vor allem Spaniens und Italiens, wenn wir den Wein genießen, wie es Christen tun sollen, denn – wie meines Wissens Belloc sagt – Wein wurde uns im ersten Wunder geschenkt und Liköre werden bis zum heutigen Tag von Kartäusern, Dominikanern, Benediktinern gebrannt, ja, in unserem eigenen lieben Land, in Buckfast, wenn ich das hinzufügen darf, keltern die Mönche einen sehr trinkbaren Wein, der aber« – hier lächelte er, und wir lächelten mit ihm – »im

Einklang mit der überlieferungsgemäß strengen Tradition dieser ›zeptertragenden Insel‹ – wie William Shakespeare sagte, der, wie Sie wissen, im Alten Glauben gelebt hat und gestorben ist –, der aber lediglich zu ärztlichen Zwecken verwendet wird; oder wenn wir uns ein schäumendes Glas Bier einschenken oder an unserer Zigarre ziehen, …«

Die Häftlinge sogen gemeinsam mit dem Priester die Luft ein, und einige der Arrestanten schluckten und wischten sich mit dem Handrücken über den Mund.

»… so tun wir es im Andenken an die große Liebe, die Gott uns geschenkt hat, eine Liebe, die am heutigen Tag der gebenedeiten Jungfrau Maria, die sündenlos empfangen und Joseph, ihrem keuschen Gemahl, ein Kind geschenkt hat, das für unsere Erlösung gestorben ist, das ans hölzerne Kreuz genagelt, also gekreuzigt worden ist, um uns Seine Liebe zu uns zu zeigen.«

Hier blickte er uns ernst an, und wir erwiderten ernst seinen Blick.

»Liebe ist so tief wie das tiefste Meer, so weit wie der fernste Horizont, viele von euch sind Seeleute gewesen und wissen daher, wie weit das ist.«

Wir alle blickten umher, und die Wärter blickten die Gefangenen an, die ihrerseits beifällig durch die ganze Kapelle nickten, selbst einige der Arrestanten nickten. Natürlich nickten sie nicht uns Übrigen zu, sondern nur ihresgleichen, die Matrosen gewesen waren, sie nickten dem Priester zu, der zurücknickte und mit seiner Predigt fortfuhr.

»Eine zarte Liebe, eine vergebende Liebe, die Liebe eines Vaters zu seinen Kindern, die Liebe vom Bruder zur Schwester, in diesem Geist und in dieser Liebe wünsche ich denen von euch, die guten Willens sind, ein heiliges und glückliches Christfest.«

Die Orgel präludierte einen Choral, wir stimmten alle ein:

»Das Lamm ist uns geschenkt,
Im Winterschnee geboren,
Von Gott, der alles lenkt,
Im Schoß der Zeit erkoren.«

Zuerst verließen die Arrestanten die Kapelle und schlichen durch die Tür hinaus, ohne links und rechts zu blicken, ihrem aus Wasser und Brot bestehenden Frühstück entgegen. Wir anderen warteten, bis sie gegangen waren, und zogen dann in unsere Flügel zurück.

Es war noch immer kalt, und der Hof war mit glitzerndem Schnee bedeckt.

Unser Rauchspaziergang fand am Ende des Flügels statt, weit weg von den anderen. Es war gemunkelt worden, alle, die Verurteilten und die anderen, bekämen fünf *Woodbines* zu Weihnachten. Als aber die Verurteilten sahen, dass wir Untersuchungsgefangenen zum Rauchen beiseitegerufen wurden, wussten sie, dass sie keine Zigaretten zu Weihnachten bekommen würden.

Ich trabte hinter Charlie her, wir lächelten einander zu, und als sich eine Gelegenheit zum Flüstern bot, sagte er, vielleicht würden unsere Fälle schon im nächsten Monat zur Verhandlung kommen und wir dann in die Fürsorgeerziehungsanstalt abgeschoben werden.

Jedenfalls hatten wir die Gerichtsverhandlung noch vor uns.

Das war ein großer freier Tag, mitunter waren es zwei, wenn ein Prozess sich hinzog oder wenn man nicht gleich am ersten Tag aufgerufen wurde und man Tee und ein Fleischbrot bekam. Manchmal machten sie mit dem Büchsenfleisch auch eine Art Auflauf, der »Gerichtspastete« genannt wurde.

Ja. Ich lächelte kurz und flüsterte Charlie zu, von diesem

guten Tag an würde es immer besser werden statt schlechter. Und schon konnten wir das herannahende Mittagessen riechen, das tatsächlich verlockend duftete.

Es hielt auch, was sein Geruch versprochen hatte. Gewöhnlich brüllten die Wärter: »Türen zu!«, sobald wir unseren Napf vom Tablett genommen hatten, aber heute nahm ich mein Essgeschirr in die Zelle, stellte es auf den Tisch und knallte dann die Tür zu.

In dem oberen flachen Napf lagen drei wunderschöne goldbraune geröstete Kartoffeln mit gehacktem Grünkohl, in dem tiefen unteren Napf lagen ein Stück Rostbraten und Yorkshirepudding, jedenfalls sah es so aus, dazu Soße, und so heiß, dass der Dampf an den Seiten des Napfes herunterperlte. Begeistert betrachtete ich diese Bescherung und hatte mein Mahl schon mit den Augen verschlungen, als der Wärter an die Zellentür zurückkam.

»Willst du keine Mehlspeise?«

Und schon wandte er sich draußen auf dem Gang an jemand anderen und sagte: »Paddy will wohl keinen Pudding«, und ging weiter.

»Doch, doch«, schrie ich und hoffte, er würde stehen bleiben.

Er hatte jedoch nur gescherzt und öffnete die Tür. Es war der alte Cockney, der zehn Meilen gegen den Wind nach Bier stank. Lächelnd reichte er mir meinen Mehlpudding und goss mit einem Schöpflöffel Custardcreme darüber.

»So, Paddy. Damit dir Haare auf der Brust wachsen. Wir hatten dich nämlich ganz vergessen.« Wieder lächelte er und nickte dem Hilfswärter zu, er solle das Tablett und den Napf mit Soße tragen.

»Wünsche auch fröhliche Weihnachten, Sir«, sagte ich in plötzlicher Zuneigung.

Er blickte mich ein zweites Mal an und sagte dann: »Ebenso, Kleiner, und noch viele Jahre hindurch.«

Ich schlug die Tür zu und legte mir mein Essen auf den Teller. Heiß und schmackhaft lag es da, die gerösteten Kartoffeln, der Yorkshirepudding, der Grünkohl und der Braten, dazu ein großes Stück Brot. Ich brauchte nicht lange, da war alles weggeputzt und der Teller blitzblank gerieben für Pudding und Soße.

Dann ging die Tür wieder auf, und der Wärter brachte mir die *News of the World*. Er warf sie mir einfach herein und knallte die Tür hinter sich zu.

Nicht schlecht, seufzte ich genießerisch und schlug die Zeitung auf, so wird der Tag doch sehr erträglich.

Als ich aber die Glocken der Stadt drei Mal schlagen hörte, wusste ich, dass wir nicht mehr zum Spaziergang herausgelassen würden, daher legte ich die Zeitung beiseite, um mir meinen Lesestoff für den Abend aufzusparen. Im Übrigen wurde es schon dunkel, sodass ich lieber einen kleinen Spaziergang durch die Zelle unternahm. Es war aber so kalt, dass ich meine Schuhe nicht ausziehen wollte; daher blieb ich, an den Tisch geschmiegt, auf meinem Schemel sitzen und kauerte mich zusammen, um ein wenig Wärme zu bekommen.

Gegen Viertel vor vier wurde das Abendessen gebracht, das mich eine Weile wärmte; dann beschloss ich, mich ins Bett zu legen, da die Wärter erst wieder gegen acht vorbeikommen würden. Nachdem ich mein Abendbrot verzehrt hatte, schlüpfte ich also ins Bett, trank meinen Kakao und war sofort gemütlich warm.

Ich dachte an zu Hause und meine Familie, die jetzt am Kamin sitzen mochte in Dublin, wo vierzig Haushalte an mich denken würden, aber, ehrlich gestanden, ich dachte nur aus Pflichtgefühl an sie, und zwar nur einen Augenblick, dann kehrte ich mit meinen Gedanken in meine kalte Zelle zurück. Gottlob hatten sie zur Teezeit das Licht eingeschaltet, sodass ich wieder in meiner *News of the World* lesen konnte. Aber das Licht blendete mich, meine Arme über der Bettdecke froren, daher legte ich die Zeitung beiseite und muss fest eingeschlafen sein, denn als Nächstes erinnere ich mich nur, dass Türen aufgingen, zugeknallt wurden und die Gefangenen zu brüllen begannen.

Herr des Himmels, jetzt müssen wohl alle bis acht Uhr wieder aufstehen, dachte ich, vielleicht werden die Bastarde mich beim Direktor melden, weil sie mich im Bett ertappt haben. Der Wärter, oder wer es war, schien näher zu kommen. Teufel noch mal, plötzlich wurden die Jungs aufsässig, brüllten und fluchten: »Hau ab, du verdammter Hurensohn … Hau ab, du Arschloch …«

Mein Gott, was war denn los? Ich strampelte mich aus meiner Decke frei und stellte mich auf den kalten Fußboden, um in aller Eile meine Shorts anzuziehen. Ich würde das Bett nicht mehr rechtzeitig zudecken können. Wenn aber die anderen den Wärter zur Sau machten, war ich ohnehin mit im Boot.

Jetzt hörte ich, wie Charlies Tür aufgerissen wurde und er »Du Penner« schrie.

Jesus, was war das? Ein kleines Rattengesicht von einem Wärter sagte weder Ja noch Nein zu meinem ungemachten Bett, verlor kein Wort, sondern reichte mir einen Brief, blickte mich mit kleinen, unruhigen Augen an, schlug die Tür zu und ging zur nächsten Zelle.

Ich öffnete den Brief und fand eine Karte darin. Sie war nicht an mich persönlich gerichtet, sondern an »einen Gefangenen« und wünschte mir ein frohes Weihnachten und allen Segen im neuen Jahr vom General der Heilsarmee.

»Scheißkerl, schieb dir und deinem General den Weihnachtswunsch in den Arsch«, brüllte ich noch so rechtzeitig hinter dem Wärter her, dass ich hören konnte, wie mein Zellennachbar dem guten Mann einen Schwall von Flüchen nachgrölte.

Fast jede Zelle, in der er den Kartengruß abgab, antwortete mit Brüllen und Fluchen, was ich im Walton bisher nie gehört hatte. Aber mein Gott, hatte der kleine Drecksack nichts anderes zu tun, als uns auf die Schippe zu nehmen?

Ich legte die Weihnachtskarte des Herrn General zur passenden Morgenverwendung beiseite und schlüpfte wieder ins Bett.

Es bestand kein Grund zur Annahme, dass der Wärter zurückkommen und uns aus dem Bett jagen würde, es sei denn, um uns mitzuteilen, dass wir am nächsten Morgen vor den Direktor zitiert werden würden, also zum Teufel mit ihm und seinem Weihnachtsgruß! Ich hätte jetzt eine einsame Sünde begangen, war aber zu erbost, um mich konzentrieren zu können, blieb daher einfach still im Bett liegen und schlief ein.

Am nächsten Tag, dem Stephanstag oder Boxing Day, wie man ihn hier nannte, war kein Gottesdienst. Dafür wurden wir aber nachmittags zur Arbeit geführt und nähten an unseren Postsäcken bis vier Uhr wie an jedem anderen Wochentag. So betraten wir also abends unsere Zellen, verzehrten unser Abendbrot und tranken unseren Kakao, froh, dass der blöde Weihnachtszinnober vorüber war und der morgige Tag wieder ein gewöhnlicher Werktag mit Zu- und Abgängen sein würde.

Der nächste Tag war tatsächlich ein ganz normaler Tag, und ehe wir uns versahen, ging es auf Neujahr zu.

Am Neujahrstag waren alle aus dem einen oder anderen Grund gut gelaunt.

Einige der Verurteilten waren es, weil sie sich sagen konnten: »Dieses Jahr komme ich frei«; andere, weil sie hoffen konnten:

»Nächstes Jahr komme ich raus«; Charlie und ich waren froh, weil unsere Fälle verhandelt würden und wir in wenigen Wochen in der Besserungsanstalt, dem Borstal, sein würden.

Einer der Jugendgefangenen, bei denen die Aussetzung der Jugendstrafe widerrufen worden war, hieß Littlewood. Da er kurz nach Charlies und Rotschopfs Einlieferung in Einzelhaft kam, hatten wir erst am Tage nach Neujahr, als er herauskam, Gelegenheit, ihn in Augenschein zu nehmen.

Ich hatte die anderen oft über ihn sprechen hören. Wenn Dale oder sein Adlatus James oder irgendeiner der anderen »Rückfälligen« gefragt wurde, wie es in der Anstalt in Borstal oder einer anderen Einrichtung sei, versuchten sie uns stets mit Geschichten darüber zu ängstigen, was die Wärter mit uns anstellen oder wie dort die Zugänge, die Neuen, »eingesalzen«, wie ihnen die Hosen heruntergezogen und sie hinten und vorn mit allerlei Zeug eingerieben oder überspült würden.

Littlewood erzählte uns nichts dergleichen. Am Badetag der Woche, in der er zu uns in den Flügel kam, hatten wir ein ausführliches Gespräch mit ihm.

Littlewood war zwanzig und verheiratet. Wir dachten, er sei so alt wie die Hügel von Tullow. Die Wärter hassten ihn, weil er ihnen auf seine ruhige Art das Leben schwer machte.

Er war sein ganzes Leben von einem Knast zum anderen gewandert und hatte für Polizisten oder Gefängniswärter wenig übrig.

Er kam erstmals in die Bredouille, als er keine Arbeit fand, dann aber, als es Arbeit gab, wollte er nicht mehr arbeiten, weil er nie daran gewöhnt gewesen war. Dale, James und die anderen »Rückfälligen« hatten Manschetten vor ihm, versuchten jedoch immer wieder, mit ihm ins Gespräch zu kommen, aber er lächelte nur und gab keine Antwort.

Dale kam einen Tag nach Littlewood aus dem Einzelarrest und sah daher nicht gerade rosig aus, aber immer noch besser, als er es verdient hatte. Die Sache mit Brownys Misshandlung war noch nicht erledigt und würde von Neuem aufs Tapet kommen, wenn die Aussetzung seiner Jugendstrafe vom Beauftragten des Gefangenenwesens widerrufen werden würde. Er und James arbeiteten wieder am Werktisch zusammen, waren jetzt aber nicht mehr so unverschämt wie bisher und nahmen sich auch gegenüber den anderen nicht mehr so viel heraus.

Charlie, Rotschopf und ich gewöhnten uns langsam ans Kittchen und waren so gewitzt wie jeder andere, hörten Littlewood aber gespannt zu, als er uns beim Baden von Borstal erzählte.

»Littlewood, ist Sprechen im Borstal erlaubt?«, wollte einer wissen.

»Klar ist Sprechen erlaubt. Du kannst quasseln, bis du schwarz wirst.« Mit Ausnahme der Schweigestunde, während der man im Speisesaal lesen oder schreiben musste, aber auch nichts tun konnte, nur eben den Mund zu halten hatte. Littlewood lachte und sagte, dass man selbst während dieser Zelt den Kopf auf die Arme legen und an die Puppe denken konnte, die man draußen zum letzten Mal vernascht hatte. Sofern wir Grünschnäbel von so was Ahnung hätten, was er bezweifelte. Wieder lachte Littlewood, vermutlich weil er mit sechzehn geheiratet und zwei Kinder hatte. Er war ins Loch gesteckt worden, weil er einem Wärter, der ausfallend gegen ihn geworden war, einen Napf mit Hafergrütze an den Kopf geworfen hatte; zu den übrigen Häftlingen, zumal den jüngeren wie Charlie, Rotschopf und mir, war er jedoch stets freundlich und leutselig.

Gegen Ende Januar legten zwei Iren, die vor Weihnachten in Birmingham zum Tode verurteilt worden waren, Berufung ein. Ich kannte den Mann, der die Bombe gelegt hatte, er war keiner der beiden Verurteilten. Aber das würde die Engländer nicht interessieren. Die Männer, die das meiste damit zu tun gehabt hatten, waren wieder in Irland. Der Richter würde lediglich die Geschworenen ermahnen, nicht voreingenommen zu sein, er würde den Angeklagten vor Augen führen, dass England ihnen Gerechtigkeit widerfahren lassen werde wie sonst kein Land auf der Welt, mit dem Ergebnis, dass das Todesurteil bestätigt würde.

Ich verstand die Logik, mit der einem IRA-Mann gesagt wurde: »Sie mögen nicht derjenige sein, der die Bombe gelegt hat, Sie haben dafür aber andere gelegt. Außerdem gehören Sie zu der Verschwörergruppe, und wenn wir nicht die zu fassen kriegen, die die Explosion verursacht haben, halten wir uns an Ihnen oder einem x-beliebigen anderen schadlos, ob Sie nun gewusst haben, dass die Bombe zu einer bestimmten Zeit an einem bestimmten Ort losgehen würde oder nicht.«

Ich würde diese Logik auch dann noch verstehen, wenn sie gegen mich angewandt werden sollte – was Gott verhüten mochte, da mein augenblickliches Maß von Leiden mir vollauf genügte. Sofern aber irgendein Land so folgern und dementsprechend so vorgehen mochte – und die Iren hatten im Bürgerkrieg kein Recht gehabt, sich über Todesurteile groß aufzuregen –, so war es nur wieder England, das sich mit seiner altbekannten Heuchelei aufblies und einem im nächsten Atemzug einzureden versuchte, auf nichts komme es ihm so sehr an, als dass jeder Ausländer in der Welt erfahre: England richtet nach dem Gesetz.

Die Berufung meiner Landsleute wurde jedoch abgewiesen, und unsere Wärter gebärdeten sich noch schamloser als die Richter.

»Wir werden die beiden Hurensöhne in Birmingham schon aufknüpfen«, sagte Johnson eines Morgens beim Aufschließen der Tür.

Ich antwortete nicht. Der Häftling mit dem Koteimer kam hinterher.

»Du weißt doch – deine beiden Kumpels«, sagte Johnson. »Der alte Henker Pierry wird ihnen Harfe und Kleeblatt schenken.« Er blickte sich nach dem Hilfswärter um und lachte. »Wieder ein Märtyrer für Altirland, was?«

Ich leerte meinen Kübel in den Eimer und blickte den Häftling fest an. Er war aus Cheshire und hieß Shaw, ich wusste, er mochte mich nicht, darum blickte ich ihm einen Augenblick mit der Herausforderung ins Gesicht, er möge in Johnsons Gelächter einstimmen. Aber er tat es nicht, sondern sah stumm zu Boden.

Der Denkzettel, den ich James gegeben hatte, war die beste Tagesarbeit, die ich je geleistet hatte. Die grauen Tage im neuen Jahr wurden allmählich länger und heller, ich kam mir vor wie ein Mann, der mit jedem Tag mehr Geld verdient, der mich dem Frühling, der Gerichtsverhandlung und der Borstal-Anstalt entgegenführte, wo ich sprechen, in der Landwirtschaft arbeiten, Sonne und Himmel sehen konnte.

Das Gebrüll der Wärter störte mich immer weniger, auch sie gewöhnten sich langsam an mich, und die Sträflinge wussten nun, dass, wenn sie sich mir gegenüber allzu viel herausnahmen, ich mit ihnen genauso kurzen Prozess machen würde, wie ich es mit James getan hatte.

James war jetzt fast höflich zu mir, obgleich sein Gesicht an den Stellen, die ich ihm ramponiert hatte, leichte Narben zeigte; auch ich sprach höflich mit ihm, wenn ich am Werktisch zu tun hatte.

Dale saß neben ihm wie bisher und sagte keinen Ton zu mir wie bisher. Seit seiner Entlassung aus der Einzelhaft war er still geworden und wartete darauf, dass der Borstal-Bevollmächtigte seinen Überfall auf Browny beim Widerruf der Aussetzung seiner Strafe in Anrechnung bringen würde.

Browny hatten wir noch nicht wieder zu Gesicht bekommen. Er war noch immer im Revier und würde dort bleiben, bis er von Chester vor Gericht geladen werden würde. Er war bereits für die Besserungsanstalt vorgeschlagen und würde vom Lazarett unmittelbar dorthin überwiesen werden, sobald seine Verurteilung ausgesprochen war.

Ich nähte in der Arbeitszeit wie üblich; wir hatten auch wieder begonnen, zum Spaziergang in den Hof hinauszugehen. Charlie und ich waren zufrieden und glücklich, desgleichen Rotschopf. Um mir aber Unannehmlichkeiten zu ersparen und Charlie nicht in Verlegenheit zu bringen, hielt ich mich in den letzten Januartagen sehr zurück und achtete darauf, nicht aufzufallen.

Seit die Berufung der beiden Männer in Birmingham abgewiesen worden war, waren die Zeitungen voll davon, ich las es in meinem *Daily Herald* und in den *News of the World.* Man hatte begonnen, mir von zu Hause irische Zeitungen zu schicken; da aber einige von ihnen Artikel über die Verurteilten enthielten, stellten sie die Sendungen ein.

In Irland waren die Gemüter in großer Erregung, es gab Aufmärsche und Demonstrationen, die Iren der Vereinigten Staaten waren wütend und baten Roosevelt, zu intervenieren. Hier in England wurden sie jedoch schlimmer als Mörder angesehen, sodass ich nichts Besseres tun konnte, als den Mund zu halten und nicht aufzufallen.

Die Wärter sprachen mich auf die Sache an und meinten,

jeder IRA-Mann müsse baumeln; eigentlich sei auch das noch zu gut für sie, und man müsse sie den Einwohnern von Coventry ausliefern. Die Wärter erzählten auch, die Altinhaftierten von Dartmoor hätten die IRA-Männer böse zugerichtet, und waren selbst nahe daran, den hiesigen Häftlingen zu verstehen zu geben, sie hätten nichts dagegen einzuwenden, wenn sie mich tüchtig vermöbelten.

Daher war ich beim Spaziergang auf der Hut, für den Fall, dass sie mir auflauerten; Charlie ging noch immer vor oder hinter mir, wenngleich die anderen manchmal nicht sehr schmeichelhafte Dinge zu ihm sagten und andeuteten, wir seien schließlich nicht nur Kumpel. Er hielt sich jedoch auf unserem Rundgang im Hof einfach in meiner Nähe und lächelte mir still zu, wenn wir uns beim Rauchen vom Wärter Feuer geben ließen, während Rotschopf sich neutral verhielt.

Immerhin stand eines fest: Innerhalb meines eigenen Flügels war ich sicher. Der alte Tattergreis, der Justizinspektor, würde nie zulassen, dass man mir eine Tracht Prügel verpasste. Nicht etwa wegen der Schmerzen, die ich dabei spüren, sondern wegen des Vergnügens, das es ihnen und nicht ihm bereiten würde.

Am 29. Januar wurden wir ins Gericht gebracht. Wir waren eine Riesenhorde im Bus und mit Handschellen an zwei Ketten von Wagenlänge gefesselt. Rotschopf, Charlie und ich saßen in einem Rücksitz eingequetscht. Ich trug meinen blauen Anzug, in dem ich verhaftet worden war, Rotschopf hatte seine Sportjacke und Flanellhose an und Charlie seinen Matrosenanzug, in dem er ganz erwachsen und selbstsicher aussah. Vermutlich nahmen wir uns in unseren Zivilkleidern alle selbstbewusster aus. In den Shorts des Jugendlichenflügels sahen wir nämlich wie Schuljungen oder Pfadfinder aus.

Einer der erwachsenen Gefangenen hörte meine Aussprache und fragte, ob ich das Mountjoy-Gefängnis in Dublin kennte. Ich sagte, ich kennte viele, die dort gesessen hätten, ich selbst sei jedoch nie drin gewesen. Der Mann war Ire und sagte, er kenne einige von unseren inhaftierten Leuten. Ich dachte, er meinte es freundschaftlich, bis er hinzufügte: »Eine ganz miese Bande. Sie hatten immer genug zu rauchen und zu fressen und haben uns armen Schweinen nie was abgegeben. Sie haben sich nie unter uns Strafgefangene gemischt und bildeten sich wohl ein, sie seien was Besseres.«

Ich glaubte ihm nicht, was er über den vermeintlichen Geiz der IRA-Häftlinge sagte, da ihre Freigebigkeit allgemein bekannt war. Tatsächlich hatte der Justizminister in Debatten des irischen Parlaments damit argumentiert, dass ihre Freigebigkeit mit Tabak gegenüber den anderen Häftlingen ein Vorwand dafür war, den Politischen den Empfang von Rauchwaren zu sperren.

Als Ire verstand er sicherlich ihre Einstellung, dass sie eine andere Behandlung als die der Strafgefangenen verlangten. Ich war überzeugt, dass er diese Dinge nur sagte, um sich mit den anderen Häftlingen und Wärtern gutzustellen, damit auch diese ihm seine irische Staatsangehörigkeit nicht ankreideten. Ich drehte mich wieder zu Charlie und Rotschopf um, antwortete nicht und blieb stumm. Ich konnte verstehen, warum er keine Lust hatte, für Irland oder die IRA zu leiden, wollte aber nicht einsehen, warum ich wie der feige Hurensohn den Engländern den Arsch lecken sollte.

Die Fahrt war wie ein Ausflug. Die Wärter boten den Häftlingen Zigaretten an und gaben mir sogar eine Schachtel von meinen eigenen *Gold Flake*. Wir qualmten und schwatzten, während der Wagen in die Stadt einfuhr. Die Wärter rauchten mit den erwachsenen Häftlingen, gaben ihnen Feuer und waren so kameradschaftlich wie Arbeitskameraden auf einer Baustelle oder in einer Fabrik.

Uns Jugendgefangene ignorierten sie, erlaubten uns aber, zu rauchen und miteinander zu sprechen. Ich redete mit Charlie und Rotschopf.

Bis der falsche Irenbastard das Thema IRA anschnitt, hatte keiner etwas zu mir gesagt, aber jetzt begannen die Wärter und die erwachsenen Gefangenen von den beiden Todeskandidaten in Birmingham zu sprechen und stimmten alle darin überein, dass sie zu hängen seien und jeder andere IRA-Häftling ebenso. Ich gab vor, dies nicht persönlich zu nehmen, und plauderte ungestört mit Charlie und Rotschopf weiter, der wie Charlie ruhig mit mir sprach.

»Gottverdammte Mörderbande«, sagte einer der Jugendhäftlinge. Ich blickte auf und sah, dass es Shaw war, ein verkümmertes Stückchen Elend aus der Umgebung von Birkenhead, der bei zwei Gerichten, in Liverpool und Chester Castle, angeklagt war. Die Hauptanklage lautete auf Diebstahl der Versicherungssumme seiner toten Mutter. Ich hatte in den *News of the World* die Aussage seiner Tante gelesen, nach der er die Hand auf die Leiche gelegt und geschworen hatte, er habe das Geld nicht angerührt. »Du hast Schwein, nicht bei deinen Kumpels in Birmingham zu sein, Paddy«, sagte er zu mir herüber.

Du jämmerliches Arschloch, sagte ich zu mir, Jesus hab Erbarmen mit dir, wenn ich dich irgendwo zu fassen kriege, wo ich Frikassee aus dir machen kann. Alle anderen Häftlinge blickten zu mir herüber, und ein ziemlich alter meinte ärgerlich: »Eine arme, wehrlose Frau mitten entzweigerissen! Ich würde sie schon lehren, die irischen Hurensöhne, ihre Scheißbomben zu schmeißen, das würde ich.«

Er starrte mich mit seinen tierischen Triefaugen an, aber ich sagte nichts.

Bei Shaw indes, das schwor ich mir, würde ich wie Gott meine Schulden ohne Geld zurückzahlen, und zwar mit einem kräftigen Tritt in die Eier, was im Armenviertel zu Hause ein »Ringsend Uppercut« heißt.

Alle anderen Gefangenen und Wärter blickten zu mir herüber, einen Augenblick lang war mir ungemütlich zumute, ich wollte, sie würden sich um ihren eigenen Kram scheren. Das taten sie dann auch, denn schon hielt der Wagen im Stadtzentrum, und es hieß: aussteigen. Gottes Hilfe ist nie weit weg. Wir standen auf einem großen Platz und wurden zu einem gegenüberliegenden Gebäude gebracht – einem Bau wie der Justizpalast in Dublin, aber nicht so stilecht, sondern eher viktorianisch als georgisch, wie die Mehrzahl der Bauten in Liverpool, soweit ich sehen konnte.

Der Boden war schneebedeckt, neugierig blieben die Leute stehen, einige kamen sogar näher, um uns besser in Augenschein nehmen zu können – zwei an lange Ketten gefesselte Reihen Gefangener.

Die Häftlinge beschwerten sich über die Menschenmenge, als wir durch das Hoftor und einen langen, von nackten Glühbirnen erleuchteten Tunnel trotteten. Mir machte das Gegaffe der Leute nichts aus, sofern sie mich nicht als IRA-Mann ansahen; ich hätte die Sache jedoch vermutlich anders beurteilt, wenn einer meiner Bekannten mich gesehen hätte, wie ich als Ortsansässiger angekettet über die Straße ins Gefängnis ginge, um dort wegen Diebstahl oder Notzucht verurteilt zu werden. Das Beste an dem Auftritt war noch, dass die Zuschauer meine Leidensgefährten von dem Thema der IRA-Todeskandidaten sowie deren Misshandlung und Hängen ablenkten.

Wir wurden in zwei Zellen eingeschlossen, die erwachsenen Gefangenen in die eine, die Jugendhäftlinge in die andere. Charlie, Rotschopf und ich standen in einer Ecke, und jemand sagte, unsere Fälle würden heute nicht mehr verhandelt. Ich hatte zwar nicht angenommen, dass der Richter sich den ganzen Schwung an einem Tag vornehmen, dass er aber mit den einfachsten, unkompliziertesten Fällen, darunter dem meinen, beginnen würde. Deshalb würde ich nicht rascher der Fürsorge übergeben werden, aber vielleicht hatten die anderen Gefangenen unrecht, und ich würde doch vierzehn Jahre aufgebrummt bekommen. Die Wärter sagten, so viel würde ich sicherlich kriegen, und obgleich ich lieber Littlewood oder dem kleinen Dickwanst in der Kleiderkammer glaubte, die einstimmig behaupteten, ich könne in Anbetracht meines Alters nur in die Borstal-Anstalt gesteckt werden, so war das noch längst nicht ausgemacht; vielleicht hatten sie unrecht, die Wärter recht, und ich wurde zu vierzehn Jahren Zwangsarbeit verknackt. Aber selbst wenn es so kam, wäre ich mit einigen unserer eigenen Leute zusammen.

Jedenfalls hätte ich gern gewusst, woran ich war, um die qualvolle Ungewissheit loszuwerden. In gewisser Weise schämte ich mich, dass ich mir Sorgen machte, ob ich vierzehn Jahre Zuchthaus oder drei Jahre Besserungsanstalt bekommen würde. Ich schämte mich auch, weil mich im Grunde nicht die Länge der Strafe beunruhigte – ich war immer davon überzeugt, dass einer, der sich zur IRA meldet, von vornherein wissen muss, dass das Kopf und Kragen kosten kann –, sondern weil ich lieber mit Charlie und Rotschopf in Borstal gehaust hätte als mit meinen Kameraden anderswo. Es schien mir etwas anrüchig, dass ich die Gesellschaft von Jungs aus englischen Städten der meiner Landsleute aus Irlands Hügeln und Tälern vorzog.

Niemand hatte jedoch erwartet, dass der Richter an diesem Tag noch viel tun würde, sodass wir nicht enttäuscht waren. Gegen vier Uhr wurden wir von Neuem angekettet und durch den Tunnel zum Wagen gebracht. Wir standen im Schatten von St. George's Hall; es war für mich ein großes Erlebnis, dort zu stehen, dem Verkehrslärm zu lauschen, die unbeleuchteten Wagen und Busse langsam durch die verdunkelte Stadt gleiten zu sehen und das Gefühl zu haben, dass Tausende von Menschen sich hier frei bewegten, heim zum Tee eilten oder vor dem Heimweg vielleicht noch rasch ein Bier in der Kneipe tranken, die hell und warm hinter der Dunkelheit verborgen lag.

Der Augenblick hatte auch etwas Wehmütiges, und so standen wir alle in Traurigkeit vereint in der dunklen, kalten Nacht. Dann ging die Wagentür auf, wir stiegen ein, aber diesmal rauchten die Wärter nicht mit, sondern befahlen, die Zigaretten auszumachen, als wir zur Ecke der Walton Road kamen.

Wir warteten auf die Gerichtsverhandlung, wir zählten die Tage. Wir waren alle für die Borstal-Anstalt vorgesehen. Das wussten wir und hörten daher dem Geflüster Littlewoods auf dem Weg zum Mittwochbad, oder wenn wir beim Spaziergang im Hof an der Ecke des nächsten Flügels einen Augenblick aus dem Blickfeld des Wärters gerieten, nur ungläubig zu.

Aber der Wärter brüllte automatisch, sobald wir, um die Ecke biegend, aus seiner Sicht gerieten: »He ihr, Maul halten da vorne. Glaubt ihr, ihr geht zum Kaffeeklatsch?«

Halt du dein Maul, du Hund. Wir werden auf dem Rückweg noch miteinander reden.

»Los, hinaus in den Hof. Auseinander und Schluss mit dem Flüstern, los, einer hinter dem anderen. Du da, lass deinen Vordermann zufrieden und halte Abstand. Und kein Wort mehr, sonst kommst du morgen früh zum Direktor, der wird dir das Quasseln austreiben.«

Im Kreis und wieder im Kreis in der Kälte. Lieber Gott, abgesehen von dem bisschen Geflüster auf dem Hin- und Rückweg um die Ecke des Flügels herum war man in seiner Zelle besser aufgehoben. Hier auf dem kalten Steinboden fror man in seinen Shorts, dem dünnen Hemd und der dünnen Jacke, die nur dazu dienten, dass man Zug im Rücken bekam, Stein und Bein. Das Schlimmste waren die Hände, immer wieder im Kreise herum, die Hände unter den Gürtel, wärme sie am Bauch, über deinem Schwanz, der zu einem Nichts geschrumpft ist.

»He du, die Hand vom Sack! Schluss mit der Spielerei. Darum siehst du auch so selbstzufrieden aus. Raus mit den Händen!«

Du hast gut reden, du fettes Schwein. Du stehst auf den Stufen in deinem dicken Mantel, eingemummt bis zu den Ohren. Charlie trabt vor mir und lächelt, wenn er um die Ecken biegt. Auch drei polnische Jungen lächeln mir zu. Charlie sieht verfroren, aber rosig aus wie ein englischer Junge auf einer Seifenreklame. Die Polen sind Flüchtlinge. Juden. Aus der Bratpfanne hinein in den Kühlschrank! Sie sehen auch reichlich verfroren aus. Warschau liegt freilich nördlicher als Liverpool, daher müssen sie schlimmere Winter als diesen gewöhnt sein. Aber davon hatten sie vermutlich die Nase voll. Der älteste der Jungs ist etwa neunzehn und hat ein kräftiges, hässliches Gesicht. Der zweite ist untersetzt, sieht abgehärtet aus und scheint der handfesteste von den dreien zu sein. Einer der Jugendlichen hat ihn mit irgendetwas beleidigt, und obgleich der Pole weder Englisch verstand noch etwas auf Englisch antworten konnte, warf er dem Engländer einen Blick zu, der es in sich hatte, sodass der junge Brite als Erster wegschaute. Der dritte und jüngste von ihnen ist schlank, hat einen hübschen

Kopf voll dichter schwarzer Locken und blaue Augen wie ein Junge aus Connemara.

Er lächelt, aber der Arme ist der Größte von ihnen und blau gefroren, vermutlich weil er mehr Mumm in den Knochen hat als die anderen zwei.

Na schön, Gott ist gütig und Seine Mutter hochanständig, es wird nicht mehr lange dauern, dann könnt ihr drei euch Davids Sonne auf den Bauch scheinen lassen.

Das Gebäudeviereck rings um uns gleicht einem schmutzig grauen Ungeheuer mit fünf Reihen Augen. Es heißt, bei Nacht, wenn die Zellen beleuchtet sind, sieht das Gefängnis wie eine Reihe riesiger Straßenbahnen aus.

Ich bekam einen Bogen Papier, um zu schreiben, was ich zu meiner Verteidigung vorzubringen hatte.

»Eure Lordschaft, meine Herren! Es ist für mich heute ein Vorrecht und eine Ehre, nach dem Vorbild vieler meiner Landsleute vor einem englischen Gericht zu stehen, um Zeugnis abzulegen für die unerschütterliche Entschlossenheit des irischen Volkes, jeden Zoll unseres Hoheitsgebietes wiederzugewinnen, sowie Ausdruck zu verleihen dem edlen Vorsatz, für den so viel irisches Blut geflossen ist, für den so viele tapfere Herzen gebrochen sind und für das so viele meiner Kameraden heute in Ihren Gefängnissen leiden.«

Vor dem Sprechzimmer des Arztes lernte ich eines Morgens einen Iren kennen. Er stammte aus Monaghan, und ich schäme mich zu bekennen, dass er ebenso gut vom Mond hätte stammen können, so wenig hatte ich mit ihm gemeinsam, außer, dass er für Irland und gegen England war. Das war er allerdings bis in die Knochen. Sein Name war Callan, und er war ein wütender Republikaner. Freilich saß er nicht im Knast für die IRA, sondern in eigener Sache, das heißt, er hatte Sir Harry Lauder's Überzieher aus seinem vor der Maghull Alhambra parkenden Wagen gestohlen. Von ihm erfuhr ich insgeheim über die beiden Männer, die in Birmingham zum Tode verurteilt worden waren.

Zwei Monate Haft im Walton-Gefängnis hatten den dringenden Wunsch in mir erweckt, mit den Engländern Frieden zu schließen. Ich war zu dem Schluss gekommen, dass alles, was ich aus der englischen Geschichte gehört oder gelesen hatte, nicht nur wörtlich stimmte, sondern dass die Briten tatsächlich üblere und grausamere Schweinehunde waren, als ich bisher angenommen hatte. Ich hatte nämlich anfänglich geglaubt, im Vergleich zu den ganzen europäischen Tyrannen seien sie im Grunde nicht so schlimm. Jetzt wusste ich aber, dass sie es waren. Weit davon entfernt, mich gegen sie auflehnen zu wollen, hatte ich einen höllischen Respekt vor ihnen.

»Bläut's ihnen ein, Schlag um Schlag,
Zahlt's ihnen heim, Tag um Tag.
Heraus, die Fenier kommen! Es ist Zeit!«

Ja, aber um Himmels willen nicht hier! Nur nicht hier, wo du wegen einer einzigen *Woodbine* oder einem extra Stückchen Brot halb totgeprügelt werden konntest, wenn man sich nicht die Mühe machte, dich offiziell am Kanthaken zu kriegen.

Dieser gottverdammte Callan schien sich allerdings mit dem Gedanken zu tragen, den Märtyrer spielen zu wollen. Er hatte an dem großen alljährlichen Zug zu Wolf Tones Grab in Bodenstown in der Grafschaft Kildare teilgenommen. Auch ich war dabei gewesen, zuerst als Fianna-Junge, kaum dass ich gehen konnte, später in der IRA, und häufiger als Callan, aber ich musste zugeben, dass er sich im Exerzierreglement und dem Aufmarschplatz der Parade gut auskannte. Hätte er seine Erinnerungen an den Zug nicht beim Rundgang im Hof wiedergegeben, es wäre für mich ein Mordsspaß gewesen.

Er verstand nämlich flüsternd zu kommandieren. Wenn wir in den Hof hinaustraten, begann er: »Erste Corker Brigade links schwenkt, marsch! Belfaster Brigade Nummer eins! Dritte Brigade Tipperary, im Gleichschritt, marsch! Drittes Bataillon der Dubliner Brigade, Bataillon südliche Grafschaft, Zweite Dubliner, rechts angeschlossen, Feldabteilung Clan na Gael Nummer eins, New York City, die Augen links ...« Wenn dann der Wärter auf den Stufen stand, sich am Kopf kratzte und sich wunderte, woher das gedämpfte Dröhnen kam, hatte Callan die gesamte Irisch-Republikanische Armee aus zweiunddreißig Grafschaften Irlands, aus Boston, New York, Liverpool und London zum schrillen Klang der Kriegspfeifen, der aus seinem Mundwinkel drang, in Richtung auf Tones Grab aufmarschieren lassen.

Er verstand sich darauf so gut, dass die anderen auf dem Hof unwillkürlich im Takt seiner Pfeife im Kreise marschierten.

Weithin Trompetenstöße stolz erschallen,
Und auf dem Winde reitet Kriegsgeschrei.
Laugh Swillys Pferdehufe dunkel hallen,
Im Saimear-Tale steht die Reiterei.
Vorwärts, ihr Bergler! Ohne Furcht und Zittern
Zur Fahne eilt des unerschrocknen Hugh!
Heraus zum Kampf, der Gegner soll euch wittern.
Auf für Altirland, O'Donnell *abu!*

Natürlich sang er die Worte nicht mit, machte dafür aber ein Geräusch, als hätten die Dudelsackpfeifen die Worte gespielt und begleitet, ein Geräusch, das gut zu einem normalen Marschschritt passte, bis er zum Schluss die Pfeifen schrill aufkreischen ließ.

Eine Zeit lang stand der Wärter auf der Treppe, blickte verdutzt umher und spitzte die Ohren, um das schwache, rhythmisch beharrliche Dröhnen von Callans Pfeifenton zu hören.

Dann verengte er seine Augen und brummte zwischen den Zähnen:

»Wer macht denn da den Scheißlärm?«

Wir drehten alle unsere Münder zu ihm hinüber, um ihm zu zeigen, dass wir es nicht waren. Auch Callan, und ich war der Einzige, der wusste, dass er den Lärm verursachte, hätte es aber selbst nicht gewusst, wenn ich nicht vorher seine Aufmarschbefehle gehört hätte.

Die anderen Häftlinge hatten eine wahnsinnige Angst, wegen des Lärms Schwierigkeiten zu bekommen, und hätten daher jedem im Nu das Maul gestopft, und zwar Callan oder mir rascher als jedem anderen, aber sein Mund bewegte sich nicht. Bauchredner hätte Callan werden sollen, statt sich im Patriotismus oder im Stehlen von Überziehern zu üben.

Die anderen wussten nicht, woher der Lärm kam, und waren darüber ebenso beunruhigt wie der Wärter.

Er stand ratlos auf der Treppe und starrte in regloser Wut in jedes Gesicht, und immer noch ging das Gepfeife weiter. Nun trat er von den Stufen herab, stellte sich nahe an den Kreis und blickte in jedes Gesicht, während wir vorbeitrabten.

Callan kam auf ihn zu, blickte stur geradeaus und ging weiter. Ich trabte hinter ihm her und machte den Mund auf, sodass er die Gewissheit haben musste, dass ich es nicht war ... Das Pfeifen hatte aufgehört, der Wärter trat wieder auf die Stufen zurück, und das Pfeifen begann von Neuem, entschlossen, aber leise. Der Wärter blickte umher, spitzte die Ohren, um festzustellen, woher der Lärm kam; dann nickte er langsam und blickte entsetzt umher. Wir blickten ihn entsetzt an, Callan blickte ihn entsetzt an, selbst während er seinen Marsch weiterpfiff.

Dann fixierte der Wärter einen von uns. Ich hoffte zu Gott,

seine Wahl würde nicht auf mich fallen. Er rannte die Stufen hinunter, sofort verstummte Callan. Der Wärter stürzte herbei; und ich duckte mich wie die anderen. Er schoss auf einen Jungen aus Glasgow zu, der seit seinem Hiersein kaum den Schnabel aufgemacht hatte, nicht einmal, um bei der Näharbeit um Wachszwirn zu bitten.

»He, du gottverfluchter Schottenarsch. Willst wohl unbedingt deine Scheißdudelsackpfeife blasen, was?«

Er packte den armen Jock am Ärmel, stieß ihn die Treppe hinauf zur Pforte, wo er durchs Gitter nach dem diensttuenden Wärter des Flügels brüllte, damit dieser herauskomme und ihn in Empfang nehme.

»Bläst der doch seinen Scheißdudelsack durch seine Scheißzahnlücken, verdammte Rotznase!«

Der andere Wärter kam und setzte seine übliche vorwurfsvolle Miene auf, was ein Wärter stets tat, wenn ein Häftling, der im Augenblick einem anderen Beamten unterstand, unerlaubt gesprochen oder sonst die Hausordnung verletzt hatte. Es war ein Blick, der etwa sagte: Wie bringst du's übers Herz, etwas zu tun, das einem so herzensguten Mann das Leben sauer macht? Dann gab er dem Schotten die übliche Ohrfeige, packte ihn am Kragen und nickte dem Hofwärter beruhigend zu, als wolle er sagen: Ich lasse es nicht zu, dass der verdammte Schweinepriester einem grundanständigen Menschen wie dir das Leben schwer macht.

Als Jock in seine Zelle geschleppt worden war, wo er auf den Direktor warten musste, kam unser Wärter von der Pforte wieder auf die Stufen zurück und nickte, während wir alle, ich zu meiner Schande eingeschlossen, aufatmeten und unseren Rundgang weniger martialisch als ergeben fortsetzten.

Dann, aus lauter Verzweiflung, weil wir nicht anders konnten, fielen wir von Neuem in den Gleichschritt, unsere Rücken strafften sich, und unsere Köpfe flogen hoch. Wieder ließ sich Callans Musikkorps vernehmen. Diesmal waren es Trommeln und Trompeten, die diskret aus seinem Mundwinkel schallten, als er mit einem einleitenden Trommelwirbel den alten republikanischen Marsch anstimmte:

Baram di dampiddi dam,
Baram di dampiddi dam ...
Losmarschiert im gleichen Schritt,
Hoch den Kopf und fest den Tritt,
Augen gradeaus gerichtet,
Vorwärts! Wenn der Feind gesichtet.
Ruhe! heißt es in Quartier und Feld;
Adler ziehen hoch auf ruhigen Schwingen.
Steht zusammen, Jungen, unser ist die Welt.
Losmarschiert! Das muss den Sieg uns bringen!
Bardiddli bardiddli,
Bar bar bar/bar!

Der Wärter blickte auf unsere Runde herab und sagte, der Spaziergang sei zu Ende, alle hinein und hinauf in unsere Zellen. Während wir über die Stufen an ihm vorbeitrabten, hielt er seine Ohren nah an das Gesicht eines jeden Häftlings. Der Ire Callan aber war kein Dummkopf, wir brachen unseren Parademarsch ab und verfügten uns ohne Musikbegleitung in unsere Gemächer. Und trotzdem, als wir in dem Jugendlichenflügel haltmachten, dachte ich, er würde eine Sekunde vor dem Wegtreten flüsternd brüllen: »Irisch-Republikanische Armee: Weggetreten!«

Mit heiler Haut in meiner Zelle gelandet, freute ich mich wie ein Schneekönig über Callans Vorstellung. Ich hatte bisher nie einen Häftling erlebt, der die Wärter gewagter auf den Arm genommen hätte. Jock war freilich zu bedauern. Wäre es einer von den englischen Hurensöhnen gewesen, wärs mir wurst gewesen, natürlich Charlie und Rotschopf ausgenommen.

In der ersten Februarwoche war der Schnee verschwunden, und schmutzig graue Vögel begannen auf den Fensterbrettern zu zwitschern. Sie mochten so hässlich sein, wie sie wollten, wir freuten uns an ihrem Gesang. Sie waren eine Art Frühling für uns und außerdem etwas anderes als die Tauben, die den ganzen Winter hindurch vor den Fenstern gegurrt hatten.

Der 1. Februar ist der erste Frühlingstag, und der 9. ist mein Geburtstag. In einem alten Sprichwort heißt es: »Haben wir den Winter einmal überstanden, kann uns der Teufel im Sommer nichts mehr anhaben.«

Nun gut, ich hatte den Winter glücklich hinter mich gebracht und lebte meinem siebzehnten Geburtstag am 9. Februar entgegen.

Der 1. Februar ist der Brigitte-Tag. Die heilige Brigitte stammte aus der Grafschaft Kildare und wird die Maria der Galen genannt, weil sie bildschön war und die Armen liebte. Raftery hat ein Lied über den Frühlingsanfang gemacht, das folgendermaßen lautet:

»Anois, teadht an Erraigh,
Beidh an la dul chun sineadh ...«
Es wird schon Frühling, und die kurzen Tage weichen.
Am Fest der heiligen Brigitt soll mein Segel wehn,
Die Reise ist beschlossen, eilends will ich gehn,
Um wieder Mayos grüne Küste zu erreichen ...

Charlie sagte, von jetzt ab könnten wir jeden Tag mit Ausnahme von Sonntag vor Gericht geladen werden.

In meiner Zeitung hieß es, die beiden in Birmingham zum Tode Verurteilten würden am 7. Februar gehängt werden. Am Aschermittwoch.

Wieder begannen die Wärter, sie zu schmähen und zu verspotten, desgleichen einige Häftlinge. Nur Dale nicht, auch James nicht. Sonst hätte ich diesem Hurensohn eine Lektion erteilt, die ihm für den Rest seines Lebens gereicht hätte; immerhin bemerkte ich, dass die beiden sich diebisch freuten, wenn die Wärter mich auf die Palme brachten. Besonders ein Gefangener gab stets seinen Senf dazu, sooft die Wärter ein Auge zudrückten und ihn mitquatschen ließen. Was immer geschah, wenn der Justizinspektor nicht zugegen war, um den Spielverderber zu machen.

Es war Shaw, dieser verknitterte, ausgemergelte Hurensohn, der unter der Leiche seiner Mutter Geld gestohlen und bei ihrem toten Leib geschworen hatte, er seis nicht gewesen. Er war etwa zwanzig Jahre alt, sah aber so aus, als sei er nie in seinem Leben jung gewesen, und glich eher einem Greis. Ich hätte ihn dreimal so leicht verdreschen können wie James, hatte aber Angst, zwar nicht vor ihm, aber vor der ganzen Meute.

Wieder begannen sie auf den Iren herumzuhacken. Jeden Tag setzte ich mich, wenn es sich einrichten ließ, zur Arbeit ganz hinten an die Wand, wo ich nicht von allen vier Seiten zugleich angegriffen werden konnte. Charlie saß neben mir oder hinter mir und ging beim Spaziergang vor oder hinter mir, während Rotschopf mich wenigstens noch grüßte.

Callan arbeitete gottlob mit den verurteilten Häftlingen in der Schreinerei; ich wusste eigentlich nicht, ob ich es begrüßen oder bedauern sollte, dass er in eine andere Arbeitsgruppe eingeteilt war. Einerseits war ich froh, weil er die Leute hier, Wärter wie Häftlinge, durch seine Widerreden verärgert hätte. Anderseits wären wir zu zweit gewesen, wenn es wirklich einen Tanz gegeben hätte. Ich hoffte nur, Charlie würde sich heraushalten, wenn es zum Äußersten kam, und flüsterte ihm das auf dem Weg zum Montagsbad zu.

»Ich bin dein Kumpel, Paddy«, sagte er nur und ging weiter, ohne stehen zu bleiben.

Am Dienstag hörte ich, wegen Callan sei es in der Schreinerei zu einer Schlägerei gekommen. Sie hatten ihn wegen der für den nächsten Morgen anberaumten Vollstreckung provoziert, sodass er auf einen mit einem Holzmeißel losgegangen war.

Als wir an jenem Abend in unsere Zellen zurückgingen, bemerkte ich, dass seine im Erdgeschoss unter mir liegende Zelle abgeschlossen war, sodass er also vor den anderen mit der Arbeit aufgehört haben musste. Als ich in meine Zelle hinaufging, hoffte ich, er würde sich bis zum nächsten Morgen ruhig verhalten. Als ich dann beim Kakao in meiner Zelle saß, schämte ich mich dieses Gedankens, konnte mich aber der Hoffnung, Callan möge keinen Radau veranstalten, nicht erwehren. Die Situation beschämte und beängstigte mich zugleich.

Die beiden Iren waren unschuldig, der eine war eine knappe halbe Stunde nach der in Coventry erfolgten Explosion verhaftet worden.

Sie waren tapfere Männer. Einer von ihnen sagte vor seiner Verurteilung, er werde lächelnd in den Tod gehen im Gedenken an die vielen anderen, die für Irland gestorben seien.

Als er dann tatsächlich zum Tode verurteilt wurde, sagte er etwas ebenso Passendes.

Der Richter sagte: »Der Herr sei Ihrer Seele gnädig«, und er antwortete: »Ebenso!«

Der Humor dieses Ausspruchs würde in seinem irischen Heimatort verstanden werden, wo er als Antwort auf alltägliche Begrüßungsformeln wie »Hallo« und »Gute Gesundheit« üblich war.

Wie dem auch sei: Ich saß hier, schutz- und wehrlos, ich dachte an sie, und selbst der Gedanke, dass sie morgen in aller Frühe zum Galgen geführt würden, beflügelte mich nicht. Aber er würde die Menschenmassen zu Hause und im Madison Square Garden in New York beflügeln, wo sie die Union Jacks verbrennen und das Britische Weltreich in alle Höllen verdammen würden, wo sie mit stolzgeschwellten Adern an die beiden wackeren Männer denken würden. Das »Märtyrerlied von Manchester« würde zu der Melodie des Lieds aus dem Amerikanischen Bürgerkrieg aus zehntausend Kehlen erschallen:

»Gott schütze Irland«, riefen die Helden,
»Gott schütze Irland«, rufen wir.
Ob wir hoch am Galgen baumeln
Oder auf dem Schlachtfeld taumeln,
Irland, wir gehören dir.

Das Lied inspirierte mich nicht. Ich hielt es für eine bessere Lösung, mein Urteil zu überleben, freigelassen zu werden und einen Vergeltungsschlag zu führen, als zu Tode oder zum Krüppel getrampelt zu werden.

Selbst das war nicht die ganze Wahrheit. Ich wollte nur die Nacht überleben. Ich saß, den Postsack über die Beine gezogen, und nähte und dachte an Trauer und Klage und Schande und hoffte, dass mein Verhalten friedlich und dass das Buch, das ich zu lesen gedachte, demütig war. Nicht dass dies bei den Wärtern zählte. Die meisten von ihnen konnten ohnehin nicht lesen, jedenfalls nicht Bücher. Mein Buch hieß *Cranford* und die Verfasserin Mrs Gaskell.

Als die Glocke läutete, ging ich zu Bett, dankbar, dass Callan den Abend ohne Krach hatte verstreichen lassen; behaglich schlug ich mein Buch auf.

Es war ein Buch, von dem ich noch nie gehört hatte, und als ich es auf meinem Tisch mit meinem anderen Bibliotheksbuch liegen sah, hielt ich zuerst nicht viel davon. Es war unschön eingebunden wie zu Königin Viktorias Zeiten, und ich kannte nur eine ähnliche Art Bücher, die etwas taugten, und die stammten aus der Feder von Charles Dickens. Als ich seinen Namen nicht darauf las, dachte ich, es lohne sich kaum, es aufzuschlagen, und als ich »Mrs Soundso« darauf las, sagte ich, Na gute Nacht, alter Freund, das kann ja nichts sein.

Diese Art Bücher handelten nur von bettelarmen kleinen Jungen, die Geld sparten, um damit der Mutter ein Kleid zu kaufen, oder von kleinen Mädchen, die für ihren Vater, der dazu nicht mehr imstande war, das Licht im Leuchtturm anzündeten. Wahrscheinlich schwankte der Vater irgendwo stinkbesoffen herum, dachte ich, aber so etwas stand natürlich nicht darin.

So betrachtete ich also *Cranford* nur als Zeitvertreib, um zwischendurch ein paar Seiten zu lesen, wie etwa in der Mittagspause nach dem Essen kurz vor der Näharbeit drunten im Arbeitsraum, wo ich etwas zum Ansehen brauchte, das nicht die kalkweiße Zellenwand war. Jedes lesenswerte Buch bewahrte ich mir für den Abend auf, wenn ich im Bett in aller Ruhe lesen konnte. Ich konnte schon mit vier Jahren auf meine kindliche Art und Weise lesen und habe immer gern gelesen. Jeder Häftling reagierte jedoch gleich auf Bücher, Lektüre war das einzige und fast ausschließliche Vergnügen, das wir genossen und mit offizieller Erlaubnis genossen. Kein Mensch konnte uns davon abhalten, schlimme Gedanken zu denken oder zu träumen. Wir alle hoben uns das beste Buch für den Abend auf und durchflogen oder durchblätterten den Schund in der Mittagspause.

Ich begann *Cranford* zur Mittagszeit; als ich mich aber eingelesen hatte, beförderte ich das Buch zur Abendlektüre und musste mich sogar auf zwanzig Seiten am Abend beschränken, um mir für Samstag und Sonntag je vierzig Seiten übrig zu lassen.

Heute Abend wollte ich mir in Anbetracht der Umstände ein paar Extraseiten genehmigen, und zwar so viele, wie ich vor dem Einschlafen bewältigen konnte, sodass ich denn auch alles Übrige vergaß.

»Denn Miss Barker hatte alles Mögliche zum Abendessen bestellt – ich behaupte sogar: vorbereitet, obgleich sie sagte: ›Aber, Peggy, was hast du uns denn da Schönes gebracht?‹, und betrachtete angenehm überrascht die unerwarteten Köstlichkeiten, wie in Schalen gekochte Austern, eingelegten Hummer, Sülze, ein Gericht mit Namen *Kleiner Amor* – das bei den Cranford-Damen in hoher Gunst stand, obgleich es wegen seiner Kostspieligkeit nur an festlichen Gelegenheiten aufgetischt wurde, und etwas, das ich mangels einer eleganteren klassischeren Bezeichnung branntweingetränkte Makronen nennen würde. Kurzum: Wir sollten offensichtlich mit alldem bewirtet werden, was gut und teuer ist, und hielten es daher für angebracht, uns mit Anstand zu fügen, selbst wenn dies auf Kosten unserer Vornehmheit ging – die zwar nie zu Abend isst, aber wie die meisten Gegner des Abendessens bei allen besonderen Anlässen ausnehmend hungrig ist.

Soweit ich vermute, hatte Miss Barker in ihrer einstigen Umwelt die Bekanntschaft mit dem sogenannten Cherry Brandy gemacht. Keiner von uns hatte jemals etwas Derartiges auch nur aus der Entfernung gerochen, sodass wir fast zurückschraken, als sie uns ein Gläschen anbot: ›Nurr ein kleinäs, kleinäs Gläschen, meine Damen, nach den Austärn und dem Ummär, wissen Sie.‹ Wir schüttelten alle den Kopf wie weibliche Mandarine, schließlich ließ Mrs Jamieson sich erweichen und ...«

Erbarmungsloses Gebrüll dröhnte von der Zelle unter mir herauf: D-i-e R-e-p-u-b-l-i-i-i-k, s-i-e l-e-b-e h-o-o-o-c-h!«, grölte Callan.

Der Teufel soll dich und die Republik ersticken, knurrte ich vor mich hin. Warum ist er nicht mit seinem eigenen Märtyrertum zufrieden und will mich unbedingt mit in die Scheiße hineinziehen? Was bist du schon wert, allein und unbewaffnet?, fragte ich mich und antwortete mir: Nein, Herr im Himmel, ich bin keinen Funken wert. Aber vielleicht wird er mit der Hilfe der heiligen Muttergottes seinen Feldzug allein durchführen. Ehre, wem Ehre gebührt, ich mache sie ihm gar nicht streitig, ich will auch allen zu Hause erzählen, dass er ganz allein für die gute Sache losgebrüllt hat. Wenn er mich nur aus dem Spiel lässt!

»B-e-e-e-e-han. Bren-daaaan Be-ee-haaan!«

Du Idiot, sagte ich mir und legte *Cranford* hin.

»Die Re-pu-bl-i-i-i-k, s-i-e l-e-e-b-e ho-o-o-och!«

Besser wärs, du gäbst dem Mann seinen Überzieher wieder und ließest die Republik in Frieden.

»Breeeeeeeeennnn – daaaaaaannnn Beeeeeee-hann! Steh auf und antworte – ant-wor-teeeeee!«

Einen Tritt in die Eier, das verdienst du, sagte ich wütend und kletterte aus dem Bett. Einen Augenblick stand ich im Hemd da, unschlüssig, was ich tun sollte. Gott muss helfen, sagte ich zu mir.

»H-o-o-o-ch die Re-pu-bl-i-i-i-ik! Beee-haaaaan!«

Schon gut, schon gut. Leise rief ich: »Hoch die Republik!«

»Ich kann dichchch nichchchttt richtiggg ver-st-e-eh-e-e-e-n-n«, schrie Callan zurück.

»Ich schreie doch«, sagte ich leise in das Abzugsrohr hinein, »die Mauern sind einen Meter dick.«

»In Ordnung. Br-a-a-a-v-e-e-e-r-r-r-r K-e-r-r-r-l-l-l Hoch die Re-p-u-u-u-b-l-i-i-i-k!«

»Hoch die Republik«, flötete ich noch leiser am Abzugsrohr. »Wir fordern euch heraus. Zum Teufel mit dem Britischen Weltreich«, fügte ich hastig flüsternd hinzu, denn ich hatte unten vor Callans Tür Stimmen und Schlüsselgerassel gehört. Ich sprang wieder ins Bett. Callan bekam Prügel. Sie hatten die Tür aufgestoßen und waren über ihn hergefallen. Im Handumdrehen würden sie oben sein und durch den Spion zu mir hereinäugen. Und wo war ich, wenn sie hereinsahen? Im Bett und las *Cranford.*

»Was machst du da, Behan?«, brüllte einer vor dem Spion. Ich legte mein Buch hin und blickte zur Tür. »Ich lese, Sir.«

Er brummte ein paar drohende Worte und ging weg. Dann hörte ich Callans Tür aufgehen und gleich darauf sein Stöhnen. Sie hatten ihn wohl kurz verprügelt und schleiften ihn jetzt zur Arrestzelle hinunter.

Und ich machte mich wieder an *Cranford.*

»... Er ist sehr stark«, sagte Miss Pole, als sie ihr leeres Glas hinsetzte, »ich glaube fast, da ist Weingeist drin.«

»Nur ein Tröpfchen – gerade genug, damit er nicht verdirbt«, meinte Miss Baker. »Sie wissen doch, dass man auch über die Marmeladegläser Weingeistpapier deckt, damit das Gelee sich länger hält. Mir wird oft ganz schwummerig, wenn ich Pflaumentorte esse.«

Ich möchte bezweifeln, dass Pflaumentorte Mrs Jamiesons

Herz so weit geöffnet hätte wie der Cherry Brandy. Aber nun erzählte sie uns von einem bevorstehenden Ereignis, das sie bisher verschwiegen hatte.

»Meine Schwägerin, Lady Glenmire, kommt auf Besuch zu mir.«

Lady Glenmire – Glenmire, das war doch der Name der Eisenbahnstation in Cork City. Das war es, was mir einfiel, bevor ich einschlief.

»Los, los, raus!«, hörte ich eine Stimme krakeelen.

Ich sprang aus dem Bett und erinnerte mich daran, dass es der Tag der Vollstreckung des Todesurteils in Birmingham war, dann fielen mir Callan und die vergangene Nacht ein, ich war beunruhigt, aber das alles war es nicht. Heute ging's zum Gericht.

Rasch zog ich mich an, leerte meinen Kübel unten im Waschraum aus, ging zurück und holte meine Sachen. Der Wärter hetzte mich die Treppe hinunter und durchs ganze Gefängnis in die Kleiderkammer. Dort sah ich auf die Uhr, es war Viertel vor acht. Um neun Uhr sollten sie gehängt werden, das wusste ich.

Als ich gebadet und meine eigenen Kleider angezogen hatte, hieß es antreten mit anderen Gefangenen, die alle erwachsen und mir unbekannt waren. Kaum stand ich ein paar Minuten dort, als ich von zwei Wärtern in Zivil in den Hof geführt wurde, wo man mich warten hieß.

Ein Wagen fuhr herein, ich wurde mit Handschellen an die beiden Wärter gefesselt und musste einsteigen. Als wir vom Gefängnis die Straße hinunterfuhren, sah ich ein Plakat mit der Aufschrift »Irische Mörder müssen sterben«.

Bald darauf läutete eine Kirchenglocke. Jetzt fangen sie an zu sterben, sagte ich mir.

Als die Stunde schlug, neigte ich meine Stirn zu meiner gefesselten rechten Hand und machte das Kreuzzeichen, indem ich Kopf und Brust zu meinen ausgestreckten Fingern hinbewegte. Mehr konnte ich nicht tun.

Der rechte an mich gefesselte Wärter blickte mich an, und ich blickte ihn an. Wenn er etwas zu sagen beabsichtigt hatte, schien er es sich anders überlegt zu haben; so blickten wir beide auf die Windschutzscheibe.

Mein Fall sollte zuerst verhandelt werden. Alles lief ab wie am Schnürchen.

Das Material war bei mir gefunden worden, und als Soldat der Irisch-Republikanischen Armee weigerte ich mich, das Gericht anzuerkennen. Dies veranlasste den Gerichtsschreiber, ins Protokoll einen Vermerk aufzunehmen, wonach der Angeklagte auf »nicht schuldig« plädierte, nachdem man festgestellt hatte, dass ich kein Taubstummer, sondern ein böswillig Stummer war.

Der Richter fragte, ob ich etwas vorzubringen hätte. Ich schickte mich an, meine auswendig gelernte Rede aufzusagen.

Nachdem ich gesagt hatte, Eure Lordschaft, meine Herren, es ist für mich ein Vorrecht und eine Ehre und so weiter, unterbrach er mich schroff. Obwohl er ein schlechter Schauspieler war, sagte er so beiläufig und boshaft wie möglich, er und die Herren Geschworenen hätten weder Lust noch Zeit, eine politische Rede anzuhören.

Ich wartete, bis er geendet hatte, und fuhr mit meiner Rede lauter fort. Ich habe einen ausgesprochenen Sinn für Situationskomik, sodass ich bei einem Begräbnis leicht in Lachen ausbreche, solange es nicht mein eigenes ist, und feierliche Reden fallen mir schwer. Ich kann nicht lange ernst bleiben.

Wenn ich es aber mit albernen Leuten zu tun habe, ist mir jedes Mittel recht, sie je nach ihrer besonderen Art der Anmaßung auf die Schippe zu nehmen. So war ich zum Beispiel eines Tages auf dem Rennplatz, wo ein steinreicher Bürger herablassend mit mir scherzte; ich tat daher so, als fühle ich mich von ihm angepumpt, drückte ihm einen Schilling in die Hand und sagte: »Entschuldigen Sie mich jetzt bitte, guter Mann, ich habe bei diesem Rennen gesetzt.« Ein anderes Mal sang ich in einem ländlichen Gasthaus zweideutige Lieder, und eine Dame beschwerte sich bei ihrem Mann, der die Beschwerde an den Wirt weitergab. Daraufhin taten meine Freunde und ich so, als hielten wir sie für eine Prostituierte, überzeugten den Wirt davon, dass sie hier auf Männerfang ausgehe, und erwirkten, dass er sie hinauswarf.

Da also mein Richter nicht richterlich, sondern gehässig gestimmt war, beschloss ich, ihm eins auszuwischen.

»... und das mit einem stolzen, gescheiten Volk, das schon eine Sprache und eine Literatur hatte, als der barbarische Brite in seiner Kriegsbemalung seine ersten Gehversuche machte.

Durch Kolonisation, Hungersnot und Gemetzel haben Sie sieben Jahrhunderte lang versucht, das irische Volk von seiner Insel zu vertreiben, es ist Ihnen aber nicht gelungen.

Viele Male haben Sie verkündet, dass Sie die Aufrührer vernichtet, dass Sie ›den Terrorismus an der Kehle gepackt‹, dass Sie die ›irische Frage‹ erledigt hätten.

Es gibt aber nur eine Lösung der irischen Frage, und solange die Irische Republik der zweiunddreißig Grafschaften nicht wiederhergestellt ist, wird das unfreie Land keinen Frieden haben.

Gott schütze Irland. Es gibt keine Kapitulation.«

Die beiden Wärter blickten mich an, und der Richter gab es

auf, seine gelangweilte Miene aufzusetzen, und schickte sich an, das Urteil zu verkünden.

Er sagte, ich hätte die Milde englischer Gesetze in Bezug auf die Bestrafung von Personen unter achtzehn Jahren ausgenutzt, was eine Lüge war. Er drückte auch sein Bedauern darüber aus, dass er diese Milde in meinem Fall walten lassen müsse und mich daher nicht zu vierzehn Jahren Zwangsarbeit verurteilen könne, was er getan hätte, wenn ich bereits achtzehn wäre. Er sagte weiterhin, die Rechtsprechung müsse eigentlich bei Leuten wie mir, die zwar jung an Jahren, aber gefährlich reif seien, eine Ausnahme machen. Leider könne er mich nur zu drei Jahren in einer Borstal-Anstalt verurteilen.

Ich brüllte ihm durch den ganzen Saal »Die Republik lebe hoch« ins Gesicht und ging gut gelaunt die Treppe hinunter, erstens, weil ich den ungehobelten Richter zu einem Geständnis gezwungen hatte, dass er alles getan hätte, um mich zu vierzehn Jahren Zwangsarbeit zu verdonnern, und zweitens, weil ich nur drei Jahre bekommen hatte.

Ich wusste zu wenig von englischen Besserungsanstalten, um mich darüber freuen zu können, dass ich in ein Borstal geschickt werden würde, und wenn man mich zwischen drei Jahren Borstal-Haft und zwei Jahren Gefängnis hätte wählen lassen, hätte ich das Gefängnis gewählt.

Ich stieg also die Treppe hinunter, zufrieden mit mir, dass ich es dem Richter gegeben hatte, so gut ich konnte, auch darüber, dass die Welt erfahren würde, dass meine beiden Kameraden, die seit ein paar Stunden unter der Erde lagen, nicht so bald vergessen sein würden.

Heute marschierten Tausende von Trauernden in allen Teilen Irlands und in den Vereinigten Staaten, aber ich als Einziger hatte das Vorrecht genossen, für unsere von diesen bescheidenen Männern geadelte Sache inmitten unserer Feinde offen und ehrlich einzutreten – und mochten sie noch so mächtig sein mit all ihrem Geld, ihrem Heer, ihrer Kriegsmarine, ihrer Luftwaffe, ihren Löwen, Einhörnern und Hermelinmänteln, hinter denen sich Englands Henker verbargen.

Ich schritt zu meiner Zellentür hinunter und wartete, dass der Wärter sie aufschloss.

»He, du«, kreischte eine Frauenstimme neben mir. Ich drehte mich um, es war eine Polizistin oder Wärterin mit einem weinenden jungen Mädchen. »Hör auf zu weinen, mein Schatz, und schau dir den Helden da an. Hier, diese arme Göre steht wegen Abtreibung vor Gericht, obgleich sie natürlich Bewährung bekommen wird, und du Jüngelchen hast nichts Besseres zu tun, als hier rüberzukommen und alle Leute in Aufregung zu versetzen. Natürlich sorgen sich dein Papa und deine Mama drüben in Irland zu Tode, und der da oben hat dir halben Portion drei Jahre Borstal verpasst, was? Weißt du, was ich mit dir angestellt hätte? Ich hätt dir die Hosen runtergezogen, dir ordentlich den Arsch versohlt und dich mit dem Nachtboot heimgeschickt. Und dieses arme Kind hier ...«, sie starrte mich an, ich wusste nicht, was ich zu der Nervensäge sagen sollte. Ich wünschte, die Wärter würden mir meine Zelle aufschließen, damit ich das Geschwätz nicht mehr zu hören brauchte.

Die Wände der Zellen unter dem Gerichtssaal sind jedoch nicht wie die von Gefängniszellen aus massivem Holz oder Eisen, es sind Gitterwände, wie man sie im Film sieht, sodass es kein Entrinnen vor ihr gab. Schließlich hätte sie so anständig sein und mich in Ruhe pissen lassen können.

»Hier!« Sie kam von Neuem zu mir und reichte mir ein kleines Paket. »Du verdienst es zwar nicht, aber Elsie kann sie nicht essen. Nachher trinken wir 'ne Tasse Tee.«

Ich blickte die Wärter an. Einer von ihnen rauchte eine Pfeife und sagte: »Los, nimms, es sind belegte Brote.«

Na schön, um die dumme Kuh loszuwerden, nahm ich sie und murmelte ein Dankeswort. Jetzt wurde Elsie gerufen, und ich rief ihnen »Viel Glück« nach, als sie die Treppe zur Anklagebank hinaufstiegen. Schließlich war es nicht Elsies Fehler, dass die Alte mich beschimpft hatte, ich aß die Brote und obendrein die Pasteten, die die Wärter mir mit einer Tasse Tee gaben. Es waren ausgezeichnete Brote, die mir nach der Demütigung, die ich von der alten Wärterin hatte einstecken müssen, vorzüglich schmeckten. Auch der Tee war gut, die Pastete, ein mit Büchsenfleisch gefüllter Blätterteig, gleichfalls.

Als ich alles aufgegessen hatte, blickte ich mich nach etwas um, womit ich mich an der Wand verewigen konnte.

Es ist erstaunlich, wie erfinderisch die Menschen sind. Alle Wände waren bekritzelt, sogar von Todeskandidaten. Eine Inschrift bestand aus dem Namen des Mannes und den Worten »Zum Tod verurteilt«, daneben eine Jahreszahl und die Bemerkung: »Weil ich meine liebe Frau mit einem Hammer umgebracht habe. Ich bin unschuldig wie ein neugeborenes Kind.« Andere lauteten: »Sechs Monate wegen Diebstahl einer Damenuhr, die ich nur genommen habe, um sie sicher aufzubewahren.« »Jesus und lieber Gott, helft einem bösen Sünder! Ach, wenn ich rauskomme, will ich ein anständiger Mensch werden.«

Es gab auch herausfordernde Inschriften wie: »Fickt sie alle in Arsch – ausgenommen einen –, der soll sich selbst in Arsch ficken.«

»Die Preston Jacks sind alles Schweinehunde und Meineidige. Zur Hölle mit allen und fickt die übrigen kreuzweise in Arsch.«

Einige der Inschriften stammten von Iren und drei von den

in dem letzten Prozess verurteilten Iren. Ich beschloss, mich zwischen einem aus Cork und einem aus Dublin zu verewigen.

Breandán Ó Beachaín, Óglach.
2adh Cath, Briogaíd Atha Chliath,
IRA – An Phoblacht abu!
Das heißt:
Brendan Behan, Freiwilliger.
Bataillon, Dubliner Brigade,
IRA – ewig lebe die Republik!

Ich schrieb »IRA« auf Englisch, damit es jeder verstehen konnte.

Als ich mich wieder setzte und mir ein Kippchen genehmigte, wurde ein anderer Junge in die Zelle geführt, ein Liverpooler Ire namens Patrick George Hartigan. Sein Vater war ein Katholik aus Westirland, sagte er mir, seine Mutter gleichfalls. Sie hatten ihm zwei Vornamen gegeben, um der katholischen und der protestantischen Kirche gerecht zu werden. Er war ein Hungerleider mit hervorstechenden Augen und blassem, spitzem Gesicht, und obgleich er sagte, er sei zwanzig, sah er kleiner und viel schmaler aus als ich. Ich habe nie einen so jungen Menschen gesehen, der sich so viel aus Rauchen machte und der den Rauch einsog und ihn lange in der Lunge behielt, bevor er ihn ausatmete, als tue er es um einer Wette willen. »Ich mochte meinen Alten nicht«, sagte er, »weil er immer meine Mutter verprügelt hat, aber trotzdem bin ich halb irisch, Paddy, du und ich, wir wollen Kumpel sein, da wir doch am selben Tag verurteilt worden sind, nicht?«

»Wollen wir«, sagte ich, obgleich ich mir den armen Teufel nicht zum Kumpel wünschte. Außerdem: Was würde Charlie sagen? Wir waren zuerst Kumpel gewesen.

»Vielleicht kommen wir in dieselbe Borstal-Anstalt, Paddy, und sitzen unsere Jährchen zusammen ab.«

Was Gott verhüten möge, sagte ich insgeheim zu mir. »Gut möglich, weil wir am selben Tage verurteilt worden sind.«

»Ich werde ›Harty‹ genannt, Paddy, so nennen mich draußen alle.«

»Guter Name, Harty«, sagte ich, und wir lachten beide. »Hier, Paddy, nimm eine *Senior Service*. Man wird sie uns im Knast abnehmen. Verdammtes Loch.«

»Ich welchem Teil warst du denn?«

»In welchem Teil? Du meinst, in welchem Flügel? Ich war im Jugendlichenflügel wie du. Aber ich kam ein paar Tage vor deiner Einlieferung weg. Ich hab deinen Fall in der Zeitung gelesen. Es hieß, du wolltest die Cammell-Lairds-Werft in Birkenhead in die Luft sprengen.«

»Das haben sie behauptet, jawohl«, sagte ich, »sie würden auch die Messe lesen, wenn sie Lateinisch könnten.«

»Schön, ich wurde gegen Kaution rausgelassen – um zu heiraten.«

»Um zu heiraten?«

»Ja, meine Judy kriegt ein Baby, darum haben sie mich rausgelassen.«

»Schön für dich.« Ich wusste nicht, ob ich ihm gratulieren sollte oder nicht. Harty schien nicht allzu wohl bei der Sache zu sein.

»Sie kam aufs Gericht gelaufen und flehte und bettelte. Und er ließ sich nicht lange bitten.« Harty wurde ärgerlich. »Er sagte, Borstal würde einen Mann aus mir machen und ich würde ein besserer Ehemann werden, wenn ich wieder rauskäme. Ich hatte schon zu viel auf dem Kerbholz. Eine andere Besserungsanstalt, Sonderschule, sechs Monate oben im Jugendlichenflügel. Ich klaue seit meinem zehnten Lebensjahr. Blieb mir gar nichts anderes übrig. Sonst hätte ich nichts zu essen gehabt. Jetzt ist es natürlich was anderes, wo man leichter Arbeit findet. Komisch, früher hab ichs nie ernst gemeint, wenn ich sagte, ich würde ein anständiger Mensch werden, trotzdem haben sie mir ein paarmal geglaubt. Jetzt, wos mir Ernst ist, wollen sie mirs ums Verrecken nicht glauben. Wenn ich jetzt rauskäme, würde ich arbeiten, wirklich. Hätte ich auch immer getan, wenn man mir was anderes gegeben hätte, als nur den Laufjungen zu markieren und für zehn Schilling die Woche zwei Zentner mit dem Fahrrad auszufahren.« Er zog an seiner Zigarette, schüttelte den Kopf, seufzte und stieß eine lange Rauchfahne aus.

»So ist nun mal das Leben, Harty«, sagte ich.

»Mir steht der Knast bis hier, das kannst du mir glauben, die meisten sind Schweine.« Ehrlich angewidert spuckte er aus. »Halt dich abseits, Paddy, und hör nicht auf sie, denn das kann ich dir sagen, sie reden nur Sauereien, und ich glaub, in den Borstal-Anstalten gehts noch schlimmer zu.«

»Kann ich mir vorstellen«, sagte ich.

Oben in der Kleiderkammer wurde ich in blaues Sträflingszeug gesteckt, freilich von der gleichen Machart: Jacke, Hemd und kurze Hose. Harty sah in seinen Shorts ganz jämmerlich aus und schüttelte den Kopf, als wir zu unseren Zellen hinaufgingen.

Er schaute an seinen nackten Beinen herunter, als wir die Treppe hinaufstiegen. »Wie ein Scheiß-Pfadfinder«, brummte er. »Na ja, Paddy, wenigstens ein Tag vorbei. Bleiben noch eintausendundvierundneunzig abzusitzen. Komm, Tod, und mach hin.«

Wir blieben an meiner Tür stehen, während der Schließer aufschloss und das Licht einschaltete. Harty wünschte mir eine gute Nacht und sagte, morgen beim Kübelleeren würden wir uns wiedersehen.

Am nächsten Morgen sah ich Charlie und Rotschopf nicht, weil sie ins Gericht gebracht wurden, aber am darauffolgenden Tag trafen wir uns beim Spaziergang der Verurteilten wieder, und obgleich wir nicht mehr rauchen durften, blickten wir herablassend und mitleidig auf die Untersuchungsgefangenen, die rauchen durften. Für uns waren sie Grünschnäbel. Auch mussten einige von uns, darunter Charlie, Rotschopf und ich, Kohlen für die Gefängniskessel aufhäufen, was in der frischen Luft vor sich ging. Obwohl wieder Schnee lag, vergingen wir nicht vor Kälte wie im Hof, sondern waren warm und schwitzten sogar, weil wir schippen und unsere Muskeln gebrauchen mussten. Harty durfte nicht dabei sein, weil der Arzt ihm »schwere Arbeit« verboten hatte.

Er sagte, er mache sich nichts draus, und lachte uns wie schlecht bezahlte Hilfsarbeiter aus, aber im Grunde war er wohl enttäuscht.

Sein Gesicht wurde lang, als ich mich Charlie und Rotschopf am Tag nach unserer Verurteilung anschloss. Am ersten Tag, als Harty sich mir anschloss und zu glauben schien, ich würde bei ihm bleiben, war ich mit ihm gegangen, weil die beiden im Gericht waren.

Er tat mir leid, ihm war jedoch nicht zu helfen, da er daran gewöhnt schien, ewig elend zu sein, und eben mit dem ging, der gerade zur Hand war.

Charlie, Rotschopf und ich waren in glänzender Stimmung, wir freuten uns auf Borstal, obgleich wir etwas ungeduldig waren und gerne gewusst hätten, wann die Reise wohl losgehen würde.

Zweiter Teil

Eine Woche nach unserer Verurteilung wurden wir abtransportiert; es hieß, wir hätten Glück gehabt, dass es so rasch vonstattengegangen sei.

Charlie und Rotschopf wurden in einen Wagen gesteckt, Harty und ich in den anderen, als wir aber zur Bahnstation kamen, wurden wir zusammen in ein reserviertes Abteil gesetzt. Im Zug zu sitzen war herrlich, aber der letzte Blick auf die Tore des Walton-Gefängnisses war das Beste – ein letzter Blick auf seine riesigen schmutzig roten Mauern im Morgennebel, als wir zur Lime Street hinunterfuhren.

Harty sprach kaum mit mir, aber ich machte mir nicht viel daraus, weil wir zu acht im Zug waren, Charlie und Rotschopf an ihre beiden Wärter, Harty und ich an unsere beiden Wärter gefesselt.

Die Wärter hatten Zeitungen und gaben uns Zigaretten, so viel wir wollten, und als der Zug in Richtung London abfuhr, waren wir alle ganz aufgeregt. Ich glaube, die Wärter waren gut gelaunt und freundlich zu uns, weil die Fahrt für sie einen Besuch in London bedeutete.

Harty sprach mit einem von ihnen, der wie er aus Liverpool stammte. Sie unterhielten sich nicht wie Wärter und Häftling, sondern wie zwei altbekannte, gleich gesinnte Arbeiter, die über ihre Frauen und Kinder plauschen, sich über ihre Schwiegereltern beschweren und klagen, wie schwer es sei, eine Wohnung zu bekommen, die Familie anständig durchzubringen und noch ein bisschen Geld für ein Bier zu erübrigen. In seiner Zivilkleidung sah Harty wieder wie ein nüchterner, trübsinniger Mann mittleren Alters aus und zog bedächtig an seiner Zigarette. Die einzige Aufmerksamkeit, die er uns anderen schenkte, war ein ungeduldiger Blick auf mich, wenn ich mich vorbeugte, um mich an Charlies und Rotschopfs aufgeregtem Geschnatter zu beteiligen.

Nach einigen Stunden wurden wir müde, Charlie und Rotschopf fragten den Wärter, ob sie austreten könnten. Dieser brachte die beiden in den Waschraum nebenan, und ich hörte sie zu dritt lachen und scherzen, als sie nacheinander pissten. Die Toilette hatte nur Platz für eine Person, und da sie aneinander gefesselt waren, gab es ein fürchterliches Gedränge. Auch ich wollte pinkeln, und ich hatte schon Angst, unser Wärter würde Harty und mich fragen, ob wir pissen wollten, ich hatte noch mehr Angst, dass er nicht wollte. Denn ich war ja an Harty gefesselt und würde befangen sein, wenn ich pissen musste, während er neben mir stand. Wäre es Charlie oder Rotschopf gewesen, hätte es mir nichts ausgemacht, ich hätte mit ihnen gelacht und gescherzt. Trotzdem musste ich unbedingt pinkeln; als daher der Wärter mir zunickte und fragte: »Austreten, Behan?«, und gleich darauf meinen Reisegefährten Harty: »Oder du, Hartigan?«, wartete ich auf Hartys Antwort.

»Können wir eigentlich machen. Los, Paddy«, sagte er, und der Wärter führte uns zur Toilette. Als wir im Gang standen, sagte ich scherzend zu Harty: »Du zuerst. Alter vor Schönheit.« Er ging hinein, benutzte die Toilette und kam wieder heraus.

»Nun du, Paddy«, sagte er trocken und machte mir an der Tür Platz.

Ich versuchte mir vorzumachen, dass es etwas Alltägliches sei, an einen Fremden gefesselt zu pinkeln, aber es ging nicht.

Je mehr ich drückte, desto hilfloser wurde ich und war in kürzerer Zeit, als ich sonst zum Pinkeln brauchte, ganz verzweifelt. Schließlich sagte der Wärter: »Red ihm gut zu, dann gehts besser!«

Hochrot im Gesicht musste ich ihn bitten, doch die Handschellen einen Augenblick zu lösen. Harty warf mir einen raschen Blick zu und blickte den Wärter geduldig an.

»Na ja«, sagte der Wärter, »ich hätte dir nie zugetraut, so züchtig zu sein.«

Er nahm mir jedoch die Handschellen ab, ich ging hinein und machte die Tür zu, schloss sie aber nicht ab, damit er nicht dachte, ich wolle aus dem Zug springen und türmen. Aber auch so brauchte ich eine ganze Weile; schließlich war es so weit, ich trat wieder auf den Gang, dankte dem Wärter, und wir gingen in unser Abteil zurück.

Wieder legte er Harty und mir die Handschellen an, machte aber keine Bemerkung und sagte nur, auch er wolle mal austreten. Das tat er, und die anderen Wärter ebenfalls, dann tranken wir wieder eine Tasse Tee, aßen ein belegtes Brot dazu, und Harty versenkte sich mit unserem Wärter in eine lange Unterhaltung über Frauen, Kinder, Geld, Schwiegereltern, Hunderennen, Bier, Preise von Hausrat und gemeinsame Bekannte in Liverpool und Umgebung, meist schwere Jungs und Buchmacher, Boxer und Kneipenwirte.

Ich sah sie an und dachte dabei, dass sie sich in einer Kneipe wie Stammgäste ausnehmen und bei den normalen Bürgern gern gesehen sein würden wie Leute, die abends ihr Bier trinken und dabei schwatzen, wie sie es jetzt taten. Aus irgendeinem Grund zweifelte ich daran, dass sie jemals einen Whisky gekippt hatten.

Charlie zeigte Rotschopf alle ihm bekannten Stellen, als wir an Watford vorbeifuhren, bis wir endlich in die Euston Station einfuhren. Dort wartete ein Wagen auf uns, der uns zu einem entlegenen Ort brachte, genannt Jugendgefängnis Feltham. Unsere Wärter verabschiedeten sich von uns, sagten »Lebt wohl« und übergaben uns einem Dicken in Zivil mit einer schottischen Aussprache. Wir stellten zu unserem Bedauern fest, dass wir in einem Flügel mit winzigen Zellen untergebracht wurden.

Harty blickte dem Liverpooler Wärter nach, als wäre er lieber mit ihm nach Walton zurückgefahren, wir anderen aber waren enttäuscht, als der Schotte sagte, wir sollten lieber alle Zigaretten abgeben, bevor wir durchsucht würden.

»Ihr seid noch nicht im Borstal, versteht ihr«, sagte er, »hier ist ein Sammelplatz, wo ihr bleibt, bis entschieden ist, was für eine Erziehungsanstalt für euch infrage kommt. Ich will euch was sagen, steckt euch eine Kippe in die Tasche, und wenn ihr nach dem Bad umgezogen seid, könnt ihr nach dem Abendessen noch ein paar Züge paffen, aber nehmt keine Kippen mit ins Nordhaus. Ihr kriegt nach einem Monat oder fünf Wochen, wenn ihr in einer Borstal-Anstalt seid und es euch verdient habt, noch genug zu qualmen. Es wird euch gar nicht so schlecht gefallen – wenn es auch im Moment ein Tollhaus ist. Dies hier ist das Untersuchungsgefängnis. Im Nordhaus werdet ihr in Schlafsälen schlafen, im Süd- und Westhaus haben wir eine eigene Besserungsanstalt. Wir müssen ein Untersuchungsgefängnis, eine Borstal-Anstalt, einen Sammelplatz und ein Jugendgefängnis unterhalten. Ich will euch keine Angst machen, Jungs, aber wir haben auch Arrestzellen. Die meisten, die hierherkommen, benehmen sich anständig, selten kommt einer in die Dunkelzelle, es sei denn, dass er zu türmen versucht. Noch etwas: Hier laufen die Eisenbahnschienen vorbei, es sind schon welche beim Hinüberklettern vom Starkstrom getötet worden. Und nun runter ins Bad, und wenn ihr fertig seid, kriegt ihr zu futtern, und dann gehts ins Bett. Eure Klamotten lasst ihr im Bad. Das wärs, Sir.« Er nickte einem anderen Wärter zu, der uns zu den Bädern führte, die in Wirklichkeit Duschen waren. Harty maulte, als wir uns auszogen. »Das soll ein Fürsorgeheim sein – wenn du als Erstes deine Zigaretten abgeben musst?«

»Macht 'n sehr anständigen Eindruck, der Alte«, meinte Charlie. »Lässt uns wenigstens nach dem Abendessen eine anstecken, und im Borstal werden wir auch rauchen können. Dabei ist das noch gar keine richtige Borstal-Anstalt.«

»Schieb sie dir in den Arsch, deine Borstal-Anstalt«, sagte Harty und zog sich langsam aus.

Charlie, Rotschopf und ich standen schon unter der Dusche und tollten, gerötet vom heißen Wasser, lärmend herum. Harty stand spillerig und weiß unter einer eigenen Dusche, züchtig seine Blöße bedeckend, und blickte stumm zu uns herüber. Dann schüttelte er den Kopf, kam wieder heraus, zog seine Kluft an und, deprimiert seine Shorts beäugend, brummte: »Wie ein bescheuerter Pfadfinder.«

Als er angezogen war, schüttelte er ungeduldig den Kopf. »Los, beeilt euch, ihr Scheißer, ich will noch mein Essen, bevor wir uns hinhauen.«

Wir warfen ihm einen Blick zu und seiften uns weiter nach Herzenslust ein. Unterwegs, in Zivil, mit Kragen und Krawatte, im Gespräch mit dem Wärter, gewissermaßen von Mann zu Mann, hatte Harty uns imponiert. Sobald er aber sein gewöhnliches Zeug auszog und keine Schulterpolster mehr hatte, war er ein schwächlicher, als Borstal-Insasse verkleideter Greis.

Nun brachte der Schotte uns an den Empfang zurück und gab uns unser Abendessen.

»Riesige Portionen, was?«, sagte Charlie.

Die Stewportionen waren so groß, dass etwas geschah, was für mich im Gefängnis undenkbar war: Ich war außerstande, den Nachschlag zu bewältigen. Dann bekamen wir einen Becher Tee, dazu ein Margarinebrot und durften unsere Kippe zu Ende rauchen, mussten aber die übrigen Zigaretten abgeben. Jeder von uns wählte den längsten Stummel aus den im Zug angerauchten Zigaretten und übergab dem Schotten den Rest.

Nach dem Essen rauchten wir am Tisch gemütlich weiter, selbst Harty schien einen Augenblick guter Laune zu sein. Dann holte uns ein Wärter ab, der einen leutselig-zynischen Eindruck machte und hinkte.

»So, jetzt bring ich euch in die Schlafsäle«, sagte er und führte uns durch endlose, schlecht beleuchtete Gänge, bis wir zu den Schlafsälen kamen. Durch die Glaswände sahen wir Köpfe auftauchen, die uns in Augenschein nahmen und vor dem Blick des Wärters ebenso rasch wieder verschwanden.

Ich bemerkte, dass die Jungen Schlafanzüge trugen, und als wir vor unserem eigenen Schlafsaal haltmachten, ging der Wärter zu einem Wandschrank und händigte jedem von uns einen Pyjama aus.

»Ihr könnt von Glück sagen, dass hier Betten frei sind«, sagte der Wärter. »Heute ist ein ganzer Schwung ins Nordseelager abtransportiert worden, ein zweiter nach Portland. Sonst hätten wir euch in Zellen sperren müssen.«

»Ich würde lieber in einer Einzelzelle schlafen«, sagte Harty.

»Soso!«, sagte der Wärter. »Die meisten schlafen lieber im Saal. Morgen meldest du dich im Büro und lässt dich für eine Zelle eintragen.« Er öffnete die Tür, und wir traten ein. Er deutete auf vier Betten in der Ecke und sagte: »Leg dich für diese Nacht in eines davon. Und jetzt ab ins Bett! Gute Nacht.«

»Gute Nacht, Sir«, sagten wir, und ein Haufen Jungs ringsum flüsterte: »Gute Nacht, Sir.«

»Gute Nacht, gute Nacht«, sagte der Wärter, »und jetzt ab ins Bett!«

In dem Augenblick, als die Schritte des Wärters auf dem Gang verhallt waren, ging eine Art stummer Aufruhr los. Jungen sprangen aus ihren Betten, kamen im Schlafanzug herbeigetanzt und fragten, woher wir seien. Einige von ihnen hatten Zigarettenkippen und fragten, ob wir einen Zug tun wollten.

Ich wollte nicht, hatte aber Spaß an der Unterhaltung und der Aufmerksamkeit, die wir auf uns lenkten, nahm dann doch einen Zug aus einer dünnen Zigarette, während die anderen auf ihren Betten saßen und wissen wollten, woher wir kämen und weshalb wir eingelocht seien. Es schien sie nicht zu interessieren, dass ich als IRA-Mann verhaftet worden war, vielmehr waren sie gleichermaßen freundlich zu allen von uns. Selbst zu Harty, der schlecht gelaunt war und sich beschwerte, in einem Schlafsaal pennen zu müssen.

»Gibts denn hier keine Zellen?«, fragte er, einen Blick über die Betten werfend. »Das ist ja wie eine Jugendherberge; oder wie für rotzige Waisen.«

»Er ist schon zwanzig«, sagte Rotschopf als Entschuldigung.

»Er ist auch verheiratet«, sagte ich, damit sie nicht schlecht von ihm dachten, weil er »rotzige Waisen« gesagt hatte.

»Du kannst eine Zelle kriegen, wenn du willst«, sagte einer, der auf Charlies Bett saß. »Die meisten Alten, die von neunzehn und so, stecken sie sowieso in Zellen. Wahrscheinlich haben sie nicht gedacht, dass du so alt bist. Ich hätte dich auf nicht mehr als sechzehn geschätzt, als du reinkamst.«

Geschieht dir recht, dachte ich, dass sie dirs mit gleicher Münze heimzahlen. Harty sagte nichts.

Als wir uns für die Nacht eingerichtet hatten, sagten die anderen Jungen einander flüsternd gute Nacht. Rotschopf beugte sich herüber und sagte »Gute Nacht, Paddy«, und ich antwortete »Gute Nacht, Rotschopf«; ich lehnte mich zu Charlie hinüber und sagte: »Gute Nacht, Charlie«, und er antwortete: »Gute Nacht, Paddy.« Ich konnte gerade seine Augen und seine Nasenspitze unter der Decke hervorlinsen sehen. Rotschopf und Charlie und ich sagten nacheinander: »Gute Nacht, Harty«, aber er antwortete nicht, sondern brummte nur etwas im Schlaf.

Am nächsten Morgen erwachte ich, als der Wärter draußen an die Glaswand klopfte und brüllte: »Raus und schnell!« Die Jungen brüllten zurück: »Raus und schnell!« Es hallte durch den Saal, und einige brüllten hinterher: »Raus und schnell, der Tag ist hell«, wieder andere schrien: »Raus und schnell, der Tag ist hell, die Sonne wird euch die Eier rösten!«

Charlie warf mir sein Kopfkissen ins Gesicht, brüllte: »Raus, Paddy, und alle Mann an Deck.« Rotschopf, er und ich hüpften aus dem Bett und weckten Harty. Der raffte sich hoch, griff nach seinen Shorts, zog sie behutsam unter der Bettdecke an und zeigte seine nackten Beine erst, als er die Hose anhatte. Dann langte er nach Schuhen und Socken.

Charlie fragte einen Jungen, ob wir uns hier anziehen sollten, und erhielt die Antwort, die meisten gingen im Pyjama zum Waschen hinunter. Ich beschloss, es ebenso zu machen. Ich hatte nie einen Schlafanzug angehabt und gefiel mir darin.

Unser Tagesprogramm in Feltham war immer das gleiche mit Ausnahme der Sonntage.

Wir standen um sieben auf, wuschen uns und frühstückten in einem großen Saal mit Tischen für je zwanzig Jugendgefangene. Nach Walton war das eine angenehme Überraschung. Das

Frühstück bestand aus Brot, so viel man haben wollte, einem Stück Margarine und – o Wunder! – einer Frikadelle, und was für einer! Eine dickbauchige Teekanne stand auf dem Tisch, man konnte gewöhnlich drei Tassen haben, wenn man wollte.

Hinterher reinigten wir den Saal. Dafür waren Wärter eingeteilt, aber die meisten von uns beteiligten sich an der Arbeit, um die Zeit totzuschlagen. Mir fiel es allerdings nicht schwer, die Zeit rumzubringen, gewöhnlich stand ich am Fenster und schaute hinaus.

Dann ging's in einen Arbeitsraum, wo Postsäcke genäht wurden. Wenn einer nicht gerade aus Leibeskräften brüllte, wurde Schwatzen von den Wärtern nicht beanstandet. Um zwölf Uhr wurde zu Mittag gegessen, wieder im Speisesaal; das Essen war gut. Es war die übliche Gefängniskost. Auflauf, Stew, Eintopf und so weiter, nur dass man sich nach Belieben bedienen konnte und dass es hier nie das Samstagsessen aus kaltem Büchsenfleisch und kalten, halb verfaulten Kartoffeln gab. Manchmal bekamen wir auch Corned Beef statt der Frikadelle zum Frühstück.

Nach dem Mittagessen saßen wir herum, bis es wieder Zeit zur Arbeit war, und nähten dann noch ein paar Stunden Postsäcke. Bis zum Tee saßen oder liefen wir im Speisesaal umher. Der Tee war gut und reichlich, es gab genügend Brot, das gleich große Stück Margarine wie zum Frühstück und die gleich große Kanne Tee für jeden Tisch, dazu etwas Gebratenes, meist Reste vom Mittagessen.

Nach dem Tee, von sieben bis acht Uhr abends, kam die berühmte »stille Stunde des Borstals«. Das hieß: Jeder saß am Tisch, schrieb einen Brief nach Hause, sofern man seinen vierzehntäglichen Brief noch nicht geschrieben hatte, oder las in seinem Bibliotheksbuch. Tat man das nicht, so musste man mucksmäuschenstill dasitzen.

Nun, die Bibliothek war gut, die meisten Jungen hatten sich während der Untersuchungshaft ans Lesen gewöhnt; im Übrigen war es nur eine Stunde, und selbst wenn es einem langweilig wurde, wurde man in Feltham gut behandelt. Man bekam anständig zu essen, was für die Jungen so überraschend war, dass sie die »Schweigestunde« gern in Kauf nahmen. Nach der Schweigestunde bekamen wir ein Abendbrot, bestehend aus einer Tasse Kakao und ein paar Scheiben Brot; dann gings ins Bett, im Schlafsaal oder in der Einzelzelle. Das Einzige, was uns fehlte, war der Spaziergang, der nur sonntagmorgens genehmigt wurde, das heißt eine Stunde Bewegung an der frischen Luft pro Woche. Das kam daher, weil das Gefängnis überbesetzt war und wegen des Krieges mehrere Arten von Gefangenen betreuen musste.

In normalen Zeiten befand sich der Sammelplatz für neu verurteilte Anstaltsinsassen im Wormwood-Gefängnis, während die Untersuchungsgefangenen in Brixton untergebracht waren. Es waren auch Gefangene mit sogenannter »Straferleichterung« unter uns.

Neben dem Sammelplatz und dem Flügel der Untersuchungsgefangenen, der »Ersatzgefängnis« hieß, gab es in Feltham auch das eigentliche gesondert geführte Borstal. Oft sahen wir die Borstal Boys – wie wir sie nannten – an unseren Fenstern vorbei zur Arbeit gehen. Manchmal kamen sie in unseren Gebäudeteil zu Reparaturarbeiten oder um Material abzuliefern; wir interessierten uns für sie, als kämen sie von draußen, und versuchten mit ihnen zu sprechen; aber sie machten sich nichts aus uns und verschwendeten kaum ein Wort an uns.

Eine gewisse Eintönigkeit lastete auf unseren Tagen, aber das brachte das Leben im Gefängnis nun einmal mit sich, und im normalen Gefängnis stärker als hier; außerdem trat bei den

Zugängen wegen der plötzlich besseren Ernährung oft Durchfall auf.

Charlie, Rotschopf und ich mussten das durchmachen wie jeder andere; wie es Harty erging, kann ich nicht sagen, weil er nach der ersten Nacht im Saal auf seinen Wunsch eine Zelle erhielt und wir ihn zur Schlafenszeit nie mehr zu Gesicht bekamen, wenn wir auch tagsüber zusammen waren.

Die meisten der Älteren sahen wir nur am Tage, weil sie in Zellen schliefen. Viele von ihnen waren »Rückfällige«, das heißt Jungen wie Littlewood in Walton und Dale und James, die beiden Schweinehunde, die die Besserungsanstalt hinter sich hatten, auf Bewährungsfrist freigelassen, rückfällig geworden und wieder eingebuchtet worden waren. Es war kein Fehler, dass diese Rückfälligen nachts in Zellen schliefen, weil sie älter als wir Übrigen und überdies schwere Jungs waren.

Einer namens Dick Hanson war fast dreiundzwanzig, verheiratet und hatte drei Kinder. Er war trotz seines Alters kleiner als ich, aber gut gewachsen. Am zweiten oder dritten Abend, als Charlie, Rotschopf und ich beieinandersaßen, kam er aus der Küche und warf kakaogetränkte Brotstückchen nach den Jugendlichen. Eines landete in Charlies Gesicht, und der brüllte wütend: »Ey, pass auf!«

»Halts Maul«, antwortete Hanson, ohne ihn eines Blickes zu würdigen.

»Ich halt nicht mein Maul«, schimpfte Charlie, »du kleinwüchsiger Bastard!«

Hanson kam finsteren Blicks herüber und ging auf ihn los. »Lass ihn in Ruh!«, brüllte ich, bevor ich überhaupt wusste, was geschah.

»Aha, du suchst also Ärger, du irischer Hurensohn«, sagte Hanson. »Dann man los!«

Ich sprang auf und stürzte auf ihn los. Ich bewegte mich rasch, erinnere mich aber an alles, als sei es mit der Zeitlupe geschehen, bis ich der Länge nach auf dem Fußboden lag, Hanson über mir stand und lachte: »Steh auf, du Drecksack, ich hätte dir die Fresse polieren können.«

Das hätte er weiß Gott tun können; wieder lachte er, als ich mich hochraffte, aber nicht hämisch, sondern fast väterlich.

»Komm, du Idiot«, sagte er, »ich geh mit dir runter in den Waschraum und spritz dir Wasser ins Gesicht.«

Er ging mit mir in den Waschraum, spülte mein Gesicht mit Wasser und trocknete mich mit seinem Stofftaschentuch ab. Dann zündete er sich eine Zigarette an und hielt sie mir hin. »Da, Paddy, nimm 'nen Zug.«

Das tat ich und sagte; »Danke, Dick.«

»Du bist ein guter Junge, Paddy, die anderen mögen dich. Ich meine die Jungs aus London, und nur auf die kommts an. Du kannst ruhig auf mich losgehen, aber sieh dich in Zukunft vor. Setz deine Schläge schlauer, und sieh dir erst denjenigen an, mit dem du Streit anfängst. Ich hätte dich zusammenhauen können, Paddy, sicherlich haben dir die Jungs von mir erzählt, und da du Ire bist, hast du wohl gemeint, du müsstest es gleich mit einem Berufsboxer aufnehmen, was?«

Er lächelte, und ich lächelte ebenfalls, wenn auch missbilligend.

»Du gefällst mir, weil du für deinen Kumpel eingetreten bist, Paddy, aber halt in Zukunft deinen irischen Hitzkopf besser im Zaum.«

Ich hatte keine Ahnung gehabt, dass Hanson Berufsboxer war, aber nun hatte ich es am eigenen Leib verspürt; übrigens war er berühmt und Jahre hindurch einer der besten Fliegengewichtler in Europa gewesen.

Natürlich war ich nicht auf ihn losgegangen, weil ich das wusste. Erstens hatte ich es nicht gewusst, und zweitens hätte ich ihn nicht angegriffen, es sei denn im Notfall, und dann nur mit einer Waffe in der Hand, oder ich hätte ihm die Arme um den Hals gelegt und seinen Kopf auf seinem kleinen Rumpf ein wenig verdreht.

Man könnte meinen, ich sei wegen meines Kumpels Charlie auf ihn losgestürzt, aber auch das traf nicht ganz zu.

Mein Hauptgrund war vermutlich der, dass ich versuchen wollte, mir, natürlich in kleinem Rahmen, den Ruf eines schweren Jungen zu verschaffen, damit die anderen mich vor meiner Überweisung ins Borstal in Ruhe ließen. Ich griff ihn aus Angst an – wie es in der Welt so Brauch ist. Nicht aus Angst vor Hanson, sondern als Versicherung für die Zukunft. Außerdem hielt ich Hanson für einen Schlappschwanz. Jedenfalls sah er so aus, dachte aber vermutlich wie jedermann, er wirke eindrucksvoller, als er es in Wirklichkeit war, und hätte sich wohl nie träumen lassen, dass ich, weit entfernt davon, seinen Ruf im Ring zu kennen, meinte, er sehe so aus wie ein Kleinwüchsiger aus dem Kuriositätenkabinett.

Die Tatsache, dass er Meisterboxer im Ring von Blackfriars gewesen war, würde mir in Zukunft zugutekommen – ich hatte somit vorgesorgt, wie die Kirche sagt. Es hieß auch, er habe in einem Seebad gekämpft. In Lambeth Baths, glaubte ich gehört zu haben. Ich konnte mir nicht vorstellen, wie man in einem Bad boxen kann, es sei denn eine Art Schwimmboxen wie Wasserball; ich beschloss jedoch, mich zu erkundigen, bevor ich Feltham verlassen würde, damit ich es gelegentlich in einer Unterhaltung anbringen konnte, denn Bäder schienen jeden Cockney zu beeindrucken.

Die anderen schweren Jungen waren Flash Harry Lewis, Sammy Curtis, Lovely Ball und Denis Manning. Der Boss von allen war Doug Murray.

Lewis war ein hochgeschossener Bursche von etwa einundzwanzig, der mir in Anbetracht seiner Größe und seines Alters kein besonders harter Gegner zu sein schien; trotzdem galt er als schwerer Junge, weil er schlau genug war, den anderen das Prügeln zu überlassen, sobald es Krawall gab; jedenfalls gehörte er zu der Bande, weshalb es sich für keinen von uns Neulingen empfahl, bei ihm anzuecken. Aber selbst bei uns überlegte er es sich zweimal, bevor er einen Streit vom Zaun brach, und beschränkte sich in der Hauptsache darauf, einem armen Collegejungen, der Seiner Majestät zuliebe hier brummte, weil er seinen alten Herrn mit dem Auto überfahren hatte, die Hölle heißzumachen.

Lovely Ball war das hässlichste Stück Mensch, das mir je untergekommen war. Er war dreiundzwanzig und hatte draußen Frau und Kinder. Ich sagte einem Alten eines Tages, ich hoffte, die Kinder draußen würden nach ihren Eltern schlagen, gerade als Lovely Ball zu uns hinschaute und der andere über das, was ich gesagt hatte, lachte. Lovely Ball schielte argwöhnisch, als wisse er, dass wir von ihm gesprochen hatten, aber gottlob blieb es dabei.

Denis Manning war etwa neunzehn und ein Londoner Ire.

Der Boss von allen, Doug Murray, war ungefähr zwanzig, hatte aber Schultern wie ein Stier. Meines Erachtens hätte er jeden von uns mit einer Hand fix und fertig machen können. Dabei war er ein äußerst umgänglicher, geselliger Typ und, abgesehen von seinem Ruf als Kraftmeier, allgemein beliebt. Der jüngste schwere Junge war ein Italiener aus London mit dem schönen Namen Joe da Vinci, knapp siebzehn, genauso alt wie

Charlie, Rotschopf und ich; sobald er aber begann, mit uns herumzuziehen, galt er nicht mehr als schwerer Junge. Jetzt saß er beim Essen und in der »Schweigestunde« neben uns.

Eines Tages kamen die beiden Schweinehunde Dale und James von Walton herunter und der andere Pinscher, Shaw, den ich auf dem Kieker hatte, weil er im Bus über mich hergezogen war und die Aufmerksamkeit der Mitfahrenden auf mich gelenkt hatte. Das behielt ich natürlich für mich, ließ aber sofort vor Charlie und Rotschopf die Bemerkung fallen, Dale habe seit seiner Ankunft in Feltham keine so große Klappe mehr. Die drei waren aus Angst vor Murray, Lovely Ball und den anderen schweren Jungs klein und hässlich geworden.

Das große Ereignis unseres Aufenthalts in Feltham war der Besuch des Beauftragten für das Gefangenenwesen. Als Vorbereitung dafür wurden wir vom Arzt untersucht und von der Jugendfürsorgerin ausgefragt.

Die Fürsorgerin hatte den Auftrag, uns eine Menge Fragen zu stellen und jede Antwort aufzuschreiben. Einige der Jungs lachten bei dem Gedanken, dass die Dame sich einbilde, viel über uns herausbekommen zu können, und hielten das Ganze für reinen Humbug, aber obwohl ich mit den anderen lachte, vermutete ich, dass die Fürsorgedamen aus Lügen genauso viel ablesen konnten wie aus aufrichtigen Antworten. Leider kam ich erst zu diesem Schluss, nachdem ich ihr einigen Unsinn aufgetischt hatte, und bedauerte es nicht etwa, weil sie mich bei dem Beauftragten für das Gefängniswesen verpetzen konnte, sondern weil ich mich dadurch vor ihr lächerlich gemacht hatte.

Als ich sie wiedersah und ich meine Lügen richtigstellte, meinte sie, ich sei längst nicht der ärgste Lügner, der ihr unter Borstal-Jungs begegnet sei, ich gehöre nicht einmal zu den drei schlimmsten, es mache ihr sogar Freude, mich zu besuchen.

Obgleich die meisten Jungen vorgaben, das ganze Theater nicht ernst zu nehmen, und behaupteten, es würden Fragen gestellt wie »Hat deine Mutter je ein Kind bekommen?«, mochten sie ihre Fürsorgerinnen doch leiden und achteten sie als verständige Menschen, die sich uneigennützig für sie interessierten. Weder Pfarrer noch Priester wurden je in gleichem Maße geschätzt und geachtet.

Der Arzt war ein vierschrötiger, allem Anschein nach viel beschäftigter Mensch, der mich wegen meiner Lügen zurechtwies. Diese Lügen hatten nichts mit geschlechtlichen Dingen oder dergleichen zu tun, weil weder die Fürsorgerin noch der Arzt Fragen über unser Geschlechtsleben stellten und ich keinen Grund sehe, warum ich wegen so einfacher Dinge wie den Namen meiner Angehörigen hätte lügen sollen. Ich gab Name und Alter einer Familie von zehn Brüdern und Schwestern an, die ich nicht hatte.

Später, als ich die richtigen Namen meiner Familie nannte, wurde der Arzt ärgerlich und sagte, er habe sich mit meinen Eltern in Verbindung gesetzt und dabei festgestellt, dass ich ihn noch in einer anderen Sache angelogen hätte. Ich hätte nämlich behauptet, als Malerlehrling ein Pfund und zwei Shilling pro Woche verdient zu haben, während es laut meinem Vater nur zehn Shilling waren. In diesem Fall irrte mein Vater. Er vergaß nämlich, dass ich Lehrling im dritten Jahr und mein Lohn genauso hoch war, wie ich angegeben hatte: sechs Pence in der Stunde, also zweiundzwanzig Shilling für die Vierundvierzig-Stunden-Woche; da ich den Arzt jedoch in anderen Dingen beschwindelt hatte, wollte er mir jetzt nicht glauben.

»Nein, Behan, es war alles gelogen«, sagte der vierschrötige Arzt verstimmt, »und dadurch machst du mir noch mehr Arbeit, wo ich doch schon einen harten Zwölf-Stunden-Tag habe.«

»Vielleicht hätte ich nach Borstal geschickt werden sollen, Sir.«

»Hör zu, du bist kerngesund, du hast kein Recht, meine ganze Zeit und Aufmerksamkeit in Anspruch zu nehmen, wo andere sie viel nötiger haben. Vermutlich ist das für deine Wahl nützlich, wenn du ins irische Parlament willst, aber es ist im höchsten Grade unanständig von dir, mir meine wertvolle Zeit zu stehlen. Ich werde nicht von den unglücklichen Steuerzahlern dieses Landes dafür bezahlt, die irische Frage zu lösen.«

Er sah mich an, und ich sah ihn an, und wir lachten beide. »Mach, dass du fortkommst, Behan«, sagte der dicke Arzt, »und schick mir den Nächsten rein.« Er lachte kopfschüttelnd und seufzte vor sich hin, während er meine Akte wegräumte.

Wir warteten auf den Besuch des Beauftragten für das Gefängniswesen ebenso gespannt, wie wir der Gerichtsverhandlung entgegengesehen hatten, weil sein Urteil über uns sehr wichtig war.

Es gab sechs Borstal-Anstalten, in die wir alle überwiesen werden konnten. Zwei davon lagen in Portland und Sherwood und galten als ziemlich strenge Zellenanstalten. Feltham und Rochester hatten Schlafsäle und einige Zellen, waren ummauerte Anstalten. North Sea Camp und Hollesley Bay bestanden aus Gebäuden, die nie verschlossen wurden und nur Schlafsäle hatten.

Viele wie Harty zogen Zellen vor, manch einer, der in Portland gewesen war, fand es in Ordnung dort. Aber keiner hatte ein gutes Wort für Sherwood übrig, wohin im Übrigen nur »Rückfällige« geschickt wurden.

Die meisten von uns wollten nach North Sea Bay oder Hollesley Bay, weil diese Anstalten am Meer lagen und berühmt waren für die Freiheit, die frische Luft und die harte Arbeit, die alle Jugendgefangenen als Vorzüge ansahen.

Auch Rochester hatte einen guten Ruf. Ich hatte gehört, der Name »Borstal« komme von dem gleichnamigen Dorf bei Rochester, wo die Besserungsanstalt lag, deren offizielle Anschrift lautete: »S. M. Borstal-Anstalt, Borstal, Rochester, Grafschaft Kent.«

Wir sprachen den ganzen Tag davon, wohin wir geschickt werden würden oder wollten. Ich hoffte, mit Charlie, Rotschopf und Joe da Vinci zusammenbleiben zu können, was durchaus möglich zu sein schien, weil wir alle siebzehn waren. Denn das Alter spielte eine große Rolle, wenn ich auch für ein schweres Vergehen verurteilt und Joe vorbestraft war und im Allgemeinen nur »Erstfälle«, also Nichtvorbestrafte, in eine offene Borstal-Anstalt geschickt wurden. Aber kommt Zeit, kommt Rat; hoffen schadete nichts. Harty machte mir auf seine trübsinnige Weise viel Hoffnung, in ein offenes Borstal zu kommen.

An diesem Vormittag waren wir alle viel zu früh aus dem Nähraum zum Mittagessen heruntergebracht worden, standen oder saßen herum und sprachen über dies und jenes, als Harty mit bekümmerter Miene sagte:

»Du, Paddy, kommst in ein scheißfeines Ferienlager wie Hollesley Bay, weil du die Cammell-Lairds-Werft in die Luft sprengen wolltest, und ich werde nur wegen ein bisschen Klauen nach Portland oder so gesteckt. Und was wars schon? Ein paar Warenhäuser und ein kleinerer Laden in West Derby. Gelohnt hat sichs nicht. Die alte Kuh nahm das Zeug immer mit nach Hause.«

»Wahrscheinlich hat sies im Kamin versteckt«, meinte einer der Jungen.

Darauf Harty: »Meinetwegen hätte sie sichs in die Möse schieben können.«

»Ich dachte, du schläfst lieber in einer Zelle, Harty«, sagte ich, »allein für dich?«

Er antwortete nicht, aber ich wusste, was er meinte. Alle schweren Jungen würden auch dort hinkommen. »Wir kommen alle zusammen nach Portland, Harty«, warf Murray ein.

»Ja«, sagte Harty, »und der verdammte IRA-Mann da geht nach Bay oder ins North Sea Camp. Ein scheißfeines Ferienlager nenne ich das.« Er brummte vor sich hin. »Bitte, Sir, ich gebe Ihnen mein Ehrenwort, dass ich nicht türme, wenn Sie die Zellentür offen lassen. Dort gibt's nur keine Zellen, sondern bloß Schlafsäle.«

»Dagegen ist doch nichts einzuwenden, Harty«, sagte Murray, »ich würde ins Nebenbett kriechen, Harty. Weißt du, Harty, ich würds sogar mit dir teilen, wenn wir nach DrakeHouse kommen.« Die Häuser in Portland sind nach Admirälen benannt: Drake, Benbow, Rodney und Nelson.

Hartys Gesicht verzog sich angewidert. »Warum muss ein erwachsener Mensch wie du so daherreden? Widerlich die Art, wie ihr Kerle quatscht.« Er blickte in die Runde. »Wie wollt ihr eurem Mädchen draußen in die Augen sehen, wenn ihr hier so rumsäuselt?«

Dick Hanson kam aus der Küche angestapft. »Immer noch bei der Arschfickerei, Harty?«

»Der Bursche kann an nichts anderes denken«, sagte Murray. »Er sagt, ich habs auf ihn abgesehen und will ihm dafür fünfzehn Gramm Tabak geben, wenn wir nach Portland kommen.«

Harty blickte finster drein: »Halt bloß dein Maul, Murray, und verarsch mich nicht.«

Im Hofe fuhr ein Polizeiwagen vor, und wir rannten zum Fenster.

»Zugänge!«, rief einer.

»Nee, du Quatschkopf«, entgegnete ein anderer, »Zugänge kommen im Bus. Der hier ist für die Rückfälligen, die heute nach Sherwood fahren. Schau dich doch um, die fehlen heute, die sind heute nicht zur Arbeit heruntergekommen.«

Unter den Fehlenden waren Dale und James.

»Die gehen heute nach Sherwood Forest.«

»Mit Robin Hood und seinen fröhlichen Kumpanen.«

»Werden doppelt fröhlich sein«, meinte Murray ernst, »wenn sie erst mal im Knast sind. Das Erste, was passiert, wenn die Gefängnistore hinter dir zuknallen, ist, dass ein Bulle von einem Wärter dir mal kurz in die Fresse haut. Du wischst dir das Blut ab und fragst, wozu das sein soll. Er sagt dir, für nichts und wieder nichts, aber du brauchst dich bloß darüber zu beschweren, dann wirst du sehen, was dir blüht.«

Ich dachte an Dale und James und hoffte, der Bulle von einem Wärter würde in Form sein, wenn sie an die Reihe kämen. Mehr Sympathie konnte ich für die beiden nicht aufbringen, obgleich es mir für die anderen Gefangenen leidtat, wenn auch die meisten Rückfälligen Burschen waren, die sich allerhand herausnahmen. Mit einer merkwürdigen Ausnahme: Littlewood.

Jetzt brüllte ein Wärter, wir sollten uns gefälligst vom Fenster wegscheren. Wir gingen an unsere Tische zurück, und einer sagte, einige sollten anscheinend bald ins North Sea Camp kommen. Einer namens Knowlesy, der wegen Vergewaltigung saß, meinte: »Ich mach mir nichts aus dem Kaff. Dauernd Gräben stechen. Wie König Canute, der die See zurückdrängt.« Er hatte eine sanfte Stimme und einen Mädchenmund.

»Runde Sache«, sagte Harty, »Landgewinnung.«

»Und massenweise Mädels vom Land in der Gegend, Knowlesy«, sagte ein anderer.

»Hätte nichts dagegen, die zu stechen.«

»Kann ich mir denken. Du solltest ihn hin und wieder unters kalte Wasser halten, Knowlesy.«

»Er meint's nicht böse«, lächelte Knowlesy.

Das Gericht war anderer Meinung gewesen.

»Du gehst halt zu forsch ran, Knowlesy.«

»Hat noch Glück gehabt, dass sie rechtzeitig die Beine breitgemacht hat, sonst wär sie heute nicht mehr am Leben.«

»Wahre Liebe ist nie leicht«, sagte ich freundschaftlich, um den armen Knowlesy nicht noch mehr in die Enge zu treiben.

»Die ganze Sache war ein Irrtum«, sagte Knowlesy nachdenklich.

»Genau das habe ich dem Protokollführer gesagt«, sagte ein Junge aus Manchester, »aber der wollte davon nichts wissen.«

»Welcher Protokollführer?«, fragte einer.

»Der Salford von den hundert Sitzungen«, antwortete der aus Manchester.

»Das ist vielleicht ein Bastard, oder? Als ich dort war, hat er zwanzig in einem einzigen Nachmittag abgefertigt, es ging wie beim Katzenficken. Der verpasst dir fünf Jahre wie fünf Minuten. Einem Schlawiner von neunzehn, dem hat er sieben Jahre und achtzehn Hiebe aufgebrummt wie nichts.«

»Der hat aber eine Lehrerin in einem Park überfallen – ich hab'n Bild von ihr gesehen, eine hässliche Alte war das.«

»Aha, war also ein Lüstling!«

»Wie Knowlesy.«

Knowlesy lächelte. »Lehrerinnen sind nicht mein Fall.«

»Ich glaub nicht mal, dass der Angeber es wirklich getan hat«, sagte der aus Manchester. »Schließlich ist sie mit ihm um zwölf Uhr nachts in den Park gegangen. Muss doch auch ihren Spaß dran gefunden haben. Vielleicht wollte sie ihn auch nur scharfmachen, die Schlampe.«

»Er stand einfach da in seiner Uniform, als er verdonnert wurde, riss die Hacken zusammen und grüßte militärisch.«

»Ich hätte den Kerl auch gegrüßt, aber mit ’nem Tritt in die Eier.«

»Na klar«

»Und zwar schneller als du, du Heulsuse ...«

»In die Hose hättst du dir geschissen, wenn du sieben Jahre gekriegt hättest, und auch ohne Prügel.«

»Ich werds dir zeigen, du notgeiler Arsch.«

»Stopp jetzt, ihr Hurensöhne«, sagte Murray gebieterisch. Ohne die Aussicht auf eine Schlägerei wurde die Sache für uns etwas eintönig.

Dann sagte einer: »Hast Schwein gehabt, Knowlesy, dass du noch keine achtzehn warst.«

»Bin noch gerad drum rumgekommen. Ich war siebzehneinhalb, als es passierte, und wurde gerade achtzehn, als ich verknackt wurde. Dieser Penner von Richter sagte, es tut ihm leid, dass ich zu jung bin für Zwangsarbeit und Prügel.«

»Wahrscheinlich war der alte Sack bloß eifersüchtig«, sagte ich, »dass er selbst keinen Ständer mehr kriegt.«

Einige der Burschen waren mit Knowlesys Vergehen nicht einverstanden, auch ich nicht; ich war aber auch nicht mit dem Richter einverstanden. Um ihr Missfallen auszudrücken, ohne Knowlesy in Verlegenheit zu bringen, fielen sie darum nun über mich her.

»Du hast Grund, das Maul aufzureißen, einer, der Bomben in Bahnhöfe und Postämter legt.«

»Und die armen Schweine, die dort arbeiten, und ihre Frauen und Kinder, die sind dir wohl gleichgültig?«

»Warum hast du nicht ein paar von den reichen Arschgeigen in die Luft fliegen lassen?«

»Jemand wie die alte Lady Astor?«

Eine dünne, aber beharrliche Stimme drang aus der Menge: »Hat versucht, ein Schiff in der Lairds-Werft in Birkenhead in die Luft zu sprengen.« Es war Shaw, der das Geld unter der Leiche seiner Mutter weggestohlen hatte, der Hutzelgreis von zwanzig Lenzen. Er beäugte mich mit seinen alten toten Augen. »Und die Werftarbeiter und die ...«

»Du verdammte Petze!«, schrie ich und packte ihn am Kragen. »Du erbärmliches Stück Scheiße!«

Petze traf es gut. Kein Mensch mag einen Spion, egal ob Ire oder Engländer. »Richtig so, Paddy, gibs ihm.«

Ich versuchte, ihn an den Haaren nach hinten zu ziehen, damit ich ihm meinen Kopf ins Gesicht rammen konnte. Seine Visage war aschfahl vor Angst, nach dem bisschen zu schließen, was ich davon sehen konnte. Die Jungs brüllten, so laut sie konnten, ohne dadurch die Wärter hereinzulocken. »Los, Paddy! Zeigs ihm!«

»Gib's ihm, Paddy.«

»Mach ihn fertig, den Scheißverräter.«

Shaw stammelte um Gnade. Ich riss seinen Kopf an den Haaren zurück und zielte auf seine Nase, wobei ich wütend und fast schäumend mit schwerem irischem Akzent fluchte:

»Jesus! Beim lebendigen Jesus, ich gebs dir ...«

Shaw riss vor Entsetzen die Augen weit auf.

»Schluss, Schluss!«, schrie jemand. Der Wärter kam. Ich ließ Shaw los und war froh.

Der Wärter trat heran. »Was ist hier los?«, fragte er. »Habt wohl alle die Sprache verloren?«

»Denen ist ganz flau vor Hunger«, sagte Dick Hanson von der Küchentür aus.

»Na schön, Essen kommt in einer Sekunde«, sagte der Wärter und ging in die Küche, wohin er anscheinend ohnehin hatte gehen wollen.

»Du verpetzt Paddy nicht beim Wärter«, brummte Murray Shaw zu, »verstanden?«

Für die Zeit meines Aufenthalts in Feltham war ich ein gemachter Mann.

»Beschissener Verräter. Ich war mit ihm in Walton – war der übelste Spitzel im ganzen Knast.«

»Beschissenes Loch, Walton.«

»Auch nicht schlimmer als Strangeways.«

»Oder Armley.«

»Doppelt so beschissen wie beide. Dort kriegt man im Jugendlichenflügel von den Sauhunden von Wärtern beim kleinsten Dreck Prügel, und zwar nicht zu knapp.«

»Gerade recht für euch Scheißbauern«, meinte Murray. Die Londoner Jungs wurden des Lancashire- und Yorkshiredialekts müde.

Die Richardsons, zwei gedrungene vierschrötige Brüder aus Newcastle, stille Gesellen auf eine wilde Art, breitschultrige Affen mit zusammengewachsenen Augenbrauen, streuten eine Bemerkung über ihr Heimatgefängnis in ihrer eigenen Mundart ein.

»Hättet mal Durham sehen müssen«, sagte der eine von beiden. »Das ist vielleicht ein Drecksloch!« Dabei sah er seinen Bruder an, der brummend nickte.

»Hört bloß auf mit eurem Durham«, sagte Murray, »wo ist das überhaupt?«

»Oben in Nordengland, im Scheiß-Geordieland«, sagte Charlie.

Wenn die Richardsons aber keine Lust verspürten, mit Murray Ärger zu kriegen, so war er so ziemlich der Einzige in der Runde, bei dem sie nicht darauf aus waren. »Was hast du an Geordieland auszusetzen?«, fragte der kleinere der Richardsons und fügte für den Fall, dass Charlie ihm eine vernünftige Antwort geben würde, hinzu: »Du Croydon-Bastard.«

»Wer ist hier der Bastard?«, fragte Charlie.

»Du, und zwar doppelt und dreifach«, sagte der jüngere Richardson hämisch und selbstbewusst.

»Los, tragt die Sache aus, eure Mutter wirds nicht erfahren«, riefen alle Jungen, aber so leise, dass es der Küchenbulle nicht hören konnte.

Ich blickte Charlie an, der Murray anblickte, aber Murray verkündete seine Neutralität und sagte, zu Charlie und dem kleineren Richardson gewandt: »Okay, aber nicht mit dem Knie, nicht mit dem Kopf, keine Tiefschläge und nicht an den Eiern packen. Und sofort aufhören, wenn ich es sage.« Rasch blickte er die anderen Londoner an. »Und nicht mehrere gegen einen.« Gottlob hatten die Richardsons keine Verbündeten. Die beiden waren sich Verbündete genug. Mich herandrängend, um besser sehen zu können, stieß ich mit Shaw zusammen.

»Sorry, Kumpel«, sagte ich, weniger um mich zu entschuldigen als aus Dankbarkeit, dass ich es mit ihm zu tun hatte und nicht mit diesem brikettköpfigen Schrank von Richardson.

Shaw war mehr als froh, wieder in Gnaden aufgenommen worden zu sein, und sagte: »Kein Ding, Pad.« Jesus, ich hätte ihn umarmen können, trotz seiner gelben Zähne und seiner fahlen Haut, nur dafür, dass er nicht dieser halbe Orang-Utan von Richardson war.

Was für ein Trottel doch Charlie war, bei dem eine Lippe riskiert zu haben. Aber Charlie stand in seinem offenen Hemd und seinen blauen Shorts herausfordernd da wie ein typischer englischer Junge auf einer Seifenreklame, der gerade vom Fußball kommt, um sich mit Lifebuoy sauber zu waschen, nur seine Wangen waren nicht so rosig.

An Härte fehlte es seinem Gesicht nicht, nur an Farbe.

Der untersetzte, kleinere Richardson warf sich nicht in Positur, sondern blickte Charlie nur mit erhobener Pranke an wie Jem Mace oder John L. Sullivan oder einer der im Ring abgebildeten Boxer. Jedem von uns wäre bei seinem Anblick das Herz in die Hose gerutscht. Hätte ich Stress mit ihm gehabt, Herr im Himmel, ich hätte ihm gleich in die Weichteile getreten.

Aber was hätte dann sein Stallgenosse getan?

»Los, gibs ihm, Bruder«, sagte der größere Richardson.

»Wird nichts draus«, sagte Charlie. Seine Stimme war fest – sie klang wie bei den letzten Worten eines Todeskandidaten. Alle wurden ungeduldig.

»Los jetzt«, sagte Murray.

»Wie zwei alte Jungfern«, sagte Harty aus dem sicheren Hintergrund.

»Geh doch endlich ran, Mensch«, raunten Stimmen aus der Menge. »Wir wollen weniger Geschrei und mehr Keilerei.«

Der kleinere Richardson sah seinen Bruder, dann Charlie an und setzte zum Hieb an. Junge, Junge, mach dich auf dein letztes Stündlein gefasst!

»Achtung! Achtung!«, rief ich flüsternd.

Sofort umringte die Horde Charlie und den kleineren Richardson, und wir alle taten so, als würden wir plaudern.

Murray schaute sich um. »Ich seh keinen Wärter«, sagte er.

»Da«, sagte einer und deutete durchs Fenster. »Er muss durch die andere Tür aus der Küche gegangen sein. Dort kommt er aus dem Flügel, wohl aus seiner Wohnung.«

»Hat wohl gerade seine Morgennummer geschoben«, sagte Knowlesy.

Murray schüttelte ungeduldig den Kopf. »Ja, ja, stimmt. Wer hat denn dann gerufen?«

Niemand antwortete, aber einer sagte: »Warst du das, Paddy?«

»Unsinn«, antwortete ich.

»Der doch nicht«, mischte sich ein anderer ein. »Ein Ire würde nie eine Rauferei abbrechen. Der mag nichts mehr als Krawall. Du hast den falschen Iren erwischt, Kumpel. Jedenfalls wenn's um Richardson geht. Ich habe meinen Alten sagen hören, Iren kämpfen, bis alle am Boden liegen, und der letzte bringt sich noch selbst um, wenn keiner mehr da ist, dem er den Schädel einschlagen kann.«

In diesem Augenblick kam jedoch der Wärter herein und brüllte:

»Los, Jungs, Essen fassen!«

Wir holten uns unseren Schlag und setzten uns.

»Auflauf«, sagte einer, und ein anderer machte den üblichen Witz: »Heute Auflauf, morgen Ablauf.«

Auflauf war eine Art Irish Stew, das Mehlklöße statt Kartoffeln enthielt und, obwohl es nicht appetitlich aussah, den Hunger ausgezeichnet stillte.

»Gerade gestern hab ich in der Schweigestunde an Auflauf gedacht«, sagte einer. »Komisch, was?«

»Ich dachte an Titten und ein paar stramme Schenkel«, sagte Knowlesy. »Komisch, was?«

»Nee, überhaupt nicht komisch«, sagte Harty unwirsch vom anderen Tischende herüber. »Du denkst an nichts anderes.«

»Wenn ich für die Schweigestunde kein anständiges Buch aus der Bibliothek kriegen kann, hol ich mir ein Bilderbuch und seh, ob da Mädels im Badeanzug abgebildet sind. Die präge ich mir genau ein, damit ich weiß, wie sie aussehen, wenn ich im Bett bin. Das hilft beim Wichsen. Tust du das nie, Harty?«

»Nein, ich denk nicht an solchen Dreck. Ich denke an meine

Mutter, an meine Frau, oder ich denk mir einen Einbruch in einem mir bekannten Warenhaus oder Laden für die Freiheit aus, aber an solche Schweinereien denk ich nicht.«

»Gerade gestern Nacht dachte ich an die Puppe, die uns gegenüber wohnt. Sie ist erst sechzehn, hat aber ein paar ...«

»Halt endlich die Klappe«, sagte Harty und warf Messer und Gabel hin. »Von dir wird mir übel.«

»Wenns sein muss«, sagte Knowlesy und beugte sich über sein Essen.

Murray wandte sich an mich. »Hör mal, Paddy, hast du vorhin ›Achtung‹ gerufen?«

»Ausgerechnet ich, Doug?«, sagte ich und blickte ihm fest ins Gesicht.

»Schön, dann muss ein Bauchredner unter uns sein. Es hörte sich an, als käms ganz aus deiner Nähe.«

»Warum hätte ich ›Achtung‹ rufen sollen?«

»Weil Charlie ein Kumpel von dir ist.« Murray lächelte, aber ich wiederholte nur:

»Ich habe nicht ›Achtung‹ gerufen, und der hat auch andere Kumpel außer mir.«

»Na schön, Paddy, brauchst dich deshalb nicht gleich aufzuregen«, sagte Murray und lächelte wieder, freundschaftlich belustigt über mein Aufbrausen.

»Okay, Doug«, sagte ich. »Verdammt guter Auflauf, was?«

»Ja, nicht übel.« Er seufzte und fügte mit ernster Miene hinzu: »Wir werden noch ein paar Tausend Kilo davon verdrücken, bevor wir hier rauskommen.« Er drehte seinen mächtigen Oberkörper um und warf einen Blick über die Tische. »Für dich hat die Sache ein anderes Gesicht, du bist noch ein Kind, außerdem hast dus für dein Land getan – aber ich, was tu ich hier – als sterbender König der Kinder?«

Ich murmelte mitfühlend: »Ja, ja«, und aß weiter.

Als wir gegessen hatten, lächelte Charlie mir über den Tisch zu und sagte: »Komm runter zum Klo, Paddy.«

Ich hob die Hand und rief: »Austreten, Sir.«

»Ist gut, Behan«, sagte der Wärter, »aber werd mir nicht alt da unten, und warte, bis Millwall wieder raufkommt. Hier gibts keine Techtelmechtel.«

Alle lachten, was dem Wärter gefiel.

Als ich in den Toilettenraum kam, tat Charlie im Pissoir so, als pisse er gerade.

»Ich hab 'ne Kippe, Paddy«, sagte er, hob die Hand, sog an einem Stummel und gab ihn mir.

Eine Weile rauchten wir stumm und reichten einander die Kippe.

»Hör zu, Pad, heute hätte ich den Geordie abserviert. Ich hätts ihm richtig gegeben.«

Hättest du, Charlie, wenn er an Händen und Füßen gefesselt und unter Äther gewesen wäre.

»Klar, Mensch, zu blöd. Einer machte Panik, dabei war der Wärter noch meilenweit weg. Hättest stundenlang Zeit gehabt, um Geordie fix und fertig zu machen.«

»Ich mag diese Geordie-Kerle nicht, die 'ne große Klappe riskieren, Pad.«

»Glaubst du, ich?« Wie Lanty MacHales Hund komm ich mit jedem aus. »Mit 'nem Londoner komm ich jederzeit zurecht. Hab die Geordie-Bastarde nie leiden können, ich gebs zu.«

»Der Wärter war ja noch Kilometer weg, Paddy. War auf dem Weg in seine Wohnung. Zu seiner Frau, zum Morgentee.«

»Zu seiner Morgengymnastik«, sagte Knowlesy, der hinter uns hereinkam. »Da seid ihr und labert über Fußball, wie immer.«

»Mensch, ich dachte, du wärst der Wärter«, sagte Charlie, »leck mich doch!«

»Reihen Sie sich ein«, sagte Knowlesy, »ich werde Ihren Antrag bearbeiten.«

»Ich dachte, du wärst der Scheißwärter«, sagte Charlie noch einmal, »und ich hier mit meiner brennenden Kippe. Hast du mirn Schrecken eingejagt!«

Mir ging es nicht anders. Ich hatte allerdings einen der beiden Richardsons erwartet.

Während der nächsten vierzehn Tage kam der Beauftragte für Gefängniswesen zu Besuch. Er saß im Verwaltungsflügel hinter einem großen Schreibtisch. Er war der Beauftragte für die Borstal-Anstalten. Neben ihm saß der Direktor von Feltham und ein weiterer Direktor, der von Hollesley Bay.

Der Beauftragte war ein hochgewachsener Mann mit hoher Stirn, buschigen Augenbrauen und einem irischen Namen. Der Direktor von Hollesley Bay war ein behäbiger Herr mit einem Mittelscheitel wie ein englischer Fußballspieler, Hapgood oder Bastin, und mit der Miene eines britischen Offiziers. Der Direktor von Feltham war ein stiller, trauriger Mensch, den ich oft gesehen hatte, wenn er, einen Regenmantel über die Schultern geworfen, in seinen drei Gefängnissen umherging.

Seine eigenen Borstal-Zöglinge sagten, er sei ein früherer U-Boot-Kommandant. Ich weiß nicht, ob das stimmt, aber es ist ein Zeichen dafür, dass sie ihn mochten und achteten, selbst wenn es erfunden war. Denn wenn sie ihn nicht gemocht hätten, hätten sie etwas anderes über ihn erfunden. So erzählten sie zum Beispiel über den Hauptwachtmeister von Walton die fürchterlichsten Dinge, die gar nicht stimmen konnten, weil er dafür schon zu alt war.

Der Beauftragte sagte, ich solle den Herren erzählen, weshalb ich hier vor ihnen stehe, und ich antwortete: »Sie wollen feststellen, für welche Borstal-Anstalt ich infrage komme.«

Der Direktor von Feltham blickte die anderen auf seine ruhige Art an, und alle drei lächelten.

»Sehr richtig, Behan«, sagte der Beauftragte.

»Das ist alles, Behan«, sagte der Direktor von Feltham.

»Guten Abend, Behan«, sagte der Direktor von Hollesley Bay, »schick den Nächsten rein.«

»Guten Abend, meine Herren«, sagte ich und ging hinaus. Ich hoffte, man würde mich nach Hollesley Bay schicken. Der Nächste war Charlie. Auch Rotschopf und Joe saßen in der Reihe, sodass wir vielleicht alle dorthin kommen würden – so Gott wollte.

In der darauffolgenden Woche wurden mehrere Gruppen in verschiedene Anstalten abtransportiert: in Polizeiwagen nach Portland und Sherwood und ins North Sea Camp in Bussen.

Murray und die anderen schweren Jungen waren am Morgen ihrer Abreise ausgelassen und freundlich zu mir, aber Harty, der mit ihnen fuhr, sah hundeelend aus, und ich fühlte mich fast ebenso elend, als er sich von uns verabschiedete.

Ich sagte, ich hätte gehört, Portland sei gar nicht so schlimm, unter anderem dürfe man dort im Sommer im Meer baden, obgleich ich mir nicht vorstellen konnte, was der arme Harty überhaupt mit dem Meer anfangen sollte, gleichgültig ob sommers oder winters.

Er schüttelte den Kopf. »Es ist nicht deshalb, Paddy«, sagte er, und blickte mit seinen blassen Augen zum Himmel auf. Der Ausdruck in seinem Gesicht war der eines Todeskandidaten, dem alles außer der bitteren Wahrheit gleichgültig geworden ist. »Aber dir ist doch scheißegal, wohin ich komme, solange du mit dem Typen aus Croydon zusammenbleibst. Ich dachte, wir seien Kumpel, weil wir zusammen aus Walton gekommen sind. Ich dachte, vielleicht mögen die anderen dich nicht, weil du von der IRA bist. Ich dachte, die Cockneys würden dich nicht mögen, und ich dachte, du und ich würden Kumpel sein, weil ich doch aus Liverpool bin und damit fast ein Ire, oder nicht?«

Er holte tief Luft, biss sich auf die Lippe und fuhr fort:

»Ich dachte eben, wir wären Kumpel; mir wars wurst, ob du aus der IRA bist, obwohl mein Alter Ire war, und den hab ich gehasst. Er war ein ganz gemeiner Hund und schlug immer meine Mutter, dabei war sie eine so nette, saubere Frau aus Cheshire. Er hat sie immer verprügelt, wenn wir die Messe am Sonntag versäumt haben. Sie sagte zu uns, die beten zum Teufel, aber sie flehte uns händeringend an, hinzugehen, weil er sie sonst verprügelt hat, darum gingen wir hin, weil er auch uns schlug, wenn wirs nicht taten.« Ich brummte etwas Abfälliges über seinen Vater.

»Aber ich dachte noch immer, wir könnten hier Kumpel sein, aber du hast dich ja überhaupt nicht um mich gekümmert, seit wir hier sind. Am ersten Sonntag, als der Wärter uns zum Spaziergang einteilte, fragte er mich, mit wem willst du gehen?, und ich sagte ›Pad‹, und als ich mich umguckte, warst du schon mit dem Croydon-Kerl unterwegs und hast mich nicht mal gesehen und hast die ganze Zeit mit ihm gequasselt. Na, und ich musste mit einem Halbidioten aus dem Revier rumgehen, bis ich sein dummes Gefasel nicht mehr aushalten konnte und ich fast dem Wärter gesagt hätte, er soll mich bloß mit dem Spaziergang verschonen, ich lege keinen Wert mehr darauf.« Zum Glück rief da der Wärter »Antreten«, so ergriff ich die Gelegenheit, um Harty die Hand zu schütteln und zu sagen: »Viel Glück, Harty.«

Er schüttelte den Kopf, nahm meine Hand einen Augenblick

und ging in seinem blauen Anzug, den Regenmantel über dem Arm, zum Polizeiwagen, wo ich ihn zu jemandem sagen hörte, er solle gefälligst seinen fetten Arsch wegrücken und ob er denn den ganzen Platz für sich allein brauche.

Doug Murray, Flash Harry Lewis, Sammy Curtis und Denis Manning – sie alle schüttelten mir die Hand und sagten, ich sei gar nicht so übel, ich solle bei Gelegenheit mal zum »Elefanten« rüberkommen und sie alle besuchen.

Die Autotüren knallten zu, und ab brauste der Wagen, zum Hoftor hinaus, und mit Vollgas in südwestlicher Richtung von London weg.

Charlie und Rotschopf und ich brannten darauf, fortzukommen – gleichgültig wohin. Die Behandlung in Feltham war zwar nicht übel, das Essen prima und reichlich, aber der eintönige Betrieb im Nähraum ging einem langsam auf die Nerven. Joe da Vinci, der zuerst dachte, er werde nach Portland geschickt, da er als schwerer Junge galt, wurde unserer Gruppe zugeteilt, und obgleich er darüber anfangs froh war, weil wir anscheinend alle nach Hollesley Bay kommen würden, hatte er den Betrieb nach einer Woche genauso satt wie wir anderen und sagte, dann wäre er doch lieber mit Murray und den Übrigen nach Portland gegangen.

Dann wurde eines Tages nach der Sonntagsmesse bekannt gegeben, nächste Woche sei Karwoche und wir würden jeden Tag bis zum Ostersonntag eine Andacht haben.

Das freute uns, und als wir zurückkamen und die Protestanten nach ihrem Gottesdienst sprachen, hörten wir, dass bei ihnen während der Karwoche kein Gottesdienst stattfand.

Charlie sagte: »Ihr habt Schwein, du und Joe, ihr kommt jetzt jeden Nachmittag eine Stunde aus der Nähstube raus.«

»Klar«, meinte Joe, »du kannst oben bleiben und nähen,

während wir in die Kapelle gehen und zurückkommen und dazwischen die Andacht haben. Ist deine eigene Schuld, wenn du nicht mitkommst. Du bist eben ein verdammter Heide.«

»Ich bin kein verdammter Heide«, sagte Charlie empört, »ich gehöre der Church of England an.«

»Mach dir nichts draus«, sagte ich, »der Joe verarscht dich bloß.«

»Der hat kein Recht, mich einen Scheißheiden zu nennen, selbst wenn er mich nur verarschen will«, antwortete Charlie.

»Trotzdem kann ich nicht verstehen, warum ihr nicht mitkommt, wenn ihr Lust habt«, sagte Joe großzügig.

»Wie kann ich mitkommen, wenn ich nicht römisch-katholisch bin?«, fragte Charlie. »Der Wärter wird nur die Römisch-Katholischen einteilen.«

»Der Wärter weiß doch nicht«, sagte Joe, »wie viel er heute hinführt und wie viel morgen. Solange er dieselbe Anzahl hat, ist ihm alles andere wurst.«

»Klar«, sagte ich, »hier gehts doch zu wie in einem Taubenschlag. Wenn du also den ersten Tag mitgehst, erwartet er dich auch an den nächsten.«

»Kann ich – kann ich auch mitkommen, Paddy?«

Ich drehte mich um. Da stand ein Junge, der von manchen Tulpe, von vielen Nulpe genannt wurde; er war aus London und saß wegen einer Gaunerei, die darin bestand, dass er Lastwagen voll Tulpen gestohlen und diese auf den Märkten verkauft hatte.

Nulpe, wie ich ihn nannte, war nicht so grün, wie er im Gesicht aussah, denn er hatte bei dem Coup einen Haufen Geld verdient und sollte laut Polizei einen schönen Batzen davon beiseitegeschafft haben.

Ich glaubte es. Nicht etwa, weil die anderen es glaubten, weil die meisten ohnehin alles glaubten, sondern weil die Polizei es vor Gericht behauptet hatte und wir es in der Zeitung gelesen hatten.

Nulpe selbst prahlte nicht damit und erwähnte den Coup kaum. Er sprach jedoch oft von seinem Geschäft, das Blumen und Obst verkaufte und in dem er Vater und Mutter half. Das Einzige, womit er je angab, war die Tatsache, dass seine Großmutter ein Blumenkohlohr hatte.

Seine Wagenladungen Tulpen – diejenigen, die er gestohlen hatte – schienen nur ein Teil seines Geschäfts zu sein, und da er weder lesen noch schreiben und nur zählen konnte, war er überrascht, sie in der Presse erwähnt zu sehen.

Er fuhr oft zu Rennbahnen, um dort seine Ware abzusetzen, und hörte daher mit großem Interesse zu, als ich ihm von den Leuten aus dem Coombe in Dublin erzählte, die zu den Rennveranstaltungen in Curragh, Leopardstown und Faireyhouse gingen. Ich hatte eine Familie in unserer Straße gekannt, die mit ihrem Karren auf dem Liverpooler Schiff über die Irische See fuhr, um bei den Fußballspielen im Goodison Park und in Anfield Äpfel und Orangen zu verkaufen. Er fragte mich, was für Preise sie erzielten und was sie für ihre Ware auf dem Großmarkt zahlten, fand aber bald heraus, dass ich nicht Bescheid wusste und nur Gehörtes weitergab.

Er machte mir vor, wie er seine Ware ausrief, und fragte, was man auf Irisch ruft. Vermutlich meinte er auf Englisch, da die Obstverkäufer bei uns nie auf Irisch ausrufen, und wenn ich auch nicht wusste, was die Markthändler schreien, so doch, wie die Zeitungsjungs rufen, und ich ahmte ihren Ruf nach. Er sagte, er verstehe nicht, was es bedeuten solle, worauf ich sagte, mir gehe es ähnlich.

Ich hörte Nulpe gerne zu, denn er war einer der Aufschneider, die stets mit Vorliebe von dem erzählen, was sie alles angestellt, von den Anzügen, die sie besessen, von den Bräuten, die sie vernascht haben, und jeder tischt ja mehr oder minder die gleichen Lügen auf. Wie er das zuwege gebracht hatte, ist mir schleierhaft, er war jedoch nie zur Schule gegangen, hatte nur seinen Eltern im Obst- und Blumenhandel geholfen und landauf, landab Rennveranstaltungen und Volksfeste besucht. Er verstand nur etwas von Geld, und er war der einzige Analphabet, der mir begegnet ist, mit dem man sich interessant unterhalten konnte. Ihm zuzuhören war, im Gegensatz zu anderen Analphabeten, bei deren Geschwätz man einschlief, ein Vergnügen.

Nulpe war ein stattlicher Bursche von achtzehn Jahren, hatte dunkles, mit der Margarine seines Frühstücksbrots pomadisiertes Haar und einen Goldzahn. Er hatte ein ernstes Gesicht und hörte stets aufmerksam zu, so zum Beispiel auch, als einer erzählte, die Sonne bestehe aus brennenden Gasen. Als Nulpe das hörte – was der andere aus dem Buch berichtete, das er gerade las –, lief er während der Mahlzeit ans Fenster und sah zur Sonne auf, als hätte er sie nie zuvor gesehen.

»Willst du jeden Tag zur Andacht mitkommen?«, fragte ich ihn.

»Das wäre prima, Paddy«, sagte Nulpe begierig.

»Den brauchst du doch nicht zu fragen«, meinte Joe, »glaubst du, der sei was Besonderes, etwa der Papst?«

»Ich möchte schon gern«, sagte Nulpe, ängstlich von Joe zu mir blickend.

»Gib nichts auf diesen Idioten«, sagte ich, »natürlich kannst du mitkommen.«

»Na schön«, sagte Joe und gab damit auch seine Einwilligung, »ihr braucht nur mit antreten, du und Charlie. Der Wärter zählt euch mit ab, und wenn ihr jeden Tag zur gleichen Stunde aufkreuzt, kräht kein Hahn danach.«

»Super, Kumpel«, sagte Nulpe dankbar, »ich freu mich drauf. Draußen bin ich nie viel in die Kirche gegangen. Glaub, dass ich überhaupt nur einmal dort war, bevor ich in den Knast kam. Muss sehr interessant sein.«

»Diese ist auch ganz anders als die, in die man sonntags geht«, sagte Joe stolz, »dort gibts Kerzen und – und Weihrauch und alles Mögliche.«

»Was ist Weihrauch?«, wollte Nulpe wissen.

»So 'ne Art Rauch mit Parfüm drin«, sagte ich.

»Super, Mensch«, meinte Nulpe. »Wie bei den Juden.«

»Ich bin 'ne Zeit lang samstagmorgens bei den Juden rumgelaufen und hab bei ihnen das Feuer angemacht – die dürfen es ja am Samstag nicht selber tun«, sagte Joe. »Da hab ich mal wieder an einer Tür geklopft. Kommt da doch eine Alte raus, und ich sage: ›Wollen Sie Ihre Kerzen angesteckt haben, meine Dame? Kost' Sie nur 'n Shilling.‹ Die guckt mich an, sie war eine fette Vettel im Morgenrock, und sagt: ›Komm rein.‹ Ich geh rein und seh mich im Wohnzimmer um, um im Kamin alles für das Feuer zu richten, und verdammt noch mal, hängt da doch 'n Jesusbild an der Wand. ›Tut mir leid, meine Dame‹, sag ich, ›ich seh, Sie sind christlich.‹ ›Macht nichts, komm nur rein‹, sagt sie, packt mich am Arm und schiebt mir zwei Shilling in die Hand. »Ich bin eine alte Jungfer‹, sagt sie, »und wohn ganz allein hier‹, und verdammt, schleppt sie mich doch die Treppe rauf und fällt über mich her und stöhnt und schnauft: ›Ach wie schön, mein Schätzchen, wie schön, hätte ich gewusst, dass es so schön ist, hätt ichs schon vor Jahren getrieben.‹«

»Junge, Junge«, sagte Nulpe.

»Du lügst ja wie gedruckt«, sagte Charlie.

Ich lachte schallend, als ich mir die Sache plastisch vorstellte. Nulpe sah wie die meisten Leute, die selbst weder Lügen noch

Märchen erzählen, keine Veranlassung, die Geschichte nicht zu glauben, und Charlie, der nicht sicher war, ob er der Sache trauen sollte oder nicht, lachte und sagte noch einmal: »Du lügst ja wie gedruckt.«

»Und dann sagte sie mir noch«, sagte Joe, »›vergiss nicht, jeden Samstag wiederzukommen!‹«

»Junge, Junge«, sagte Nulpe.

Jeder im Knast freute sich auf den Gottesdienst. Als daher am Nachmittag ein Wärter den Nähraum betrat, richteten wir Römisch-Katholischen uns alle auf, einschließlich Charlie und Nulpe, bis der richtige Wärter endlich reinkam und brüllte: »Römisch-Katholische antreten!« Wir warfen unsere Postsäcke, unser Schutzleder und unser Nadelkästchen auf den Boden, gaben unsere Scheren ab, traten an und blickten die Nichtkatholiken, die sitzen blieben und weiternähten, befriedigt an.

Charlie und Nulpe standen in Reih und Glied; einige der Jungs beäugten sie neugierig, vielleicht, weil sie neben ihnen im protestantischen Gottesdienst gesessen hatten, aber keiner sagte ein Wort. Der Wärter zählte uns ab und sagte zum Aufseher im Nähraum: »Achtunddreißig, Sir.« Beide legten die Hand an die Mütze, und wir marschierten schwatzend durch den Gang, der Wärter machte die Türen wieder vor uns auf, bis wir in die Kapelle kamen, wo wir das Tempo verlangsamten, bevor wir uns auf die Bänke setzten.

Wie jede Gefängnisgemeinde wurden wir nach der jeder Strafstufe genehmigten Menge Tabak gesetzt. In den vordersten Reihen saßen die Untersuchungsgefangenen aus dem Scrubs-House, die Zivilkleidung trugen und pro Tag bis zu zwanzig Zigaretten sowie ihr eigenes Essen, Schokolade und Zeitungen kaufen, außerdem Pakete erhalten durften.

Hinter ihnen blieb eine Reihe frei; dann kamen die Borstal

Boys aus Feltham. Sie konnten einen Wochenlohn von sechs Pence bis einen Shilling sechs Pence verdienen, wofür sie sich im Anstaltsladen Tabak und Zigarettenblättchen kaufen konnten. Sie hatten auch Anrecht auf eine Wochenzeitung.

Dahinter kam wieder eine leere Reihe, dann kamen wir, also solche, die noch nicht für eine Anstalt eingeteilt waren, Angeschuldigte vor der Hauptverhandlung und Rückfällige.

Und drei Reihen hinter uns – die beiden Reihen dazwischen blieben ebenfalls frei – saßen die Arrestanten.

Es waren Burschen, die ein paar Tage strengen Arrest absaßen, auch solche mit längerer Extrastrafe, die die gewöhnliche Kost bekamen, aber einige Stunden täglich außerhalb ihrer Zelle mit Sprechverbot arbeiten, zum Beispiel Kübel blitzblank schrubben mussten, und dann abends wieder eingeschlossen wurden.

Hier gab es nicht so viele Arrestkunden wie in Walton, besonders nicht in Anbetracht der großen Anzahl von Häftlingen; trotzdem bezweifle ich, dass die wenigen Arrestanten die Einzelhaft mehr schätzten. Übrigens mussten sie allerhand ausgefressen haben, weil man in Feltham nicht ohne Weiteres Einzelarrest bekam. Angeblich saßen die meisten, weil sie auszubrechen versucht hatten. Ein fetter Geselle aus London, den Joe mir gezeigt hatte, war ausgebrochen und hatte sich drei Monate in London herumgetrieben und seine Geschichte in der Zeitung gelesen. Aber die meisten waren nur bis zum Hof oder noch gerade über die Mauer bis an die Eisenbahnlinie gekommen.

Alle diese Unterteilungen wurden streng beachtet, sodass es wie in Walton strafbar war, mit den Gefangenen einer anderen Strafklasse Verbindung aufzunehmen. Daher blickten wir, Charlie, Joe, Nulpe und ich, nach einem halben Nicken und Blinzeln zu den Arrestanten hinter uns rasch wieder auf den Altar.

Bevor der Priester kam, flüsterten wir zusammen, und Joe und ich versuchten Charlie und Nulpe zu zeigen, wie man sich bekreuzigt.

Mir war nicht klar gewesen, dass das Sichbekreuzigen ohne Übung gar nicht so leicht ist, jedenfalls sah es bei Charlie nicht richtig aus. Er schien die ganze Zeit auf seine rechte Hand zu blicken und dabei nicht zu wissen, was er mit der linken tun sollte.

Am ersten Tag machte es nicht viel aus, weil keiner der Wärter römisch-katholisch war und den Unterschied nicht kannte, trotzdem war es verdächtig, wenn sie es nicht richtig und selbstverständlich machten.

Bevor wir uns setzten, beugten Joe und ich im Gang vor dem Altar automatisch das Knie, Charlie und Nulpe versuchten es nachzumachen und stolperten dabei fast über ihre eigenen Füße.

Als wir nach einem kurzen Gruß zu den neben uns sitzenden Arrestkunden niederknieten, sagten Joe und ich zu Charlie und Nulpe, sie sollten sich an den nächsten Tagen möglichst zurückhalten und sich nur bekreuzigen, sobald sie es bei den anderen sahen.

Joe sagte Charlie, nachdem dieser es ein paarmal versucht hatte, er werde ihm abends im Schlafsaal Unterricht geben. Nulpe machte seine Sache nach einigen Versuchen und nachdem ich ihm gesagt hatte, er solle die linke Hand ganz still halten, ziemlich gut. Er schien nämlich beide abwechselnd zu benutzen.

»Jetzt hab ichs raus, Paddy«, flüsterte er, »und nehme nur die rechte Hand. So richtig?«

»Ja«, sagte ich, »und Kopf runter, der Pfarrer kommt.«

Der Priester kam hinter uns zur Tür herein und ging den Gang entlang. Er war klein, und seine Augen saßen wie blaue Knöpfe in seinem Gesicht. Joe flüsterte, er sei Italiener. Hinter ihm gingen zwei Ministranten, die Soutane und Spitzenchorhemd über ihrer aus Hemd und Shorts bestehenden Borstal-Kluft trugen. Sie waren aus der Felthamer Anstalt. Joe machte eine Bemerkung über den kleineren, einen Jungen von siebzehn Jahren mit dunklem Haar, roten Backen und frommen Gebärden. Als die beiden sich vor dem Gang zum Altar verneigten, tat Joe so, als wolle er den Jungen am Chorhemd zupfen.

Ich musste lachen. Vor meiner Haft in Walton hätte ein derartiges Benehmen in einer katholischen Kirche mich mächtig erbost, aber warum sollte ich mich jetzt noch für die Leute aufregen, die mir nicht die Stange hielten, sondern mich heruntermachten und schlimmer beschimpften als die englischen Proleten? Was kümmerte mich das ganze Theater, außer dass ich dabei eine Stunde angenehm totschlug?

Schließlich war ich nicht zu den Sakramenten zugelassen und nur befugt, der Andacht beizuwohnen, weil die Gefängnisordnung Seiner Majestät vorschrieb, dass ein Häftling den Gottesdienst seiner Glaubensgemeinschaft zu besuchen hat, genauso, wie er jede Woche ein Bad nehmen muss. Warum sollte ich daher nicht die Andacht genauso genießen wie mein wöchentliches Bad?

Daher lachte ich Joe zu, als er die Hand nach dem Chorhemd ausstreckte.

Aber Charlie lachte nicht und flüsterte ärgerlich, er sei nicht zu haben für dergleichen Scherze, weder in der Kirche noch sonst wo.

Nulpe war viel zu versunken in all das, was vorging, als dass ihm Joes Scherz aufgefallen wäre, lächelte aus bloßer Höflichkeit einmal kurz und hielt den Blick auf den zum Altar schreitenden Priester geheftet.

Der Ministrant ertappte Joe bei seinem Scherz, drehte sich vor dem Weitergehen blitzschnell um und zischte Joe mit irischem Akzent wütend zu, ob er Prügel wolle.

Ich hätte gern gewusst, woher er kam, zumal er mir einen Blick zuwarf, als wolle er mir etwas sagen.

Ich hoffte, er würde mich nicht für Joes Verhalten verantwortlich machen, denn obgleich ich alles genoss, was den Gottesdienst unterhaltsamer machte, wollte ich ihn nicht kränken.

Was ich bisher nie erlebt hatte: Der Segen kam vor der Predigt.

Die Ministranten schwenkten ihre Weihrauchfässer und verbeugten sich vor dem Priester. Wieder riss Joe Witze. Fast wäre ich herausgeplatzt, aber Charlie flüsterte Joe zu, er solle endlich sein Maul halten, sonst bringe er uns alle in Schwierigkeiten, wenn der Wärter ihn erwische.

Joe und ich sangen den Segen mit. Joe war an bestimmten Stellen feierlich und ernst, ich sang mit, weil es mich an zu Hause und meine Kindheit erinnerte und weil ich überhaupt gern sang.

Charlie war sehr beeindruckt, dass wir alle lateinisch mitsangen, und Nulpe bestaunte mit offenem Mund alles, was ringsum vor sich ging, Geräusche und Gebärden.

Dann sprachen wir die Litanei: »Gesegnet sei Gott, gesegnet sei Sein Heiliger Name ... Gesegnet seien Seine Engel und Heiligen ...« Ich ertappte mich dabei, dass ich all das aus alter Gewohnheit aufsagte und ganz vergaß, dass die Kirche mich zum Teufel gejagt hatte; daher wollte ich mit Joe schwatzen, denn Nulpe war damit beschäftigt, Augen und Ohren aufzusperren.

Aber Joe plapperte mit todernstem Gesicht weiter, Charlie auf der anderen Seite neben ihm blickte stumm zum Altar auf, darum hielt ich die Klappe, bis das Gebet zu Ende war. Dann ging der Priester hinaus und kam ohne sein Messgewand in Soutane und Barett zurück.

Er sprach jetzt mit fremdländischem Akzent über die Passion und was Christus während der Karwoche zu leiden hatte. Er sprach traurig, aber ergeben, weil weder er noch irgendjemand etwas daran ändern konnte, nur mitleiden.

Wenn Christus als allmächtiger Gott nichts tun konnte, um seine Passion zu verhindern, konnten auch wir nichts anderes tun, als uns damit abzufinden.

»Diese Wochä«, sagte der Priester, »von heute an bis drei Uhr Freitaag, alläs iist Kummär, Kummär, Leidän ... Leidän ...« Dabei blickte er mit seinen hellen blauen Augen, die wie glitzernde Diamanten waren, in der Kapelle umher, und wir blickten stumm zu ihm auf. Es war eine ernste Angelegenheit. »Junge, Junge«, sagte Nulpe, als wir hinausgingen, »was der Typ in seinem Gewand da gesagt hat, geht einem aber verdammt an die Nieren. Man könnte fast glauben, es sei ihm selbst passiert.«

Am nächsten Tag gingen wir wieder in die Kapelle, und zwar die ganze Gruppe; echte Römisch-Katholische; Charlie und Nulpe, weil die Zahl vom Vortag stimmte, und ich, der exkommunizierte Katholik.

Es gab wieder den Segen und eine Predigt. Die Sache wurde noch besser, weil der Wärter uns, als wir nach dem Gottesdienst in den Nähraum zurückkehrten, sagte, es lohne sich nicht, die paar Minuten vor der Teezeit noch mit der Arbeit zu beginnen. Für den Rest der Woche brauchten wir Scheren und Schuhleder, Wadiszwirn und Nadeln nicht mehr zu holen, sondern sollten einfach dasitzen, bis der andere Wärter uns in die Kapelle rief.

Am Mittwoch waren Nulpe und Charlie sich ihrer Sache bereits so sicher, dass sie vor Joe und mir antraten, und wieder gings in die Kapelle. Der kleine italienische Priester erzählte uns ausführlich und betrübt vom Todeskampf unseres Herrn in Gethsemane und dem Verrat des Judas Ischariot.

Nulpe hörte atemlos zu und schimpfte leise auf Judas.

»Beschissene Petze«, sagte er, »gottverdammter Angeber, genau wie ich.«

»Und Jesus sagte zu ihm, Judas, verrätst du den Menschensohn mit einem Kuss?«

»Genau wie ich«, flüsterte Nulpe, »Sauhund, gottverfluchter, wir biegen in die Russel Street ein ...«

»Maul halten«, flüsterte Charlie wütend, »willst du uns alle reinreißen?«

»Und die, die mit Ihm waren und sahen, was kommen würde, sagten zu Ihm: ›Herr, sollen wir ihn schlagen mit der Schärfe des Schwertes?‹«

»Recht so«, sagte Nulpe, »gibs dem Hurensohn. Mach ihn fertig ...«

»Schnauze!«, sagte Charlie. »Der Wärter hat dich auf dem Kieker!«

So war es.

Ich linste unter meinen zusammengelegten Händen hinüber und sah, dass der Wärter uns scharf beobachtete. Er war selbst Katholik, denn ich hatte ihn das Kreuz schlagen sehen und die Responsorien brummen hören. Drohend nahm er Nulpe aufs Korn.

Auf dem Rückweg packte er ihn am Kragen und drückte ihn gegen die Wand. Charlie und ich marschierten mit den anderen in den Nähraum, aber er rief mit irischem Akzent: »He du, Behan!«

Ich wusste nicht, woher er meinen Namen kannte, weil er ein Wärter des Borstals war, machte jedoch kehrt und blieb neben Nulpe stehen.

»Zwei weg, Sir«, brüllte er seinem Kollegen zu, der die Abteilung zurückbrachte, »ich brauch die beiden einen Augenblick, Sir.«

»Nun«, sagte er zu Nulpe, »wann bist du denn konvertiert?«

»Wie, was, Sir?«, fragte Nulpe angstvoll verblüfft.

»Du bist doch kein Katholik«, sagte der irische Wärter.

»Nun, Sir«, antwortete Nulpe.

»Und du hast auch gewusst, dass er nicht katholisch ist, Behan«, sagte er zu mir.

»Ist mir wurst, was er ist, die Kirche gehört nicht mir. Ich werde überhaupt nur zugelassen, weils in der Gefängnisordnung steht.«

»Über die Gefängnisordnung brauchst du mir nichts zu erzählen, Behan, werd bloß nicht frech, sondern reiß dich in der Kirche zusammen, lach nicht und schwatz nicht und flüstere nicht, ganz gleich, weshalb du da bist.«

»Und du«, wandte er sich wieder an Nulpe, »lass dich bloß morgen hier nicht blicken. Ich überlasse es dir, es dem Beamten, der die Katholiken in der Postsack-Klasse zum Gottesdienst führt, zu erklären.« Und zu mir gewandt: »Morgen habe ich keinen Dienst, aber am Karfreitag sprechen wir uns nach dem Gottesdienst.«

Er sprach väterlich und fast so, als sei er ein Verwandter, der mich am Freitag zu besuchen versprach.

Charlie, Joe und ich mussten Nulpe versprechen, ihm den Verlauf des ganzen Gottesdienstes zu erzählen, als wir am Gründonnerstag nachmittags auf den Wärter warteten.

Er bat, austreten zu dürfen, und blieb in den Toilettenräumen, während der Wärter uns zum Kirchgang antreten ließ, mit seiner Rechnung allerdings nicht zu Rande kam, weil am Vorabend Zuzüge, darunter zwei Katholiken, gekommen waren.

»Ich dachte, ich muss einen mehr haben, außer den beiden Neuen«, sagte der Wärter.

»Vielleicht ist es der, der gerade ausgetreten ist«, sagte der Aufseher.

»Nein, Sir«, mischte sich Knowlesy ein, der mit den anderen Nichtkatholiken weiternähte, »der ist Protestant. Er war am letzten Sonntag mit uns in der Kirche.«

Nulpe hatte Knowlesy gebeten, das zu sagen. Natürlich fielen eine Menge anderer Jungs ein und riefen: »Er hat in der Kirche neben mir gesessen, Sir.« »Der darf nicht bei denen da sein«, »Mein Alter sagt, die Römisch-Katholischen ...«

»Gut und schön, was dein Alter sagt, aber nun seid mal alle schön still, verstanden?«, sagte der Nähraum-Wärter.

Sie verstummten. »Postsack-Klasse« war kein schlechter Ausdruck. Die Jugendhäftlinge waren wie eine Horde Jungs in einer Schulklasse, die bei der ersten Gelegenheit, die der Lehrer ihnen gibt, alle durcheinanderschwatzen.

»In Ordnung«, sagte der Nähraum-Wärter, »dann stimmt Ihre Rechnung, Sir.« Sie grüßten einander militärisch, und wir marschierten durch den Gang zur Kapelle.

»Hast du gesehen, Nulpe ist nicht zurückgekommen, bis wir weg waren?«, sagte Joe.

»So was«, sagte ich, »der Hund ist ausgerissen wie eine Scheißhausratte.«

Charlie lächelte und sagte: »Du hast vielleicht Ausdrücke, Paddy«, als wir durch den Gang trotteten.

»Der ist schlau«, sagte ich, »der geht sogar einer Maus aus dem Weg.«

Charlie lachte.

»Warum lachst du nie über meine Witze?«, fragte Joe.

»Weil du nur einen einzigen kennst«, sagte Charlie.

»Ich habe keine so tiefe Stimme wie dieser irische ...«

Ich tat so, als wollte ich ihm eine Backpfeife geben, und er sagte: »Hör auf, Paddy, wir sind da.«

Als wir zum Nähraum zurückgingen, sagte Nulpe, wir sollten ihm alles zur Teezeit erzählen.

So berichteten wir ihm, und er sagte: »Scheißwärter. Ich habe ein Recht, dabei zu sein. Meine Oma war römisch- katholisch und hat am Freitag immer Fisch gegessen.«

»Und Kartoffeln«, sagte Knowlesy. »Unsere Oma, die hat immer Töpfe voll Fisch und Kartoffeln gefuttert und ist doch nie eine Katholin gewesen. Keine Bange, du kriegst den ganzen Zinnober am Sonntag in deiner eigenen Kirche zu hören. Und obendrein auf Englisch.«

Am Karfreitag saßen wir, Charlie, Joe und ich, in unserer Bank und blickten zum Altar, nachdem wir den hinter uns hockenden Arrestkunden kurz zugewinkt und -geblinzelt hatten. Wir kannten außer dem fetten Ausreißer einige von ihnen vom Sehen.

Obgleich er die längste Einzelhaft von allen absaß, weil er drei Monate ununterbrochen in London untergetaucht war, blickte er am fröhlichsten drein und sah jeden Tag beim Gottesdienst mit gefalteten Händen mild und gnädig zum Priester auf.

Der kleine Italiener war noch viel ergriffener, als wir vermutet hatten, obgleich wir wussten, dass er kein normaler Gefängniskaplan war.

Er nahm sich die Leidensgeschichte und den Tod unseres Herrn Jesus Christus so zu Herzen, dass er uns nach der Verkündigung des Kreuzweges aufforderte, mit ihm alle Stationen abzugehen.

Wir blickten zu den Wärtern hinüber, weil es in jedem Knast eine üble Sache war, wenn Strafklassen sich miteinander mischten; da sich jedoch kein Katholik unter ihnen befand, wussten sie nicht, was sie tun sollten.

Wieder machte der Priester uns ungeduldig ein Zeichen, weil er dachte, wir verstünden sein Englisch nicht, wieder klagte und seufzte er über die Kreuzigung und forderte uns auf, alle mit ihm zu kommen.

Noch immer wussten wir nicht, was tun, und blickten verwirrt zu den Wärtern hin. Aber die Wärter wussten selber nicht aus noch ein. Da sie es sich aber mit einem Geistlichen ungern verdarben, bedeuteten sie uns, zu tun, wie der Priester befahl.

So zogen wir in großem Durcheinander los. Untersuchungsgefangene, die Taschen voller Zigaretten, Fürsorgezöglinge aus Feltham mit ein paar Kippchen, wir, die wir auf Einweisung warteten, Angeschuldigte vor der Hauptverhandlung, Rückfällige ohne eine Kippe, hinter uns die Arrestanten ohne etwas zu fressen außer Wasser und Brot, von Tabak gar nicht zu reden.

Die Wärter stellten sich an der Tür auf und sahen aus, als ob sie jeden Augenblick den Verstand verlieren würden.

Wir gingen zur ersten Station, der Priester sprach von der heiligen Passion des Herrn, wie Er, verraten von Judas, am Ölberg gefangen genommen, weggeführt und fürchterlich gegeißelt wurde, und sogar die Arrestkunden drängten sich in die Menge um die Station.

Die Strafzellenbrüder schätzten nichts so sehr, wie aus ihrer Einzelhaft herauszukommen und zur Andacht zu gehen, sodass dieses Geschiebe und Geschubse in der Kapelle nach der Einsamkeit in der Zelle und dem Schweigen für sie fast so viel bedeutete wie eine Reise in die Schweiz oder eine Kreuzfahrt auf dem Mittelmeer.

Joe da Vinci steht mitten unter ihnen, er schreit das *Stabat Mater* heraus, wessen Leid ist so groß wie meines? Seine Hände greifen tief in die Manteltasche eines vor ihm stehenden Untersuchungsgefangenen und kommen mit einer ganzen Zigarette und einer Kippe wieder zum Vorschein. Vor mir steht ein anderer, der eine Tüte untersucht, die er gerade aus der Tasche eines anderen Untersuchungsgefangenen stibitzt hat, er steckt mir ein Stück Fruchtpaste in die Hand, das ich in den Mund schiebe und genießerisch hinunterschlucke. Joe lässt sich von einem Typen Feuer für seinen Stummel geben. Schon rauchen eine ganze Reihe inmitten der Gemeinde, aber die Wärter können Zigarettenrauch nicht von Weihrauch unterscheiden. Dort lehnt ein anderer alter Knabe an der Statue des heiligen Judas, des Schutzherrn der hoffnungslosen Fälle, und liest *News of the World,* die er sich soeben von einem Untersuchungsgefangenen ausgeliehen hat. Zwei von den Arrestkunden, die von den Wärtern am weitesten entfernt stehen, schlingen belegte Brote hinunter, die Untersuchungsgefangene ihnen geschenkt haben, einer von ihnen isst als Nachtisch eine Rippe Schokolade. Sie schauen auf den Priester und die Menge, die um das Bild herumsteht, als seien sie ihnen sehr gewogen.

»Wie gefällt dirs, Tosh?«, fragte Joe einen der Arrestanten.

»Tolle Sache, was?«, sagt der Arrestant.

»Weiß nich«, sagt sein Kumpel in einem erbärmlichen Nordenglisch. »Es macht's alles nur schlimmer, wenn ich wieder drin bin, traurig und allein in meinem Scheißloch. Bloß Wasser und Brot zum Abendessen nach den leckeren Broten und der Schokolade. Wasser und Brot schmeckt danach abscheulich, und ich war doch grad dabei, mich an das Arrestessen zu gewöhnen.«

»Na schön«, meint der erste Zellenbruder, »ich sitz wieder drin bei Wasser und Brot, aber verdammt noch mal, es hat doch keinen Sinn, nur deswegen Trübsal zu blasen.« Wieder beißt er in sein Wurstbrot.

»Los«, sagte Joe, »nächste Station.«

Priester und Gemeinde gruppierten sich um das nächste Bild und wir mit ihnen, darunter der Arrestant mit seinem belegten Brot, in das er andächtig hineinbiss, während wir uns vorwärtsschoben.

»Zehnte Station. Jesus wird ans Kreuz geschlagen«, seufzte der Priester.

»Klar«, sagte der Zellenbruder, während er sich an eine Säule lehnte, um sein Wurstbrot vollends zu verdrücken, »Es gibt immer welche, die nie zufrieden sind, ganz egal wie der Laden läuft. Ob sie nun im Ritz-Hotel hocken mit 'ner Million im Sack und Rita Hayworth im Bett, immer haben sie was zu meckern.«

»Klar«, sagte ich, »halt dich ran, Mensch, sind nur noch drei Stationen.«

»Ich werd dir was sagen«, sagte Joe, seine Kippe abzwickend und in sein Versteck schiebend – ein Stückchen Leinwand, das er sich aufs Rückenende seines Hemdes genäht hatte –, »das kriegst du nicht in der Church of England.«

»Hast verdammt recht, das kriegste nicht«, sagte der Arrestant, sich an seinen Kumpel wendend, »denk an die armen Schweine in Einzelhaft, die so was nie mitmachen.«

»Warum auch?«, sagte der aus Nordengland. »Sie gehören der anglikanischen Kirche an, sind Methodisten oder Juden oder sonst was. Wieso sollen die bei uns mitmachen dürfen? Wenn bei denen irgendwas los wäre, glaubst du, man würde uns hinlassen?«

»Nein, als die Heilsarmee nach Strangeways gekommen ist und gespielt hat, durften wir dabei sein.«

»Diese Arschlöcher mit ihren Weihnachtskarten? Da liegt man im Dunkeln allein in seiner Zelle, kommt doch einer von denen angewackelt und schiebt 'ne Weihnachtskarte rein, fröhliche Weihnachten vom Herrn General und so weiter, das alte Arschloch!«

»In Walton sind sie Weihnachten auch gewesen«, sagte ich. »Der Wärter, der die Karten in den Zellen verteilte, war auch von der Heilsarmee.«

»Der bei uns«, sagte der Arrestkunde verbittert, »blies die Trompete in der Musikkapelle, hoffentlich bläst er sich dabei seinen Grips raus.«

»Jedenfalls hat die Heilsarmee einen Dreck mit uns zu tun«, sagte Joe abschließend.

»Ich glaub, er ist gleich durch«, sagte Charlie hinter uns.

»Stimmt«, sagte ich. Die Wärter schoben sich allmählich um unseren Haufen, um uns wieder einigermaßen geordnet zurückführen zu können.

»Wir stiefeln lieber wieder allein zurück«, sagten die Arrestanten. »Wiedersehn!«

»Wiedersehn«, sagte Joe.

»Wiedersehn«, sagte Charlie.

»Bis morgen«, sagte ich, »so Gott will.«

»Wiedersehn, Pad«, sagte der erste Zellenbruder, und der traurige Nordengländer lächelte schwach und sagte: »Stimmt, Pad. Wiedersehn, bis morgen.«

»Wiedersehn«, sagte ich.

Als wir in den Nähraum zurückmarschierten, kam der irische Wärter von hinten heran, hielt mich am Arm fest und winkte seinen Kollegen, er werde mich gleich nachschicken.

»Wart mal, Behan«, sagte er, »da ist jemand, der dich sprechen will.«

Charlie und Joe und die anderen gingen weiter, und ich stand da und fragte mich, wer mich wohl sprechen wollte. Dann sah ich den Ministranten, über den Joe die Bemerkung gemacht hatte, aus der Kapelle kommen. Lieber Gott, dachte ich, hoffentlich macht er mich nicht für Joes Witz verantwortlich!

Außerdem stellte ich fest, dass er einen kleinen silbernen Stern auf seiner Jacke trug. Er hatte sein Messgewand ausgezogen und war in seiner Borstal-Kluft. Ich wusste, dass das Abzeichen Hausältester bedeutete.

Er redete mich mit Belfaster Akzent an. »Ich muss dich einen Augenblick sprechen«, sagte er und fasste mich am Arm. »Hey«, sagte ich, »mit wem glaubst du, dass dus zu tun hast?«

»Ich werde dir gleich sagen, mit wem ichs zu tun habe«, sagte er. »Ich bin Ire.«

»Einer aus dem Norden«, sagte ich.

»Ist einer aus dem Norden kein Ire?«

»Das habe ich damit nicht gemeint«, erwiderte ich. »Ich will damit nur sagen, dass ich es an deiner Aussprache erkannt habe.«

»Ich hab heute bemerkt, dass dir die Stationen ziemlich schnurz waren und dass einer neben dir dreckige Bemerkungen gemacht hat.«

»Sag das ihm, Mac, nicht mir.«

»Mit dem habe ich nichts zu schaffen. Wenn er länger in Feltham bliebe, würde ers rechtzeitig erfahren, darauf kannst du dich verlassen. Aber er geht mich nichts an, sondern du. Du bist aus dem zweiten Bataillon der Dubliner Brigade, oder nicht?«

»Der was? Ach so, du meinst die IRA?«

»Was denn sonst? Hast wohl bereits vergessen, weswegen du hier bist?«

Tatsächlich: Als er mich plötzlich mit der Frage nach dem zweiten Bataillon der Dubliner Brigade überfiel, hätte er mich ebenso gut nach der Feuerwehr fragen können. Aber nun nahm ich militärische Haltung an und fragte barsch: »Du glaubst wohl, ich quatsche mit jedermann über meine Einheit?«

»Du bist im Schloss Killiney ausgebildet worden«, sagte er, »zusammen mit Seumas MacIhenna und Tommy Gunn.« In Erinnerung daran verzog er sein Gesicht zu einem Lächeln. »Tommy konnte bei einem Fest oder einer ceilidh, einem Tanzabend, mächtig aufdrehen.«

»Das konnte er«, sagte ich und dachte an den Mordsspaß, den wir hatten, wenn Tommy »Das Andenken der Toten« aufsagte oder »Unser Held, der edelste von allen, starb sieben Tage lang«. Der bestritt eine ganze Totenwache allein.

»Besonders bei 'ner Totenwache«, sagte ich. »Warst du in der Armee in Belfast?«

»Was heißt ›warst du‹ in der Armee?«, fragte er. »Ich war drin und bins noch. Genau wie du, oder bist du inzwischen abgehauen?«

»Einen Dreck bin ich abgehauen. Weder früher noch jetzt. Ich weiß nicht, wer du bist oder was du bist oder ob du überhaupt zur IRA gehörst. Vielleicht arbeitest du auch für den englischen Sicherheitsdienst.« Bei diesen Worten wurde er rot, obgleich ich ihn für einen waschechten Westbelfaster IRA-Mann hielt. »Ich bin nicht abgehauen, habs nicht vor und hab denen beim Gericht auch entsprechend Bescheid gesagt«, fügte ich hinzu.

Er lächelte beruhigt. »Ich weiß. Das war eine ziemlich feine Rede von dir. Ich habs in der Zeitung gelesen. Aber deshalb will ich dich nicht sprechen – hier in der Kapelle erwartet man von einem irischen Katholiken viel.«

»Man erwartet viel, gibt aber nichts dafür, beschimpft einen nur. Ich bin exkommuniziert und von den Sakramenten ausgeschlossen, es sei denn, ich erkläre, dass die IRA eine Mörderbande ist. Mancher Priester erwartet fast, dass du deine Leute verpfeifst, damit die armen Schweine an den Galgen kommen. Ältere als wir sind schon für zwanzig Jahre ins Moor geschickt worden.«

»Ich weiß«, sagte er mit einem Seufzer, »uns allen ist das Gleiche passiert. Aber die Priester hier sind anständig. Wir gehen zur Messe, selbst wenn wir nicht zu den Sakramenten zugelassen sind. Das ist nicht der Fehler der hiesigen Priester. Der Kardinal und die Bischöfe habens verboten. Ich heiße Lavery und bin aus Belfast.«

»Ich hab über dich in der Zeitung gelesen«, sagte ich, »und ich habe in Killiney von dir gehört.« Dort hatte man sehr lobend über ihn gesprochen.

»Du weißt also, wer ich bin, und hast darum nichts dagegen, wenn ich dir hier und da einen Rat gebe. Die Beamten und Angestellten in der Anstalt sind in Ordnung.«

»Nach dem, was ich sehe, scheints so zu sein.«

»Aber die Häftlinge, wenn sie vielleicht auch auf ihre Art in Ordnung sind, haben voreinander oder vor sich selbst so viel Achtung wie räudige Hunde. Sie reden Dinge«, sagte er unerschrocken, »die der übelste Rüpel in Irland, gleich ob Katholik oder Protestant, nicht in den Mund nehmen würde, Dinge, von denen einer in Irland vielleicht nie hört, und wenn er hundert Jahre alt wird.«

Ich nickte, dachte aber dabei, dass in Dublin nie einer von protestantischen Rüpeln gehört hat, jedenfalls nicht auf der Nordseite. Alle Protestanten, von denen ich je erfahren hatte, waren reiche Städter; die ärmsten, von denen ich wusste, waren Angestellte in Baufirmen, die in ihrer Freizeit Choräle auf der Straße sangen. Sie wurden in Merrion Hall aufgenommen, wo die Baumeister selbst das Evangelium lasen, ohne den Beistand Geistlicher, und sie wurden nur unter der Bedingung aufgenommen, dass sie Choräle sangen. Ich hätte zu gern einmal einen protestantischen Rüpel gesehen.

Vermutlich waren Charlie, Knowlesy und Nulpe protestantische Rüpel, Joe war ein katholischer Rüpel, und der gute alte Harty war eine Art Promenadenmischung aus allen beiden.

»Du weißt, was sie in den Schlafsälen reden«, sagte Lavery in seinem nördlichen Leierton. »Du kannst keine Dusche nehmen, ohne dass einer eine Sauerei verzapft, die du mit anhören musst. Nicht dass ich was gegen einen guten Witz hätte«, sagte er ernst.

Das glaube ich, wenn er 'n halben Meter vor deiner Nase ist oder so hoch hängt wie das Begrüßungstransparent im Hafen von Larne mit der Aufschrift *Willkommen im sonnigen Ulster. Der Tod ist der Sünde Sold.*

»Was die aber Witz nennen, sind Schweinereien, und nichts anderes. Es gibt einen presbyterianischen Geistlichen aus Derry, der hierherkommt, und wenn er auch Protestant ist, so ist er doch ein Ire, und er sagt, es sei eine Schande, dass die irischen Jungs mit den anderen zusammengesteckt werden. Ob Katholiken oder Presbyterianer, die Iren wachsen alle gleich auf, sagt er, und da hat er recht, aber das merkst du erst, wenn du die Engländer reden hörst. Am besten lässt du dich nicht mit ihnen ein, und gewöhn dir ja nicht ihre dreckige Sprache an. Vergiss nie, dass du kein Einbrecher oder Schwuler bist, sondern ein republikanischer Soldat, der sich entsprechend zu benehmen hat.«

Dann reichte er mir ein Buch. »Nimm das. Es schadet dir nichts, gelegentlich darin zu lesen.« Es war ein Gebetbuch. »Der Priester hat mir's für dich mitgegeben, und hier ist noch was von mir.«

Ich fiel fast um, als er mir ein großes Paket *Players,* eine Schachtel Streichhölzer und sechs Tafeln Schokolade gab.

»Los«, sagte er, »nimm nur. Sicherlich hast du lange nichts zu rauchen gehabt. Ich habe noch genug. Ich darf Pakete bekommen, und ein Mädchen, das in London wohnt, kommt mich jeden Monat besuchen.«

»Hast du draußen mit ihr zusammengelebt?«, fragte ich.

»Natürlich nicht«, sagte er ärgerlich.

»Das mein ich doch nicht. Ich meine nur, ob du im selben Haus mit ihr gewohnt hast.«

Sein Ärger ließ nach. »Klar. Ich habe dich falsch verstanden. Ich wohne in London, seit ich fünfzehn bin. Das Mädchen ging zur Gaelic League in Hammersmith, ich habe sie manchmal heimgebracht.«

»Go raibh mile maith agat – (tausend Dank)«, sagte ich aufrichtig.

»In Ordnung, Brendan, tá fáilte romhat – (gern geschehen)«, sagte er und fügte lächelnd den Abschiedsgruß der IRA hinzu. »Lass von dir hören.«

»Das werd ich, Harry, und nochmals danke.«

»Da kommt der Wärter, slan leat. (Bleib gesund.)«

»Slan a't.«

Er schüttelte mir die Hand und ging durch den Gang davon.

Der irische Wärter kam und sagte: »Ist dein Besuch fort?«

Ich lächelte und sagte: »Ja, danke, Sir.«

»Danke nicht mir«, sagte er, »es sei denn, du willst, dass ich rausfliege. Komm, ich bring dich zu deiner Gruppe zurück.«

Als ich zurückkam, saßen die anderen schon im Esssaal und warteten auf ihren Tee.

»Wo bist du gewesen, Pad?«, fragte Charlie.

»Der Ministrant ist Ire«, sagte ich.

»Also bei ihm bist du gewesen!«, sagte Joe. »Mit dem warst du zusammen!«

»Er ist einer aus der IRA«, sagte ich, »und hat mir was zu rauchen besorgt.«

»Er hat's dir also besorgt«, sagte Joe.

»Gut«, sagte ich, »dann erzähl ich eben nicht weiter.«

»Halt die Schnauze«, sagte Charlie zu Joe.

»Ich hab ja bloß 'n Witz gemacht«, sagte Joe.

»Kannst du über nichts anderes Witze machen?«, fragte Charlie.

»Klar kann ich«, antwortete Joe mürrisch, »wofür hältst du mich – glaubst du, ich bin König Lear? Ist doch nichts dabei, wenn ich einen Witz reiße. Los, Paddy, erzähl weiter.«

»Ich hab jetzt eigentlich keine Lust mehr«, sagte ich. Aber ich tat es doch und erzählte ihnen von seinem Besuch.

»Wahnsinn«, sagte Nulpe, »dann hat also die IRA die Kippen und die Schokolade für dich reingeschmuggelt.«

Selbst Charlie und Joe waren beeindruckt und nickten bewundernd.

»Heute Abend verteilen wir das Zeug im Saal«, sagte ich. Dann kam der Tee, und wir sprachen auch mit den anderen, weil sie herübergeschielt hatten, als wir zusammen flüsterten. Nulpe blinzelte mir über den Tisch zu und begann eine Unterhaltung mit einem anderen Londoner über Granatäpfel.

Die Sache sprach sich jedoch noch vor dem Schlafengehen herum.

»Paddy hat Zigaretten. Von einem aus der Feltham-Borstal-Anstalt. Einer aus der RIA hat sie ihm zugeschanzt.«

»Das heißt nicht RIA, sondern IRA, nicht wahr, Paddy?«

Ich antwortete nicht, dafür warf Charlie ihnen wegen ihrer Unverschämtheit einen scharfen Blick zu.

»Wer gibt schon was darauf, ob einer von der ARI oder von der RIP ist, solange er was zum Rauchen organisiert. Aber vergiss nicht, Pad, dass wir auch noch da sind.«

»Kippen für mich, Paddy.«

»Hau ab, Arsch. Ich war zuerst da.«

»Haut ihr beide ab, ihr Ärsche«, sagte Charlie ungehalten. »Kumpel kommen zuerst dran.«

»Kümmer dich gefälligst um deinen eigenen Kram, du dumm geborener Hurensohn, sonst komm ich rüber und verpass dir eine.«

»Ausgerechnet du, lächerlicher Zwerg«, sagte Charlie.

»Guter Gott«, sagte ich, in meinen Heimatdialekt verfallend, »immer mit der Ruhe, sonst kriegt keiner was, und der Wärter reißt sich den ganzen Kram unter den Nagel.«

»Guter Gott«, machte mich einer nach und prustete dabei laut heraus.

»So, ihr Idioten«, sagte ich und spielte den Beleidigten, »dann zünde ich mir zur Strafe halt keine an und kippe den ganzen Kram ins Klo.«

»Hört gut zu, ihr Bastarde«, sagte Joe, »haltet endlich die Schnauze, sonst steig ich aus dem Bett und mach einen von euch fertig.«

»Komm schon, alter Paddy«, sagte mein Nachäffer in seinem gewöhnlichen Tonfall, »sei nicht blöd und steck eine an. Wir halten ja alle das Maul.«

»Na schön«, sagte ich.

»Wir machen keinen Mucks mehr, Paddy.«

»Möchte ich euch auch geraten haben«, sagte Charlie.

»Jesus, jetzt halt endlich die Klappe«, fuhr ich ihn an, »und fang nicht von vorne an.«

»Schon gut, Paddy«, sagte er verletzt und wütend, »mach mit

deinen Kippen, was du willst, und lass mich zufrieden.« Damit drehte er sich auf die andere Seite und schloss die Augen.

Ich tat, als nähme ich keine Notiz von ihm, und fragte Joe: »Wie viele sind wir im Saal?«

»Ich zähl sie.« Er blickte umher. »He, ihr Ärsche, wie war die Zählung gestern Abend?«

»Siebzehn, Davvy.«

»Abzüglich der Kerl, der heut Morgen ins North Sea Camp abgefahren ist. Macht sechzehn.«

»Ja, aber da ist heut Abend einer vom Scrubs House gekommen. Der in Kingston verdonnert worden ist, wegen Notzucht.«

»Stimmt ja gar nicht«, sagte eine traurige Stimme aus einer Ecke. »Ich bin wegen Klauen verdonnert worden – so wie alle anderen.«

»Kümmer dich nicht um andere«, sagte Knowlesy, der wegen Vergewaltigung saß.

»Knowlesy«, sagte ich, »du bist mein Mann. Komm mal her.«

Knowlesy sprang in seinem Schlafanzug aus dem Bett. »Solange es nichts Anrüchiges ist, Paddy. Du und der Itaker, den du da bei dir hast, ihr seid mir nicht ganz geheuer.«

»Ach, geh doch, du beschissener Bauer«, sagte Joe.

Ich gab Joe und Knowlesy eine Handvoll Zigaretten, die sie unter den anderen verteilten. Wer nicht rauchte, bekam eine Rippe Schokolade.

Als er zu Charlies Bett kam, hielt Knowlesy ihm eine Zigarette unter die Nase. »Hier, Junge, ein Kippchen für dich.«

»Hau ab, Mensch!«, zischte Charlie gereizt.

»Lass ihn, Knowlesy, ich hab hier welche für ihn«, und ich ging hinüber und stieß Charlie an. Er stieß mich weg. »Jesus Maria«, sagte ich und log, »ich hab gar nicht gewusst, dass du es warst, mit dem ich vorhin gesprochen habe. Ich hab ja hinten keine Augen.«

»Richtig«, sagte Joe, »er ist ja keine Raupe.«

»Kümmer du dich um deinen eigenen Dreck«, sagte Charlie und setzte sich auf.

Joe wollte etwas sagen, aber ich sah ihn kurz an. »Da«, sagte ich zu Charlie, »willst du Feuer?«

Er nahm eine Zigarette von mir. »Da hast du noch zwei«, sagte ich, »und eine Tafel Schokolade, weil wir Kumpel sind.«

Ich hatte Joe die gleiche Ration gegeben, sagte es ihm aber nicht. »Okay, Charlie?«

»Okay, Pad, danke.«

Einer gab das Zeichen, dass der Wärter herumging und die Lichter ausdrehte, daher versteckten wir unsere Zigaretten, bis er weg war.

Dann konnte man im Dunkeln auf jedem Bett das Glühen der brennenden Zigaretten sehen.

Hinter der Glaswand hing eine blaue Nachtlampe, sodass ich sehen konnte, wie Nulpe genießerisch an seiner Zigarette zog. Im bläulichen Halbdunkel sahen die Gesichter seltsam aus; der bläuliche Schein fiel auch auf das Gesicht des Neuen, der zu mir herüberblickte und flüsterte: »Danke für die Kippe, Taffy.«

»Er heißt Paddy, nicht Taffy«, sagte einer.

»Ich meine ja Paddy«, sagte der Neue.

»Schon gut, Alter, gern geschehen«, sagte ich.

Auch einige andere bedankten sich, und Joe sagte: »Nacht, Paddy.«

»Nacht, Joe. Nacht, Charlie. Nacht, Knowlesy.«

»Nacht, Joe«, sagte Charlie, »Nacht, Paddy.«

»Nacht, Paddy«, sagte Nulpe, seine Zigarette abzwickend. »Ein Hoch auf die EiEiEi oder wie der Laden heißt.«

Die Jungs lachten im Dunkeln. Es war der erste Witz, den Nulpe sich geleistet hatte.

»Gute Nacht, Nulpe«, sagte ich, »Gute Nacht allerseits.«

Ich saß aufrecht im Bett und blickte mich um. Bald schliefen alle, und in dem blauen Licht, das ihre Gesichter schwach beleuchtete, sahen sie unschuldig aus.

Ich dachte, aus Dankbarkeit für die Überraschung sollte ich wenigstens einen Blick in Laverys Gebetbuch werfen. Ich wollte ohnehin zu der beleuchteten Toilette in der Ecke.

Ich hielt das Buch ins Licht, und einer der Burschen sagte: »Das ist ein Geheimbuch, das Paddy von der IRA gekriegt hat.«

Ich drehte mich um und sagte: »Halt's Maul, sonst hetzt du mir noch den Wärter auf den Hals.«

»Will dich ja nur ärgern, Paddy. Gute Nacht.«

»Nacht, Kumpel«, sagte ich und hielt mir das Buch vor die Nase.

Dabei dachte ich an die blitzenden Augen des kleinen Priesters und sein Seufzen an den Stationen:

Quis est homo, qui non fleret,
Matrem Christi si videret
In tanto supplicio?

Quis non posset contristari,
Christi Matrem contemplari
Dolentem cum Filio?

Wo ein Auge, das nicht taute,
Wenn es Christi Mutter schaute
Von so herber Qual ereilt?

Wer gewahrte ohne Schauer
Hier der frommen Mutter Trauer,
Die des Sohnes Schmerzen teilt?

Am Ostersonntag hüpfte der kleine Priester wie ein Frühlingslamm vor dem Altar auf und ab und hielt, bestrahlt von der durchs Fenster fallenden Sonne, in weiß-goldenem schimmerndem Messgewand eine triumphierende Auferstehungspredigt.

Dritter Teil

Als wir am Dienstagmorgen zum Frühstück in den Speisesaal hinuntertrabten, war im Hof endlich ein leerer Wagen vorgefahren, und schon wurde aufgeregt hin und her geraten, wer wohl wohin abreisen werde. Alle liefen zum Fenster und drängten einander beiseite, um einen Blick auf den Wagen werfen zu können, als vermöchte sein Anblick des Rätsels Lösung zu bringen.

Aber gleich riefen die Wärter, wir sollten uns gefälligst vom Fenster wegscheren, sie würden uns die Liste nach dem Frühstück vorlesen.

Schließlich befahl der Wärter Ruhe und las laut: »Folgende gehen sofort in ihre Schlafsäle und packen ihre Sachen zusammen – 3425 Thorogood, 3892 Marshall, 3461 Balham, 3743 Tonks.« Charlie und ich warfen einander einen Blick zu. Joe linste zu uns herüber, ich sah ihn an, und Knowlesy lächelte zum ersten Mal, seitdem ich ihn kannte, kurz und wehmütig. Es war nämlich bekannt, dass diese Gruppe für Bay bestimmt war. So bestand wenig Aussicht für Knowlesy, dorthin geschickt zu werden, wie auch immer die Chancen für Charlie, mich oder Joe beschaffen sein mochten. Denn da Joe, der ein Zuhälter und Dieb war, aus einer Familie stammte, deren normaler Erwerb Zuhälterei war, nicht nach Portland abgeschoben wurde, musste er allem Anschein nach für eine andere Anstalt vorgesehen sein.

In offenen Borstal-Anstalten waren jedoch wegen Vergewaltigung Verurteilte nicht gern gesehen, weil sie Schwierigkeiten bekommen konnten mit den Dorfbewohnern, deren heranwachsende Töchter allein über die Feldwege gehen mussten. Zuhälter waren weniger schlimm, außerdem hatten die Leute vom Land nichts gegen Geschlechtsverkehr, weil das zwischen einem Bauernburschen und der eigenen Tochter ebenso gut passieren konnte; daher blickte Knowlesy traurig drein, bis sein Name verlesen wurde. Wir waren nicht aufgerufen worden, sodass es fast so aussah, als sollten wir hierbleiben, bis ganz zum Schluss Charlie, Joe, Nulpe und ich aufgerufen wurden und in großer Aufregung in den Schlafsaal hinaufrannten, um unsere Klamotten zusammenzupacken, sie in die Kammer hinunterzutragen, zu baden und in unsere Zivilkleidung – Charlie in seine Uniform – zu schlüpfen.

Als ich mein Zeug anzog, stolperte ich fast über meine lange Hose. Joe sah in seinem Anzug älter und flotter aus; er strich mit dem Finger über seinen Ärmel und sagte zu mir: »Guter Stoff, Paddy«, und als ich zustimmte, lobte er meinen Trenchcoat. »Das ist ein richtiger Schlägermantel für die IRA, Paddy, wie ihn Victor McLaglen im Film anhat.«

Man hatte ihn mir geschickt, nachdem ich eingelocht worden war, denn für die IRA war er verboten, obgleich es in Irland nichts ausgemacht hätte, da viele junge Leute, zum Beispiel Studenten, diese Art Mantel trugen.

Charlie kam in seiner Matrosenuniform heraus und sah darin gut aus. Er stieß auf einen anderen Jungen in Matrosenuniform, und die beiden machten sich sehr wichtig. Zwei Soldaten waren da, außerdem einer von der Royal Air Force, und die Soldaten blickten Charlie, den anderen Seemann und den Flieger an und meinten: »Gott sei Dank haben wir eine Armee«, aber selbst Charlie nahm die Bemerkung nicht krumm, weil im Grunde nichts gegen sie einzuwenden war.

Wir wurden in Zweierreihen mit Handschellen an zwei lange Ketten gefesselt, je eine Kette für jede Seite des Wagens. Charlie und ich ließen uns zusammenfesseln, an der anderen Kette waren Joe, Knowlesy und Nulpe.

»Da wären wir also wieder einmal in alter Frische beieinander«, meinte Joe.

Alle waren in Hochstimmung, und nur dass zwei im Augenblick der Abfahrt austreten wollten, ärgerte die Wärter einen Augenblick.

Als sie losgemacht wurden, beschlossen einige andere, darunter ich, vor der Abfahrt ebenfalls noch mal zu pinkeln, und Charlie sagte, er wolle auch mitkommen.

»Warum steckt ihr euch nicht einen Stöpsel rein?«, fragte der Hauptwachtmeister. »Sputet euch gefälligst, wir können hier nicht den ganzen Tag vertrödeln. Was ihr Burschen braucht, sind ein paar Flaschen Gin für eure Nieren. Wenn ihr in drei Sekunden nicht wieder da seid, hauen wir ab, und ihr könnt die ganze Strecke nach Hollesley Bay zu Fuß gehen.«

Endlich standen wir wieder in Reih und Glied, wurden angekettet und saßen sauber und anständig im Wagen, der zum Hoftor hinausfuhr. Die Jungen, die zurückbleiben mussten, winkten uns aus den Fenstern nach, und wir winkten zurück. Und schon sausten wir auf der Londoner Landstraße davon.

Einige von uns hatten – woher, weiß der Himmel – Luftschlangen dabei und ließen sie zum Fenster hinausflattern, als führen wir zu einem Schulausflug. Der Hauptwachtmeister ging an unsere Bündel und gab uns unsere Zigaretten.

Nach einer Weile wurde gesungen.

Es waren drei Jungen aus der Felthamer Anstalt dabei, die nach Hollesley Bay verlegt wurden. Einer war achtzehn, hatte dichtes schwarzes Kraushaar und hieß Shaggy.

Die anderen beiden waren ein Junge namens Ickey Baldock und ein Kanadier mit Namen Mac Stay.

Shaggy war – das war deutlich zu sehen – der Boss der drei und würde vermutlich auch der Boss der Bay werden, denn er war Fliegengewichtsmeister des britischen Heeres gewesen, und obgleich einer ein guter Boxer und dabei ein schlechter Schläger sein kann, sah man es Shaggy auf den ersten Blick an, dass er in beidem seinen Mann zu stehen wusste.

Ickey Baldock war etwas jünger als Shaggy und klein, aber körperlich gut entwickelt und hatte allem Anschein nach viel Sport getrieben. Ein kleiner Hurensohn, der seine Unansehnlichkeit, deren er sich wohl bewusst war, durch vorlautes Wesen wettzumachen suchte, einer jener Jungs, die sich in Dublin gern als »klein, aber oho« bezeichnen lassen. Vermutlich boxte er sehr gut. Sollte ich daher je mit ihm aneinandergeraten, musste ich genau wissen, was ich tat, und seinen kleinen flinken Schädel zurückbiegen, damit ich ihm schnell ein paar verpassen konnte.

In einer Mischung aus Feigheit und Faulheit – zwei Drittel Feigheit und ein Drittel Faulheit – sowie aus Angst, nicht mit Sicherheit zu gewinnen, lasse ich mich ungern auf eine Schlägerei ein, aber Ickey Baldock war einer von denen, die so lange immer wieder einen Streit vom Zaun brechen, bis sie einmal richtig verlieren, sodass es bei ihm nur eines gab: sicherzugehen, dass er gleich das erste Mal die Schnauze voll bekam.

Mac Stay war einer, der überall Streit suchte, und hatte sich vermutlich Shaggy angeschlossen, weil dieser ein Schläger war; außerdem Ickey Baldock, weil dieser ein Cockney und dazu ein gerissener Filou war, das sich immer auf die richtige Seite zu schlagen schien.

Shaggy sagte mir, seine Mutter sei eine Irin aus Belfast, sein

Vater ein Londoner Ire. Er selbst war ins Regiment Northamptonshire eingetreten, weil es in Nordirland stationiert war. Dort hatte er gedient, und er fragte mich, ob ich das Ballykinlar-Lager kenne.

Ich sagte ihm, ich sei nie dort gewesen, wisse aber, wo es liege. Mein Onkel und viele Freunde meiner Angehörigen waren während des Aufstands dort interniert gewesen; mein Onkel hatte ein Lied komponiert, das *Ballykinlar-Marsch* hieß:

> Ihr Völker aller Welt, vernehmet Irlands Kunde:
> Das Freiheitsbanner weht, es naht sich unsre Stunde!

Dass mein Onkel dort interniert gewesen war, dass die Ersten Northamptonshire dort gestanden hatten, dass die IRA dort wenige Monate vorher einen Überfall auf die Kaserne gemacht hatte – all das schien aus Shaggy einen Iren zu machen. Die irische Abstammung seiner Mutter, die IRA, die britische Armee, natürlich Offiziere oder Unteroffiziere ausgenommen – all das schien zu dem beizutragen, was Shaggy und ich gemeinsam hatten. Das war auch nichts Außergewöhnliches, denn abgesehen davon, dass meine Verwandten aus der IRA dort gefangen gewesen waren und meine Freunde das Lager jedes Mal überfallen hatten, wenn sie Waffen brauchten, war noch etwas zu bedenken: Mein Onkel Jim, von den Königlich-Irischen Jägern, der in Belgien gefallen war und dessen Name auf dem Gefallenendenkmal von Menin stand, war dort im Ersten Weltkrieg stationiert gewesen; mein jüngerer Bruder Seamus, ein Königlich-Irischer Füsilier, war dort im Zweiten Weltkrieg stationiert. Ich konnte mir kaum ein Lied vorstellen, das besser zu dem allem passte als das über die Grafschaft Down, in der Ballykinlar liegt. Ich sang es daher sehr gefühlvoll. Shaggy war sichtlich bewegt und dachte vermutlich an seine Mutter, was Engländer gern tun im Gegensatz zu Iren oder Schotten, die sie nur samstagabends besingen, wenn sie betrunken sind, und es dabei bewenden lassen.

Shaggy heftete den Blick auf mich, während ich sang, und alle lauschten andächtig:

»Es gibt einen Felsenpfad, der führt zurück
Zu einem kleinen Ort, dort wohnt mein Glück.
Mag er auch ärmlich sein und unscheinbar,
Mir ist er Märchenland und wunderbar,
Im Traume hör ich leise sein Geraun;
Im Ruhm der Welt erkenn ich keinen Wert.
Und wie das schwarze Schaf, das wiederkehrt
In seinen Pferch, so wandre ich zurück
Zum Städtchen in der alten Grafschaft Down.«

Ich erntete lebhaften Beifall für dieses Lied, vor allem von Shaggy; der Hauptwachtmeister nahm seine Pfeife aus dem Mund und sagte: »Fein gemacht, Paddy. Sing doch mal eins von den alten, weißt du, etwa ›Der lange, lange Pfad‹, ›Rosen aus der Picardie‹ oder ›Tipperary‹.«

»Ja, ja, Paddy«, schrien sie alle. »Tipperary.«

Diese Lieder hatte ich allesamt auf der Straße gelernt, sei es von anderen Straßenjungen oder von den alten Leuten, die sie am Rentenzahltag in der Kneipe sangen, denn zu Hause hätte ich sie bestimmt nie gehört. So aber kannte ich sie, sang auch »Tipperary« richtig und leitete den Kehrreim mit meinem eigenen Vers folgendermaßen ein:

»Paddy schreibt nach Irland: Hör zu, mein Molly-Kind,
Kommt mein Brief nicht an, so antworte geschwind.
Singe deine Lieder vom *Strand* und Leicester Square,
Bis Paddy auf die Palme steigt und trällert übers Meer:«

Dann fielen alle ein, Wärter und Jugendgefangene, und der Hauptwachtmeister schwenkte seine Pfeife im Takt dazu:

Es ist ein langer Weg nach Tipperary,
Kommst nicht hin wie im Wind,
Es ist ein langer Weg nach Tipperary,
Zu dem allerschönsten Kind.
Lebewohl, mein Picadilly, Leicester Square, auf Wiedersehn!

Es ist ein langer, langer Weg nach Tipperary,
Nur dorthin möcht ich gehn!

Charlie war begeistert und sang wie eine Lerche mit, auch Knowlesy sang aus Leibeskräften, und Joe summte nur, weil er den Text nicht kannte. Nulpe war auch nicht sonderlich textsicher, grölte aber trotzdem mit, und natürlich stimmten alle anderen fröhlich ein.

Als ich geendet hatte, sang ein Junge namens Charlie Garland den »Blinden Jungen«, und noch mancher andere sang ein Solo. Zwischen zwei Gesangseinlagen sagte Shaggy zu mir: »Das hast du toll gesungen, Paddy«, selbst Mac Stay stimmte zu; nur diese linke Ratte Ickey musste mit seiner Fistelstimme kreischen:

»Du hast ›Hoch Down‹ geschrien, Shaggy. Was soll das heißen, das blöde ›Hoch Down, hoch Down‹?«

Shaggy blickte mich fragend an, und ich sagte: »Down heißt *Fort* auf Irisch.«

Als wir am Chelmsforder Gefängnis vorbeifuhren, sagte Charlie Garland, sein Vater sitze dort zehn Jahre ab, daher beschlossen wir, ihm zu Ehren zwei Minuten zu schweigen.

Da es aber nicht leichtfällt, still zu sein, wenn alle guter Laune sind, sangen wir, sobald das Chelmsford-Gefängnis hinter uns lag, fröhlich weiter.

Dann sagte Charlie Garland: »Ich hab meinen Alten nie gesehen. Entweder er war eingebuchtet oder er war unterwegs, ich weiß nur, wie er aussieht, seit ich selbst geschnappt wurde und ein Polizist mir sein Bild in seinem Steckbrief zeigte.« Nun sangen die Jungen »Roll das Fass ins Freie«, »Wünsch mir Glück beim Lebewohl« und das Liedchen »Der hämmernde Buntspecht«:

Hörst du ihn nicht hämmern an demselben alten Baum?
Unermüdlich hämmert er sein Lied und merkt es kaum,
Glücklich wie die Hummel, und der Tag verfliegt im Traum.

Du musst dein Mädchen in der Schaukel schwingen,
Wo dicht belaubte Bäume Kühlung bringen.

Als wir wieder übers offene Land fuhren, sagte der Hauptwachtmeister, wir könnten austreten; der Wagen hielt, und wir stiegen aus.

Dann wurden wir an unseren Ketten hinter die Hecken geführt; der Hauptwachtmeister sagte, in der Nähe liege ein Lager des Frauenhilfsdienstes, sollten zufällig uniformierte Mädchen vorbeikommen, hätten wir gefälligst die Klappe zu halten.

Einige von ihnen verstünden zwar Spaß, meinte er, aber es könne immer sein, dass die eine oder andere einen Spruch in den falschen Hals bekomme und uns ihrer Vorgesetzten melde, die sich dann beim Ministerium beschweren würde.

Und tatsächlich: Es verging keine Minute, als etwa sechs Mädels in Uniform die Landstraße entlangmarschiert kamen und zu ihrer größten Verwunderung von zwanzig Augenpaaren auf jeder Straßenseite stumm begafft wurden.

Unsicher blickten sie zuerst einander und dann uns an, wie wir stur jeden Zentimeter ihrer Gesichter und Figuren musterten.

Eine von ihnen nickte und lächelte schwach herüber; als sie aber außer unserem starren Blick kein Lebenszeichen entdeckte, eilte sie hinter ihren Kameradinnen her. Sie hasteten gemeinsam weiter, während eine von ihnen sich umdrehte und sagte: »Verdammt, Mädels – die sind ja debil!«

Ich muss zugeben, Ickey Baldock war ein guter Sänger, und so sangen Shaggy, Mac Stay und er Lieder über Feltham, in die wir alle einstimmten, sooft wir ein paar Worte aufschnappen konnten.

Dann fuhren wir durch unwirtliche Moore, die zwar den Dubliner Bergen glichen, jedoch niedrig und flach waren, und alle fanden die Landschaft romantisch. Ein Wikingerschiff war in dieser öden Gegend gefunden worden, aber jetzt war außer ein paar Schafen weit und breit kein lebendiges Wesen zu sehen. Dafür gab es Heidekraut und frische Luft.

Der Hauptwachtmeister sagte, wenn wir wieder herauskämen, würden wir stark wie Bullen sein. Wieder sangen alle Jungs, diesmal eines der Lieder, die wir von Ickey, Shaggy und Mac Stay gelernt hatten:

»Ich taug nichts, heißt es, weil ich ein Borstal Boy bin,
Und trotzdem werd ich nie was andres sein.
Ein Titel ist es, ich weiß, und trag ihn mit Gewinn,
Borstal zulieb und seinen schönen Länderein.

Bei mir hat die Gesellschaft nichts zu lachen,
Denn schnipsen, schnucken, lange Finger machen,
Hab ich ein Leben lang profitlich praktiziert.
Nun sitz ich fern der Heimat, unrasiert,
In Borstal, hätte längst schon brummen müssen ...
(Lass mich an Land, ich kann an Bord nicht pissen!)
Hätt' schon 'ne Ewigkeit in Borstal sitzen müssen ...

Einer der Wärter deutete auf einige Gebäude in der Ferne. »Das ist es«, sagte er, »das ist es«, und alle verstummten.

Ich blickte über Moore und Marschen und sah die See wieder, sah die Möwen, die in der Luft kreisten und kreischten, und sang vor mich hin:

Die See, ach die See, a ghradh gheal mo chroidhe,
Lang soll sie zwischen mir und England rauschen,
Denn mit den Schotten möcht ich nimmer tauschen,
Doch rings um Irland wogt die stolze See ...

Alle blickten mich verwundert an, und Shaggy lachte und sagte: »Unser alter Paddy.« Auch die Übrigen lachten, Charlie und Joe nickten befriedigt, und Nulpe meinte stolz: »Ein lustiger Vogel, unser Paddy, was?« Auch der Hauptwachtmeister lachte, nahm seine Pfeife aus dem Mund und sagte: »Du wirst noch genug Meerwasser bekommen, Paddy. Achtung, Jungs, wir sind gleich da.« Und schon fuhr der Wagen in einen Hof ein und bremste scharf.

Die Gebäude waren mächtige Fachwerkbauten wie der Tattersall oder die Phönix-Rennbahn in Dublin, mit Giebelfenstern und einem Uhrturm. Sie stammten aus den Achtziger- oder Neunzigerjahren des vergangenen Jahrhunderts und sollten vermutlich Herrenhäuser aus der Tudorzeit nachahmen.

Ich verstand etwas vom Bauen, denn meine ganze Familie war im Bauhandwerk tätig. Aber diesen Baustil kannte ich nicht, ich kannte nur den Georgian-, Regency- sowie den modernen Stil. Mir gefielen diese Gebäude jedoch, weil sie einem Gefängnis so unähnlich waren wie nur möglich.

Auf der Turmuhr war es zwei. Insassen standen in Gruppen herum, verdauten ihr Mittagessen und rauchten, bevor sie wieder an die Arbeit gingen. Sie trugen Arbeitszeug und schwere Stiefel. Einige hatten blaue Monteuranzüge an, aber die meisten steckten in Arbeitskitteln, kurzen Hosen und Gamaschen. Sie sahen alle nach harter Arbeit aus und bewegten sich ohne Hast, um ihre Kräfte für die Arbeit aufzusparen. Von uns nahmen sie nicht die geringste Notiz und stapften nach einem abwesenden Blick in unserer Richtung aus dem Hof, ihrer Arbeitsstätte entgegen.

Handschellen und Ketten wurden uns abgenommen, und wir traten im Hof an. Dann führten uns die beiden Wärter durch das Gebäude hinauf in die Zivilzeugkammer, während der Hauptwachtmeister mit unseren Unterlagen in Form von zwei dicken Aktenbündeln unter den Armen wegging, um sie bei der Anstaltsverwaltung gegen einen Empfangsschein abzuliefern. Die Wärter gaben dem Kammerbullen eine Liste, die dieser mit seiner eigenen Aufstellung verglich. Dann rief er unsere Namen auf, und als alle geantwortet hatten, überließen die Feltham-Wärter uns mit einem kurzen Gruß unserem Schicksal.

»Wiedersehen, Sir, Wiedersehen«, riefen wir ihnen nach, »Wiedersehen«, brüllten wir zu dem Hauptwachtmeister durchs Fenster in den Hof hinunter; sie waren keine schlechten Kerle gewesen. Der Kammerbulle ließ uns unsere Klamotten ausziehen und sie bündeln.

Er war ein Mann von etwa fünfunddreißig mit einem schmalen Gesicht und einem angegrauten großen Schädel. Sein Gehilfe, ein Insasse, war ein hochgeschossener Lulatsch von neunzehn Jahren mit frischer Hautfarbe, der im Augenblick recht mürrisch wirkte.

Wir begannen unsere Kleider auszuziehen, als der Wärter den Helfer anbrüllte: »He, Geordie, mach mal hin mit den Klamotten. Die können ja nicht den ganzen Tag mit nacktem Arsch herumstehen.«

Er selbst schien sich aus unserer Nacktheit nicht das Geringste zu machen. Die meisten von uns waren das ohnehin gewohnt; mittlerweile waren wir miteinander bekannt, nur der Neue, der in Kingston verurteilte Junge, schien ein wenig verschämt und hielt mit einer Hand seine Hose fest, während er mit der anderen das Hemd auszuziehen versuchte.

»Kannst sie ruhig fallen lassen, Junge«, meinte der Wärter, »wir haben hier alle 'nen Schwanz.«

Darüber lachten wir, aber auch Charlie hielt die Hand über seine Blöße und stand gekrümmt am Fenster.

Schließlich trottete Geordie mit unseren neuen Sachen herbei – blauen Jacken, kurzen Hosen, Schuhen, Hemden, Unterhosen und Strümpfen.

»Schau dir die armen Würstchen an, Geordie«, sagte der Kammerbulle, der zusah, wie wir schlotternd in unser neues Zeug schlüpften.

Geordie antwortete nicht, sondern blickte unentwegt mürrisch drein.

Es schien fast, als versuche der Wärter einen Streit beizulegen, den er mit dem Jungen womöglich vor unserer Ankunft gehabt hatte; ich fand es merkwürdig, dass ein Wärter gut Wetter bei einem Gefangenen zu machen versuchte. Ich sagte das zu Joe, der sogleich eine Antwort bereit hatte.

»In der wahren Liebe gehts nie glatt«, sagte er.

»Ich glaube dir aufs Wort«, sagte ich lachend. Wir beugten uns vor, um uns die Schuhe zuzuschnüren, sodass wir ungestört flüstern konnten. »Du hast eine schmutzige Fantasie.«

»Das hat er, weiß Gott«, sagte Charlie. »Aber du bist um kein Haar besser. Und du hast immerhin ein bisschen Erziehung genossen.«

»Schön, aber du musst zugeben«, sagte ich, »dass es ganz danach aussieht.«

»Ist mir scheißegal«, sagte Charlie, »solange der Kerl seine Masche nicht mit mir probiert. Oder irgendein anderer Hurensohn.«

»Ich werde dich vormerken«, sagte Joe.

»Nehmt eure Handtücher und antreten zur Dusche«, sagte der Kammerbulle.

»Jetzt gleich unter der Dusche«, sagte Joe, der sich vorneigte und die Hand auf den Mund legte, wie er es immer tat, wenn ihn etwas amüsierte.

»Leck mich!«, sagte Charlie. Gut gelaunt trabten wir hinter

Geordie drein, der durchsagen ließ, dass nach der Dusche jeder fünfzehn Gramm Tabak und ein Heftchen Zigarettenpapier bekommen werde.

Es gab zehn Duschen, einige von uns warteten in der dampfenden Luft, während wir Übrigen unser Handtuch ablegten und unter das heiße sprühende Wasser traten.

Joe tollte nackt umher, spritzte nach allen Seiten, teilte klatschende Hiebe auf nackte Hintern aus, Flüche hagelten, Schimpfworte, er solle sich wegscheren, bis er endlich unter der eigenen Dusche stand und sich kranklachte.

»Los, Paddy, sing uns eins«, brüllte er zu mir herüber. »›Die Jungen der Grafschaft Cork‹«, das er wie Coke aussprach. »Paddy«, rief Charlie aus der Nebenkabine, »komm und seif mir den Rücken ein, ja?«

»Lass mich«, schrie Joe. »Darin bin ich Meister.«

»Bleib, wo du bist«, sagte Charlie.

Er stand unter dem strömenden Wasser, seine Rückenmuskeln schimmerten schwach.

»Okay«, sagte ich und nahm die Seife. Er straffte sich und stand fest, während ich ihn mit Seife einrieb. »Genug?«

»Genug, Kumpel, danke.«

Als ich wieder in meiner Kabine war, schrie Joe wieder herüber, »Wie steht's nun mit den Jungen aus Cork? Komm schon!«

Und ich sang:

»Einige kamen aus Kerry,
Andere kamen aus Clare,
Aus Dublin, Wicklow, Donegal
Und aus dem alten Kildare.
Manch einer kam aus Übersee,
Aus Boston und New York,

Wer's aber den *Black and Tans* gab,
War'n die Jungen der Grafschaft Cork.«

»Lass das bloß dem alten Forrest nicht zu Ohren kommen, Paddy«, sagte Geordie.

Er saß auf einer Bank, ruhte sich aus und paffte eine Zigarette, während er darauf wartete, dass wir unsere Dusche beendeten.

»Wieso?«, fragte ich, meine Beine spülend. »Wer, zum Teufel, ist dieser Forrest, dass er mein Singen nicht hören darf?«

»Ach, Singen macht ihm nichts aus«, sagte Gordie.

»Verdammt nobel von ihm«, gab ich zurück.

»Aber das Lied wird ihm nicht behagen. Auch Iren mag er nicht.«

»Das tut mir herzlich leid für ihn«, sagte ich, »vielleicht mögen sie ihn nicht.«

»Ich sag's dir bloß, Paddy. Forrest gehört selbst zu den *Black and Tans*.«

»Tatsächlich?«, sagte ich und drehte die kalte Brause an. »Mannomann, das muss gebührend besungen werden«, rief ich und sang:

»Am Abend des achten November
In ihren Crosley-Tender
Die *Tans* war'n auf dem Marsch.
Doch gleich hinterm Städtchen Macroom,
Da war ihr Stündlein um.
Denn mit Handgranaten parat,
Die IRA, wie immer auf Draht,
Haute den Klumpatsch in Arsch.«

»Bravo, Paddy«, brüllte Joe.

»Gut gemacht, Pad«, sagte Charlie.

»Scheißkerle«, sagte Nulpe und frottierte sich kräftig.

Nach dem Bad führte Geordie uns wieder in die Kammer hinauf. Der Kammerbulle und Geordie schienen mittlerweile ihr Zerwürfnis beigelegt zu haben, und während Geordie uns antreten ließ, gab der Kammerbulle jedem von uns fünfzehn Gramm *Ringers* !A Pfeifentabak und ein Päckchen AG-Zigarettenpapier. Gleichzeitig bekamen wir den Rest unserer Ausrüstung, unseren Arbeitsanzug, Schlafanzug und Unterzeug.

Einige von uns verstanden sich aufs Zigarettendrehen, aber die meisten hatten keine Ahnung davon. So setzte sich der Wärter an seinen Schreibtisch und zeigte es uns; er selbst konnte eine Zigarette mit einer Hand drehen wie ein Cowboy. Geordie war nun wieder besser gelaunt und sagte, morgen würden wir zur Arbeit in die Gärtnerei geschickt werden.

Wir versprachen uns viel davon, in der frischen Luft zu arbeiten, aber Geordie sagte, wir würden bald vom Umgraben die Nase voll haben. In der Erntezeit mache es mehr Spaß, dann gebe es Pflaumen, Äpfel und alle Arten von Gemüse, auch Tomaten und Gurken, Pfirsiche und sogar Weintrauben. Er sagte jedoch, an Tomaten und Gurken würden wir nicht rangelassen werden; die einzigen Gemüsearten, die wir bearbeiten dürften, seien Lauch und Karotten, eine üble Arbeit, das Zeug an einem frostigen Morgen mit klammen Fingern aus der Erde zu ziehen. Und was die Weintrauben und Pfirsiche betreffe, die gehörten dem Direktor, und wenn er einen erwische, der auch nur nach seinem Pfirsichspalier oder seinem Treibhaus schiele, gerate er aus dem Häuschen, und keiner, der noch ganz richtig im Kopf sei, würde auch nur im Traum daran denken, sich daran zu vergreifen.

»Na schön, dann begnügen wir uns eben mit Äpfeln und Birnen und Johannisbeeren«, sagte Joe.

»Auch nicht übel«, meinte Nulpe.

»Vielleicht kriegen wir 'ne Schubkarre«, sagte ich, »dann kannst du deinen Kram ausrufen, wie dus erzählt hast.«

»Los, ruf mal«, sagte Charlie, »los, Nulpe!«

»Nur vier Pence das Pfund Erbsen, ganze vier Pence«, grölte Nulpe in seinem Cockney-Dialekt.

Ein Junge, der draußen über den Hof ging, ließ fast seine Leiter fallen, bekam sie aber im letzten Augenblick noch zu fassen und drehte sich nach dem Lärm um.

»Lauter«, sagte Charlie, »dass man dich unten hört.«

»Werden ihn wohl in der Hurengasse gehört haben«, meinte der Wärter lächelnd, sodass Nulpe den Kopf senkte und stolz errötete.

»Um das Kaff hier müsste 'ne Mauer sein«, sagte Joe, »damit keiner reinkommt und das Obst klaut. Pflaumen und Äpfel und Johannisbeeren.«

»Wie in dem Lied vom Weihnachtsstollen«, sagte ich.

»Wie ging das?«, fragte Gordie.

Und ich sang:

Drin waren Zwetschgen, Pflaumen und Rosinen,
Auch Zitronat, Kaneel und Honigseim;
Walnüsse, Haselnüsse, Sultaninen,
Die süße Kruste klebte zäh wie Leim;
Mohnsamen war natürlich nicht vergessen.
Du brauchtest von Miss Houlihans Weihnachtsstollen
Ein Stückchen nur, vielleicht auch zwei, zu essen –
Und hattest schon 'nen Brummkopf, einen tollen!

»Du bist ein komischer Vogel!«, sagte Geordie zu mir, »weiß der Teufel.«

»Er ist Ire«, sagte Charlie.

»Jetzt verstehe ich«, sagte Geordie. »Ich werd manchmal für 'nen Iren gehalten, obwohl ich aus Newcastle bin. Weil ich Geordie-Dialekt spreche.«

»Ich muss dir sagen«, sagte Joe, »als ich zum ersten Mal Nordenglisch reden hörte, dachte ich, der is'n blöder Ausländer.«

»Ich versteh die auch nicht«, meinte Ickey Baldock.

Mac Stay nickte, aber bevor er etwas sagen konnte, sagte ich: »Na ja, wenn er nicht zu Hause ist, ist jeder ein Ausländer.«

Da er als Kanadier noch weiter weg wohnte als ich, hoffte ich, wenigstens mit dieser Bemerkung sein vorlautes Maul zu stopfen.

»Die Geordies sind in Ordnung«, sagte ein Junge. Charlie sagte nichts, dachte aber vermutlich an die Gebrüder Richardson, obgleich er es nicht durchblicken ließ.

»So in Ordnung nun auch wieder nicht«, meinte Geordie, »sonst würdest du nicht so viele von ihnen im Knast sehen.«

»Na ja«, warf Joe ein, »es sitzen Leute auch wegen was anderem als nur wegen Schlägereien. Geordies sitzen aber bestimmt meistens wegen Prügeleien und so was.«

»Die Waliser sind noch die anständigsten von allen«, murmelte Knowlesy. »Ich habe noch nie einen Taffy wegen einer Schlägerei brummen sehen. Nur wegen Schafevögeln.«

»Moment«, sagte der Junge, der in Kingston verurteilt worden war, »ich bin doch wegen Schafevö...«

Wir platzten fast alle heraus, weil er sich in seiner geplanten Erklärung verheddert hatte. Da der arme Teufel aber ganz befangen war und feuerrot wurde, sonst jedoch höchst selten den Mund auftat, unterdrückten wir unser Gelächter und ließen ihn ausreden.

»Immer mit der Ruhe«, sagte der Wärter und zündete sich eine Zigarette an.

»Ich wollte sagen: Es stimmt nicht, dass die Waliser nicht wegen Diebstahls, sondern nur wegen ...«

Wieder platzten wir um ein Haar heraus, aber der Wärter blickte uns streng an, so dass wir ein ernstes Gesicht machten. »... im Gefängnis sind, denn ich sitze wegen Klauen, und meine Mutter stammt aus Swansea.«

»Dann hätte sie nicht kommen sollen«, sagte Joe, »hätte lieber bleiben sollen, wo sie war.«

»Sehr richtig«, sagte Ickey Baldock, »London für die Londoner. In der Scheißstadt kommen wir überhaupt nicht mehr an den Drücker bei den vielen Walisern und Schotten.«

»Und den Itakern«, sagte Knowlesy.

Joe nahm den Einwurf nicht krumm, tat nur so, als wolle er ihm eins auswischen, und sagte: »Und den beschissenen Bauern aus Lancashire, willst du wohl sagen.«

»Und den Iren«, sagte Ickey Baldock, »die mit Bomben um sich schmeißen.«

»Paddy kämpft nur für sein Land, weiter nichts«, sagte Charlie.

Ich sagte nichts, aber Shaggy meinte: »Meine Mutter war Irin«, worauf der kleine Hurensohn von Ickey Baldock lächelte, als habe er nur einen Scherz machen wollen.

»Sitzt du wegen der IRA, Paddy?«, wollte der Wärter wissen.

»Ja«, sagte ich.

»Bist wohl weich in der Birne«, meinte er und stieß den Rauch durch die Nase aus. »Bei denen ist doch nichts zu holen. Sobald ich alt genug war, hab ich mich nach Übersee zur indischen Armee gemeldet und viel von dem Terz miterlebt.«

Mehr sagte er nicht, sondern nickte uns nur zu. »Aber jetzt ist

Zeit für den Direktor. Führ sie runter, Geordie, verstanden, und verlier mir keinen.« Er lächelte Geordie zu, Geordie lächelte zurück, und als wir den Raum verließen, hörte ich den Wärter vor sich hin summen. Wir sogen zum letzten Mal an unseren Zigaretten, verwahrten die Kippen in unserer Brusttasche und gingen nach unten.

Als wir vor dem Büro des Direktors warteten, las ich die Anschläge, die dort hingen.

Einer kündigte einen »Bunten Abend« an, der wegen Überschwemmung von Ostern auf kommenden Samstagabend verschoben worden war. Ein anderer Anschlag kündigte eine Sportveranstaltung und einen Waldlauf an. Ein weiterer wies auf das Hochamt für die Mitglieder der Church of England und die Katholiken hin, was mich verwunderte, da ich nicht gewusst hatte, dass die anglikanische Kirche ihren Gottesdienst Hochamt nannte.

Es hing auch ein geistlicher Text in einem blumengeschmückten Rahmen an der Wand, ein Gedicht von Rudyard Kipling mit dem Titel *Eddies Service.*

Jetzt kam der Justizinspektor. Er war forsch und stramm, trug Sportjacke und Pumphose und sah aus wie ein Veteran. »Kommt mal her, Jungs«, sagte er und strich sich über seinen gestutzten Schnurrbart. Er ging auf einen von uns zu und fragte: »Weißt du noch nicht, wie man eine Krawatte bindet?«, knotete sie auf und schlang sie von Neuem.

Der Junge hatte versucht, einen Windsor-Knoten zu machen, was sich mit dem Anstaltsschlips schlecht bewerkstelligen ließ.

»Was soll das heißen, so zum Direktor zu gehen?«, fragte der Justizinspektor einen anderen, dessen Haar ungekämmt war. »Los, Jungs, bringt euren Anzug in Ordnung. Du da, zieh gefälligst deine Socken rauf.«

Ich glaube, er tat das nur, um uns zu beeindrucken, denn als er die Tür zum Büro des Direktors aufstieß, brüllte er: »Achtung! Pflanzt euch vor dem Schreibtisch auf, sagt eure Nummern, den vollen Namen, Konfession und Strafmaß!«

Obgleich das die vom Oberwachtmeister und Hauptwachtmeister stets verwendete Formel war, wenn er einen Häftling zum Direktor hineinführte, hätte eine Gruppe von uns ihm unsere Personalien ebenso wenig zur gleichen Zeit entgegenbrüllen können, wie er sie zur gleichen Zeit verstanden hätte.

Der Justizinspektor wartete nicht länger, sondern grüßte den Direktor, der hinter seinem Schreibtisch lächelte und sagte: »Danke, Inspektor.«

Der Justizinspektor schloss die Tür hinter uns, der Direktor lächelte und sagte: »Willkommen, meine Herren!« Während wir diese überraschende Begrüßung verdauten, fügte er hinzu: »Ihr könnt euch setzen. Es tut mir leid, dass ich keine Stühle habe, aber macht's euch auf dem Fußboden bequem.«

Wir setzten uns auf den Boden, und die hinteren knieten sich hin und legten ihre Hände auf die Schultern ihrer Vordermänner.

»Ihr habt Tabak vom Wärter der Kleiderkammer bekommen. Ihr könnt rauchen.«

Wir rollten uns eine Zigarette oder rauchten unsere Kippe weiter. Der Direktor nahm eine Zigarette aus einem Kästchen auf seinem Schreibtisch und zündete sie an.

»Das Erste, was ich von euch während eures Hierseins verlange, ist Höflichkeit untereinander, gegen die Beamten und gegen mich. In vielem anderem brauche ich eure Mitarbeit.

Zum Beispiel: Wenn ihr mit eurem Leben nicht zurechtkommt – wie es uns oft geht, gleich wo und unter welchen Umständen –, so bitte ich euch, euch an einen Beamten, an euren

Heimleiter, an euren Geistlichen oder an mich zu wenden. Es mag vorkommen, dass einer sich nicht für die Arbeitsgruppe eignet, in die er eingeteilt ist. Ich kann nicht immer garantieren, dass ich euch für eine Arbeit einteilen kann, die euch liegt. Vielleicht ist der eine oder andere von euch ein fähiger Seemann, deshalb kann ich ihn noch lange nicht auf ein Schiffsdeck stellen.«

Wir lachten.

»Heute ist einer gekommen, der von Beruf Taxifahrer ist.«

Der in Kingston verurteilte Junge sah zum Direktor auf, der ihm einen Blick zuwarf. »Bist du das?«, fragte er.

Der Junge nickte, murmelte »Ja, Sir« und wurde feuerrot, als wir alle zu ihm hinschauten.

Der Direktor fuhr fort: »Es ist logisch, dass ich dem Mann keine Arbeit in seinem Beruf verschaffen kann.« Wir lachten wieder. »Wir haben aber Traktoren in unserer Landwirtschaft. Daher sehe ich nicht ein, warum er sich nicht mal im Traktorfahren versuchen soll. Natürlich braucht er eine Empfehlung von seinem Wärter, außerdem muss er erst eine Weile hier sein, denn wir haben eine Warteliste und natürlich nicht für jeden einen Traktor parat. Und so weiter! Kurzum: Wir verwerten hier nach Möglichkeit die Gaben jedes Einzelnen.

Es mag auch vorkommen, dass einer meint, sein Wärter habe ihn auf dem Kieker. Vielleicht verliert der Beamte auch mal mit einem von euch die Geduld. Er hat seine eigenen Sorgen wie jedermann und steht manchmal mit dem linken Fuß auf, genau wie ihr das manchmal tut. Es mag auch vorkommen, dass ihr beide am selben Morgen mit dem linken Fuß aufgestanden seid.

Es kann auch sein, dass ihr zuerst nicht mit den Leuten in eurer Arbeitsgruppe auskommt, vielleicht gehen euch eure Nachbarn im Schlafsaal auf die Nerven. Das passiert häufig.

Mir ist das jedenfalls im Internat passiert. Da hat es keinen Sinn zu sagen: ›Schluck's runter, mach ein freundliches Gesicht, du musst es ertragen wie jeder andere, vielleicht geh ich auch anderen auf die Nerven.‹ Vielleicht lässt sich die Sache nicht ändern, aber es lohnt sich immer, mit jemandem darüber zu sprechen. Meist ist es so, dass Reibereien mit Beamten oder anderen sich nach einer Weile ganz von selbst geben. Trotzdem solltet ihr immer mit jemandem darüber sprechen, wenn ihr glaubt, ihr könntet etwas nicht ertragen.

Kurzum: Lauft nicht einfach weg, sondern kommt mit euren Sorgen zu mir. Wir besprechen die Sache. Ich weiß, dass ich euch dazu bringen kann, alles zu vermeiden, was euch von euren Eltern, Freundinnen, Frauen und Familien fernhalten kann. Ich weiß, dass einige von euch verheiratet sind.

Wie ihr wisst, gelingt es keinem, aus unseren Anstalten auszureißen. Hier habt ihr noch nicht einmal die Genugtuung, eure Flucht großartig vorbereiten zu können, einfach deshalb, weil es nichts vorzubereiten gibt. Ihr braucht nur abzuhauen, am Tage oder auch nachts. Euer Wärter schickt euch vielleicht mit einer Bestellung kilometerweit über Land, ich kann nicht einen Haufen Leute anstellen, die euch den ganzen Tag auf Schritt und Tritt überwachen.

Lauft ihr aber weg, wird die Sache für alle brenzlig.

Einige der Ortsansässigen wollten uns zuerst überhaupt nicht hierhaben, und es hat eine Zeit lang gedauert, bis wir ihr Zutrauen gewannen.

Aber ein Ausreißer kommt nicht weit, ohne dass er, um sich Zivilkleidung oder Geld zu verschaffen, irgendwo einbricht. Natürlich krieg ich das oft aufs Butterbrot geschmiert – und dann sieht es so aus, als hätte ich gestohlen.«

Der Direktor schien diese Bemerkung nicht lächerlich zu finden, weshalb wir ernst blieben. »Das bedeutet, von euch aus gesehen, dass ich eure Bewegungsfreiheit einschränken und die Vergünstigungen streichen muss – drum geht nicht stiften, ohne mir Bescheid zu sagen.«

Die Jungs schüttelten die Köpfe und sagten: »Nein, Sir.«

»Bei der Arbeit bleibt ihr stramm und gesund, und wenn ihr wollt, könnt ihr auch Frühsport treiben. Es wird euch später zugutekommen, freilich mag der eine oder andere keine Veranlassung sehen, sich um sein späteres Leben Gedanken zu machen. Ich hätte zum Beispiel Frühsport treiben können, als ich in eurem Alter war, und habs nicht getan. Heute tut es mir leid. Es ist eine Sache, die jeder selbst entscheiden muss.

Wenn täglich auf dem Feld oder auf der Baustelle acht, neun und zehn Stunden hart gearbeitet wird, bring ich es nicht übers Herz, den Frühsport obligatorisch zu machen, zumal« – dabei sog er an seiner Zigarette und lächelte uns zu – »ich mich selbst nie für dergleichen begeistert habe.«

Wir prusteten los, und Joe flüsterte begeistert: »Guter Typ, was?«

»Was andere Klassen angeht, so sind sie jetzt bis zum Herbst bald fertig. In der Gärtnerei und in der Landwirtschaft fehlts nicht an Arbeit, auch der Deichbau gibt uns mächtig zu tun, denn ohne den Deich hätten wir weder das eine noch das andere. Morgen ist Samstag, da habt ihr frei ...«

»Besten Dank, Sir«, sagten wir, obgleich wir aus Neugierde oder aus Lust an der Beschäftigung im Freien lieber gleich zur Arbeit gegangen wären.

»... und könnt euch umsehen, aber seht zu, dass ihr den anderen bis Montag, wenn ich euch einteilen werde, nicht in die Quere kommt. Schön. Auf Wiedersehen und alles Gute.«

»Auf Wiedersehen, Sir«, sagten wir und sprangen auf. Der Inspektor öffnete die Tür und brüllte: »Fertig. Kappen aufgesetzt und abmarschiert!«

Wir hatten keine Kappen, wussten aber, was es bedeutete, traten auf den Gang hinaus und marschierten zum Hauptgebäude zurück.

Der Inspektor übergab uns einem großen, derben Wachtmeister mit Namen Hill, der uns auf die verschiedenen Häuser verteilte.

Die meisten Jungen wurden in den neuen Häusern, in Saint Andrew's und Saint Patrick's, untergebracht. Dies waren moderne einstöckige Landhäuser aus Holz und Wellblech mit Trennwänden aus Sperrholz, Häuser, die in dem Rufe standen, mit Billardzimmer, Spielhalle, Radiozimmer und Warmwasserduschen ausgestattet zu sein. Ess- und Schlafsaal waren zentralgeheizt.

Charlie, Joe, Knowlesy, Nulpe und ich wurden in das Haupthaus gesteckt, das groß und anheimelnd war, obgleich einige meinten, hier sei man zu nahe am Geschäftszimmer, am Haus des Direktors und am Büro des Justizinspektors.

Es hatte die gleichen Aufenthaltsräume wie die anderen Häuser, dazu Bibliothek und Turnsaal für den ganzen Gebäudekomplex, dafür aber keine Warmwasserduschen und keine Heizung mit Ausnahme eines Kamins in der Bibliothek. Trotzdem fühlte ich mich in dem Haus gleich wohl, außerdem war die ganze Bande, wie Joe sagte, er, Charlie und ich, verstärkt durch Nulpe und Knowlesy, wieder beieinander.

Shaggy, Ickey Baldock und Mac Stay waren auch im Saint George's.

Wir stiegen von Neuem zur Kleiderkammer hinauf, wo uns der Kammerbulle und Geordie unsere übrige Ausrüstung, darunter auch Bettlaken, aushändigten.

Wir schliefen in dem im Erdgeschoss gelegenen Schlafsaal B, einem großen Raum mit Holzwänden und -decken sowie zwei Reihen Holzsäulen in der Mitte.

Bis jeder sein Bett angewiesen bekam, legten wir unser Zeug auf den Boden und suchten im Gang das Büro des Heimleiters, bei dem wir uns als Nächstes melden sollten.

Unterwegs begegneten wir einem schlanken, gut aussehenden Mann in einer Soutane.

»Guten Abend, Leute«, sagte er und lächelte uns dabei an.

»Guten Abend, Sir«, sagten Joe und Nulpe.

»Guten Abend, Padre«, sagten Charlie und Knowlesy.

»Guten Abend, Vater«, sagte ich.

»Guten Abend, Gott segne dich, Paddy, oder wer du bist«, sagte er und ging lächelnd weiter.

»Hättest ihn nicht Vater nennen müssen«, sagte Joe.

»Mutter hätte ich wohl kaum zu ihm sagen können«, antwortete ich.

»Er ist der Padre«, sagte Charlie, »der von der anglikanischen Kirche.«

»Er ist nicht der Priester«, sagte Joe.

»Ich habe genau dasselbe Recht wie der Kardinal, Priester zu weihen«, sagte ich. »Nur dass er dafür bezahlt wird.«

Ein Zwanzig- oder Zweiundzwanzigjähriger ging vorbei und sagte lachend: »Marlowe hat gesagt, er habe genau dasselbe Recht wie die Königin von England, Geld zu prägen. Habt ihr das gewusst?«

»Ich habs gewusst«, antwortete ich, »und ich bin froh, dass es noch jemand weiß.«

Der ältere Junge lachte noch mehr und ging weiter.

Wir stellten uns in einer Reihe auf. »Das war Rivers«, sagte ein Kleiner vor der Tür. »Er ist euer Saalältester.«

»Scheint in Ordnung zu sein«, sagte ich.

»Bist du auch ein Zugang?«, wollte Charlie wissen.

»Hast du 'ne Ahnung!«, erwiderte der Kleine und deutete auf einen Anstecker auf der Brusttasche seiner Jacke. »Das ist eine Entlassungsmarke. Die kriegst du drei Monate bevor du freikommst. Ich habe nur noch acht Wochen vor mir. Bei dir wirds länger dauern, bis du son Ding kriegst.«

»Leck mich«, sagte Charlie. »Du wirst eine Ewigkeit draußen sein, während ich noch hier sitze.«

Der Kleine blickte sich ärgerlich nach Unterstützung von den anderen herumstehenden Jungs um.

»Na schön«, sagte ich einlenkend, »du warst auch eine Ewigkeit draußen, als dieser schon drin war, oder nicht? Und hast dich ebenfalls nicht um ihn gekümmert, oder doch?« Ich hätte es genauso wenig getan, doch musste ich etwas sagen, um den Kleinen aufzuheitern. Er schien Ärger zu suchen, und der andere kleine Hurensohn, Ickey Baldock, schien ihm gerne behilflich sein zu wollen – solange andere die Sache ausbadeten. Wir hatten aber keine Lust, gleich am ersten Abend Stress zu bekommen.

Der Kleine schien jedoch beschwichtigt. »Hast recht, Kumpel«, sagte er zu mir, »jeder kommt mal dran. Aber der, mit dem du gesprochen hast, wartet auch auf seine Entlassung genau wie ich. Er war hier in Saint George's Hausältester.«

»Das wissen wir«, sagte Charlie.

»Er war hier Hausältester, bis er sein Amt vor ein paar Wochen an Heath übergab. Der ist nun Hausältester, aber Rivers ist noch immer Ältester vom Schlafsaal A. Dort werdet ihr Neuen schlafen.«

»Rivers ist okay«, sagte ein anderer, »aber seine Leute sind blöd.«

»Ja«, sagte der Kleine, »der ist in Ordnung. Er ist vorher im College gewesen.«

»Im Oxford College?«

»Nein, in Harrow. Ich weiß noch, er hat mal Harrow gesagt. Er hat aber auch gesagt, hier sei er lieber. Er findet das Essen besser.«

»Und weswegen ist er hier?«

»Alte reiche Weiber luden die Jungs aus dem College immer zu Tanzabenden nach London ein, wenn sie Schulferien hatten, zusammen mit einer Horde Jungs und Mädels, und wenn unten getanzt wurde, schlich Rivers hinauf unter dem Vorwand, er müsse mal. Stattdessen schnüffelte er in den Schlafzimmern nach Schmuck und Wertsachen herum. Gegen Kohle hatte er auch nichts. Zum Schluss verabschiedete er sich ganz höflich von der Alten, die zu ihrem Diener sagte: ‚Geben Sie doch dem jungen Herrn seinen Hut!‹ und: »Auf Wiedersehen! Lassen Sie von sich hören!‹ Und er: ›Keine Sorge, ich komme wieder und sage nicht Lebewohl, sondern *Au revoir.*‹ Na ja, sobald alles schlief, kommt er wieder, holt die Klamotten, und damit hat sichs.«

»Eine Tusse hat ihn doch reingelegt, oder nicht?«

»Genau. Er ging immer zu der Kleinen, die in der Nähe des College wohnte, und die verwahrte den Kram für ihn. Aber eines Abends stieg ihm ein Lehrer nach, sie hat Angst bekommen und ihn verpfiffen.«

»Gottverdammte Petze, wie alle Weiber.«

»Eigentlich wollte sie ihn gar nicht verpfeifen. Der Alte hat nämlich gar nicht gewusst, dass Rivers ein Ganove ist, aber sie hat gemeint, er ist einer von den Bullen und kommt wegen dem Kram, den Rivers geklaut hatte. Sie wusste ja nicht, dass er nur ein Scheißlehrer war und dass Rivers höchstens aus dem College fliegen konnte, weil er eine Puppe gebumst hatte. Böse Buben, die nicht allein schlafen wollen, sind im Internat nicht gern gesehen. Die wussten aber gar nichts von seinem Klauen oder dass das Zeug bei dem Mädchen versteckt war. Sonst wäre er vielleicht mit einer Tracht Prügel davongekommen.«

»Oder er hätte 'ne Strafarbeit schreiben müssen«, sagte Knowlesy hinter mir. »Du ungezogener Junge, du schreibst mir dreihundertmal: ›Ich soll nachts nicht außerhalb des Schulgeländes vögeln.‹«

»Hast du nicht deine Kippen wie jeder andere Junge?«, wollte Joe wissen und versuchte, die affektierte Internatssprache nachzuäffen.

Unsere Schlange wurde kürzer, und schon war ich an der Reihe. Ich klopfte an die Tür und wurde hereingerufen.

Ich betrat den Raum und blieb vor dem Schreibtisch stehen. Heimleiter Mr Davis war ein gut gebauter und gut gekleideter Mann von etwa fünfunddreißig Jahren in einer grau karierten Jacke, er hatte ein fröhliches Gesicht und einen gestutzten Schnurrbart. Er sah so aus, als rasiere er sich jeden Morgen und auch abends, wenn er ausging.

Er blickte von seinen Papieren auf und sagte lächelnd: »Wie heißt du?«

»Behan, Sir«, sagte ich. »4738, Alter siebzehn Jahre, römisch-katholisch.«

»Ist meine Stiefschwester auch«, sagte Mr Davis mit breiterem Lächeln, sodass auch ich lächeln musste. »Wann bist du siebzehn geworden, Behan? In deiner Karte steht nämlich sechzehn.« Wieder blickte er in seine Dokumente.

»Ich bin am 9. letzten Monats siebzehn geworden«, sagte ich.

»Und deine Nummer ist hier auch nicht als viertausendundetwas angegeben, wie du sagst. Hier steht 537.«

»Stimmt, Sir, ich hatte sie vergessen.«

»Ich habe deine Akte durchgelesen. Ich habe einen Haufen Akten gelesen. Ihr seid zu achtundzwanzig heute von Feltham gekommen. Habt ihr eine gute Fahrt gehabt?«

»Es war toll, Sir. Wir hatten einen Urspaß, Sir.«

Wieder lächelte er und rieb sich den Schnurrbart. »Urspaß? Du hast den hiesigen Dialekt ziemlich rasch aufgeschnappt. Bist noch nicht mal so lange im Land, was?«

»Ich bin zwei Wochenenden, eine ganze Woche und einmal über Nacht hier gewesen. Ich habe hier nie regulär gewohnt und habe keine Verwandten in England, Sir.«

»Du hast also nur irregulär hier gewohnt, was?« Wieder lächelte er. »Trotzdem wirst du hier Freunde finden.«

»Ja, Sir.«

»Na schön, ich möchte dir nur sagen, dass wir hier eine gute Bibliothek haben und dass unser Pfarrer eine Zweigstelle der County-Bibliothek hierherbekommen wird. Wir haben ein Anrecht darauf. Die Beauftragten für das Gefangenenwesen Seiner Majestät zahlen ihren Obolus genau wie jeder andere Sterbliche. Findest du nicht auch?«

»Ganz entschieden, Sir. Gute Nacht, Sir.«

»Schick mir den Nächsten rein, ja?«

»Jawohl, Sir, und besten Dank.«

Lächelnd winkte er mir zu. »Gern geschehen.«

Als Nächster kam Joe. Charlie und Knowlesy fragten mich, wie der Heimleiter sei, worauf ich antwortete, mir komme er sehr anständig vor.

Ein kräftiger Bursche von etwa zwanzig trat auf uns zu und fragte den Kleinen: »Sind irgendwelche Zugänge hier?«

Da er uns ansah und uns nie vorher gesehen hatte, nahm ich

an, er müsse wissen, dass wir Zugänge seien, aber der Kleine sagte nur zu uns: »Das ist Heath, der Hausälteste«, wandte sich an Heath und sagte förmlich: »Hier sind drei von ihnen.«

Heath wollte unsere Namen wissen und verglich sie mit einer Liste in seiner Hand.

»Aha. Wollen mal sehen, wen ich vor mir habe. Ihr wohnt alle bei mir im Heim.« Er trug einen silbernen Stern auf seiner Jacke. »Wer bist du?«, fragte er Charlie.

»Ich heiße Charlie Millwall«, antwortete Charlie.

»Auch aus London, wahrscheinlich«, sagte Heath.

»Genau«, sagte Charlie, »Croydon.«

»Du wirst viele Landsleute hier finden, Charlie.« Dann wandte er seinen sanften Blick mir zu.

»Mein Name ist Behan«, sagte ich.

Er lächelte und sagte in übertrieben irischer Aussprache: »Woher du kommst, ist nicht schwer zu erkennen, Paddy.«

Auch ich lächelte, weil seine Absicht freundlich zu sein schien.

»In welchem Teil von Tipperary, Paddy?«

»Ich bin nicht aus Tipperary«, sagte ich.

»Was, wirklich nicht?«

»Nein, ich bin aus Dublin.«

»Auch nicht übel, Patrick«, sagte er und wandte sich an Knowlesy.

Daraufhin sprach er mit Joe, der gerade aus dem Büro des Heimleiters trat, und wandte sich dann an uns alle:

»Ihr Jungs schlaft alle im gleichen Saal, eure Heimnummern stehen auf den Spinden neben eurem Bett. Dies sind eure Nummern, solange ihr hier seid: Millwall 533, Knowlesy 534, Callaghan 535 – wer ist das? Er ist nicht hier – klingt nach einem Chinesen wie dir, Paddy.« Ich lächelte zurück.

»Vom Felthamer Borstal sind einige hierherversetzt worden«, sagte ich, »es muss einer von ihnen sein.«

»Stimmt«, sagte Knowlesy, »einer, den sie Shaggy rufen.«

»Na schön«, sagte Heath, »machen wir weiter. Da Vinci 536 und Behan 537. Ihr holt jetzt eure Klamotten und nehmt sie mit nach drüben. Euer Handtuch, eure Seife, Rasierapparat, Rasierpinsel und Klingen. Ihr kriegt nur vier im Monat, teilt sie also gut ein. Trotzdem glaub ich, vier werden manchem von euch ein Jahr lang reichen.«

Wir lächelten alle und fühlten uns gleich wohler.

»Und nun sucht euch eure Betten aus, macht sie, räumt eure Sachen in den Spind und haltet ihn sauber.«

Joe sagte: »Ich nehme das Bett neben dir, Charlie, du brauchst nachts nicht zu schreien, du weißt ja, dass ichs bin.«

»Leck mich am Arsch!«, sagte Charlie. »Ich würde nicht mal auf derselben Wiese mit dir pennen ...«

Heath blickte von seiner Liste auf und sprach ruhig mit Joe, wobei er ihm gerade in die Augen sah.

»Hör zu, du wilder Stecher, solange ich hier bin, behältst du solche Sprüche für dich, verstanden. Ich dulde es nicht, und wenn ich dich oder eine andere Drecksau bei solchem Gelaber erwische, werdet ihr merken, mit wem ihrs zu tun habt.«

»Geht dich doch 'n Scheißdreck an«, sagte Joe verletzt und vielleicht auch zum ersten Mal ein wenig ängstlich. Trotzdem schien er bereit, es darauf ankommen zu lassen, wenn der Streit nicht beigelegt wurde.

»Lass ihn reden«, sagte ich, »er meint es gar nicht böse. Es ist nicht ernst gemeint«, fügte ich rasch hinzu. Heath wandte sich an mich und sagte kameradschaftlich: »Schon gut, Paddy. Vielleicht solls nur witzig sein. Aber wir können auch ohne diese Witze witzig sein, oder nicht?«

»Er meints ja nur im Spaß«, sagte Charlie. »Der quatscht immer so, aber wir sind schon dran gewöhnt. Das hat bei ihm gar nichts zu sagen.«

»Ganz und gar nichts«, sagte ich.

»Na schön, dann vergessen wir die Sache«, sagte Heath und nickte Joe zu. »Aber mach dann auch wirklich Schluss damit, ja? Gute Nacht.«

»Gute Nacht«, sagte ich.

»Gute Nacht«, sagte Charlie.

»Gute Nacht«, sagte Knowlesy.

»Nacht«, sagte Joe.

Unser Schlafsaal war ein riesiger holzverkleideter Raum mit mächtigen Deckenbalken und Holzsäulen.

Er hatte jedoch keine Heizung, und beim Ausziehen schlotterten wir wie die Schneider. Die meisten Jungs waren lange vor dem Acht-Uhr-Läuten eingeschlafen. Ich hörte einen von ihnen zu Knowlesy sagen, nach einer gewissen Zeit würden wir die Kälte beim Zubettgehen nicht mehr spüren und abends so müde sein, dass uns eher das Aufstehen in der Kälte schwerfallen würde.

Charlie war enttäuscht, als er feststellte, dass er getrennt lag von Joe, Knowlesy und mir, deren Betten nebeneinanderstanden. Er war jedoch mit den anderen Londoner Jungs aus Feltham zusammengelegt worden und schwatzte mit ihnen sofort über London.

Jener Callaghan, von dem Heath gesprochen hatte, war Shaggy, der Boss der Gruppe; Charlies Bett stand neben seinem; Ickey Baldock, der kleine Bastard, lag auf der anderen Seite, und Charlie und die beiden schnatterten zusammen unentwegt über London.

Jetzt hörten wir Schritte im Gang und Rivers' Stimme: »Zigaretten aus.«

Wir konnten ihn nicht sehen, weil er in einer Zelle am Ende des Saales schlief. Ich dachte, es sei eine Art Entlassungskammer, die ihm eingeräumt worden war, weil er sein Amt als Hausältester an Heath übergeben hatte, ich wurde jedoch dahin gehend aufgeklärt, dass jeder Saalälteste das Anrecht auf die Benutzung dieser Zelle während der Dauer seines Amtes hatte. Sie hatte zwei Betten und zwei Spinde, und der Insasse hatte die Erlaubnis, mit seinem Kumpel zusammenzuwohnen. Alle Jungen, die rauchten, machten ihre Kippen aus und entfernten sorgfältig die Asche.

Ein mächtiger Wärter betrat den Schlafsaal, ein Mensch mit einem feuerroten Gesicht, ebenso breit wie hoch. Er sprach wie ein Bauer und brüllte, während er unsere Namen in seinem Notizbuch abhakte.

Plötzlich hielt er inne und deutete auf einen Jungen, der fest schlief. Verwundert blickten alle zu dem Wärter (und zu dem Jungen, der seine Decke über den Kopf gezogen hatte).

Der Wärter stand am Fußende des Bettes und brüllte: »He, du!«

Die Gestalt regte sich unter der Decke und stöhnte.

»He, du!«, brüllte der Wärter wieder, trat ans Bett, schüttelte den Schlafenden und brüllte ihm so laut ins Ohr, dass ein Toter davon erwacht wäre: »He, du!«

Der Junge räkelte sich im Halbschlaf, setzte sich auf und blickte gähnend und verstört umher.

»Jesus«, sagte ich, »es ist Nulpe.«

Tatsächlich war er es, der brave, anständige Kerl.

Der Wärter wandte sich an mich.

»Wer hat da was zu meckern?« Keiner von uns sagte einen

Ton, am allerwenigsten ich. Inzwischen war Rivers aufgestanden und kam im Schlafanzug hereingeschlurft.

»Wer ist der Bursche?«, fragte der Wärter und fügte, ohne auf eine Antwort zu warten, hinzu: »Los, raus mit ihm!«

Rivers trat zu Nulpe und rüttelte ihn wach.

»Los, wird's bald?«, dröhnte der Wärter.

Endlich kam Nulpe zu sich und kroch langsam und verängstigt aus dem Bett.

»Los, los«, sagte der Wärter, »raus mit ihm! Glaubt ihr, ich will die ganze Nacht hier stehen?« Er deutete auf Nulpes Füße, die noch in seinen Socken steckten, die er wie ein Radfahrer über seine Pyjamahose heraufgezogen hatte.

»Das gibt's doch wohl nicht«, sagte der Wärter, »und ein schöner Hausältester dazu, dass ich hier reinkommen und einen mit Socken im Bett finden muss.«

»Tut mir leid, Mr Carswell«, sagte Rivers.

»Hoffentlich wirst du jetzt wenigstens diesen Zugängen klarmachen, dass, solange ich erster Hauptwachtmeister in Saint George's bin, ichs mir nicht gefallen lasse, dass einer mit Socken ins Bett steigt, egal, ob Sommer oder Winter, egal, ob kalt oder warm, das ist eine üble, ungesunde Angewohnheit, und ich werde jeden fünfzigmal in der Nacht aus seiner Flohkiste jagen, wenn ich merke, dass er außer seinem Schlafanzug noch was anhat. Und du«, sagte er zu Nulpe, »schreib dir das gefälligst hinter die Ohren. Nächstes Mal schick ich dich zum Heimleiter. Kapiert?«

Der arme Nulpe schüttelte verängstigt den Kopf, schlüpfte langsam ins Bett und zog wieder die Decke übers Gesicht, während der Wärter mit Rivers fortging.

Der Wärter stieg die Treppe hinauf und sagte: »In Ordnung, Rivers. Sag ihnen, sie sollen den Mund halten und pennen.«

»Ja, Sir«, sagte Rivers, »Gute Nacht.«

»Gute Nacht, Rivers, gute Nacht, Jungs.«

»Gute Nacht, Sir«, ertönte es im Chor aus den Betten. Die Lichter gingen aus, und ich legte mich zurück. Im Dunkeln konnte ich sehen, wie eine Zigarette aufglühte.

Der Junge neben Nulpe rief ihm zu, dass Carswell stinkwütend werde, sobald er einen mit Socken im Bett erwische.

»Woher wusste er bloß, dass ich sie anhatte?«, sagte Nulpe mit Grabesstimme.

»Als er sie nicht unterm Bett bei deinen Schuhen sah, wusste er natürlich Bescheid, du Idiot.«

»Darauf wär ich nie gekommen«, sagte Nulpe, »hätte ich aber ein Paar unterm Bett liegen gehabt, hätte er mich in Ruhe gelassen.«

»Man sollte dir das Maul mit 'nem Paar dicken Socken stopfen«, sagte eine erboste Stimme. »Und ich muss morgen um sechs zum Melken raus.«

Eine andere Stimme sang leise: »Das lausige Glück, ein Bauernbub zu sein ...«

»Schon gut, Jungs«, sagte Rivers aus seinem Verschlag, »jetzt Ruhe und gepennt.«

»Gute Nacht, Rivers«, sagten alle Jungen.

»Nacht, Jungs.«

»Trotzdem«, murmelte Nulpe in die stumme Dunkelheit hinein, »hätte ich nurn Paar Socken neben meinen Schuhen unterm Bett liegen gehabt, ganz gleich, was für welche!«

»Solange du nicht meine klaust«, brummte der Nachbar und drehte sich auf die Seite.

So geschah es. Ein paar Abende später steckten Nulpes Strümpfe in seinen Schuhen unter dem Bett; als er aber am nächsten Tag aufstand, stopfte er sie in seine Tasche, weil er schon ein anderes Paar anhatte.

Am nächsten Morgen wurden wir der Gärtnerei zugeteilt. Wir bekamen Forken in die Hand gedrückt und sollten uns zum Kleinen Acker begeben. Charlie und ich kamen zu dieser Gruppe, aber Joe wurde der Baugruppe zugeteilt.

Der Kleine Acker war ein großes Feld, bestanden mit regelmäßigen Baumreihen, die sich kilometerlang hinzuziehen schienen. Die Bäume begannen sich nach dem Winter langsam zu belauben.

Der Erdboden war noch etwas gefroren, der Wärter gab jedem von uns einen Streifen zwischen den Bäumen zum Umgraben, beobachtete am Ende des Feldes die Streifen und sagte, wir sollten uns ranhalten.

Vor langer Zeit, während eines Streiks, habe ich einmal mit meinem Vater ein Feld umgegraben, als die Dubliner Stadtbehörden jedem Mann einen Achtelmorgen zuteilten, draußen in Dean Swift, in der Ortschaft Glasnevin. Mein Alter grub mit Hingabe ein schönes Stückchen um und sprach vom Boden, erzählte, dass unsere Vorfahren vom Lande stammten und wie gesund das Landleben sei; er meinte auch, wir könnten beim Graben leicht Andenken an Swift oder Vanessa, Mrs Delaney und Stella finden. Nach einer Weile hatte er die Arbeit allerdings satt und stellte einen Bauern an, der für ihn das Feld im Austausch gegen zweimal Wacheschieben umgrub.

Ich fragte meine Großmutter nach unseren Ahnen und ihrem Land, und sie sagte mir, sie sei zwar meine Ahnin, aber keine Bäuerin, sondern eine tüchtige Buchdruckerin; sie sei es ihr ganzes Leben gewesen, und der Landbesitz unserer Familie bestehe ausschließlich aus Blumenkästen.

Ich hatte meinen Vater auch sagen hören, dass Larkin versucht hatte, den Dorftrottel abzuschaffen. Als ich aber meine Forke in den Grund stieß, dachte ich an all die herrlichen Lieder, die über die Gabel und ihren treuen Gefährten, die Spitzhacke, verfasst worden waren. So an das schöne Gedicht des rebellischen Schmieds Paud O'Donaghue – er lebe hoch! –, das mit der Zeile beginnt: »Ich will den blanken Stahl für unsre Freiheit schmieden!«, und jenes andere aus der Zeit der Fenier:

> Im Sparrenwerk die Gabel, Mutter, was hängt sie dort so lang?
> Ihr Stiel aus Eberesche ist doch so glatt und blank.
> Mutter, warum hat Vater so finster dreingeblickt,
> Als ich zur Mahd die Fäuste nach ihr emporgezückt?
> Dann leuchtete sein Auge, er hob den muntren Zwerg:
> »Du wirst es bald erfahren!«, sprach Rory von dem Berg.

Ich wendete die Scholle, die Erde roch würzig und frisch, und ich sang oder summte alle Arten von Liedern über Gabeln, Hacken und andere landwirtschaftliche Geräte vor mich hin:

> Befehl vom Hauptmann: Wenn der Mond aufgeht,
> Die Spitzhacke geschultert, jeder steht ...

Während der Wärter am oberen Ende des Feldes stand, kam ein freier Landarbeiter und gab jedem Einzelnen von uns Anweisungen in einer für mich schwer verständlichen Aussprache. Ich war nicht der Einzige, der ihn schwer verstand; keiner von uns war mit seinem Tonfall und seiner Mundart vertraut.

Außerdem war er nach dem, was der Junge vom Nebenstreifen mir sagte, ein dämlicher Idiot.

Dieser Junge hieß Ken Jones und trug eine Ausgehkrawatte. Er sagte mir, jeder dürfe sich von draußen zwei Schlipse für die Sonntage und Abende schicken lassen, er aber trug sie die ganze Zeit, was der Wärter nicht zu beanstanden schien. Er sah sehr gepflegt aus und hatte einen Mittel- oder Oberschichtenakzent. Er grub sehr umständlich, war aber sonst umgänglich, und während wir die festgefrorene Erde wendeten, unterhielten wir uns, so gut es ging, bis der Wärter uns zubrüllte, wir sollten gefälligst Dampf dahintersetzen, sodass wir auf das Schwatzen verzichten mussten, um unser Pensum zu bewältigen.

Die Arbeit im Obstgarten gefiel mir. Es war dämmerig und feucht, aber nicht so dunkel oder düster, wie es im Arbeitsraum in Walton beim Nähen der verdammten Postsäcke gewesen war.

Immer wieder sickerte die Sonne durchs Geäst, und die Arbeit war vernünftig und sinnvoll. Zuerst strengte sie mich an, besonders nachdem ich lange Zeit keine Bewegung mehr gehabt hatte, aber als ich wieder schwitzte, wurde sie mir leichter, und ich hätte mit den anderen Schritt halten und meinen Streifen rascher beenden können, wollte Ken aber aus Höflichkeit nicht zu schnell überholen.

Außerdem schickte mich der alte Landarbeiter ein- oder zweimal zurück, weil ich meine Schollen nicht zerkleinert hatte. Er tat das bei vielen und erklärte, es komme nicht nur aufs Umgraben, sondern auch auf das Lockern der gewendeten Schollen an, damit die Luft eindringen könne.

Er war ein reizbarer alter Stänkerer und verachtete wie alle Landbewohner den, der die Landarbeit nicht so gut zu machen verstand wie er.

»Wir fangen ja erst an«, sagte ich, »aller Anfang ist schwer. Rom wurde nicht in einem Tage erbaut.«

»Als ich so alt war wie du, hatte ich die Reihe schon eine Ewigkeit fertig«, sagte er.

»Was du nicht sagst, meine Güte«, antwortete ich. »Und wenn ich schon so lange wie du auf dem Land arbeitete, hätte ich sie so rasch umgegraben, dass ich mir selbst auf dem Rückweg begegnen würde.«

»Gut gebrüllt, Paddy«, rief einer der Jungen, blickte von seiner Arbeit auf und lachte laut heraus.

Der Alte, der offensichtlich den Grips nicht mit Löffeln gefressen hatte, lief maulend zum Wärter.

Dieser kam zwischen den Bäumen herbei. Jesus, dachte ich, kannst du nicht dein ungewaschenes Maul halten? Jetzt wird der Wärter dich heimschicken und in eine Einzelzelle sperren, in der du zumindest drei Tage brummst, bis du vor den Direktor zitiert wirst. Ich sah zu den Bäumen auf und der roten Sonne, ich roch den Boden, blickte meine Forke an und grub verstimmt weiter, bis der Wärter neben mir stand.

Er brummte etwas, und ich schaute auf.

Er war rothaarig, trug eine schwere Lederjacke, eine karierte Hose, einen Schal und Gummistiefel. Er schielte leicht, machte ein böses Gesicht und sah wie ein Boxer aus.

»Name. Nummer. Heim.«

»Behan, 537, Sir, Saint George's.«

»Aha, du bist der Ire.«

»Jawohl, Sir.«

Jetzt bemerkte ich, dass er mit starkem Lancashire-Dialekt sprach. »Aus welchem Teil von Irland kommst du?«

»Aus Dublin, Sir.«

»Kennst du Mayo?«

»Ich bin nie dort gewesen, Sir. Mayo liegt im Westen Irlands. Ich habe aber Leute von dort gekannt.«

»Was hieltest du von ihnen?«

»Sehr ordentliche Leute, Sir. ›Die Männer aus dem Westen‹.«

»Du hast Schwein, dass du das gesagt hast. Mein Alter stammt aus Mayo, und meine Mutter ist aus Sligo. Das liegt doch in der Provinz Connacht, nicht?«

»So ist es, Sir.«

»Sie sind katholisch und gute Katholiken. Du bist wahrscheinlich römisch-katholisch, was?«

»Natürlich, Sir.«

»Schön, mein Papa ist schon alt, fuhrwerkt aber noch in seinem Garten rum, dagegen ist das hier gar nichts!«

Ich blickte mich um und sah, dass ich unter den Ersten unserer Gruppe war.

»Brauchst nicht auf die zu schauen. Du bist ’n Ire.«

Bin ich, sagte ich zu mir, aber nicht aus Connacht.

»Das bin ich, Sir.«

»Ich war beim Ost-Lancashire-Regiment und habe meine volle Zeit abgedient, obgleich ich heute noch kein alter Mann bin.«

»Das sind Sie bei Gott nicht«, sagte ich.

Er lachte und sagte: »Red keinen Quatsch, Paddy. Das kann ich selbst. Sullivan heiße ich. Ist doch wohl irisch, oder nicht?«

Der einzige Mensch dieses Namens, den ich kannte, war John L. Sullivan, der starke Mann aus Boston, aber ich sagte:

»So irisch wie die Grafschaft Mayo, Sir.«

»Halt dich jetzt ran und gib Mr Vanwank keine Widerreden. Wenn du heute Vormittag anständig abschneidest, kann ich dir immer noch zwei Punkte geben. Ich hätte dir vielleicht drei gegeben, wenn ich nicht zu dir gerufen worden wäre. Fünf Punkte ist das Höchste am Tag, und wenn du dich heute Nachmittag ins Zeug legst, gibt der Beamte dir vielleicht drei Punkte. Vorausgesetzt, dass ihr alle rausgeht. Kriegst du weniger als zweiundzwanzig Punkte in der Woche, wirst du dem Heimleiter gemeldet, aber ich habe bisher keinen Iren gekannt, der so schlecht gewesen wäre – nicht mal, wenn er ein Krüppel war, geschweige denn ein fixer Kerl wie du. Für zweiundzwanzig Punkte bekommst du fünf Pence und einen halben Penny mehr oder weniger für jeden Punkt darüber. Für sieben Pence kannst du dir fünfzehn Gramm Tabak und ein Paket Zigaretten kaufen. Sicherlich rauchst du ebenso gern wie alle anderen. Madame Nikotin, die Göttin der Borstal Boys!«

»Verdammt guter Witz, das«, sagte ich lachend.

»Also, dann ran an den Speck, Paddy, wir haben genug Zeit verplappert. Wir können nicht jeden Tag so viel Zeit vergeuden.«

»Nein, Sir«, sagte ich und stach meine Forke wieder in die Erde.

Er ging unter den Bäumen zur nächsten Reihe hinüber und nahm Ken die Forke aus der Hand, um ihm zu zeigen, wie er rascher vorwärtskam.

Ich war froh, auf dem Feld bleiben zu können und nicht hineingeschickt worden zu sein, weil ich dem alten Knaben widersprochen hatte. So setzte ich Druck dahinter, sog Luft und Sonne und den Geruch der frischen Erde ein und arbeitete wie ein echter Connachtbauer, wie es in dem Sprichwort heißt. Dann förderte meine Forke beim Einstechen einen goldgelben Apfel zutage, so hart und frisch wie am Tag, als er vom Baum gefallen war. Ich hob ihn auf und zeigte ihn Mr Sullivan in der nächsten Reihe, der mit zusammengekniffenen Augen schmunzelte und sagte, ich solle ihn ruhig essen.

Rasch biss ich ein paarmal hinein und steckte ihn in die Tasche, der süßsaure Saft ätzte mir die Zunge, und ich grub wieder los, während der Vormittag vorrückte und der Frühling aus Gras und Bäumen dampfte.

Bei Gott, du warst nicht blind, Raftery, und hast den Duft und den Zauber der Frühlingszeit zärtlich eingefangen:

Anois, teacht an Earraigh, beidh an la dul chun sineadh,
is tar eis feile Bride, ardochaidh me mo sheol ...
Es wird schon Frühling, und die kurzen Tage weichen.
Am Fest der heil'gen Brigitt soll mein Segel wehn,
Die Reise ist beschlossen, eilends will ich gehn,
Um wieder Mayos grüne Küste zu erreichen.

Um zehn Uhr machten wir zehn Minuten Pause und rauchten eine Zigarette. Wir setzten uns im Kreis um den Wärter, der uns fragte, ob einer von uns im Heeresdienst stehe. Charlie sagte, er sei bei der Handelsmarine, worauf der Wärter ihn nach den Schiffen fragte, auf denen er gefahren sei, ließ ihm aber keine Zeit zum Antworten und begann, von seiner eigenen Dienstzeit beim Ost-Lancashire-Regiment zu erzählen.

All das war vor dem Krieg gewesen, er war jedoch stolz auf seine Abenteuer und das, was der Spieß zu ihm gesagt und was er dem Spieß geantwortet hatte.

Einer unserer Jungen hatte auch im Ost-Lancashire-Regiment gedient, und zwar nicht den genannten Spieß, aber doch einen sehr ähnlichen gekannt, sodass die beiden eine längere Unterhaltung begannen, der wir Übrigen aufmerksam lauschten, in der Hoffnung, damit unsere Rauchpause über die genehmigten zehn Minuten hinaus verlängern zu können.

Ich hatte etwas Tabak vom Vorabend übrig, die anderen

gleichfalls, einige hatten ein paar Kippen bei sich, die sie auflösten und von Neuem rollten. Der Wärter gab uns Feuer, rauchte aber nicht mit. Einige der Zöglinge behaupteten, er sei ein Meister im Jiu-Jitsu, worüber er auch sprach, als er das Thema Spieß beendet hatte.

Ken hatte nichts zu rauchen, weshalb ich ihm eines von unseren selbst gerollten Kippchen gab.

»Hast du diese Woche keinen Tabak gekriegt?«, fragte Charlie.

»Ich hab zehn *Woodbines* gekauft«, sagte Ken. »Ich mag sie zwar nicht besonders, aber dafür sind sie wenigstens fabrikgerollt. Ich mach mir nichts aus diesem Kraut« – dabei blickte er auf meine unförmigen Stängel, von denen ich ihm einen angeboten hatte –, »ich bin kein Cowboy.«

»Wir sind auch keine Cowboys«, sagte Charlie, »wenn wir aber nur fünf oder sechs Pence die Woche kriegen, reichen fünfzehn Gramm Tabak länger.«

»Mein Alter hat immer gesagt«, warf ein anderer ein, »dass die *Woodbine* die beste Zigarette ist und der teuerste Tabak obendrein.«

»Ich hab einen in meinem Heimatort gekannt, der hat fünfzigtausend im Toto gewonnen und jede Marke ausprobiert, amerikanische, französische, rhodesische, türkische, alles, was es so in Zigaretten gibt, und ist zum Schluss wieder auf die *Woodbine* zurückgekommen. Er sagt, es gibt keine wie die.«

»Ich weiß noch, Sir«, sagte der Junge, der bei dem Ost-Lancashire-Regiment gedient hatte, »eines Abends bummelten wir in die Stadt, wir kamen gerade aus dem Kasernentor ...«

»Von Fulwood«, sagte der Wärter mit Kennermiene.

»Genau das, Sir, Sie wissen Bescheid«, sagte der Junge und lachte.

»Kann ich wohl sagen«, sagte Mr Sullivan, »ich war in der

Fulwood-Kaserne, bevor deine Eltern geheiratet haben, und weiß, wo ihr Typen hingegangen seid.«

»Kann ich mir denken«, sagte der Bursche.

»Klar, zur *Nackten Dame* – beste Kneipe in Preston. Hab auch schöne Zeiten dort erlebt, hab zwar nie selbst Bier gekippt, aber mit den anderen alten Säcken über dies und das gequatscht. Ich weiß noch einen Abend ...«

Und schon waren die beiden wieder beim alten Gesprächsthema.

Unsere Pause dauerte wenigstens drei Minuten über die Zeit, der Wärter brach sie mit Bedauern ab, brüllte »Zigaretten aus«, und wir machten uns wieder an die Arbeit.

Da ich wusste, dass Ken ein bisschen schwierig war, nahm ich es ihm nicht übel, dass er meinen Tabak und mein Zigarettenpapier heruntergemacht hatte, war aber trotzdem froh, als er auf dem Rückweg unter den Obstbäumen zu unserer Reihe sagte: »Danke auch fürs Rauchen, Paddy.«

»Gern geschehen«, sagte ich.

»Ich schick dir was von draußen, Paddy, wenn ich rauskomme.«

»Klar, Kumpel.«

»Ich weiß, wie ich das Zeug reinkriegen kann, Paddy.«

»Klar, Kumpel, das wird 'ne tolle Sache.«

»Du glaubst, dass ich dich nur aufziehen will, Paddy, und dass es lange dauern wird, bis ich entlassen werde – aber so lange warte ich nicht.«

»Nein?«

»Ich bleib nicht hier. Ich hab mir die Sache auf einer Landkarte der Bibliothek ausklamüsert. Mein Bruder kommt nämlich her und holt mich ab. Der fährt wie der Teufel, Paddy.«

»Kann ich mir denken, Ken.«

»Der ist in jeder Beziehung auf Draht, Paddy. Achtzehn, über ein Jahr älter als ich, Paddy, und so breit wie du, nur größer. Ein glänzender Boxer, auch Schwimmer, und hat in Saint Pauls den Schulrekord im Achthundert-Meter-Lauf gewonnen.«

Ich wollte die Unterhaltung mit einer rühmenden Erwähnung von Sir Christopher Wren abschließen, aber Ken redete ununterbrochen von seinem Bruder weiter, wie der Bruder den *Scarlet Pimpernd* spielen und ihm helfen würde, von hier spurlos zu verduften.

Nun, ich hatte vor, noch eine Weile hierzubleiben, und hielt es daher für richtiger, forsch loszugraben; daher schlug ich Ken vor, wir sollten die innere Hälfte unserer Reihe nebeneinander umgraben und dabei quatschen und die Außenseite wenden, sobald der Wärter in die Nähe kam.

»Aber 's ist hier doch gar nicht so übel«, sagte ich, »warum willst du's hier nicht länger mitmachen?«

»Ich kann nicht länger warten – mein Bruder ist Leutnant der Marine-Infanterie und kann jeden Tag mit seinem Regiment abkommandiert werden, wahrscheinlich nach Afrika, und was wird dann aus mir?«

»Klar, Mensch, in dem Fall hast du recht«, sagte ich.

»Meinst du, ich hätte Lust, mir das blöde Geschwätz von dem alten Trottel über sein Scheiß-Lancashire-Regiment noch eine Woche anzuhören? Oder den anderen Typen, der mich anranzt und rumlabert: ›Der weiß ja nich mal, wie man die Scholle richtig umgräbt.‹ Selbst 'ne Scheißscholle.«

Er blickte auf seine Forke und drehte sie lustlos in der Erde um.

»Natürlich, wenn dus fertigbringst«, sagte ich, »wenns dir gelingt.«

»Klar bring ichs fertig. Mein Bruder holt mich ab, gleich draußen an der Landstraße, ich habe ihm die Stelle gezeigt, als er hier zu Besuch war. Mein Bruder wartet draußen in seinem *Jaguar* – der gehört ihm, mein Vater hat ihn ihm zum Geburtstag geschenkt –, dann drückt er auf die Tube, und bevor einer merkt, dass ich abgehauen bin, sind wir Hunderte von Kilometern weg.« Plötzlich fragte er hastig: »Willst du mitkommen, Paddy?«

Vorläufig würde ich's nicht tun. Mir gefiel es hier ganz gut. Der Direktor schien ein anständiger Mensch zu sein und hatte sogar Humor. Die Wärter waren in Ordnung, und ich mochte dic anderen Jungen gern leiden. Es war ja nicht wie im Walton, außerdem wollte ich den Direktor nicht gern anlügen, wenngleich ich das Ken nicht verriet.

»Du magst Schwein haben und durchkommen, Ken, aber ich käm bestimmt nicht durch. Ich brumme wegen der IRA. Du weißt, was das bedeutet. Sie würden jedes Moor in England nach mir absuchen. Jeder westliche Hafen würde überwacht sein, noch bevor ich in die Nähe der Küste käme. Ich wäre für dich nur ein Klotz am Bein.«

»Magst recht haben, Paddy. Aber ich haue ab. Glaubst du etwa, ich erzähle Mist?«

»Natürlich nicht, Ken.«

Ich glaubte es wirklich nicht. Seine Augen waren allzu traurig und sein Mund zu verbittert, als dass ich seine Worte nicht ernst genommen hätte.

Er war mutterseelenallein, einsamer als ich und nicht ohne Grund. Die anderen Jungen mochten gegen mich wegen Irland oder der Bombenkampagne sticheln, was selten genug vorkam, und selbst dann war ich nie um eine historisch unwiderlegbare und obendrein anzügliche Antwort verlegen. Trotzdem stand ich ihnen näher, als Ken es je tun würde. Ich war in Dublin aufgewachsen wie sie in Liverpool, Manchester, Glasgow oder London. Alle unsere Mütter waren zum Leihhaus getippelt, hatten ihren Kram am Montag verpfändet und am Samstag wieder ausgelöst. Wir alle kannten die Imbissbube, die verbilligte Samstagsnachmittagvorstellung zu vier Pence im überfüllten Kino, das Schwimmen im sommerlichen Kanal und die Bullen, die wir am Bahndamm abzuhängen versuchten.

Aber Ken würden sie nie in ihren Kreis aufnehmen. Da die Mittel- und Oberschicht Englands so viel Geld und Energie darauf verwendet, den Abstand zwischen ihrer eigenen Schicht und der Arbeiterklasse aufrechtzuerhalten, bekam Ken in gewisser Weise nur das, wofür seine Familie bezahlt hatte. Trotz allem tat er mir leid, weil er hier fremder war als ich, und es ist bitter, ein Fremder in einem fremden Land zu sein.

Mürrisch grub er weiter bis zur Mittagszeit.

»Okay, Mittag!«, brüllte der Wärter, und Ken warf traurig und herausfordernd seine Forke hin.

»Wir sehn uns später, Ken«, sagte ich.

»Ja, Paddy, wenigstens noch eine Zeit lang«, dabei grinste er mich geheimnisvoll an.

Ich nickte und schloss mich dem Rest der Gruppe an, die nach Saint George's zurückmarschierte.

Charlie maulte mich an. »Warum hast du dem beschissenen Kensington-Schnösel bloß was zu rauchen gegeben?«

»Weil er nichts hatte und ich von meiner Mutter so erzogen worden bin, die nicht leiden konnte, wenn jemand ohne was zu rauchen war.«

»Hat er nicht dasselbe gekriegt wie wir?«, fragte Charlie, meine Mutter aus dem Spiel lassend, da eine Mutter für jeden Londoner unantastbar ist. »Wenn er zehn *Woodbines* genommen hat anstelle von fünfzehn Gramm Tabak, nur um fünf Minuten lang den großen Mann markieren zu können, statt sich für morgen was aufzubewahren, ist das doch nicht dein Problem.«

Im Speisesaal saßen wir zu viert am Tisch, einer polierten Holzplatte mit Tassen und Untertassen statt Bechern. Wir bekamen Cornish Pasties und Kakao. Die Hauptmahlzeit, sagte der Wärter, bekämen wir um fünf Uhr, wenn die Tagesarbeit beendet sei.

»Sieht nicht übel aus«, sagte Joe und stach in seine Pastete. »Erinnert mich an eine Cafeteria zu Hause.«

»Ja«, meinte Charlie, »nicht wahr?«

Ich stimmte zu, aber Charlie antwortete nicht. Er hatte mir noch nicht verziehen, dass ich Ken von meinem Tabak abgegeben hatte, erzählte Joe davon und nannte Ken das »College-Arschloch«.

»Klar, er muss seine Kugel genauso schieben wie jeder andere, gleich wo er herkommt«, sagte ich abschließend und machte mich an mein Essen.

Kein Wunder, dass das arme Schwein türmen wollte.

Und das tat er auch.

Am nächsten Morgen arbeitete er wieder neben mir, nun waren wir Gärtnereikumpel und hätten jeden Arbeitstag zusammen geschuftet, hätte ich nicht von seiner tiefen Unruhe gewusst, die ihm ins Gesicht geschrieben stand.

»Ich hab mir einen Overall zurechtgelegt und werde kurz vor der Pause abhauen. So gewinne ich zehn Minuten Zeit.«

Ich dachte mir, sein Bruder müsse mit ihm in Verbindung getreten sein, wollte aber den Bruder und den wartenden Wagen nicht erwähnen, darum sagte ich: »Du, vielleicht wärs besser, wenn du bis heute Abend wartest. Dann hast du die ganze Nacht vor dir.«

»Nee, das geht nicht. Ein Nachtwächter ist da, der jede Stunde eine Uhr aufzieht. Sie erwarten nämlich, dass ich auf der Landstraße abhaue, aber ich hab mir was Besseres überlegt, du wirst sehen, Paddy.«

Vermutlich meinte er den Bruder; er musste ja wissen, was er tat. »Na schön«, sagte ich, »dann wünsch ich dir viel Glück.«

»Danke, Paddy, du bist in Ordnung. Das kann ich von den anderen nicht behaupten. Es gibt Leute, die mögen die Iren nicht – aber ich schon.«

»Sie mögen aber einander, und wie!«, sagte ich.

Er lächelte mich wehmütig an. »Du bist ein komischer Kerl, Paddy.«

Wir arbeiteten weiter, obgleich Ken nicht sehr rasch vorankam.

»Wenn wir uns nicht ein bisschen sputen, Ken, haben wir den Wärter am Hals.«

Ich dachte wirklich, ich müsse etwas mehr Tempo drauflegen, fand es aber rücksichtslos, ihm wegzulaufen, zumal wir in Kürze Abschied voneinander nehmen mussten.

Jetzt brüllte der Wärter in dem schrillen Feldwebelton, den alle Wärter gebrauchen, obgleich sie es gar nicht böse meinen: »Ran an' Speck! Runter mit euch! Gebückt wie 'n Taschenmesser!«, und fügte mit seiner üblichen ernsten Stimme hinzu: »Ihr beiden da! Los, Paddy, worauf wartest du?«

»Blöder Lancashire«, brummte Ken.

Ich arbeitete etwas rascher, bis ich ihn weit überholt hatte, dann griff ich in die Hosentasche, holte ein paar Blättchen Zigarettenpapier und Tabak heraus und warf beides hinter mich, sobald der Wärter wegschaute. Vielleicht brauchte er was zu rauchen, wenn er auf seinen Bruder wartete – oder ihn nicht finden konnte.

Rasch hob er es auf und trat wieder in seine eigene Furche. »Danke, Paddy, Streichhölzer hab ich, ich wollte dich nicht darum bitten. Du warst gestern schon so anständig zu mir.«

»Nicht der Rede wert«, sagte ich auf leutselige irische Art, während ich kräftig weitergrub.

»Du bist ein Guter, Paddy«, sagte Ken hinter mir, »sobald ich kann, lass ich dir von draußen was schicken. Ich hab ein paar gute Drehs in petto, wenn ich rauskomme.«

»Der Wärter hat gerade auf seine Uhr geguckt, Ken. Es muss bald Pause sein.«

»Ja, ja.« Ich äugte unter meiner Schulter zurück. Er lächelte, der Kummer der ganzen Welt lag auf seinem Gesicht, und er sagte: »Also, dann Wiedersehen, Paddy!«

»Viel Glück, Ken«, sagte ich, »Gott sei mit dir.« Es war ein trauriger Moment, als fahre jemand nach Amerika ab.

Er schluckte ein paarmal und brachte endlich einen Ton heraus.

»Kann ich austreten, Sir?«

Sein ganzer Jammer, seine ganze Verzweiflung klangen in diesem Ruf mit, aber der Wärter nickte nur.

Ken legte seine Forke hin und rannte durch den Obstgarten davon.

»Der hats aber eilig«, sagte der Wärter zu dem ihm zunächst arbeitenden Jungen.

»Muss der Auflauf von gestern sein«, meinte der Zögling, und der Wärter nickte, lachte mit, sah auf die Uhr und brüllte: »Pause!«

Charlie setzte sich neben mich, und wir rollten unsere Kippen.

Der Wärter hielt ein brennendes Streichholz in der Hand, und jeder holte sich Feuer bei ihm und sagte: »Danke, Sir.« Es tat mir leid, dass Ken ausgerechnet aus der Gruppe dieses anständigen Wärters abhauen musste.

Den letzten Jungen schnauzte er an: »He, du willst mir den Finger wohl verbrennen, du Idiot?« Dann wandte er sich dem Burschen zu, der bei dem Ost-Lancashire-Regiment gedient hatte, und begann eine neue Unterhaltung über die Armee.

»Na, was macht denn der junge Herr aus dem College heute?«, fragte Charlie. »Dass er ausgerechnet kurz vor der Pause austreten muss. Warum scheißt der nicht, wenns an der Zeit ist?«

»Vielleicht wusste er nicht, wie viel Uhr es war, vielleicht hat er auch Dünnpfiff. Möcht wissen, wie Joe bei seinem Bauteam zurechtkommt.«

»Gestern Abend sagte er, die Gruppe sei in Ordnung. Weißt du noch, er hat doch beim Tee darüber gesprochen. Ein Haufen Londoner arbeiten mit. Ickey Baldock aus dem *Elefant;* Shaggy Callaghan; Nardone, ein Itaker, der wie Joe aus Southgate stammt. Dann ist da Tommy Carr aus Notting Hill. Er sagt, es sei verdammt lustig, dabei zu sein. Lauter harte Jungs.«

Ich sagte nichts, fand aber, dass diejenigen, die ich von der Gruppe gesehen hatte, tatsächlich danach aussahen. Trotzdem war der Teil Norddublins, aus dem ich stammte, nicht minder rüde, jedenfalls stand er in dem Ruf, es zu sein. Mir war es nicht aufgefallen, vermutlich weil ich daran gewöhnt war und keine andere Stadt kannte. Wahrscheinlich war es mit dem *Elefant* und dem *Poplar* und anderen Kneipen ganz ähnlich. Trotzdem hätte ich gern in der Baugruppe gearbeitet – Bauen war etwas, worin ich mich auskannte. Von Landwirtschaft oder Gemüsezucht verstand ich nicht viel. Wenngleich meine Mutter Lieder über den Land War – *Der Rechen im Sparrenwerk* und *Der kühne Pachtbauer* – sang, passte das einzige Stückchen Erde, das meine Familie seit Menschengedenken besessen hatte, in ein Blumenfenster. Mein Alter sagte immer, sie sängen diese Lieder nur, um den Leuten vom Land in ihrem Kampf gegen die Großgrundbesitzer den Rücken zu stärken.

»Ich bin mehr an deren Arbeit gewöhnt als an das da«, sagte ich, auf die Felder ringsum deutend. »Meine ganze Familie ist im Baugewerbe.«

»Stimmt, jedermann weiß, dass die Iren gute Bauarbeiter sind«, sagte Charlie.

»Sie kennen sich in jedem Bauhandwerk aus«, sagte ich, denn obgleich ich mir nichts einbilde, ist für mich ein Maler, Tischler, Maurer oder Gipser ein echter Handwerker.

»In der Baugruppe ist auch ein Ire«, sagte Charlie.

»Meinst du einen Liverpooler oder einen Londoner Iren?«

»Nein, ich meine einen Edgware-Road-Iren – einen Iren aus Irland wie du. Er ist aus Kerry oder Derry oder so. Heißt Parry.«

»Klingt eher walisisch, meinst du nicht?«, sagte ich, obgleich ich wusste, dass es Parrys in Irland gibt.

»Nee, er istn waschechter Ire, ein ganz verrückter Typ. Ist von Lowdham Grange nach Sherwood versetzt worden, bevor er hierherkam. Er hat fast ganz Lowdham Grange zusammengehauen. Hat drei Monate in Sherwood Forest gebrummt, drei Monate Strafklasse. Dann haben sie ihn hergeschickt, um ihm eine letzte Chance zu geben. Wenn er hier nicht zieht, muss er seine vollen drei Jahre in Sherwood absitzen.«

»Ich glaube, vor Sherwood müssen wir uns höllisch in Acht nehmen.«

»Ja. Wo ist eigentlich dein Kumpel mit dem Internatsschlips abgeblieben?«

»Wieso?«

»Der scheißt sich noch die Kuddeln aus. Ist noch nicht zurück. Wo treibt der sich bloß rum?«

»In meiner Hosentasche nicht.«

»Du Idiot! Kriegst immer alles in 'n falschen Hals.«

»Ich krieg nichts in' falschen Hals, aber du hackst die ganze Zeit auf ihm und seiner Aussprache herum. Was hab ich mit seiner Aussprache zu tun?«

Charlie schüttelte aufgebracht den Kopf. »Hör auf, du gehst mir auf den Wecker. Man kann dir nicht mal mehr 'ne vernünftige Frage stellen. Leck mich am Arsch mit deinem feinen Collegeschnösel, nimm ihn zum Kumpel, wenn dir's danach ist, und scheiß die Wand an!«

»Scheiß du die Wand an«, sagte ich, »mitsamt deinen Freunden in Amerika, und leck mich kreuzweise am Arsch!«

Einige andere begannen zu uns herüberzuschielen. In diesem Augenblick brüllte jedoch der Wärter: »Zigaretten aus!«, und wir gingen wieder an die Arbeit.

Dann blickte der Wärter argwöhnisch auf die Reihe neben mir und kam auf mich zu.

»Wo ist dein Kumpel, Behan?«, fragte er.

»Meinen Sie den Jungen, der neben mir gearbeitet hat, Sir? Gleich in der nächsten Reihe?«

»Ja, und mach einem alten Soldaten nichts vor, Behan, du weißt verdammt genau, wen ich meine.«

»Er ist kurz vor der Pause ausgetreten, Sir!«

»›Er ist kurz vor der Pause ausgetreten, Sir!‹ Himmel, Arsch und Zwirn, das weiß ich, aber wo zum Teufel steckt er? Er ist über zwanzig Minuten fort.«

»Ich weiß nicht, Sir. Ich hab mit den anderen Pause gemacht. Sie haben mich doch selbst dort drüben gesehen, Sir.«

Er holte tief Luft, blickte mich an und stapfte davon. Er ging in die Richtung, die Ken eingeschlagen hatte, und brüllte: »Jones, Jones.« Dann lauter: »J-o-o-ones.«

Einerseits tat er mir ehrlich leid, anderseits schämte ich mich, dass mir einer leidtat, der den Fängen der britischen Regierung entkommen war. Denn die hiesigen Fänge waren nicht einmal so übel. Wäre es in Walton gewesen, hätte ich mich krankgelacht über den alten Hauptwachtmeister mit seinem puterroten Gesicht, der vor Wut fast explodiert wäre, und dass der Wärter ganz schön was abgekriegt hätte, wäre noch eine Extrafreude gewesen.

»Jones«, brüllte der Wärter, »Jones, he da, Jones!«

Nichts von Jones weit und breit. »Los, Ihr«, brüllte der Wärter. »Antreten!«

Wir rannten zum oberen Feld und traten zum Abzählen an. »Einer weniger«, brummte er, zog seine Pfeife aus der Tasche und ließ einen lang gezogenen Pfiff ertönen.

Die Jungen flüsterten aufgeregt: »Getürmt«, »Abgehauen«, »Stiften gegangen« ... »In Sack gehauen ...«!

Einige Wärter kamen in den Obstgarten gelaufen, unter ihnen der ältliche Inspektor, der, sein Fahrrad schiebend, den Kopf schüttelte und vor sich hin brummelte.

»Jesus, jetzt haben wir alle ein Problem«, sagte ich. »Da kommt der Wackelkopf.«

Die angetretenen Jungen platzten fast heraus, aber von dem Tag an hatte er diesen Spitznamen. Selbst die Wärter nannten ihn von jetzt an so, freilich nicht in seiner Gegenwart. Er war ein anständiges altes Haus, und uns konnte Schlimmeres passieren, als dass er mit dem Kopf wackelte und Selbstgespräche führte, aber daran dachte ich jetzt nicht.

Umringt von drei oder vier Wärtern, hielt Wackelkopf mit unserem Wärter eine kurze Besprechung ab, die jedoch ohne jegliche Aufregung nach ein oder zwei Minuten zu Ende war – die Männer gingen nach verschiedenen Richtungen auseinander, unser Wärter kam zurück und sagte: »Los in eure Reihen, los jetzt, und zeigt, was ihr könnt.«

Als ich meine Reihe beendet hatte und Wärter Sullivan um eine neue bat, teilte er mich für Kens Reihe ein und sagte, ich solle sie fertig machen.

Er sah mich eine Weile an und fragte dann: »Hast du etwas davon gewusst, dass Jones türmen wollte, Paddy?«

Ich sah ihn fest an und antwortete: »So wahr ich hier stehe, Mr Sullivan, ich hab nichts gewusst.«

Er lächelte und nickte. »Ich glaub dir, Paddy, mein Junge«, und wiederholte beruhigend: »Ich glaube dir.« Dann trottete er wieder ans Ende des Feldes hinauf.

Um ein Uhr kam er wieder zu mir und sagte, ich solle die andere Forke mit meiner eigenen ins Gerätehaus tragen.

Auf dem Weg zum Gerätehaus marschierte Charlie neben mir und sagte, es tue ihm leid, heute früh so boshaft gewesen zu sein. »Du wusstest doch, dass er türmen würde, nicht wahr, Paddy?«

»Natürlich wusste ichs«, sagte ich. »Aber ich konnts dir doch nicht sagen, wo der Wärter nur ein paar Meter von uns entfernt stand.«

»Hast richtig gehandelt. Ich würde einen anderen auch nicht verpfeifen.«

Beim Mittagessen interessierte Joe sich sehr für die Tatsache, dass Ken aus unserer Gruppe abgezischt war.

Ich sah ihn vor mir, wie er flach im Wagen lag, während sein Bruder sein Offizierspatent vorzeigte, vielleicht aber auch Uniform trug, sodass die Landjäger nur militärisch grüßten und ihn weiterfahren ließen, ohne ihn anzuhalten, denn wie sollten sie wissen, dass ein aktiver Offizier einem Borstal-Insassen zur Flucht verhalf.

Joe erzählte uns von der Arbeit in seiner Gruppe, der Baugruppe. Ickey Baldock war mit einer Schaufel auf den Wärter Tessie O'Shea losgegangen.

Tessie O'Shea war ein Meter achtzig groß und zweihundertvierzig Pfund schwer, obgleich der ganze Kerl nur aus Muskeln zu bestehen schien. Ich selbst hielt ihn für ziemlich bescheuert, gab aber vor, von der Geschichte beeindruckt zu sein, die Joe jedoch kaltließ.

»Der alte blöde Idiot«, sagte Joe, »der gute Tessie hat ihn nur von Kopf bis Fuß gemustert und sich vor Lachen fast in die Hosen gepinkelt.«

Dann besprachen sie Kens Chance, durchzukommen und ein paar Wochen unterzutauchen. Ich hielt es für durchaus denkbar, dass er zu dieser Stunde bereits in London war. Ein schneller Wagen bewältigte die Strecke in zwei Stunden, besonders wenn Kens Bruder der schneidige junge Offizier war, von dem er gesprochen hatte. Ich beschloss jedoch, darüber vorerst nichts verlauten zu lassen. Joe, Charlie und der gute Nulpe waren ja in Ordnung, doch wusste man nie, wie so was ausging, und selbst wenn Ken zunächst mit heiler Haut zu seinem Unterschlupf gelangte, würde sein Bruder bestimmt vors Kriegsgericht kommen, sobald die Sache herauskam.

»Ich glaube, dass sie ihn nach Sherwood Forest stecken, wenn sie ihn schnappen«, meinte Charlie.

»Nein«, sagte Joe, »ihn nicht. Beim Bauteam hieß es vorhin, er werde bestimmt nach Chelmsford kommen. Er brummt doch als Strafgefangener.«

»Was?«, fragte ich. »Er sitzt doch wegen Einbruch.«

»Quatsch«, sagte Joe, »er ist Strafgefangener. Er hat aber Schwein gehabt. Anscheinend hat der Richter gesagt, dass er ihn um einen Kopf kürzer gemacht hätte, wenn er nicht so jung gewesen wäre. Er sitzt wegen Mord, wegen einem hundsgemeinen Mord. Er hat seinen verkrüppelten Bruder mitsamt seinem Rollstuhl eine Klippe hinuntergestürzt. Der hatte, glaub ich, Kinderlähmung oder so was.«

»Wie viel Brüder hatte er denn?«, fragte ich Joe.

»Woher soll ich das wissen? Ich glaub, nur den einen, ich hab seine Familie nicht gekannt. Hätte auch nicht das geringste Verlangen danach.«

Wie froh war ich nun, nichts über seinen Bruder, den angeblichen Offizier, der einen Jaguar besaß, gesagt zu haben! Nachmittags sahen wir zwei Geländewagen die Landstraße hinunterfahren. Einige der Jungs meinten während der Drei-Uhr-Pause, noch ehe es Abend sei, werde Ken hinter Schloss und Riegel sitzen.

Charlie wollte wissen, was ich denke, und ich sagte, ich hätte keine Ahnung, weil ich das Land nicht gut genug kannte, um mir ein Urteil bilden zu können.

Am Abend hatten sie ihn noch nicht gefasst. Gott steh ihm bei, dachte ich, vielleicht wäre es besser für ihn, wenn sie ihn kriegten. Ich hatte nie eine so regnerische Nacht erlebt. Als ich warm und trocken im Bett lag, stellte ich mir den armen Ken vor, der allein mit sich und seinen quälenden Gedanken irgendwo im grausigen Moorland lag.

Charlie flüsterte mir im Dunkeln zu, als der Regen gegen die Scheibe prasselte: »Möchte wissen, wies dem guten Jonesy ergeht, Pad.«

»Möchte nicht in seiner Haut stecken, Kumpel!«

»Vielleicht hat er sich in einer Scheune verkrochen?«

»Nee, die hiesigen Bauerntrottel sitzen die ganze Nacht mit ihren Knarren wach und lauern auf Ausreißer. So hat wenigstens einer der Jungs behauptet.«

»Scheißbande.«

»Für sie ist das ein Sport. Wie wenn sie auf die Jagd gehen, mal 'ne Abwechslung.«

»Sind die Leute auf dem Land in Irland auch so, Paddy?«

»Nein. Sie haben bestimmt ihre Fehler wie andere Leute auch. Aber selbst wenn sie einem auf der Flucht nicht helfen, so jagen sie ihn deshalb noch lange nicht. Und wenns einer täte, würden seine Nachbarn ihm keine ruhige Stunde mehr lassen, solange er lebt, und seinen Angehörigen auch nicht.«

»Habt ihr Fuchsjagden in Irland, Paddy?«

»Irland soll die Heimat der Fuchsjagd sein, aber ich habe bisher nie einen Fuchs gesehen, außer im Zoo, in Phoenix Park. Vermutlich gehen nur die feinen Leute bei uns auf Fuchsjagd, genau wie anderswo.«

»Hey, haltet endlich die Schnauze, ihr Arschlöcher«, brummte eine müde Stimme. »Ich muss um sechs Uhr melken.«

»Wieder der Bauerntrottel«, sagte Charlie.

Der Bauernjunge setzte sich auf und wetterte gegen uns los, auch einige andere erwachten und begannen zu murren.

»Halt die Fresse, Charlie, und lass ihn pennen.« Ich hatte keine Angst vor dem Bauernsohn, einem groben Klotz, der mir erzählt hatte, er komme aus Itching – ein lustiger Ortsname, wie ich fand. Er war jedoch ein unaufdringlicher, harmloser Geselle, außerdem hatte ich keine Lust, mich mit dem ganzen Schlafsaal anzulegen.

»Leck mich doch«, sagte Charlie.

Alles gut und schön, dachte ich, aber wenn einer von diesen Scheißern herüberkommt und dir aufs Maul haut, erwartest du natürlich, dass Joe oder ich dich heraushauen. Du hast ja noch nicht mal die Kraft, die Hand zum Kreuzzeichen zu heben, darum kannst du die beleidigte Leberwurst spielen, solange du willst.

Ein oder zwei Sekunden später, als alle sich beruhigt hatten, sagte er ganz leise: »Hey, Pad.« Ich sah seine Nasenspitze über der Bettdecke und die Glut seines Zigarettenstummels, den er mir reichte. Ich nahm ihn, steckte ihn in den Mund, sog im Dunkeln dran und flüsterte: »Der Bauernjunge pennt schon längst und zählt im Schlaf Schafe.«

Charlie musste lachen und biss in die Bettdecke, um sich nicht zu verraten; schließlich beruhigte er sich und sagte noch leiser: »Nacht, Pad.«

Ich sagte ebenfalls Gute Nacht, sog still und unsichtbar an meiner Kippe und lauschte dem Regen- und Windgestöber draußen.

Armer Ken, du hast nichts zu lachen. Siehst mir nicht so aus, als seist du für eine solche eiskalte Regennacht geschaffen. Hättest du wenigstens die Konstitution von einem der Richardsons, der beiden Geordies! An denen würde der Regen nur so herunterfließen, die rosten ein, bevor sie sich eine Lungenentzündung holen. Armer alter Ken, musst die Hose gestrichen voll gehabt haben, als du ausgerückt bist. Obgleich die meisten Leute meinen, nur die schweren Jungs verdrücken sich, trifft das Gegenteil zu. Meist sind es Typen wie Ken, der im Grunde ein empfindsamer Bursche ist und als solcher liebenswert und bei den anderen beliebt sein könnte, wenn er ihnen die Möglichkeit gäbe, ihn kennenzulernen. Natürlich gab es einige, mit denen überhaupt nicht auszukommen war, aber diese Sorte traf man überall.

Ickey Baldock, der war freilich der schlimmste Pöbler, wenn man ihn gewähren ließ, aber bei Jesus, ich kannte einen, bei dem er kein Glück haben würde.

Der Nachtwächter kam. Ich hörte, wie er die Uhr im Gang aufzog. Ich drückte den winzigen Stummel aus und schnipste ihn unter die Betten. Der Nachtwächter trat ein und ließ seinen Lichtkegel über die Schläfer gleiten.

Der Schein der Lampe fiel auf Charlies Gesicht, der wie ein Murmeltier schlief. Ich stellte mich schlafend, bis der Nachtwächter weg war, und schlief dann ebenfalls ein.

Ich hatte bereits bei meiner ersten Mahlzeit im Speisesaal bemerkt, dass die Jungs an Rivers' Tisch stets Bücher bei sich hatten und beim Essen lasen. Das war meines Erachtens eine feine Sache, ich fragte mich nur, wann auch ich das tun oder zumindest ein Buch als Abendlektüre bekommen könnte. Man brauchte zwar nur in die Bibliothek zu gehen und dem diensttuenden Insassen seinen Namen anzugeben, dafür wurde aber erwartet, dass man das ausgeliehene Buch dort las. Ich hatte am ersten Tag nach der Arbeit einen Blick in die Bibliothek getan; sie wimmelte von Jungs, die an den Tischen lasen oder so nahe wie möglich am Kamin standen, ohne hineinzufallen, von Jungs, die rauchten, plauderten und sich ein paar fröhliche Minuten machten. Da ich aber keinen anderen Neuling dort sah, zögerte ich hineinzugehen. Diese Bibliothek mutete nämlich an wie einer jener Londoner Klubs, über die man in Büchern liest, in denen in Ehren ergraute Bischöfe, Oberste und sonstige gezierte Lackaffen über einen Leserbrief in *The Times* diskutieren, sodass ich mir vorkam wie der arme Schlucker, der am Dienstboteneingang um etwas Schweinefutter bettelt. Rasch schloss ich die Tür und eilte den Gang hinunter.

Der Mittelpunkt, das Oberhaupt und der Vater des gesamten Bibliotheksbetriebes schien ein Bursche mit einem mageren Gesicht zu sein, der hinter dem Schreibtisch saß. Sein Gesicht war alltäglich – so wenigstens schien es mir, womit ich nicht sagen will, dass er nicht intelligent aussah, denn das tat er. Es gibt viele, die den Schädel Salomons und den Grips einer Rübe haben, aber dieser Zeitgenosse hatte glattes braunes Haar, ein scharf geschnittenes Gesicht und einen Liverpooler Akzent. Er war einer jener vier Bücherwürmer an Rivers' Tisch. Warum sollte er also nicht gescheit sein, wo er doch der Verwalter der Bibliothek zu sein schien? Ich hoffte immer, mit ihm ins Gespräch zu kommen, denn ich wollte mir ein Buch ausleihen, und er verfügte über sie.

An diesem Tage gingen Charlie, Joe und Nulpe nach dem Mittagessen ihre Schuhe wechseln und zogen ihre Arbeitsstiefel und Gamaschen an, während ich zu Ende aß. Ich und einige andere hatten nämlich eine Karrenladung Zaunpfosten vom Geräteschuppen zum Großen Acker hinuntergeschoben, und der Wärter hatte gesagt, wir könnten die Mittagspause um eine Viertelstunde verlängern, obgleich die Arbeit nur zehn Minuten beansprucht hatte.

Während ich meinen Kakao austrank, war ich mit Ausnahme der Bücherwürmer an Rivers' Tisch der Einzige im Saal. Rivers sah mich und rief: »Hey Paddy, komm doch 'n Augenblick rüber zu uns.«

Warum nicht?, sagte ich mir, nahm meine Tasse und schlenderte an ihren Tisch.

Außer Rivers und dem Bibliothekar mit dem scharf geschnittenen Gesicht saß ein etwa Neunzehnjähriger am Tisch, der den Namen eines berühmten englischen Romanschriftstellers trug. Ich hatte vorher nie mit ihm gesprochen und nahm daher die Gelegenheit wahr, um ihn zu fragen, ob er mit dem Autor verwandt sei, wobei sich herausstellte, dass er dessen Neffe war. Ein weiteres Zeichen seiner Distinktion waren eine Zigarettenspitze und eine rosaseidene Zivilkrawatte. Er sprach mit müder Eleganz, und da er Arbeitsklasse zwei zugeteilt war, hatte er leichtere Arbeiten zu verrichten und strickte zusammen mit Miss Vasser Socken. Er war genauso dekadent, wie unsere bescheidenen Mittel es erlaubten; jedenfalls tat er unter den gegebenen Umständen sein Bestes.

Auch mit dem vierten Mann sprach ich zum ersten Mal; er hieß MacGann und behauptete, Ire zu sein, wenngleich er ein gebildetes Englisch sprach. Sein richtiger Name war natürlich O'Kane oder O'Cahawn, ich fragte mich, ob sein Vater ihm das je gesagt hatte: der Name der altirischen Anführer von Antrim sowie der ihres unmittelbaren Nachfahren, des größten katholischen Leichenbestatters in Belfast mit dem Monopol, die gefallenen Männer der Irisch-Republikanischen Armee zu beerdigen.

Der Name des Bibliothekars war Robin Jones, er stammte, wie ich vermutet hatte, aus Liverpool.

Das Buch, das der Neffe des Schriftstellers in der Hand hielt, war *Oscar Wilde – Eine Lebensbeichte* von Frank Harris, was mich wenig verwunderte.

Ich wusste, dass Oscar Wildes Mutter die Speranza der Zeitung *Nation* aus dem Jahr 1848, der Zeit der »Jungen Irländer«, gewesen war. Einige ihrer Gedichte lernten wir in der Schule auswendig. Ich wusste auch, dass Oscar im Gefängnis gewesen war, hatte eine lange Zeit geglaubt, der Grund sei sein Rebellentum gewesen, und wollte wissen, ob es daher Lieder über ihn gegeben habe. Jetzt aber ahnte ich, dass er aus sexuellen Gründen inhaftiert gewesen war, denn ich hatte meine Mutter einmal gefragt, weshalb er eingesperrt worden sei, und bekam die gemurmelte Antwort: »Es war sein Fluch – er hat ihn zugrunde gerichtet genau wie Parnell.« Auch von Frank Harris hatte ich oft gehört, weil mein Vater seine in Frankreich veröffentlichten Bücher besaß; in seinem ersten, das von seiner Jugend handelt, erzählt Harris, dass auch er ein halber Rebell gewesen sei. Sein Vater hatte ihn aus dem Internat Portora im Norden herausgenommen, weil Frank ihn bei dessen erstem Besuch fragte, ob die Engländer James Stephens, den Kopf der Fenier-Bewegung, gefasst hätten, freilich erst, nachdem er mithilfe des Oberwärters Breslin, der nach Amerika flüchtete, aus dem Richmond-Gefängnis nach Paris entkommen war.

Hatte nicht der alte Bischof Moriarty die Fenier verdammt und gesagt, sie stünden mit den französischen Freimaurern und den italienischen Carbonari im Bunde und seien darauf aus, den Atheismus ins Land zu bringen? Die Hölle sei weder heiß noch die Ewigkeit lang genug, um sie zu bestrafen.

Mein Alter meinte allerdings, ein Quäntchen Atheismus würde dem Lande kaum schaden.

Wurde nicht einer der Fenier, ein Mann, der fünftausend britische Soldaten, Iren, die in der britischen Armee dienten, angeworben hatte, »der Heide Pat O'Leary« genannt? Erklärte Pat nicht bei seiner Gefangennahme und Inhaftierung im Gefängnis Mountjoy, er sei ein irischer Heide? Antwortete er nicht auf den Einwand seiner Häscher, er müsse entweder Katholik oder Protestant sein: »Ich bin weder Bettler noch Dieb«? Bradlaugh, ein Parlamentsmitglied und Freidenker, stellte im Unterhaus eine Anfrage über ihn.

Hatte nicht mein Onkel, ein früheres Mitglied der Obersten Ratsversammlung der Fenier, später, vor 1916, das schönste Lied über die Fenier komponiert?

Manch einer fiel in Schlucht und Tal,
Im Feindeslande viele gar.

Und Weise sagten allzumal:
Vergebens alles Opfer war.
Sie liebten nur ihr Vaterland,
Ihr Leben gaben sie zum Pfand.
Drum: Fenier hoch in Ehr und Ruhm,
Es lebe das kühne Fenier-Tum!

Das alles war mir nichts Neues, ich sagte jedoch an Rivers' Tisch nur: »Ich bin ein paar Hundert Meter von Wildes Geburtshaus geboren worden. Seine Mutter war eine große Rebellin, und Frank Harris hat auch etwas von einem Rebellen gehabt. Ich hatte immer gedacht, dass Oscar Wilde wegen seines irischen Rebellentums eingebuchtet worden sei, glaube aber heute, dass es wegen sexueller Dinge war.«

»Du hast also gedacht, Wilde sei ein irischer Rebell gewesen, wie?«, fragte der Neffe des Romanschriftstellers mit dem schmallippigen Offiziersgrinsen der *Black and Tans,* nur dass ihm dazu das Rohrstöckchen und das Zahnbürstenbärtchen fehlten. »Und du weißt wirklich nicht genau, weshalb er einsaß?«

»Nein, nicht genau«, sagte ich.

»Ich werds dir erklären«, sagte der Neffe des Romanciers grinsend und tat es dann auch. »Wie denkst du jetzt über deinen irischen Rebellen?«, fragte er.

»Ich denke, dass jeder auf seine Fasson selig werden soll«, antwortete ich, »und denke weiter, dass, wenn es dich schockiert, es wohl richtig ist, wenn das Volk nichts davon erfährt. Denn, wenn es dich schockiert, müssten deswegen Tausende von Menschen graue Haare bekommen.«

Robin Jones, der Bibliothekar, schaute auf und sagte: »Du brauchst deswegen nicht gleich auf die Palme zu gehen, Paddy.«

»Und wenn ichs gelesen habe, kannst du dir das Buch ausleihen und die Lebensgeschichte eines hervorragenden Landsmannes aus der Feder eines anderen hervorragenden Landsmannes von dir lesen, das kann er doch, nicht wahr, Robin?«

»Natürlich«, sagte der Bibliothekar und fügte zu mir gewandt hinzu: »Es ist ein Buch aus der County-Bibliothek, Paddy. Sie schickt sie uns auf Empfehlung des Hausgeistlichen.«

»Das hat mir der Heimleiter gesagt.«

»Er hat dir aber nicht gesagt«, warf Robin Jones ein, »dass du Frank Harris' Buch über Wilde bekommen kannst. Er hat anderes zu tun, der Arme, und überlässt die Arbeit bisweilen mir. Du sollst das Buch haben, sobald er es zu Ende gelesen hat, und vergiss nicht, es mir persönlich zurückzugeben. Ich bin auch gern bereit, dir andere Bücher aus der County-Bibliothek zu besorgen, wenn du ein braver Patrick bist und dreimal *Land der Hoffnung und des Ruhms* singst. Auch in unserer eigenen Bücherei haben wir viele Sachen, die dir gefallen werden. Komm heute Abend zu mir rüber.«

»Vielen Dank«, sagte ich aufrichtig, lächelte den anderen zu und lief hinaus zur Arbeit.

Ich freute mich darauf, das Buch über Wilde zu lesen und die Umstände seines Falls zu erfahren.

Der Wärter blickte mich vorwurfsvoll an, als ich zu meiner Gruppe kam, und sagte: »Ich hab dir erlaubt, zwanzig Minuten länger wegzubleiben, aber nicht den ganzen Nachmittag.« Ich hatte zwar nicht den Eindruck erwecken wollen, meinen Wärter auszunutzen, war aber froh, dass ich mich mit dem Bibliothekar gut gestellt hatte.

Im Laufe des Nachmittags holten wir noch Dutzende von Zaunpfählen, benutzten aber diesmal statt eines Handkarrens, den wir zu viert zogen und schoben, den Anhänger eines Traktors, den die ganze Gruppe aufs Feld schaffte.

Auf dem Weg zur Straße mussten wir unser Gefährt nahe an den Straßenrand schieben, um einen Geländewagen vorbeizulassen. Wer hinter dem Fahrer saß, war kein anderer als Ken, flankiert von zwei Wärtern. Ich lächelte ihm zu, einige der Jungen winkten ihm, nur die Wärter nahmen keinerlei Notiz von ihm.

Es war ja nicht, als ob einer aus Walton oder sonst einem Knast ausgerückt wäre, wir winkten und lächelten ihm zu, weil er uns leidtat, und nicht, um ihn zu beglückwünschen. Während wir die Pfähle auf den Anhänger luden, erzählte der Wärter uns von Ken und sprach über ihn genauso wie wir, als tue es ihm leid um ihn; man hätte nie geglaubt, dass Ken sich aus seiner Gruppe verdrückt hätte.

Er war in der Nähe eines fünfunddreißig Kilometer entfernten Dorfes in einem Überlandbus aufgegriffen worden.

Nachdem er sich bis auf die Haut durchnässt und durchgefroren eine Nacht lang versteckt und eine zweite durchgetippelt hatte, bestieg er am zweiten Morgen einen Bus. Er zahlte einen Shilling Fahrgeld und ruhte sich im dahinrollenden Bus aus, ohne zu ahnen, dass der Rundfunk bereits seinen Steckbrief gesendet hatte. So besprach sich der Schaffner mit dem Fahrer, der Ken an der nächsten Landpolizeiwache ablieferte.

Der Wärter sagte, er habe unterwegs nichts geklaut, weshalb er nur im Oberstock neben dem Lazarett eingesperrt werde, bis der Direktor ihn am folgenden Tag vorladen würde.

Hätte er unterwegs etwas mitgehen lassen, hätte das eine neue Anklage bedeutet, sodass er auf den Besuch des Richters hätte warten müssen.

Wir beluden also unseren Anhänger und dachten alle, na schön, es hätte für Ken auch übler ausgehen können; es hätte noch viel übler ausgehen können; wir hätten nämlich in seiner Haut stecken können.

Manchmal sah ich einen Jungen im Arbeitskittel herumlaufen, der sein eigener Herr zu sein schien und Pinsel, Farbe und Glaserwerkzeug bei sich trug.

Etwa acht – so erfuhr ich – arbeiteten in der Malerwerkstatt, die meisten von ihnen waren jedoch beim Bau des neuen Lagers, des neuen Heims, beschäftigt. Aber dieser hier machte Reparaturen in der ganzen Anstalt.

Ich beneidete ihn, bewunderte seinen gelassenen Gang und wäre zumindest zu Anfang gern einer seiner sieben Mitarbeiter gewesen.

Ich schaute einem anderen der Anstreicher zu, der eines Tages eine Scheibe der Speisesaaltür erneuerte, die ein Koch zerschlagen hatte.

Die Instandsetzung eilte, damit die Jungen beim Verzehren ihres Mittag- oder Abendessens keinen Zug bekamen, sondern nach einem langen Tag in Schmutz und Kälte in Ruhe essen konnten.

Daher vermutete ich, dass der für diese Reparatur eingesetzte Junge der fixeste war. Alle Burschen sahen von ihrem Essen zu ihm hinüber, wie er den alten Kitt abkratzte und den neuen einstrich.

Sie schauten mit großem Respekt zu, ich war jedoch nicht beeindruckt. Mein ältester Bruder Rory verstand den Kitt mit zwei Daumen einzustreichen, indem er in der unteren Mitte begann und in der oberen Mitte aufhörte; außerdem konnte er in einem Tag bis zum Abendessen ein halbes Haus verglasen.

Im ganzen Lager hatte ich schlechte Malerarbeit gesehen, so an Fugen in der Decke, wo eine Bahn nicht fertig gemalt war, bevor die Ränder der vorhergehenden getrocknet waren; so an Türen, die nicht nach der Maserung, nach den Füllungen und

Profilen gestrichen waren; so an Ritzen, die nicht ausgemalt, und Löchern, die nicht zugekittet waren.

Alle Jungs schauten beim Essen mit Vergnügen dem Glaser zu, der die Scheibe der Speisesaaltür verkittete.

»Macht er sauber, was?«, sagte Charlie.

»Von wegen!«, gab ich zurück. »Der versteht vom Glaserhandwerk so viel wie mein Arsch vom Schnepfenschießen.«

»Kannst du das besser?«, fragte Charlie.

»Ich konnte es schon mit zwölf Jahren besser als der mit zwanzig.«

»Ach, sei still«, sagte Joe, »ist doch egal. Solange es Wind und Regen abhält, sind wir zufrieden.«

Jock Smith, ein hochgeschossener Blonder aus Glasgow, rief vom Nachbartisch herüber: »Paddy hat recht. Der Kerl hat keine blasse Ahnung. Mein Alter war Klempner, ich hab bei ihm gelernt, und Klempner machen auch Glaserarbeit.«

»Stimmt«, sagte ich, »mein Onkel ist Klempner, und ich habe oft meine Vettern begleitet, wenn sie seinen Beitrag einzahlten. ›Gewerkschaft der Klempner, Glaser und Installateure‹ stand auf seiner Mitgliedskarte.«

»So ist es, Paddy«, stimmte Jock zu, »und es ist eine Schweinerei, dass Jungen, die in einem Gewerbe gearbeitet haben, bevor sie hergekommen sind, es hier nicht ausüben dürfen.«

»Und ich?«, fragte Joe. »Warum krieg ich nicht ’ne Chance, meinem Gewerbe nachzugehen?«

»Hau ab, du registrierter Zuhälter«, sagte ich.

»Ein verdammt besseres Gewerbe als deines oder Jocks«, sagte Joe.

Alle lachten und gaben den Witz an andere Tische weiter, aber Joe schüttelte den Kopf und zog ein Gesicht. »Schöne Freiheit nenn ich das, wo einer seinen Beruf nicht ausüben kann.

Ich sitze hier, und nirgends lässt man mich meine Finger reinstecken.«

»Du meinst, deinen Schwanz reinstecken«, sagte einer, und alle lachten noch mehr.

Jock und ich setzten uns jedoch zusammen und besprachen ernstlich unseren Wunsch, in eine Handwerksgruppe zu kommen, und vereinbarten, beim Heimleiter Versetzung aus der Gärtnerei in die Baugruppe zu beantragen.

Zuerst waren wir alle begeistert gewesen, in der Gärtnerei zu arbeiten, weil es wie ein Aufleben war, sich im Freien, an der frischen Luft, im grünen Gras unter grünen Bäumen tummeln zu können. Aber jetzt hatte ich von der Forke und dem alten ostenglischen Bauern, der mir die ganze Zeit in den Ohren lag, wie ich meine Schollen noch mehr zerkleinern sollte, die Nase gehörig voll. So beantragten Jock und ich beim Heimleiter Überweisung von der Gärtnerei zur Baugruppe.

Der Heimleiter sagte, in meinen Akten sei eine vierjährige Lehre im Anstreichergewerbe vermerkt, außerdem sei ich als Teilnehmer eines zweijährigen Kurses einer Dubliner Lehrlingsschule geführt. Er sagte, er persönlich glaube, dass ich mich für die Anstreichergruppe eignen würde, und wolle sich für mich verwenden, obgleich die Entscheidung nicht von ihm abhänge.

Als Jock hineinging, sagte er ihm, er wolle sehen, was er tun könne, um ihn den Klempnern zuzuteilen; uns beiden riet er, uns in der Zwischenzeit bei unserer augenblicklichen Arbeit besonders anzustrengen.

Charlie war gekränkt, als ich ihm erzählte, Jock und ich hätten um Versetzung gebeten. Er sagte, ich solle ruhig mit Jock arbeiten, ich könne auch im Schlafsaal zu Jock ziehen, er werde sich dafür ans andere Ende des Saales legen.

Ich dachte, vielleicht beruhigt er sich wieder, aber er tats nicht und war tagelang beleidigt. So sagte ich mir: Glücklich ist, wer vergisst, was nicht mehr zu ändern ist! Und eines Morgens, eine Woche nach unserem Antrag beim Heimleiter, rief Sullivan mich und Jock ans Ende des Obstgartens. »Ich höre, ihr beiden wollt uns verlassen.«

»Stimmt, Sir«, sagte ich. Sullivan schien betroffen.

»Gefällt es euch nicht in meiner Gruppe?«

»Doch, Sir«, antwortete ich. »Es geht aber nicht darum. Wir haben nämlich vorher im Baugewerbe gearbeitet. Es ist gar nicht, weil es uns etwa hier nicht gefällt.«

Er lächelte mit seinen schielenden Augen. »Immer der alte Schmonses, Paddy.« Dennoch schien es ihm zu gefallen. »Na schön, Tausch ist kein Diebstahl. Wir kriegen morgen zwei, die in die Gärtnerei versetzt werden wollen. Ihr beide meldet euch morgen früh bei der Baugruppe statt bei mir. Okay. Und nun macht, dass ihr an die Arbeit kommt. Ihr wisst, wohin ihr morgen zu gehen habt?«

»Ja, Sir«, sagte Jock.

»Wissen wir«, sagte ich, »und schönen Dank, Sir.«

Er lächelte wieder und sagte: »Dank nicht mir, Paddy, sondern Gott.«

Jock und ich fanden die Aussicht sehr spannend, wieder Arbeitszeug anzuziehen und wie früher in Freiheit auf einer Baustelle zu arbeiten.

»Eigentlich ist es wie draußen«, meinte Jock. »Weiber in allen Wohnungen. Mütter und Frauen der Wärter, die dir Tee und was zu futtern bringen. In einem der großen Häuser, wo wir arbeiten werden, sind zwei junge Mädels. Die vernaschen wir.«

»Was du nicht sagst«, sagte ich gespannt.

»Ja, einer namens Yorky Turner hat eine verlötet, kurz bevor du gekommen bist. Der Prüfungsausschuss hat ihm dafür sechs

Monate in Chelmsford gegeben und alle Vergünstigungen entzogen.«

»Sie hätten ihn in Ruhe lassen sollen«, sagte ich, »denn die Natur lässt sich nicht gängeln.«

»Jedenfalls hat sie sich bei ihm nicht gängeln lassen«, sagte Jock. »Neuerdings lassen sie keinen auch nur in Sichtweite des Hauses, mit Ausnahme des Malers oder Klempners.«

»Schöne Aussichten für willige Knaben«, sagte ich und sang:

Der Klempner ist im Mägdeklo vonnöten.
Herrjeh, wird er uns allesamt verlöten ...?

»Bist ein lustiger Typ, Paddy, weiß der Teufel«, meinte Jock.

Ich erzählte Charlie auf dem Weg zum Geräteschuppen, dass wir vom nächsten Morgen an bei den Bauleuten arbeiten würden, was er überhörte. Ich tat, als hätte er mich nicht verstanden, und wiederholte es.

»Du kannst hingehen, wohin du willst«, brummte er, »du und dein beschissener Jock.«

Ich drehte mich um, aber Jock hatte ihn nicht gehört, da er dabei war, die Neuigkeit seinerseits zu erzählen.

Abends ging Charlie zu Rivers und bat darum, ans Ende des Schlafsaals ziehen zu dürfen. Rivers sagte, die Seite, auf der wir lägen, sei die Seite der Zugänge, weil sie die kälteste sei, aber Smith, Nummer 440, gehe in ein paar Wochen, Charlie solle bis dahin warten und dann den neuen Saalältesten darum bitten, da er selbst vorher rauskomme.

Im Speisesaal saß er wortlos am Tisch, und sobald ich mich in die Unterhaltung mischte, verstummte er. Ich musste Joe sagen, dass Charlie eingeschnappt war, für den Fall, dass Joe ihn aufziehen und einen Streit vom Zaun brechen würde.

Nach dem Tee gingen Nulpe und Joe los, um zu sehen, ob am Billardtisch Platz war, oder wenigstens, um sich anzustellen. Seit einer Woche hatten sie sich vormerken lassen und meinten, sie müssten allmählich drankommen. Ich ging in die Bibliothek.

Shaw und O'Casey waren zu haben: *John Bulls andere Insel, Juno und der Pfau* und *Der Pflug und die Sterne.*

Das war für mich wie ein Besuch von zu Hause. Ich kannte Juno, ich kannte Fluther Good im *Pflug.* Das Vorwort in *John Bulls andere Insel* kannte ich fast auswendig und fand noch ein Buch eines Iren. Es hieß *Das silberne Vlies,* aus der Feder eines früheren Rugbyspielers der irischen Nationalmannschaft namens Robert Collis.

Rugby war ein Spiel, das ich stets mit den Engländern, jedenfalls mit der englischen Oberschicht, in Verbindung gebracht hatte. Auf dem Gelände des riesigen gälischen Fußball- und Hurlingstadions Croke Park lag, getrennt durch eine Zementmauer, am Ende unserer Straße ein Rugbyfeld. Wir sahen die Jungs der Jesuitenschule Belvedere und des protestantischen Gymnasiums Mountjoy mittwochs dort spielen. Wir piesackten sie ohne Rücksicht auf ihre verschiedenen Glaubensbekenntnisse. Manchmal, wenn sie auf Fahrrädern vorbeigesaust kamen, bewarfen wir sie mit Steinen. Und wenn wir sie in kleinen Gruppen zu fassen bekamen, prügelten wir sie so windelweich, dass die Polizisten an unserer Ecke dafür sorgen mussten, dass sie ungerupft davonkamen.

Wir wussten nur, dass sie Söhne von Reichen waren, und selbst ich, der ich gemeinhin freundlich und zu umgänglich war, um mich mit jemandem anzulegen, hielt es für eine heilige und heilsame Sache, die Burschen so gründlich wie möglich durchzubläuen. Sie waren Collegeschnösel und die Söhne von Collegeschnöseln.

Jedenfalls sah ich zwischen Rugby und Irland oder Dublin nicht die geringste Beziehung. Wenn ich überhaupt etwas in dem Spiel sah, so eine läppische Abart von Cricket, das ich ganz und gar unverständlich fand.

Manchmal spielten wir inspiriert von den Jugendzeitschriften *Der Zauberer* oder *Der Wanderer* eine private Abart von Cricket, mit einem gekalkten Tor und einem Hockeyschläger als Schlagholz, aber das geschah eher aus Spaß als aus sportlichem Ehrgeiz, und die Jungs schrien »Nach dir, Algy, altes Haus« oder »Vorsicht mit deinen Klöten, Marmaduke«.

Collis' Buch zu lesen war für mich jedoch wie ein Wiedersehen mit einem Landsmann, und ich sah Rugby nicht als ein Wintertreffen von Cricketspielern, sondern als Kampf, der im spritzenden Matsch ausgetragen wurde, wobei ich als Mittelstürmer für Irland angriff.

Zu Hause spielten wir Fußball auf der Straße, manchmal auch eine Art wildes Hockey, das wir von den hübsch gewellten Wiesen von Kilkenny und Tipperary in die verwinkelte, grausam prickelnde Umwelt einer Verkehrsstraße des Dubliner Elendsviertels verlegten.

Später, als ich alt genug war, um in unsere Jugendfußballmannschaft einzutreten, machte mich bei der einzigen Gelegenheit, bei der ich in richtigen Fußballstiefeln und einem Sporttrikot antrat, die Anwesenheit meines Vaters, meiner Onkel, Stiefbrüder und Stiefonkel, die alle alte Fußballgeier und von denen manche sogar frühere Berufsspieler gewesen waren, so nervös und zappelig, dass ich meine Befangenheit über ihre Anwesenheit und meine Furcht, sie zu enttäuschen, durch eine gespielte Gleichgültigkeit und Langeweile gegenüber jeglicher Sportart mit Ausnahme des Schwimmens zu verbergen suchte.

Die Erinnerung an jenen Tag auf dem Thatch-Fußballplatz, als ich elf Jahre alt und der erbärmlichste Linksaußen war, der je den NCR, Abteilung Junioren, entehrt hat, spülte ich im Kanal, in der Irischen See oder im Fluss in der Liffey ab oder versuchte es wenigstens; ich war ein guter Schwimmer, ein mutiger Taucher und dachte mir nichts dabei, von einem Fünfzig-Tonnen-Kran ins Wasser zu springen.

Jetzt aber, mit siebzehn, da ich längst darüber hinaus hätte sein sollen, einen neuen Sport anzufangen, wurde ich durch dieses Buch, *Das silberne Vlies,* daran erinnert, was ich damals nur mit müder Geringschätzung beachtet hatte: dass die Spielzeit für Rugby hier im September begann.

Ein störrisch aussehendes Etwas saß statt Jones am Schreibtisch, und als ich das Buch aus dem Regal nahm, rief er mich und sagte: »Hey, du, du hast ja keine Ausweiskarte.«

Er fragte nach meinem Namen und meiner Nummer, schrieb eine Karte aus und legte sie zu seinen Akten. Ich nahm mein *Silbernes Vlies* und dachte, ich könnte mich in den Schlafsaal stehlen und ein wenig darin lesen, als der schlecht gelaunte Bastard mich zurückrief und sagte, ich dürfe nur in der Bücherei lesen – hier oder nirgends.

Jones saß am Kamin – das bemerkte ich erst jetzt –, trat herbei und sagte: »Ist in Ordnung, Paddy. Nimn's mit und lies es. Mein Mitarbeiter hier ist sehr gewissenhaft, er hat dadurch etwas zu tun und spart mir viel Mühe. Er ist Zeuge Jehovas und sehr streng. Im Grunde kein Fehler, es gibt hier ein paar Schwachköpfe, die sich nichts dabei denken, im Klo ein paar Seiten aus einem Buch zu reißen, wenn sie kein Papier mitgenommen haben. Aber du sollst dein Buch mitnehmen. Übrigens, wie heißt es?«

»*Das silberne Vlies,* von Robert Collis«, sagte ich.

»Ist es gut?«

»Und wie«, sagte ich, innerlich bereits ganz erregt von wilden Angriffen der Stürmerreihe im Dreck, von dem Geschrei einer irischen Zuschauermenge, in Twickenham oder Murrayfield, dem Gegrunze und Geschiebe. »Und wie! Ein guter Ersatz für das, was mir fehlt.«

»Nach deiner Miene kann's nicht viel sein.«

»Vielen Dank für das Ausleihen, Jonesy, auch dafür, dass ichs mit in den Saal nehmen darf.«

»Schon gut, Paddy. Ich freue mich immer, wenn ich etwas für die Aufklärung unterlegener Rassen tun kann.« Wir lächelten, und ich nahm mein *Silbernes Vlies* mit in den Saal.

Hier lagen bereits ein paar Jungs lesend auf ihren Betten, Jungs, die schon um vier Uhr morgens an den Heizkesseln im Gewächshaus arbeiteten und die ich noch nie gesehen hatte, außer wenn ich im Dämmerschein der einen Lampe erwachte, die sie zum Anziehen in aller Herrgottsfrühe einschalteten. Einer von ihnen hieß Cragg, das wusste ich; er war etwa zwanzig Jahre alt, sah aber noch älter aus. Er war groß und schwer, hatte sogar etwas schütteres Haar und wirkte wie ein Mann mittleren Alters.

Er hielt eine selbst gedrehte Zigarette beim Lesen vor das Gesicht und zog daran, ohne die Nase von seinem Buch zu nehmen, als ich an ihm vorbei zu meinem Bett ging. »Willst dun Zug?«, fragte er, ohne aufzuschauen.

»Vielen Dank«, sagte ich und nahm die Kippe. Ich blickte zu dem anderen hinüber und sagte zu Cragg: »Was ist mit ihm los?«

»Ach, den mag ich nicht«, antwortete Cragg, »der ist ein Verbrecher. Hat mit der Polizei zu tun gehabt.«

Jesus, dachte ich, gibt's viele von deiner Sorte zu Hause? Zum ersten Mal in meinem Leben wusste ich nichts zu entgegnen.

Der andere sagte: »Halt den Rand, Cragg, du bescheuerter Penner ... Der ist nicht der Hellste, Paddy, der glaubt, die Erde sei eine Scheibe.«

»Keine richtige Scheibe«, sagte Cragg, »es gibt auch Buckel, wo Berge sind, aber ansonsten meistens flach. Was meinst du, Paddy? Allerdings, wo du herkommst, gibts nichts als Buckel.«

»Er ist Atheist, Paddy.«

»Das ist Jahre her, du blöder Hammel, als ich in Durham im Gefängnis war«, sagte Cragg. »Der Priester trug in der Messe seine Gewänder, kam in die Todeszelle herein und fragte mich, ob ich die Bedeutung der verschiedenen Farben kenne. Ich sage, ich kenne sie nicht, finde aber, er muss Violett tragen, das steht ihm am besten. Er sah auch großartig darin aus, wirklich! Meine Frau kam zu Besuch.«

»Der hat 'ne prima Alte, Paddy, und zwei süße Kinder. Möchte wissen, was sie an ihm findet. Kommt die doch tatsächlich jeden Monat über dreihundert Kilometer hergefahren, um ihn zu besuchen!«

»Obgleich ich ihren Alten umgelegt habe«, sagte Cragg hinter seinem Buch.

»Red weiter, was du Paddy von dem Padre in Durham erzählen wolltest.«

»Ach so«, sagte Cragg und sah hinter seinem Buch hervor. »Fragt der mich doch, wie ich mit meiner Alten auskomme. Ich sage, der Henker wird bald unsere Scheidung aussprechen, aber abgesehen davon kommen wir prima aus, und ich frage, wie er mit seiner auskommt und ob er die Rumflasche vor ihr wegschließt. Da guckt er mich an, als wenn er mich am liebsten sofort hängen sehen möchte. Vielleicht hätte ich auch hängen sollen, hätte mir nichts ausgemacht, nur, dass es so beschissen wehtut.«

Er seufzte, ich zog an meinem Stummel, der fast zu Ende geraucht war, und wusste nicht, was ich tun sollte.

Cragg blickte über sein Buch zu uns herüber und sagte: »Ja, ja, ich hab mehr vom Leben, wenn ich mich bilde.« Er blickte wieder auf die Seite und las murmelnd: »... so verdorben war jene Zeit, dass sie die scheue Berührung durch den Eunuchen den fülligen Klöten des römischen Kaisers vorzog ...«

Ich trat zu meinem Bett, um mich an mein Buch zu machen, und sah im Vorbeigehen, dass Cragg einen Band von Gibbons *Verfall und Untergang des Römischen Imperiums* las. Ich hatte gehört, es stehe auf dem Index, was – wie ich entdeckt hatte – nicht immer eine Empfehlung war, denn auch *Das Heimchen am Herde* stand darauf. Ich hatte nicht vermutet, dass *Verfall und Untergang* so viel Interessantes enthielt. Vielleicht hatte Cragg die Stelle auch erfunden.

Ich beschloss, dies nach der Lektüre von *Das silberne Vlies* selbst zu überprüfen.

Am nächsten Morgen meldeten Jock und ich uns auf der Baustelle.

Der grobschlächtige Wärter namens Tessie O'Shea war gerade dabei, die Bauarbeiter antreten zu lassen.

»Dorthin wollen wir nicht«, sagte Jock, »wir melden uns lieber beim Klempnermeister und beim Malermeister.«

»Stimmt«, sagte ich, »lass uns lieber herausfinden, wo sie stecken.« Wieder blickte ich zu der angetretenen Gruppe hinüber und sagte mir, Gott sei Dank, ich habe mit der Bande nichts zu schaffen.

Jock ging hin und fragte, wo wohl der Malermeister und der Klempnermeister zu finden seien.

»Was wollt ihr von denen?«, fragte ein anderer, bevor der Angeredete antworten konnte.

»Die Sache ist die«, antwortete Jock, »dass ich und Paddy dort arbeiten sollen und wir daher unser Werkzeug und unsere Pinsel holen wollen.«

Bei diesen Worten platzte die gesamte Gruppe plötzlich so schallend heraus, als habe Jock die lustigste Bemerkung der Welt gemacht. Die Burschen lachten, kreischten und prusteten, einige von ihnen hielten sich die Seite oder lehnten sich aneinander, als müssten sie jeden Augenblick vor Lachen tot umfallen, und sagten: »Mannomann«, »Das gibt's doch nicht«, »Hast du schon so was gehört?«, »Mensch, ich bin fertig«, »Leck mich doch am Arsch«, bis ich dachte, sie würden völlig verrückt.

Jock wurde rot bis unter die Haarwurzeln und schluckte ein paarmal, versuchte mitzulachen, als wisse er den Grund des Gelächters, während ich dem Herrn dankte, dass ich die Frage nicht gestellt hatte. Ich dachte: Na ja, es ist ja bereits fünf nach acht, die Burschen zwitschern gleich ab, und wir sind sie für den Rest des Tages los, als Tessie O'Shea mit einer Liste in der Hand aus dem Büro kam.

Er schnauzte sie einmal kurz an, worauf sie sogleich verstummten, als habe er einen Schalter umgelegt, warf einen Blick auf Jock und mich und donnerte: »Wo zur Hölle glaubt ihr beiden, dass ihr hinlatscht?«

»Wir – wir suchen den Maler und den Klempner«, sagte ich, weil ich dachte, Jock habe seinen Teil getan und sein Ansehen für weitere Fragen und Antworten bereits verscherzt.

Der Junge, den Jock um Auskunft gebeten hatte, sagte: »Bitte, Sir, Jock sagt, sie wollen ihr Werkzeug und ihre Pinsel holen.«

Natürlich brach das freche Gelächter von Neuem, aber weit schlimmer als das erste Mal, aus; alle kreischten und krakeelten durcheinander, der vierschrötige Wärter wurde wütend, raunzte sie an, sie sollten endlich die Schnauze halten, was sie eine Sekunde lang taten, bis einer von ihnen krächzte: »Sag ihnen, sie können sich welche bei mir ausleihen«, worauf sie von Neuem völlig aus dem Häuschen gerieten, sodass Tessie O'Shea ihrer nicht mehr Herr wurde, bis er mit puterrotem Kopf auf sie losging, die Zöglinge es mit der Angst bekamen und sich endlich beruhigten.

»Zum letzten Mal, ihr Vollidioten, Schnauze, sag ich«, brüllte der Wärter und wandte sich an uns. »Ihr kriegt eure Werkzeuge aus dem Kasten wie jeder andere, eine Spitzhacke und eine Schaufel und ...«

»... eine riesengroße Handkarre«, meinte einer aus der

Gruppe, worauf der alte O'Shea ihnen einen Blick zuwarf und sagte: »Ich hab euch zum letzten Mal gewarnt.« Dann drehte er sich zu uns um und sagte: »Los, anschließen. Ich habe eure Namen hier. Wer ist wer – wer ist Behan 537 und wer Smith 512?«

»Ich bin Smith, Sir.«

»Und ich bin 537 Behan, Sir.«

»Na schön, angetreten, ihr beiden, Werkzeug kriegt ihr von mir. Pinsel, Werkzeug.« Er starrte uns an. »Kaum die Nase hineingesteckt und schon meint ihr, ihr bekommt eine Sonderaufgabe. Ich wundere mich nur, dass ihr euch nicht gleich um die Priesterstelle bewerbt.

Ob ihr eine Sonderaufgabe bekommt, habe ich zu bestimmen. Zuerst schippt ihr mir mal Dreck aus diesem Scheißloch und schmeißt mir Zement rein und karrt mir Erde und benehmt euch anständiger als diese gottverfluchte Rasselbande« – dabei warf er den Jungen einen drohenden Blick zu –, »die ich am Hals habe, und dann, in sechs Monaten, woll'n wir weitersehen. Los, ausrichten«, brüllte er allen zu. »Reißt die Knochen zusammen, und du dahinten, Parry, mach die Kippe aus, es ist schon nach acht. Mach sie ja aus, sonst mach ich dich mal ganz kurz fertig. Abteilung marsch!«

Die Baugruppe machte sich mehr über mich lustig als über Jock. Er war achtzehn, hatte ein derbes Schottengesicht und sah einem irischen Terroristen viel ähnlicher als ich. Aber mit Ausnahme des Iren Parry ließen sie mich bis auf ihre Sticheleien, ob ich Pinsel und Spachtel dabeihabe, verhältnismäßig ungeschoren.

»Hast wohl gemeint, du kriegst gleich 'ne Sonderaufgabe, was, Paddy?« Es widerstrebte mir, von einem Iren mit ›Paddy‹ angeredet zu werden. »Wie steht's mit den Schweinen und Kartoffeln zu Hause, Paddy?«

»Du bist doch derjenige, der vom Land kommt«, gab ich zurück. »Ich habe Schweine oder Kartoffeln nie anders als auf dem Teller gesehen.«

»Aha, der Dubliner Lackaffe, wie er leibt und lebt«, sagte er, und ich sah, dass er hochging, weshalb ich beschloss, ihm noch härter zuzusetzen.

»Genau«, sagte ich über meine Schulter zu ihm, »bist eigentlich ein ganz heller Junge – fürn Bauerndepp.«

»Nenn mich bloß nicht Bauerndepp, das sag ich dir«, knurrte Parry wütend zwischen den Zähnen. Aber das war mir gleich. Ich wusste bereits, was ich von ihm zu halten hatte, und war mir darüber im Klaren, dass ich ihn jetzt kleinkriegen musste, wenn ich bleibend vor ihm meine Ruhe haben wollte, solange ich in seiner Nähe arbeitete. Jetzt oder nie hieß die Parole.

Er war etwa zwei Jahre älter als ich, war zehn Zentimeter kürzer, dafür aber vierschrötig, kräftig und trug sein Haar nach dem BBB-Modell, dem Haarschnitt der bösen Borstal Boys in Sherwood Forest. Sein Bürstenschnitt jagte mir jedoch keine Angst ein, da er schon so lange von Sherwood weg war, dass sein Haar wieder hätte wachsen können. Er musste ihn jedoch weitertragen, um andere einschüchtern zu können, und das gelang ihm auch, nur nicht bei mir.

»Die beiden Paddys kriegen sich in die Haare«, sagte einer aufgeregt.

Mein Magen versuchte, mein Frühstück loszuwerden, kalter Schweiß trat mir auf die Stirn. Jesus, dachte ich, kein Wunder, dass Ken Jones zu türmen versucht hat. Ich bin ein Esel, mich überhaupt in die Nähe dieser verdammten Baugruppe gewagt zu haben. War ich nicht vollauf zufrieden, wo ich gearbeitet hatte, in der Gärtnerei, mit Charlie und den anderen, zumeist Jungs, die mit uns hergekommen waren? Und wenn ich Parry mal kurz und zackig in die Klöten trete, richte ich ihn vielleicht so übel zu, dass man mich nach Chelmsford, Sherwood Forest oder Wandsworth in Einzelhaft steckt. Selbst wenn ich auf den blanken Steinboden oder das Gitterfenster, das auf eine zehn Zentimeter entfernte Mauer geht, und das tote Auge einer Zellentür starren müsste, hätte ich dort zumindest meine Ruhe und wäre nicht gezwungen, mit umgedrehtem Magen zu marschieren und stur geradeaus zu sehen, um meinen neuen Arbeitskameraden nicht anschauen zu müssen.

Wir gelangten zum Bauplatz. Einige der Gebäude, lang gestreckte, einstöckige Wellblechbauten auf Zementfundament wie Armeebaracken, waren fast fertig. Sie sahen modern und praktisch aus, aber im Augenblick hatte ich keinen Gefallen an Architektur.

Wir gingen zum Werkzeugkasten, den der Wärter öffnete, und holten uns jeder eine Schaufel heraus.

Einige der Jungen wurden für den Zementmischer eingeteilt, und obgleich ich wusste, dass unser Zwist dadurch nur aufgeschoben wurde, hoffte ich, dass Parry und ich zu verschiedenen Arbeitsplätzen geschickt werden würden. Wir wurden jedoch der gleichen Gruppe zugeteilt, die einen halb fertigen Graben ausheben sollte. Ich stieg in das äußere Ende, und Joe, den ich den ganzen Morgen nicht gesehen hatte, winkte zu mir herüber und stellte sich neben mich. Jock schaute sich nach uns um und kletterte neben mir herein. Keiner von uns sagte ein Wort. Ich suchte Parry mit den Augen, und kaum blickte ich zu ihm hin, stand er mit gebleckten Zähnen wie ein preisgekrönter Terrier am Grabenrand. Er maß mich mit den Augen und sprang auf mich los. Aber damit war er an den Falschen geraten. Ich machte einen Satz zur Seite, und bevor er sich aufrichten konnte, trat ich ihm mit beiden Stiefeln gehörig in die Magengegend. Ich konnte ihn allerdings nicht gegen den Schädel treten, weil der Hurensohn schlau genug war, geschickt auszuweichen. Dann stieß ich ihm meinen Kopf so oft in die Visage, wie ich konnte, denn das war bei diesem Schweinepriester meine einzige Chance. Er versuchte sich hochzuarbeiten, schlang den Arm um meinen Hals, warf mich auf den Rücken und wollte mir das Knie in die Hoden rammen, die ich jedoch mit meinem Schenkel deckte. Wenn dir das gelingt, mein Junge, geht Brendan dreimal zu Boden, dachte ich beklommen.

»Auf mit euch, ihr verdammten Chaoten!«

Tessie O'Shea, dir weih ich mein Leben, süßeste Stimme in Altirland, East Anglia oder wo auch immer!

Mit einem Satz stand er über uns im Graben und zerrte Parry hoch, der mir gerade, als er loslassen musste, einen letzten Hieb verpasste, während ich auf ihn loshämmerte, was meine Fäuste hergaben.

Der Wärter – er sei gesegnet von heute bis in alle Ewigkeit, Amen – packte uns am Schlafittchen. Da aber die Rauferei vorbei und Parry reichlich ramponiert war, fühlte ich mich leicht und froh ums Herz, und er sagte: »Ihr seid mir vielleicht ein paar Idioten.«

Parry stand zu meiner Freude nicht allzu sicher auf den Beinen, sein Gesicht war geschwollen, und, um den lieblichen Frühlingsmorgen in der englischen Landschaft zu krönen, fragte Tessie O'Shea ihn und nicht mich: »Geht's dir gut, Parry?«

»Hngngng, Schir«, blubberte er, so gut er konnte.

Wenn's dir nur halb so gut geht, ists noch zu gut für dich, du Scheißhausdeckel von einer Schankerkaserne, sagte ich zu mir.

Er blickte zu mir herüber, wo ich schwer atmend mürrisch stand und so tat, als sei das mein täglicher Sport. »Behan, du reißt dich gefälligst zusammen, solange du in meiner Gruppe bist, verstanden. Ich weiß, du warst auf deinem Posten, als Parry auf dich losging, wenns auch nicht so aussieht, als sei es ihm sonderlich gut bekommen, was, Parry?« Dabei – o Entzücken, Tor des Himmels, Bundeslade, Morgenstern! – drehte er sich zu ihm um.

Parry brummte wieder sein »hngngng« erzgekränkt und bekümmert, und Tessie O'Shea schmunzelte, ja, er schmunzelte, selten im Leben habe ich jemanden so schmunzeln sehen. »Wenn du dich mit jemand anlegen willst, Behan, leg dich mit dem Graben hier an. Darauf kommts mir an. Arbeit will ich sehen! Aber bleib mir mit deinen irischen Flausen vom Leibe, denn damit bist du hier auf dem Holzweg, Behan, das wirst du bald raushaben.« Damit deutete er auf meinen Arbeitsplatz im Graben, ich hob meine Hacke auf und hörte, wie Joe flüsterte.

»Gut gemacht, Paddy«, sagte er, »dafür wirst du höchstens beim Hauptwachtmeister gemeldet, wenn überhaupt. Der irische Hurensohn kriegt noch sein Fett weg.«

Dass er ihn irischen Hurensohn nannte, kränkte mich nicht. Ich wusste, was er meinte.

Wir sprachen leise, während wir weiterarbeiteten. Ich war natürlich heilfroh, dass alles so gut abgelaufen war, wenn ich dabei auch mehr Glück als Verstand gehabt hatte.

Ich dachte: Dieser Parry ist nicht ohne! Ich wusste jedoch noch etwas anderes: Ein Typ, der Ärger sucht, wenn er weiß, dass ein Wärter in der Nähe ist, tut es dort nicht etwa, weil er nichts auf den Wärter gibt und sich nicht beherrschen kann, sondern weil er weiß, dass der Wärter dazwischenfahren wird, bevor die Sache für ihn brenzlig werden kann.

Vielleicht gehörte dieser Wärter aber auch zur alten Garde, die zwei Streithähne ihren Streit in einem handfesten Ringkampf austragen lässt.

»Mach dir keine Sorgen«, meinte Jock, »Tessie O'Shea glaubt, hier gibts nur einen, der das Anrecht hat, Dresche zu verteilen, und das ist er! Außerdem hat sich mal ein junger Wärter aus dem College hierhergemeldet, weil die Arbeit ihm Spaß machte, und hat gesagt ...«

»Ich weiß, was ihm hier Spaß machte«, warf Joe automatisch ein.

»... und hat gesagt, er sei dafür, dass ein Streit anständig beigelegt wird. Dann hat er sich die beiden Streithähne gegriffen und sie nach der Arbeit aufeinander losgehen lassen. Dafür hat er aber einen Anschiss vom Hauptwachtmeister gekriegt, der ihn gefragt hat, ob er nicht lieber zu seinen Pfadfindern zurückwolle – und seitdem läuft das so nicht mehr.«

»Parry hat die Nase voll«, sagte Joe. »Du wirst sehen.«

Und so war es auch.

In der Pause rauchte ich mit Joe und Jock eine Zigarette. Ich sagte keinen Ton zu den anderen, die mich neugierig beäugten, nur zu Shaggy, der von einer anderen Gruppe, bei der er arbeitete, zu uns stieß. Er winkte und rief: »Hallo Paddy«, und ich winkte zurück, während er sich setzte.

Die anderen Jungs linsten immer noch zu mir herüber, und ich genoss das Ansehen, das ich mir vorübergehend geschaffen hatte, da bekanntlich alles nur eine gewisse Zeit anhält.

Dann hörte ich eine Stimme hinter mir: »Ist das ein Treffen von der *Brüderschaft des Heiligen Herzens,* oder dürfen sich Normalsterbliche dazusetzen?« Parry stand mit breitem Grinsen neben mir.

»Klar, setz dich«, sagte ich erleichtert.

»Immer der alte Hitzkopf«, sagte er und streckte mir die Hand entgegen, achtete aber darauf, dass alle hersahen, bevor er die meine schüttelte. »Der alte Hitzkopf – wir könnens eben nicht lassen, was? Wir haben ihn aus der alten Heimat mitgebracht.«

Ich schwöre, ich hätts nicht besser sagen können.

Ich lächelte, schüttelte ihm die Hand und gab ihm mit meiner Kippe Feuer, worauf er sich zu uns setzte. Ich hatte ihn also richtig eingeschätzt, aber in meinem Händedruck war keine echte Versöhnung, denn nur Pack schlägt sich und verträgt sich – und natürlich englische Gentlemen.

Joe blickte ihn an, ohne eine Miene zu verziehen.

Als wir in unseren Graben zurückgingen, meinte Jock, der alte O'Shea werde uns vermutlich nicht einmal melden, weshalb ich vor mich hin trällerte:

Pat mag oft ein Tölpel sein und hat nicht immer recht,
Pat setzt oft den Dickkopf auf, und dann ergeht's ihm schlecht,
Paddy ist voll Schabernack, und jeder weiß Bescheid:
Hasenfüße wachsen nicht, wo der Klee gedeiht.

Damals, in der Schlacht von Waterloo, auf der Iberischen Halbinsel unter dem Iren Wellington, in der Krim, im Burenkrieg – gar nicht zu reden von Trafalgar und Port Royal vorher –, damals konnte Pat es sich nicht leisten, ein Feigling zu sein. Jedenfalls nicht zu einer Zeit, als einer nur die Wahl hatte, entweder zu Hause zu verhungern oder sich im englischen Heer für vier Pence Tagessold zu verdingen. Dasselbe traf auf »unsere lieben Highlander« zu.

Parry gehörte diesem alten viktorianischen Irland an. Und ich? Ich hatte begonnen, den Schwanz einzuziehen, und war nur noch bereit, für mich selbst loszuschlagen. Ich glaube, vom Standpunkt des Britischen Weltreiches aus war ich eine fragwürdigere Gestalt als Pat und Mike Parry.

Aber als solche war ich von meinem Standpunkt aus ebenso komisch wie jämmerlich und ebenso komisch wie fragwürdig. Denn das ist der Zustand des Menschen in dieser alten Welt. (Ich halte es daher für richtiger, sich mit ihr, so wie sie ist, abzufinden, denn ich habe bei Gemeindepfarrern nie bemerkt, dass sie es eilig haben, in die nächste Welt zu kommen, auch bei Priestern oder Rabbinern nicht; und da sie angeblich alle Fachleute der anderen Welt sind, dürfen wir annehmen, dass sie so viel Unerfreuliches darüber gehört haben, dass sie vorziehen, es in dieser so lange wie möglich auszuhalten.)

Auf dem Weg zum Mittagessen rief Shaggy Callaghan mir zu: »Na, wie gehts dem alten Adam, Kumpel?« Er hatte das bei mir einmal gehört und es sich als irische Begrüßung angeeignet.

»Er platzt aus allen Nähten«, antwortete ich.

Er deutete mit dem Kopf über die Schulter zu Parry hinüber. »Der hat wohl zu viel Schlagseite, um mir Ärger zu machen?« Er sah Parry ins Gesicht und sagte beiläufig: »Oder nicht? Du weißt doch, dass du sowieso keine Chance hättest. Dass ich kurzen Prozess mit dir machen würde.«

Parry versuchte, die Bemerkung als Scherz abzutun, und schüttelte nur lachend den Kopf.

»Na schön«, sagte Shaggy, »solange du mir nicht in die Quere kommst.« Er lächelte mir freundschaftlich zu und sagte: »Bist in Ordnung, Paddy.«

Ich lachte und fühlte mich geschmeichelt.

Joe erzählte Charlie von unseren Händeln. Die Jungen an den anderen Tischen sprachen davon, aber Charlie tat, als langweile ihn das Gerede, und verschwand, sobald er mit dem Essen fertig war.

»So ein Miesmacher«, sagte ich verbittert.

»Quatsch, der ist bloß beleidigt«, sagte Joe, »weil du in einer anderen Gruppe arbeitest. Der Junge hält so viel von dir, Paddy, dass er, wenn Parry dich heute erledigt hätte, garantiert mit 'ner Rasierklinge auf ihn losgegangen wäre. Er ist einfach eingeschnappt, so ist er eben.«

Aber auch das half mir nicht.

Die Arbeit in der Baugruppe war hart, für mich jedoch weniger eintönig als in der Gärtnereigruppe, und sie reizte mich mehr. Wir hatten einen freien Arbeiter namens Fred bei uns, der noch dickfelliger war als Reuben in der Gärtnerei, aber dafür gutmütiger. Er hatte rotes Haar, trug eine Mütze und sah aus wie ein Dorfdepp. Er schien sich keineswegs totarbeiten zu wollen, und seine Frau brachte ihm jeden Morgen um zehn und jeden Nachmittag um drei, wenn wir Pause machten, etwas zu essen.

O'Shea sagte, die Pause sei zum Rauchen und nicht zum Futtern da, er sagte, Fred brauche jedes Mal eine geschlagene Viertelstunde, um sein Essen zu verdrücken. Aber Fred behauptete, er könne mit seiner Zeit machen, was er wolle, er könne auch rauchen, so viel er wolle, und wenns dem Wärter nicht passe, in der Flugzeugfabrik in Norwich gebe es genug Arbeit.

Ich sagte, Fred würde bestimmt als Testflieger angenommen, und Shaggy sprach mit Fred in dessen Dialekt und meinte, mit diesen Regierungswanzen könne man nur so zu Rande kommen. Er behauptete, er käme ursprünglich aus Yarmouth, worauf Fred sagte, er habe ihn für einen waschechten Suffolker gehalten. Dann fragte Shaggy ihn, ob er unter der Hitze zu leiden habe. Fred sagte, ja, ein bisschen, und Shaggy fragte: »Wie geht's deinen Rüben, Fred?«, und Fred begann, sich lang und breit über seine Rüben auszulassen, bis Tessie O'Shea, der sich umgedreht hatte, um sein Grinsen zu verbergen, ein ernstes Gesicht machte und uns anpfiff, wir sollten uns gefälligst an unsere Arbeit machen.

Wir stellten uns Freds Liebesleben vor, und Shaggy spielte Fred und seine Frau im Bett und ließ die beiden über alles Mögliche quatschen in einer Sprache, die die Cockneys »Bauerntratsch« nannten.

Fred war – wie ich feststellen konnte – keineswegs so dumm, wie er aussah, und ließ sich für den Spaß, den wir mit ihm trieben, reichlich bezahlen. Denn in ihrer Freizeit errichteten die Bauarbeiter für Mr und Mrs Fred aus Zement, Bauholz, Glas und Farbe, die sie sich auf die eine oder andere Weise organisierten, ein Gewächshaus auf Betonfundament, das auf beiden Seiten zehn Fenster zum Aufmachen hatte und außer den Giebelfenstern aus nicht weniger als fünfhundert Scheiben bestand. Ich kenne deshalb die Anzahl der Scheiben, weil ich sie einsetzen und obendrein beschaffen half.

Ickey sah gelegentlich zu mir rüber und schien nie belustigt, obgleich die anderen lachten. Er war zusammen mit Shaggy in der Besserungsanstalt von Mayford gewesen und sprach gern mit ihm davon, damit wir anderen es erfuhren. Er sah es ungern, wenn ein anderer Shaggy ansprach. Nicht, dass er für irgendeinen etwas übrig oder auch nur einen Hauch von Humor gehabt hätte, dieser Arsch.

Aber die Zeit verging rasch in der Baugruppe, und ich gewöhnte mich langsam daran, obgleich der alte O'Shea hin und wieder vom Leder zog. Sobald einer ordentlich zupackte, hatte er auch tagsüber bisweilen seinen Spaß. Ich sprach mit Parry nicht viel, obgleich ich höflich zu ihm war; auch mit Ickey Baldock verband mich wenig, und den anderen ging es ähnlich. Ich arbeitete vor allem mit Joe und Jock zusammen, die meine Arbeitskumpel waren, und lachte auch manchmal mit Shaggy über »Fred im Ehebett« und so weiter.

In der ersten Aprilwoche wurde bekannt gegeben, im Mai solle ein »Eisteddfod« stattfinden. Das hatte übrigens nichts mit Wales oder sonst einem Ort, sondern nur mit uns zu tun.

Der Direktor erzählte uns die Geschichte des Sängerfestes, als er uns die Bekanntmachung vorlas. Er hatte unsere Anstalt, eines der ersten offenen Borstals, im Jahre 1938 mit fünfzig Jungs vom Camp Hill auf der Isle of Wight gegründet. Von Hampshire, wo sie an Land gingen, wanderten sie zu Fuß bis hierher und kampierten unterwegs. Der Alte hatte vor dem Beauftragten für das Gefangenenwesen behauptet, er werde bei dem Unternehmen keinen einzigen Mann verlieren, und so war es auch. Tatsächlich erzählte uns ein Wärter, der den Marsch mitgemacht hatte, dass sie eines Tages einen überzähligen Jungen hatten und daher dachten, sie würden sich gar vermehren, aber schließlich stellte sich der Überzählige als Rechenfehler heraus.

Alle Jungs im Speisesaal begrüßten diese Ankündigung, weil sie sich nach der Schufterei auf einen besonderen freien Tag freuten, auch weil wir den Alten – den Gutsherrn, wie wir ihn nannten – recht gern hatten.

Er galt als anständig und gerecht, und obgleich er gefürchtet war, wusste jeder Insasse, dass er, ganz gleich was er ausgefressen hatte, alles lieber tat, als den Übeltäter nach Sherwood Forest oder Wandsworth zu schicken. Andere Direktoren, von denen die Rede war, gingen Unannehmlichkeiten dadurch aus dem Weg, dass sie einen Delinquenten ins Ortsgefängnis abschoben, was leicht zu bewerkstelligen war, oder ihn nach Sherwood überwiesen. Bei uns waren zum Beispiel Jungs anderer Anstalten, die der Gutsherr nach Verbüßung ihrer Strafe in Sherwood aufgenommen hatte, wenn ihre ursprüngliche Anstalt es ablehnte, sie wieder aufzunehmen.

An diesem »Eisteddfod« sollten ein Leichtathletikwettbewerb, ein Boxwettkampf, ein Waldlauf, eine Theatervorstellung, eine Preisverleihung für Gartenarbeit und Handwerk und ein Aufsatzwettbewerb über das Thema »Meine Heimatstadt« stattfinden. Der Preis für den Aufsatz bestand aus hundert *Players,* und die sollten mir gehören, hatte ich mir vorgenommen.

Als daher Charlie, nachdem er sein Essen hinuntergewürgt hatte, vom Tisch aufstand, war ich längst in die Bibliothek gehetzt und saß bereits an meinem Aufsatz. Die Jungs, die an dem Boxwettkampf teilnehmen sollten, wurden von denen ausgesucht, die an früheren Turnieren teilgenommen hatten. Dies gewährleistete gute Kämpfe und schloss uns spätere Zugänge davon aus, was mir jedoch nicht wehtat. Sämtliche Wettkämpfe sollten unter der Leitung des stellvertretenden Direktors stehen.

Für einen stellvertretenden Direktor war dieser sehr jung. Er war ein glänzender Sprecher, einer der wenigen Redner, denen ich je mit Vergnügen zugehört habe. Er sprach mich an jenem Abend im Flur an und sagte, er habe gehört, dass ich ein guter Sänger sei.

»Gibt keinen besseren«, antwortete ich.

»Nun, das erleichtert mir die Sache, Paddy. Ich trage dich fürs Konzert ein – irische Balladen, was?«

»Wenn Sie wollen, singe ich Ihnen ein Lied, das davon handelt, wie alle Grenzzollhütten auf beiden Seiten am Krönungstag in Flammen aufgingen.«

»Klingt toll, danke dir.«

Ich musste mich für den Aufsatzwettbewerb beim Heimleiter eintragen, weil dafür besonderes Kanzleipapier benutzt werden sollte. Ich erzählte ihm von meiner Begegnung mit dem stellvertretenden Direktor und dass es ihm nichts ausgemacht hatte, als ich ihm anbot, beim Konzert »Freudenfeuer an der Grenze« zu singen. »Vermutlich ist seine Internatserziehung schuld daran«, sagte ich.

Jeden Abend arbeitete ich fleißig an meinem Aufsatz und schrieb ihn zuerst ins Unreine in meine Aufgabenkladde und noch ein zweites Mal, bevor ich ihn auf die Kanzleibogen übertrug.

Die Kladden wurden im Allgemeinen an Insassen und Häftlinge mit langen Strafen verteilt. Sie enthielten eine Anzahl von Vorschriften, in denen es hieß, »die Hefte werden nach Maßgabe des Direktors oder Hausgeistlichen ausgegeben und können jederzeit eingesammelt werden«, sofern dem einen von beiden Vorgesetzten zu Ohren kam, dass das Aufgabenheft zur Niederschrift »einer Originalkomposition in Prosa, Vers oder Musik« verwendet wurde. Sicherlich wurde nicht von mir erwartet, dass ich diese Vorschrift zur Kenntnis nahm.

Ich konnte stundenlang über meine Heimatstadt schreiben, ihre Lieder waren jedoch entweder aufwieglerisch oder anstößig, wie das folgende über den Phoenix Park:

Auf meiner Hochzeitsreise ging ich rein.
»Mein Schatz«, sagt sie, »lass mich nicht lange warten,
Sonst lass ich mich im Zoologischen Garten
Mit dem Pavian auf ein Geplänkel ein!«

So ein Reim würde sich in dem preisgekrönten Aufsatz nicht gerade vornehm ausnehmen, nein, sicherlich nicht. Mir fehlte es jedoch nicht an Stoff, und es ging mir weniger darum, was ich davon verwenden, als was ich weglassen sollte. Ich konnte beispielsweise James Joyce erwähnen, weil ich in jener kurzen Woche als Milchjunge im Alter von zehn Jahren seiner Schwester auf dem Mountjoy Square die Milch ins Haus gebracht hatte.

Auch Yeats hätte ich anführen können sowie O'Casey und Richard Brinsley Sheridan, an dessen Haus in der Dorset Street ich jeden Tag auf dem Weg zur Gewerbeschule vorbeigegangen war, außerdem Wilde und Shaw. Ich konnte jedoch nicht von Shaw erzählen, dass er den Richter, der Dunne und O'Sullivan für die Erschießung von Sir Henry Wilson zum Tode verurteilte, einen Feigling genannt hatte, weil er seinen Richterstuhl im Old Bailey dazu missbrauchte, die beiden Angeklagten zu beschimpfen.

Auch die Geschichte von Yeats und dem alten Knaben, als sie beide dem lauten Glockengeläut von Saint Patrick's lauschten, konnte ich nicht erzählen.

»Herrlich, herrlich, finden Sie nicht«, sagte Yeats, »das Glockenläuten zu hören, das dem Dekan einst in den Ohren geklungen haben muss. Das Geläut, dem Emmet lauschte und nach dessen Rhythmus er vielleicht eine Mischung anrührte, als er sich abmühte, Schießpulver und Kugeln für den Aufstand von 03 in der Francis Street hinter unserem Hause herzustellen. Dass auch Thomas Moore, auf der anderen Seite von uns, im Haus seines Vaters in der Aungier Street ...«

Der alte Knabe legte die Hand ans Ohr und fragte: »Was erzählen Sie da, Mister?«

»Ich sagte, was für ein seltsames Ding die Zeit ist, vielleicht sollte ich lieber sagen: was für ein seltsamer Gedanke, dass dieses selbe Glockenläuten zurzeit von Wolf Tone und Matilda, von Lord Edward Fitzgerald, der nahebei in Sankt Werburghs begraben liegt, dass dieses selbe Glockenläuten ...«

»Um ehrlich zu sein, Mister, ich kann bei dem Lärm der verdammten Glocken kein Wort verstehen.«

Seit meinem zwölften Lebensjahr hatte ich Gedichte und Prosa in mehreren illegalen und halblegalen republikanischen und links gerichteten Blättern und Zeitschriften veröffentlicht und war daher ziemlich sicher, diesen Aufsatzwettbewerb zu gewinnen. In dieser Hinsicht hatte ich keine Befürchtungen, was ich Joe oder Jock natürlich verschwieg, da ich sie mit meiner schriftstellerischen Leistung überraschen wollte. Charlie konnte ich es nicht sagen, weil er wegen meines Wechsels in eine andere Arbeitsgruppe immer noch sauer auf mich war. Mittlerweile fühlte ich mich in der Baugruppe ganz wohl und war völlig bereit, mit Jock auf eine freie Stelle bei den Anstreichern und Klempnern zu warten, als ich eines Tages sah, dass ein langer Lulatsch mit einer Adlernase, der kaum eine Woche vorher mit einem Schub von Zugängen angekommen war, den Anstreichern zugeteilt wurde. So geht's aber nicht, dachte ich. Ich hörte, der Grund dafür sei, dass er ein Fälscher war.

Er war tatsächlich wegen Fälschung von Pfundnoten verknackt worden. Geht mich nichts an, dachte ich, ich sehe nicht ein, warum das ihn von vornherein zu einer Sonderarbeit berechtigen soll. Aber dann hörte ich, er sei ausgewählt worden, weil ein geeigneter Mann für die Beschriftung der protestantischen Kapelle gesucht wurde, eine Arbeit, auf die der Fälscher sich anscheinend vortrefflich verstand. Nun, ich hatte die Prüfung als Anstreicher und Schriftmaler in der Dubliner Gewerbeschule bestanden. Mein Vater ist ein erstklassiger Schriftmaler;

mein Onkel mütterlicherseits und meine Großmutter pflegten die Rücken der juristischen Bücher in der Bibliothek der Anwaltskammer, gegenüber dem Dubliner Schloss, zu beschriften und zu vergolden, weshalb ich nicht einsah, warum ich nicht die gleiche Chance bekommen sollte. Daher beschlossen Jock und ich, uns in die protestantische Kapelle zu stehlen und uns anzuschauen, wie sich der Neue dort anstellte. Schließlich war Schildermalen ein Handwerk und Fälschen eine Gabe.

Sobald ich aber einen Blick auf die Schrift geworfen hatte, die er über dem Altar gemalt hatte, erkannte ich, dass ich dem Burschen auf diesem Gebiet nicht das Wasser reichen konnte. Er hatte mit Blattgold in Kirchenschrift gemalt: *Jesu, mein Herr und mein Gott.* Es war eine vollkommene Arbeit: Schrift, Größenverhältnisse und Vergoldung.

»Ist aber falsch buchstabiert«, flüsterte Jock mir tröstlich zu, »er hat das *s* bei Jesus weggelassen.«

Aber nein, dieser Trost zählte nicht, da der Name häufig so geschrieben wird.

Das Fest begann an einem schönen Maimorgen mit dem Waldlauf.

Und wie sollte es anders sein: Der verteufelte Geldfälscher nahm an dem Wettlauf teil, und seine ellenlangen Fälscherbeine und seine Adlernase brachten ihn vor allen anderen ans Ziel, freilich dank der klugen Bewahrung seiner Energien hinter den Öfen, in denen der Müll verbrannt wurde, wo er sich so lange schlau versteckte und ausruhte, bis die anderen, ehrlichen armen Schweine – im Gegensatz zu ihm schlichte Diebe, Vergewaltiger und Mörder – die zweite Runde drehten. Einer von uns berichtete mir nämlich, er habe ihn dort auf der Lauer liegen sehen, um sich der keuchenden Horde im gegebenen Augenblick von Neuem anzuschließen.

So gewann er also den Lauf, die Ehre und fünfzig Kippchen obendrein. Mein Informant meldete jedoch einem Festordner namens Cragg, der Fälscher habe nur eine Runde gemacht.

»Früher hat man Fälschern die Hände abgehackt«, sagte Cragg. »Dem da sollte man die Beine abhacken.«

Die Beschwerde ging aber nicht durch, und der lange, hakennasige Lulatsch behielt seinen Ruhm und seinen Preis.

Der Leichtathletikwettbewerb wurde auf einem großen Rasenplatz in der Nähe der Gewächshäuser ausgetragen. Hier war Sullivan, der Wärter der Gartengruppe, beim Hammerwerfen in seinem Element. Seine Frau und ein anderer sportlicher Wärter namens Farrar mit Frau waren auch dabei. Die beiden jungen Frauen standen beieinander und verglichen Joe zufolge die ganze Zeit die sportlichen Leistungen ihrer Männer.

Joe gewann einen Wettlauf, und Jock wurde Dritter, ich weiß nicht mehr, ob beim Hoch- oder Weitsprung. »Worin bist du gut?«, fragte ich Cragg.

»Im Kettenrauchen«, antwortete Cragg. »Dich, Paddy, hab ich zum Tauziehen eingeteilt. Insassen gegen Verwaltung. Es steigt gleich nach dem Turnen.«

Sullivan und Farrar hatten zwei Turnmannschaften aufgestellt, die sie wie Hofhunde anbellten, während die Jungs sich gegenseitig durch die Luft wirbelten.

Der Direktor schlenderte umher, wie es sich für einen vornehmen Gutsherrn gehört, und warf da und dort ein Wort der Aufmunterung oder Anerkennung ein, ohne damit viel Aufmerksamkeit zu ernten. Bei dieser Gelegenheit muss ich sagen, dass dieses Sportfest glänzend geleitet und ausgeführt wurde, und wenn es nicht so klingt, dann ist es meine Schuld und nicht die der Leiter oder Teilnehmer. Ich lege im Allgemeinen keinen

Wert auf Sportveranstaltungen, hätte es jedoch bedauert, diese versäumt zu haben.

Dann kam das Tauziehen; die Insassen feuerten uns an, die Frauen und Kinder ihre Männer und Väter, die Wärter, aber wir gewannen.

Das war eine bisher nie vorgekommene Überraschung. Der Gutsherr ließ sich von jemandem stützen und seufzte, stöhnte und schwor, dass er nach dieser Blamage nie mehr derselbe sein würde. »Wie, zum Teufel, habt ihr uns nur schlagen können?«, fragte er immer wieder. »Wir sind doch viel schwerer.«

»Ah«, meinte Cragg, der mehr wog als irgendeiner aus der Verwaltungsmannschaft, »Sie waren zwar fetter, aber wir waren fitter.«

»Verflixt noch mal, du magst recht haben«, sagte der Gutsherr und schaute sich nach einer Gelegenheit um, sich irgendwo ungesehen einen genehmigen zu können.

Seine Frau, ein zartes junges Geschöpf und außerdem Malerin, stand plötzlich neben mir und sagte: »Ich bin Mrs ...«

»Ich weiß, wer Sie sind, Madam«, sagte ich, »und ich hoffe, es geht Ihnen gut.«

»Ja, danke, und dein Name ist – bitte, sag ihn nicht mit deiner Nummer zusammen, sonst habe ich das Gefühl, in ein Telefon zu sprechen.«

»Behan ist mein Name, Madam.«

»Oh, aber so nennt dich doch nicht deine Mutter – oder deine Freundin.«

»Ich weiß nicht, ob ich eine habe, Madam.«

»Was – du weißt nicht, ob du eine Mutter hast?«

Der Gutsherr blickte von mir zu seiner Frau. »Nie habe ich eine lächerlichere Unterhaltung in meinem Leben gehört ... Übrigens hat er eine Mutter. Und zwar ist sie in glänzender Verfassung, weder krank noch tot, Gott sei's gedankt. Ich habe letzte Woche einen Brief von ihr gesehen.« Damit schlenderte er zu Cragg hinüber.

»Nein«, sagte ich zu seiner Frau, »ich meine, ich weiß nicht, ob ich eine Freundin habe. Ich hatte eine, bevor ich herkam.«

»Du willst damit sagen, sie hat dir den Laufpass gegeben, als du ins Borstal kamst?«

»Ein anderer war hinter ihr her, und ich wurde hierhergeschickt. Er ist vom Dubliner Militärgericht zu vierzehn Jahren verknackt worden. Damit hat er mich gewissermaßen ausgestochen.«

»Natürlich«, sagte sie, »du bist ja der junge Ire aus der RI – ich meine, aus der IRA. Und die Kleine denkt jetzt natürlich, der andere ist ein besserer Patriot als du, weil er eine längere Strafe abzusitzen hat.«

»Genau so ist es, Madam. So etwa kann man sagen.«

»Aber deswegen würde ich mir nicht zu viele Gedanken machen.«

»Nein, Madam. Ich hatte es auch fast vergessen, bis Sie mich wieder dran erinnert haben.«

»Aber deinen Vornamen hast du mir noch immer nicht genannt.«

»Brendan, Madam.«

»Also, Brendan, du hast ein hübsches Gesicht. Du musst mir mal Modell sitzen.«

»Vielen Dank, Madam, sehr gern, jederzeit.«

Darauf verabschiedeten wir uns, lächelten einander zu, sie schlenderte weiter, und gleich darauf sah ich sie Nulpe ansprechen, der kaum den Mund zubrachte, bis er imstande war, ein paar vernünftige Worte mit ihr zu wechseln.

Eine andere bekannte Persönlichkeit unter den Anwesenden

war unsere Oberin, Anne Lafeen. Miss Lafeen trug ein Sommerkleid und einen Strohhut, worin sie sehr hübsch aussah, dabei rauchte sie ihre Lieblingszigarette, die *Rothmans Pall Mall,* deren Kippen wegen ihrer Länge und Qualität von ihren zahlreichen Schützlingen und Jüngern sehr begehrt waren. Unzählige Teetassen standen um sie herum, die ihr die Getreuen von Saint George's brachten, an der Spitze ihr einziger anerkannter Günstling, ein junger Schwarzer aus Tiger Bay, Cardiff, der seine Gefängnisstrafe hier absaß, weil er einem norwegischen Seemann den rechten Arm abgehackt hatte und der daran gestorben war. Sein Name war Christian.

Miss Lafeen musste all die Tassen Tee austrinken, weil sie sonst einen ihrer Schützlinge beleidigt hätte.

Auch eine zweite Oberin, Miss Ellen Constantine vom Saint Andrew's House, war da. Obgleich sie nicht meine Oberin war, lieh sie mir allwöchentlich den *New Statesman,* sodass ich unter anderem die Essays von Y. Y. – Roibeard O Fhloinn – oder Robert Lynd, einem alten protestantischen Republikaner aus Ulster und großen Freund meiner Familie in der »guten alten Zeit«, lesen konnte.

Auch der Anstaltsgeistliche mit seiner Frau war zu sehen; er war hochgewachsen und sie eine vornehme Dame, aber keineswegs unnahbar.

Ferner waren die Heimleiter da mit ihren Frauen und Kindern und die Wärter ebenfalls mit Frauen und Kindern. O'Shea kam zum Rasenplatz, hochrot vom Tauziehen, die Jacke wieder übergezogen, seine Frau am Arm, im Schlepptau seine fast erwachsenen Sprösslinge.

Er lächelte seinen Arbeitsleuten zu, aber scheu und unsicher. Joe und Jock und ich grüßten ihn, und er nickte rasch und lächelte freundlich.

»Der glaubt«, sagte Joe, »dass einer von uns jetzt losbrüllt: ›Ran, ihr Hunde, worauf wartet ihr? Los, los, ihr faulen Säcke, ran an den Speck. Finger ausm Arsch und losgegraben, aber zackig!‹ Seiner Frau und den Kindern würden ganz schön die Ohren klingeln, was?«

Zur Teezeit gab es Brot und Marmelade, Melassepudding, Kuchen und für jeden fünfzehn Gramm *Ringers* Pfeifentabak und ein Päckchen AG-Zigarettenpapier. Wir stellten uns an die Durchreiche im Speisesaal, um Tee und Kuchen in Empfang zu nehmen, und trugen beides zu den Tischen, die schon für das Konzert zusammengerückt waren.

»Kommt, wir setzen uns hierher«, sagte Joe zu Jock und mir, die hinter ihm standen, und auch zu Charlie, der zufällig in der Nähe stand.

»Ich will meinen Tee mit den Jungs aus dem Saint Andrew's trinken – die aus Croydon«, sagte Charlie.

»Der kann seinen Fraß meinetwegen auf dem Dach verzehren«, meinte Joe. »Los, Paddy, wir setzen uns hierhin mit Jock.«

Nach dem Tee kamen die Küchenhilfen und jagten uns hinaus, um unter Craggs Leitung den Speisesaal für das Konzert herrichten zu können. Nur die Jungen im Anführerrang durften bleiben und mithelfen. Wir anderen wurden hinausgeworfen und sollten spazieren gehen, rauchen oder schwatzen, was gar nicht so übel war, durften aber auch hinter dem Haus Fußball spielen.

Die besagten Burschen aus Croydon waren unter den Fußballern und Charlie bei ihnen. Ich muss sagen, Charlie hatte es raus, er hatte einen regelrechten Dixie-Dean-Stil, denn sobald er den Ball hatte, gab er ihn nicht mehr her, bis er das ganze Feld durchlaufen hatte.

Joe, Jock und ich schlenderten herum, wir plauderten und

blieben dann und wann stehen, um eine Zigarette zu drehen oder einander Feuer zu geben, und qualmten wie Schlote unsere festtäglichen fünfzehn Gramm in die Luft. Plötzlich sah ich Ken Jones, den Ausreißer, mit zwei anderen Jungs.

Ich ging auf ihn zu und sagte: »Mein Gott, du bist es doch!«

Er schüttelte mir die Hand und sagte: »Hallo, Paddy. Freu mich, dich wiederzusehen.«

»Die Toten standen aus ihren Gräbern auf und erschienen vielen ... Wo kommst du plötzlich her?«

»Ich habe die ganze Zeit im Arrest gesessen. Unsere Arrestzellen liegen im Oberstock. Ich bekam zwei Monate ›Einzelhaft bis auf Widerruf‹ fürs Abhauen. Du hast mich nie gesehen, weil wir hinter den Häusern spazieren gingen, während ihr bei der Arbeit wart. Wir schauten aus unseren Zellenfenstern, und er« – dabei deutete er auf die beiden Jungs neben ihm – »brüllte aus seinem Fenster, ein Sportfest oder so was Ähnliches sei im Gange. Ich konnte nur das Schreien und Applaudieren hören, es war ein lausiges Gefühl, dort oben mutterseelenallein eingesperrt zu sein, während ihr unten in der Sonne wart. Vor einer Stunde haben sie uns einen guten Tee raufgebracht, ich sagte mir, sie haben uns wohl doch nicht ganz vergessen. Als ich ihn gerade getrunken hatte, ließ der Direktor unsere Zellen aufschließen und brachte jedem von uns fünfzehn Gramm Tabak und ein Heftchen Zigarettenpapier und sagte: ›Raus und runter, wenn ihr nicht das Konzert verpassen wollt.‹ Und im Übrigen sollten wir ihm für den Rest unserer Zeit hier nicht mehr unter die Augen kommen, sonst würden wir brummen, bis uns die Haare ausfielen.«

»Ein dreifaches Hoch auf den alten Gutsherrn«, sagte ich. »Ich hab ihn vorhin unauffällig fortgehen sehen, und ich dachte, vielleicht will er sich zu Hause einen genehmigen.«

»Er ist wirklich in Ordnung«, sagte Joe.

»Bestimmt«, sagte Jock. »Weshalb sitzen die anderen?«

Der eine war ein hübscher Bursche von sechzehn, der andere ein dunkler, größerer, vielleicht ein Jahr älter.

Ken linste zu ihnen hinüber, um zu sehen, ob sie zuhörten, und sagte rasch: »Anderes Ufer.« Dann lauter: »Soll ich mit euch eine Runde drehen?«

»Klar«, sagte ich, »komm mit.«

»Bis gleich«, rief Ken den beiden zu, und wir entfernten uns zusammen.

»Ich hab von ihnen gehört«, sagte Jock, »der Nachtwächter hat sie ertappt, wie sie zusammen im Bett lagen.«

»Ja, genau«, sagte Joe, »sie sind dabei eingeschlafen.«

»Und du, Ken«, fragte ich, »wie ist es dir damals ergangen?«

»Als ich damals abhauen wollte, hab ich mich zunächst in den Büschen versteckt, wie wenn ich scheißen wollte. Dann bin ich losgezogen und hab in einem Graben gewartet, bis es dunkel wurde. Ich hab sie von Weitem rufen hören und dachte mir, jetzt wird er Brendan nach mir fragen.«

»Hat er auch getan.«

»Ich wusste aber, dass du nichts sagen würdest.«

»Bei mir brauchtest du keine Angst zu haben.«

»Das wusste ich, Paddy. Ich blieb in meinem Versteck, bis es dunkel wurde, dann schlich ich dorthin, wo ich meinen Overall und meinen Proviant versteckt hatte. Dazu musste ich die Landstraße überqueren und bin dabei fast den Wärtern in die Arme gelaufen. Später wünschte ich, ich hätte es getan, denn es goss wie aus Kübeln. Dort habe ich bis zum Morgen gelegen, nass und durchgefroren bis auf die Knochen. Dann lief ich querfeldein, südlich oder südwestlich; als es aufklarte, musste ich etwa fünfundzwanzig Kilometer weit gekommen sein. Dann habe ich mich hingehauen und eine Weile gepennt. Ich war den ganzen Tag unterwegs, habe meinen Proviant gegessen und ein paar Stängel Lauch geklaut, mehr war nicht zu finden. Dann wurde es wieder Nacht. Ich dachte, was bin ich doch für ein Idiot, hier wie ein Schneider zu frieren, statt sicher in meinem warmen Bett zu liegen wie alle anderen. Aber am Morgen war ich wieder munter und dachte, ich hätte sie mittlerweile abgeschüttelt und alles wäre okay, sobald ich in London bin. Ich marschierte weiter, bis ich zu einer Omnibushaltestelle kam, und wartete auf den nächsten Bus. Ich dachte, mit meinem Arbeitskittel und meinen schweren Stiefeln wird der Schaffner mich für einen Landarbeiter halten.«

Na ja, dachte ich, wer dich für einen Landarbeiter hält, wird mich genauso leicht für den Marquis von Salisbury halten.

»Ich schaute auf den Fahrplan und suchte mir eine Strecke aus, die einen Shilling kostete. Der Ort hieß Berry – Berry irgendwas. Ich hab den Namen vergessen.«

»Egal«, sagte Jock, »wir kennen ihn sowieso nicht.« Joe und ich schüttelten die Köpfe.

»Dann kam der Schaffner und sagte, der Fahrpreis sei inzwischen erhöht worden. Darauf fiel mir nichts ein. Ich gab ihm meinen Shilling und sagte, er soll mich so weit mitnehmen, wie mein Geld reicht. Und dann hat er mich zu den Bullen gebracht.«

»Er wusste bereits Bescheid«, sagte Joe. »Die Neun-Uhr-Nachrichten hatten es schon gemeldet.«

»Hat man mir gesagt. Die Polizisten waren nicht mal so übel. Sie zogen mir die Sachen aus und trockneten sie am Ofen der Wachstube, gaben mir Decken, und ich schlief in der Zelle, bis der Stationswagen von hier mich holte. Die Polizisten gaben mir was zu essen und zu rauchen.«

»Sie waren froh, endlich mal einen zu fangen«, sagte Joe. »Wahrscheinlich bist du ihr Erster seit Ewigkeiten.«

»Sie steckten mich in die Arrestzelle und führten mich am nächsten Morgen zum Direktor. Der fragte mich nach Namen und Nummer und warum ich getürmt bin.«

Keiner von uns dreien fragte nach dem Grund, den er dem Direktor angegeben haben mochte. Ich erwähnte mit keinem Ton, dass er mir von seinem Bruder erzählt hatte, der ihn mit einem Sportwagen abholen wollte. Vielleicht hatte er schon vergessen, was er mir verraten hatte. Lügner müssen ein gutes Gedächtnis haben, aber gerade das fehlt ihnen häufig, wie ich wusste und wie jedermann aus persönlicher Erfahrung weiß.

»Er hat mich, wie gesagt, zu zwei Monaten Einzelarrest verknackt. Ich kriege denselben Fraß wie ihr und eine Stunde Spaziergang am Tag, aber sie tauschen die Bücher nur dreimal die Woche aus, ich hätte aus der Haut fahren können.«

»Was haben sie dir zu lesen gegeben?«, fragte ich.

»Einiges von Hugh Walpole. Die anderen konnten nichts damit anfangen. Ich habe ihnen eins reingeschmuggelt, und sie meinten, das ist alles großer Mist über alte Pastoren und ihre Frauen, aber ich hab die Bücher gelesen, und zwar gern.«

»Ich glaube, der ist ganz gut, zumal, wenn man einsitzt«, sagte ich, »auch Galsworthy. Als ich in Walton war, hab ich ein verdammt dickes Buch von ihm gelesen, die *Forsythe Saga*. Wenn ich vor Hunger und Kälte in der Zelle fast umgekommen bin, war das für mich wie Plumpudding und Portwein.«

»Hast du gewusst, dass es ein Buch gibt, das *Schuld und Sühne* heißt?«, fragte Joe. »Es handelt von einem, der eine alte Hure mit einem Beil erschlagen hat.«

»Es ist von einem Russen namens Dostojewski«, sagte ich. »Hast dus gelesen?«

»Nein«, sagte Joe, »kann ich nicht behaupten. Hab nur von einem gehört, der davon erzählt hat. Weißt du, genauso, wie einer einen Film erzählt, das war noch mal so gut. Aber das beste Buch, das ich je im Knast gekriegt habe, ist die Bibel. Als ich in Brixton im Untersuchungsgefängnis saß, hab ich eine in der Zelle gehabt. Feines dünnes Papier, um sich Zigaretten und Kippen zu drehen. Ich glaub, bis ich vor Gericht stand, hab ich mich durch die Schöpfungsgeschichte durchgequalmt.«

Es war sechs Uhr abends, und die Sonne schien noch so hell wie am Mittag. Es war sogar noch warm, nur eine leichte Brise war aufgekommen.

Dann brüllte Cragg, in einer Stunde beginne die Aufführung.

»Super Wetter heute, was?«, sagte Ken.

»Kann man sagen«, meinte Joe, »so einWetter gibts draußen nie.«

Der erste Teil der Aufführung war ein Einakter mit dem Titel *Die Kerzenleuchter des Bischofs.* Der Neffe des Romanschriftstellers spielte den Bischof und Rivers den Sträfling. Unsere Oberin, Miss Lafeen, war die Haushälterin und machte ihre Sache am besten von allen. Sie musste schon vorher geschauspielert haben.

Als das Stück zu Ende war, wurde wie verrückt geklatscht; die Oberin bekam den meisten Beifall, weil sie eine Frau war, und auch, weil die Jungen alle sagten, sie sei fast selbst ein Borstal Boy. Auch Rivers kam nicht zu kurz, weil er am Montag entlassen wurde.

Wir Sänger und die anderen Mitwirkenden mussten uns hinter der Bühne aufhalten, bis wir an die Reihe kamen, in der Pause kam der stellvertretende Direktor und sagte, wir sollten in den Zuschauerraum gehen, bis die Reden vorüber seien, und für den Konzertbeginn rechtzeitig zurück sein.

Ich bemerkte, dass Cragg eine Trompete in der Hand hielt.

»Das ist erblich bei mir«, sagte er, »mein Alter hat schon im Firmenorchester gespielt und sein Alter davor. Das war mein Großpapa, und eines Tages spielten sie ›Land der Hoffnung und des Ruhms‹ für den Burenkrieg oder so was, er blies und blies und blies sich den Grips heraus. Ein sehr patriotischer Mann, mein Herr Opa, das kann ich dir sagen, Paddy.«

»Hey, Cragg«, sagte der stellvertretende Direktor, »los, raus mit dir. Ich hab dir doch gesagt, dass jetzt die Reden beginnen.«

»Wo soll ich mit meinem Instrument hin?«, wollte Cragg wissen.

»Lass es hier, wird schon keiner klauen«, sagte der stellvertretende Direktor, »lass es unter einem Stuhl stehen.«

»Würden Sie Ihr Instrument unter einem Stuhl stehen lassen?«, fragte Cragg.

»Stell das verdammte Ding hin und dann raus hier«, sagte der stellvertretende Direktor, »Oberst Craven wird gleich sprechen.«

Oberst Craven war ein Großgrundbesitzer aus der Umgebung und ursprünglich der Führer der örtlichen Opposition gewesen, die gegen die Errichtung eines Borstals im Bezirk gestimmt hatte. Schließlich wurde er für die Sache gewonnen, indem er mit der Befugnis eines Friedensrichters in den Prüfungsausschuss gewählt wurde. Nach dem, was unter den Jungs gemunkelt wurde, hatte er in der ersten Anstaltszeit Insassen zu den wahnwitzigsten Arreststrafen verurteilt: Der Delinquent wurde völlig außer sich in die Zelle abgeführt und mitunter nach dem Abendessen freigelassen, nur um eilends wieder eingeschlossen zu werden, sobald der Oberst Anstalten machte, nach dem

Essen im Gelände herumzuspazieren. Wir alle wussten, dass wir es uns mit dem Oberst nicht verderben durften.

»Oberst Craven«, sagte Cragg, »ist eine Memme. Als die *Titanic* unterging, hat er sich ausgezogen, sich seinen Schnurrbart abrasiert und ein Damennachthemd organisiert. Als dann ›Frauen und Kinder zuerst‹ gerufen wird, kommt er in seiner Verkleidung, ein Bündel unter dem Arm, angewackelt und jammert: ›Rettet mein Baby.‹ Als die Schiffbrüchigen mit heiler Haut gelandet sind, entpuppt sich das Baby als zwei in ein Handtuch eingewickelte Flaschen Whisky.« Noch immer quasselnd, führte er uns in den hintersten Teil des verdunkelten Saals.

Das waren natürlich auf Craggs Mist gewachsene, frei erfundene Geschichten über den Oberst, der jetzt im vorgerückten Alter und, seit er uns besser kannte, kein übler Typ war. Als er aufstand, wurde ihm stürmisch applaudiert.

»Reine Gewohnheit«, brummte Cragg. »Als wir hierherkamen, wurde den Jungs drei Tage strenger Arrest angedroht, wenn sie den alten Sack nicht gebührend beklatschten.«

Der Oberst sprach über unsere Traditionen. Dabei verwechselte er die Borstal-Anstalt mit den englischen Internaten und hielt eine Rede, die er bestimmt schon oft bei ähnlichen Gelegenheiten gehalten hatte. Da aber die meisten Leute, die sich eine offizielle Ansprache anhören, diese als Rezitation im Sinne eines Kirchengebets betrachten, ging vieles von den Ausführungen des Obersten verloren, während anderes ebenso gut auf ein Internat wie auf ein Borstal passte.

»… und meine lieben Jungen, meine lieben jungen Leute, sicherlich fühlen sich manche, die direkt aus der Mittelschule kommen, in dieser großen Welt der Lehrer und Vertrauensschüler ein wenig unsicher, zumal da die Jungen der unteren Klassen, obwohl in der Rangordnung des Schullebens noch nicht weit gekommen, mit der Hausordnung und ihren kleinen Vorrechten längst vertraut sind und euch daher wie Alteingesessene vorkommen.

Ich möchte nur sagen, dass jeder dieses Gefühl der Einsamkeit, der mangelnden Zugehörigkeit durchmacht. Man fragt sich beklommen, ob man sich je heimisch fühlen wird, und schließt sich ein oder zwei Tage lang anderen Jungen an, um sich zu trösten. Darf ich euch sagen, dass auch ich an meinem ersten Tag in dieser altehrwürdigen Stiftung, obgleich ihr, die ihr hier sitzt und mir lauscht, es kaum glauben werdet, dass auch ich, dass auch ich zu meiner Zeit (vor vierzig, fünfzig Jahren)« – hier lächelte er verschmitzt und sagte: »Genau werdet ihr mein Alter und das meiner Altersgenossen nicht erfahren. Und, meine lieben Jungen, ich will euch ein Geheimnis verraten: Ein bedeutender Staatsminister« – bei diesen Worten nahm er einen feierlichen Tonfall an –, »einer, der in dieser ernsten Stunde der Geschichte unseres Landes, in dieser Stunde der Gefahr« – er senkte die Stimme – »und des Ruhms« – eine Pause entstand, wir klatschten alle wild Beifall, bis er die Hand hob und mehrmals nickte wie ein *Sinn-Fein*-Redner, wenn er ›Neunzehnhundertsechzehn‹ gesagt hat –, »einer, den nur mannigfaltige Verpflichtungen seiner hohen Stellung davon abhalten, heute hier bei uns zu sein. Ich habe diesen großen Mann gesehen, als er ein kleiner Junge war wie ihr Neuen heute Abend, diesen großen, bedeutenden Mann, für den der Premierminister seinem Schöpfer dankbar ist« – diesmal wurde noch heftiger geklatscht, Bravo-Rufe erklangen, und Cragg brüllte ›Guter Gott!‹ –, »dankbar ist in dieser gefahrvollen, aber ruhmreichen Zeit der Geschichte unserer schönen Insel – ich habe diesen großen Mann dort gesehen, wo ihr jetzt sitzt, ein nervöses, scheues Bürschchen, das zwischen mir und dem späteren Bischof von Rochester saß.«

Dann wurde dem Oberst eine Siegerliste der Sportveranstaltungen gereicht. Die Sieger wurden der Reihe nach aufgerufen und empfingen ihre Preise aus seiner Hand. Cragg erhielt ein Päckchen Zigaretten, zehn für jeden Teilnehmer des Tauziehens und so auch für mich.

Schließlich stand der Direktor auf und sagte, der Major, ein Mann von etwa dreißig Jahren, der in seiner Uniform neben ihm saß, werde jetzt das Ergebnis des Aufsatzwettbewerbs bekannt geben. Der Gutsherr sagte, wir könnten froh sein, dass der Herr Major, ein persönlicher Freund von ihm und im Zivilleben ein bekannter Literaturkritiker, sich bereit erklärt habe, unsere Arbeiten zu beurteilen.

Der Major erhob sich und sagte, es sei ihm nicht schwergefallen, einen Aufsatz für den ersten Preis zu empfehlen. Er handle von »der traurigen und schönen Hauptstadt jener traurigen und schönen Insel«, und schon ertönte lauter Beifall, der, wie ich bemerkte, von Shaggy Callaghan, Jock und Joe angeführt wurde, während Charlie mit strahlendem Gesicht und vor Begeisterung hervortretenden Augen wie wahnsinnig klatschte und Cragg neben mir mit den Füßen trampelte.

MacCann winkte aus der ersten Reihe zu mir hin. Dann wurde mein Name aufgerufen, und unter Beifallsrufen wie »Gut gemacht, Paddy« und »Du bist unser Mann, Paddy« ging ich durch den Saal nach vorn auf die Tribüne.

Unsere Oberin, die in der ersten Reihe saß, nahm ihre *Rothmans Pall Mall* aus dem Mund und sagte: »Bist ein guter Junge, Brendan, du machst uns Ehre«, während die andere Oberin, die mir immer den *New Statesman* lieh, lächelte und mir mit einer halb gestrickten Socke zuwinkte.

Jetzt sprach der Major mit mir, ich stammelte ein paar Dankesworte und zog mit meinen hundert Zigaretten ab. Als ich wieder auf meinem Platz saß, wurde ein anderer bejubelt, wenn auch nicht so stürmisch wie ich. Der allgemeine Beifall wunderte mich, denn ich hatte nicht angenommen, so bekannt zu sein.

Ich ließ ein Päckchen Zigaretten unter meinen links und rechts von mir sitzenden Kameraden herumgehen. Cragg nahm eine meiner hundert und reichte mir dafür meine zehn aus dem Preis des Tauziehens.

All das ging höflich vonstatten, und als die letzten Preise verteilt waren, winkte uns der stellvertretende Direktor hinter dem Vorhang zu, und Cragg führte uns wieder hinter die Bühne, wo wir wie die Schlote rauchten, bis wir dran waren.

Einer der Wärter führte Zaubertricks vor; dann trat Charlie Garland, der gut erzogene Junge aus Nordengland, auf und sang *Blinder Junge* und zwei Lieder von Vera Lynn: *Wir werden uns wiedersehen* und *Ich bin dein.*

Diese Lieder kamen toll an, es wurde stürmisch geklatscht, und zwar mit Recht, da Charlie Garland ein fabelhafter Sänger war; außerdem drückten diese Vera-Lynn-Lieder, die Garland fast ebenso gut zu singen verstand wie Vera selbst, auf die Tränendrüse und begeisterten niemanden mehr als den Oberst, der wie wahnsinnig klatschte und, nasal »Encore, ang-oah!« rufend, immer noch eine Zugabe verlangte.

Dann sollte ein Akkordeonsolo folgen, aber der stellvertretende Direktor musste zu seinem Bedauern bekannt geben, dass der Junge, der das Instrument spielen sollte, bei einer kranken Kuh sei und nicht auftreten konnte.

»Das muss der Bauernjunge sein«, sagte ich zu Cragg, lag jedoch falsch. Es war einer aus London, der vor der Haft nie eine Kuh gesehen hatte. Cragg sagte, so was komme vor, und Stadtjungen seien die schlimmsten. Er erinnere sich gut, wie einer am letzten Tag seiner Sträflingszeit, einem Sonntag, durch die ganze Anlage gepilgert sei und unter Tränen von seinen Tieren Abschied genommen habe.

»Er war einer, der zu lebenslanger Haft begnadigt worden ist«, sagte Cragg. »Jesus«, hätte ich fast gesagt, »dann ist die Sache klar!« – Denn jedermann wusste, dass die begnadigten Todeskandidaten alle nicht mehr ganz richtig waren –, doch in letzter Minute fiel mir ein, dass auch Cragg einer von den Begnadigten war, wegen der Sache mit seinem Schwiegervater. »Natürlich war er vielleicht ein bisschen übergeschnappt«, meinte Cragg, als könne er Gedanken lesen. »Er ist begnadigt worden wie ich. Vielleicht bin ich auch schon ein bisschen durchgedreht, wer weiß? In der Todeszelle in Durham hingen religiöse Texte an der Wand, die der Kaplan aufgehängt hatte. Einer lautete: ›Heute ist das Morgen, um das du dich gestern gesorgt hast, und es ist nichts geschehen!‹ Das war das Letzte, was einer zu sehen bekam, wenn er zum Galgen ging.« Vermutlich wollte er sagen, es sei kein Wunder, wenn ehemalige Todeskandidaten ein bisschen plemplem seien, doch da wurde er zu seinem Auftritt gerufen.

Schon bevor er die Bühne betrat, wurde gelacht. Dann machte er ein paar leise Geräusche mit seiner Trompete und begann zu spielen. Ich kannte eine Menge Musiker von Dubliner Tanzbands und fand, dass er ein richtig guter Trompeter war. Er spielte Dixielandmelodien und bekam viel Applaus. Mir fiel auf, dass er nach all den Märchen, die er mir über den Oberst erzählt hatte, ein kurzes Stück in seine Richtung spielte und dafür von dem hohen Besucher, der zu seinen glühendsten Bewunderern zu gehören schien, reichlich Beifall einheimste.

Vor seinem zweiten Stück klopfte Cragg kräftig den Speichel aus dem Mundstück seines Instruments, schaute ein paarmal hindurch und spielte Purcells *Solo für Trompete,* sehr exakt und sauber, soweit ich das beurteilen konnte. Nach einer kurzen Verbeugung trat er, ohne links oder rechts zu blicken und ohne nochmals für den donnernden Applaus zu danken, rasch ab.

Dann kam ein Wärter und erzählte eine lange Geschichte über Marshall Hall, einen großen englischen Strafverteidiger, und obgleich die anderen Jungs Marshall Hall ebenso wenig zu kennen schienen wie ich, waren die anderen Wärter und die Besucher, insbesondere der Oberst, ziemlich begeistert. Anschließend mimte er einen Fußballschiedsrichter, ein sehr lustiger Monolog, der allgemein beklatscht wurde.

Wieder trat Cragg auf, aber diesmal nur als Statist und Assistent von Sullivan, dem Gärtnereiwärter, der in weißem Turnerhemd und weißer Hose im Scheinwerferlicht der verdunkelten Bühne Kraftsporttricks vorführte, wobei Cragg, wie er selbst sagte, ihm nur die Gewichte und Stangen reichte.

Sullivan bog Stangen und stemmte Gewichte, dann riss er ein Kartenspiel mitten durch. Es schien für ihn kinderleicht zu sein, und er lächelte nur, als das Päckchen nicht beim ersten Versuch durchriss, wurde aber zusehends nervös, auch seine Frau blickte ängstlich zu ihm auf, soweit ich das im Gegenlicht erkennen konnte. Er schluckte ein paarmal, und Schweiß perlte auf seiner Stirn. Teilnahmsvolle Stille trat ein, und nur ein vereinzeltes nervöses Kichern war zu vernehmen.

Dann trat Cragg vor, nahm Sullivan das Kartenspiel aus der Hand und entfernte eine Karte daraus, die er gegen seinen Absatz schlug, was metallisch klang. Und unter dem Gelächter der Zuschauer und einem erleichterten Grinsen Sullivans verschwand Cragg mit der Metallkarte von der Bühne.

Er zeigte sie uns, es war ein Blatt Stahl in Form einer Spielkarte, ein fünfzehntel Zoll stark, bemalt von dem Geldfälscher –

von wem auch sonst? –, und stellte den Pik-Buben dar. Mittlerweile hatte Sullivan sein Kartenspiel unter tosendem Beifall der Zuschauermenge mehrmals entzweigerissen. Danach trat ich mit meinen Liedern auf.

Zuerst sang ich *Coolin* auf Irisch, ein Lied, das etwa sechshundert Jahre alt ist und von Poyning und dessen Gesetz handelt, das den geborenen Iren verbot, ihre Sprache und Gebräuche beizubehalten, das die Männer davon abzuhalten versuchte, ihr Haar nach gälischer Art, scheitellos glatt zurückgebürstet, zu tragen. In dem Lied geht es um ein Mädchen, das seinen Schatz und dessen *cuilfhionn,* den blonden Schopf, besingt, ein Lied nach meinem Geschmack, das ich mit Liebe und und Verve vortrug.

Ich wurde eifrig beklatscht; in dem Meer von Gesichtern konnte ich das von Charlie erkennen, dessen Groll verflogen zu sein schien und der mit vor Entzücken halb geöffnetem Mund zu mir aufschaute.

Dann sang ich zu einer englischen Melodie ein Gemisch von Versen, die zum Teil von einem englischen Dichter stammen und von meiner Mutter zusammengestellt worden waren:

Als alle Welt noch jung war, Junge, und alle Felder grün,
Und jede Gans ein Schwan, mein Jung', und jedes Mädel Königin,
Schwang ich mich auf mein muntres Pferd und ritt zum Tor
hinaus.
Denn Jugend will das Glück erjagen und jede Katz die Maus.

Wenn alle Welt einst alt sein wird und alles Laubwerk braun,
Und jede grüne Hoffnung, Jung', entblättert wie ein Baum,
Dann zu den Alten kriech' ins Eck und sei zufrieden. Jung',
Wenn einer aus der Zeit dir treu, als alle Welt noch jung.

Die goldnen Tage sind dahin, mein Herz ist schwer und wund,
Manch flinker Bursche war mein Freund und manch roter Mund,
Am Bach, zu breit zum Springen, der flinke Bursche ruht.
Und wo die Rosen welken, verlor der Mund sein Blut.

Die Zuschauer brüllten und klatschten noch eine Weile, nachdem ich von der Bühne schon in den dunklen Saal hinuntergesprungen war, und Cragg sagte: »Paddy, das war herrlich. Du hast ein großes Herz.« Dann verstummte er jäh und fügte zu den Umstehenden gewandt hinzu: »Der beste Sänger in der ganzen IRA, unser Pat.«

Ich entschuldigte mich und floh in den Waschraum, nicht nur, weil ich einen Augenblick allein sein wollte, ich wollte auch meine Freunde nicht kränken, da als Nächstes *God Save The King* gespielt werden sollte.

Erst gegen elf Uhr gingen wir zu Bett. Der Wärter kam, zählte ab und sagte, wir sollten rasch einschlafen, sonst wären wir morgen nicht fit.

Aber kaum war er draußen, holten wir nach dem aufregenden Tag und weil so viele Zigaretten herumlagen, ein Kippchen raus und sahen uns nach Feuer um. Ich machte ein weiteres Päckchen Zigaretten auf und ließ es im Saal herumgehen.

Charlie saß auf Shaggy Callaghans Bett und schwatzte mit ihm. Ich hielt meine Schachtel hin, Shaggy nahm eine und bedankte sich, aber Charlie hielt seine brennende Kippe hoch und sagte: »Ich hab schon, danke.« Shaggy wollte etwas sagen, aber ich war bereits weitergegangen.

Ich plauderte ein wenig mit Joe, dann legte ich mich hin und dachte noch einmal über den Tag nach. Alles war schön, die Jungen waren herzlich gewesen und hatten geklatscht, als ich den Preis gewonnen hatte. Ich blickte zu Charlie hinüber und erhaschte seinen Blick, aber er wandte den Kopf und schwatzte und lachte mit Shaggy weiter, bis die Lichter ausgingen; dann kam er herüber und kletterte ins Bett und sagte ›Gute Nacht‹ zu Joe.

»Nacht, Charlie«, sagte Joe. »Nacht, Paddy.«

»Gute Nacht, Joe«, sagte ich. Ich saß wach im Bett und blickte zur Decke auf, legte mich zurück, drehte mich um und schlief ein, um zu sterben und wiedergeboren zu werden, wie es auf Irisch heißt, und um meine Sorgen der Nacht zu überlassen.

Ich hörte jemanden im Schlaf »Paddy, Paddy« rufen; und nochmals lauter: »Paddy.« Ich fuhr auf, blickte ringsum und hörte wieder: »Paddy.«

Es war Charlie. Ich fragte mich, ob er im Schlaf redete, und, selbst noch halb im Schlaf, stand ich auf und ging zu seinem Bett. Dort stand jemand.

»Ach, Paddy«, sagte Charlie noch einmal.

Ich ging auf den anderen zu und sagte: »Hau ab, wer immer du bist!« Der richtete sich auf, und ich gab ihm einen Linken. Und schon fühlte ich im Dunkeln etwas auf meine Kinnlade zusausen. Ich kippte der Länge nach auf den Rücken, kam zu mir und deckte die Hand übers Gesicht, aus Angst vor einem zweiten Haken. Einer schaltete das Licht ein, und ich sah auf. Charlie saß auf dem Bett, und Shaggy, nur mit der Pyjamajacke bekleidet, stand über mir.

»Bist du okay, Kumpel?«, fragte er.

»Was von mir noch übrig ist, ja.« Ich versuchte zu lachen, aber es gelang mir nicht.

»Hau dich hin, bevor die anderen aufwachen«, sagte er. Er hielt mir die Hand hin, und Charlie kam herbei, um mir aufzuhelfen.

»Fehlt dir nichts?«, fragte er.

»Tot bin ich nicht«, sagte ich.

Er sagte zu dem Jungen, der das Licht eingeschaltet hatte, er solle es ausschalten, dann setzten sich die beiden einen Augenblick lang auf mein Bett.

»Ich habs dir ganz schön gegeben, Paddy«, sagte Shaggy, »wollte ich aber gar nicht.«

»Du hast es mir ganz schön gegeben«, sagte ich, »ich war ausgepustet – wie eine Kerze.«

»Tut mir leid!«, sagte Shaggy.

»Schon gut«, sagte ich, »es ist nichts.«

»Ich kümmere mich um ihn«, sagte Charlie, »geh du zu Bett.«

»Mach ich«, sagte Shaggy, »gute Nacht.«

Charlie zündete eine Kippe an, reichte sie mir und fragte: »Gehts dir besser, Paddy?«

»Klar, alles okay. Hau dich lieber bin, bevor der Wärter oder der Nachtwächter kommt. Gute Nacht.«

»Gute Nacht, Paddy«, sagte er und sprang ins Bett. »Bist in Ordnung.«

»Wir sind alle in Ordnung«, sagte ich. »Wir sind die Kerle, vor denen unsere Mütter uns gewarnt haben.«

Am nächsten Morgen war mein Kinn ein wenig wund, aber das war alles.

Ich ging zum Waschen hinunter. Die anderen Jungs wuschen und rasierten sich bereits, einige standen in ihren Schlafanzügen gähnend oder rauchend umher. Cragg pisste in eines der Becken.

Der Typ von den Zeugen Jehovas starrte ihn an und sagte: »Hey, Cragg, ich will das Becken vielleicht nach dir benutzen.« Ich glaube, er hatte nur etwas gegen Craggs Nacktheit.

»Viel zu gut für dich, du beschissener Pfaffensprössling«, sagte Cragg gut gelaunt wie immer.

Während ich mich wusch, sang ich.

»Prima, Paddy, Kumpel«, sagte Cragg. »Ich würde einen meiner Söhne nach dir nennen, aber die sind schon getauft.« Er wandte sich an den Zeugen Jehovas. »Da, spitz die Ohren, du jämmerlicher Bastard.«

Craggs Kumpel, dessen Namen ich ebenso wenig erfahren habe wie irgendjemand anders, weil er nie anders genannt wurde als »Craggs Kumpel«, sagte: »Der hat Craggy letzten Sonntag verpfiffen, weil er die *News of the World* im Methodistengottesdienst gelesen hat.«

Der Zeuge Jehovas drehte sich vom Waschbecken um und sagte in seinem traurigen Ton: »Er hat kein Recht, da zu sein, er gehört zur anglikanischen Kirche, er wollte sich nur lustig machen.«

»Ein ganz gemeiner Lügner bist du«, sagte Cragg. »Der Gottesdienst war mir wurst. Ich bin mit den Methodisten angetreten, weil ich die Zeitung lesen wollte und der Wärter mich für den anglikanischen Gottesdienst eingeteilt hat. Ich krieg nämlich die Zeitung von einem in Saint Andrew's nur sonntags vormittags geliehen, bis die Kirche vorbei ist.«

Eines Tages ließ der Vorarbeiter der Baugruppe mich kommen und sagte mir, er wolle mich in die Malergruppe stecken.

Er war ein vierschrötiger Mann, eckig wie ein Suppenwürfel. »Vermutlich weißt du nicht, dass ich halber Ire bin«, sagte er.

Unter normalen Umständen hätte ich Nein gesagt und im Übrigen mich einen Dreck darum geschert, was er war. Da er aber in Ordnung zu sein schien, mir außerdem eine Sonderaufgabe zu geben versprach und ich ihn nicht kränken wollte, sagte ich: »Ich nehme an, dass Ihre Vorfahren Iren waren.«

»Meine Mutter war Irin – sie war eine O'Carroll aus Longford.«

»Ein Haufen Leute, die ich im Knast getroffen habe, sind irischer Abstammung, Sir.«

»Es scheint dich nicht sonderlich zu interessieren.«

»Offen gestanden, nein, Sir. In Walton waren viele Wärter irischer Herkunft, Lancashire-Iren, und um zu beweisen, dass sie genau so britisch sind wie die Engländer, waren sie gemeiner zu mir als jeder andere. Ein Jude hat mir mal gesagt, mit Juden sei es das Gleiche, nur noch schlimmer, da sie meist mit Juden zu tun hätten, die Straf- oder Zivilrichter seien.«

»Egal, wir haben etwas gemeinsam. Wir haben beide eine irische Mutter – kannst du ministrieren?«

»Klar kann ich das. Aber ich bin exkommuniziert. Ich bin zu den Sakramenten nicht zugelassen.«

»Brauchst du auch nicht. Nur kommt der gegenwärtige

Ministrant in ein oder zwei Wochen in Freiheit, und es ist nicht immer leicht, einen Ministranten zu finden.«

Im Notfall darf also sogar der Exkommunizierte als Lückenbüßer einspringen. Fehlt es an Obst, tut's die Hagebutte ...

»Ich bin lange kein Ministrant mehr gewesen, Sir.«

»Ich kann dir ein Messbuch leihen. Du kannst doch lateinisch lesen, oder nicht?«

»Kirchenlatein, ja.«

»Na schön, dann kannst du am nächsten Mittwoch – am Mittwoch ist Messe – anfangen. So, und jetzt geh rein und melde dich beim Malermeister.«

Der Malermeister war ein freier Arbeiter namens Reub Marten, ein untersetzter Mann aus dem Ort. Als ich mich bei ihm meldete, hörte er meine Aussprache amüsiert und beunruhigt zugleich.

»Bist nicht aus London, Be-ee-hann?«

»Nein, ich bin Ire.«

»Aha. Wir haben vor Jahren 'ne Menge Iren gehabt, die bei der Ernte mitgeholfen und Kartoffeln ausgegraben haben. Lustiges Völkchen waren sie und aßen die Kartoffeln ungewaschen. Waren kaum zu verstehen – man konnte verrückt dabei werden. Englisch sprachen sie verdammt wenig.«

»Ich spreche Englisch. Was die Kartoffeln betrifft, so habe ich nie einen Waschraum ohne Wasser gesehen, bevor ich nach England kam, und dann erst, als ich in diese Gegend kam.«

»Kann sein, Behan, kann sein«, sagte er und fügte eilends hinzu:

»Du gehst zum Neuen Lager. Der Obmann gibt dir Farbe, und du grundierst die Türen. Grundieren heißt der erste Anstrich.«

»Ich weiß, ich bin draußen Malerlehrling gewesen, mein

Vater ist Maler, mein Großvater war Maler, sein Vater und der Vater seines Vaters auch.«

»Lassen wir das mal beiseite, Behan. Hör lieber zu: Du kriegst in der Kleiderkammer einen Arbeitskittel. Hier ist ein Zettel für den Wärter dort. Es steht alles genau drauf. Du trägst deinen Overall nur bei der Arbeit, jeden Abend gibst du ihn hier bei mir ab und nimmst ihn nicht mit ins Heim. Verstanden?«

»Ja, Mr Marten.«

»Und du trägst jeden Tag deine Arbeitsstiefel und nicht deine Schuhe. Einige der Jungs scheinen zu glauben, dass, wenn sie eine Sonderaufgabe haben, sie ›schnieke‹ sein und ihre Schuhe tragen müssen.«

»Gut.«

»Hier ist der Zettel, und sieh zu, dass du gleich wieder da bist.«

Gut gelaunt ging ich zur Gruppe. Der Tag war schön, die Sonne stand hoch am Himmel, und ich hatte eine Sonderaufgabe. Jetzt war Schluss mit der verdammten Baugruppe und mit dem allmorgendlichen Herumraten, mit wem es heute wohl Stress geben würde, bevor der Tag um war.

Auf dem Wege zur Baustelle traf ich Jock. Er winkte mir mit einem Wisch zu. »Gehst du zur Kammer?«

»Ja«, antwortete ich.

»Ich komme mit, ich gehe zur Klempnerei. Was ist deiner für einer? Ein Wärter?«

»Nein, ein freier Arbeiter.«

»Mir wär ein Wärter lieber als einer von den Bauerntrotteln.«

»Ja, bestimmt, wenn du meinen kleinen Furz sähest. Ein Jämmerling mit einer miesen Fresse.«

»Meiner ist in Ordnung. Er ist jahrelang in Indien gewesen und hasst Schwarze.«

»Vielleicht waren die Schwarzen auch nicht so scharf auf ihn.«

»Jedenfalls scheint er ganz zufrieden, solange er über farbiges Gesindel herziehen kann.«

»Hast wahrscheinlich recht. Ob er sich über die Schwarzen auslässt oder der Hund bellt, ist Jacke wie Hose.«

»Gehn wir ins Klo auf 'ne Zigarettenlänge, Paddy. Wir brauchen uns nicht zu beeilen, geht alles von der Arbeitszeit ab.«

»Ich glaub, wir machen das besser auf dem Weg zur Arbeit, wenn wir unsere Overalls haben.«

»Deshalb können wir trotzdem kurz zum Klo.«

Wir gingen zu den Toiletten und setzten uns rauchend in gegenüberliegende Zellen.

Ein Junge war mit Putzen beschäftigt.

»Sag dem Zugang, er soll aufpassen, falls der Wärter kommt«, sagte Jock.

Von wegen, dachte ich. Ich hatte keine Lust, dem Burschen Anweisungen zu geben, als seien wir Hausälteste oder etwas Derartiges. »Ruf du ihn, Jock, er arbeitet ja auf deiner Seite.«

»Hey«, rief Jock.

»Hallo«, sagte der Junge und kam auf uns zu. Er war etwa sechzehn Jahre alt und sah für einen Neuling ziemlich forsch aus. Mit dem Besen in der Hand blieb er vor Jock stehen. »Was gibt's, Kumpel?«

»Komm mal für fünf Minuten hier rein.«

»Leck mich am Arsch«, sagte der Junge wütend und machte mit seinem Besen kehrt.

»Er verarscht dich nur«, rief ich hinter ihm her. »Wir möchten, dass du ein Auge auf den Wärter hast, während wir unsere Kippen zu Ende rauchen. Kriegst auch die Stummel hinterher.«

»Ich brauch deine Stummel nicht, Kumpel, ich hab meine eigenen fünfzehn Gramm, aber aufpassen kann ich trotzdem.«

»Danke«, sagte ich.

»Alles klar, Kumpel«, sagte er und machte sich wieder an seine Arbeit.

Als wir mit dem Rauchen fertig waren, dankte ich ihm mit einem Lächeln.

»Okay, Kumpel«, sagte er, »du kannst dich irgendwann revanchieren.«

»Klar.«

Der Wärter und sein Assistent schienen heute guter Stimmung zu sein. Geordie saß am Schreibtisch und brüllte durch den Lagerraum: »Paddy kommt zu Besuch.«

Der Wärter kam hinzu und sagte mit Blick auf Jock freundlich: »Irische Invasion, was, Paddy?«

»Nein, Sir, Jock ist aus Glasgow.«

»Muss er wohl sein, wenn er Jock heißt. Was braucht ihr beiden Kelten heute?«

Wir zeigten ihm die Zettel. »Kriegst also 'ne Sonderaufgabe, Paddy.«

»Ja, ich komme zu den Malern und Jock zu den Klempnern.«

»Prima. Geordie, hol bitte zwei Overalls für Paddy und seinen Kumpel.« Geordie trat an ein Fach. »Nein, nicht die, dort drüben liegt ein neuer Stapel. Von denen. Nur das Beste für die beiden.« Er nahm die Zettel und gab mir die Overalls. »Hier, Paddy. Prompte Bedienung und ein freundliches Gesicht dazu.«

»Gott segne Euch«, sagte ich, »möge die gebende Hand nie zaudern!«

»Wann bist du geweiht worden?«, fragte Jock, als wir die Treppe hinunterstiegen. »Gehst rum und segnest die Leute wie ein bescheuerter Dorfpfarrer.«

»Der Wärter nimmt so was ernst«, antwortete ich. »Hat er uns nicht ein paar neue Overalls gegeben?«

»Na ja, aber mir hat dieser Quatsch nicht gefallen, als wir reinkamen. ›Was brauchen Paddy und Jock denn heute?‹ oder was er da gesagt hat. Ich weiß jedenfalls, was er braucht …«

»Das soll seine Sorge sein und geht dich und mich nichts an. Außerdem – hast du nicht vor einer Minute zu dem Zugang gesagt, er soll mal zu dir ins Klo kommen?«

»Verdammt, Paddy«, sagte Jock empört, »das war doch nur Spaß – jeder reißt solche Witze.«

»Woher weißt du, dass es bei ihm nicht auch Spaß war?«

»Das glaubst du wohl selber nicht«, sagte Jock mit spöttischem Lachen.

»Jedenfalls hat er uns anständige Overalls verpasst.«

»Ja – schnieke«, sagte Jock, wieder in seinen Londoner Dialekt verfallend, als wir in die Nähe der Werkstatt kamen.

Wir meldeten uns bei unseren Handwerksgruppen und schlüpften in die Overalls. Wir trafen uns vor dem Farbenschuppen und gingen zusammen zu unseren Arbeitsplätzen. Die Jungs von der Baugruppe blickten von ihren Gräben auf und grölten zu uns herüber.

»Wir haben jetzt den besseren Job«, sagte Jock.

»Die sind nur neidisch«, sagte ich, »ignorier sie.«

Die Arbeit war um vieles leichter als bei der Baugruppe, und vor allem interessanter. Ich legte mich ins Zeug und grundierte an diesem Nachmittag eine schöne Anzahl Türen. Gut begonnen ist halb gewonnen, und wenn du mal im Ruf des Frühaufstehers stehst, kannst du den ganzen Tag verpennen. Der mir vorgesetzte Maler war ein rothaariger Junge aus Blackpool mit Namen Tom Meadows. Mein Stapel Türen befand sich am Ende eines halb fertigen großen Raums, und er schnitt Fensterscheiben auf einer Bank am anderen Ende. Als wir uns vorgestellt und ein paar Worte gewechselt hatten – er wohnte in Saint Andrew's; ich war ihm nie begegnet, hatte ihn jedoch schon bei der Arbeit gesehen –, rückte er seine Bank näher an meine Türen heran, damit wir nicht durch den ganzen Raum zu brüllen brauchten.

Auch in Freiheit war er Maler und war mir mit einer fünfjährigen Lehre um zwei Jahre voraus. Er hatte die Gewerbeschule in Blackpool besucht und in dem Jahr, in dem ich meine erste Prüfung ablegte, seine zweite Innungsprüfung hinter sich gebracht. Wie ich war auch er in diesem Beruf groß geworden, da sein Vater und sein Großvater Maler gewesen waren. Er sang gut wie die meisten Maler, meine eigene Familie eingeschlossen, und das erste Buch, von dem er gehört hatte, war die Malerbibel: *Die Menschenfreunde in zerlumpten Hosen* von Robert Tressell.

Wir hatten eine lange Unterhaltung über den armen Lehrling, den »wandelnden Farbenladen«, über Nimrod, diesen Bastard von einem Vorarbeiter, über den Handlanger des Auftraggebers, der fast von allen mit Freibier traktiert wurde, damit er dafür sorgte, dass sie immer Arbeit hatten, über Slyme, den Katholen, und den heiligen Joe, den Streikbrecher, der nicht der Gewerkschaft beitreten wollte, unter Preis arbeitete und Ruth zu vergewaltigen versuchte, Ruth, die neue Frau des jungen Malers, als die neugebackenen Eheleute ihn als Untermieter aufnahmen, um ihr neues Haus bezahlen zu können. Wir sprachen vom armen Jack, der, obwohl alt und ausgezehrt, es nicht lassen konnte, auf die zwanzig Meter hohe Leiter zu steigen, aus Angst, entlassen und mit seiner Frau ins Armenhaus geschickt zu werden, und wie der arme alte Teufel dann hinaufstieg, herunterstürzte, mit zerschlagenen Knochen liegen blieb und seine Frau trotzdem ins Armenhaus wanderte.

Auch bei uns zu Hause wurde das Buch eifrig gelesen, und wenn meine Mutter uns von Lirs Kindern und mein Vater von Fionn Mac Cumhaill erzählt hatten, kamen sie über das »Jahr neunzehnhundertsechzehn« wieder auf *Die Menschenfreunde in zerlumpten Hosen* zu sprechen. In jeder Malerwerkstatt gebrauchte der Meister die Namen des Buches als Spitznamen, er nannte seinen Lehrling den »wandelnden Farbenladen«, jeder Vorarbeiter hieß natürlich Nimrod, auch bei Malern, die nie die Nase in dieses oder sonst ein Buch gesteckt hatten.

Mit Tom Meadows reden war, wie jemanden von zu Hause wiedersehen, nicht nur aus der eigenen Heimat, sondern aus dem eigenen Heim und der eigenen Familie, nur dass man sich noch näher war, weil Tom vertrauter war als ein Freund, ohne deshalb ein Blutsverwandter zu sein.

Tom nahm die IRA sehr ernst und war vollkommen dagegen. Er sagte allerdings, er sei auch gegen die britische Oberschicht und die königliche Familie.

Jesus, dir kann mans auch nicht recht machen, dachte ich mir. Ich wusste jedoch, was er meinte, und stimmte ihm zu, als ich später darüber nachdachte.

Er sagte, es sei die Schuld der britischen herrschenden Klasse, dass die Iren unablässig zu Terrorakten gezwungen wurden, um ihre Forderungen durchzudrücken, die nach seiner Überzeugung richtig und berechtigt waren. Natürlich war er hundertprozentig gegen die katholische Kirche, die er als ein Werkzeug der Reaktion ansah. Er sagte, es sei eine Schweinerei, mich in ein Borstal unter lauter Abschaum und Kriminelle zu stecken.

Um ehrlich zu sein, wenn ich auch wusste, was er meinte, und es der altbekannten Heuchelei der Engländer entspricht, niemanden als politischen Häftling zu behandeln, um nachher sagen zu können, dass es nur im Britischen Weltreich keine politischen Gefangenen gibt, so wusste ich auch, dass die IRA-Gefangenen in Dartmoor und Parkhurst übel dran waren, weil die dortigen Wärter die hartgesottenen Sträflinge anstachelten, die Iren beim Spaziergang im Hof zu überfallen – fünfhundert britische Sportsleute gegen zwanzig von uns, die für jede Keilerei auf Wasser und Brot gesetzt wurden, sobald sie wagten, sich so gut wie möglich zu wehren –, so konnte ich dennoch nicht abstreiten, dass die Jungs anständig zu mir waren und dass die Wärter des Borstals mich genauso gut behandelten wie jeden anderen Insassen.

Es missfiel mir, dass er Charlie, Jock, Joe und Nulpe als Abschaum bezeichnete, und ich sagte: »Na ja, das sind eben Arbeiterjungs wie wir, Tom.«

»Nein, gerade das sind sie nicht«, sagte er so empört, dass ich dachte: Zum Glück sitzt du nicht auf dem Richterstuhl im Polizeigericht, die armen Teufel auf der Anklagebank wären verloren. »Das sind keine Arbeiterjungen. Die haben in ihrem Leben nie einen Finger gerührt und auch keiner von denen, mit denen sie zu tun haben. Du bist ein Arbeitersohn und ich auch, aber die allermeisten, neunzig Prozent, sind eine Horde verdammter Faulenzer. Sie werden zum Hehlen und Stehlen erzogen und leben von Huren genau wie die Oberschicht. Und sie wissen es auch. Du brauchst nur mal zuzuhören, wenn sie draußen von ihren Helden sprechen; es geht um nichts als die Anzüge von Anthony Eden und die Art, wie der Herzog von Windsor seinen Knoten bindet. Ist dir nie aufgefallen, dass fast alle Ganoven konservativ sind?«

Ich leide an einer Charakterschwäche: Ich bin außerstande, mich über solche Dinge aufzuregen, solange das Unrecht nicht wie eine wüste Knüppelei der Bullen vor meinen Augen geschieht. Und dabei schäumte Tom fast wie ein Redemptoristenprediger.

»Vielleicht kommt es daher«, sagte ich, »dass alle Konservativen Diebe sind.«

Er lachte, wischte sich etwas Speichel vom Kinn und sagte mit ernster Miene: »Du bist ein paar Jahre jünger als ich, Paddy. Ich war jünger als du, als ich in den Knast kam, und kenne mich in den Jungs besser aus als du. Die sind ein Sauhaufen von Kriminellen, mit denen du nicht das Geringste gemein hast. Wenn dein Alter nach seiner täglichen Schicht nach Hause kam, steckten die ihren Dietrich oder ihr Brecheisen in die Tasche und begannen ihren Nachterwerb. Und wenn deine Mutter sich ans Feuer setzte, um ein paar Socken zu stopfen, zogen deren Alte ihr Höschen aus, um auf den Strich zu gehen. Ich sitze seit bald drei Jahren und weiß Bescheid.«

Ich nickte mitfühlend und grundierte weiter. Wenn er bereits drei Jahre saß, musste er ein Lebenslänglicher sein. Andere wurden nicht so lange festgehalten. Und das erklärte auch, warum er über die anderen herzog. »Vermutlich hast du recht, Tom, wenn eins zum andern kommt«, sagte ich. »Die schulden dir bestimmt eine ziemliche Anzahl Rücktage.«

›Rücktage‹ waren Freitag und Samstag der ersten Woche, in der ein Maler seine Arbeit begann und die nicht im ersten Lohn inbegriffen waren, sondern ihm bei der Entlassung bezahlt wurden.

»Aufschreiben tun sies«, sagte Tom, »und mein Urlaubsgeld dazu. Na ja, ich kann nicht klagen – ich hab 'ne Dauerstellung und kann nur von Seiner Majestät dem König rausgeschmissen werden.«

Damit gab er zu, ein Lebenslänglicher zu sein. Wir lachten beide, und ich fragte ihn: »Kennst du den alten Malerspruch: ›Bezahl mich bis zum 1. März‹?«

»Sollte man meinen«, antwortete er, »ich hab ihn jeden Winter gehört, seit ich geboren bin.«

»Wir haben zu Hause ein Lied, und das geht so:

Hol mir mal Messer, Bretter, Stockbürste und Leiter,
Im Schankerkasten geht die Arbeit munter weiter ...

Gemeint ist das Krankenhaus für Geschlechtskrankheiten, das vermutlich viel häufiger gestrichen werden musste als jedes andere Gebäude, aber die alten Malermeister pflegten zu sagen, der Lohn, den sie dabei verdienten, sei nicht ansteckend.«

»Kein übles Lied, Paddy, muss ich mir merken.«

»Solltest du. Mein Alter hatte auch einen Spruch für den Anfang der toten Saison im November:

Jetzt wird das Laub schon fahler
Das Licht wird trüb und tot.
Die Pinsel schmeißt der Maler
In seinen Farbenpott.

Er lachte auf und legte seinen Glasschneider hin. »Super, Paddy. Das würde meinem Alten gefallen. Dein Alter und meiner würden sich prächtig verstehen.«

Jedenfalls hatte er nicht seinen Alten umgelegt. Er war ein einsamer Teufel, egal, wie man die Sache betrachtete. Obschon jedermann in der Anstalt ihn um seine Stellung beneidete und mehr zu ihm aufsah als zu einem Wärter, wenn er mit seinen Pinseln und Werkzeugen umherlief.

Wir sangen Vera-Lynn-Lieder zusammen und arbeiteten vor uns hin. Nie vorher hatte ich so schnell Türen grundiert. Der Stapel unbehandelter Türen nahm ständig ab und der frisch rosa gestrichenen nahm im Takt unseres Singens ständig zu.

»Du weißt, dass das Buch *Die Menschenfreunde in zerlumpten Hosen* ein Ire geschrieben hat«, sagte ich.

»Tressell ist aber kein irischer Name.«

»Natürlich nicht«, sagte ich, »es ist auch kein Familienname ...«

»Es ist die Bezeichnung für ein Gerüst, nicht wahr?«

»Genau«, sagte ich. »Sein richtiger Name war Robert Noonan.«

»Echt irisch. Das muss ich nach Hause schreiben, es wird dem Alten gefallen. Frank Owen im Buch, das war doch Tressell selbst, oder nicht? Jedenfalls verstand der sein Handwerk, ein Mann mit seinen Händen, während der Meister, der alte Sludgem, nicht mal ’ne Scheißhauswand tünchen konnte, wie alle Malermeister. Ja ja, die Welt ist nicht mehr dieselbe. Du wirst sehen, Paddy.«

Daraufhin sangen wir *Rote Fahne,* und da ich nicht allzu eingebildet erscheinen wollte, erwähnte ich nicht, dass das Lied ebenfalls von einem Iren stammte: Jim Connell.

So sangen wir in den einbrechenden Abend hinein, wobei Tom wie ein Waliser die zweite Stimme sang:

Sie schirmte unsere junge Macht,
Als ringsum alles düstre Nacht.
Sie sah manch feierlichen Eid,
Rot soll sie bleiben allezeit.

Gelobt sei bei der Flagge Rot:
Wir bleiben treu bis in den Tod.
Ob Galgen oder Kerkerhaft,
Dies Lied gibt uns zum Abschied Kraft.

Lass hoch das rote Banner wehn,
Mit ihm wir fallen oder stehn.
Lasst Feige und Verräter höhnen,
Die rote Fahne soll uns versöhnen!

»Toll, Pat!«, sagte Tom, der rosige Wangen bekommen hatte.

Ich war auch in Stimmung. »Du singst die zweite Stimme fabelhaft. War deine Mutter aus Wales?«

»Nein, Paddy«, lächelte er. »Ob dus glaubst oder nicht, ich hab das in der Kirche gelernt.«

Ich glaubte es ihm ohne Weiteres. »Erinnerst du dich noch an den Choral, den der junge Maler in dem Buch singt?«

Er legte sein Werkzeug hin und blickte mich an. »Klar tu ich das, Paddy«, drehte das Gesicht zum Fenster und sang: »Jetzt kommt die Nachtarbeit ...«, und ich stimmte ein, »wenn das Tagewerk vorüber ist.«

Dann läutete die Glocke, wir machten Schluss für den Tag, packten unser Zeug zusammen und stapften gemeinsam zur Werkstatt.

Beim Tee sprachen Joe, Charlie und Jock über Sonderarbeiten.

Jock sagte: »Paddy und der Oberste von den Malern haben Kirchenchor zusammen geprobt. Den ganzen Nachmittag haben sie gesungen.«

»Ach ja, Rotschopf«, sagte Joe, »der hat lebenslänglich, weil er sein Mädchen mit ihrem eigenen Strumpf erwürgt hat. Die ging nebenher noch mit 'nem anderen.«

»Na und? Er war ja nicht mit ihr verheiratet«, sagte Jock. »Das war eine Schweinerei. Sie war erst siebzehn.«

»Es ist 'n bisschen happig«, sagte ich.

»Ich weiß nicht«, sagte Charlie.

»Hey, Paddy«, sagte Jock, »sieh mal, wer an Shaggys Tisch sitzt.«

Es war der Neue, der aufgepasst hatte, als wir beiden in den Toiletten rauchten. Die beiden lachten und plauderten zusammen, während Shaggy sich eine Zigarette drehte.

»Den kenn ich«, sagte Charlie. »Er heißt Leslie Banks und war auf dem Schulschiff in Deptford, ist aber so oft getürmt, dass sie ihn ins Borstal abschieben mussten. Kommt aus Croydon.«

»Schnöselgegend«, sagte Joe.

Charlie errötete und biss sich auf die Unterlippe. »Du meinst das Scheißkaff Soho, das ist die Schnöselgegend.«

Joe lachte und legte die Hand auf den Mund. Er verstand nicht, dass Charlie solche Bemerkungen leicht in den falschen Hals bekam.

»Der will dich nur auf die Palme bringen«, sagte ich.

»Klar, mehr nicht«, sagte Jock.

»Was will ich?«, wollte Joe wissen. »Wann lernt ihr beiden ausländischen Hurensöhne mal anständiges Englisch?«

»Achtet nicht auf den Halbirren«, sagte ich zu Jock und Charlie, obwohl ich froh war, dass Joes Spitzen jetzt gegen Jock und mich gerichtet waren, denn wir konnten besser damit umgehen als Charlie.

Joe legte seine Hand hinters Ohr und winkte mir zu. »Halbirrer! Du blöd geborener Ire, wann fängst du endlich an, Englisch zu lernen?«

»Der hat beim ›Eisteddfod‹ sogar 'n Preis für seinen Aufsatz gewonnen, von so was kannst du nur träumen. Jedenfalls sind weder Iren noch Schotten Ausländer – keine richtigen Ausländer wie Itaker zum Beispiel«, sagte Charlie giftig.

»Das beste Englisch wird in Dublin gesprochen«, sagte Jock.

»Angeblich soll es das drittbeste sein, nach Oxford und Inverness«, sagte ich bescheiden und ohne Spott.

»Das beste Englisch wird in London gesprochen«, sagte Joe, »und in Oxford und Dublin und – und dem anderen Kaff da. Ich kann den verdammten Namen nicht aussprechen. Und meine jüngere Schwester kann *God Save The King* im Londoner Dialekt singen. Ihr müsstet sie hören.«

Als wir mit unserem Tee fertig waren, sagte er: »Kommt mit in den Schlafsaal, ich zeig euch was.«

Als wir zum Schlafsaal gingen, blickte Joe mich an, ich sagte jedoch nichts und erwiderte auch seinen Blick nicht.

Joe ging an seinen Spind und holte ein Bild heraus. »Ich möchte es dir und Jock zeigen«, sagte er zu mir, »weil ihr katholisch seid, auch Charlie kanns sehen, weil wir alle Kumpel sind.«

»Recht hast du, Joe«, antwortete ich ernst.

»Hier«, sagte er. Es war das Foto eines Mädchens von zwölf oder dreizehn Jahren in einem weißseidenen Kleidchen, auf dem Kopf Schleier und Kranz und einen Blumenstrauß in der Hand. Sie wirkte sehr italienisch und frühreif. Ich wollte gerade sagen, dass das erste und einzige Mädel, das mir je gefallen hatte – in Wirklichkeit war es das zweite gewesen –, eine Italienerin namens Gloria Bartoli aus der Fischbraterei zu Hause, in Nord-Dublin, gewesen war. Ich behielt es jedoch für mich.

»Sie – sie ist entzückend«, sagte Charlie, »aber Joe, ist sie nicht ein bisschen zu jung zum –«

»Zum Heiraten?«, fragte Joe lachend. »Sie heiratet doch nicht.«

»Nein«, sagte ich, »sie wird gefirmt.«

»Ganz recht, Paddy. Sie war dreizehneinhalb, als diese Aufnahme gemacht wurde.«

»Gott segne sie, den kleinen Engel«, sagte ich. »Sie sieht aus wie die selige Maria Goretti.«

Joe nickte und lächelte befriedigt. »Du magst alles auf die leichte Schulter nehmen und fluchen, soviel du willst, aber ein guter Katholik bist du doch.«

Jock sagte nichts, sah aber mich und das Bild an, nickte und blickte mir wieder ins Gesicht.

Joe legte das Bild in den Spind, und wir gingen den Gang zurück. Jock blieb stehen, um sich Feuer geben zu lassen, während die anderen weitergingen.

»Mein Gott«, sagte er und bog sich vor Lachen, »nicht schlecht. Dabei ist der Bruder dieses kleinen Engels der größte Zuhälter im ganzen Westend, und ihr Alter und alle ihre Brüder und Onkel sind es auch. Und du hast das Gör oben in der Kammer noch gesegnet, Paddy, ich glaub, du redest, wies dir gerade in den Sinn kommt. Du würdest auch die Messe lesen, wenn du Lateinisch könntest. Jesus«, sagte er und lachte noch mehr, »und Charlie nimmt das ganze Theater so ernst.«

Ich sagte nichts und sah ihn nur an.

»Die Scheißbriten sind ihr Geld wert«, sagte Jock. »Regelrechte Kunstausstellungen von Mama und Papa und dem lieben Kind. Dabei ist das liebe Kind vielleicht fünfundvierzig Jahre alt. Und Davvy ist nicht mal ein richtiger Engländer.«

»Er ist hier geboren und aufgewachsen – somit ist er Engländer.«

»Na, jedenfalls hast du nie einen Schotten oder Iren gesehen, der sich wegen Bildchen von Mama und Papa und dem lieben Schwesterchen vor Gefühlsduselei in die Hose macht und sie überall herumzeigt.«

»Nein, dazu sind sie viel zu stur und trocken. Sie tuns nur, wenn sie einen sitzen haben.«

»Ich glaub, Paddy, du hast was für die Scheißbriten übrig.«

»Jedenfalls können die Engländer einen lieben, ohne dass er zwei Meter lang oder hundert Jahre tot sein muss.«

»Ich hab dich aber darüber schimpfen hören, was die Engländer den Iren und den Schotten und den Hindus und den Schwarzen in Afrika alles angetan haben.«

»Das ist das Britische Empire – das ist nur ein System. Und ein paar der übelsten Typen, die es regieren, sind Iren und Schotten. Aber sieh sie dir einmal bei sich zu Hause an, wie nachsichtig sie sind, wenn Menschen zusammenleben, ohne verheiratet zu sein.«

»In Schottland würden die alten Tratschtanten sich ganz schön aufregen.«

»Und wenn in Irland, zumindest auf dem Land, eine schwanger wird, muss sie das Land verlassen oder Schluss machen und gleich ins Wasser gehen. So christlich sind die Leute dort und so leicht schockiert.«

Shaggy und Leslie Banks kamen den Gang entlang.

»Hallo«, sagte Leslie.

»Hallo«, sagte Jock, und ich sagte: »Hallo, Mac.«

»Er heißt Leslie«, sagte Shaggy.

»Alles klar, Leslie, alles fit?«

»Alles gut«, sagt Shaggy lachend. »Paddy sagt das zu jedem.«

Leslie blickte mich ernst an, entschloss sich dann aber zu einem Lächeln. »Alles fit, Paddy.«

»Wir gehen in den Turnsaal boxen«, sagte Shaggy. »Wollt ihr nicht mitkommen?«

»Solange du nicht verlangst, dass ich mit dir boxe«, sagte Jock. »Ich treibe meinen Sport nachts – im Bett.«

»Du bist ein versautes Schwein und hast Borstal-Training bitter nötig«, antwortete ich. »Los, komm mit.«

Sullivan, der Gärtnereiwärter, war da und froh, ein paar Kunden zu bekommen. Er gab uns Trikots aus einem Korb und sagte, wir sollten unsere Sporthosen und -schuhe holen.

»Wir haben sie alle im gleichen Schlafsaal«, sagte ich.

Jock wandte sich an Leslie und wollte sagen: »Geh du ...«, als ich sagte: »Ich hole sie.«

Leslie blickte von seiner eingehenden Betrachtung des Fußbodens auf und sagte: »Nein, nein, ich lauf runter und hol sie. Ich weiß, wo euer Zeug ist.«

Und weg war er, der junge Leslie.

»Ein braver Junge«, sagte Sullivan, »obwohl bisher nicht viel mit ihm anzufangen war. Jetzt ist er in meiner Gruppe, und man kann sich auf ihn verlassen.« Genau wie auf dich, dachte ich.

»Es hängt alles davon ab, wie man einen Jungen nimmt, finde ich.« Er wandte sich an Shaggy. »Du kümmerst dich ja um ihn, Callaghan. Das sehe ich gern. Du zeigst ihm, wos langgeht.«

»Ich tu mein Bestes, Sir«, sagte Shaggy.

»Ach, da kommt er wieder«, sagte ich.

Lächelnd kam Leslie mit einem Stapel Shorts und Schuhen unter dem Arm zurück.

Jock und ich nahmen unser Zeug und gingen zu einer Bank an der Wand, um uns umzuziehen.

»Leck mich am Arsch!«, sagte Jock. »Hast du gehört, was der Wärter von Shaggys Sich-um-den-Jungen-Kümmern gesagt hat? Ich weiß, wie der sich um ihn kümmert. Der Wärter muss bescheuert sein.«

»›Is beannuigthe na daoine ata glan ma gcroidhe: oir do chifidh siad Dia!‹«, sagte ich.

»Wir hatten einen, der war nicht ganz richtig im Kopf«, sagte Jock. »Ich bin nicht aus den Scheiß-Highlands und spreche kein Gälisch.«

»Matthäusevangelium, Kapitel fünf Vers acht.«

»Ich habs dir ja heute schon gesagt: Du läufst rum wie ein bekloppter Gemeindepfarrer«, sagte Jock. »Segnest Leute, guckst dir die Augen nach Joes Heiligenbildchen aus und plapperst in Idioten-Latein aus der Bibel.«

»Boxst du mit Jock ein paar Runden?«, fragte Sullivan.

»Ich dachte, ich trainiere ein bisschen mit Shaggy, wenn er mit Leslie fertig ist, Sir«, sagte ich.

»Ich wollte eigentlich nur zusehen, Sir«, sagte Jock.

»Na schön, in der Zwischenzeit könnt ihr euch am Reck beschäftigen«, sagte Sullivan, der auf dem Reck geschlafen, gegessen und getrunken hätte, wenn er dazu die Gelegenheit gehabt hätte. »Trotzdem hättet ihr mehr davon, wenn ihr zusammen boxen würdet.«

»Pass bloß auf, Paddy. Wenn du mich anrührst, mach ich dich kalt. Ich hab nichts übrig für deinen Scheiß, ich hätte überhaupt nicht herkommen sollen.«

»Reg dich nicht auf, ich rühr dich schon nicht an.«

»Das möcht ich dir auch geraten haben.«

»Ich frage Sullivan, ob er uns Judo beibringt. Du weißt, dass er es draufhat. Er hat doch den schwarzen Gürtel.«

»Sieht ganz danach aus.«

»Er muss uns was davon erzählen und uns ein paar Griffe beibringen.«

»Das darf er nicht. Es verstößt gegen die Regeln, wenn ein Wärter einem Sträfling oder Insassen seine Kniffe zeigt und dir das beibringt, was er selber kann.«

»Ich hole euch Handschuhe«, sagte Sullivan.

Während er sie aus der Kiste holte, sagte ich: »Ich habe gehört, Sir, es gibt einen Griff, mit dem man sogar jemanden, der einen mit dem Messer angreift, abwehren kann.«

»Oder jemanden, der einen mit ’ner Knarre angreift«, sagte er grimmig.

»Tatsächlich?«, fragte ich ungläubig.

»So wahr, wie du hier sitzt.« Dabei schaute er, die Boxhandschuhe in der Hand, von der Kiste auf.

»Mannomann, kaum zu glauben, ein Typ mit ’ner Pistole oder ’nem Messer in der Hand.«

»Hat dich nie einer mit ’nem Messer oder ’ner Pistole bedroht, Paddy?«

Jock und ich lachten über seinen Scherz. »Egal, Sir, es ist schwer zu glauben, dass einer bloß mit den Händen einen bewaffneten Gegner unschädlich machen kann. Nehmen wir an, er stößt blitzschnell zu – so:« Ich stieß mit der Hand von unten auf seine Leisten zu, als hätte ich ein Messer in der Hand, so, wie Joe es beschrieben hatte.

Sullivan ließ seinen Unterarm mit voller Wucht auf mein Handgelenk sausen, sodass ich brüllte: »Au, Sir!«

»Kinderleicht«, lächelte er.

»Wenn er aber von hinten kommt«, sagte ich und tat so, als wolle ich ihm das imaginäre Messer zwischen die Rippen stoßen.

Sofort riss er mein Handgelenk über seine Schulter nach vorne mit einem Griff, der zu Hause »Irische Peitsche« genannt wurde.

»So musst du’s machen, Paddy. Nehmen wir an, ich will dir ’n Messer in den Leib rammen.« Er hob die Hand. »Frontalangriff unbewaffnet abgewehrt. Geh mit deinem Messer auf mich los.«

Ich ging mit meinem imaginären Messer auf ihn los, er warf seinen linken Arm über mein rechtes Handgelenk, die rechte Hand fuhr von unten herauf, ergriff seine linke und klemmte damit mein Handgelenk so fest, dass ich das imaginäre Messer fallen ließ.

»Egal wie stark einer ist, Paddy, mit dem Griff erledige ich jeden.«

»Kann ichs mal versuchen, Sir?«, fragte Jock.

»Du hasts doch gesehen«, sagte ich.

»Macht nichts«, sagte Sullivan lächelnd. »Los, schwing dein Messer – so!«

Ich setzte mich auf eine Bank und schaute Shaggy und Leslie im Ring zu. Shaggy zeigte ihm, wie man das Kinn mit der Schulter schützt. Er war einige Jahre älter als Leslie, aber Leslie war kein schlechter Gegner. Wenn er einen Treffer landete, lachte Shaggy und zeigte die Zähne, und die beiden knüppelten wie wild aufeinander los.

Nachdem Sullivan Jock seinen Messerabwehrgriff gezeigt hatte, sagte er, er wolle auf eine Tasse Tee in die Wärterküche gehen. Wir sollten ein paar Runden boxen und ihm das Zeug zurückgeben, sobald er wieder da sei. Und schon war er draußen, Jock und ich setzten uns nebeneinander und drehten ein Kippchen.

Er deutete auf Shaggy und Leslie im Ring und schüttelte dann den Kopf. Die beiden keuchten und schwitzten mit starr lächelnden Gesichtern, übten Schwinger und kurze Gerade, Stopper, Haken und Nachschlag, als hätten sie eine bestimmte Anzahl von Schlägen auszuführen, bevor die Welt in genau drei Minuten unterging.

»Wenn ich mir die beiden angucke«, sagte Jock, »kommts mir gleich.«

»Sei bloß ruhig«, flüsterte ich, da Shaggy ihn womöglich hören konnte und ich ja auch zuschaute.

Schließlich warf Shaggy tief atmend die Hände hoch. »Reicht für heute, Kumpel.«

»Gut gemacht, Jungs«, rief ich.

Sie kamen herüber, Shaggy lehnte an Leslies Schulter und schnaufte befriedigt. »Wie lange sind drei Zwei-Minuten-Runden auf deinem Schulschiff?«

»Genauso lang wie überall«, antwortete Leslie. »Ich schwitz doch gar nicht, Shaggy.«

»Los, wir gehen runter und duschen. Kommt ihr mit, Paddy? Jock?«

»Nein«, sagte Jock, »wir haben noch nichts getan.«

»Nur dreckige Leute müssen sich waschen«, sagte ich. »Außerdem hat der Wärter gesagt, wir sollen auf ihn warten und ihm die Boxhandschuhe zurückgeben, wenn er hier abschließt. Lasst euer Zeug da, wir geben es ihm, wenn er kommt.«

»Hilf mir mal mit meinem Handschuh.«

Ich schnürte ihm den Handschuh los, und Jock löste Leslies.

Shaggy zog den linken selbst aus und warf ihn mir zu.

»Fang, Pat.«

Ich fing ihn auf, und er wandte sich um, um Jock eine Linke zu verpassen, der dieser geschickt auswich, und sagte: »Habt ihr nicht genug für heute?«

Die beiden nahmen ihre Kleider auf und gingen hinaus.

»Los, Leslie«, sagte Shaggy.

»Lass die faulen Kerle und komm hinunter zur Dusche, bevor wir auskühlen.«

An der Tür drehte Leslie sich blitzschnell um und versetzte seinem Partner einen Rippenstoß: »Wer zuerst da ist, Shag!«

»Du Arsch!«, sagte Shaggy und stürmte hinter ihm her.

Als Tom Meadows genug Scheiben zurechtgeschnitten hatte, sagte er, er werde mich zum Verglasen mitnehmen. Ich fragte mich, was der Malermeister dazu sagen würde.

»Geht in Ordnung, Tom«, brummte der Malermeister und

sagte mir, ich solle warten, bis er mit den Werkzeugen zurück sei. Tom war der Einzige, den er beim Vornamen nannte. In mancher Weise waren sie wie zwei Vorarbeiter draußen, in Freiheit. Mitunter gerieten die beiden sich über die Politik in die Haare, wenn Tom über die herrschende Klasse und ihre ländliche Wählerschaft vom Leder zog, Tom nannte den Malermeister einen blöden Bauern, wenn dieser achtungsvoll vom Landadel sprach. Denn der Malermeister war wie die von Tom gehassten Cockney-Kriminellen ein großer Bewunderer Anthony Edens und des Herzogs von Windsor.

Aber beide, Thomas Meadows und er, hatten dasselbe Arbeitsethos, nur dass Tom ein noch strengerer Aufseher war, wenn er die Arbeitsgruppe unter sich hatte.

Die Cockneys hielten nichts von der Arbeit und höhnten nur, wenn Tom meinte, das Lernen eines Handwerks könne ihnen nicht schaden, wenn sie draußen ihren Lebensunterhalt verdienen müssten.

Anscheinend kam ihnen der Gedanke, selbst Geld verdienen zu müssen, äußerst lächerlich vor, sodass Tom, weiß vor Wut, gegen sie, das heißt gegen mich loswetterte, da er mich auf ihrer Seite glaubte, und sagte: »Vermutlich lassen die sich wegen ihres Lebensunterhalts keine grauen Haare wachsen, solange sie lange Finger machen oder vom Geld anderer Leute leben können.«

Wurden sie jedoch einer Handwerksgruppe oder der Landwirtschaft zugeteilt oder bekamen eine Arbeit, die sie fesselte, wurden sie plötzlich quicklebendig, nahmen ihre Arbeit ernst und wetteiferten sogar miteinander. Der Mensch begeistert sich für harte Arbeit ebenso leicht wie fürs Trinken; es ist eine Sache der Gewohnheit, weiter nichts.

Trotzdem wuchs ihre Zuneigung für Tom dadurch keineswegs, wenn sie ihn auch wegen seines handwerklichen Geschicks bewunderten.

Tom und ich wurden Kumpel auf dem Gerüst, als wir die Decke der protestantischen Kapelle strichen, eine Arbeit, für die eine rasch trocknende Farbe verwendet werden musste. Damit keine Ränder entstanden, wo eine Kante eingetrocknet war, bevor das Gerüst für die nächste Bahn weitergerückt werden konnte, mussten wir die Farbe mit einem zehn Zentimeter breiten Flachpinsel in Windeseile auftragen. Wir arbeiteten schweißtriefend und konnten nach jeder fertigen Bahn kaum Atem holen, ehe unsere auf ein Zeichen wartenden vier Gehilfen das Gerüst für die nächste Bahn weitergerückt hatten.

Stolz schufteten wir schweigend weiter, bis wir zur letzten Bahn kamen, die wir in aller Ruhe beenden konnten, da wir auf die Wand zu arbeiteten.

Die Decke trocknete gleichmäßig, ohne sichtbare Ränder zu hinterlassen, so trällerten wir ein Lied, da uns jetzt Zeit und Kraft dafür blieb.

Tom begann einen Vers der *Internationalen,* den wir wie Fanfaren herausschmetterten:

Es rettet uns kein höheres Wesen,
kein Gott, kein Kaiser noch Tribun,
uns aus dem Elend zu erlösen,
können wir nur selber tun.

Unser Blut sei nicht mehr der Raben
und der mächt'gen Geier Fraß,
erst wenn wir sie vertrieben haben,
dann scheint die Sonn, ohn' Unterlass.

Völker, hört die Signale,
auf zum letzten Gefecht,
die Internationale
erkämpft das Menschenrecht.

»Gut gemacht, Paddy!«, brüllte jemand, und als ich hinunterblickte, war in der Kapellentür eine Menschenmenge versammelt, die unsere Arbeit bewunderte.

Dann sangen wir *Adeste,* Tom auf Englisch und ich auf Lateinisch.

Wir hatten über die Zeit gearbeitet, denn die in der Tür stehenden Jungen hatten ihre Arbeit bereits beendet und ihre Arbeitsstiefel gegen Schuhe getauscht. Joe schob den Kopf zur Tür herein, als wir *Adeste Fideles* sangen, und schrie zu uns herauf: »Hey, es ist noch eine Weile hin bis Weihnachten.« Dann sang er den Kehrreim auf eigene Weise nach, indem er *Glo-ooo-o-oria* durch eine Obszönität ersetzte.

»Widerliches Schwein«, sagte Tom, vom Gerüst herabblickend, »vor nichts Respekt.«

Ich lachte zu Joe hinunter, setzte jedoch eine missbilligende Miene auf, als ich das Gesicht Tom zuwandte. Er schüttelte verständnislos den Kopf und wischte sich die Stirn ab. Ich wusste nicht, ob Joe ihn gehört hatte oder nicht. Ich tat aber so, als habe ich nichts gehört, da in diesem Augenblick die ganze Bande aus der Tür verschwand und der Pfarrer mit Marten hereinkam.

Marten blieb wortlos stehen, ich konnte jedoch seine stolze Miene sehen, und der Pastor sagte: »Großartig, wie aus einem Guss, schneeweiß und gleichmäßig getrocknet.« Ein größeres Lob hätten wir nicht erwarten können.

»Als sei es gewachsen, Herr Pfarrer«, sagte ich.

»Genau so: als sei es gewachsen.«

»So sagen die Maler draußen.«

»Wirklich? Sehr gut gesagt. Besser könnte mans nicht beschreiben. Wie kann ich euch nur danken? Hätten wir Leute von draußen bestellt, wir hätten ein Vermögen zahlen müssen.«

»Ich freue mich, dass die Arbeit Ihnen zusagt, Herr Pfarrer«, sagte Marten, obgleich ich wusste, dass er protestantische Pfarrer nicht leiden konnte. Dennoch war er froh, unsere Arbeit gelobt zu sehen. »Ich muss jetzt gehen, Herr Pfarrer. Gute Nacht.«

»Gute Nacht«, sagte der Pfarrer. Ich sagte nichts, da Marten mir nicht gute Nacht gewünscht hatte, auch Tom schwieg. Marten brachte es nicht über sich, höflich zu mir zu sein. »Nun, Leute«, sagte der Pfarrer, »ich kann euch nicht genug danken für die tadellose Arbeit, die ihr geleistet habt. Wie ihr wisst, sagt unser Herr: Der Arbeiter ist seines Lohnes wert. Lauft nach der Arbeit in die Kantine und sagt der Oberin, ich hätte euch zu ihr geschickt.«

»Wir danken Ihnen, Sir«, sagten wir.

»Nein, nein, ich danke euch. Keine Londoner Firma hätte es besser gemacht. Es ist wunderbar. Nächsten Sonntag werden ein paar meiner Gehilfen von draußen und der Vikar des Orts zum Gottesdienst kommen. Dann könnt ihr zur Decke aufsehen, wenn sie sie bewundern, und euch sagen: Sie bewundern unsere Arbeit.« Er wandte sich zur Tür: »Gott segne euch beide.«

»Und Sie auch, Herr Pfarrer«, rief ich ihm nach.

Allerdings würde keiner von uns am kommenden Sonntag zugegen sein, um Leute zu bewundern, die unsere Arbeit bewunderten, da Tom Methodist und ich Katholik – und obendrein ein exkommunizierter – war; das machte mich aber noch längst nicht zum Protestanten.

Der Pfarrer war bei den Insassen beliebt. Er war ein ernster und frommer Mann und benutzte nie Schimpfworte, um sich bei der Jugend einzuschmeicheln. Außerdem brachte er sie nie in Verlegenheit, indem er ihren Gassenjargon benutzte, und sprach – soweit ich Charlie verstanden hatte – auf der Kanzel nur von Gott und nie vom Fußball.

Nebenbei leitete er die County-Bibliothek und hatte mir nur einmal ein Buch verweigert: *Gaslicht und Schatten,* das er wohl genau wie ich nach dem Titel beurteilt hatte, das jedoch harmlos sein musste, da es später verfilmt wurde. Stattdessen lieh er mir immerhin *Irische Republik* aus.

Ohne es zu wissen, war der Pfarrer wegen eines Streites mit einem Wärter berühmt geworden. Er hatte nämlich die Gewohnheit, seinen Kommunikanten ein Sonderfrühstück zu geben, das er *Agape* – griechisch für »Liebesmahl« – nannte.

An sich war es die übliche Ration, nur ergänzt durch eine Kleinigkeit, die seine Frau oder ihre Helferinnen zubereiteten, jedoch wurde das Frühstück auf ihrem schönsten Porzellan gereicht, und zum Schluss spendierte der Pfarrer jedem Jungen eine Zigarette, und alle Teilnehmer genossen es sehr.

Nun hatte der junge Schwarze aus Tiger Bay namens Christian, der dem norwegischen Seemann den rechten Arm abgehackt hatte, sich bis zu jenem Tag immer für die heilige Kommunion eingetragen, worauf ein Wärter namens Carbett behauptete, er täte es nur wegen des Rauchens.

Der Schwarze war aber nicht weniger empfindlich als andere Sterbliche, und es war ihm ernst damit. Daher beschwerte er sich darüber bei seinem Kumpel Val Conneely, einem Lancashire-Iren und Katholiken, was diesen jedoch nicht hinderte, es dem Pastor weiterzusagen, obgleich Val meinte, es sei das einzige Mal in seinem Leben, dass er mit einem Geistlichen gesprochen habe.

Der Pfarrer fiel wie ein Donnerwetter über den Wärter Carbett her, der glaubte, Saint Paul's Cathedral stürze auf ihn herab; der Pastor schwor Stein und Bein, wenn der Wärter sich nicht augenblicklich bei Christian entschuldige, werde er seinen Abschied als Pfarrer nehmen und den Grund dafür überall herausposaunen.

So musste der Wärter wohl oder übel Abbitte leisten mit dem Erfolg, dass der Pfarrer von diesem Tag an bei den Jungs berühmt war.

Als wir an jenem Abend nach dem Tee in die Kantine gingen, hatte der Pastor für jeden dreißig Gramm Tabak und zwei Heftchen Zigarettenpapier hinterlassen.

Am nächsten Morgen sagte Tom zu mir: »In der Kleiderkammer ist ein Fenster einzusetzen. Ich möchte, dass du das übernimmst.«

Ich nickte dankbar.

»Ich hab hier ein paar Scheiben zugeschnitten, und wenn sie zu groß sind, kannst du sie mit einer Drahtzange zurechtstutzen. Nimm dein Zeug und geh rüber, es erspart mir die Mühe, meine Arbeit hier zu unterbrechen, weil ich das ganze Glas für das neue Lager in einem Rutsch zuschneiden will.«

»Und mir gibst du die Möglichkeit, einen kleinen Ausflug zu machen«, sagte ich.

»Ausflug wohl weniger, weil du ja dort zu Hause bist. Ich meine, es ist im selben Gebäude.«

»Immerhin ein Streifzug, oder nicht?«

»Wie mans nimmt«, sagte Tom mit einem Lächeln. »Dann pack mal dein Werkzeug ein und streif los.«

Ich ging mit meiner Tasche in die Sonne hinaus und wanderte von der Baustelle des Neuen Lagers zum Mittelblock. Es war ein Weg von etwa zwei bis zweieinhalb Kilometern, die

Sonne stand hoch, weißer Staub lag auf den Straßen, und das Laub glänzte fett und grün.

Ich war nie viel auf dem Land gewesen, nur zu vereinzelten Übungen mit Webbley und Thompson auf den Dubliner Hügeln bei der IRA. Die Landschaft hier war flach und mir fremd, ich vermisste die Berge, die selbst mitten in Dublin ringsumher zu sehen sind; aber jetzt, im vollen Sonnenlicht, lag diese Landschaft üppig und fruchtbar da, und als ich die Straße entlangtrottete, war ich sogar stolz auf sie.

Die Obstgärten erstrahlten farbenfroh, auch das Getreide, und in der Ferne blitzte manchmal die See auf.

Es war für mich wie der Anfang von dem Gedicht *Der Mitternachtsgerichtshof,* das wir in der Schule auswendig gelernt hatten:

Ba ghanth me ag siubhail ee chiumhais na na habhann,
Ar bhainseach ur 's an drucht go trom ...

Am Morgen geh ich gern am Bach entlang,
Die Wiese glitzert, nur der Hügelhang
Beschattet liegt von dichtem Buchenhag;
Sonst trübt kein Zwielicht diesen lichten Tag.
Manch altes Herz, das matt und krank gewesen,
An diesem Anblick wird es rasch genesen.
Du, Griesgram, lass die Bitternis und schau:
Der Baum dort regt sich zart wie eine Frau.
Der See, so blank und plätschernd in der Bucht,
Weiß schäumend tobt er in der finstren Schlucht.
Behaglich quakend zieht die Entenschar,
Voran, mit stolzem Hals, ein Schwanenpaar.
Die Fische springen übermütig, ungenau,

Ein Stück zu happen aus dem hohen Blau.
Die Vögel zwitscherten süß ihr Vielerlei,
Nah im Gebüsch setzt weich ein Reh vorbei.
Das Jagdhorn hallt, im fernen Dorf Geläute,
Der Fuchs bricht durchs Gehölz, und hinter ihm die Meute ...

Hätten sie den armen alten Fuchs nicht ebenso den Tag genießen lassen können wie alle anderen?

Herrlich, auf eigene Faust in der Sonne durchs Land zu wandern. Das war in Walton unmöglich und vermutlich auch in jedem anderen Gefängnis. Denn trotz der Einzelhaft wurde man jeden Augenblick beobachtet, selbst da, wo der König allein hingeht. Es war das, was wir auf Irisch ›Uaigneas gan ciuneas‹ nennen: Einsamkeit ohne Friede. Es heißt, der Quäker John Howard habe die Einzelhaft erfunden. Er muss ziemlich wenig zu tun gehabt haben. Diese religiösen Hurensöhne haben eben leere Gehirne, weil sie nichts übrig haben für Sex, für Sport, fürs Trinken oder Schwimmen oder fürs Lesen von zweifelhaften Büchern. Zum Teufel mit ihnen! Bei gutem Wetter werde ich immer dankbar und fromm, an einem solchen Tag begreife ich, dass Christus für mich gestorben ist. Ein Glück, dass ich nicht in Südfrankreich oder am Strand von Miami geboren bin, sonst wäre ich so dankbar und heilig vor lauter Sonne geworden, dass der heilige Paulus mitsamt Schädel und gekreuzten Knochen hinter mir dreintraben würde.

So schlenderte ich die Straße entlang, an den Obstgärten vorbei und pfiff *Die Lerche in der klaren Luft* vor mich hin. Einige Jungs sichelten Gras, und ich winkte ihnen zu. Charlie sah auf und kam herbeigelaufen, halb gebückt, damit der Wärter ihn nicht sehen konnte. »Wie gehts?«, schnaufte er.

»Und dir?«, sagte ich.

»Hast du Zigarettenpapier, Paddy?«

Ich ahmte seine Aussprache nach.

»Los, du Arsch«, drängte er, »steck die Hand in die Tasche. Der Wärter kann jede Sekunde auftauchen.«

»Willst du auch was zu rauchen?« Ich reichte ihm ein Häufchen Tabak.

»Tschüss, Pat, ich muss laufen.«

»Klar«, sagte ich, »ich muss auch weiter. Muss unten ein paar Scheiben einsetzen.«

»Da hast du aber einen schönen Job ergattert. Tschüss, Pat, bis zum Mittagessen!«

Er rannte querfeldein zu seiner Stelle, winkte mit der Sichel und schnitt weiter, als habe er seine Arbeit nie unterbrochen.

Ich ging in die Kleiderkammer hinauf und sagte dem Wärter, ich sei gekommen, um bei ihm ein Fenster einzusetzen. Er stand am Ausgabetisch und rief Geordie zu, der hinter einigen Regalen Bekleidungsstücke sortierte, er solle mal herkommen und den Besucher begrüßen. Geordie steckte den Kopf heraus und brüllte, ich käme gerade recht zum Tee, der gleich fertig sei.

»Und wie geht es unserem Paddy heute Morgen?«, fragte der Wärter.

»Ich könnt es kaum ertragen, wenns mir besser ginge.«

»Sieht den beschissenen Handwerkern ähnlich. Im Winter lassen sie einen frieren, und kaum kommt der Sommer, schicken sie einem den Glaser auf den Hals.«

»Genau so ist es, Paddy«, stimmte Geordie aus dem Hintergrund zu.

Meine Güte, heute Vormittag herrschte aber eitel Eintracht in der Kammer.

»Dreimal im Winter hab ich bei der Bauabteilung Bescheid gesagt, stimmts, Geordie?«, fragte der Kammerwärter.

Geordie nickte.

»Glaubst du, sie hätten die geringste Notiz von mir genommen, Paddy?«

»Klar, so sind viele«, sagte ich, nahm mein Kittmesser und löste den alten Kitt sauber aus dem Fensterrahmen. »Und soll ich Ihnen was sagen? Es wird noch schlimmer.«

»Hast ganz recht«, meinte Geordie.

»Das hast du ja wohl schon öfter gemacht, Paddy«, sagte der Wärter.

»Scheiben einsetzen gehört zu meinem Job. Draußen war ich Maler.«

»Du verstehst dich darauf, das sieht man. Aber deshalb brauchst du dich dabei noch lange nicht umzubringen. Außerdem ist gleich Pause. Wie weit ist unser Rosy Lee, Geordie?«

Geordie machte auf einem Elektrokocher Tee, und der Wärter teilte seine Plätzchen mit uns. Jemand drückte gegen die Tür, aber der Riegel war vorgeschoben, sodass der Betreffende anklopfen musste. Der Wärter winkte uns, wir sollten unsere Tassen unter das Regal stellen, und ging zur Tür.

Es war Leslie Banks.

»Komm rein, komm rein«, sagte der Wärter. »Was zum Teufel suchst du hier zu dieser Tageszeit?«

»Bitte, Sir, ich arbeite drinnen, und der Beamte hat gesagt, ich soll raufgehen und meine Arbeitshose umtauschen.«

»Sag dem Beamten von mir 'n schönen Gruß, während der Arbeitszeit wird nichts umgetauscht.«

»Nicht mal dein Grips«, sagte Geordie.

»Komm zur richtigen Zeit wieder. Nach dem Tee, täglich

außer samstags. Und bring ja die alte Hose mit, die du umtauschen willst.«

»Ich kann doch die neue Hose mitnehmen, unten anprobieren und dann die alte raufbringen, Sir?«

»Du bringst die alte rauf und probierst die neue hier an, die ich dir verpasse, kapiert? Glaubst du, die Jungen von Saint Andrew's laufen mit jeder neuen Hose drei Kilometer rauf und runter, bis sie endlich die richtige gefunden haben?«

Leslie nickte. »Jawohl, Sir.« Und lief davon.

Als wir unseren Tee getrunken hatten, gab der Wärter jedem von uns eine Zigarette, und wir schwatzten und rauchten einen Augenblick, bevor ich an meine Glaserarbeit ging. Ich setzte die Scheibe ein, strich den Kitt glatt, sammelte die Reste von Kitt und Glas vom Boden auf, bedankte mich für den Tee und die Kippe und schlenderte gemütlich zum Bauplatz des Neuen Lagers zurück.

Später am Abend, als Arbeit und Sport vorüber waren und es auf halb neun Uhr und Schlafenszeit ging, stand ich rauchend im Flur, bevor wir in den Schlafsaal gingen. Joe trat zu uns und sagte zu mir: »Shaggy sucht dich. Er ist ganz aufgeregt.«

»Jesus, was ist denn los?«, sagte ich zu mir. »Sucht mich? Weshalb ist er denn aufgeregt?«

»Ach, es hat nicht mit dir zu tun. Er meint nur, du bist der Hellste von uns. Er sagte, du hast mehr Grips und Erziehung als die meisten von den verdammten Collegejungs.«

Alles gut und schön. »Aber was ist denn los, Joe?«

»Es ist wegen einem Wärter, wie man ihn zu fassen kriegt – gesetzlich. Shaggy will wissen, wie man so was anstellt. Wie er ihn in den Bau bringen kann, so wie die uns in den Bau bringen. Das wird ein Mordsspaß, verstehst du? So was hats noch nie gegeben.«

»Nicht dass ich wüsste.« Allerdings auch nicht, dass die Wärter je einen von uns eingelocht hätten, dachte ich. »Weshalb willst du ihn denn zu fassen kriegen?«

»Wegen Leslie, dem Neuen vom Schulschiff. Er war heute Abend in der Kammer, um 'ne Arbeitshose umzutauschen.«

Ich lächelte und nickte.

Joe platzte heraus. »Himmel, Arsch, es ist so lustig. Du hast es also schon gehört.«

»Nee, keine Ahnung. Erzähl. Ich hab nur gelächelt, weil du gelacht hast.«

Joe schüttelte sich vor Lachen und versuchte, sich zu fassen.

»Himmel Herrgott, Mann, es wird Morgen, bis dus rauskriegst«, sagte Jock ungeduldig. Charlie blickte Joe mit ernster Neugierde an.

»Als Leslie also, als er, ich meine, der Wärter, ihn die Hose in der Kammer ausziehen lässt, o Gott, wenn du das hörst, du legst dich hin.« Er lachte leise und fuhr fort: »Als Leslie ohne Hose dasteht und mit der neuen rumfummelt, in die er steigen will, und gleichzeitig die Hand übern Schwanz hält, kommt der Scheißwärter mit 'nem Riesenstock und will ihm den Arsch damit versohlen. Und so laufen sie immmer im Kreis rum, und –« Joe konnte nicht weitersprechen und lehnte sich, von Lachen geschüttelt, an die Wand.

»Warte mal«, sagte Jock. »Da kommt Shaggy mit dem Jungen.«

Shaggy blickte wütend drein, Leslie trottete bleich, mit zuckenden Lippen, neben ihm.

»Paddy, du musst mir einen Gefallen tun.« Er blickte mir fest in die Augen.

»Klar, Shag, worum gehts?« Ich setzte eine ernste Miene auf.

»Es ist wegen – wegen Leslie hier.«

Joe, noch immer an der Wand lehnend, wurde von Neuem von Lachkrämpfen geschüttelt.

Wie ein Wahnsinniger stürzte Shaggy auf ihn los. »Was lachst du, du Arsch mit Ohren?« Er packte Joe an der Kehle und holte mit der Linken aus.

Ich fuhr dazwischen. »Meine Güte, was hat Joe dir denn getan?«

»Der Scheißkerl hat gelacht.«

»Wir haben gerade über was Lustiges gesprochen, das in Feltham passiert ist, mein Gott, deshalb geht man doch nicht gleich auf einen los.«

Er ließ die Hand sinken und sagte keinen Ton zu Joe, wandte sich ab, und als ich hinblickte, war Joe auf und davon.

»Also, es ist wegen Leslie. Als der in die Kammer raufgegangen ist, um seine Hose auszutauschen, hat der Kammerbulle versucht, ihn mit einem Stock durchzubläuen, als er die Hose runter hatte. Ich hätt ihn glatt kaltgemacht, aber dafür hätt ich fünf Jahre in Chelmsford gekriegt. Der Knast wär mir scheißegal gewesen, ich hätte mich wegen dem Arschloch 'n Kopf kürzer machen lassen – nur dass er dann vielleicht ungeschoren davongekommen wäre.«

»Ein paar meinen, das Beste ist, ihn auf die ruhige Tour reinzulegen. Leslie kann sich beim Direktor beschweren, und der Wärter kriegt 'nen Anschiss. Leslie hat gesagt, er wollte seine Shorts heute zur Anprobe in den Schlafsaal mitnehmen, aber der Wärter hats nicht erlaubt. Er sagt, du seist dabei gewesen.«

»Ja, stimmt«, sagte ich. Ich erinnerte mich plötzlich an die Szene. »Ich weiß noch genau. Ja, das war heute, als du raufkamst, Leslie. Du hast ja hier im Bau gearbeitet. Sie hatten mich vom Neuen Lager rübergeschickt, um ein paar Scheiben einzusetzen, und der Junge, der dem Kammerbullen hilft, hat mir 'ne Tasse Tee gegeben.«

»Na, das kannst du doch dem Direktor sagen, Paddy, und noch was drumrum machen. Jedenfalls kannst du die Geschichte erzählen, damit wir den Scheißer rankriegen. Los, Leslie, wir gehen zum Verwaltungsbüro, und du bittest um Audienz beim Direktor. Ich warte draußen.«

Sie nickten und stapften davon. Jock, Charlie und ich verzogen uns in den Schlafsaal. Joe saß auf seinem Bett und schüttete den Inhalt einiger Kippen auf ein Blättchen Zigarettenpapier.

Jock fing an zu lachen, und Joe sah auf und brach von Neuem in Gelächter aus: »Himmel, Arsch«, sagte Jock, »hast du schon mal so was gehört?«

»Tolle Sache, was?«, sagte Joe.

»Besser als 'n Hahnenkampf«, sagte ich.

»Ich kann nicht verstehen, was ihr daran lustig findet«, sagte Charlie. »Einer geht rauf, um die Hose umzutauschen, und der Arsch fällt über ihn her.«

»Du hast Schwein«, meinte Joe, »du hast eine bekommen, die dir passt. Behalt sie, bis deine Zeit rum ist.«

»Wenn der mir mit so was käme«, sagte Charlie wütend, »würd ich ihm in die Eier treten, dass er die Engel im Himmel singen hört.« Empört blickte er die anderen an. Als wir die Schuhe auszogen, sagte ich ernst zu ihm hinüber: »Hast ganz recht. Trotzdem muss man lachen, wenn man Joes Gesicht sieht. Der kann eben nichts ernst nehmen.«

»Er hat's ziemlich ernst genommen, als Shaggy davon sprach«, sagte Charlie und griff nach seinem Schlafanzug.

Von der Treppe dröhnte es herüber: »Antreten vor den Betten!« Der dicke Carswell kam zum Abzählen.

Er ging an meinem und Charlies Bett vorüber, kam an Shaggys und Leslies vorbei und sagte nichts zu ihrer Abwesenheit, sondern ging wieder die Stufen hinauf und brüllte: »Ins Bett mit euch. Gute Nacht.«

Alle Jungen flüsterten über den Vorfall, bis Shaggy und Leslie die Treppe heruntergelaufen kamen und ins Bett schlüpften, als gerade die Lichter ausgingen.

Am nächsten Tag war die Geschichte von Leslie und dem Kammerbullen im ganzen Haus bekannt. Es hieß, er sei bereits in ein anderes Borstal oder in ein anderes Gefängnis versetzt worden oder brumme sogar als Häftling in Chelmsford. Die meisten kannten ihn nicht, hatten ihn nur einmal am Tag ihrer Ankunft gesehen und fanden, es sei eine angenehme Abwechslung, einmal einen Wärter im Knast zu sehen.

Ich wartete darauf, als Zeuge aussagen zu dürfen, aber an diesem Tag geschah nichts, und als wir bei Einbruch der Dunkelheit unseren Tee bekamen, sagten einige von uns, er sei nach wie vor oben in der Kammer und arbeite wie gewöhnlich.

Als am nächsten Morgen der dicke Carswell beim Frühstück die Listen, in die man eingetragen wurde, wenn man beim Direktor, Arzt oder Geistlichen vorsprechen sollte, vorlas, stand mein Name auf der Liste des Direktors. Ich wusste, dass es wegen der Untersuchung war, und eilte hinunter, um meinen Schlips umzubinden und mich in die vor seinem Zimmer wartende Schlange zu stellen.

Leslie war schon da, auch Shaggy und Geordie, der Gehilfe in der Kleiderkammer, der jedoch etwas unsicher abseits stand. Alle drehten sich um und sagten Guten Morgen zu mir, ich begrüßte sie und versuchte, eine leise Unterhaltung in Gang zu bringen, aber Shaggy und Leslie wollten nichts mit Geordie zu tun haben, und als ich merkte, was los war, sagte ich keinen Ton mehr.

Andere Jungen kamen und schlossen sich an, und als wir alle in einer Reihe standen, kam der Direktor von seinem Hause durch den Gang herein. Carswell grüßte und rief »Alles in Ordnung, Sir?«. Der Gutsherr nickte und betrat in Begleitung des Justizinspektors sein Arbeitszimmer.

Der dicke Carswell trat auf mich zu, glättete meinen Schlips und hieß einen anderen seine Schuhe anständig schnüren, bis der Justizinspektor kam und die Insassen nacheinander aufrief, eine ziemlich große Anzahl, bis Leslie an die Reihe kam, der dann eine ganze Weile drinblieb. Wir hätten die Langeweile gern mit einer Zigarette unterbrochen, aber Shaggy flüsterte mir zu, er müsse mal kurz zur Toilette. Der dicke Carswell hörte ihn und sagte, er solle eine Flasche Gin für seine Nieren saufen, solle seinetwegen abhauen, aber blitzschnell zurück sein, er könne jeden Augenblick hineingerufen werden. Er war auch in wenigen Sekunden wieder da, gerade, als Leslie herauskam.

Leslie wirkte nervös und besorgt und blickte zu Boden. Shaggy flüsterte ihm etwas zu, worauf er lächelte, nickte und wieder zu Boden blickte. Dann wurde Shaggy aufgerufen und blieb etwa zehn Minuten im Direktorenzimmer.

Als er herauskam, flüsterte er mir zu: »Ich glaube, jetzt kommst du dran, Paddy. Gibs dem Arsch.«

Ich brummte etwas, aber diesmal nicht so grimmig, denn mir wurde schon ganz übel von dem vielen Lärm um nichts, wenn ich mich auch mit Shaggy genauso wenig überwerfen wollte wie mit irgendjemand anderem.

Geordie lächelte mich hilflos an, als ich hineinging. Ich blinzelte ihm unauffällig zu und ging hinein.

»Behan!«, donnerte der Justizinspektor.

»Sir!«, antwortete ich.

»Stell dich vor den Herrn Direktor, sag deinen vollen Namen und deine Nummer.« Dann knallte er die Tür hinter mir zu und stellte sich neben mich vor den Schreibtisch.

»Behan, Brendan, 537, Alter siebzehn Jahre, Religion römisch-katholisch. Saint George's.«

Der Direktor hob die Hand und sagte: »Guten Morgen, Behan.«

»Guten Morgen, Sir, ich hoffe, es geht Ihnen gut«, antwortete ich.

»Ja, danke, Behan, ebenso.«

»Danke Ihnen, Sir.«

»Kannst du dir denken, weshalb ich dich habe rufen lassen, Behan?«

»Um Ihre Zeit nicht zu lange in Anspruch zu nehmen, Sir: Vermutlich geht es um Leslie Banks.«

»So ist es, Behan. Er behauptet, in der Kleiderkammer mit einem Stock geschlagen worden zu sein, der dortige Beamte habe ihn überfallen.«

»Ich war nicht dabei, Sir, ich kann darüber nichts sagen, weder nach der einen noch nach der anderen Seite.«

»Nein, du hast aber vorgestern dort gearbeitet, als der Junge heraufkam und ein Kleidungsstück umtauschen wollte, das ihm nicht passte, nicht wahr?«

»Ja, ich war oben, Sir, als Leslie heraufkam und eine Hose umtauschen wollte.«

»Hast du die Unterhaltung gehört, die dabei geführt wurde?«

»Das habe ich, Sir. Leslie sagte, dass er drinnen arbeite und dass sein Wärter ihn zum Umtauschen seiner Hose heraufgeschickt habe. Die Hose passte ihm nicht, und der Kammerbulle – Verzeihung, Sir, ich meine: der Kleiderkammer-Wärter – sagte ihm, nach der Hausvorschrift könne er während der Arbeitszeit nichts umtauschen, er solle nach dem Tee wiederkommen, ausgenommen samstags.«

»Was hat der Wärter noch gesagt, Behan?«

»Sonst hat er nichts gesagt, Sir.«

»Hat er zum Beispiel gesagt, dass Banks seine neue Hose nicht im Schlafsaal, sondern nur in der Kammer anprobieren dürfe?«

»Nichts dergleichen hat er gesagt, Sir.«

»Bist du ganz sicher, Behan, dass du das ganze Gespräch gehört hast?«

»Das bin ich, Sir, weil das Fenster, das ich verglast habe, neben dem Ausgabetisch ist, an dem das Gespräch geführt wurde, Sir, ich musste es daher mitanhören, Sir.«

»Bist du ganz sicher, Behan, dass du das ganze Gespräch zwischen dem Wärter der Bekleidungskammer und 614 Banks mitangehört hast?«

»Das bin ich, Sir. Ich stand dort näher am Tisch als vor Ihrem hier, Sir, und ich bin nicht taub, Sir.«

»Auch nicht stumm«, sagte der Justizinspektor schmunzelnd hinter mir.

»Du kannst gehen, Behan. Guten Morgen!«

»Kehrt marsch!«, brüllte der Justizinspektor und riss die Tür auf.

Man sagte mir, ich solle zu meiner Arbeit zurückgehen, und als ich an Shaggy vorbeiging, warf er mir einen fragenden Blick zu, und ich blinzelte ihm zu, und als ich an Geordie vorbeikam, blinzelte ich auch ihm zu, um nicht unfreundlich zu ihm zu sein.

Als ich wieder an meinem Arbeitsplatz stand, erzählte ich Tom von meinem Erlebnis.

»Wenn du mich fragst, Paddy, sind sie alle eine gottverfluchte Schweinebande. Und zwar Wärter wie Insassen, durch die Bank, der ganze Haufen. Ich warte nur auf den Tag, da ich wieder draußen unter anständigen ehrlichen Leuten bin.« Er seufzte. »Wenn es je so kommt.«

Es wurde gemunkelt, dass der Kammerbulle vor den Prüfungsausschuss für das Gefangenenwesen geladen worden war, der seinen Fall eingehend untersuchte. Kurz darauf wurde er in ein örtliches Gefängnis überwiesen. Ich sah ihn auf dem Weg zum Bahnhof in einem Wagen, der nahe am Bauplatz vorüberfuhr. Er schaute heraus, lächelte und winkte. Ich winkte zurück, und der Wagen fuhr weiter. Dann blickte ich mich um, in der Hoffnung, dass Shaggy mich nicht gesehen hatte, da die Baugruppe in nächster Nähe arbeitete.

An einem Samstag sagte der Meister zu mir: »Am Sonntag dienst du in der Messe.«

»Okay, Sir«, antwortete ich.

»Du kannst doch Lateinisch lesen?«

»Natürlich. Ich werde Pater und Mater nicht auf englische Weise aussprechen, hoffe aber, dass der Priester nichts dagegen haben wird.«

»Ganz schön frech. Wie sagst du dann?«

»›Paht-er‹ und ›Maht-er‹«.

»Du erinnerst mich an meine Mutter. Sie sagte immer ›Vaterimhimmel‹, und ich habe jahrelang gedacht, das sei ein Wort. Du kannst vorher ein bisschen ins Gebetbuch hineinschauen. Hol dir eins aus der Kapelle, wenn du kein eigenes hast, und präg dir heut Nachmittag noch mal die Messe ein.«

Es war ein heißer Nachmittag, und die Sommersonne stand hoch am Himmel.

Nach dem Abendessen schlenderten wir umher oder lagen im Gras. Es war zu heiß, um Fußball zu spielen.

Weit draußen konnte ich das Meer in der Sonne aufblitzen sehen. Ich bin ein guter Schwimmer und habe keine Angst vor der Brandung, aber der Strand war von Minen verseucht und fünfhundert Meter landeinwärts gesperrt.

Joe und Jock, Charlie, Nulpe und ich hockten hinter dem Waschhaus, Joe und Jock lasen die Messe aus dem Buch vor, und ich antwortete.

»›Introibo ad altare Dei …‹ Zum Altar Gottes will ich treten …

›Ad Deum qui laetificat juventutem meam …‹ Zu Gott, der mich erfreut von Jugend auf …

›Confiteor tibi in cithara. Deus, Deus meus: quare tristis es, anima mea, et quare conturbas me?‹ Dann will ich Dich mit Harfenspiel lobpreisen, Gott, mein Gott. Wie kannst du da noch trauern, meine Seele, wie mich mit Kummer quälen?

›… Introibo ad altare Dei … Ad Deum, qui laetificat juventutem meam …‹«

Charlie drehte sich eine Zigarette und schaute mürrisch, er mochte es nicht, von einer Sache, die mich betraf, ausgeschlossen zu sein.

»Jetzt reichts mit der Frömmigkeit«, sagte ich.

»Mein ich auch«, sagte Charlie, »das Gemurmel die ganze Zeit klingt wie von einem Zauberkünstler.«

»Eine Sache spricht für unsere Kirche: Die Messe ist überall die gleiche.«

»Stimmt«, sagte Joe. »Du gehst irgendwo auf der Welt in eine katholische Kirche, und die Sprache ist dieselbe.«

»Schon, aber es sind Scheißausländer«, warf Charlie ein.

»Und jede Minute des Tages«, sagte Jock, »wird irgendwo auf der Welt eine Messe gelesen.«

»Und wie stehts mit dem Nordpol?«, wollte Charlie wissen. »In der protestantischen Kirche verstehst du wenigstens, was der Kerl sagt.«

»Die anglikanische Kirche«, sagte Joe, »ist überhaupt keine Religion. Die erlaubt ja Scheidung und alles. Damit hat sie überhaupt erst angefangen, weil sie dem König die Scheidung erlaubt hat, die der Papst nicht zulassen wollte.«

Darauf sagte ich:

»Na thracht ar an mhinisteir Ghallda,
Na ar a chreideamh gan bheann, gan bhri,
Mar ni'l mar bhuan-chloch da theampuill,
Ach magairle Annraoi, Ri.«

»Schon wieder das Scheißlatein«, sagte Charlie.

»Nein«, sagte ich, »es ist Irisch:

Bleib mir vom Leib mit fremden Pfaffen,
Mit denen hab ich nichts zu schaffen,
Denn ihr Dogma – ich muss es verachten –
Fußt auf den Hoden Heinrichs des Achten.

Das hat ein Prediger in Irland vor hundert Jahren gesagt.«

»Muss 'n guter Prediger gewesen sein«, meinte Charlie, »wenn er in der Kirche so redete.«

Nulpe kicherte still vor sich hin. »Alles ein großer Mist. Wie mein Alter sagte, als er nach seiner Seele gefragt wurde. Er glaubte, die reden von seinem Arschloch.«

Ich drehte mich zu Charlie um. »Verdammt, ich würde so gern schwimmen gehen!«

»Glaubst du, ich nicht, Paddy?«

»Ich auch«, sagte Jock. »Schade, dass der Strand gesperrt ist.«

»Ach was, wer erfährt denn schon davon, wenn wir fünf einfach hinschleichen?«, fragte ich ungeduldig.

»Ich bin dabei«, sagte eine weiche Stimme hinter mir. Es war Nummer 538, Jones, ein Sechzehnjähriger aus Stoke-on-Trent. Er hatte einen blonden Struwwelkopf und verträumte blaue Augen. Ich mochte ihn, weil er die Nummer nach meiner hatte.

»Wer hat dich denn gefragt?«, sagte Charlie.

»Und dir gehört die Nordsee, oder was?«, fragte Jones 538 forsch. »Aufhören, verdammt«, sagte ich. »Es gibt genug Wasser im Meer für uns alle. Die Frage ist: Wie kommen wir hin, ohne dass uns ein Wärter in die Quere kommt? Zweitens: Wo können wir ins Wasser gehen, ohne von ’ner Mine in die Luft gejagt zu werden?«

»Ich bin unten gewesen und hab Sand für die Landwirtschaft geschippt und weiß, wo keine Minen sind. Wir sind mit dem Pferdewagen durchgefahren, darum können dort keine sein.«

»Du bist mein Mann!«, sagte ich. »Los, nichts wie hin und nicht lange fackeln! Jones, du machst den Führer.«

»Ja«, stimmte Nulpe zu, »führ uns, MacDuff!«

»Aber zuerst muss ich meinen Kumpel holen«, sagte Jones 538.

»Klar«, sagte ich. »Wer ist es denn?«

»Leslie Banks.«

Wir anderen mit Ausnahme von Nulpe, der halb vor sich hin döste und sich im Übrigen nicht für fremde Angelegenheiten interessierte, blickten einander erstaunt an. »Dann ist Leslie also dein Kumpel?«, fragte ich.

»Klar. Wir kennen uns, seit wir acht Jahre alt und zusammen auf dem Schulschiff waren. Wir sind sozusagen zusammen aufgewachsen.«

»Dann kannst du natürlich nicht ohne ihn ertrinken. Geh und hol ihn, wir warten so lange.«

»Okay, Pad, bin sofort wieder da.«

»Das ist der Leslie«, sagte Joe, »dem der Kammerbulle den nackten Arsch versohlt hat. Jetzt ist er Shaggys allerbester Freund.«

»Harmloser Typ, dieser Jones 538«, sagte ich.

»Muss er wohl sein«, sagte Jock, »wenn er nichts von Shaggy und diesem Leslie weiß.«

»Na ja«, erwiderte Charlie, »Leslie und er waren doch Kumpel, als sie herkamen, auch vorher schon auf dem Schiff, wie er gesagt hat, bis Shaggy sich mit Banks angefreundet hat.« Er sah empört aus. »Ich finde das eine ganz große Schweinerei von Shaggy, dass er sich mit jungen Typen wie dem einlässt. Shaggy ist ja über achtzehn.«

»Hast ganz recht«, sagte Jock. »Das find ich auch.«

»Ich auch«, sagte Joe. »Da kommt der kleine Jones, aber ohne Leslie.«

Jones kam langsam und traurig dahergeschlurft.

»Komm schon, trödle nicht so!«, rief ich ihm entgegen. »Wir haben keine Lust, den ganzen Tag hier zu versauern.«

Er beschleunigte seinen Schritt und rief: »Leslie kann nicht kommen, Paddy. Er macht mit Shaggy Überstunden im Garten vom Chef.«

»Soll er machen, was er will, was geht uns das an?«, sagte ich. »Wenn die sich bei dieser Bullenhitze lieber zu Tode schuften, von mir aus. Los, Jones, du weißt doch, wo wir hinmüssen.«

Jones vergaß seine Sorgen und kam sich sehr wichtig vor. »Hier entlang«, befahl er wie ein Cowboy in einem Western.

Er führte uns durch einen Obstgarten, das Laub hing schwer und glänzte wie lackiert in der Sonne.

Es war drückend unter den Bäumen, bis wir zu einer Sanddüne kamen.

»Wahnsinn, ich kann die See riechen«, sagte ich.

»Wir sind fast da«, sagte Jones 538.

Ich stimmte ein Lied an:

»Die See, ach die See,
A ghradh gheal mo chroidhe,
Lang sollst du zwischen mir und England rauschen,
Denn mit den Schotten möcht ich nimmer tauschen,
Doch rings um Irland wogt die stolze See …«

Charlie legte seine Hand auf meine Schulter und lächelte. »Bist ein Guter, Paddy.«

»Du hast nie wahrer gesprochen«, antwortete ich.

Wir trotteten über weitere Sandhügel, schließlich stand Jones 538 auf dem Gipfel und sah auf die See hinunter, als sei sie sein Werk.

Wir holten ihn ein und blickten ebenfalls auf das in der Sonne glitzernde Wasser hinunter.

»Hoch lebe Jonesy«, sagte ich. »Jonesy, du bist wie der kühne Cortez, als er auf einer Bergspitze im Golf von Darien mit Adleraugen auf den Pazifik blickte und seine Männer einander stumm mit wildem Argwohn anstarrten. Zum Teufel, das hier ist mir lieber als jedes Darien.«

Hier war kein Strand wie in Killiney, nur ein steiniger Streifen Kies, der einen an die Leute hier erinnerte. Aber das glitzernde tanzende Wasser erstreckte sich vor uns grenzenlos bis an den Rand der Welt, grün und weiter hinaus blau. Eine Betonmole war da, von der ich reinspringen wollte.

Ich packte Jones 538 am Arm und sagte: »Ich wünsche dir ein langes Leben, Jones 538, dazu ein Bett im Himmel, du bist in Ordnung.«

»Wer fängt an?«, fragte Jock.

»Vielleicht geht Joe als Erster rein«, sagte ich.

»Ich bin nur wegen des Vergnügens mitgekommen, euch absaufen zu sehen«, meinte Joe. »Das einzige Bad, das ich je genommen habe, war mit einer Tussi aus Birmingham. Sie war nur eine Woche in London. In der Zeit hab ich mit ihr ziemlich was angefangen.«

»Tut mir leid, mit solchen Vergnügungen können wir hier nicht aufwarten«, antwortete ich.

»Du bist widerlich«, sagte Charlie zu Joe.

»Weil ich ein Bad genommen habe, findest du mich widerlich?«

»Ob du nun widerlich bist oder nur ein Schwein«, sagte Jock, »wir können deswegen nicht den ganzen Nachmittag verplempern.« Er zog seine Jacke aus.

»Es gibt hier einen kleinen Strand«, sagte Jones 538, »wo wir den Sand immer wegkarren.«

Wir schlenderten zum Meer hinunter, und tatsächlich fanden wir einen hübschen kleinen Strand; wir zogen uns aus, ausgenommen Nulpe, der sagte, er wolle nur mit den Füßen planschen.

Wir verschränkten die Arme hinter dem Kopf und ließen die Sonne auf unsere nackten Körper brennen.

»Gefällt dirs, Paddy?«, fragte Charlie.

»Ich springe gleich von der Mole. Geht ihr, du, Jock und Jonesy, erst rein und checkt, wie tief es ist. Joe kann nicht schwimmen, darum geht er als Letzter rein.«

»Dann los«, sagte Jock, bekreuzigte sich und rannte geradewegs ins Wasser, bis er die Tiefe erreichte und zu schwimmen begann. Er tauchte, kam wieder an die Oberfläche und rief, Wasser tretend: »Das ist super, Leute!«

»Los«, sagte Charlie zu Jones 538, und die beiden liefen zusammen ins Wasser.

Ich stand auf der Betonmole und rief Joe zu: »Komm schon, hier kannst du rein.«

Joe bekreuzigte sich, watete hinein und blieb stehen, als das Wasser ihm bis an die Schenkel ging.

»Ich weiß nie, was ich tun soll, wenn ich so weit drin bin. Ich komm mir vor wie 'ne Hure bei 'ner Taufe.«

»Hau da ab«, brüllte ich. »Ich spring gleich.«

Langsam watete er zu den anderen rüber. Jones 538 war begeistert, kam hoch und tauchte senkrecht ein, den Hintern in die Luft gereckt, bis er wieder an die Oberfläche kam und Wasser tretend, lachend und prustend mit Charlie eine Art Tanz aufführte.

»Hier kannst du springen, Paddy, hier ist es tief genug.«

Ich blickte hinaus auf die See, hinauf zu Himmel und Sonne, hinüber, wo die anderen mit aus dem Wasser ragenden Schultern schwammen, während sie auf meinen Sprung warteten; ich bekreuzigte mich und wippte auf den Ballen.

»Introibo ad altare Dei«, brüllte Joe.

»Ad Deum, qui laetificat juventutem meam«, brüllte ich und sprang.

Ich schwamm unter Wasser zu ihnen, tauchte unter Charlie hoch, packte ihn und schleuderte ihn fast aus dem Wasser.

»Loslassen, du irischer Hurensohn«, brüllte er und spuckte mir einen Wasserstrahl ins Gesicht. Ich schwamm weg und legte mich, den Blick auf die Sonne gerichtet, lachend aufs Wasser. Jones 538, Charlie und ich tauchten auf Joe zu, blickten einander unter Wasser an, als sei das unser Element, eine Welt nackter wogender Glieder und stummer offener Augen.

Aber der Atem reichte nicht aus, sodass wir auftauchen mussten, bevor wir unser Ziel, nämlich Joe, erreicht hatten.

»Ey! Macht keinen Scheiß mit mir«, rief er, als wir ihn erreicht hatten, »sonst hau ich sofort ab und geh zurück.«

»Du Ärmster«, sagte Charlie. »Keiner rmacht so viel Scheiß wie du!«

»Das hier«, sagte Joe, »ist nicht mein natürliches Element. Daher« – und plötzlich zerrte er Charlie am Handgelenk und stieß ihn kopfüber ins Wasser. Aber Charlie war zu überrascht, um gleich wieder hochzukommen, und als er endlich auftauchte, lachte Joe ihn vom Strand aus ins Gesicht.

»Du Dreckschwein«, rief Charlie. »Ein Köter hat mehr Manieren.«

Jock war weit hinausgeschwommen und kam langsam zurück, und ich schwamm ihm entgegen.

Nulpe planschte müßig im Wasser, rauchte dabei eine selbst gedrehte Zigarette und lächelte stillvergnügt vor sich hin.

Als wir aus dem Wasser wateten, lag Joe ausgestreckt auf unseren Kleidern, ›bauchaufwärts‹, wie man auf Irisch sagt. Mit einer Hand bedeckte er seine Augen, in der anderen hielt er eine Kippe, die er träge paffte.

Charlie blickte auf ihn herab und sagte: »Der egoistische Scheißkerl hat alle Klamotten für sich genommen.« Dabei stieß er Joe mit den Zehen an.

»Schon gut«, sagte Joe, »ihr könnt eure Lumpen haben.« Er stand auf, während jeder von uns sein Hemd, seine Hose und seine Jacke nahm und sich in die Sonne zum Trocknen legte.

Joe ließ seine Zigarette herumgehen, jeder von uns zog daran und lag dann schläfrig in der Hitze, bis Jock aus dem Wasser kam und sich auf seinen Kleidern neben Jones 538 ausstreckte, der wie der Blitz auffuhr. »Du bist ja patschnass, Mann, geh weg.«

»Halts Maul«, sagte Joe dösend. »Ich hab gerade von was Schönem geträumt.«

»Man siehts«, sagte Charlie.

»Werd bloß nicht persönlich«, sagte Joe, »sonst kriegst du Ärger.«

Charlie brummte nur etwas und rekelte sich behaglich im Sand.

Wir schafften es unbemerkt zurück, und bevor wir zum Teetrinken gingen, sagte ich zu Jones 538: »Du musst uns mal wieder mitnehmen.«

»Klar, Paddy, ich sags auch niemandem sonst. Wir nehmen nur die mit, die heute dabei waren.«

»Du bist in Ordnung.«

Im Esssaal rief Leslie ihm verlegen zu: »Wo hast du den ganzen Nachmittag gesteckt, Jonesy?«

Jones 538 blickte ihn an und sagte: »Hab nur so die Zeit totgeschlagen.« Er drehte sich um und blinzelte zu unserem Tisch herüber.

»Der ist jetzt ganz schön stolz«, sagte Joe. »Der meint, dass ihm der ganze Strand gehört.«

»Lass ihm doch den Glauben«, antwortete ich. »Ohne ihn wären wir nie zum Schwimmen gekommen.«

»Ist jedenfalls ’n anständiger Kerl«, meinte Charlie.

»Klar«, sagte ich, »wir sind alle anständige Kerle.«

Am Morgen schrie der Wärter in den Saal: »Aufstehen!« Gähnend und rekelnd setzte ich mich im Schlafanzug auf den Bettrand und blinzelte zu Charlie hinüber. »Morgen, Kumpel, wie steht's?«

»Hab von gestern einen Sonnenbrand, Paddy.«

Von irgendwoher schrie eine Stimme: »Raus, und zwar schnell, der Tag ist hell, die Sonne wird euch schon die Eier braten«, obgleich wir es, da Sonntag war, nicht so eilig hatten.

Ich sah zu Joe hinüber. Er schnitt eine Grimasse und streckte sich wie eine schwarze italienische Katze, wenn es so etwas gibt. Er nickte, als wolle er mir sagen: Ich hab mit dir zu reden. Joe tat immer eins nach dem anderen. Er musste erst ganz wach sein, bevor er reden konnte. Dann, sich am Kopf kratzend, deutete er auf mich. »Du bist heute Ministrant.«

»Ja, stimmt.«

»Dafür musst du chic aussehen. Ich leih dir meinen Ausgehschlips.«

»Danke dir, Joe, was du den Armen schenkst, leihst du dem Herrn.«

»Von Schenken hab ich nichts gesagt. Ich will ihn zurück, sobald wir aus der Kapelle kommen, aber du kannst ihn tragen, solange du vorne am Altar bist. Ich binde ihn dir um. Du hast ja keine Ahnung, wie man nen anständigen Knoten bindet.«

Nach dem Frühstück meinten Joe, Charlie und Jock, ich müsse mich mal wieder rasieren. Als ich mein Gesicht abgetrocknet hatte, band Joe mir den Schlips, der aus roter Seide war und ein Muster aus taubengrauen Blättern hatte, zu einem dicken Knoten, der – wie er sagte – vom Herzog von Windsor erfunden worden war. Ich wollte gerade sagen, dass die Herzöge ihre Zeit ja auch irgendwie totschlagen müssen, aber Joe schien die Prozedur so wichtig zu nehmen, dass ich mich nur bedankte.

Ich ging zuerst zur Kapelle, um mit dem Werkmeister den Altar zu schmücken. Als er fertig war, standen wir rauchend draußen und warteten auf den Priester, der von einer reichen katholischen Familie der Umgebung im Wagen hergebracht werden sollte.

»Eine sehr alte katholische Familie, die Ascombes«, sagte der Meister.

»Nicht älter als meine«, entgegnete ich. »Seit der Zeit von

Saint Patrick sind wir nichts anderes als Katholiken gewesen. Aber gedankt wird's uns nicht. Ich bin exkommuniziert, der Bischof der Diözese schließt mich von den Sakramenten aus, weil ich seinem Land das Recht streitig mache, mein Land zu regieren.«

»Sei nicht so verbittert«, sagte der Meister traurig.

Ich war nicht verbittert. Wenn ich guter Laune bin, verbittert mich nichts. In Liverpool war es anders, wo der Priester mein erklärter Feind war. Hier hatte der Geistliche jedoch nichts mit mir zu schaffen, die Sakramente waren mir fast gleichgültig geworden; es war mir auch gleichgültig, ob ich von ihnen ausgeschlossen war oder nicht. Walton hatte mir zwar in religiöser Beziehung zugesetzt, mich aber gleichzeitig erleichtert. Meine Sünden waren von mir abgefallen, weil ich fast vergessen hatte, dass es so etwas gab, und als ich meine Verbannung aus der Kirche verschmerzt hatte, hatte ich das Gefühl, aus einem Gefängnis auf Nimmerwiedersehen verbannt worden zu sein. Wenn ich bereit war, bei der Messe mitzuwirken, dann nur im Andenken an meine Vorfahren, die sich aus Angst vor dem Landadel und seiner Miliz in einer einsamen Talschlucht vor einem Felsblock versammelt hatten, die durch die Hintergässchen von Dublin schlichen, um den Leuten zu sagen, dass die Messe in einer Kneipe des Armenviertels gelesen werde, in einer Zeit, als der Kopf eines Priesters fünf Pfund wert war und ein irischer Katholik kein Recht vor dem Gesetz genoss.

In diesem Teil der Welt gab es wenige Katholiken, und der Priester stand gleichsam auf verlorenem Posten, aber Walton hatte mich von der Vorstellung kuriert, dass Religion irgendetwas mit Barmherzigkeit, Mitleid oder Liebe zu tun habe. Englische Katholiken scherten sich einen Dreck um die Iren, außer wenn sie von ihnen Geld erbetteln wollten. Paddy, der Bauarbeiter, und Biddy, das Dienstmädchen, waren ihnen völlig gleichgültig, außer wenn sie deren Scherflein für den Bau einer neuen Kirche benötigten. Die aristokratischen englischen Katholiken genossen eine Art heuchlerischer Immunität vom Strafgesetz, und die Konversionen setzten erst ein, als die Iren frei wurden und es ebenso sicher wie gesetzlich wurde, Katholik zu sein, als viele Söhne englischer Ladenbesitzer vom Methodismus zum Katholizismus übertraten, weil die Romantiker unter ihnen dachten, er bringe sie in Berührung mit der großen Welt Italiens und Frankreichs, die entweder atheistisch oder katholisch, aber stets lebendig war.

Die Iren aber kämpften und litten, und viele von ihnen starben und bewahrten ihren Glauben, obgleich ihre letzten Waldverstecke fallen mussten, weil Englands Universitäten Dächer brauchten, und sahen zu, wie Newman als lang erwartete Drohung, die sich endlich bewahrheitete, unter einem soliden irischen Eichendach den Weg in die Kirche fand.

»Während meiner ersten Jahre im Oriel-College in Oxford war ich, wiewohl stolz auf mein College, dort nicht zu Hause. Ich fühlte mich einsam und machte meinen täglichen Spaziergang stets allein. Ich erinnere mich, wie ich einmal Dr. Copleston, dem damaligen Leiter des Internats, begegnete. Er drehte sich um, verbeugte sich mit jener Höflichkeit, die ihm so gut zu Gesicht stand, und sagte: ›Numquam minus solus quam cum solus.‹«

Aber nicht Newman besaß die Macht, mich zu betören, sondern die Erinnerung an den Galen Tyge O'Sullivan, der fünfzig Jahre früher im nassen Gras vor einem Bergaltar im westlichen Cork kniete:

Helle meines Herzens, Dein Herz, o mein Erlöser,
Reichtum meines Herzens, das alles Dir verdankt,
Hab ich Dein Herz gefüllt mit meiner Liebe,
So lass auf ewig Deins in meinem ruhn.

»Da kommen sie«, sagte der Werkmeister, seinen Zigarettenstummel wegwerfend. Ich zwickte meinen ab und steckte ihn in die Tasche.

Ein Wagen hielt im Hof, der Priester stieg mit einer Dame aus und einem Jungen meines Alters. Ich hatte die beiden schon früher gesehen, da der Junge oft in der Messe gedient hatte.

Der Priester war ein kleiner Mann mit einem runden Gesicht. Ich hatte nie etwas mit ihm zu tun gehabt, außer als er meinen Antrag betreffs Wiederzulassung zu den Sakramenten an den Bischof weitergeleitet hatte. Er war immer sehr höflich zu mir gewesen, fand aber wohl, in einem feindseligen Gebiet schon genug zu kämpfen zu haben, und hatte offenbar wenig Lust, sich noch unbeliebter machen, indem er sich meines Falls allzu sehr annahm. Immerhin war er freundlich zu mir, und ich glaube, er tat sein Bestes beim Bischof für mich, wofür ich ihm dankbar bin, auch wenn seine Bemühungen fruchtlos blieben.

»Guten Morgen«, sagte er zum Meister und mir. »Dieser Junge ist bei der heutigen Morgenmesse mein Ministrant, Mrs Ascombe.«

Die Dame, eine fette alte Schachtel, musterte mich. »Hast du schon mal ministriert?«

»Er ist Ire«, sagte der Priester lächelnd.

»Ach so. Also gut, du kniest neben Cyril und richtest dich nach ihm. Nächsten Sonntag wird er nicht mehr da sein, weil er weggeht.«

Cyril war ein blonder Bursche, etwas größer als ich, aber nicht so breitschultrig. Typisch für die englische Oberschicht war er schlecht erzogen, vielleicht sollte ich eher sagen: Er war ignorant, ein bisschen dumm und nicht gewöhnt, mit Menschen umzugehen. Trotzdem knieten wir zusammen, und als ich die Responsorien murmelte und an meine Mutter dachte, wie sie, auf dem Waschbrett schrubbend, sang: ›Wenn angstvoll ich auf meinem Lager liege‹, und meine Großmutter vor mir sah, wie sie während der Predigt in der Gardiner Street eine Prise Schnupftabak nahm, oder die alte Schwester Monika mir einfiel, die uns mit verschränkten Armen einschlafen hieß, damit das Kreuz auf uns liege, falls wir während der Nacht sterben sollten, vergaß ich bis auf meine Aufgabe alles ringsum. »Introibo ad altare Dei.«

»Ad Deum, qui laetificat juventutem meam.«

»Wie war er?«, wollte Charlie wissen, als er aus dem protestantischen Gottesdienst zurückkam.

»Fabelhaft«, sagte Joe, »fast besser als der Priester. Da war auch der junge Collegeschnösel, aber Paddy hat ihn jedes Mal glatt ausgestochen. Paddy reichte dem Priester den Wein und alles – für den anderen blieb nur das Wasser übrig.«

»Noch viel zu gut für den«, sagte Charlie. »Pat könnte viele von den blöden Internatsaffen hier zur Schnecke machen. Ich habe oft gehört, wie du dich mit ihnen über Bücher und dergleichen unterhalten hast und sie sich elend blamiert haben.«

»Und erst, als du den Aufsatzwettbewerb gewonnen hast!«, sagte Jock.

»Die waren vielleicht geplättet«, meine Charlie, »nur machst du aus allem immer ’nen Spaß.«

»Ja«, stimmte Jock zu, »Paddy, du irischer Spaßvogel.«

»Klar, ist Paddy nicht der irische Spaßvogel?«, fragte Joe. »Schau dir doch bloß seine Oberlippe an – wie ein Waldaffe.«

»Schnauze, du Itaker«, sagte ich.

»Du kannst auch nichts ernst nehmen«, sagte Charlie ungeduldig zu Joe.

Joe rollte sich ein Kippchen. »Hat einer Feuer?«, fragte er. Keiner von uns rauchte gerade, und keiner hatte ein Streichholz.

»In der Küche gibts welche«, meinte Jock.

Als wir an die Küchentür kamen, ging sie auf, und ein Wärter mit dem Spitznamen Kanonenboot-Smith trat heraus. »Aha«, sagte er, »die vier Gerechten.« Traf er drei von uns, rief er stets: »Aha, die drei Musketiere.«

»Ich brauche vier Freiwillige zum Kartoffelschälen, du du, du und du.«

»Muss das sein, Mr Smith?«, fragte Jock angewidert.

»Er ist okay«, sagte Joe.

Charlie lächelte ergeben. Joe und er mochten »Kanonenboot«, der aus London stammte wie sie.

Wir setzten uns auf eine Bank im Küchenhof neben einen großen Sack Kartoffeln und begannen zu schälen.

Einer der Köche tat die geschälten Kartoffeln in einen Eimer. Er war im Unterhemd, trotzdem lief ihm der Schweiß in Strömen herab. Er seufzte, als er den Eimer hinstellte.

»Warum schält ihr Armleuchter nicht eure Kartoffeln selber?«, brummte Jock. »Wir haben die ganze Woche schwer geschuftet.«

»Aber Kartoffeln wollt ihr trotzdem fressen, was?«, sagte der Koch. »Wenn ihr mal von morgens bis abends in dem beschissenen Loch steckt und wie die Säue schwitzt, dann wisst ihr, was schuften heißt.«

»Ich hab den ganzen Winter auf dem gottverfluchten Bauplatz geschuftet, während ihr und die anderen dadrinnen eine ruhige Kugel geschoben habt.« Jock nickte zur Küche hin.

»Bis vor einem Monat habe ich draußen gearbeitet, bei Wind und Wetter«, sagte der Koch. »Ich war bei der Landwirtschaft.«

»Ist deine eigene Schuld, du Idiot«, sagte Joe freimütig. »Den ganzen Winter draußen in der Scheißkälte und kaum kommt der Sommer, gehst du in die Küche.«

»Musst du ein verfressenes Schwein sein«, sagte Charlie. »Du hast dich sicher nur wegen dem Fraß in die Küche gemeldet.«

»Ich bin nicht verfressener als jeder andere«, sagte der Koch mit gekränkter Miene. »Ich habe früher auf einem Bauernhof gearbeitet und wollt mal was anderes. Wetter und Hitze hatte ich ganz vergessen – es war Januar, als ich mich zum Küchendienst gemeldet habe.«

»Wie man sich bettet, so liegt man«, sagte ich feierlich.

Der andere Wärter rief ihn.

»Zurück ins Dampfbad mit dir«, sagte Charlie.

Das muss jedoch zu seinen Gunsten gesagt werden: Als er mit dem Koch und Bäcker wieder herauskam, brachte jeder von ihnen zwei Becher Tee.

Koch und Bäcker war ein Wärter namens Ticker.

Die Zöglinge nannten ihn »Ticker der Ficker«, aber nur, damit der Reim nicht ungenutzt blieb, denn Ticker war weit und breit als anständige Haut und außerdem als hervorragender Koch und Bäcker bekannt. Er war ein vierschrötiger alter Kerl mit einem gewichsten Schnurrbart, war aktiver Soldat gewesen und hatte dreißig Jahre Hongkong auf dem Buckel, sprach jedoch am liebsten von seiner Heimat Devon.

Er reichte mir meinen Becher Tee und sagte: »Da. Fast wie Guinness, was? Du bist doch der Ire, nicht?«

»Stimmt, Gott segne Sie, Mr Ticker, der Tee ist super, fast wie

Zider«, sagte ich in einem Atemzug, damit die anderen glaubten, ich wollte »Ticker der Ficker« sagen, und richtig, Jock prustete programmmäßig in seinen Tee hinein und musste so tun, als habe er sich verschluckt. »Wie Zider.«

Mr Ticker lachte gemütlich. »Weißt du, wie mein Alter ihn gemacht hat, Paddy?«

»Nein, das weiß ich nicht, Mr Ticker. Er wird doch aus Äpfeln gemacht, oder nicht?«

»Klar. Jeder Apfelwein wird aus Äpfeln gemacht. Nur macht ihn nicht jeder gleich gut.«

»Natürlich«, sagte ich.

»Na ja«, sagte Mr Ticker, »wenn also mein Alter den Saft der Äpfel ausgepresst und ins Fass gefüllt hatte, schüttete er in ein Vierzig-Liter-Fässchen einen Liter Weinbrand, sieben Pfund bestes Rindfleisch und eine tote Ratte.«

Jock blickte ihn angewidert an und leckte sich die Lippen. Joe und Charlie starrten ihn an, als wollten sie sagen: Wir würden uns nicht wundern, wenn ihr, dein Vater und du, noch allerhand anderes hineingeschüttet hättet.

Die Sache vom wissenschaftlichen Standpunkt aus betrachtend, sagte ich: »Ich muss sagen, das ist mir neu. Es muss ein altes Familienrezept sein, vererbt oder so.«

»Ist es auch, Paddy. Uralt. Vererbt. Sie war natürlich gehäutet.«

»Jesus«, brummte Jock.

»Stellt die Becher aufs Fensterbrett, wenn ihr fertig seid, ich muss wieder zu meiner Suppe.«

Und damit verschwand er in der Küche.

»›Uralt. Vererbt‹«, brummte Joe. »Was war uralt und vererbt – die Scheißratte?«

»Widerlicher alter Kerl, das steht fest«, sagte Jock. »Will nur hoffen, dass er uns mit derlei Scherzen verschont und keine toten Ratten in den Suppentopf schmeißt.«

»Redet nur immer von seinem lausigen Devon«, sagte Charlie, »obgleich er seit vierzig Jahren nicht mehr dort gewesen ist.«

»Na schön«, sagte ich, »›der Wilde liebt den Heimatstrand‹. Ein Exil ist so gut wie das andere.«

»›Wilder‹ stimmt haarscharf«, sagte Joe. »Er und seine Scheißratten.«

Jeden Sonntag gingen wir ans Meer und schwammen am Strand von Jones 538. Ich nannte ihn »Strand 538«, weil Jones uns dort hingebracht hatte und er sich durch die Bezeichnung, die mich nichts kostete, geehrt fühlte. Leslie schien ihm jetzt gleichgültig geworden zu sein, er schloss sich uns an und zog mit mir und Charlie, Jock und Joe und Nulpe umher. Charlie befreundete sich mit ihm, und die beiden arbeiteten in der Gärtnerei zusammen.

So ging es bis zum Herbst. Dann erst begann das Obstpflücken richtig und damit auch die Mehrarbeit, die alle Kräfte erforderte: alle Jungs aus den verschiedenen Handwerksgruppen, aus der Landwirtschaft, jeder, der für die Erntearbeit abkömmlich war, die erst dann richtig einsetzte, wenn alles Weichobst eingebracht war. Auch die Jungen vom Innendienst, die Küchenhilfen, selbst Geordie aus der Kleiderkammer und die Helfer aus der Wäscherei – die übrigens wegen ihrer blassen Hautfarbe »Bleichgesichter« genannt wurden, wenn sie auch nach einer Weile genauso braun gebrannt waren wie wir. Wir alle schlossen uns nach dem Tee der Gärtnereigruppe an und arbeiteten im Obstgarten, bis es dunkel wurde.

Die ersten beiden Abende waren eine Enttäuschung, weil es regnete und wir nur Gras sicheln konnten, da das Obst nicht im nassen Zustand gepflückt werden durfte.

Daher blickten wir alle am nächsten Morgen wie alte Obstgutbesitzer zum Himmel auf; zum Glück war das Wetter klar, sonnig und trocken.

An diesem Nachmittag sagte ich zu Tom: »Scheint mir 'n guter Abend für Überstunden, ich hoffe, heute gehn wir zum Pflücken. Sicher warst du schon dabei.«

»Klar.«

»Kann man dabei Beeren futtern?«

»Kannst so viel essen, wie du willst, solange du deinen Teil pflückst, ist wie in der Seifenfabrik: ›Steck dir in den Hals, so viel du willst, aber nichts in die Taschen.‹«

»Verdammt, der ist nicht schlecht«, sagte ich lachend.

»Der Spruch stammt natürlich aus der Schokoladenfabrik, aber sie haben ihn verändert, als Witz.«

»Sehr lustig«, sagte ich.

»Einige konnten den Hals nicht voll kriegen und mussten natürlich was mit in den Schlafsaal schmuggeln, obwohl sie sich draußen dick und dämlich fressen können. Ich pflücke aber nicht.«

»Ach so, ich habe mich schon gewundert, dass ich dich gestern nicht gesehen habe.«

»Na ja, du hast ja überhaupt nicht gepflückt, und ich hab den Wärtern bei der Kontrolle geholfen. Drei von uns machen mit, ich, Cragg und Cattrick.«

Alles Begnadigte. Cattrick hieß »Gordon-wo-ist-dein-Gaul« wegen seiner O-Beine. Er hatte seinen Vater mit einem Beil erschlagen.

»Na ja, dann kannst du ja für mich geradestehen, wenn ich zu viel fresse und nicht genug pflücke.«

»Du brauchst gar nichts zu pflücken, Paddy, wenn du keine Lust hast. Ich kann immer 'n paar Striche für dich in mein Buch machen. Du darfst es halt nur nicht an die große Glocke hängen. Ich hab keine Lust, diese verdammten Diebe und Betrüger draufzustupsen, und will auch nichts mit ihnen zu tun haben, weder mit den einen noch mit den anderen. Eine verrottete Bande ist das, Lumpenproletariat.«

»Verdammt nett von dir, Tom. Beim ersten Pflücken füll ich den Hals rascher als den Korb, glaube ich.«

Beim Tee sagte ich den anderen an unserem Tisch, Tom sei einer der Aufseher bei der Abendarbeit im Obstgarten.

»Ja«, sagte Jock, »sie haben drei Begnadigte als Aufseher dabei. Find ich richtig, dass die die ruhige Kugel schieben, weil sie ja länger als alle anderen brummen müssen.«

»Zumal Paddy der Kumpel von einem von ihnen ist«, sagte Joe, »von dem beschissenen Lancashire-Würger.«

Ich hörte selten einen Insassen – und Joe nie – Bemerkungen über das machen, weswegen ein Gefangener saß, es sei denn sachlich, als Kennzeichen, wie man etwa die Haarfarbe oder Herkunft von jemand erwähnt.

Daher sagte ich nur: »Es wird wie bei jedem anderen einen Grund haben, warum er hier ist. Im Übrigen hat er dir doch nichts getan, oder doch?«

»Doch«, sagte Joe mit strenger Miene, »er hat mich einen widerlichen Hurensohn genannt. Ich mag ein widerlicher Hurensohn sein, aber was ist er denn? Ich hab keiner Schlampe den Hals umgedreht.«

»Was zum Henker quatschst du denn da?«

»Du weißt genau, was ich quatsche.« Er hatte recht: Ich wusste es.

»Als ihr beide die Decke in der protestantischen Kapelle bemalt habt, hab ich die Nase zur Tür reingesteckt und ein Stück aus ’nem Weihnachtslied gesungen, nur so aus Jux.«

»Du spinnst wohl. Der Typ meinte dich gar nicht. Ich sag dir nachher, was er gemeint hat.« (Sobald mir etwas eingefallen war ...) »Ich glaub gar nicht, dass er dich gesehen hat. Was er meinte, wenn's dich interessiert ...«

Joe unterbrach mich, was mir nur recht war, damit ich meine Lüge ausspinnen konnte. »Dieser Typ hat mich einen widerlichen Hurensohn genannt, der vor nichts Respekt hat. Was geht ausgerechnet ihn das an, der nun wirklich vor nichts Respekt hat, der Scheißprotestant.«

»Der ist kein Protestant«, sagte Charlie empört. »Ich bin Protestant. Die anglikanische Kirche ist protestantisch, oder nicht? Ihr seid alle gleich. Der Begnadigte ist Nonkonformist.«

»Egal, was er ist«, sagte ich. »Joe hat das in den falschen Hals gekriegt. Worauf er angespielt hat – und ich leugne nicht, dass er die Worte gebraucht hat, die Joe gehört hat –, war die Decke, die die anderen vorher gemalt haben, ohne sie erst abgewaschen zu haben. Das meinte er; ich glaube auch gar nicht, dass er an dem Tag Joe oder irgendeinen gesehen hat. Er nimmt seine Arbeit sehr ernst. Ich hab Maler wie ihn zu Hause gekannt. Mein Alter ist mit seiner Arbeit genauso, und Tom hat geschickte Hände.«

»Umso besser«, sagte Joe, »wenn man einen erwürgen will.« Jedenfalls schien meine Geschichte ihn überzeugt zu haben.

»Wenn schon. Zum Teufel mit ihm«, sagte Jock.

»Und seinen Freunden in Amerika«, setzte ich hinzu. »Wir wollen lieber unseren Tee trinken. Wir haben eine lange Nacht vor uns, und ein leerer Sack steht nicht.«

Wir traten auf dem Hof an, jeder Einzelne der Anstalt – mit Ausnahme derer, die im Lazarett lagen –, da im Augenblick niemand in Einzelarrest saß, und marschierten singend zum Obstgut hinaus:

Hallihallo, hallihallo,
Zur Arbeit ziehn wir froh!

Obwohl es halb sieben war, schien die Sonne, und alle waren guter Laune. Ein kleiner Insasse, der bald entlassen werden sollte und der eine Anführerplakette am Kragenaufschlag trug, sagte zum dicken Carswell, der neben uns ging: »Wenn die im letzten Winter jeden Tag den Deich entlangmarschiert wären, hätten sie nicht so gesungen, was?«

»Ganz recht«, meinte der dicke Carswell höflich, aber abwesend. Als wir auf die Wiese kamen, verteilten die Lebenslänglichen Körbe.

»Hier, Paddy, ist dein Spankorb. Die Tür, die du heute abgebrannt hast, kannst du morgen grundieren, ich hab schon bleigraue Farbe angerührt, die wird morgen genau richtig sein.«

»Bestimmt«, sagte ich. »Bis später, Tom.«

»Was hat der wieder zu erzählen?«, fragte Charlie. »Hat der vom Malen für einen Tag nicht genug?«

Ich drehte mich um, um mich zu vergewissern, ob Joe zuhörte. »Das ist ja das, was ich beim Tee gesagt habe – der denkt an nichts anderes als ans Anstreichen.«

»Los«, sagte Charlie, auf eine Reihe Büsche zulaufend, »nimm du die Reihe, bevor die anderen sie uns wegschnappen.«

Joe und Jock und ich eilten hinter ihm her, wir trafen Nulpe und Jones 538 unterwegs und hockten uns gemeinsam neben unsere Büsche.

»Jetzt stecken wir uns eine an«, sagte Joe. Er langte in die Tasche, ich zog rasch ein Päckchen *Players* hervor und ließ es herumgehen. Ich hatte sie für eine Arbeit in den Privatwohnungen bekommen.

»Sind ja Richtige!«, sagte Charlie. »Leck mich!«

»Mit Vergnügen«, antwortete Joe, »jederzeit ... Was sehen meine Augen? *Players?*«

»Was denn sonst?«, antwortete ich.

Der gute Nulpe brachte nur heraus: »Am Mittwoch. Du bist dein Geld wert, Pat. Du bist ein Genie, Kumpel, und nicht zu knapp.«

Einer holte Feuerstein und Zunder hervor, und wir zündeten unsere Zigaretten an. Ich aß schwarze Johannisbeeren, während ich rauchte, und kauerte dabei auf der trockenen, warmen Erde. Ich hatte nicht vor, mich zu überarbeiten, weil Tom versprochen hatte, mir den Rücken freizuhalten.

Ich blies den Rauch durch einen Mund voll Johannisbeeren und sagte: »Der Böse gedeiht in einer bösen Welt – Gott sei Dank.«

Einer aus der nächsten Reihe rief: »Lasst mich auch mal ziehen, Leute.«

»Leck mich«, sagte Charlie, ohne sich umzudrehen.

»Gleich.« Ich winkte dem Jungen zu, machte noch ein paar Züge und warf ihm die Kippe zu. »Rauch sie zu Ende.«

Er fing sie auf und sagte: »Feines Zeug, Pat.«

»Du spinnst doch, Mann«, sagte Charlie. »Gleich werden sie alle 'ne Kippe wollen. Außerdem ist der bloß 'n lausiger Zugang.«

»Na, wir sind alle mal Zugänge gewesen«, meinte ich großzügig.

Ich pflückte ein paar Beeren in meinen Korb, aß aber die meisten davon, während die anderen arbeiteten und wir dabei schwatzten.

Nach einer Weile warf Joe einen Blick in meinen Korb und meinte: »Mehr hast du nicht? Du bist vielleicht ein irisches Faultier.«

»Hätte der sich heute nicht mächtig rangehalten, könntest du jetzt nicht schön eine rauchen«, sagte Charlie. »Bis du für deine Arbeit zwanzig *Players* kriegst, haben wir lange Bärte.«

»Lieber rauch ich nicht, als dass ich's mit jeder alten Schachtel in den Privatwohnungen für ein paar Kippchen treibe. Da ist ja keine unter fünfzig.«

»Auch auf 'ner alten Fiedel spielt sichs gut«, sagte ich, weniger aus eigener Erfahrung als aus Vermutung.

»Vierzig mag noch angehen für einen anständigen Fick«, sagte Joe ernst.

»Hab gehört, dass eine Frau um fünfunddreißig im besten Alter ist«, sagte Jock.

»Niemals, das glaub ich nicht«, sagte ich und gab zur Abwechslung meine ehrliche Meinung preis.

»Ich auch nicht«, stimmte Charlie zu.

»Na, und wie ist es, wenn du selbst fünfunddreißig bist?«, fragte Joe. »Ich meine, man hat doch am liebsten eine Frau im gleichen Alter. Selbst wenn du vierzig bist.«

»Ich glaub, ich werd nie so alt«, sagte ich.

Charlie schüttelte ernst den Kopf. »Ich glaub, ich auch nicht.«

»Kopf hoch«, sagte Joe. »Bis da ist es noch lang hin.«

»Außer für dich und Jock«, sagte Charlie. »Ihr seid ja fast neunzehn.«

»Und wie stehts mit deinen Alten?«, fragte Jock. »Die sind doch bestimmt über vierzig?«

»Meine Mutter ist siebenunddreißig«, sagte Charlie, »sie war zwanzig, als ich geboren wurde, und mein Alter ist ein oder zwei Jahre älter.«

»Glaubst du, dass die's noch manchmal treiben?«, fragte Joe.

»Halt deinen ungewaschenen Mund«, stieß Charlie mit wütendem Gesicht und geballten Fäusten hervor.

Ich fürchtete, er würde gleich auf Joe losgehen, daher sprach ich über sie hinweg. »Als ich draußen als Anstreicher gearbeitet habe, habe ich mal 'ne Arbeit für mich allein bekommen, ich musste eine Kochnische in einem Haus in Merrion streichen, einem Stadtteil, won Haufen alter Weiber wohnte. Die eine Alte, die das Haus voll von Heiligenbildchen hatte, hat mir einen Dollar für einmal Durchnehmen gegeben. ›Ach, mein Schatz, wie schön, wie schön‹, hat sie gestöhnt, ›wenn ich gewusst hätte, wie schön das ist, hätte ichs schon vor Jahren gemacht.‹«

»Du Lügner«, lachte Joe. »Das ist doch mir passiert, nicht dir.«

Jock lachte. »So verdienst du dir also deine zwanzig *Players* in den Privatwohnungen – du besteigst alte Weiber.«

»Du bist noch viel schlimmer als alle anderen«, sagte Charlie.

»Los«, sagte ich, »jetzt tragen wir die Körbe rüber.«

Wieder versöhnt ging er neben mir über die Wiese.

»Aha, Pat«, sagte Tom Meadows, nahm die Körbe mit Beeren entgegen, wog sie und schrieb in sein Heft: Behan. »Und wie heißt du?«, fragte er Charlie. »Ich weiß, du bist Paddys Kumpel, wie ich sein Arbeitskumpel bin, aber ich kann ja nicht ›Paddys Kumpel‹ reinschreiben, oder doch?«

Charlie lachte, schüttelte den Kopf und nannte Tom seinen Namen, den dieser eintrug, dann schlenderten wir zufrieden zusammen zurück.

Mittlerweile hatte jeder Einzelne sein Soll an Obst abgeliefert und genug gefuttert, sodass wir nur noch hier und da eine Beere pflückten und in den Mund steckten. Schon war die Sonne untergegangen, langsam begann es zu dämmern. »Ich muss ins Bett«, sagte eine schläfrige Stimme aus der nächsten Reihe. Es war Jones 538, der gähnte und schon halb schlief. Das ganze Feld war müde und still, die Gesichter rings um die Büsche wurden in der Dämmerung entspannt und unschuldig.

Um die Mitte des Herbstes hatten wir Feltham-Jungs die Mittelstufe erreicht. Als die übrigen Früchte reif waren, wurden wir alle den ganzen Tag zum Pflücken eingesetzt, während bei den Bauten, in der Küche und in der Wäscherei nur das Stammpersonal weiterarbeitete.

Tom Meadows war der Einzige, der Maler geblieben war, und Joe sagte, er sei dafür wie geschaffen, weil er selbst etwas von einem ›Stamm‹ habe.

Tom sagte, er vermisse unser gemeinsames Schwatzen und Singen, auch ich vermisste es, wenn auch weniger, als ich vorgab, weil Charlie, Joe, Jock und ich ohnehin zusammenarbeiteten und wir uns in den Obstgärten einen lustigen Tag machten. Jones 538 war auch in unserer Gruppe. Ich mochte ihn gern, die anderen mochten ihn auch gern. Er war ein anständiger Junge und heilfroh, in derselben Reihe mit uns arbeiten zu können, wenn er auch nur die Hälfte der Zeit unseren Gesprächen lauschte. Einmal, als Charlie sah, dass er nicht vorwärtskam wie wir, wurde er ganz freundlich zu Jones 538 und ging sogar zu ihm, um mit ihm zu arbeiten, während Joe, Jock und ich Geschichten erzählten.

Wenn Joe von seinen Huren sprach und darüber diskutierte, ob einer mehr als eine für sich arbeiten lassen könne, war er todernst und schien über ein schwieriges Problem nachzudenken. Auch Jock übertrieb eigentlich nie, und wenn er zum Beispiel erzählte, wie er in einer regennassen Nacht auf einem Erdhügel eine Braut zu vernaschen suchte und wegen des schlüpfrigen Erdbodens immer wieder von ihr herunterrutschte, so klang es überzeugend, im Allgemeinen hörte er jedoch lieber Joe und mir zu.

Was ich verzapfte, war zu neunzig Prozent gelogen, und das ist nicht übertrieben, weil ich ein glänzender Lügner bin.

Meine Geschichten waren oft sehr komisch, und Jock, der selbst ehrlich war, sah keinen Grund, sie nicht für bare Münze zu nehmen.

Joe lachte, ich wusste, dass ich ihn nicht hinters Licht führen konnte.

Die meisten Unterhaltungen kreisten um Sex, doch Jones 538 langweilte das Thema offenbar. Sein Interesse daran ging über eine gelegentliche einsame Wichserei nicht hinaus, die wir ja alle kannten, er machte jedoch kein Aufhebens darum, weder in Gedanken noch in Worten.

Charlie gab höchst selten seinen Senf dazu, hörte aber mitunter zu, ohne dabei auffallen zu wollen, wenn wir ernsthaft diskutierten, und blickte vom einen zum anderen, wie um festzustellen, ob er noch etwas lernen könne, was er noch nicht wusste.

Wenn wir mit dem Witzeerzählen anfingen, hielt er sich meistens raus und arbeitete mit Jones 538 weiter; dann konnte ich, während wir plauderten, hören, worüber er sich mit ihm unterhielt.

So etwa, ob einer eine Meile in vier Minuten laufen könne, ob die Kriegsmarine besser sei als die RAF, in welchen Kaffs sie gewesen waren, das prima Essen, das sie schon gehabt, die Filme, die sie gesehen hatten. Einer sagte zum Beispiel: Erzähl uns einen Film, und der andere begann um acht Uhr morgens und redete fast die Hälfte der Arbeitszeit bis zur Zehn-Uhr-Pause weiter.

Viele von uns liebten es, Filme zu erzählen, und wenn eine Gruppe in der Nähe des Erzählers arbeitete, arbeiteten alle stumm und hörten dem ein paar Meter entfernt Pflückenden aufmerksam zu, wenn die Geschichte spannend war.

Es überraschte mich, Charlie, der nicht gerade gesprächig war, vier oder fünf Reihen von Jungs einen Film erzählen zu hören.

Weder Joe, Jock noch ich erzählten Filme oder interessierten uns sonderlich für sie, obgleich ich mindestens ebenso viele Filme und mehr Varietévorstellungen gesehen hatte als irgendeiner meiner Kameraden. Da mein Onkel ein Varietétheater im Stadtzentrum und ein Kino in Ringsend besaß, hatte ich nämlich seit meinem vierten Lebensjahr zweimal die Woche eine Vorstellung besucht. Joe hatte als Vierzehnjähriger einmal als Araberjunge in einem Film mitgespielt und behauptete, der Kameramann sei scharf auf ihn gewesen und habe ihn eines Tages durchs ganze Filmset hinein- in die Kasba und wieder herausgejagt.

Dann und wann sangen wir auch im Chor, und Charlie und Jones 538 sangen wie alle anderen mit, selbst wenn das Lied unser Lieblingsthema behandelte, aber Jones 538 liebte die unzüchtigen Worte mehr um ihres Klanges als um ihrer Bedeutung willen:

Ich sitze fest im Sattel und sprenge froh einher,
Kein Cowboy trifft so schnell mit einem Schießgewehr.
Mit seinem Kei-Ei Jippi und seinem Kei-Ei Jee
Und seinem Kei-Ei Jippi Jippi Jee.
Ich nahm mein Mädel mit zum Ausritt in die Marsch
Und zeigt ihr alle Falten in einem Cowboyarsch.
Mit meinem Kei-Ei Jippi und meinem Kei-Ei Jee

Und meinem Kei-Ei Jippi Jippi Jee.
Ich lief zum Pferch hinaus und sah den alten Mick
Mit seinem Schwanze wedeln nach einem Ochsenfick.
Mit seinem Kei-Ei Jippi und seinem Kei-Ei Jee
Und seinem Kei-Ei Jippi Jippi Jee.
Erst fickt ich meinen Köter, dann fickte ich mein Schwein,
Und hatt ich dann noch Lust, schob ich mir'n selber rein.
Mit meinem Kei-Ei Jippi und meinem Kei-Ei Jee
Und meinem Kei-Ei Jippi Jippi Jee.
Ich fickte sie im Sitzen und fickte sie im Liegen,
Und wenn sie Flügel hatten, vögelt ich sie im Fliegen.
Mit meinem Kei-Ei Jippi und meinem Kei-Ei Jee
Und meinem Kei-Ei Jippi Jippi Jee.

Auch so etwas sangen wir:

An einem Freitagabend saß Robinson Crusoe allein
Und sagt zu seinem Freitag: »Jetzt schieb ich ihn dir rein«,
Hier, nimm mal dies und nimm mal das,
Ohne Weibsbild macht's doch keinen Spaß,
Ohne Weibsbild will dir gar nichts glücken,
Als nur dich selber arschzuficken.

Das kleine Fräulein Muff
Sitzt stillvergnügt im Puff,
Sie übt sich mit dem Kerzenstummel
Und seufzt verzückt bei dem Gefummel.
Kommt eine alte Spinne,
Und schiebt ihn ihr kurz rinne:
»Hier nimm mal dies und nimm mal das,
Ohne Weibsbild macht's doch keinen Spaß,

Ohne Weibsbild bist du aufgerieben,
Musst ihn ins eigene Arschloch schieben.«

Andere Lieder wie die der Londoner Jungs waren anständiger:

»Sieh den Blitz-Harry die Straße lang flanieren,
Mit jedem Mädel, das er sieht, muss er poussieren ...«

oder wie sie alle hießen, so »Alteisen-Alteisen ...« oder »Heb die Haxen, Mutter Brown«.

Diese Lieder sang Charlie mit Inbrunst. Und natürlich auch die Borstal-Lieder wie »Ich taug nichts, heißts, weil ich ein Borstal Boy bin«, und:

Im Fürsorgeheim des Feltham-Knast
Sind wir zwei Borstal Boys zu Gast.
Wir brummen still und haben Zeit,
Zur Freiheit fehlt noch 'ne Kleinigkeit.

Und wenn die Freiheit endlich naht,
Dann kommts uns allen, früh und spät,
Und dieser Kehrreim soll erschallen
Durch Felthams weite Speisehallen:

Dir, Borstal, diesen letzten Gruß,
Ich lache, weil ich scheiden muss,
Du wirst uns niemals wiedersehn,
Du altes Kaff, es war so schön!

Und zur Melodie »Halfter an der Wand«:

Borstal ist heut ein Paradies,
Nicht mehr wie früher ein Verlies.
»Gut Nacht, mein Sohn!«, der Wärter sagt,
»Und schlafe süß, bis dass es tagt.«

Vorher setzt er dich auf den Topf,
Schiebt dir ein Kissen untern Kopf,
Drückt dir ein Küsschen auf die Wange:
»Ich wache draußen, sei nicht bange.«

Am Morgen, wenn man ausgepennt,
Zum Morgenbad hinunterrennt,
Die Zuckerwecken warten schon.
Wachst du in Katerstimmung auf,
Besorgt rät dir der Wärter drauf:
»Bleib ruhig im Bett, mein lieber Sohn!«

Verlässt du dann dies Paradies,
Wird dir vor lauter Kummer mies,
Und tränenblind rufst du zurück:
»Du warst drei Jahre lang mein Glück!«

Wenn wir, im Gras der dämmrigen Obstgärten hockend, auf das Pfeifensignal warteten, müde und gut gelaunt nach einem Tag in der frischen Luft, sangen wir besser als ein Chor, während die letzten Vögel hoch über unseren Köpfen heimwärts flogen.

Das war die Stunde, wenn die Taffies, die Waliser, zu ihrem Recht kamen und auf Waliser Art mehrstimmig sangen, obgleich sie nicht beieinander waren, sondern über die ganzen Obstwiesen verstreut saßen oder standen und jeder Einzelne für sich in das Lied einstimmte.

Dies ist das letzte Lied, das an jenem Abend gesungen wurde:

Sie kannte mal ’nen Borstal Boy,
In Liverpool, im Monat Mai.
Er tat ihr schön und stahl ihr Herz,
Doch Treue war für ihn nur Scherz.

Einst kam ihr Vater spät nach Haus.
»Ist meine Isabel noch aus?«
Er lief hinauf, er brach das Schloss.
Sie baumelte. Sein Schmerz war groß.

Er zog sein Messer, schnitt sie ab,
Ein Zettelchen fiel sanft herab:
»Ach, Vater, welche Narretei,
Zu hängen für ’nen Borstal Boy!

Sobald ich in der Erde ruh,
Setzt einen Grabstein und dazu,
Damit den Liebestod man glaube,
Zu Füßen eine Turteltaube.«

Wir sangen, bis die Pfeife das Signal zum Heimmarsch gab, dann stimmten wir unterwegs an, zur Melodie des Oberst-Bogey-Marsches:

Wir sind die Nachtschichtscheißer,
Zur Nachtschicht scheißt sichs weißer,
Herr Hitler hat ein großes Ei,
Görings sind klein, drum hat er zwei,
Auch bei Herrn Himmler baumelt was,
Nur Meister Goebbels fehlt auch das.

Den ganzen August bis Ende September wirkten sämtliche Arbeitsgruppen, die Maler, die Klempner, die Schreiner, die Maurer, die Installateure, die Jungs aus der Schmiede, bei der Obsternte mit.

Nach den Beeren waren die ersten Äpfel an der Reihe, die Worcesters, dann die ersten Pflaumen, die Early Rivers, und in der Hochsaison die Victorias, bis die Birnen kamen, in den letzten Septembertagen waren wir alle von der Arbeit auf den Feldern und in den Obstgärten im Gesicht, auf Armen und Brust knusperbraun gebrannt.

Charlie, Joe, Nulpe, Jock und Jones 538 und ich waren von den heimlichen Schwimmausflügen natürlich brauner als jeder andere.

»Braun von Kopf bis Fuß«, sagte Jones 538, der hochbefriedigt an seinem Leib und seinen bloßen Beinen heruntersah.

Es war ein herrlicher Sommer gewesen, den wir ebenso ungern enden, wie wir den ersten kühlen Morgen und den ersten kürzeren Tag anbrechen sahen.

Aber das Verrinnen der Zeit ist für den Gefangenen wie ein wachsendes Bankkonto mit Pence, Shilling und Pfund, für jeden Tag, jede Woche und jeden Monat. Trotzdem dachten wir noch nicht an Entlassung, dafür war es noch zu früh.

Als die Erntezeit vorüber war, waren wir längst keine Zugänge mehr, sondern in der Mittelstufe, während Jock bereits die Oberstufe erreicht hatte. Wir kannten jedermann, jedermann kannte uns, und als der Montag kam, gingen wir wieder an unsere Arbeit und trafen uns wieder wie Jungs in einer Fabrik oder auf dem Bau nach den Ferien. Wir bedauerten, dass die Ferien vorüber waren, freuten uns aber auch, wieder zusammen zu sein, ja, wir waren froh, wieder in der gewohnten Routine zu sein.

Der freie Anstreicher nickte mir freundlich zu, als ich am ersten Oktober wieder in der Malerwerkstatt erschien. »Meadows wartet auf dem Bau schon auf dich, Bee-hann. Du weißt sicher, wohin du zu gehen hast.«

Tom freute sich, mich wiederzusehen. »Hallo, Paddy, ist ja 'ne Ewigkeit her, dass wir zusammen geschwatzt haben. Hast mir gefehlt, Alter. Man kann mit diesen Pennern kein vernünftiges Wort reden, sie sind einfach zu bekloppt dazu, und wenn sie das Maul aufmachen, kommt 'ne Sauerei heraus, wenn sie dir nicht faustdicke Lügen aufbinden über die Millionen, die sie verschoben haben wollen für den Tag, wenn sie wieder rauskommen. Einer war hier, vom alten Stamm, hat bei den Installateuren gearbeitet, der hat mich fast plemplem gemacht mit seinem Gelaber von der feinen Kluft, die er draußen angehabt hat, und von den Schnepfen, mit denen er Taxi gefahren ist. So ein beschissener Angeber.«

Ich tat so, als müsse ich lachen, und sagte: »Meine Güte, Tom, bist immer noch der Alte. Ich glaub, es ist dir egal, was du sagst, du sagst es einfach geraderaus. Und soll ich dir was sagen?« Ich blickte ihn, plötzlich ernst geworden, an. »Recht hast du, verdammt recht.«

Er lächelte und meinte: »Na ja, Pat. Da, wo ich her bin, redet man frei von der Leber weg.«

»Merkt man«, sagte ich.

»Und nun, Paddy, machen wir uns an die Fensterrahmen hier. Ich habe die Farbe angerührt.«

Der Morgen war kalt, aber hell, und die Sonne schien durch das dichte Laub der Bäume, nicht weiß wie im Sommer und auch nicht heiß, aber stetig und golden.

Jock war draußen mit Klempnerarbeiten beschäftigt und hatte dazu ein Feuer in einem Kohlenbecken angesteckt, um

Blei flüssig zu machen. Er trat von Zeit zu Zeit auf den Blasebalg und sagte, er und sein Wärter würden später eine Tasse Tee machen, und ich freute mich darauf.

Joe arbeitete unten bei der Baugruppe und hob Gräben aus. Neben der Baustelle lag ein Obstgarten, und das Gras wuchs bis an unseren Mörtel, an unsere Mauersteine und zerbrochenen Ziegel, bis zu dem Stacheldraht, der den Garten von unserem Bauplatz trennte.

Eine oder zwei Wochen lang nachdem wir wieder bei unserer Arbeit waren, verspürte keiner Lust auf Obst. Wir hatten unseren Hunger auf Wochen hinaus gestillt und bekamen jetzt ein paar Äpfel oder eine Handvoll Pflaumen mit unserem Tee, was nach einer Weile jedoch aufhörte, sodass wir uns fragten, warum wir beim Pflücken nicht zweimal so viel gefuttert hatten, obgleich keiner wusste, wie wir all das hätten verkraften sollen.

Wenn wir in diesen kürzer werdenden Tagen den Weg entlanggingen, um Öl oder Terpentin zu holen, und einer aus der Gärtnerei am Zaun arbeitete, konnten wir von Glück sagen, wenn er nahe genug stand, um uns einen Apfel oder eine Birne herüberzuwerfen, ohne dass der Wärter es merkte, da jetzt nur noch Dessertäpfel für den Weihnachtsmarkt gepflückt wurden und die Birnen nachgerade gezählt waren. Die Wärter waren jetzt sehr streng. Joe sagte, der Grund sei, dass sie kaum etwas für sich abgreifen konnten.

Auf unserer Seite des Zauns drohte Tessie O'Shea, jeden an den Kanthaken zu kriegen, der sich nur in die Nähe des Obstgartens wage; er würde nicht nur die Vergünstigung der Bewährungsfrist verlieren, sondern außerdem todsicher seine gute Arbeit verlieren.

»Das sind die besten Äpfel von allen«, sagte Tom Meadows.

»Cox Orange Pippins. Werden von einer Sondergruppe gepflückt. Meinst du, die verdammten Geizkragen schustern dir einen zu? Aber man kanns verstehen, sie kriegen auch ’n guten Lohn, keiner weniger als acht Pence die Woche.«

»Auch wir kriegen acht Pence die Woche.«

»Ich weiß. Ich habe oft einen Shilling und einmal einen Shilling und zwei Pence verdient, wir sind aber auch Handwerker. Die sind ungelernt, Hilfsarbeiter. Acht Pence ist für die ein Haufen Geld. Sie werden ja auch nicht für Sonderarbeit eingesetzt, verstehst du?« Er lächelte. »Aber wir kennen uns aus in unserem Kram.«

»Du jedenfalls, Tom«, sagte ich aufrichtig.

Er nickte ernst und strich mit dem vollen Pinsel über einen Rahmen. »Auch du verstehst was davon, Junge. Du setzt sehr gut an, und wenn du beim Absetzen und Abreiben noch ein bisschen aufpassen würdest, wärst du Meister.«

Während wir sprachen, hörte ich Joes heisere Stimme hinter mir: »Paddy!«

»Was gibts?«

Tom sagte nichts, denn er konnte Joe nicht leiden, der für ihn ein ordinärer Zuhälter und obendrein ein Cockney war.

All das war er. Es fiel trotzdem schwer, ihn nicht zu mögen. Tief geduckt, sodass man zuerst nur seinen schwarzen Wuschelkopf sah, bis er sich aufrichtete und die Locken aus dem Gesicht strich, während seine braunen Augen ernst dreinblickten und Kinn und Wangen mit einem wochenalten Stoppelbart bedeckt waren, bis auf eine schmale weiße Narbe. Er winkte ungeduldig und sagte: »Was grinst du, irischer Furz? Ich hab dir was zu sagen, bevor der alte O’Shea mich anscheißt, weil ich von meinem Arbeitsplatz weggelaufen bin. Ich hab mich nur fürs Klo abgemeldet.«

Das Klo auf dem Bauplatz war eine Wellblechbude mit einer Grube und einem Holzbrett als Sitz darüber. Außer bei schlechtem Wetter oder in dringenden Fällen zogen die Insassen tiefes Gras vor. Manch einer beschwerte sich über den Abort, wenn ich auch wusste, dass er nicht schlechter war als die meisten Aborte auf einer Baustelle, außerdem konnte man dort bequem eine Zigarette rauchen.

»Also, raus mit der Sprache«, sagte ich. »Tom wird nichts dagegen haben.«

»Ich steh gerade drin und paffe ein paar Züge, als Charlie mir vom Obstgarten zuflüstert. Er pflückt die Pippins mit, Jones 538 auch. Wenn du bis zum äußersten Ende des Zauns rankommen kannst, organisiert er dir 'n paar Äpfel.« Er blickte zu Tom auf. »Ich kann nicht mit, weil ich meine Gruppe nicht verlassen darf, aber du kannst doch weg. Tu so, wie wenn du wegen Farbe oder so was zur Werkstatt gehst. Er wird dich sowieso nicht ausfragen, weil du eine Sonderaufgabe hast.« Damit stahl er sich in Richtung Baugruppe davon.

»Okay, ich tu so, als ob ich Farblösung hole, wenn er mich fragt«, sagte ich und legte meinen Spachtel beiseite,

»Kannst du, wenn du willst, Paddy«, sagte Tom.

Ich sah ihn an. Seine Miene war abweisend, fast böse. »Egal, Joe ist doch in Ordnung«, sagte ich.

»Ist mir wurst«, sagte Tom. »Er ist dein Kumpel, nicht meiner.«

Auch sonst ist keiner dein Kumpel, dachte ich. Kein Wunder, bei deiner miesen Visage, deinen roten Antichristbartstoppeln und deinem jämmerlichen Totengräbergefasel. Es wäre ja geradezu das achte Weltwunder, wenn irgendeiner in deine Nähe käme, mit Ausnahme der Braut, die so nah an dich herankam, dass du sie erwürgen konntest. Mein Gott! Und wenn man von einem anständigen Zuhälter spricht, der zwölf Huren hat, so ist das noch lange nicht wie die eine, die du gehabt hast: Ich habe keine Mutter gehabt, der ich das Herz brechen kann, ich hab auch keinen Kumpel gehabt, der für mich einstehen konnte, ich hab nur ein Mädel gehabt, und dem hab ich mit ihrem eigenen Strumpf den Hals umgedreht.

»Geh ruhig, wenn du meinst«, brummte er, ohne den Kopf zu wenden, von der Leiter herab und verkittete dabei eine kleine blanke Stelle des Fensterrahmens.

Und ob ich gehe!, sagte ich mir. Und zwar ohne Gruß, der Teufel soll dich frikassieren, du kannst mich mal, du rothaariger Lump, du!

Ich legte mein Kittmesser neben Topf und Pinsel und schlenderte auf den Feldweg zu. Tessie O'Shea nahm keine Notiz von mir, und als ich um die Ecke gebogen und außer Sichtweite war, winkte ich Charlie.

Er kam mit ausgebeultem Hemd durch den Schatten der Bäume heran, blickte umher und lächelte. »Hier, Paddy«, sagte er, langte in das Hemd und reichte mir die Äpfel.

Ich schob sie mir unters Hemd, sie waren noch warm von seinem Körper. »Mannomann, 'ne ganz schöne Menge, Charlie. Besten Dank.«

»Gib auch Jock welche, er arbeitet ganz in der Nähe, und versuch auch, Joe ein paar zuzuschustern. Jones 538 hat mir geholfen, sie verschwinden zu lassen. Er steht dort drüben Schmiere.«

Ich blickte in Richtung seiner Hand, sah Jones 538 hinter einem Baum winken, und ich winkte zurück. »Muss jetzt gehen, Paddy.«

»Klar, dank dir, Kumpel.«

Er nickte mit halb geschlossenen Augen, lächelte und hob

seinen rechten Daumen. »Okay, Paddy, lauf lieber zurück.« Und schon war er zwischen den Bäumen verschwunden.

Ich gelangte heil zu meinem Platz zurück. »Hab sie«, brummte ich und schickte mich an, meine Last abzuladen.

Tom Meadows sagte keinen Ton und arbeitete weiter. Noch immer eingeschnappt, du schlecht gelaunter Idiot! – Wenn ich aber den Mund aufmache und dir ein paar Äpfel anbiete, riskiere ich noch, von dir zum Teufel gejagt zu werden. Aber Gott meint's gut mit dir, trotz allem. Jeder Krüppel hat seinen eigenen Humpelgang, außerdem muss ich neun Stunden am Tag neben dir Penner arbeiten, ob ich will oder nicht.

Ich war um eine Lüge weiß Gott nicht verlegen: »Charlie hat gesagt, ich soll dir die schönsten von allen anbieten, los, komm runter und such dir welche aus.«

Bevor er wusste, woran er war, drehte er sich blitzschnell auf seiner Leiter um und fragte erfreut: »Wirklich?«

»So wahr ich hier stehe. Er hat gesagt: ›Vergiss mir nicht, deinem Arbeitskumpel zuerst welche anzubieten, er ist beim Wiegen der Beeren so anständig zu mir gewesen.‹« Lügner brauchen ein gutes Gedächtnis, und das habe ich, zum Glück.

»Ach, das war doch nicht der Rede wert! Netter Bursche, dieser Charlie«, sagte er einlenkend, aber noch nicht ganz nachgebend. »Das kann ich von dem Itaker, diesem Scheißzuhälter, nicht behaupten.«

»Hast vielleicht recht«, sagte ich seufzend, »wenn es aber ein Verbrechen ist, dunkelhäutig zu sein, dann sind Tausende verdammt.«

»Da ist was dran, Paddy.« Er musterte einen Apfel und biss hinein. »Saubere Sache, du.« Nun lobte er das Geschenk, um seine Unfreundlichkeit wiedergutzumachen. »Lecker. So was würde man draußen nicht kriegen.«

»Nein, Gott sei Dank«, sagte ich. »Die sind für uns gerade gut genug. Ob Joe Lust auf einen hätte?«

»Worauf du dich verlassen kannst. Die ganze Zeit in dem elenden Graben zu ackern.« Und schon kam er zu einem Entschluss. »Gib mir ein paar, und ich spring rüber. Der Wärter wird mich in Ruhe lassen.«

»Nee, nee, ich mach das schon.«

»Kommt gar nicht infrage, ich geh hin und zeig dir, wie man so was macht. Gib sie mir. Ich steck sie in 'nen Eimer, wie wenn ich Wasser für Wasserfarben holen wollte.«

Ich gab ihm ein halbes Dutzend Äpfel; er legte sie in den Eimer, der vollkommen eingetrocknet war, stand auf und machte sich mit dem Eimer davon, und ich rief ihm nach: »Hals- und Beinbruch, Tom«, als wolle er den Bau mit einer Bombe in die Luft sprengen.

Er drehte sich um und lächelte sein dünnes Lächeln. »Der kriegt mich nicht zu fassen, Paddy, dazu bin ich zu gerissen. Ist nicht das erste Mal, dass ich die Typen reinlege.«

Als er mir mehr Obst aufschrieb, als ich geliefert hatte, verstieß er zum ersten Mal seit unserer Bekanntschaft bewusst gegen die Hausordnung. Ich sah ihn zum Graben hinüberschlendern, wo die Baugruppe arbeitete. Wenn der alte O'Shea ihn abfing, würde er ihn nur fragen, was zum Teufel er dort suche, was Tom mehr aufregen würde als jeden anderen, der drei Tage strengen Arrest bekam, so korrekt und gehorsam war er. Die mögliche Entziehung der Bewährungsfrist konnte dem Armen nicht viel ausmachen, weil er als Lebenslänglicher keinerlei Vergünstigungen zu verlieren hatte.

»Da bin ich wieder. Auftrag ausgeführt!«, sagte er hinter mir und lachte, als habe er soeben einen Tresor geknackt und hätte eine Million Pfund Sterling erbeutet.

»Nicht schlecht«, sagte ich bewundernd. »Man könnte meinen, du hast das schon öfter gemacht. Ich habe gesehen, wie du am alten O'Shea vorbeigegangen bist, und ich glaube fast, du hast die Nerven gehabt, eine Ewigkeit mit ihm zu quatschen.«

»Ach was, ich hab einfach gesagt: ›Tag, Sir, schönes Wetter heute‹, oder meinst du, ich hätte ihm beichten sollen, dass ich einem seiner Leute 'ne Handvoll geklauter Äpfel rüberbringen will?«

»Du hast ja Klöten wie'n Zuchtbulle!«, sagte ich seufzend.

»Mannomann, hast du Ausdrücke am Leib! Vielleicht kommt das daher, dass du den Blarney-Stein geküsst hast.«

»Genau das«, gab ich zurück, »aber ich wette, Joe hat Bauklötze gestaunt über die rasche Ausführung des Auftrags.«

»Kann ich dir sagen. Ich bin mit meinem Eimer einfach zum Graben gelaufen, O'Shea ging gerade in die andere Richtung, und hab zu Joe hinunter gesagt: ›Hey, Augen auf und fangen.‹ Was glaubst du, was der für einen Schreck bekommen hat, fast hätte er seine Schaufel fallen lassen. Ich habe ihm die Bescherung einfach in den Graben gekippt, war im Handumdrehen geschehen.«

»Der wird gleich in den ersten reingebissen haben!«

»Ja«, sagte Tom, »die armen Tröpfe von der Baugruppe, die müssen ran. Und der Joe, vielleicht ist er gar nicht so übel, wenn man ihn besser kennt.«

»Kein schlechter Kerl, das arme Schwein, wenn ich auch ganz deiner Meinung bin«, sagte ich teilnahmsvoll, »dass er eine ganz beschissene Ausdrucksweise hat.«

»Ich habs dir immer gesagt, Paddy, ich hab sofort gesehn, dass du 'ne anständige Erziehung genossen hast, genau wie ich. Wenn ich auch nichts von der IRA halte, die Bomben auf ganz harmlose Leute schmeißt, die von Irland keine Ahnung haben und nur ihre Arbeit tun. Wenns noch die Großkopferten wären, die es abkriegen, na schön, schließlich kämpfst du für dein Land, und es ist eine Schande, dass du dir die Sauereien dieser Typen anhören musst, wenn sie auch nichts dafür können. Sie sind eben Opfer der Gesellschaft.«

»Na ja, weißt du«, sagte ich freimütig, »gelegentlich kann ich auch ein paar saftige Ausdrücke gebrauchen, wenn mir danach ist.«

»Klar, fluchen, wenn was schiefgeht, tun wir alle, aber nicht die ewigen Sauereien, die die anderen verzapfen.«

»Ich gebe zu, da hast du recht. Ich mag die auch nicht. Deswegen braucht einer noch lange kein Heiliger zu sein«, sagte ich. »Natürlich können sie nichts dafür, ist eben ihre Erziehung. Trotzdem ist der arme Joe nicht der Schlechteste.«

»Der Typ ist auf seine Weise in Ordnung«, sagte Tom. »Nur ist es schade, dass die Jungs, die hierherkommen, nicht genug ausgesiebt werden.«

Wie dem auch sei: Von diesem Tag an waren meine Rauchbrüder – die Gruppe: Joe, Jock, Nulpe, Jones 538 und Charlie – sehr freundlich zu meinem Arbeitskumpel Tom, der eine Art Mitglied unserer Gruppe wurde, auch wenn sie ihn nur selten sahen. Dafür sprachen sie aber bei den Mahlzeiten von ihm, und Tom fragte nach ihnen, wenn wir zusammen bei der Arbeit waren. Wenn wir alle fünfhundert Mann hoch bei einem Konzert oder einer Bekanntmachung des Direktors im Esssaal von Saint George's beieinander waren, stand Tom bei unserer Bande und gehörte zu uns, während er vorher abseits und allein herumgestanden hatte. Und einmal hörte ich, wie er einen Jungen bat, ihn zu seinen Kumpeln durchzulassen.

Der Herbst wurde kühler und windiger, die Blätter segelten herab, ein bösartiger Ostwind blies uns morgens auf dem Weg zur Arbeit ins Gesicht, er brauste von der Nordsee her, die in der Entfernung aussah wie ein blaues Stahlband, eingeklemmt zwischen Horizont und fröstelnden Marschen und dem schmutzig grauen Strand. Und darüber erhob sich der Himmel, bleigrau, bis die Dämmerung anbrach und der Wind und wir gegen fünf Uhr im Dunkeln von der Arbeit nach Hause trotteten.

An diesem Freitagabend hing ein Anschlag am Brett des Verwaltungsbüros, der den Beginn der Rugbyspielzeit ankündigte und erklärte, dass sie der ausgedehnten Erntearbeiten wegen später als gewöhnlich beginne; wer Lust zum Spielen habe, möge nach dem Tee in die Bibliothek kommen.

Ich hatte nie gehört, dass Rugby irgendjemand außer Bankangestellte reizte; niemand, den ich kannte, hatte eine Ahnung, wie eine Rugbymannschaft auf dem Spielfeld aussah. Vermutlich wurde nur wegen der ununterbrochenen Sportberichte in der Presse zu Hause in unserer Straße so viel von Rugby und am Tage eines Länderspiels von Irlands Chancen gequatscht, obgleich keiner von uns und unseren Hausnachbarn je ein Spiel miterlebt hatte. Das Gleiche traf auf fast alle Jungen der Anstalt zu. Keiner hatte die leiseste Ahnung von Rugby, und sehr wenige verstanden etwas von Cricket. So hörte ich Nulpe zum Beispiel fragen, wozu die Schläger dienten.

Jeder Einwohner einer englischen oder irischen Stadt versteht etwas von Fußball, weil es das Spiel der Straße ist, wo der Ball niedrig gehalten wird, wo kaum ein Fenster zu Bruch geht und ein Spieler selten auf den harten Asphalt knallt.

Ich wusste, dass Waliser Minenarbeiter Rugby spielten. In Irland spielten es die Werftarbeiter in Limerick, auf dem Lande wurden jedoch meistens gälischer Fußball und Treibball und in den Städten *Soccer,* der englische Fußball, gespielt.

Fußballliebhaber besuchten die gälischen Wettkämpfe und verstanden was von dem Spiel. Viele der größten Fußballer der Zeit, wie Jackie Carey, der für Manchester City spielte und seine Mannschaft anführte, als diese den FA Cup gewann, waren Dubliner, die in ihrer Jugend gälischen Fußball gespielt hatten.

Rugby war in meinen Augen ein Spiel für Protestanten und für katholische Ladenbesitzer, weshalb es mir nie in den Sinn gekommen wäre, dass ich jemals etwas damit zu tun haben könnte.

Das dauerte so lange, bis ich *The Silver Fleece* von Robert Collis aus unserer Bibliothek las.

Collis gehörte zur irischen Nationalmannschaft und hatte während seines Medizinstudiums in den Staaten auch American Football gespielt; er war sicher Ire, jedenfalls ein Mordskerl, denn die Art, wie er die irische Stürmerreihe beschrieb, brachte mein Blut in Wallung wie Emmets »Reden von der Anklagebank«.

Unter den Rugbykommentatoren, die gern Wind machten und dem britischen Herrenvolk nach dem Mund redeten, beschrieb einer einen irischen Stürmer, der »über die mit Angelsachsen (wie die Engländer sich gern nannten) gespickte Linie lief«. Collis hingegen hatte seinen eigenen Stil, und die Art, wie er den Vorstoß eines irischen Sturms schilderte, erinnerte an Thomas Davis' Gedicht *Fontenoy:*

Im Sattel stolz gereckt, der König Ludwig sprach:
›Irische Reiter vor!‹ Die Kavalkade brach
– ›Vergesst nicht Limerick! Zermalmt die Sassenach!‹ –
Hindurch bei Fontenoy! Bei Fontenoy!

Wir versammelten uns also in der Bibliothek, und Shackleton, einer der Heimleiter, hielt uns einen Vortrag über das Spiel. Einige hatten es bereits gespielt, darunter Cragg, der in der Rugbyliga Verteidiger gewesen war und zum Heimleiter sagte: »Schauen Sie, Mr Shackleton, ich weiß nicht recht, ob Sie mich nehmen sollen oder nicht. Ich habe immer für Geld gespielt. Ich weiß nicht, ob feingeistige Spieler wie Sie etwas mit meinesgleichen zu tun haben wollen. Was, wenn Ihr Klub es herausfindet?«

»Du wirst mich ja nicht gleich verpfeifen, Cragg«, sagte Mr Shackleton. »Wie viel hast du übrigens gekriegt?«

»Ich habe fünf Shilling für ein Unentschieden bekommen, zehn, wenn wir gewonnen haben, und keinen Tee und nicht mal das gottverdammte Fahrgeld heim, wenn wir verloren haben.«

Mr Shackleton zuckte leicht zusammen, weil er religiös, uns aber auch freundlich gesinnt war, weshalb jeder darauf sah, ihn nicht zu verstimmen, und sagte: »Na schön, Cragg, den Tee kann ich dir versprechen, natürlich nur, wenn du gewinnst. Ich fürchte, die Kasse wird für deine anderen Bezüge nicht ausreichen. Trotzdem hoffe ich, dass du uns nicht im Stich lässt.« Als er das Spiel erklärt hatte, notierte er Namen und fragte, wer was spielen wolle. Ich sagte, ich möchte Dreiviertel-Außen sein, die einzige Position, über die ich etwas wusste, aber Shackleton lächelte unter seinem Pfadfinderanführerschnurrbart und meinte, das sei ihm zu weichlich für mich, ich passe viel besser in den Sturm.

Er hielt auch Wort, denn er teilte mich beim ersten Versuchsspiel als *Hooker* ein, wobei ich mich wie ein stromlinienförmiger Bulle ausnahm, sodass ich von jetzt an nur noch Hooker spielte. Jock war in der zweiten Reihe des Sturms, meine beiden Mitspieler waren zwei Riesenkerls, ein dunkelhäutiger Neuer aus Pompey namens Lascelles, der ein Mädchen in einem Luftschutzkeller ermordet hatte und deshalb saß, und Christian, der Schwarze aus Tiger Bay, der einem norwegischen Seemann den rechten Arm mit einem Fleischermesser abgehackt hatte.

Sullivan sagte, ich sei der Weißeste von allen in unserer ersten Stürmerreihe.

In jedem Heim wurden Mannschaften aufgestellt, die an Sonntagen spielten, da die Fußballspieler die Plätze samstags belegten.

Wir waren mit Abstand die beste der Hausmannschaften, und als wir richtig im Schwung waren, spielten wir auch gegen Mannschaften von außerhalb. Ein paarmal spielten wir gegen ein Internat aus dem County; Shackleton sagte, es verstehe sich von selbst, dass Borstal Boys, die gegen ein College anträten, bei Halbzeit nicht rauchten, weil im College Rauchen verboten sei. Meist entpuppten sich die Collegejungs wider Erwarten auf dem Platz als ziemlich unfair. Im *Scrum* versuchte einer von ihnen mich zu rammen, sodass ich ihn beim nächsten Mal warnen musste, wenn er den Scheiß noch mal versuchen wolle, würde ich ihm mit Vergnügen einen Denkzettel verpassen und ihm das Knie in die Weichteile rammen.

Nachher, beim Duschen, waren sie genau wie alle anderen Jungs, machten anzügliche Witze und ärgerten sich gegenseitig und gaben sich beim Tee alle Mühe, angenehme Gastgeber zu sein. Und obgleich sie eigentlich nicht rauchen durften, hatten sie Berge von Zigaretten bei sich und schenkten jedem von uns regelmäßig ein Päckchen, bevor wir in die Anstalt zurückfuhren; so bekam ich von dem Hooker, der mich vorher hatte rammen wollen, vor der Abfahrt zwanzig *Senior Service.*

Dann und wann traten wir auch gegen die Wärter an, die ein gutes Beispiel dafür waren, wie man austeilte und einsteckte, ohne aus einer Mücke einen Elefanten zu machen.

Ich neigte eher dazu, mich zu Unbeherrschtheiten hinreißen zu lassen, und trat einmal einen Wärter ziemlich ungnädig, als ich vorgab, auf den Ball zu zielen. Wäre ich das Ziel gewesen, ich hätte dem Kicker ziemlich unsanft zwischen die Beine getreten, während mein Gegner nur aufsah und sagte: »Ich muss mich doch sehr über dich wundern, Paddy«, eine Bemerkung, die ich nicht vergessen sollte.

Ich würde sogar sagen, dass die Wärter der Anstalt im klassischen Sinne bessere *Gentlemen* waren als jeder von uns, die Collegejungs eingeschlossen.

Einmal spielten wir gegen die in der Nähe stationierte Hochland-Infanterie, deren Mannschaft mit Ausnahme eines rothaarigen Sergeants namens Duke, der Hooker spielte, nur aus Offizieren bestand. Dieser Sergeant war einmal Mittelgewichtsmeister von Indien gewesen. Im *Scrum* war er ziemlich rau, trotzdem luchste ich ihm den Ball häufiger ab, als ihm lieb war. Als wir uns daher wieder einmal für den Balleinwurf aufstellten, stieß er mich in die Rippen, als ich sprang. Und schon kam einer der in unserer Mannschaft mitspielenden Wärter angewetzt, weil ich zusammengekrümmt am Boden lag, beschimpfte Duke wütend und wollte ihm an den Kragen, sodass zwischen den Wärtern und uns auf der einen Seite und den Offizieren und dem Sergeanten auf der anderen um ein Haar ein wüstes Handgemenge entstanden wäre, wenn nicht Shackleton, der als Schiedsrichter fungierte, dazwischengefahren wäre. Dafür sangen wir später gemeinsam Lieder; einer der Offiziere bot mir sogar einen Schluck aus seiner Whiskypulle an, wenn ich ein paar rebellische gälische Lieder sänge. Ich trug einige besonders provozierende sogar zweisprachig vor, und je deftiger sie waren, desto besser gefielen sie ihm. Dann bekamen wir unseren Tee, und bevor die Gäste mit dem Direktor essen gingen, ließen sie uns hochleben, nicht etwa, weil wir gewonnen hatten – was nicht der Fall war –, sondern weil es auf dem Spielfeld fast zur Keilerei gekommen wäre, was ihnen wie jede Rauferei Gesprächsstoff gab.

Wenn wir außerhalb der Anstalt spielten, war unsere Stürmerreihe stets dieselbe. Shackleton war ein feiner Kerl, er trainierte uns und pfiff mich an, weil ich im *Scrum* fluchte und nach hinten schrie, sie sollten gefälligst nachdrücken. Ich war immer wieder darüber erstaunt, dass die Protestanten Fluchen und das überflüssige Anrufen des Namens Gottes so heftig beanstandeten, weil ich annahm, es störe sie nur wie eine Unhöflichkeit, wie wenn einer Füchse abschösse oder Kartoffeln mit dem Messer schnitt, aber Shackleton war ehrlich ungehalten, weshalb ich Fluchen in seiner Gegenwart unterließ, jedoch nur, weil er ein hochanständiger Mensch war. Er galt als Quäker; ich wollte ihn jedoch, ohne Rücksicht darauf, ob er einer war oder nicht, um keinen Preis verstimmen, weil er beim Spiel lächelte und rief: »Gut gemacht, Paddy, hol ihn dir«, und dergleichen Ermunterungen mehr, bis ich eine Kanone im Rugby war und ein bullenhafter Spezialist im Zurückerobern des Balls.

Charlie spielte samstags Fußball, schaute aber sonntags bei uns zu. Wenn wir Spiele der Heimliga austrugen oder gegen eine Mannschaft von außerhalb antraten, stand er dabei und schrie mit den anderen, brüllte nur ein bisschen mehr, wenn ich den Ball hatte und damit durchbrach. Charlie war ein Meisterdribbler wie Dixie Dean, aber auch ich verstand mich beim Rugby aufs Dribbeln und hatte dies wohl von meinem Vater und meinen Onkeln geerbt, die als Fußballspieler so gut dribbeln konnten, dass der Ball wie mit einem Scharnier an ihrem Spann befestigt schien.

Ein Spiel, das mir nicht lag, während mein Vater und meine Stiefbrüder es aus dem Effeff beherrschten, war Billard. Ich sah jedoch gern zu, wenn Charlie und Nulpe, die Meister darin waren, spielten. Billard war Nulpes Domäne, und wir sahen ihm mit angehaltenem Atem zu, wenn er mit Charlie für ein Turnier trainierte. Nulpe hielt jedoch keineswegs den Atem an, sondern nahm den Billardstock in seine groben ungelenken Hände und blickte den Ball gelassen an.

Mitunter sahen auch die Wärter zu, dann war er stolz, und zwar zu Recht, und wir waren begeistert, selbst Jock und ich, die nicht spielten, weil Nulpe zu uns gehörte und man sich einen stilleren, anständigeren Jungen kaum vorstellen konnte.

So meldeten sich denn Charlie und Nulpe zu einem Billardturnier der gesamten Anstalt, dessen Endspiel in Saint Andrew's ausgetragen wurde, und wir erhielten die Erlaubnis, zum Zusehen hinüberzugehen.

Es war ein seltsames Erlebnis, nachts auf der langen Landstraße im windigen Dunkel zum Neuen Lager hinüberzuwandern, während das Rauschen der nahen Nordsee sich mit dem der Bäume und des Windes vermengte; es war gar nicht unangenehm – wie das Mädchen zu dem Soldaten sagte.

In Saint Andrew's wartete Tom in der Menge an der Tür auf uns und kam sich mit seinen Kumpels vor den anderen aus dem Heim, die ihn nie mit Freunden gesehen hatten, sehr wichtig vor. Er führte uns in einen Lagerraum hinunter, in dem er eine Kanne Tee und ein paar Becher bereithielt. Nach dem Marsch waren wir froh, heißen Tee zu bekommen, zu dem er uns auch eine Zigarette anbot, und so tranken wir Tee und rauchten, bis das Spiel begann.

Alle staunten über Nulpe, und Tom sagte zu einem Burschen, der neben ihm stand: »Auch Charlie hat's drauf. Sind beides Kumpels.«

Worauf der Bursche sagte, Charlie sei ein guter Spieler.

»Ihm ist es wurst«, sagte ich, »ob er auf einem feststehenden Tisch spielt. Er ist Seemann und hat auf einem Zerstörer spielen gelernt, wo die Bälle an die Decke sprangen, wenn der Pott rollte und schaukelte.«

Charlie drehte sich um und lächelte mir zu, als er seinen Queue mit Kreide behandelte. Er sprach selten davon, dass er in der Kriegsmarine gedient hatte, war jedoch stolz darauf – das wusste ich – und hatte nichts dagegen, dass die Tatsache bekannt wurde. Charlie und Nulpe gewannen das Turnier und damit jeder fünfzig Kippchen und wurden zu einem Imbiss in die Heimküche geführt. Tom Meadows schenkte Joe, Jock und mir noch einen Becher Tee ein, und eine Gruppe des Heims setzte sich zu uns in Toms Lagerraum, um zu schwatzen.

Dann verabschiedete er sich von uns an der Tür, lachte und sagte gleichzeitig, er habe eine super Farbe zum Grundieren für die Türen des Neuen Lagers vorbereitet, die morgen gerade richtig sein werde. Charlie und Nulpe gaben ihm seinen Anteil an den fünfzig Zigaretten, was ihn sehr freute, weil es jedermann an der Tür sah, und Charlie sagte: »Jones 538 konnte nicht kommen, er ist in der Sportstunde, wir haben aber seine hier.« Tom nickte, wir riefen allen an der Tür »Gute Nacht« und unserem Gastgeber »Gute Nacht, Tom« zu. Ich habe nie im Leben einen Menschen gesehen, der so über das ganze Gesicht strahlte und sagte: »Gute Nacht, Paddy, Charlie, Joe, Jock, und raucht dem 538 nicht seine Zigaretten weg.«

Als wir auf der Straße zurückgingen, verbarg sich der Mond hinter einem Wolkenfetzen über der schäumenden grauen See hinter den halb überschwemmten Marschen.

In der letzten Novemberwoche forderte unsere Oberin die Jungs, denen sie auf den Gängen begegnete, auf, in die Bibliothek zu gehen, wo sie eine Besetzung für das weihnachtliche Krippenspiel auswählen wollte.

Unsere Oberin war eine robuste Frau und allerseits beliebt. Sie war Jahre in Portland gewesen, sie und der dicke Carswell scherzten gern über die Zeit, die sie dort gemeinsam verbracht hatten, duzten einander wie alte Kampfgenossen, die allerhand zusammen durchgemacht haben, wenngleich sie immer lachten, wenn sie zusammen sprachen, ausgenommen, wenn es um die Religion ging, denn der dicke Carswell war ein strenger Protestant, wie ein Methodist oder dergleichen, aus Norfolk, und unsere Oberin und der Padre waren das, was man hier englische Katholiken nannte; hin und wieder wohnte sie sogar der Messe bei. Joe sagte, ich benähme mich in ihrer Gegenwart immer besonders anständig; vielleicht hatte er recht, denn wir mochten sie alle gern leiden. Sie sagte, das Einzige, wovor sie Angst habe, sei, in ein Frauengefängnis oder ein Mädchenerziehungsheim versetzt zu werden. Denn sie liebe Jungen und Männer.

Und es stimmte, dass sie uns alle gern hatte, sodass einer fast gekränkt war, wenn sie einen anderen zum Tee in ihre Wohnung einlud oder ihm Zigaretten schenkte.

Morgens kam sie mit ihrem Hund, und alle Jungen der Arbeitsgruppe, an denen sie vorüberging, riefen ihr »Guten Morgen« zu, und sie nickte zurück. Es hieß, sie habe einmal zwei Jungen, die sie beim Türmen einige Kilometer von der Anstalt erwischt hatte, gedroht, sie würde sie grün und blau prügeln, wenn sie nicht sofort zurückliefen, was sie auch taten. Sie zeigte die Ausreißer jedoch nicht an und ließ nichts davon verlauten, dass sie sie so weit weg vom Lager getroffen hatte, sodass sie noch rechtzeitig zur Teestunde im Speisesaal auftauchten und nicht auffielen, da es Samstagnachmittag war.

Bei schlechtem Wetter trug sie auf ihren Gängen zwischen

den Gebäuden und ihrer Privatwohnung eine Fliegermütze und rauchte stets ihre *Rothmans Pall Mall.*

Die Jungs sagten alle, ihr Schatz sei im Ersten Weltkrieg gefallen, worüber sie jedoch nie sprach, aber selbst wenn es eine Lüge war, zeigte dies, was sie von ihr hielten, denn sie konnten ganz gemeine Lügen erfinden, wenn sie jemanden nicht mochten. So gab es einen Wärter, den sie den Einei-Barney nannten, nur weil sie ihn nicht leiden konnten.

Der Hund der Oberin hieß Bran; ich sagte ihr, das sei der Name von Fionn Mac Cumhaills Hund in den alten Geschichten, worüber sie sich freute, da sie zu Zeiten von Yeats und James Stephens aufgewachsen war, als die gebildeten Engländer die Iren eine Zeit lang schätzten.

Meine Mutter hatte in Maud Gonnes Haus im St Stephen's Green gearbeitet, und mein Onkel war mit Yeats in der IRB gewesen, sodass ich ihr manchen Winterabend nach dem Tee stundenlang Geschichten erzählen konnte, die ich von meinem Vater, meiner Mutter und meinen Onkeln über Yeats, Stephens und seine zauberhafte rothaarige Frau sowie über Maud Gonne und A E gehört hatte.

An den meisten Abenden war eine ganze Gruppe von Insassen versammelt, außer wenn der eine oder andere erfuhr, dass sein Bruder gefallen oder auf See vermisst war, oder als ein Bursche den ganzen Tag weinte, weil sein Vater am nächsten Tag gehängt werden sollte. Da sagte sie zu uns allen: »Verschwindet!«

Dann kam der Abend, an dem sie mich über Yeats und AE ausfragte, worauf ich antwortete: »Es ist merkwürdig, dass wir über Yeats und Susan Mitchell in diesem gottverlassenen Kaff sprechen, in dieser grässlichen düsteren altenglischen Marsch, in der die Bauern noch primitiver sind als die irischen.«

»Ach was«, sagte sie. »Dickens hat hier oben Steerforth ertränkt, und Edward Fitzgerald hat seinen Omar Khayyám wenige Kilometer von hier übersetzt. Dieser Ort hat durchaus literarische Anknüpfungspunkte.«

»Schön, aber Edward Fitzgerald war ein Nachfahre der Familie Mac Gearailt Mor und ein Verwandter von Lord Edward Fitzgerald, der im Jahre 1798 von der Miliz erstochen wurde, und der Übersetzer von Omar Khayyám war ein Ire.«

»Aber E. Arnot Robertson war keiner und ist keiner«, sagte sie, denn die Oberin war eine sehr verständige Frau, obgleich ihr Lieblingsbuch *Kostbares Gift* von Mary Webb war.

Daher gingen viele von uns in die Bibliothek zur Besprechung des Krippenspiels.

Ken Jones aus Saint Andrew's war bereits da und hatte wohl seine Mär, er sitze wegen Diebstahls, aufgegeben, da er mit Tom Meadows und einem anderen Lebenslänglichen namens »Gordon-hol-deinen-Gaul« zusammenstand. »Gordon-hol-deinen-Gaul« hatte einen Soldaten umgelegt, weil dieser seinem Mädchen ein Glas Bier bezahlt hatte, und zog ganz allein umher, wenn er nicht bei seinen Schafen in der Heide war. Er war ziemlich bescheuert, aber die Insassen fanden die Lebenslänglichen ohnehin durch die Bank bescheuert.

Immerhin rannte »Gordon-hol-deinen-Gaul« eines Nachts während des Blitzkriegs auf und davon, sodass jedermann meinte, er sei getürmt. Am Morgen wurde er jedoch auf der Heide mitten unter seinen Schafen gefunden, um die er sich während des Luftangriffs gekümmert hatte.

Aber obgleich er ein ausgezeichneter Schäfer war, eignete er sich nicht für die Rolle des heiligen Joseph, denn er hatte O-Beine. Man hätte meinen können, statt Schafe zu hüten, reite er Schweine auf Treibjagden. Er wurde zwar »Gordon-hol-deinen-Gaul« genannt, sah in meinen Augen jedoch mehr wie Johnny Dines aus.

Ich sprach gerade mit Tom und Ken Jones, als die Oberin Ken herausrief und uns sagte, er werde den Joseph darstellen.

Joe schaute zu uns hinüber und sagte: »Der Kenneth da kann doch nicht der Joseph sein, wo er doch zur anglikanischen Kirche gehört.«

»Du Vollidiot«, sagte Charlie, »wir haben in der anglikanischen Kirche Joseph, Jesus Christus und die ganze Gesellschaft genau wie ihr.«

Die Tür ging auf, und Charlie stieß einen leisen Pfiff aus. »Mannomann«, sagte Joe, »schau dir das mal an.«

Ein etwa neunzehnjähriges Mädchen war eingetreten. Einige der Jungen machten ihr neben der Oberin Platz.

»Sie ist die Frau von Mr Hackbell, dem jungen Wärter bei den Landwirtschaftsmaschinen«, sagte ein Waliser hinter uns, der selbst einen Traktor fuhr. »Sie spielt die Jungfrau Maria.«

»Dann will ich der Heilige Geist sein«, sagte Joe.

Der Waliser blickte entsetzt zur Seite.

Ich selbst blickte weg, nicht weil ich etwa entsetzt gewesen wäre, weiß Gott nicht, sondern weil ich fürchtete, laut herauszuplatzen und die junge Frau, die hier unter einen Haufen von Unbekannten und obendrein Anstaltsinsassen geraten war, in Verlegenheit zu bringen. Auf die Oberin brauchte man an sich keine Rücksicht zu nehmen, sie war fast selber ein halber Borstal Boy, nur hätten wir sie damit vor der jungen Frau bloßgestellt.

»Kommen Sie, meine Liebe, wir haben eben erst angefangen.« Die Jungs standen auf, machten höflich für sie Platz und murmelten: »Verzeihung«, als sie auf die Oberin zutrat.

»Tolles Weib, was?«, sagte Joe.

»Und ob«, sagte ich.

Charlie blickte sie an, nickte und sagte: »Sie spielt im Krippenspiel mit. Sie ist die Jungfrau Maria.«

»Ich weiß«, antwortete Joe. »Ich wünschte, ich könnte das Jesuskind sein.«

Charlie sagte nichts, schaute aber weg; dann rief uns die Oberin zur Rollenverteilung.

Charlie und Jones 538 wurden zu Hirten bestimmt, und »Gordon-hol-deinen-Gaul« sollte den ersten Hirten spielen. Der Gedanke begeisterte ihn, er musste der Oberin jedoch erklären, dass er zur Weihnachtszeit kein Lamm zur Verfügung stellen könne, dafür aber ein Zicklein mitbringen würde, das er gerade aufzog. Es sei eine zu früh geborene winzig kleine Ziege, die an Weihnachten kaum größer als ein Lämmchen sein würde.

Die Oberin sagte, das sei famos, er brauche das Zicklein nicht schon zu den Proben, sondern erst zur Aufführung mitzubringen.

Nulpe, Jock und Tom Meadows spielten Kneipwirte und Volkszähler, Joe und ich wurden für zwei der Weisen aus dem Morgenland gewählt, während der dritte Weise, der schwarze König, ein richtiger Mohr war, der im Sturm unseres Rugbyteams spielte. Er war der Junge aus Tiger Baynamens Christian.

»Das wars für heute«, sagte die Oberin, »ihr könnt jetzt gehen, bis auf Kenneth Jones und Taffy Lloyd.«

Taffy Lloyd war ein junger Waliser, der im Krippenspiel einen Choral sang.

Draußen im Gang sagte Charlie zu Joe: »Das Mädchen würde einen schönen Eindruck von uns kriegen, wenn sie dich gehört hätte.«

»Wieso, du bist ja selbst scharf auf sie«, sagte Joe. »Seht her, er wird ganz rot.«

»Geht dich doch nichts an, ob er scharf auf sie ist oder nicht«, sagte ich. »Er ist schließlich genauso wenig aus Holz wie wir anderen, aber du kannst scharf auf sie sein, ohne Bemerkungen zu machen, wo sie doch extra mitspielt. Wenn ich auch zugeben muss, dass Ken Jones den Vogel abgeschossen hat.«

»Der hat sich sogar ganz bescheiden zurückgehalten«, sagte Charlie.

»Wahrscheinlich hat er bereits den Clinch mit ihr geübt«, sagte Joe. »Warum hat man mich nicht zu ihrem Mann genommen? Ich bin doch Joseph und hab im wirklichen Leben immer so geheißen.«

»Du wärst für ein Theaterstück viel zu echt«, sagte ich.

Aus dem Turnsaal dröhnten Sullivans Kommandorufe herüber: »Arme seitwärts heben ... Hebt!«

»Eins steht für mich fest«, sagte Jones 538, »ich mach zehnmal lieber das Krippenspiel mit als die Scheißturnstunde.«

»Verflucht«, rief Joe, »da kommt Kanonenboot-Smith. Ich wette, er braucht wieder Kartoffelschäler.«

»Schön«, sagte Kanonenboot-Smith in seiner leutseligen Art, »dass ich euch gerade treffe, meine Herren, wo ich mir den ganzen Nachmittag schon die Augen nach Kartoffelschälern ausgucke. Natürlich nur nach Freiwilligen. Ein Freiwilliger ist mehr wert als zehn Ausgesuchte – du, du und du.« Trotzdem war es nicht so schlimm. Wir saßen vor dem großen rot glühenden Herd und schälten munter. Mr Ticker war seit der Teezeit außer Dienst, weshalb Kanonenboot-Smith den Küchenchef spielte. Er sagte den Köchen, sie sollten sich ranhalten; wir saßen vor dem Herd und tranken unseren Tee, der das Kartoffelschälen allemal lohnte.

Als wir unsere Arbeit beendet hatten, räkelte Joe sich und sagte: »Will nur hoffen, dass diese Hitze anhält, bis ich in meiner Flohkiste liege.«

»Ihr habt Schwein«, sagte Kanonenboot-Smith, »aber ich? Ich muss bis um sechs Uhr morgens im Verwaltungsbüro am Telefon hocken.«

»Aber hinterher können Sie in die Falle kriechen und sind gleich warm – im trauten, trauten Heim.«

»Du fängst dir gleich eine«, sagte Kanonenboot-Smith, »du gehst mir zu weit, Junge.«

»Ich hab niemand, der mich wärmt«, gab Joe zurück, »nur wenn ich mich neben Charlie hinhaue.«

»Nu halt mal endlich den Rand, Himmel, Arsch und Zwirn«, sagte Charlie. »Bist du König Lear, oder was?«

»Ich glaub, er ist eine Sexmaschine«, sagte Jock.

»Kann schon sein«, sagte Joe.

»Hör nicht auf ihn, Millwall«, sagte Kanonenboot-Smith. »Los, und nun marsch ins Bett.«

Nach der warmen Küche war es kalt auf dem Gang. Wir liefen zuerst in den Waschraum, und bevor wir den Schlafsaal betraten, warf ich noch einen kurzen Blick hinaus in die Nacht.

Joe und Jock, Jones 538, Nulpe und Charlie standen hinter mir und blickten mir über die Schulter ins Dunkel.

Das Mondlicht lag kalt auf den Marschen, und nach Osten hin zog sich bis zum Horizont das breite, blanke Stahlband der See.

»Mach gefälligst die Tür zu«, brüllte einer hinter uns. Einige Jungen waren im Schlafanzug zu den Toiletten gegangen, bevor sie endgültig unter die Decke krochen.

»Halt den Mund«, sagte Charlie verächtlich. Die Jungs waren entweder Zugänge oder waren nach uns gekommen, außerdem waren wir zu mehreren.

Einer maulte aus einem Klo heraus: »Ist auch ohne offene Tür kalt genug.«

»Halt den Mund«, sagte Charlie.

Der Junge stand auf, zog seine Pyjamahose hoch und band sie zu, als wir an ihm vorbeigingen. »Ihr habt gut lachen, ihr seid angezogen«, brummte er.

»Leck mich doch«, sagte Joe. »Du hasts mit der See, Paddy, was? Ich glaub, es gibt keine Nacht, in der du nicht runtergehst und hinausguckst, bevor du dich ins Bett haust.«

»Weißt du noch das Lied, das du im Sommer gesungen hast, Paddy, als wir zum Strand runtergegangen sind?«, fragte Jones 538.

Und ich sang:

Die See, ach die See,
A ghradh gheal mo chroidhe,
Lang soll sie zwischen mir und England rauschen,
Denn mit den Schotten möcht ich nimmer tauschen …«

»Genau das«, warf Jock dazwischen.

»Doch rings um Irland wogt die stolze See …«

Charlie lächelte und sagte: »Hatten wir Spaß da unten! Man kann sich kaum noch vorstellen, dass uns am Strand die Sonne aufs Fell gebrannt hat.«

»Weiß Gott«, sagte ich, »mir kommt das wien Traum vor, dass wirs jemals warm gehabt haben. Na wenn schon: Wenn wir den Winter überstehen, erwischt uns der Teufel nicht im Sommer.«

»Du hast recht«, sagte Joe. »Und Weihnachten, hoff ich, kriegen wirn Schlag Pudding.«

Am Heiligen Abend wurde das Krippenspiel aufgeführt, zu dem alle Wärter ihre Familien mitbrachten. Die Oberin sagte, sie sei stolz auf uns, und der Gutsherr meinte, er sei es auch.

Am ersten Weihnachtstag bekamen wir unser Festessen mit Mehlpudding, den der alte Ticker mit Zider vermischte, was sehr nett von ihm war, selbst wenn die Jungs behaupteten, er habe zu Hause ein riesiges Fass von seinem Bruder aus Devon bekommen.

Am 9. Februar wurde ich achtzehn, und an Saint Patrick's Day, der in jenem Jahr auf einen Montag fiel, kamen Charlie, Joe und Jock frei.

Joe hatte einen piekfeinen Anzug an, Charlie sah schmuck aus in seiner Seemannsuniform, auf die er sehr stolz zu sein schien, und Jock trug einen blauen Anzug; alle drei sagten mir noch mal, wo ich sie finden könne, wenn ich nach Glasgow, Croydon oder Soho käme.

Meine eigene Familie hat sich nie viel aus dem Saint Patrick's Day gemacht, weil Ostern der republikanische Feiertag war; dennoch hatte mir jemand Klee zugeschickt, und alle freuten sich, etwas davon zu bekommen. Charlie schob ein Blättchen hinter das Band seiner Matrosenmütze, Joe und Jock steckten ein paar in ihr Knopfloch.

Ich lächelte, als sie die Stufen hinuntergingen und in den Wagen stiegen, ich winkte, wandte mich ab und ging in den Speisesaal, um Tee zu trinken. Dann machte ich mich rasch auf zu meinem Arbeitsplatz, wo Tom Meadows und ich ein Gewächshaus zu lackieren hatten.

Inzwischen war das Strafmaß des Borstals herabgesetzt worden, sodass Nulpe, Jones 538 und sogar Ken Jones, der eigentlich lebenslänglich saß, freikamen. Dann war der gute Tom Meadows an der Reihe, er schien vor Aufregung fast zu sterben, seine Hand zitterte, als er meine schüttelte und mir sagte, wo ich noch ein paar Büchsen Terpentin finden könne, falls ich Farblösung brauchen sollte. Gegen Ende des Sommers verließ der Gutsherr die Anstalt, um auf Anweisung des Innenministeriums ein modernes Borstal zu eröffnen und zu leiten.

Seine letzte Anordnung an uns lautete: keine Abschiedsfeier! Er hatte nämlich gehört, dass so etwas geplant war, und fand, dass dies dem neuen Anstaltsleiter gegenüber nicht fair sei. Dieser schien auch in Ordnung zu sein, nur lernte ich ihn nicht genügend gut kennen; außerdem war wahrscheinlich niemand imstande, unsere Anstalt so gut zu verwalten wie der Gutsherr, weshalb das Innenministerium ihn abberufen hatte.

An diesem Oktobertag ging ich mit ein paar Glasscheiben meines Wegs, als Kanonenboot-Smith, der an diesem Tag Frühdienst gehabt hatte und nach dem Mittagessen einen Spaziergang machte, sich mir anschloss und fragte: »Denkst du noch an deinen Kumpel, Paddy?«

»An welchen?«, fragte ich. »Meinen Sie Charlie Millwall? Er ist im März freigekommen.« Ich wusste jedoch, dass er ihn meinte.

Kanonenboot bot mir eine Zigarette an und zündete meine und seine an, was ein Wärter nie während der Arbeitszeit tat. »Ich komm mit dir zum Lager rüber, Paddy. Ich hab's gerade in der Messe gehört. Millwall ...«

»Hats erwischt«, sagte ich.

»Du wusstest das? Du hast es schon gehört?«

»Ich habs erraten«, sagte ich. »Wo wars denn? Vermutlich auf See. Er war ja ein Seemann.«

»Weißt du noch den Geleitzug, der vor ein paar Wochen angegriffen wurde und dass die *Southampton* dabei versenkt wurde?«

»Glaub schon. Ich interessiere mich sonst im Allgemeinen nicht für eure Scheißgeleitzüge.« Kanonenboot enthielt sich einer Bemerkung.

»Es war in der Straße von Gibraltar.«

»Hätt ich mir denken können«, sagte ich, »dass es ihn noch vor Torschluss erwischen würde.«

»Wieso denn?«

Ich sagte aber nur: »Vielen Dank, dass Sie es mir gesagt haben, Mr Smith, und schönen Dank auch für die Zigarette.«

»Schon gut, Paddy, mein Junge«, sagte er und klopfte mir auf die Schulter.

Ich ging zum Lagerplatz, tat aber den ganzen Nachmittag keinen Handschlag mehr und trank nur Tee mit dem Vorarbeiter der Klempner, der ihn auf seinem Spirituskocher gekocht hatte. Ich gab ihm auch von meinem Tabak, schlürfte meinen Becher aus und lauschte seiner Erzählung, weswegen er eingelocht war, wie er eingelocht wurde, hörte aber in Wirklichkeit kein Wort von dem, was er sagte, wollte auch gar nichts hören und sagte nur immer »Ja« und »Nein« und »Erzähl weiter«.

Bis der Tag kam, an dem die Anstreicher die Dachsparren mit einem Brennschutz versehen mussten. Der beste Zugang zum Dach führte durch eine Falltür in der Arrestabteilung. Wir traten ein und sahen die Arrestanten im bleichen Winterlicht vor ihren Zellen sitzen und Eimer schrubben, und wen ich als Ersten erkannte, da er ohnehin auffiel, war Christian, der Schwarze aus Tiger Bay. Er blinzelte mir zu, ich blinzelte zurück, und da ich ihn kannte, schob ich ihm ein paar Kippen zu. Aber der dämliche rothaarige Waliser Methodistenscheißkerl von einem Wärter – nicht dass ich gegen irgendeine Abart von Scheißkerlen etwas habe, aber so ein Scheißkerl mit dem Jammerstimmchen des ehemaligen Hungerleiders geht mir auf die Nerven –

sah es und – um es kurz zu machen – schleifte mich vor den Direktor.

Und da der Direktor nicht der Leiter eines Pfadfinderlagers war, verdonnerte er mich zu »Einzelhaft auf Widerruf«, was bedeutete, dass ich auf unabsehbare Zeit im Kasten sitzen musste, bis der Direktor es für richtig befinden würde, mich wieder herauszulassen. Wenn ich auch die normale Anstaltskost bekam.

Die Küchenjungen waren sehr nett zu mir und schusterten mir anständigen Fraß zu, sodass ich nicht einmal übel daran war, bis der Waliser Scheißkerl mir nach dem Tee, als wir vor unseren Zellen saßen, einen Eimer und ein Stück Sandpapier in die Hand drückte und sagte: »Bee-hann, du polierst mir den Eimer, bis er wie Silber glänzt.«

»Mach ich«, sagte ich, »wie meinen Arsch.«

»Was sagst du da, Bee-hann?«, sagte er und tat so, als habe er den Sinn meiner Worte nicht begriffen.

»Ich hab nie einen silbernen Eimer in meinem Leben gesehen«, sagte ich.

Er tat nach wie vor, als verstehe er mich nicht, während er einen Fünfzehnjährigen am Ende der Reihe anschnauzte und inzwischen sämtliche jugendlichen Arrestkunden halb entsetzt und halb begeistert loskicherten, weil ich den verdammten Wärter hochnahm.

»Ich werds dir zeigen«, sagte er, nahm das Sandpapier in die Hand und begann den alten Eimer zu schrubben, wobei er sich kameradschaftlich neben mich auf den Boden hockte; da es ein fast wissenschaftliches System gibt, mit dem man einen Wärter anpflaumen, auf die Schippe nehmen und auf die Palme bringen kann und ich darin einige Erfahrung besaß, tat ich mein Bestes. »Nun versuch dus«, sagte er, aber ich lächelte nur unverschämt und dachte: Lass ihn nur weiterwienern. Er hielt mir seinen alten Eimer gebieterisch hin, aber sei er aus Silber oder Gold, ich will ihn nicht. Statt mich aber kurzerhand in meine Zelle zu stecken, um nicht noch dämlicher zu erscheinen, als Gott ihn gemacht hatte, warf er mir den Eimer vor die Füße und sagte: »Bee-hann, mit dir bin ich fertig. Morgen früh gehst du zum Direktor.«

»Ich geh aber nicht«, sagte ich im Tonfall eines Cockneys.

»Du gehst morgen früh zum Direktor, so sicher wie das Amen in der Kirche.«

»Ich geh aber nicht zu ihm, weder morgen früh noch sonst wann. Er kann mich mal und Sie mich auch, Sie zäher Waliser Windbeutel.«

»Rein mit dir in die Zelle!«, sagte er und läutete die Alarmglocke, die dazu diente, Wärter zur Verstärkung herbeizurufen.

Während er mir den Rücken kehrte, drehte ich mich grinsend zu den anderen Jungs um, die mich mit einer Mischung aus Sorge und heller Begeisterung anstarrten, betrat meine Zelle und begann mein Bett zu machen.

Am nächsten Morgen wurde meine Zelle nur aufgeschlossen, damit ich meinen Kübel ausleeren konnte, und gleich danach wieder zugeschlossen, ich bekam jedoch mein Frühstück, das ebenso gut war wie sonst. Dabei teilte mir ein kleiner Waliser Wärter, der es heraufbrachte, aber kein Verwandter jenes rotfüchsigen judasköpfigen Wärters war, die kaum glaubliche Neuigkeit mit. »Du kommst nachher raus, Paddy. Wir wissen es schon die ganze Woche. Der Direktor hat die Gelegenheit ergriffen, dich einsperren zu lassen, weil er fürchtete, wir würden dich im Speisesaal zum Abschied hochleben lassen.«

Jesus weinte oder tanzte oder tat sonst was und tat gut daran. Aber es stimmte. Im Verlauf des Vormittags kam unser feiner alter Justizinspektor herauf und führte mich persönlich zum

Duschraum hinunter, wobei er den Arm um meine Schultern legte. »Geh rein, Paddy, und mach dich sauber, dann läufst du hinauf in die Kleiderkammer, dort wirst du eingekleidet, damit du wie ein Fürst aussiehst, wenn deine Eskorte kommt.«

Ich ging hinauf, zog meine kurze Hose und meine Jacke aus und schlüpfte zum ersten Mal seit zwei Jahren in eine lange Hose. Ich kam mir darin sehr komisch vor, obwohl man eine schicke Kluft für mich ausgesucht hatte.

Ich wurde in das Büro des Direktors gerufen, wo wir einander höflich die Hand schüttelten. Dann trat ich in den Raum nebenan, in dem der Justizinspektor, Mac und mein Heimleiter versammelt waren. »Nun, Paddy«, sagte der Heimleiter, »endlich ist es so weit.« Wieder schüttelte ich reihum die Hände, dann brachte der Justizinspektor mich ins Verwaltungsbüro. Wer da auf mich wartete, war niemand anderes als der Sergeant, der an dem Tag meiner Verhaftung in Liverpool die Razzia geleitet hatte.

Er lächelte und sagte: »Die haben aber einen Mann aus dir gemacht, Brendan.«

Na ja, ich musste zugeben, dass ich mit Ausnahme meiner verspäteten Meinungsverschiedenheiten bei meinen Wärtern in guter Obhut gewesen war. Selbst wenn ich meine »Einzelhaft auf Widerruf« mit in die Waagschale warf, hatte ich viel ausgefressen, für das ich nicht bestraft worden war.

»Ich habe ein Schriftstück mitgebracht, das ich dir vorlesen muss«, sagte der Sergeant.

»Ich weiß, was drinsteht«, sagte ich, »ich hab so was schon gesehen.«

»Trotzdem muss ich's dir vorlesen«, sagte der Sergeant, räusperte sich und las:

GESETZ ZUR VERHÜTUNG VON GEWALTTATEN, 1939 (VORLÄUFIGE MASSNAHME)

AUSWEISUNGSBEFEHL

An Brendan Behan

Wir bitten um Kenntnisnahme, dass der Innenminister laut § I, 2, des *Gesetzes zur Verhütung von Gewalttaten* einen Ausweisungsbefehl gegen Sie erlassen hat. Sie werden hiermit ersucht, Großbritannien unverzüglich zu verlassen. Nach § II, 2, dieses Gesetzes ist Anweisung erteilt, dass Sie in Gewahrsam gehalten werden, solange Sie sich in Großbritannien befinden. Sie werden ausgewiesen, weil Sie in die Vorbereitung oder Anstiftung zu Gewalttaten in Großbritannien verwickelt sind, die darauf abzielen, die öffentliche Meinung oder die Regierungspolitik im Hinblick auf die irische Frage zu beeinflussen.

§ I, 2, des Gesetzes ermächtigt den Innenminister, einen Ausweisungsbefehl zu erlassen, sofern er sich davon überzeugt hat, dass es sich bei einer Person, die in die Vorbereitung oder Anstiftung der oben genannten Gewalttaten verwickelt ist, nicht um jemanden handelt, der in den letzten zwanzig Jahren seinen dauernden Wohnsitz in Großbritannien gehabt oder, falls er unter zwanzig Jahren ist, sein ganzes Leben in Großbritannien gewohnt hat.

Falls Sie Einspruch dagegen erheben, können Sie innerhalb achtundvierzig Stunden von der Zustellung dieser Benachrichtigung an gerechnet dem Innenminister Ihre Einwendungen schriftlich einreichen. Im Falle eines derartigen Einspruchs werden Sie während der Dauer der erneuten Prüfung Ihres Falles in Gewahrsam gehalten.

Reichen Sie einen derartigen Einspruch innerhalb achtundvierzig Stunden von der Zustellung dieser Benachrichtigung an gerechnet nicht ein, so werden Sie auf das erste von Großbritannien auslaufende Schiff gebracht.

Mein Sergeant händigte mir das Schriftstück nach der Verlesung aus. Ich steckte es in die Tasche meiner Sportjacke, verabschiedete mich von allen und stieg mit ihm die Treppe zum Wagen hinunter.

Ich hatte gehofft, unserer Oberin Lebewohl sagen zu können, und war enttäuscht, sie nicht im Hof anzutreffen. Als aber das Auto abfuhr, kam sie vor die Eingangstür geeilt und winkte mir mit einer halb gestrickten Socke nach. Ich winkte wild zurück – und das war das Letzte, was ich vom Borstal sah. Obschon ich ihr nicht mehr hatte die Hand geben können, war unsere winkende Oberin das liebste Bild, das ich als letzten Eindruck mit auf die Heimreise nahm.

Am nächsten Morgen stand ich auf Deck, als das Schiff Dun Laghaire ansteuerte, und sah, wie die Sonne sich über den Hügeln durch die Wolken kämpfte, sah die Stadt, die sich an die Bucht schmiegte.

... Und wenn bewahrt mir bleiben Leib und Leben,
Will ich mich auf die Reise froh begeben,
Zurück ins väterliche Heimatland,
Zurück an seinen hellen, herben Strand,
Um Reich und Reichtum Englands zu vertauschen
Mit Irlands Hügeln, wo die Winde rauschen ...

Da waren sie, als hätte ich sie nie verlassen, wie immer rund um die Bucht – Bray Head, der Sugarloaf, der Two Rock, der Three Rock, Kippure, der König aller, dessen Haupt bedrohlich hinter und über ihren Schultern emporragte, bis sie zur Stadt hin abfielen. Ich zählte die Kirchtürme, von Rathmines großer Kuppel auf der einen Seite bis zu Saint George's im Norden, und dazwischen Christchurch. Unter den kleineren im Umkreis der Hafenanlagen konnte ich selbst im Morgendunst die Gotteshäuser ausmachen, die ich am besten kannte, so Saint Laurence O Toole's und Saint Barnabas. Ich kannte alle Namen, dann erspähte ich die Schornsteine von Pigeon House, dem Gaswerk, die die Bucht rahmende Rundstraße, Dun Laghaire, Blackrock, Sandymout Tower, Ringsend und die Innenstadt, schließlich den anderen Halbkreis, Fairview, Marino, Clontarf, Raheny, Kilbarrack, Baldoyle bis zur Anhöhe von Howth Head.

Kilbarrack oder Baldoyle konnte ich allerdings nicht richtig sehen, ich wusste nur, dass sie dort liegen mussten. Viele meiner Angehörigen lagen auf dem Kilbarrack-Friedhof begraben, dem gesündesten Friedhof Irlands, so hieß es, weil er so nahe am Meer lag. Ich dachte, ich könne auch die Trikolore über Dan Heads Grab wehen sehen, was aus einer Entfernung von fünfzehn Kilometern natürlich unmöglich war. Ich konnte aber Baldoyle erkennen, weil es der Rennplatz war.

»Bitte Pass, Reisegenehmigung oder Kennkarte«, sagte der Einwanderungsbeamte neben mir.

Ich händigte ihm meinen Ausweisungsbefehl aus.

Er las ihn, musterte ihn und gab ihn mir zurück. Er hatte das traurige Gesicht eines gebildeten Mannes vom Lande, wie etwa eines Lehrers, und gab mir die Hand.

»Céad míle fáilte sa bhaile romhat.«

Ein hunderttausendfaches Willkommen daheim!

Ich lächelte und sagte: »Go raibh maith agat.«

Danke.

Er blickte mich ernst an und sagte vorsichtig: »Caithfidh go bhuil sé go hiontach bheith saor.«

»Gaithfidh go bhuil.«

»Es muss ein herrliches Gefühl sein, wieder frei zu sein.«

»Muss es wohl sein«, sagte ich, ging die Gangway hinunter, an einem Kriminalbeamten vorbei, und bestieg den Zug nach Dublin.

Anmerkungen des Übersetzers

Die Ziffern bezeichnen die jeweilige Seite

11 *Sinn-Fein* Die 1905 gegründete nationalistische Partei der Iren, die die gemäßigtere Irische Nationalpartei bekämpfte.

12 *Paddy, Pad, Pat* Abkürzung von Patrick, umgangssprachlich: der Ire.

12 *Black and Tans* Truppen in Irland (1921).

13 *IRA* Irisch-Republikanische Armee, gegründet am Tag des großen Aufstands, Ostern 1916.

13 *Teilung* Gemeint ist die Ende 1920 durch England erfolgte Abtrennung der sechs nördlichen Grafschaften (Ulster) als Nordirland.

14 *Orange-Bezirk* Extrem irisch-protestantisch.

18 *Roger Casement* Plante den Aufstand vom Jahre 1916. In Dublin riefen die *Sinn-Feiner* die Republik aus.

21 *Aufstand* Wie oben: 1916.

29 *Fianna* Ursprünglich altirische Kriegerkaste. Dann: Mitglieder des Fennierbundes, als Geheimbund gegründet 1858, zum Sturz der englischen Herrschaft in Irland, Schwerpunkt in den USA, nach dem Vorbild der französischen Jakobiner.

31 *Bonnie Prince* Prinz Charles Stuart von Schottland, 17. Jahrhundert.

35 *Drumcondra* Nördlicher Stadtteil von Dublin.

57 *Borstal* Dorf in der Nähe von Rochester, Grafschaft Kent, England. Hier wurde 1902 das Borstal-System entwickelt: eine Form des Strafvollzuges an verwahrlosten Jugendlichen im Alter von 16 bis 21 Jahren. Bewährungsgedanke und Heimerziehung mit verschiedenen Freiheitsstufen.

107 *»Ich* geb *ihr einen póg ...«* póg = Kuss.

121 *Die Missetäter unseres Vaterlandes* Die von der konservativen Re-

gierung Irlands verdammten Freiheitshelden der nationalistischen Bewegung.

175 *O'Donnell abu!* Abu etwa: Hoch! Hinauf!

233 *Coombe* Armenviertel im Norden Dublins.

233 *Curragh* Rennplatz in der Grafschaft Kildaire.

233 *Leopardstown, Faireyhouse* Rennplätze für Flachrennen.

377 *Englischer Dichter* A.È. Houseman, 1859–1936, aus »The Shropshire Lad«.

463 *Blarney-Stein* So genannt nach Schloss Blarney in der Grafschaft Kerry. Nach der Sage wird beredt, wer ihn küsst.

466 *Reden von der Anklagebank* Stammen von Kevin Barry, irischer Freiheits- und Nationalheld, 1916. Siehe auch das Gedicht auf Seite 30–31.

474 *Maud Gonne* Schauspielerin, die mit Sarah Bernhardt verglichen wurde, Geliebte des Dichters William Butler Yeats.

474 *IRB* Irisch-Republikanische Brigade.

474 *A. E.* Pseudonym für George W. Russel, irischer mystischer Dichter des 19. Jahrhunderts.